中国少数民族经典民间故事

藏族民间故事

林继富　编

四川党建期刊集团　四川民族出版社

图书在版编目（CIP）数据

藏族民间故事 / 林继富编. — 成都：四川民族出版社, 2015.12（2019.9重印）
（中国少数民族经典民间故事）
ISBN 978-7-5409-6173-2

Ⅰ. ①藏… Ⅱ. ①林… Ⅲ. ①藏族—民间故事—作品集—中国 Ⅳ. ①I277.3

中国版本图书馆CIP数据核字（2016）第001676号

中国少数民族经典民间故事

藏 族 民 间 故 事

ZANGZU MINJIAN GUSHI

林继富　编

责任编辑　李　娟　陈　晔　央　金
校　　对　沈　毅
装帧设计　李　娟
责任印制　袁　祥
出版发行　四川党建期刊集团　四川民族出版社
邮　　编　610031（成都市三洞桥路12号）
照　　排　四川胜翔数码印务设计有限公司
印　　刷　香河利华文化发展有限公司
成品尺寸　160mm×230mm
印　　张　31.5
字　　数　450千
版　　次　2015年12月第1版
印　　次　2019年9月第2次印刷
书　　号　ISBN 978-7-5409-6173-2
定　　价　63.00元

中国少数民族经典民间故事
编委会

顾　问

刘魁立　刘守华　梁庭望　满都呼　毕　桪

主　编

林继富

编委会成员

（按姓氏拼音排序）

姑丽娜尔·吾甫力（维吾尔）　胡　华（彝）　黄龙光（彝）
黄　雯（哈尼）　林继富（汉）　刘　薇（汉）　刘兴禄（土家）
马翀炜（汉）　穆朝阳（汉）　彭书跃（土家）　朴承权（朝鲜）
漆凌云（汉）　覃德清（壮）　唐仲山（藏）　王　丹（汉）
王曼利（汉）　文忠祥（土家）　肖远平（彝）　央吉卓玛（藏）
詹　娜（满）　张远满（土家）　朱雄全（瑶）

总　序

林继富

一

民间故事是民众喜爱的传统文化，讲故事是民众日常生活的组成部分，亦称“讲经”“说古”“讲古话”“讲瞎话”“粉白（话）”“讲大头天话”“摆龙门阵”等，各地说法不一样，反映了民众对民间故事的不同认知方式和使用状况。

讲故事是中国各民族重要的精神活动之一，优美动听的故事陪伴人们度过无数美好的时光。“冬季是农闲季节，寒夜又那样漫长，于是，躺在温暖的炕头上，或围坐在火盆边，嘴里吧嗒着旱烟袋，也许手里还纳着鞋底，手不闲、嘴也不闲地讲述着。夏季挂锄季节，夜晚坐在大树底下，或在庭院里讲故事、听故事，以此来抵御夏天的酷热。秋后扒苞谷米或扒蚕茧，需要人手多，讲故事会吸引来劳动帮手，还会让人忘记疲劳。”[①] 这是我国北方民众以讲故事打发农闲时间、消除劳动疲倦的典型场面。

讲故事是中国民众表现生活、表达情感、记忆历史、描绘现实、倾吐心

①张其卓：《这里是“泉眼”——搜集采录三位满族民间故事讲述家的报告》，见《满族三老人故事集》，沈阳：春风文艺出版社，1984年，第589页。

声的主要方式，是他们感受社会生活、传递民族文化传统最灵活、最便捷、最普及的手段。尽管讲述人年复一年地讲述着似曾相识的故事，但是，他们的每一次讲述就是对历史的一次记录和回味，是将古老文化与现代生活相连接、相融通，以彰显其对社会的认识和人生的理解。也正是这样，流传千百年的故事因在讲述人那里得到别样景致的重现而摄人心魄。

中华民族"由许许多多分散孤立存在的民族单位，经过接触、混杂、联结和融合，同时也有分裂和消亡，形成一个你来我往，我来你去，我中有你、你中有我，而又各具个性的多元统一体"①。这种多元一体的民族结构决定了中国民间故事多元一体的格局。各个民族的民间故事在多姿多彩的地域景观和人文传统作用下，既具有民族、地域个性，又呈现出相互交流、彼此借鉴的局面。一方面，汉族的很多民间故事在我国少数民族地区家喻户晓，代代相传，比如《水浒传》《杨家将》《包公案》等。少数民族民间故事对汉族民间故事的影响，亦是中国各民族民间故事交流与整合的重要表现。另一方面，各少数民族之间的民间故事交流和影响的历史也很久远。在许多少数民族中，流传着内容和情节极为相似的民间故事。比如，西南、中南地区各民族都有"狗耕田"型故事、"百鸟衣"型故事、"灰姑娘"型故事以及"找幸福"型故事等，这些不同类型的民间故事在各民族交往过程中均存在着不同程度的借鉴和融合。

中国民间故事在漫长的历史年代里，通过多种渠道与世界许多国家进行着广泛而深入的交流和互鉴。佛教传入中国，带来了大量印度故事；中日频繁交往将中国民间故事传播到日本；"丝绸之路"沿线民族和国家的民间故事彼此交流、借鉴的现象更为突出，这种吸纳与输送、交流与碰撞使得中国民间故事具有浓厚的民族根性和兼容并蓄的世界品格，不仅丰富了我国民众的生产生活，而且丰富了世界民间故事的文化宝库。

---

①费孝通：《中华民族的多元一体格局》，载《北京大学学报》（哲学社会科学版）1989年第4期。

中华民族是一个重视传统的民族，民间故事的讲述往往被拉进历史文化体系，这种特点突出地体现在中国古代笔记小说、“野史”乃至“正史”对民间故事的记录方面。这些故事的记录者往往在原本虚幻的故事开头或末尾，以真实的口吻添加一些可信成分，由此增强民间故事的历史感和现实精神。

二

在中国，讲故事的活动在两千多年前就已经被文字记录下来了，然而，要推算最早的民间故事讲述，恐怕要追溯到无文字的原始社会。

先秦时期的史官和文人就有以简单的文字记述民间故事的风尚，特别是在《尚书》《周易》《楚辞》《山海经》《穆天子传》《淮南子》和《史记》等书中保留了丰富的民间故事。春秋战国时期，利用民间故事进行政治游说和思想表达的例子更是数不胜数，《庄子》《战国策》《孟子》《韩非子》《论语》等就是用故事进行说理的极好范例。加上一些君主有听故事的喜好，如齐宣王、楚庄王等为了能够及时听到诙谐幽默的故事，便在身边豢养了专门说隐语的倡优，这大大助长了民间通过改编故事以隐语寄寓道理的社会风气。

三国时期邯郸淳的《笑林》第一次汇总了当时流传的笑话。南北朝时期的《搜神记》《搜神后记》《博物志》《述异记》和《续齐谐记》等成为我国许多民间经典故事的最早渊薮，诸如“白水素女”故事、“东海孝妇”故事、“飞升星球”故事等在这个时候就已经相当成熟。至于佛经故事《经律异相》的出现，则说明古代印度故事借助佛教传播深入中国民间社会的事实，自此以后，中国民间故事交互影响的现象越来越深入，越来越全面。

隋唐时代，市井生活不断繁荣，城市经济空前发展，故事讲述活动变得十分频繁，尤其是脱胎于佛教的“俗讲”，逐渐发展成唐代市民文艺最具影响力的“说话”艺术。这种具有职业素养的“说话”与街头巷尾的日常故事讲述成为当时都市民间文化的亮丽风景，极大地推动和催化了乡村民间故事的创作与传播，也使文人更加重视民间故事。

“变文”的讲唱不仅保留了大量的佛经故事，而且加快了这类故事深入民心的速度，如《目连变文》《太子成道变文》《伍子胥变文》《王昭君变文》《张义潮变文》《舜子变文》《孟姜女变文》《董永变文》等至今还活跃在老百姓的口耳之间。在唐代，记录民间故事最为丰富的还有笔记小说，诸如段成式的《酉阳杂俎》、戴孚的《广异记》和句道兴的《搜神记》，以及牛僧孺的《玄怪录》、李复言的《续玄怪录》、玄奘的《大唐西域记》等。这些笔记小说、野史杂录和游记漫笔保存了丰富而生动的故事资料，像“叶限”“吴堪”“田章”“月下老人”“鼠壤坟”等故事均有完整详尽的书面记录，构成了中国民间故事发展的重要阶段。

宋代城市建设较唐代有了更大发展，市民生活富足，工商业兴盛，城市里的“勾栏瓦肆”培育了大量的说话艺人，形成了风格各异的说话流派。宋代有关民间故事的记录可以说是中国民间故事发展史上最丰富、最夺目辉煌的，尤以《太平广记》《夷坚志》等为代表。这些卷帙浩繁的文献将历代故事加以分类汇编，成为中国民间故事辑录的里程碑。比如，收集精怪故事最全的北宋太宗太平兴国年间编纂的《太平广记》卷368—373专门列出“精怪”一类，所收为器物精怪，其他各类则分别附收精怪故事，如“草木”类末附“木怪”“花卉怪”“药怪”“菌怪”等。

明清时期农民文化生活仍然以民间说唱、民间游戏和民间讲述为主，此时的内容除了承继先前的鬼狐精怪故事以外，还出现了大量生活故事和民间笑话。民间故事讲述引起越来越多人士的注意和重视，如晚清文人许奉恩曾对家乡安徽桐城一带的民间故事讲述情形做了这样的描述：

> 其或农工之暇，二三野老，晚饭杯酒，暑则豆棚瓜架，寒则地炉活火，促膝言欢，论今评古，穷原竟委，影响傅会，邪正善恶、是非曲直，居然凿凿可据，一时妇孺环听，不自知其手舞足蹈。言者有褒有贬，闻者忽喜忽怒。事之有无姑不具论，而藉此以寓劝

惩，谁曰不宜？[①]

当时，文人和乡村知识分子常聚集在一起，言今论古，谈精说怪，遂留心辑录。

> 予今年四十有四矣，未尝遇怪，而每喜与二三酒朋，酒觞茶榻间，灭烛谈鬼，坐月说狐，稍涉匪夷，辄为记载，日久成帙，聊以自娱。[②]

文人以笔记小说的方式记录了不少民间流传的故事，像王同轨的《耳谈》、蒲松龄的《聊斋志异》、纪昀的《阅微草堂笔记》就是清代此类作品的代表。他们喜爱民间故事，通过各种途径搜集故事文本，并对其进行加工、改造。譬如，蒲松龄就利用民间故事进行创作，在中国文学史上树立了典范。

> 情类黄州，喜人谈鬼。闻则命笔，遂以成编。久之，四方同人又以邮筒相寄，因而物以好聚，所积益夥。[③]

> 每当授徒乡间，长昼多暇，独舒蒲席于大树下，左茗右烟，手握葵扇，偃蹇终日。遇行客渔樵，必遮邀烟茗，谈谑间作。虽床第鄙亵之语，市井荒伧之言，亦倾听无倦容。……晚归篝灯，组织所闻，或合数人之话言为一事，或合数事之曲折为一传，但冀首尾完具，以悦观听。[④]

---

①（清）许奉恩：《兰苕馆外史》，合肥：黄山书社，1996年，第16页。
②（清）和邦额：《夜谭随录》，郑州：中州古籍出版社，1993年，第15页。
③朱一玄：《明清小说资料汇编》（下册），济南：齐鲁书社，1989年，第1164页。
④朱一玄：《明清小说资料汇编》（下册），济南：齐鲁书社，1989年，第1215页。

蒲松龄尤爱鬼狐精怪故事，他将所见所闻与自己的丰富幻想融汇在作品里，从而为保留他所在的那个时代的民间故事做出了突出贡献。

我国文人通过创作辑录民间故事是一贯的传统。采录笑话、汇编专集在明清时代成为民间故事的重要活动与特征，如明代冯梦龙的《笑府》《广笑府》《古今笑》、赵南星的《笑赞》、李贽的《山中一夕话》、刘元乡的《应谐录》、浮白斋主人的《雅谑》、江盈科的《雪涛谐史》、陈继儒的《时兴笑话》、乐天笑笑生的《解愠编》、潘游龙的《笑禅录》，清代石成金的《笑得好》、独逸窝退士的《笑笑录》、小石道人的《嘻谈录》、陈皋谟的《笑倒》、游戏主人的《笑林广记》、程世爵的《笑林广记》等。

中国民间故事的采录到明清之际运用了多种手段，采取了多种方式，故事内容也从神灵鬼怪、精魍妖魅深入实际生活，故事世界呈现出虚幻与现实、灵域与人域胶合一体的格局。生活故事、民间笑话等从前较少出现的故事种类开始受到了人们的关注，成为采录的主要对象。

三

进入20世纪，中国社会发生了巨大变化，新科技革命带来民众生活质量的提高，新思想运动从城市蔓延到农村，进而引发中国农民从根本上动摇了原有的神权与族权观念，人们追求自由、提倡民主的呼声越来越高，他们期望从本质上改变自己的生活。然而，文化的变迁并非一蹴而就，必须经过长时间的浸染与渗透。因此，在20世纪初期的中国农村，农民的文化生活仍以传统的民间文艺活动为主。

1942年，毛泽东发表了《在延安文艺座谈会上的讲话》，号召广大文艺工作者学习“萌芽状态”的文艺，鼓励他们到基层、到老百姓的生活中去学习民间文艺，搜集民间文艺。于是，在20世纪40年代，解放区形成了采录民间故事的热潮。“晋绥文艺工作者深入到农村，在农村工作中，逐渐地接近了民间故事，采集与整理工作认真地搞起来。在1945年以后，就接续地出版了《水推长城》《天下第一家》《地主与长工》三个民间故事集子。”[①]同时期，我国西南地区的文化建设和研究则是另外一番景象。“卢沟桥事变”爆发后，华北和东南沿海的大批高等学府和一些科研院所纷纷西迁。尽管战乱不已，但仍然有一大批知识分子进入西南的彝族、白族等地区调查，在此过程中采录了大量的少数民族民间故事。比如，凌纯声、芮逸夫的《湘西苗族调查报告》就收录了他们采集的神话、传说、故事、寓言等63篇。当时采集这些内容的目标并非采录口传叙事，而是学者们在做民族生活、历史和文化的调查时将民间故事视为民族文化传统而纳入记录范围。

1949年以后，新中国政府十分重视民间文艺。1950年成立的中国民间文艺研究会（1985年改为中国民间文艺家协会），负责组织、协调全国的民间文学工作。采录民间故事成为文化工作的一项重要内容，特别是自1954年开展的全国民族识别和“民族五种丛书”的写作经历了较为深入的田野调查，在此过程中，大量的少数民族民间故事被采录，为新中国民间故事的理论建设积累了宝贵的第一手材料。诚如一位学者发表于1964年的一篇文章中指出的那样：

> 据不完全统计，十五年来省市以上出版的民间故事集就有五百多种。全国五十多个民族，都发掘了数量不等，各有特色的民间故事。已经出版了单行本的就有蒙古族、藏族、维吾尔族、苗族、彝族、壮族、朝鲜族、白族、黎族、纳西族、高山族、鄂伦春族、土家族等十几个民族。绝大部分民族都是第一次把他们祖先长期以来精心创造的民间故事呈现在全国人民的面前。[②]

①李束为：《民间故事的采集与整理》，见《中华全国文学艺术工作者代表大会纪念文集》，北京：新华书店，1950年。

②《绚丽多姿的百花园——建国十五年来民间文学作品巡礼》，载《民间文学》1964年第5期。

这些被采录的民间故事成果集中体现在1989年出版的《中国少数民族民间文学丛书·故事大系》中。1995年又在此基础上调整编辑出版了《中华民族故事大系》，全书共分16卷，精选了全国56个民族的神话、传说、故事共计2 500篇，参与讲述、搜集、整理和翻译的人员达到7 000余人。

1985年大规模启动的《中国民间故事集成》的搜集和编纂工作历经十余年，动员人力数以万计。除大量的手稿、录音等资料散存于各地组织和个人手中之外，还出版了为数不少的县市卷本，据不完全统计，共有2 000余卷。据1990年全国民间文学集成办公室统计，采录的民间故事达183万余篇。

在这个时代，民间故事讲述人受到前所未有的重视，一大批不同民族、不同地域、不同性别的杰出民间故事讲述人纷纷登台亮相。在1984年至1990年民间故事的搜集过程中，我国已发现的能够讲50则以上故事的传承人就达9 901人。[①] 如内蒙古的秦地女，辽宁的谭振山、李明，山东的胡怀梅、尹宝兰、王玉兰、宋宗科，山西的尹泽、梁力，河北的纪文道、靳正新，河南的曹衍玉，湖北的刘德培、孙家香、罗成双、刘德方，湖南的孙明斗、易法松，四川的魏贤德，江苏的陈理言以及鄂伦春族的李水花，蒙古族的金荣，朝鲜族的金德顺，满族的傅英仁、马亚川、李成明、佟凤乙，藏族的黑尔甲、七尖初，侗族的杨雄新等，不仅能够讲述几百则民间故事，而且讲述质量也属一流。在他们周围活跃着一大批知名的民间故事讲述人，他们讲述的故事不仅多，而且讲述技艺高超。这些故事具有强烈的民族特色和地域特色，受到广大民众的普遍欢迎和认同，并被听众广泛传讲。

在中国，民间故事讲述成为地方的一种重要文化传统，民间故事作为中国非物质文化遗产得到了很好的保护，诸如湖北省的伍家沟、都镇湾、下堡坪，重庆市的走马镇，河北省藁城县的耿村，辽宁省大洼县的古渔雁、喀左东蒙、北票，西藏嘉黎等地的民间故事，内蒙古通辽市的巴拉根仓故事，山

---

①贺嘉：《中国民间文学集成的普查与耿村故事家群的发掘》，载《民间文学论坛》1991年第6期。

西万荣的笑话等均被列为国家级非物质文化遗产代表性项目，得到了政府的高度重视。这为这些地区民间故事的传承发展带来了新的契机，也为中国民间故事遗产保护和传承提供了可资借鉴的经验。

然而，今天的中国社会变迁速度比以往任何时候都要迅猛，现代化的生产方式和生活方式全方位地影响着农村文化生活的变革，现代传播媒介对民间故事讲述、传承产生的重大影响更是不言而喻的。在这样的时代背景下，群众性的文化娱乐活动不可逆转地发生着变化，文化的多样化、娱乐的现代化特点越来越突出。中国乡村社会树荫下簇簇人群听故事的专注神情，火塘边兴奋地讲故事、听故事的一张张被火光映红的脸庞……这些动人的场景已经离我们越来越远了。讲故事活动的传统熟人社会结构被打破，讲故事的热闹场面逐渐在消失。在世界各国政府加紧采取措施保护自己的民族文化的时代，保护和传承我国丰厚的民间故事资源显得更加紧要和迫切。

四

少数民族民间故事是中华民族传统文化的重要载体之一，是中国各民族民众生活的重要组成部分。新中国成立以来，我国各级部门、各类人员采集和整理了数量众多的少数民族民间故事，2014年至2015年，我带领学生对上个世纪被采集翻译为汉文的中国少数民族民间故事进行了一次全面、系统的信息采集，其数量之惊人、成绩之斐然，让我兴奋了很久。但是非常遗憾，中国不同时期采录、整理的少数民族民间故事资料大多被束之高阁，或者仅仅供学者研究使用，并没有真正发挥少数民族民间故事应有的社会文化功能，并没有很好地利用各民族民间故事在教育和知识传播上的优长。为了全面、系统地凸显中国少数民族民间故事的“经典性”，我们组织编选了“中国少数民族经典民间故事”系列丛书，在包括神话、传说，还有动物故事、幻想故事、生活故事、笑话、寓言，以及民族或地区特有的口头散文叙事文学体裁的基础上，尝试着从“经典”的视角推介和传承少数民族民间故事，提升中国少数民族民间故事的价值和社会影响力。

中国少数民族民间故事经历了不同的发展道路，这些民间故事不仅承载着中华民族的传统文化，而且在各民族共同生活、相互学习的过程中，民间故事在交流中融合，在融合中创新，构筑成中华民族千百年来共有的精神家园。

中国少数民族民间故事种类繁多，同一种民间故事在不同民族之间有不同的演变形态，对中国少数民族民间故事“经典”进行系统汇纳，有利于加强民族乃至地域之间的文化交流和文化理解，彰显中国各民族民间故事的文化认同功能，也有利于培养民众的道德情操，传递生活知识。

中国少数民族民间故事包含民众的生活情感、价值观念和审美期待，人们习惯地认为民间故事属于“草根”文化，“中国少数民族经典民间故事”打破人们对“经典”认识的藩篱，将少数民族民间故事视为“经典文化”，在每个民族丰富的民间故事中精选100则民间故事编辑成册，采取经典化的选编方法、经典化的传播方式，让这些世代流传的经典民间故事走进中华多民族民众生活之中，为中国少数民族民间故事的传承、创新而开辟“经典化”的路径。

“中国少数民族经典民间故事”既是抢救中国少数民族民间故事，又是在现代化背景下，以“经典”为视角系统总结中国少数民族民间故事，推进文化多样性建设，让少数民族传统的经典故事走向更为广大的民间，从深度和广度上影响更多的读者，在传承和保护中国少数民族民间故事方面做出特殊的贡献。这是我们希望的，也是我们愿意做的。

导读语

林继富

藏族主要分布在西藏、青海、甘肃、四川和云南等省区，中国境内藏族人口有640余万人。藏族是中国最古老的民族之一，拥有自己的语言和文字。藏语属汉藏语系藏缅语族藏语支，分卫藏、康巴、安多三种方言。藏族文化丰富多彩，并且有悠久的讲故事传统，这种传统持续至今，据《柱下遗教》记载："雅隆部落第八代赞普布岱功杰时期（公元1世纪前后），有《顶生王的故事》《鸟的故事》《猴子的故事》等很多故事流传。"公元16世纪，巴俄·祖拉陈瓦在《贤者喜宴》中记载："在佛教经典传入之前，有诸多故事流传，如《尸语故事》《玛桑故事》《家雀故事》等。"这些故事带有浓厚的历史韵味和文人创作痕迹，其民间故事的特性亦十分明显。

藏族民众用故事记录生活，在故事中得到娱乐。这些故事成为他们生活记忆的重要内容，也是他们装点生活、美化生活和丰富生活的重要资源。相传在修建大昭寺的时候，讲述故事成为重要的民间活动，至今在大昭寺的壁画和柱子上仍然以图画的形式记录着藏族民间故事。

藏族民间故事包含了丰富的宗教生活内容。从公元7世纪中叶开始，在传播佛教的过程中，印度佛教故事被吸纳进来，在融合藏族民间故事的基础上，藏传佛教故事被民众接受，在寺院和民间广为传播。

藏族格言故事流传普遍，格言故事开始于公元13世纪，格言式的说教意味浓厚，《萨迦格言》《甘丹格言》《水树格言》和《益世格言》都出现了注释格言类型的故事，像《猫喇嘛讲经》等，故事优美动人，饱含人生哲理和训诫。

藏族民间故事的搜集工作很早就开始了，1925年出版的《西藏民间故事》搜集者和编辑者薛尔顿是在"围绕着夜晚的营火旁，或者在高山的黑色帐篷里"搜集到这些西藏故事的。①1951年解放军进入西藏，进藏人员中的文艺工作者和文艺爱好者开始学习藏语、藏文，他们尝试着在学习语言的时候将藏族教师和藏族同事讲的故事记录下来，这些故事有的成了文学创作素材，有的被整理出来后发表，有的收录在铅印本《西藏民间故事集》中流传后世。据不完全统计，1949年以后出版的藏族民间故事集在100种以上。

藏族民间故事种类繁多，丁乃通所著的《中国民间故事类型索引》里列入藏族民间故事239个类型和类型变体。这部索引在一定程度上反映了1966年以前藏族地区民间故事传承的基本情况。20世纪80年代出版的《中国民间故事集成》记录了当代藏族民间故事流传状况。台湾学者金荣华的《民间故事类型索引》②归纳出藏族民间故事134个类型和类型变体。无论是丁乃通编撰的《中国民间故事类型索引》，还是金荣华编撰的《民间故事类型索引》，都让我们充分了解了藏族民间故事的地方传统特性和世界性意义。

藏族民间故事具有明显的地域性。就拿西藏民间故事来说，拉萨、山南和日喀则等地是藏族文化的发源地，这里流传的民间故事与历史、宗教相关联的人物传说较多，社会阶层的对立较为突出，生活性、现实性强的故事应

①丁乃通著，郑建成等译：《中国民间故事类型索引》，中国民间文艺出版社，1986年，第5页。

②金荣华著：《民间故事类型索引》，中国口承文学学会，2014年。

运而生。羌塘高原属于牧区，牧民过着逐水草而居的生活，流动性强，这里海拔高，雪山和草地绵延千里，人们往往把自己的生活与神灵联系起来，对神山圣湖的信仰崇拜成为故事讲述的重要内容，英雄格萨尔、劫富济贫的机智人物歌谣和机智人物故事广为流传，牧民的游牧故事也大量出现。以昌都为核心的康巴人生活地区被横断山脉和奔流在山谷下的河流切割成一个又一个相对独立的生活区域，每个区域形成了自己重要的“方言”文化传统。这里的康巴人在相对独立的生活区域里自由自在地生活着。同时，康巴藏族在“藏彝走廊”上接受和涵化多民族文化元素，因此，康巴藏族故事充分体现了康巴人自在豪爽的性格，体现了康巴人狂野多情的生活。阿里地区的故事既具有藏族古老文化的特质，神性色彩浓厚，又兼容多民族文化个性。这些闪耀着地域特色光芒的故事，构成藏族民间故事多元的文化品格，构成藏族民间故事讲述传统的地域特色。

藏族民间故事讲述的内容与藏族人民的生活紧密相关，许多故事颂扬了藏族人民对美好爱情的无限向往。藏族民间故事中的婚姻、爱情经典故事较多，如《文顿巴和美梅错》《橘子姑娘》《铁匠米垂托牙》等故事在藏区的流传度很高，成了青年恋人彼此忠贞的榜样，受到广泛的传播。《文顿巴和美梅错》中两位土司仇人的子女相爱，遭到他们父母百般刁难。为此男女主人公分别变成了藏族民众生活中离不开的盐和茶。《铁匠米垂托牙》中地位低下的铁匠和高贵小姐之间的爱情注定要承受来自家庭和社会的重压，然而，两位年轻人不顾世俗社会的等级禁锢，冲破阻力幸福地结合在一起。《橘子姑娘》记录了青年男女在婚姻过程中对自由的向往而发出的呐喊和抗争。这些藏族民间故事中的主人公在社会和家庭的压力面前，对美好爱情的信念从未动摇，为了获得这些来自内心的纯真情感，实现美好爱情，他们坚持不懈、不屈不挠，甚至用生命做代价。

藏族民间故事崇尚聪明智慧的特点突出，阿叩登巴、尼却桑布、江拉等机智人物家喻户晓，他们的故事短小精悍，或讽刺，或诙谐幽默地调侃，充分体现了藏族民众生活中的大智慧。本书中选取的两则阿叩登巴故事讲述了生活在底层社会的阿叩登巴凭借自己的聪明智慧克服各种困难，打败上层社会的王公贵族和领主的事迹。阿叩登巴出身贫寒，生活朝不保夕，但是，他却不是只为自己着想，他的智慧不仅属于自己，而且属于生活在底层社会的广大民众，他们面对困难不卑微、不妥协、不气馁，而是利用自己的机智、勇敢、聪明与“敌人”周旋和斗争，以幽默乐观的心态面对困难、战胜贪婪的国王和领主。这类充满机智的故事，展现了藏族民众运用自己的智慧，巧妙地与上层社会压迫者斗争的图景。

藏族民众推崇勤劳、善良和感恩的品德在民间故事中无处不在。如《报恩》《老虎报恩》《金砖换猫狗的人》等。这些民间故事在带给人欢笑，给人生活希望的过程中，启迪着藏族民众的思想，成为藏族民间故事讲述藏族民众认识社会和人生的重要方法，也是藏族民众审美的基本准则。

藏族民间故事中有许多人物事迹和风物起源传说的故事，像《文成公主的故事》讲述汉族公主与藏族赞普联姻的故事。《阿尼玛卿雪山的传说》讲述藏族斯巴老神沃德巩甲的儿子玛卿邦热尊老爱幼，用非凡的智慧和魄力，消灭妖魔，降伏猛兽，惩办坏人，让安多百姓过上幸福生活的故事。《长江源头的传说》讲魔国女将阿达鲁莫的父亲被野魔牛顶死，阿达鲁莫为报父仇，射死魔牛，牛的左“鼻”流出的血渐渐成了扎加藏布；右“鼻”流出的血渐渐成了长江的传说。

藏族有许多生动的动物故事，这些故事涉及的角色有兔子、狐狸、猴子、狼、毛驴、猫、老鼠、鸟、老虎、青蛙、乌鸦、狮子、大象等。这些动物与藏族民众生活关系极为紧密，本书中的《爱虚荣的乌鸦》《乌龟和猴子》《小兔子洛珠》《狮子和犀牛》《老虎到底是老虎》等故事从不同侧面表现了藏族民众的生活情感。这些动物故事大多以短小精练的叙事，通过动物故事表达了深刻的哲学道理和生活经验，给人以多方面的启迪，深受群众喜爱。

本书从“经典”角度选编藏族民间故事，试图系统呈现藏族民间故事的基本面貌，展现藏族民间故事作为民众生活、情感表达方式的特殊性，让更多的读者探寻、发掘和品味藏族民间故事的瑰丽与奇妙。

藏

目录

CONTENTS

天、地、人的起源

一

天是怎么来的？地是怎么来的？这个事情，哪个都说不清，只有又白又胖的木日扎该（老母虫）和红头黑身的木日兹哥（蜈蚣虫）看见过。

很早很早以前，世界上没有天也没有地，到处是一片混沌。木日扎该在混沌状态中拱动，寻找着光明的地方。突然，从哪里传来了一阵喧闹声，仔细一听，有两个声音在争吵着。

一个说："杀拉甲伍，你先绷。把地绷好以后，我再绷天。"另一个说："罗拉甲伍，你先绷。天绷好了，再来绷地。"

木日扎该急忙向发出声音的地方钻过去，看见罗拉甲伍正在绷天，天绷好后是圆拱形的，在上方。然后，杀拉甲伍 来绷地，地是圆球形的，在底下。天和地都绷好了，现在要把天和地扣合起来。可是一比，天绷小了，地绷大了，怎么也盖不严。罗拉甲伍抱怨杀拉甲伍说："你看，叫你先绷地你不听，这下子怎么办？"杀拉甲伍没有办法，只好使劲挤地，把地挤小点，这样，天和地终于扣严了。在挤的时候，地面上有的地方鼓了出来，有的地方凹了下去。鼓出来的地方，就形成了山坡、高地；凹下去的地方，就形成了沟壑、海子。

木日扎该看见了这一切。在木日扎该后面钻出来的是木日兹哥，木日兹哥也看见了这一切。后来，木日扎该和木日兹哥把罗拉甲伍怎样绷天，杀拉甲伍怎样绷地的故事传了出来，人们才知道天和地的来历。于是，大家都公认罗拉甲伍就是天老爷，杀拉甲伍就是地老爷。

二

天也有了，地也有了，动物、植物都有了，就是还没有人。

天老爷先派来了“一寸人”。一寸人长得太小了，老鹰要叼他，乌鸦要啄他，土耗子要咬他，连小蚂蚁也要欺侮他。一寸人实在太软弱，庄稼也种不出来，后来慢慢就死绝了。

天老爷又派来了“立目人”。立目人太懒怠，不会种庄稼，又不学，天天只知道吃喝。身边能吃的东西都吃光了，立目人也渐渐饿死了。

天老爷又派来了“八尺人”。八尺人身高力大，食量也大得吓人。种的庄稼三年的收成还不够他吃一年。开始他还能捕野兽、禽鸟和采野果、野菜换着吃，后来这些都吃光了，八尺人没有充足的食物，知道自己只有等死了，于是不断地哭，也逐渐灭亡了。

天老爷没有办法，最后才派来了我们现在的“人”。

三

人刚到地上的时候，种庄稼不是人使牛，而是牛使人。

但是老牛哪有人精灵？它生性又笨、又懒、又脏。有一次，牛正在使人犁地，它边走边拉起屎尿来，溅了人一身。人气不过，踢了它一脚，把牛的上牙全踢掉了，所以现在牛就没有上牙。牛还一跤跌倒在地上，把人身上拉着犁的绳索也绊落了。天老爷罗拉甲伍看见老牛这么脏、这么笨，就叫人把老牛绊落的绳索反转来套在牛的身上。从此以后，牛就成了拉犁的牲畜，由人使着牛犁地了。

牛有的是力气，就是懒得很，经常打瞌睡。人使牛的时候，就跟在后面唱一唱，如果牛还不出力，人就用鞭子抽它。

四

自从牛耕田以后，庄稼越种越好。种出来的粮食供人吃，老牛只吃点壳壳秆秆。这样，粮食吃不完了，人就有点大手大脚地浪费粮食了。荞子粑粑拿来擦屁股，白面饼饼也拿来擦屁股。

天老爷罗拉甲伍知道以后很生气，他说："粮食是拿来吃的，既然你们吃不完，我就收回去了。"于是他就下到人间来收庄稼。

以前，五谷都长得繁盛茂密、枝繁叶茂的。老天爷罗拉甲伍抓住往上一拉，想全部收走。这时候，狗跑来衔住罗拉甲伍的裤脚，一边哀叫，一边流泪。罗拉甲伍看见后，起了怜悯心，就把每样粮食留下了一些。因此，后来的五谷都只是顶上结出一个"吊吊"，只有荞子还是枝繁叶茂的，因为罗拉甲伍抓荞子的时候，刚一抓，就被有棱角的荞子秆秆划破了手，鲜血不住地流，连荞子秆秆也染成了红色。罗拉甲伍没办法，只好放过了荞子。

因为粮食是狗哭才被留下来的，所以后来狗就和人分粮食吃。现在五谷种子上面都有一条线，就是当年划分的界线。

星星的由来

从前，天上只有太阳和月亮，没有一颗星星。晚上没有月亮的时候，大地就一片漆黑。

有一位年过百岁的老阿爸，他从年轻时候起就想在天上挂一些灯，光照大地，总是想不出好办法。老人有九个儿子，长得虎彪彪的，个个都是英雄。有一天，老人把他们叫到跟前，说："孩子们呀，你们都长大了，应该做些事了。"九个儿子问："阿爸叫我们做什么事？"老人说："你们想想，现在人们最缺少什么，你们就去造什么吧。"九个儿子听了，都不知道该做什么。老人想了一会儿，又说："我白天丢了一把砍柴刀在山里，你们去找回来吧。"九个儿子异口同声说："呀，外面黑得连大山都看不见，怎么能找到砍柴刀呢？"老人说："你们想想，你们该做些什么事，就去做吧！"九个儿子恍然大悟，都各自出远门，各人去做各人的事了。

过了九九八十一天，在一个黑洞洞的夜里，九个儿子不约而同地回到了老人的身边。他们每人带回了九九八十一颗宝珠。这些宝珠闪光发亮，把老人的帐篷照得比白天还亮。他们还在夜里用宝珠照明，找回了老人丢掉的砍柴刀。老人说："孩子们呀，你们现在去看看吧，今晚上有多少迷路的人，你们送给迷路人每人一颗宝珠，给他们照路。还有乡亲们需要出来做活的，也送给他们一颗宝珠，让他们好去干活。"

九个儿子听了，说：“这太难了呀。还不如把所有的宝珠，挂在高山上，让大家都见到光亮。”老人说：“这是个好办法，但这只能照到近处，如果要让千千万万的人都能得到光明，你们看怎么办到呢？”九个儿子说不出来。老人说：“你们为众人做了件大好事，就是找来了很多夜明珠. 现在你们去做自己的事吧。把宝珠全留给我，我把它们挂到天上去。”

九个儿子问：“怎么挂法？”老人说：“这不用问，当你们看到满天宝珠照亮人间的时候，我再告诉你们。另外，你们还会看到天上有颗最亮的宝珠向你们眨眼。”九个儿子按照老人的吩咐都去做自己的事了。

当夜，老人带了所有的宝珠，来到一个大松林里。松林里的仙鹤看到了光亮，都飞到老人的身边来了。老人把宝珠一颗一颗放在仙鹤身上，自己骑了一只最大的仙鹤，带着鹤群向天上飞去。老人骑着仙鹤，把所有的宝珠都镶嵌在天幕上，这些宝珠立即变成了亮晶晶的明星。老人自己也化作一颗最大最亮的星。从此，天上有了星星，黑夜里也有了光明。老人化作的大星星，就是启明星，藏族人民把它叫老人星。它的确是老人那一颗智慧的心。

人类三始祖

很早的时候，大地上只有树木、花草、禽兽，还没有人类。

一天，在一个像鸡眼大的泉水里，长出了一朵美丽的花，花中间跳出了个小男孩，他的名字叫格拉角。格拉角来到世间以后，就把这草坝当成自己的家。他一个人感到很孤单，就在大草原上走来走去，寻找伙伴。他看见野马就抓着野马骑，看见野牛就抓着野牛骑。骑过的野马、野牛，慢慢地就听他的使唤了。

有一天，他来到长满荆棘的山谷里，看见立着一块白石头。这时，他忽然听见刺丛中有人说话："是上去的往上走，是下去的往下走，是客人就请进来。"格拉角走进去问："你是什么人？在这里干什么？"那人说："我就生长在这里，我叫刺拉角。""那很好，我们做个朋友吧！"格拉角和刺拉角成了好朋友，他们天天在一起放牛、放马。

有一天，他俩来到草坝中间，看见立着一块白石头。忽然，他们听见草丛里有人说话："是上去的往上走，是下去的往下走，是客人请进来。"格拉角和刺拉角走进去问："你是什么人？在这里干什么？"那人说："我就生长在这里，我的名字叫草拉角。""那很好，我们做个朋友吧！"格拉角、刺拉角和草拉角成了好朋友，他们天天在一起放牛、放马。

太阳姑娘，月亮姑娘，还有星星姑娘，看见地上有三个英俊的少年，她们就变成三只鸟飞到地上，悄悄地为三个少年烧火煮饭。

三个少年每天放牛放马回来，屋头总有人把饭已经煮好了。他们感到很奇怪：“这究竟是哪个在帮我们煮饭呢？”

有一天，三个少年早晨一同出去放马，接着他们又回来，悄悄地躲在屋子背后偷看。他们瞧见三只美丽的鸟儿飞进屋头，脱掉了鸟衣，立刻变成了三个美丽的姑娘，忙着做起饭来。

三个少年走进屋，先把鸟衣丢进了火塘。接着，格拉角抱住了太阳姑娘，刺拉角抱住了月亮姑娘，草拉角抱住了星星姑娘。后来他们就成了亲。

从此，人类就繁衍起来了。直到现在，很多藏族人的名字还叫“尼玛”“达瓦”“朵尔玛”[①]，就是怀念祖先的意思。

①均为藏语。尼玛：太阳；达瓦：月亮；朵尔玛：星星。

洪水潮天

过去，有一藏家的三弟兄到山坡上去砍树挖生地，可是，他们头天砍好的树木、挖好的生地，第二天去看，依然长得原模原样，一连好几天都是这样的。

三弟兄感到奇怪。在一天晚上，他们便带了弩箭和腰刀，跑到火山地边守着，看究竟有啥动静。到了半夜，来了个猪嘴人身的怪物，用嘴在地里三拱两拱，挖的生地就恢复成老样子了。三弟兄把怪物逮住，老大、老二要杀掉他，被老三阻挡了。怪物对他们说："你们砍树挖生地没有用，马上就要落三天三夜的暴雨，天下所有的东西都要被冲光淹尽。你们快准备好一只大公鸡、一个盐棒槌，选个牢实的木头房子躲起来。"怪物又悄悄地嘱咐老三要躲在房子楼下的一层。

三天三夜不停的瓢泼大雨下过后，老大、老二连同所有的庄稼、树木、牲畜都被大水冲走了，剩下孤零零的老三。他把盐棒槌甩出房外，听到"噗"的一声响；又把公鸡丢出去，公鸡拍打翅膀"喔喔喔"地叫了。老三知道大水退了。他两手空空、赤身裸体地走出屋外，抬头一看，满山遍野是稠糊糊的稀泥浆，太阳火辣辣地挂在天空，周围没有一点响动，没有一丝烟火，寂静得十分可怕。

老三孤独地向远方走去，肚子饿得咕咕地响，找不到一口吃食。又走了好一阵，他看见一男一女两个瞎眼睛白头发的老人面对面地坐在山坡下，中间摆了很多好吃的东西。老三饿得没法，什么也不顾，跑过去抓起来就吃。

瞎眼老头对瞎眼老太婆说："奇怪得很，洪水潮天，天下的人都绝种了，怎么会有人偷我们的东西吃？"老三听了吓得爬起来就逃跑了。

原来，这两个老人是天神和月亮神变的，他俩听见老三跑动的脚步声，连忙大声招呼："地上的人别跑别跑，地上就剩你一个，你跑了会活不成的，我们给你找个带路的，把你引到一个地方去。"老三不再跑了，两个神用手一招，飞来一只雀儿在老三头上飞来飞去，径直把他引到一个有两扇门的岩洞前。歇了一歇，雀儿就飞进洞里去了。老三跟着进了洞，里面是高大漂亮的房了，还摆着许多他从未看见过的鲜美食物。他美美地吃了个饱，怕主人家发现自己偷了吃食，就爬在牲畜圈里躲起来。

一会儿，水神的三个姑娘从里面出来了，她们看见摆的吃食少了，知道来了洪水潮天过后地上还剩下的人，就大声喊老三出来。老三又怕又羞，不敢应声，经不住三个姑娘再三呼唤，只好答应说他光着身子，见不得人，不能出来。

大姑娘听了，扯了一丝丝羊毛用嘴一吹，变成一件毛布衣服；二姑娘听了，扯一丝丝羊毛用嘴一吹，变成一条腰带；三姑娘听了，扯了一丝丝羊毛，用嘴一吹，变成了一双靴子。她们把这些穿的丢给了老三。老三穿戴好出来，三位姑娘用丰盛的酒席招待他，叫他在这里住下。又给他一支弩箭，叫他天天练习射箭。

老三练了好几天，射出的箭已经百发百中了。三位姑娘叫他去山上射正在打架的两头牦牛，还说："若不把其中的一头黑牦牛射中，回来就再也见不着我们了。"老三跑了两天，把黑牦牛射中了。顿时，山神、树神，骑马的、骑猪的各种神，都钻出来向他祝贺，感谢他把黑牦牛射死了。

三位姑娘又安排老三到山上逮住遇见的虎、豹、龙，又对他说："若一个都逮不住，回来再也看不见我们了。"

老三照她们的吩咐到半坡上遇到了虎，他害怕不敢逮；又遇到豹子，他

害怕也不敢逮。最后龙来了，他担心再逮不住回去见不到三位姑娘，只好大起胆子抓住了龙的尾巴。龙变成了一位年轻美丽的姑娘，对他说：“你不该逮我，应该逮变成虎的大姐，她能把一粒粮食变成满山遍野的庄稼；你该抓住变成豹子的二姐，她能用一根羊毛变出千万件衣服。我是幺妹，啥都变不起。”老三只好把她放了。

三个姑娘又喊老三第二天上山用弩箭朝四面八方射，要不停地吼“啊”。老三照办了，顿时他面前就有成帮成群的兽类在山上跑来跑去，在地上跑的就归了人，会爬树的松鼠等就成了山神名下管的野物。由于老三射弩箭时扳机卡了一下，所以归人的牦牛、水牛、黄牛、犏牛的蹄子到现在都是分岔的。

三位姑娘又给老三一点粮食，叫他交给碰到的一个神，他也照办了。那个神把粮食拿去喂一个泥巴灰灰做的娃娃，娃娃吃了长大变成了人的祖先。所以，人在身上一抠就会掉皮屑灰灰。

青稞种子的来历

几千年以前，离娄若很远的地方，有一个布拉国。布拉国的地盘很宽，人也很多。在这个国家里，人们吃的是牛羊肉，喝的是牛羊奶，只有国王的宫殿里才有一些果树，也只有国王和他的大臣们才能吃上一点水果。

国王的儿子叫作阿初，是一个聪明、勇敢、善良的年轻王子。他听说山神日乌达那里有粮食种子，把这些种子撒在地里就能长出又香又好吃的粮食来。他想让全国的人都吃上粮食，就打算到日乌达那里去要种子。

阿初王子把他的想法告诉了他的爸爸妈妈。国王和王后想：到山神日乌达那里去，要翻九十九座大山，要过九十九条大河[①]，怕他们唯一的儿子在路上出岔子，就劝阿初不要去。不管国王和王后怎样劝，阿初都不听，一心要去把种子找回来。国王和王后没法，只好选了二十个武士陪着阿初王子一起去找日乌达。

第二天，阿初王子带着二十个武士，他们人人拿着长矛，别着腰刀，骑着骏马出发了。翻过一座大山，又是一座大山；过了一条大河，又是一条大河。阿初王子带的武士，一个接一个地死去了，有的是被一路上的野人杀死

①九十九座大山，九十九条大河：是山与河多的意思。藏民习惯把最多的数字说成九十九。

的；有的是被毒蛇和猛兽咬死的。等翻过九十八座大山，跨过九十八条大河时，就只剩下阿初王子一人一马了。

阿初王子牵着马一步一跌地爬上了第九十九座大山，快到山顶时，突然刮起了狂风，天上降下了暴雨，他急忙躲进一个岩窝里。暴风雨一过，阿初牵着马上了山顶。真奇怪！山顶上一点也不像下过暴雨的样子，太阳正红火，在一棵罗汉松下面，坐着一位老妈妈，手里拿着线锤在捻毛线。阿初走上前去，向老妈妈行礼，问老妈妈日乌达住在什么地方，怎样才能找到日乌达。老妈妈把阿初打量了一番，阿初又把他的身世和来意告诉老妈妈后，老妈妈才说："要找日乌达很容易，翻过这座山，过了山下的大河，沿着河岸往上走，河的尽头有一个大瀑布，在那里，你只要高声喊三次日乌达的名字，日乌达就会出来见你。"原来这个老妈妈就是地母，她是被阿初的诚意感动了，特意来给阿初指路的。阿初正想向老妈妈道谢，老妈妈已经不见了。

在第九十九条河的尽头，阿初看到了一个大瀑布，哗啦啦的大水流个不停。对着瀑布，阿初恭恭敬敬地行礼，接连喊道："尊敬的神——日乌达，请您出来吧，我有一件事请您帮忙！"刚喊完第三遍，一个像高山一样高大的老人从瀑布中现出来，他的白胡子跟瀑布一样从山顶拖到河水中。这个老人就是日乌达。

"是哪一个叫我？"老人低下头，发现了阿初，就说，"哦，哦，是你！你是哪里来的？找我做啥？"

"尊敬的山神，是我找您。我是布拉国的王子，听说您这里有很多粮食种子，请您给我一点，让我带回去，让我们那里的人都能吃到粮食。"阿初说完，又向老人行了一个礼。

"什么？粮食种子？"老人说，"小王子，你弄错了！我这里哪有什么种子？只有蛇王喀不勒那里才种庄稼，在他那里才有粮食种子。"

阿初着急了。接连问老人蛇王住在哪里，怎样才能向蛇王要到种子。日乌达笑着说："蛇王住的地方离这里不算远，骑着快马只消七天七夜就可以走拢，只怕你不敢到他那儿去。蛇王既凶狠又吝啬，他从来不愿把粮食给世上的人，以前许多到他那儿去的人，都被他罚成狗吃掉了。你去，也会被他罚成狗，被他吃掉的，你害怕不？”

阿初说：“我不怕，只要能得到粮食种子，我什么也不怕。”

日乌达看见阿初很坚定，是一个聪明勇敢的小伙子，就详细地告诉了他到蛇王那里去的路，并叮咛阿初说：“要想得到粮食种子，只有到蛇王那里去偷。秋天蛇王收了庄稼以后，就把粮食装进口袋，放在他的宝座下面，周围都有卫士守着。但是，每逢戌日[①]太阳当顶时，蛇王就要到山顶海子边去拜访龙王，虽然他来去只要一炷香的时间，他的卫士都要趁这个时候打瞌睡。这一炷香的时间就是去偷他的粮食种了的好时机。”说着，日乌达从怀里掏出一颗像黄豆样的东西交给阿初，说：“我老了，不能更多地帮助你，送你一颗‘风珠’，在万不得已时，你把它含在口里，它会帮助你跑得像风一样快。”

阿初向日乌达道谢，日乌达最后嘱咐说：“万一你不幸被蛇王变成了狗，你要赶快往东跑，等你得到一个姑娘的真爱时，你再回国去，那时你就会重新变成人。去吧！小伙子，祝你如意。”

阿初骑着马在路上慢慢地走，走两天就要歇一天，从夏天一直走到了秋天。离开日乌达那里时，他还很瘦很弱，现在，他已经长得非常健壮了。

终于到了蛇王的地盘，蛇王刚刚收完地里的庄稼，周围一户人家都没有。阿初知道蛇王住在很远很远的高山上，就赶着马奔向那座大山。

阿初一到蛇王住的那座山脚下，便取下了马背上的口袋，放开缰绳，让马先跑回布拉国去。他背起干粮袋爬上了蛇王洞府的一座大山。到了山上，阿初选了一个正对蛇王洞府的岩窝住下来。这个岩窝和蛇王的山洞隔着一条很宽很深的山沟。他用干草和树枝铺好了岩窝，睡在岩窝里就可以看见蛇王

①戌日：是四土藏民敬神的日子。四土指梭磨、卓克基、松岗、党坝四个土司所管辖的地区。住在四土的藏族，被其他地区的藏族称为嘉戎，意即住在靠近汉族河谷者。

洞门口的一切。

一个戌日的中午，阿初正在岩窝里打盹，突然听到一阵铃声响。他抬头一看，原来蛇王带着他的卫士，正沿着洞门口的大路朝山上走去。蛇王很高大，穿着有鳞甲的袍子，袍子的边上挂着许许多多小银铃。他知道蛇王是到山顶海子去，就赶紧爬出岩窝，梭下山沟，朝蛇王的洞府大门爬去。果然，守洞的卫士这时都睡着了。阿初快要爬拢蛇王的洞门口时，突然铃声响起，卫士都翻身爬了起来。阿初知道是一炷香的时间过去了，蛇王从海子回来了，吓得他躲在大路边的草堆中。

等蛇王进了洞府，阿初才悄悄地离开草堆，不但没有偷到粮食种子，连洞门也没有进成。他垂头丧气地回到自己的岩窝里。这天，阿初想了个好主意：在这边山的大树上拴根绳子，吊在绳子上就可以一下荡到对面的山腰，免得爬来爬去耽搁时间。于是，他把他的毪衫[①]脱下两件，撕成一根根的，然后编成毪绳。

又是一个戌日的中午，蛇王带着卫士离开山洞，朝山顶海子走去。阿初赶紧爬上面对着蛇王洞的那棵大树，拴好了毪绳。接着，他顺着毪绳往下滑，滑到毪绳的尖端时，他用力一荡，一下就荡到蛇王的洞门前。阿初轻手轻脚地绕过睡着了的卫士，走进了蛇王洞。

洞里漆黑，阿初摸着洞壁，拐了几个大弯，走进了蛇王的大殿。这里，长明灯照得亮堂堂的，大殿深处有一个台子，台子上有一把金圈椅。圈椅周围睡着卫士，台子前面也有一排睡着了的卫士。蛇王的粮食，就一袋一袋地堆在台子下面。阿初悄悄地走过去，越过两个卫士的肩头，钻到了台子下面。

阿初打开一只口袋，看见黄澄澄的青稞，心里很高兴，便一把一把地抓进自己脖子上挂的口袋里。口袋装满了，他还抓了一把在手里。于是，他又

---

①毪衫：是用牛毛捻线织成的衣服，牛毛搓的绳子就叫毪绳。

越过那两个卫士的肩头，走出大殿。

阿初刚摸出洞口，一不小心，一脚踢在洞门口卫士的身上。两个卫士翻身跳起，两支长矛拦断了他的退路。阿初赶紧把手中的青稞子向两个卫士撒去，趁两个卫士揉眼睛的时候，阿初抽出腰刀，一挥手就砍倒一个卫士。他正要砍另一个卫士，洞里的卫兵们听到惨叫声，一窝蜂似地赶出来围住了阿初，阿初砍死了几个卫士，拔腿就跑。谁知一时心慌，跑错了路，一头碰在刚从海子回来的蛇王身上，撞得蛇王倒在地上。

前面是蛇王，背后是蛇王的卫士们，阿初只好横着心向山沟里跳，赶忙把日乌达给他的“风珠”含进口里。正在这时，蛇王哈哈一笑，伸手指向阿初，突然天空响起雷声，闪着电火。一声炸雷一阵闪电都像击在阿初身上，阿初变成了一只黄毛狗。

阿初想起了日乌达的嘱咐，就赶快朝山沟里跑，他像长了翅膀一样，一下就飞过了山沟，越过了几座大山。雷和闪电都没有追上他。

第二年的春天，被蛇王变成了黄毛狗的阿初王子，沿着一条大河走到了娄若。娄若也是一个不长庄稼的地方，除了土司官寨附近有些果木外，满山遍野都是青草，到处放牧着牛羊。一到这个地方，阿初就听人们说这里的土司叫肯乒，他有三个漂亮的女儿，大女儿叫泽躺，二女儿叫哈木错，三女儿叫俄满。三姊妹中，要数俄满长得最漂亮，她比她的两个姐姐都聪明，心地也最善良。俄满爱一切善良的人，爱花爱草，也爱狗、猫、雀鸟等一切动物。阿初想到日乌达的话，他认为只有俄满才能救他，就决定去找俄满。

阿初在土司官寨附近徘徊了好几天。一天，当俄满在官寨背后的草坪上摘花时，阿初跑上前去咬住了她的裙子直摆尾巴，俄满看见是一条可爱的黄狗，就跪下来抚摸狗的头，不住地赞叹。阿初王子虽然被蛇王变成了狗，却仍然和过去一样聪明，他用两只泪汪汪的眼睛望着俄满，“汪汪汪”地叫个不停，边叫边用一只脚比画，拨动他脖子上挂着的粮食口袋。

俄满轻轻地从阿初的脖子上取下口袋，打开一看，黄澄澄的青稞种子使俄满惊呆了。她不知道这是从哪儿来的，也不知道有什么用处。阿初抓了抓她的衣裙，又用两只前爪在地上刨了一个小坑，比画着要她把这一粒粒像黄金一样的东西丢在坑里。

俄满懂得了。阿初不停地刨坑，俄满就把青稞种子撒在坑里。俄满喜欢这只狗，她把地里种下的青稞当成宝贝，更把阿初当成她的宝贝。她让阿初跟她住在一起，不论到哪儿去都把阿初带在身边。阿初天天要去看青稞，俄满也天天跟着去看。他们看着青稞发芽、出苗、吐穗……

秋天，各种果子成熟了，牛羊也肥了。肯乒土司的三个女儿也该出嫁了。一个有月亮的晚上，土司在官寨前面的大草坪上举办了一个盛大的锅庄晚会。一来是庆祝一年的好收成，二来是给他的三个女儿选女婿。在草坪上的，除了土司一家人和那些有钱的老爷、太太、少爷、小姐外，还有阿初，因为他是俄满心爱的狗，俄满能去的地方，他也能去。

草坪上，人们唱了一支又一支的山歌，跳了一圈又一圈的锅庄，俄满跳锅庄，阿初也跟在她身后跳，俄满不跳了，阿初就偎依在她身边。

唱了几支山歌，跳了几圈锅庄，喝过了几碗奶茶，不熟悉的人都熟悉了，从未交谈过的人也彼此认识了。这时候，土司的三个女儿，怀里抱着果子，跳起了最好的锅庄，这是她们在挑选女婿了①。年轻的少爷们就在草坪中间坐了一个大圆圈，把她们姊妹三个包围起来。

姊妹三个跳完第一圈锅庄，大姐泽躺就选到了她的丈夫——附近一个部落的土司的儿子。她把怀里的果子全给了他，他们并肩跳着锅庄，到土司肯乒面前去了。

跳完第二圈锅庄，二姐哈木错也找到了她的心上人——附近一个地方的少土司（土司的继承人）。哈木错也照老规矩，把她怀里的果子给了少土司，他们一起跳着舞到了肯乒土司的面前。

俄满接连跳完了三圈锅庄，却没有选出她心爱的人。俄满的美丽、善良

①四土藏民选女婿的古老习惯，是姑娘怀抱着果子跳锅庄，选上了谁，就把果子给谁。

和聪明，是人们都知道的，漂亮的小伙子们都想娶她做妻子。他们看见俄满连跳了三圈锅庄却没有选中他们中的任何一个，开始悄悄地议论："俄满究竟要选什么样的人做丈夫呢？"

俄满跳第四圈锅庄的时候，突然看见了她心爱的狗——阿初，泪汪汪地坐在人群中。俄满心里一动，情不自禁地跳着锅庄到了阿初的身旁。她从来没有想过她会选狗做丈夫，偏偏有那么凑巧，她刚跳到狗的身旁就滑倒在狗的身上，抱在怀里的果子也掉进了狗的怀里。她又羞又气，埋怨自己为什么会在这个时候跌倒，更恨自己会在这个时候把果子掉进狗怀里。

周围的人，特别是那些年轻人，一看见俄满当众出丑，立刻哄堂大笑起来，嘲笑俄满选了狗做丈夫。

肯乒土司是个最爱面子的人。他非常生气，认为俄满当众丢了他的脸，不配做他的女儿，俄满的两个姐姐也同外人一起嘲笑自己的妹妹。土司指着俄满大骂："既然你爱狗，当众选了狗做丈夫，那你就跟着你的狗丈夫走吧，永远不要再进我的官寨！"

俄满边哭边朝青稞地里走去，黄狗就跟在她身后。地里的青稞穗子黄熟了。俄满抱着狗在地里痛哭，哭得非常伤心。

"聪明美丽的姑娘，你不要再难过了。"俄满怀里的狗突然说话了。俄满很惊诧，立刻不哭了，抽抽噎噎看着这只会说话的狗。"你不要难过，也不要害怕。我是人，我不是狗。""你是人？为啥你又会变成这个样子呢？"俄满好奇地问道。

阿初说："你知道布拉国吗？我就是布拉国的王子。我们那里的人，从来没有吃过粮食。我想使我们那里的人吃到粮食，就到蛇王喀不勒那里去偷粮食种子，刚偷了一些青稞种子出来，就碰上蛇王，他便把我变成了狗。不过，我还是可以再变成人的。"

俄满看了看地里已经成熟的青稞，又看了看站在她面前的狗。她眼眶里挂着泪花，嘴角上却露出了笑容。她对阿初说："要是你变成了人，那该有多好啊！不但我不再被人嘲笑，而且，我们会生活得很幸福。可是，你什么

时候才能变成人呢？”

阿初说：“在我没有到蛇王那里去以前，我曾经找过日乌达。他告诉我：万一不幸被蛇王变成了狗，就必须在得到一个姑娘的真爱时，才会重新变成人。”

俄满说：“我爱你，我是真心爱你，你为啥还不变成人呢？只要你能变成人，你要我做啥我就做啥。”

“假如你真心爱我，你赶快把这些熟了的青稞收集起来，缝一个小口袋装起来，并把口袋挂在我的脖子上，我马上回布拉国去。在回国的路上，我会沿路撒下青稞种子，你跟着我撒的青稞走，走到看不见青稞的时候，你就会看见我重新变成人。”

俄满点点头，就动手收集成熟了的青稞。接着，她撕下一块围裙布，缝成了一个小口袋，把青稞装进去，挂在阿初的脖子上。她要求跟阿初一起走。阿初说：“从现在起，我不愿意让你再看见我这个难看的样子。你爱我，就跟着我撒下的青稞走吧！”

阿初脖子上挂着青稞口袋，在路上走着。每走一步他都要停一下，用四只爪子刨松土地，撒下青稞种子。饿了，就吃几个荒地上长的野果；渴了，就喝一点溪沟里的清水。

在阿初身后很远很远的地方，俄满也正在路上走着。刚上路的时候，她看见地上是刚撒下的青稞种子，以后，她看见了青稞芽子、青稞苗子和出穗的青稞。开始，她吃的是自己背的干粮，慢慢地，背的干粮吃完了，只好吃野果，喝溪水。俄满不知道在路上走了多久，也许是半年，也许比一年还长。一直走到青稞成熟、树叶枯黄的时候，她才看见远远的地方有一座城，有许许多多高大的楼房。她的靴子走烂了，脚走破了，衣服被荆棘扯烂了，一身沾满了尘土，但她的心里和脸上充满了喜悦，因为她快要见到心上人了。

俄满走进了布拉国的都城。这里，除了漂亮的楼房、美丽的花木外，早已看不见青稞了。她逢人就打听，问了好几个人，才知道黄狗早已跑到王宫里去了。她顺着大街，朝王宫走去。王宫坐落在都城的中心，高大而雄伟，四面八方都是花木，活像一座大花园。俄满刚走进花园，她心爱的黄狗便跑来了。她伸出双手要去抱狗，而狗却站住了。就在狗站的地方，突然冒起了一阵白色的浓烟。阿初王子从浓烟中走出来，狗却不见了。俄满和阿初拥抱在一起。勇敢的阿初王子，仍旧和过去一样年轻、英俊。

阿初王子带着俄满，一同去拜见了他的爸爸和妈妈——布拉国的国王和王后。国王和王后高兴地流出了眼泪。国王和王后爱他们的儿子，也爱善良、美丽、忠贞的俄满。

就在那天晚上，阿初王子和俄满结婚了。参加婚礼的人很多，有布拉国的国王、王后和大臣们，还有很多很多的老百姓。那些老百姓，在婚礼进行中，编了一支又一支的歌儿，感谢为他们找回青稞种子的勇敢的阿初王子，赞美聪明美丽而又忠贞的俄满。

自从阿初王子和俄满离开娄若以后，从娄若到布拉国的几千里地面上都长出了青稞，这几千里地面上的人都吃上了用青稞磨面做成的糌粑。许多人看见的是一只黄狗撒下的青稞种子，长出了像黄金一样的粮食，却不知道这只黄狗就是阿初王子，都以为是神可怜他们，派神狗给他们送来的粮食种子。因此，为了感谢神，感谢给他们送来青稞种子的神狗，他们在每年收完青稞，吃新青稞面做的糌粑时，都要先捏一团糌粑喂狗，一直到今天，从来没有人改变过这个规矩。

哈拉射日

日月成形，天地初开，天上出现了九个太阳，大地被烤得像着了火一样。

那时候，人刚刚出世，世界上的霸王是哈拉（旱獭），它有一手百发百中的射箭技能。为了炫耀自己箭法的高明，哈拉把人当成活靶子，随便射杀。人一天天减少，几乎绝了种。

神通广大的莲花大师，看到哈拉的残暴行为，非常着急，亲自出面劝阻。大师想，如果用武力除掉哈拉，人类可以免除死亡，而天上的九个太阳人却无力对付了。最好的办法是让哈拉消灭多余的太阳，先为人做点好事，再用计制服它，

莲花大师问哈拉："地上你的箭射得最好吗？"

哈拉得意扬扬地说："当然啰！除了我，还有谁比我射得更好？"

莲花大师笑了笑说："你怎么证明你的箭法是高明的呢？"

哈拉对莲花大师说："你随便指个靶子，我马上射给你看看！"

莲花大师指着天上的九个太阳说："如果你的箭法高明，把天上九个作怪的太阳都射下来，我就承认你是天下真正的射箭大王了。"

哈拉想了想说："好吧，这比酥油里抽毛还容易哇。"

莲花大师说："倘若你射不下九个太阳，我就不承认你是射箭高手，以

后绝不许你射杀人类。你敢赌这个咒吗？”

哈拉拍着胸膛说：“敢！如果射不下九个太阳，你砍掉我拉弓弦的大拇指头吧。”

哈拉发了誓言，就取弓箭去了。这时莲花大师心想：如果哈拉真的把九个太阳都射下来，大地变成了黑夜，人类也没法生存。所以，还必须留下一个太阳才行。于是大师悄悄地摘下一个太阳，藏在自己的袈裟里。

这时，哈拉手执弓箭，雄赳赳地走来，当着莲花大师的面，张弓搭箭，用力射出了第一箭。只听见“啪嚓嚓”一阵清脆的响声，天上金花四射，一个太阳碎成八牙，一眨眼间落到地上熄灭了。

接着，这“啪嚓嚓”的声音响了七下，天上发出红色、橙色、黄色、绿色、青色、蓝色、紫色七种光芒，七个太阳都裂成小块落在地上熄灭了。

哈拉射得头晕眼花，气喘吁吁，也不知道自己究竟射下了几个太阳，它定睛一看，天上一个太阳都没有了，只觉得空气变得无比清凉，散落在大地上的太阳碎片闪烁着斑斓的色彩，黄色变成了肥沃的土地，绿色变成了迷人的树林，红色变成了甜美的果实，青色变成了浩渺的湖水，蓝色变成了高阔的天空，紫色变成了眨眼的星辰，橙色显示出曙光的来临。哈拉对莲花大师说：“哈哈，莲花大师，你看九个太阳都让我射下来了，射箭大王的名号我总可以当之无愧了吧！”

谁知莲花大师却摇摇头，从袈裟里拿出一个太阳，说也奇怪，那个太阳从莲花大师手里径直飞了出去，慢慢升上天空，霎时，大地充满了温暖和光明，万物复苏，一切变得生机勃勃。哈拉一下惊呆了，它明明记得射下了九个太阳，现在怎么多出了一个太阳呢。它又仔细数了数散落在地上的太阳碎片，数来数去，确实少一个太阳的碎片。哈拉只得认输，按照原先发的誓，从此再不残害人类，以草根为食，安守本分，改恶从善。

这时，莲花大师走过来，一把抓住哈拉的双手，顺手摘下一片莲叶，吹了一口仙气，莲叶变成了一把锋利的小刀，砍下了哈拉的两个大拇指，然后，又割下人胳肢窝里的两块肉，把哈拉的大拇指放在人的胳肢窝里，把人

胳肢窝里的肉放在哈拉胳肢窝里，意思是让哈拉和人交上朋友，从此不要害人。所以直到现在，人的胳肢窝里还长着一片带汗毛的肉，因为那是哈拉的大拇指肉，而哈拉胳肢窝里不长毛，因为那是当初交换的人肉。哈拉的双手没有了大拇指，因为莲花大师怕它再乱射箭将它的大拇指砍去了。从此，人类才慢慢繁衍起来。

后来，人类忘记了莲花大师的训诫，不但捕杀哈拉，而且还煮着吃它的肉。被捕杀的哈拉临死时，先是“吱吱吱”地尖叫着没命地奔逃，意思是向人们求饶，等到人们捉住它，它会双手合十，不断叩头作揖，嘴里发出像婴儿啼哭的声音，这是在向人类忏悔自己过去的罪行哩。

人身上为什么没有毛

古时候，这世界上没有所谓的人类，在密密麻麻的原始森林中居住着各种野兽。它们当中有一种名叫黑头的野兽，也同其他野兽一样，每天在林中寻找食物。一天，当老虎、狮子和熊等聚在一起的时候，一位神仙从天而降。神的手里拿着被称为“知识”的一块肉，神说：“你们这些野兽虽然天天都在寻找食物过日子，但是由于你们大家什么知识也没有，今后你们的生活不可能有所改善。假如你们舔一舔我手中的这块知识肉，你们的生活一定会变得比现在好。你们把它平均分配，大家都舔一舔。”说完，这位神仙飞上了天空。神仙走后，所有的野兽聚在一起，商量如何分配知识肉的问题，大家一致同意按照平时各自的等级顺序来舔这块肉。大家按顺序排队时，发现黑头野兽还未到场，让谁去喊它呢？老虎让熊去，熊让猴子去，最后只有让兔子去喊。兔子说：“如果让我去喊黑头野兽，那知识肉会被你们舔得一干二净，还不如让我走之前先舔一口吧。”大家一致同意后，兔子舔了一口肉，它得到了一定的知识，便心满意足地走了。走着走着，兔子心想：平时除了黑头野兽外，其余那些比我力气大的野兽总是欺负我，今天我要想个办法，将那块知识肉只让黑头野兽独享。兔子走了很长时间，终于碰见了黑头野兽。兔子对它说：“今天神仙向我们所有的野兽发了一块被称为知识的肉，除了您，其余的都已吃了各自的那一份，现在，它们正盯着您的那一

份呢。它们还说，如果您不赶紧去，就要吃掉您的那一份。”黑头野兽立即向兔子致谢，并赶到知识肉跟前。当它看到大家都围着属于他的那份肉时，一跃扑向前，把整块的知识肉吞进了自己的肚子里。其他野兽都惊呆了，大家极为生气，打算杀死黑头野兽，并吃掉它的肉。而此刻黑头野兽大大增长了知识，说：“我以为这块肉是我自己的那一份，所以就吃了，的确不知道大家还没有舔。现在，假如你们杀了我，吃了我的肉，神仙给的知识肉就不起作用了。因此，请你们另外想个办法对我进行惩罚。”于是其他野兽说：“那么拔掉它身上的毛。”说着它们一起动手去拔黑头野兽的毛，黑头野兽无能为力地坐在那里，用手捂着自己的头。后来，黑头野兽因为吃了知识肉获得了知识，逐渐进化成了现在的人，而人身上就剩下这么一点儿头上的毛了。

雄狮大王格萨尔

一、梵天慈悲派神童

从前，西藏地方，在法王祖孙三人[①]的时代，由本布、咒师、僧侣[②]三种人统治着西藏。那时，西藏社会还没有像后来那样纷乱，众生还没有像后来那样疾苦。后来由于奸臣当权，王权被篡，法王下降为普通百姓。以致四方兵乱蜂起，佛法遭到毁灭，黑头百姓在兵荒马乱中苦度岁月，哭声遍野，饿殍载道。居住在三十三天神国[③]里的大梵天王，见此惨景，心中怜悯，遂发慈悲，和王后商量，准备派一个梵子下凡，拯救西藏众生。梵王夫妇生有三个儿子。长子名东噶，次子名东磊，幼子名东珠。一天，梵王夫妇把三个儿子唤到面前，向弟兄三人说明西藏众生遭受苦难，需派一人下凡拯救众生。父王问长子："东噶，你愿意下凡吗？"东噶回答："请父王决定。"

---

①法王祖孙三人：指西藏吐蕃王朝时期的松赞干布、赤松德赞、赤热巴坚三人。三人之间还相隔着几代，所谓"祖孙"，实为"祖先"之意。

②本布、咒师、僧侣：本布，指西藏原始宗教本布教教徒。咒师，指藏传佛教旧派中在家诵经、念咒的红教徒。僧侣，指出家当喇嘛的僧人。

③三十三天神国：神界名。传说此神界在须弥山顶。中央为帝释天所居，四方为八大天王所居。合称三十三天神国。

父王又问次子："东磊，你愿意下凡吗？"东磊回答："请父王决定。"父王再问幼子："东珠，你愿意下凡吗？"东珠仍如两个哥哥回答的一样，答道："请父王决定。"母后一听，便知弟兄三人谁都不愿自告奋勇下凡。于是她说："儿啊，让父王决定，这不太好。需知道：羊的前腿是肉，羊的后腿也是肉，羊的胸脯还是肉，哪块肉也舍不得给人啊！我看还是在神坛前进行射箭、摔跤、下棋三种竞技，由神来决定胜负以后，负者下凡，这样较好。"大家一致同意母亲的意见，决定用竞技来决定谁人下凡。

首先比赛射箭。三人射完了箭，下凡的使命，落在了小弟东珠身上。接着进行比赛摔跤。三人摔完了跤，下凡的使命，还是落在了小弟东珠身上。最后比赛下棋。三人下完了棋，下凡的使命，仍然落在了小弟东珠身上。于是下凡一事，就在神坛前决定了，由东珠下凡。

东珠承担了下凡使命后，便运用神力，把自己变作一只鸟儿，飞往人间，察看情况。这只鸟儿，长得出奇。脊背黄色，羽毛发出道道金光；肚皮白色，羽毛发出道道银光；嘴壳赤色，嘴啄发出道道红光；脚杆蓝色，脚爪发出道道蓝光。这只五光十色的鸟儿，飞临西藏地方上空，盘旋了九圈，只见到处灾难深重，众生苦不堪言。鸟儿很快飞回梵宫，向父王禀道："西藏地方，果真灾难深重。不论何人，人人都在苦恼。高贵者苦于地位会降低，低贱者苦于兵税和差役。强暴者苦于势力不牢固，弱小者苦于冻饿无衣食。"父王听后道："儿啊，西藏众生实在太苦了，快快下凡去吧！"东珠遵命，立即在梵宫寿终，尸体留在一座宝塔里，灵魂化作一道白光，直射人间。

二、神子投胎诞凡尘

藏族居住的广大藏区，往日分为卫藏、阿里、朵甘[①]三大区域。朵甘区

①卫藏、阿里、朵甘：卫，指前藏；藏，指后藏；阿里，指西藏阿里地区；朵甘指安多地区及喀木地区。安多指青海、甘肃两省藏区；喀木，指原西康地区。格萨尔出生地吉苏雅，在今四川省甘孜藏族自治州德格县阿须乡熊坝西吉苏雅地方。今仍沿用此名。

域包括安多、喀木两个地区。喀木地区有个地方名叫吉苏雅。那里有两条河，两河相互冲击。有两座山，两山对峙如箭羽。有两个滩，两个滩好比绿毡铺在地。两个滩中间，有个磐石，形似一只蛤蟆蹲踞在地上。吉苏雅住着衣不裹身，食不饱肚的夫妻两人。丈夫的名字叫森隆。森隆为人本分，平时与人无争，常受强横者欺凌。妻子名叫葛姆，原是宝顶龙王的女儿，后来到了葛部，在葛岭战争中，被岭军俘获后，在带往岭国途中，在冰滩上滑倒，跌断了一只腿，人们嫌她残废，无人收留。后来，葛姆与森隆结成了夫妻。从此，两人同甘共苦，相依为命。

在金鼠当值那年[①]的三月八日晚上，葛姆和森隆在帐房里睡得正香，葛姆做了个梦。她梦见空中出现一道白光，白光正好从帐房破洞中射到自己身上，同时感到全身温暖，心情舒畅。在同一时间，森隆也做了一梦。他梦见有个身穿金甲，手持弓箭的武士，出现在眼前，武士频频向他躬腰施礼。两人梦醒后，各自把自己做的梦相互说了一遍，都觉得有些奇异。不久，葛姆感到自己已经怀孕了。夫妻两人，双双自喜。又过了九个月零八天，即金鼠年的十二月十五日太阳刚升起时，葛姆感到周身发热，四肢绵软，突然从头顶上发出一道白光，白光中出现一个鸟头人身的儿童。儿童说："我是母亲的大儿子。我不是凡人，我是头盔上的保护神，我与神子不相离。"话毕，消失在空中。随后，又从胸口生出一个蛇头人身的儿童。儿童说："我是母亲的二儿子。我不是凡人，我是铠甲上的保护神，我与神子不相离。"话毕，也消失在空中。随后，又从脐上发出一道七彩虹光，虹光中出现了一个身穿羽毛衣服的女子。女子说："我是母亲的女儿。我不是凡人，我是耳上长着鹫毛神马江郭排布的保护神，我与神马不相离。"说毕，也消失在空中。葛姆正在对刚才出现的情况感到惊讶时，和常人一样分娩了。可是产下

①金鼠当值年：指藏历第一绕迥阳铁（金）鼠（庚子）年，相当于公元1060年。关于格萨尔的生年，尚有公元1000年、1038年、1048年、1053年、1076年等多种说法。这几种说法多为孤证。而1060年的说法，旁证资料已知的多达十种以上。故本故事按此种说法。

的不是婴儿，是个圆圆的肉蛋。葛姆对老伴惊呼道："哎呀！你看，我到底生了个什么东西？"森隆看后答道："生了个'觉布'（肉蛋）。""看，里面还会动弹呢！"森隆接着说。葛姆顺手拿起挖蕨麻用的钎子，"刺"的一声，把肉蛋划开了。肉蛋里竟划出个男婴来。男婴立即站立起来，面向帐房门口，做了个拉弓射箭的姿势。正在这时，森隆长房汉妻贾萨拉噶钟玛生的贾察，前来看望父亲和庶母。贾察见庶母生了个小弟弟，非常高兴，就对庶母说："我给弟弟起个名字吧！弟弟是从'觉布'里出来的，名字叫'觉如'（蛋生）最好。"贾察给弟弟起的这个乳名，当时是个爱称。由于觉如童年生活贫苦，有时靠乞讨度日，故有人将此名理解为"乞儿"或"苦孩子"。又因觉如从肉蛋中一出来就能站立，故又有人将此名理解为"竖起"或"挺起"。

三、觉如童年显神通

觉如从肉蛋里一出来，便能站立起来，做出拉弓射箭的姿势。人们听说后，都感到惊讶，纷纷说这个孩子不凡，长大后不知会做出什么事。

觉如有个叔叔名叫晁同。此人是个嫉贤妒能，认敌作友，口蜜腹剑，心肠歹毒的人。这人当时是岭国的首领，部落的大权操在他的手中，为所欲为。晁同得知葛姆生了个一出生就能站立并做出拉弓射箭姿势的男婴，心中感到十分不安，担心这男婴长大后会影响自己的权力。于是他就起坏心要除掉这个男婴。觉如出生后三天，晁同便对他的妻子赛措玛说："厨娘啊！嫂嫂生的那个小子，是个半人半鬼的祸害，应该趁早把他除掉。"赛措玛说："侄儿出世才三天，为什么要除掉他？"晁同说："贱嘴，你不记得古时谚语中说的吗？古谚说：'堵水要在水小时，待到水大再来堵，洪水决堤来不及；灭火要在火小时，待到火大再来灭，烈火燎原来不及；灭敌要在敌弱时，待到敌强再来灭，敌强我弱来不及。'趁这小子还弱小，我去把他除掉吧！"赛措玛想，如果阻止他，那也阻止不住。只好说："什么小的、大的、水的、火的？你念的是什么咒？”佯装听不懂丈夫的话。

晁同骑上他从老魔克才热巴那里得到的那匹魔马“黑尾豹”，很快就到了葛姆家中。晁同一进帐房，便伸手弯腰，向哥嫂问好。他说：“得知嫂嫂生了个侄儿，我高兴得两个晚上没睡着觉。今天特来向哥嫂庆生，给侄儿涂颚油[①]，望侄儿健壮成长，将来为我穆布东族建功立业，光宗耀祖。”说罢，他把带来的里面放有“油末纠芥”毒药的酥油喂给觉如。觉如尝到酥油有怪味，便运用神力，把毒药化作两股浓烟，从鼻孔喷出，直向晁同脸上射去。晁同顿时呛得透不过气，鼻涕如冰凌滴水，眼泪如雨点落地，咳声如牦牛嚎叫，身摇如狂风摆柳。他实在支持不住了，只好告别兄嫂，走出帐房，骑上魔马溜回家了。

晁同回到家里，自知害人不成方害了自己，越想越生气，在他一生中，时时设奸计想害死格萨尔，但都被神通广大的格萨尔战胜了。

四、赛马夺魁登宝座

牛王轮值那年[②]，觉如年满十三周岁了。这年的三月八日，天上主宰觉如行动的天姑南曼杰姆在无数空行女簇拥下，骑着一头白狮，驾着朵朵白云，降临到吉苏雅上空。在动听的音乐声中，天姑用歌给觉如降下预言道：

“觉如、觉如你听清，再过五日那一天，岭尕部落要赛马，要用赛马来把岭尕国王选。赛马选王是国家社稷的大事，你务必快快备马去参选。黄金宝座应归你来坐；江郭排布神马应归你来骑；赛马彩注珠牡淑女应归你。那神马如今在班乃日杂山麓下，它天天在野马群中跑来跑去练脚力。你快吩咐母亲和珠牡捕捉去，用它参加赛马定能夺魁。”

①涂鄂油：藏族民间风俗。婴儿出生后，给婴儿开荤，喂给婴儿酥油，望其健壮成长，谓之“涂鄂油”。

②牛王轮值年：指藏历第一绕迥阴水年（癸丑）年，即公元1073年。格萨尔时年十三周年。

天姑唱罢，便消失在朵朵白云中。

觉如把天姑唱的预言，一五一十地告诉了葛姆和珠牡，并请她俩去捕捉神马江郭排布。葛姆和珠牡到了班乃日杂山下，只见无数野马游荡在大草原中。两人向马群看去，只见有的马正在低头吃草，有的马竖着双耳在静听，有的马在扬蹄奔跑练脚力。两人走近马群，仔细一看，只见马群中有匹与众不同的马。这马全身毛色枣红，嘴唇粉白，四肢上长着四个像金轮旋转的毛旋，两耳上长着两撮像鹫鸟尾翎的羽毛。两人一看，知道就是天姑说的那匹神马。这匹神马见到葛姆和珠牡，便把头转向两人，竖起耳朵，舞动四蹄，晃动身子，做出各种高兴的姿态。珠牡把手中的神变套索向这马抛去，那神索不偏不倚，正好套在江郭排布神马脖上。神马不惊不慌，驯服地听从珠牡牵在手上。这马能懂人言，会说人话。它听珠牡说，要让它去做觉如的坐骑，去参加岭尕全国赛马，夺取王位，它心中不胜欢喜。它“扑哧”一声，吹了下鼻子，然后便对珠牡和葛姆说起话来：

“我是马头明王的化身，是畜生界的教主。我有忿怒身，善于慑服威猛的敌人。我以观音菩萨为自信身，故我又名叫马头观音。三宝可为我作证，我誓为觉如立功勋。我誓为踏平敌营来奋蹄，我誓为穆布东族争光荣。”

葛姆和觉如听了神马说的这些话后，十分高兴。便牵着神马，回到了觉如身边。神马见到觉如，就像孩子见到母亲。觉如见到神马，也像母亲见到孩子。从此人马形影不离，时常相依相伴。

“十三”这个数词，在藏俗中，象征着神圣和吉祥。赛马时，觉如年满十三岁，神马江郭排布已长十三颗牙。三月十三日，是岭尕赛马选举国王的吉祥圣日。这天，各种吉相纷呈。会场周围，百鸟争鸣，杜鹃鸟声声叫唤，阿兰鸟歌声婉转，雪鸡叫醒了金色太阳，万道金光照射着大会会场。参赛的人集满会场。岭尕上、中、下三大部落，上岭长系八部，中岭仲系六部，下岭幼系四部，岭尕右翼的葛部，左翼的珠部，阴山的达让部，阳山的达伍木措部，旦玛河的河阴、河阳部，查香部落的九百户等部落的骑手们，身穿黄、白、蓝各色锦缎战袍，手牵打扮得花花绿绿、华丽耀眼的坐骑，个个精神抖擞地排列在会场上。坐在会场最高座位上的老总管王戎查叉根，从座位上站起。他左手理理银色胡须，右手罩在眉上，向会场上环顾一周，然后向左右在座的人们问："怎么不通知觉如前来参加赛马？赛马选举国王，这是神佛的启示。神佛面前，人人一样。觉如虽穷苦，也应通知他前来参加。"坐在右边的大会指挥官伍乙达尔盼把手向会场入口处一指说："看，骑着马正在向会场走来的那人，不正是觉如吗？"觉如人马到来了，大家都认为应该。只有晁同见觉如到来，感到不高兴，但也无法。

宝马值时的正午，会场周围的十三座烧香台，燃起缕缕柏烟，"呜呜"的海螺声，震动山谷。众骑士人人神采奕奕，精神焕发，扬鞭催动坐骑，争先恐后地向前飞奔。跑在最前面的是对内号称三虎将，对外称为鹞、雕、狼的长系的尼奔达尔雅、仲系的阿奴华桑、幼系的仁庆达尔鲁。这三人后面，是贾察为首的岭国七大勇士。后面还有多如三升青稞撒在地上密密麻麻难以数计的众多骑手，被人视为卑贱的古如和觉如跑在队伍最后面。人人都想夺魁，凭着自家坐骑的脚力，忽前忽后，争先恐后地竞跑着。跑程过半了，觉如人马还跑在后面。晁同回头一看，自语道："江山、宝座、珠牡，快属于我了。"他心中暗喜，便摇晃起身子来。一不小心，几乎从马上跌下地来，吓得他出了一身冷汗。

终点会场，设在古日神山左边的大滩上。会场周围，竖着无数幡杆，杆顶上各色旗幡迎风招展，发出"啪啦啪啦"的响声。煨桑台上缕缕桑烟，直冲云霄。通哇衮曼大宝帐里，设着上面镶嵌有各种珠宝的黄金宝座。宝座前方，排着坐满岭地官员、僧众的九十九排座位。大公证人、权威裁判官卫梅拉达尔面容严肃，神情专注，手持旗子，站在会场入口处。会场上人声鼎沸，热闹异常，人人在等待着夺魁英雄的到来。

骑士们个个策马飞奔，觉如紧跟在后。忽然从远处飞来一只金蜜蜂。金蜜蜂飞到觉如身边，反复用"蜜蜂嗡嗡调"对觉如唱道：

"嗡嗡嗡，快冲锋，夺宝座，快成功！""嗡嗡嗡，快冲锋，夺宝座，快成功！"

觉如知道金蜜蜂是天姑派来的使者。知道冲锋夺魁的时刻已到。他便把马头明王赐他的那杆“金蛇狂舞”神鞭一挥，神马立即加快步伐，奋跑起来。只见神马前蹄落地，尘土飞扬；后蹄践石，火花四溅。闪电般人马便冲到了最前面，第一个跑到了终点。裁判官卫梅拉达尔把手中旗子高高一举，大声宣布：“英雄——格萨尔夺魁了；英雄——格萨尔胜利了！”“格萨尔”一词，原是“英雄”一词的美称。从此“觉如”之名，便称为“格萨尔”。人们把格萨尔拥上黄金宝座。老总管王戎叉根高声宣布：“岭国国王宝座，属于格萨尔！雄狮大王称号，属于格萨尔！赛马彩注森姜珠牡，属于格萨尔！”这时，人们争先恐后，纷纷向格萨尔大王敬献吉祥“哈达”，敬献醇香美酒。顿时海螺声，长号声，大鼓声，欢呼声，响彻云霄。在万众欢呼声中，格萨尔大王从宝座上起立，神情专注，双手合十，对天虔诚三叩，然后向人们高声祝福道：“德摩（平安）！扎西德勒（吉祥如意）！”随即会场上“扎西德勒”“扎西德勒”之声，经久不息。接着人们跳舞、唱歌、摔跤、竞技，应有尽有，一直欢庆通宵。次日又大摆宴席。人人大块吃肉，大碗喝酒。岭国十八大部及隶属各部，处处都在欢庆大王登基。欢庆活动整整持续了十三天。

格萨尔登基为王后次年，即远征北地惩治吃人的魔王，又经过千难万险机智勇敢地打败了侵略岭国的霍尔国，为岭国人民的安居乐业立下了伟大的功勋。

格萨尔王与北方七兄弟星

在很早很早以前，格萨尔王统领着西藏。他十分勇敢能干，打败过西方、北方许多强大的敌人；消灭了山里、林里许多凶猛的野兽；清除了江里、湖里许多妖魔，老百姓的日子过得比以前好得多了。田里头长出了青稞、小麦和豌豆；山头上放牧着牦牛、犏牛和黄牛。当时人们有一首歌唱道：

英勇的格萨尔大王，
是白梵天神[①]的儿子，
护佑着卫藏四如[②]的百姓，
生活幸福而安康。

但是，当时还有一桩苦恼的事，纠缠着格萨尔王，那就是被格萨尔王杀败了的大大小小妖魔，纠集在一起，变成风暴。每年都有几回夹着沙石横扫

①白梵天神：传说中掌管天界的大神。

②卫藏四如：如是地区的意思。传说中，前后藏各分两个如，称作右如、左如、伍如、工如，亦称为四如。

高原，不管牛羊、庄稼，都像被水冲洗过一样，卷得一干二净。老百姓住在帐篷里怎么也没法抵挡风暴的侵袭，牲畜一天天死去，人一天天少下去。

人们从四面八方跑来向格萨尔王求援，求他解除苦难。格萨尔王在狩猎时是能手，在战场上是英雄，可是对付这风暴却一点办法都没有。于是他下了命令到各部落去招聘能人。本来嘛，路看不见了，要爬上高山；事情解决不了，要问问贤人。

这一天，从东方远处来了七个兄弟。这七个兄弟长得一模一样，来到格萨尔王跟前。格萨尔王高兴极了，就把自己为难的事告诉了他们，请他们帮助。七兄弟听了以后，就对格萨尔王说："这一点小事，你用不着烦恼，我们弟兄可以为你效劳，请你准备一块空旷的广场……"格萨尔王指着山下的一片大坝子说："这一块广场够用了吗？"

七兄弟点点头，就往那儿去了。格萨尔王早上派人来看，他们坐在那里吸烟；中午派人来看，他们坐在那里聊天；晚上派人来看，他们围在一起喝茶。格萨尔王心里想：这七个兄弟怕是吹牛吧？

天黑透了，这七兄弟动手干活儿了，挖土的挖土，刨石头的刨石头，砍树木的砍树木，忙了一夜。第二天早晨，广场上变了样子，格萨尔王派人来看，只见一幢高大的三层楼房矗立在那里。七兄弟对格萨尔王说："来吧！你住到这里来吧！不要再住在那帐篷里了！底下一层住牲口，中间一层住人、放粮食，顶上一层住神佛。"格萨尔王高兴极了，从此再也不怕风暴了。他请这七个兄弟照着样儿再多多建造房子，七兄弟东也造，西也造，前藏、后藏，到处都造起了这样的房子，人们从此再也不怕风暴的威胁。直到如今，人们还是这样的住法呢。

格萨尔王为了酬谢七兄弟，问他们要什么东西。他们说："我们什么都不要，只希望人们看见我们在辛勤地劳动，我们看见人们幸福地过日子。"碰巧，天神白梵天王听说这件事，也派人来请他们去盖房子。格萨尔王想了一下，就把他们派到白梵天王那里去盖房子。所以直到现在，一到晚上，天上就出现七颗亮星，那就是他们七兄弟。这七颗亮星又不断变动位置，那是他们盖好一处房子又挪动了地方的缘故。这七颗星名字就叫“强嘎本顿”，意思是“北方七兄弟星”。

阿尼·格萨

阿尼·格萨是我们白马人的英雄。他小时候是一只癞蛤蟆，后来变成了一个高大漂亮的小伙子，娶了国王的女儿苏奴英做妻子。他一生降魔除怪，为白马人做了许多好事。

一天，阿尼·格萨对妻子说："苏奴英啊苏奴英，阿尼·格萨要离开你了。"苏奴英问道："阿尼·格萨呀阿尼·格萨，你离开苏奴英到哪里去呢？"阿尼·格萨说："苏奴英呀苏奴英，世上的妖魔太多了，阿尼·格萨要去降妖除魔。"苏奴英又问："阿尼·格萨呀阿尼·格萨，你要多久才能回来？"阿尼·格萨回答道："苏奴英呀苏奴英，明年春暖花开时我就回来。"阿尼·格萨告别了泪流满面的苏奴英出门了。

阿尼·格萨走啊走啊，走了五天五夜，翻过了五座高山，渡过了五条大河。这天，他遇到了早就听说的一个叫阿务达的妖怪。阿务达是个虎妖，本领很大，专门吃人，前山后山的人都被它吃光了。阿尼·格萨决定用计把他除掉，就变成一个妖怪的样子对阿务达说："阿务达呀阿务达，我俩都是有本领的人，让我们结成兄弟吧。""要得嘛！"阿务达同意了。一天，阿尼·格萨闭上一只眼睛，故意把嘴巴嚼得"吧吧"响。阿务达看见了，就问："阿尼·格萨呀阿尼·格萨，你嚼的什么东西啊？"阿尼·格萨急忙回答："阿务达呀阿务达，世上香不过自己的眼睛，甜不过自己的眼睛，我在吃我的眼睛呵。”阿务达听了，忙把自己的眼睛挖了一只出来放进嘴里嚼了起来。一会儿，阿务达说话了：“阿尼·格萨，你是在哄我吧？我这眼睛怎么不香也不甜呵？”阿尼·格萨接过话头：“阿务达呀阿务达，世上香不过自己的一只眼睛，甜不过自己的一只眼睛。可能你把那只不香不甜的拿来吃了。”听阿尼·格萨这么一说，阿务达又把剩下的那只眼睛也挖出来吃了。嚼了半天，也不觉得香，嚼了半天，也不感到甜。它生气了：“阿尼·格萨呀阿尼·格萨，你把我哄了，我这只眼睛也不香不甜啊，现在，我走路都看不见了。”阿尼·格萨忙说：“阿务达呀阿务达，谁知道你的眼睛会不香不甜呢？你放心吧，你要上山我牵你去，你要下山我也牵你去。”阿务达想了想说：“我们还是上山吧。”

阿尼·格萨把阿务达带到一个悬崖边，坐了下来。他生起一大堆火，火越烧越大，越燃越熊，火苗都舔到阿务达身上了。阿尼·格萨说：“阿务达呀阿务达，你往后退一下吧，要不，你那好看的皮毛就要烤坏了。”阿务达也真被大火烤得受不了了，它连忙站起来退啊退啊，“扑通”的一下，阿务达从崖上摔了下去。半山崖壁上长了一棵树，阿务达跌到树上，手臂跌断了，忙用嘴咬住了一根树枝，挂在树上左右摇摆。阿尼·格萨忙喊道：“可怜的阿务达哟，快叫救命吧。”阿务达一听，真的就叫喊起来了：“救命！”可刚一张口，他就掉进了崖下那条汹涌的大河中，被淹死了。

阿尼·格萨又继续往前走了。他走了七天七夜，翻过七座高山，渡过七条大河，过了七个寨子，他来到一个地方。这里有一个叫嘎那得查波的铁匠，他在寨子里横行霸道，每天要人们送一头猪给他吃，否则他就要吃人。寨子里的人被他害得都要逃光了，阿尼·格萨决定收拾他。

阿尼·格萨找到嘎那得查波：“喂，铁匠，你能打一个铁柜子吗，活着我可以装钱，死了可以做棺材。”铁匠见他是个外乡人，脸上放着凶光：“外乡人啊，铁柜我能打啊，可是没有那么多铁，也没有那么多炭。”阿尼·格萨不等铁匠说完就道：“世上聪明不过铁匠，铁匠聪明不过嘎那得查波啊，你怎么还不知道，在你家后山有一沟铁，前山又有一沟炭。”

阿尼·格萨领着铁匠来到后山，他对着岩石一踢，满沟的石头全变成了铁。他又把铁匠带到前山，对着岩石又一踢，满沟的石头全变成了炭。铁匠看见这么多的铁和炭，高兴得很，马上就找人把铁和炭运了很多回来。铁匠开始打柜子了，没有多久，铁柜就打成了。阿尼·格萨对着铁匠唱道："世上聪明不过铁匠，铁匠聪明不过嘎那得查波，你打的这铁柜子真是太好了，你再给我打一把铁锁吧，我会重重酬谢你的。"铁匠马上又打了一把大锁。阿尼·格萨又说道："世上聪明不过铁匠，铁匠聪明不过嘎那得查波，你打的柜子真是太好了，就是里面还没清缝呢。"铁匠不信。阿尼·格萨又说："不信？那请你自己进去看看吧。"铁匠果真钻进了柜子，阿尼·格萨赶忙把柜门关上，锁上大锁，就把铁柜往火炉上搬。不管铁匠怎样在铁柜中号叫，阿尼·格萨边搬边唱："世上聪明不过铁匠，铁匠聪明不过嘎那得查波哟，也该你尝尝这火的味道了。"唱完，他使劲地拉着风箱，火越烧越大，铁柜越烧越红，铁匠的声音越来越小。最后，嘎那得查波终于被烤死了。

阿尼·格萨又继续赶他的路，不知又翻了多少大山，穿过多少老林，渡过多少大河。这天，他又碰到一个花牛妖怪。花牛妖怪叫阿尼底长安，阿尼·格萨早就知道他是专吃人、糟蹋庄稼的恶魔。妖怪的力气很大，他有一对比铁还硬的角，有一身比岩石还坚硬的皮，有四只比铜还硬实的蹄。阿尼·格萨决定用计战胜它。他向花牛怪行了个礼："阿尼底长安啊，咱们都是有本事的人，让我们成为兄弟吧。"阿尼底长安说："怎么才算是兄弟呢？""我说啥就要干啥，这就叫兄弟啊。"

这一天，天气很好，他们在草坪上晒太阳。一会儿太阳升得老高了，花牛怪热得发慌，阿尼·格萨于是说："阿尼底长安哟，世上好不过你哟，天气太热了，快把咱们的帽子取下来吧。"阿尼·格萨边说边摘下了帽子放在草地上。花牛怪看见了，就使劲把角在石头上磨呀磨呀，好不容易才把角给取了下来。一会儿，天气更热了，阿尼·格萨又说："阿尼底长安哟，世上好不过你哟，天气太热了，快把衣服脱下来吧。"一边说，他一边就脱下了衣服。花牛怪看了，就使劲把身子在石头上擦呀擦呀，好不容易才把皮擦了下来。

他们又在草地上玩了一会儿，太阳更大了，天气更热了。阿尼·格萨又唱道："阿尼底长安哟，世上好不过你哟，天气太热了，快把咱们的靴子脱下来吧。"一边唱，他就一边把靴子脱了放在草地上。花牛怪看了，就使劲把四只蹄子在岩石上刮呀刮呀，好不容易才把腿上的蹄壳给脱了下来。不多一会，太阳就把牛皮、牛角、牛蹄晒干了，晒缩了。

这时，阿尼·格萨使了一个法术，天空一下阴暗起来，下起了白雨①，吹来了山风。阿尼·格萨忙唱道："阿尼底长安哟，世上好不过你哟，天气变冷了，快把帽子、衣服、靴子全穿上吧。"阿尼·格萨一边唱，一边戴好了帽子，穿好了衣服和靴子。可是花牛怪再也穿不上去了。这时，阿尼·格萨抽出弓箭，对准花牛怪射去，花牛怪再也抵挡不住阿尼·格萨的神箭了。一会儿，带箭的花牛怪就死在一摊血水中。

除掉了花牛怪，阿尼·格萨又继续上路了。不知走了多少路，翻了多少山，这天，他来到一座山坡下，突然看见一个老婆婆和一个年轻的姑娘一边走，一边哭，一边嚷："女儿呀，让我先去哟！""阿妈哟，还是让我先去吧。"

阿尼·格萨赶上前去问道："可怜的人哟，你们为何这么伤心？"老婆婆望着这个外乡人，一边哭一边说："外乡人哟，你快躲远些吧，这里有个山沟，山沟里住着一个叫咋巴湿热的蛇妖，它每天都要吃人，这地方的人快被它吃光了，今天轮到我们娘儿俩了，一个给蛇当早饭，一个给蛇当午饭。我咋忍心让我女儿死到我前面啊，女儿也不忍心让我死在她前面，所以我和女儿正在争呢。外乡人，你说，我和女儿哪个先去当早饭呢？"阿尼·格萨忙说："可怜的人哟，莫要悲伤，让我来收拾这蛇妖吧。"他请娘儿俩找来两个筛子合拢缝好，带进了山沟。他拉开嗓子喊道："咋巴湿热啊，早饭给你送来了。"那蛇把嘴巴一张，两个筛子就落到肚子里去了。到了中午，

①白雨：偏东雨，雷阵雨。

阿尼·格萨又让母女俩找来一对锅蒲[1]，他又把它们合拢带进了山沟："咋巴湿热哟，午饭送来了。"蛇妖把大嘴一张，锅蒲也滚进大蛇的肚子。就这样，一直吃了三天。

第四天，阿尼·格萨找来一只大麻袋，装上了他磨了三天三夜的长刀，装上了浸满松油的火把、火石和干粮，又装上一对锅蒲，自己也蹲了进去，他请母女和他们的邻居把他扛到山沟里，他就坐到里面，摇着铃、吹着号角又叫道："咋巴湿热啊，你的早饭又送来了！"蛇妖又张大了口，阿尼·格萨坐在锅蒲里，一下滚进了蛇妖的肚里。

蛇妖的肚里一片漆黑，阿尼·格萨忙掏出打火石，打出了火花，引燃了火把，蛇妖的肚里给照亮了。他一边摇铃一边吹号角，这时蛇妖大吃一惊："我以往吃了人都化得那么快，这次怎么还在响呢？"阿尼·格萨听了蛇妖的话，吹得更起劲，铃子也摇得更响了。蛇妖想吐又吐不出来，痛得它满地打滚，最后连打滚的劲也没有了。阿尼·格萨听不到什么动静了，于是抽出长刀割下了蛇妖的心肝，他还怕蛇妖不死，就在它肚子里住了三天三夜，然后从蛇妖身上打了一个洞钻了出来。蛇妖死了，据说这条蛇臭了整整三年呢。

阿尼·格萨想起了家中的妻子，决定回到家乡。

不知走了多少路，翻了多少山，过了多少河，穿了多少老林，吃了多少糌粑，这天，阿尼·格萨终于来到了离别多年的家门前。周围的寨子已经没有了过去的热闹，到处是白骨、老鸹。这时，他看见美丽的苏奴英正坐在门边织麻布，口中唱着忧伤的歌。阿尼·格萨走上前去问道："苏奴英哟苏奴英，为啥你头发只梳一半哟？""梳了的这半为我的阿尼·格萨哟，没梳的一半让这妖怪男人看哟。"阿尼·格萨又指着麻布唱道："苏奴英哟苏奴英，为啥你织的麻布两个样哟，一边光生一边糟？"苏奴英又唱："麻布织

---

①锅蒲：晒粮食的用具，形状如汉族的斗笸，深一些，像一口大锅。

了一丈又一丈哟，这光生的为我阿尼·格萨做衣裳哟；麻布织了一丈又一丈哟，这乱糟的给那妖怪男人哟。”

阿尼·格萨眼眶湿了，他走上去拉着苏奴英的手说：“苏奴英哟苏奴英，你的阿尼·格萨回来了。”

苏奴英这才发现，站在她面前的威武的小伙子果然是她朝思暮想的阿尼·格萨。她又惊喜又伤心：“阿尼·格萨哟阿尼·格萨，谁叫你三年才回来呢？你刚走不久就来了个妖怪，把这里的人都吃光了，又把我给霸占了。”阿尼·格萨听后，发誓要为乡亲们报仇：“苏奴英哟苏奴英，今晚我就在这儿歇，妖怪来了，请你一定要问出他致命的地方。”

天晚了，妖怪回来了，阿尼·格萨在床脚底下藏了起来。“苏奴英哟苏奴英，屋里咋个有生人味呢？”苏奴英慢慢地回答：“准是你从外面带来的啰。”一会儿，妖怪又问：“苏奴英哟苏奴英，咋个有生人味呢？”苏奴英又说：“不是，不是，刚才门口过去了个讨口子。”妖怪不说话了，躺上床睡起觉来，苏奴英又说开了：“夫哟夫哟，人人说你什么都懂，我问你，我们女人致命的地方在哪哟？”“奶奶上。”妖怪答道。“夫哟夫哟，人人都说你什么都知道，我问你，你们男人致命的地方在哪里？”“额头上。”妖怪懒懒地回答。这时，藏在床脚下的阿尼·格萨全听见了，他张开弓箭，对准妖怪的额头射了过去。谁知妖怪的额头比铁还硬，箭被折断了，妖怪惊醒了，他发现了阿尼·格萨，两个就打了起来，他们从屋里打到屋外，从地上打到天空。打了很久很久，阿尼·格萨问道：“妖怪哟妖怪，你还有好大的劲？”妖怪说：“我还有十头骡子的劲。”他们又打又打，一会儿，阿尼·格萨又问：“妖怪哟妖怪，你还有多大的劲？”“我还有十头羊子的劲。”妖怪一边回答一边打。一会儿，阿尼·格萨又问：“妖怪哟妖怪，你还有多大的劲？”妖怪又说：“我还有十只公鸡的劲。”他们从半夜打到早上，又从早上打到半夜，两个的劲都快使完了，看着就要落下地来了。阿尼·格萨对着地下喊了起来：“苏奴英哟苏奴英，如果你爱我，就在我的脚下铺九丈九尺厚的细白羊毛，在妖怪脚下铺九石九斗豌豆。”妖怪也喊道：

“苏奴英哟苏奴英，如果你爱我，就在我脚下铺九丈九尺厚的细白羊毛，在外乡人脚下铺九石九斗豌豆。”

苏奴英听到两人的喊叫，忙担出九石九斗豌豆铺在妖怪脚下，又背出九丈九尺厚的细白羊毛铺在阿尼·格萨的脚下。刚刚铺好，阿尼·格萨和妖怪就落了下来。阿尼·格萨落到细羊毛上一站就起来了，妖怪落在豌豆上始终站不稳。阿尼·格萨终于捉住了妖怪。妖怪说：“阿尼·格萨哟，你要杀就杀吧，把我杀死后，请把我尸体的上半截放在路这边，下半截放在路那边吧。”阿尼·格萨杀死了妖怪，就照妖怪的话去做了。过了三个月，阿尼·格萨跑去看，没想到妖怪的尸体慢慢地快合拢了。他才知道险些上了妖怪的当，他忙拔出刀把妖怪尸体砍得烂烂的，用火烧了，灰也撒了。没想到灰落在树上，树上就长出了刺；没烧化的骨头落在地上，就变成白石头。所以，后来人们就再不把白石头搁到坟山上，也不用来压杉板房子了。

文成公主的故事

很早很早以前，西藏有个藏王叫松赞干布[①]。他听说内地有个文成公主，人年轻，又长得漂亮，心里就想：内地的汉人真能干呀！要是把这个文成公主娶来，内地一定会派很多人来帮助西藏，这样，老百姓的日子就好过了。

藏王松赞干布要派人到内地去求婚。他手下有个大臣叫嘎瓦[②]，聪明能干办法多，又到内地去学过木匠和铁匠，藏王就把他派去了。大臣嘎瓦动身的时候，藏王叫他带了许许多多的礼物，又是金银，又是珠宝，又是大象，又是骏马，尽是些贵重的东西。

不光是西藏派人去了，就在大臣嘎瓦到内地的时候，好些国家也派了使臣到内地去求婚。

使臣们到内地以后，朝见了皇帝。皇帝对他们说：

“你们这些国家都要求娶公主，我就只有这一个姑娘，我不能让她远远

---

①松赞干布：西藏古代——吐蕃时代的一位英明有为的藏王、尚文成公主封驸马都尉，西海郡王，又进封宾王。他在统一西藏地方，发展藏族经济文化，加强汉藏友谊方面有过不少贡献。

②嘎瓦：藏族古代一族名，这里指这一家族中的东赞，是松赞干布的一位干臣。《新唐书》吐蕃传里记作“禄东赞”。

离开爹娘，嫁到你们那儿去啊！”

后来，皇帝决定让求婚的使臣们比赛智慧，说：哪个最聪明，就把公主许配到他们那一国去。

第一次，皇帝派人牵来一百匹马驹，一百匹母马，叫他们找出马驹的妈妈，看哪匹马驹是哪匹母马生的。别个国家的使臣都抢先跑去了。他们把毛色相同的分在一块，只当是黄色的马驹就是黄色的母马生的，黑色的马驹就是黑色的母马生的，白色的马驹就是白色的母马生的，结果都分错了，西藏使臣嘎瓦是最后去分的。他先把马驹同母马分开关起来，隔了一夜才把母马一匹匹地放到马驹当中去，马驹一看自己的妈妈来了，忙去吃奶。就这么一匹匹地放，一匹匹地找，不一会儿全分出来了。

嘎瓦虽是成功了，可皇帝说光是这一次不行。又派人找来一百只小鸡，一百只母鸡，叫使臣们把哪只小鸡是哪只母鸡孵的都给认山来。别个国家的使臣都觉得很头疼，说：

“这件事儿也很难办，小鸡又不是我孵的，我怎么认得出来啊！”

另一些使臣也直叹气。他们硬着头皮到鸡群里面胡乱认了一阵，没有一个认对头的。嘎瓦喂过鸡，他晓得吃食物时，小鸡老爱跟母鸡在一块儿。于是先把小鸡、母鸡分开，到喂鸡食的时候，把母鸡一只只吆到小鸡群中，小鸡一见母鸡，就跟着啄食物去了。不到半天工夫，全认出来了。

皇帝又出了一个难题，要各国使臣在一天内把一只羊的肉全吃光，皮给鞣出来，还要喝一坛酒，自个儿走回住处去。一天过去了，别的使臣连半只羊也没吃完，连半坛酒也没喝掉，就胀的胀倒，醉的醉倒，一个个都不行了。嘎瓦去的时候拿一团线，把一头羊拴在住处的门闩上，边走边褪着线团到皇宫去。他边喝酒吃肉，边鞣羊皮，不知不觉地就把羊肉吃完了，羊皮鞣出来了，酒也喝光了。他也有些醉了，可是他边走边缠线团，还是走回去了。这还不算，嘎瓦回去以后，又故意打了一壶酒来慢慢喝。皇帝派人来看嘎瓦，瞧见他还在喝酒，十分惊讶，赶忙跑去对皇帝讲：

“了不得，了不得！别人都醉得不省人事，我去看那个西藏的使臣呀，走回去了还在喝咧！”

皇帝一听，也非常诧异。

第二天，皇帝又把各国的使臣叫去，给了一块很大的玉石，要他们把上边的一个洞眼用线穿起来。这个洞眼呀，很小很小，从这面到那面，要经过一条曲曲弯弯的孔道，很长很长。那些国家的使臣以为好穿，都争着去穿，可是任他们怎么穿也穿不好，时间长了，有的把老闭着的一只眼睛都眯得睁不开了，有的把脖子也给弄歪了。嘎瓦可有些为难了，他没同他们抢，悄悄坐在一棵大树底下想办法。他忽然看见一只蚂蚁从小洞里爬出来，灵机一动，就想出一个好办法。轮到西藏使臣穿玉石时，嘎瓦把丝线拴在一只蚂蚁的腰上，然后把它放到洞眼上去慢慢吹气，蚂蚁一步步地往里爬，整整四天工夫才从那一个洞眼爬出来。现在，蚂蚁的腰为啥很细呀，就是那个时候穿洞眼给勒细了的。蚂蚁替嘎瓦把玉石穿通了，功劳很大。后来嘎瓦回西藏的时候就从内地带了好些蚂蚁回来。从那时起，西藏就有蚂蚁了。

嘎瓦把穿好的玉石送去交给皇帝看了，皇帝还说不行。没等几天，皇帝又把各国使臣叫在一起，对大家说：

“过两天，我叫五百个姑娘来，文成公主也在里面，大家都去挑选好了，哪国的使臣认得出来，就一定把公主嫁到哪一国去。”

嘎瓦回去以后，心里很着急，觉得这件事更是难办。你想吧，他从前虽说到过内地，可从来也没有见到过文成公主，怎么有把握认得出来呢！后来，他找到一个邻居的汉族老妈妈，嘎瓦对老妈妈说：

“过两天，皇帝爷就要叫我们去认文成公主啦！那里共有五百个穿戴一样的姑娘在一起，我从来也没有见过公主，怎么认得出来呢？阿妈，请你给帮帮忙吧。”

老妈妈很乐意帮助嘎瓦。她的女儿在宫里当使女，她也知道这件事情，就悄悄告诉嘎瓦：

“一半姑娘在前边，一半姑娘在后边，文成公主在中间。公主的脸蛋不太白，牙齿非常整齐，公主的头上有两只蜜蜂在绕圈，一只是金蜂，一只是

玉蜂。”

临挑选的头一天晚上，别国的使臣到处打听文成公主是什么样儿，忙得连觉也没有睡，结果半点风声也没打听到。

第二天，挑选的时候到了。宫殿上站着五百个姑娘，五百个姑娘的穿戴都一模一样。每个使臣的手里都拿了一杆小旗，要选中是哪一个姑娘，就把小旗插在她的背上[①]。别的使臣抢先挑选，每个人都找了一个姑娘，过去一看都不是文成公主。嘎瓦拿着小旗在姑娘们的身边走来走去，装着决定不了的样儿，可是他早看见有两只蜜蜂在一个姑娘的头上绕着，他认出是文成公主。就走到公主身边把小旗插上。

所有的难题都一个个被西藏的使臣解开了，皇帝暗暗称赞嘎瓦。他想，一个使臣都这么聪明能干，不用说藏王就更聪明能干了。想来想去都觉得很不错，就答应把文成公主嫁到西藏去。

文成公主都快要动身了，内地有一个大臣对皇帝说：

“让公主先走吧，最好把西藏的使臣给留下来，他很聪明能干，办法多，有什么事办不了就可以找他。”

皇帝觉得很有道理，就把嘎瓦留下了。

文成公主先出发到西藏来了。她从内地带了青稞、豌豆、油菜籽、小麦、荞麦五样粮食种子，带了耕牛和奶牛，带了白的、黑的、蓝的、黄的、绿的五种颜色的羊，还有许多内地的铁匠、木匠、石匠也跟着文成公主一起进藏来了。就从这个时候起，西藏才有了五谷，老百姓才学会了耕种和工艺。

半路上，文成公主过一条大河时，正好碰上涨大水，把羊给冲跑了。公主很着急，直叫：“白羊、黑羊快回来！”把另外三种羊给忘了。结果那三种羊被冲走了，没有回来，所以现在西藏只有黑白两种颜色的羊。

---

①在背上插旗是藏族定亲的风俗习惯。

进西藏境内以后，文成公主到了工布。在工布一个叫“路纳”的地方，遇见一条小河，过不去。公主找了一根树干横在上面，搭了一座桥过去了。后来，我们老百姓就把公主亲手搭的这座桥叫作“甲纳桑巴”（内地桥）。

过河以后，一只小鸟飞来说：

“公主，公主，这儿过不去。”

文成公主听了，马上拔一把羊毛撒在大地上，走过去了。就因为文成公主撒了这把羊毛呀，所以路纳地方的牛羊，一直都长得又肥又壮。

文成公主又过了一座大山。后来，我们老百姓就把这座大山叫作“甲惹”（公主山）。

文成公主到了“达尤龙真”地方的时候，可恶的乌鸦飞来说了坏话，它问：

“公主，公主，你要到哪儿去呀？”

文成公主说：

“我要去找藏王松赞干布。”

“哎呀，藏王都已经死了，你还去干什么？”

公主听说藏王已经死了，心里非常难过。就在达尤龙真这儿修了一座石屋子住下来，还咬破了指头，在石壁上写了血书来纪念藏王。文成公主心里难过极了，没有心思梳妆，右边的头发散了也没管它。因此，这个地方，雅鲁藏布江北岸的树木稀，南岸的树木密，两边长得不一个样。

过了好些日子，文成公主心里想：“就是藏王真死了，我也应该去看看呀！”碰巧这个时候，神鸟天鹅从远方飞来说：

“公主，公主，不要难过，快到拉萨去吧，藏王的身体很健康！公主，公主，不要住在这儿，请到拉萨去吧，一切都会吉祥如意！”

文成公主听了，十分感激神鸟天鹅，马上就动身往拉萨赶去。

走着走着，乃巴山把路给挡住了，大伙走起很不方便。文成公主就动手把乃巴山背到旁边去了。背山的那个时候，一只狗向文成公主咬来，直到现在，乃巴山下边还留有文成公主的脚印和狗爪印。

金城公主

从前，赞普赤德祖赞有一位妃子名叫赤尊。她生了一位王子。这位王子鼻梁高高的，前额宽宽的，长得非常威武英俊，就像是天神的儿子降到人间。又因为他的阿妈赤尊是羌族的姑娘，所以就给他取个名字叫“羌擦拉温”，意思就是羌族的外甥，天神的子孙。

羌察拉温渐渐长大成人，到了该娶亲的年龄了。赞普赤德祖赞就把大臣们召集起来商量道：“现在王子已经长大，应该给他娶妻了。如果从本民族中找一个姑娘，给这样一位神子般的王子做妻子，那是很不相配的。应该给他娶一个汉族姑娘才好。在咱们藏族历代赞普中，要数先祖松赞干布最为英勇杰出，他的丈人家就不是咱们藏族，而是唐朝太宗皇帝。太宗皇帝有个女儿叫文成公主，松赞干布就是向唐太宗请婚，迎娶文成公主做妃子的。从那以后，唐朝皇帝已经传了好几代，如今在位的皇帝是中宗，听说中宗皇帝有个女儿叫金城公主，美丽而且贤惠，我们应该学习先祖松赞干布，派婚使到京城去迎请金城公主，让她做羌擦拉温的妃子，就最合适了。”赞普和大臣们这么商量好了以后，便派大臣娘·赤桑为请婚使节，率领三十个随从人员，带上珍贵而丰厚的聘礼和请婚奏函，前往内地，去向中宗皇帝请婚。

娘·赤桑和随从人员到了京城长安后，便向中宗皇帝献上请婚奏函和聘礼。皇帝看后，答应把女儿金城公主嫁给羌擦拉温。金城公主听说让她嫁给吐蕃王子羌擦拉温，心里不知是喜是忧，因为她不了解吐蕃地方的情况，更不知道王子羌擦拉温的人品和模样。幸好她有一面神奇的宝镜，可以照见未来和远方的事物，便取出来观察。她从镜中看到吐蕃的雅隆地方非常富饶美丽，王子羌擦拉温也极为威武英俊，她满心欢喜，就答应到吐蕃来了。

金城公主出发的时候，中宗皇帝为她举行了隆重的送行仪式，还亲率百官送到始平县。金城公主特别喜欢文学艺术，她用马车载运着各种工艺品、典籍和几万匹锦缎，带领着乐工、杂技等随行人员，由婚使娘·赤桑等引路，络绎不绝地向吐蕃进发。

可是不幸的事情发生了。

当中宗皇帝许婚和金城公主从京城长安起程的消息传到吐蕃后，赞普赤德祖赞和大臣们以及全体平民百姓都欢喜异常，特别是王子羌擦拉温更是心情激动，感到说不出的幸福。他禀过父亲赤德祖赞，带着众多的随从，骑上骏马，高高兴兴地前去迎接金城公主。谁料想，王子羌擦拉温在途中打马奔驰的时候，不小心从马上摔下来，不幸死去了。

这时，金城公主和婚使娘·赤桑以及汉族、藏族的随从人员已经来到汉藏两族交界的地方。金城公主突然感到心中好像针扎一样的难受。她拿出宝镜向里面仔细观察。谁知镜中原来年轻英俊的王子不见了，代替他的是一位其貌不扬、满脸胡须的老年人。金城公主心想：是我当初看错了面貌，还是宝镜有毛病造成的混乱，或者是发生了什么意外。公主万分悲痛，不觉宝镜从手中滑落，摔成两半，变成两座大山，就是日月山。金城公主白天用银琵琶伴奏着，到了夜晚用笛子伴奏着，唱起悲歌抒发自己的衷情：“印度虽有神圣佛法，但是中间经过尼泊尔，那个地方太酷热，我想去印度求佛太困难，想到这里实在伤心；汉地虽有星算学，还有亲爱的父母，但是路途太遥远，我要回家乡也困难，想起这些实在难过；吐蕃虽然有赞普，但是大臣太凶狠，吐蕃的大臣罪恶大……”

这歌辗转传到拉萨，大臣听见，便禀告了赤德祖赞。赤德祖赞听了也很难过，赶快派使者去对公主说：“我的神子一般的儿子羌擦拉温，是配得

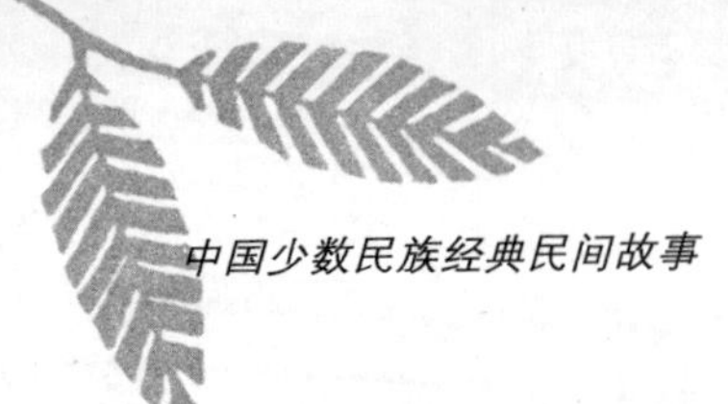

上给你当丈夫的，可是不幸得很，他在迎接你的路上去世了。如今你是愿意照藏族的风俗来这儿嫁给我呢，还是愿意回自己的家乡，请你自己考虑决定吧！”金城公主听了这话，心里想着：可惜年轻英俊的王子，为迎接我而去世了。从内地临来时，父皇嘱咐我要为汉藏两族的友好团结做些事情，我要遵命照办，再说姑娘只能嫁出一次，所以，无论如何我不该返回家乡。于是便对使者说：“为了汉藏两族的团结，我决心到吐蕃去。请你回去禀告赞普。”说完，打发使者先回去，自己带领随行人员继续前进，不久到了拉萨城。赤德祖赞全体臣民都欢欣鼓舞、兴高采烈，为金城公主的到来举行了极为盛大的欢迎仪式。

后来，金城公主生了一个儿子。这时赞普赤德祖赞正在扎玛尔翁布才宫中，公主派了使者前来向赞普禀报说：“公主生了儿子。”赞普听了非常高兴，立刻起身赶回雅隆旁塘去看出生的儿子。不料他回来时，金城公主的儿子被纳囊家族的妃子喜登抢去了。当喜登来抢婴儿时，金城公主又气又急又难过，她大声地哭喊着：“这是我生的孩子！”同时还拿有奶的乳房证明。哪里想到纳囊妃子早已存心抢孩子，事先在乳房上涂了药，也挤出奶汁来，因此闹得大家搞不清楚孩子是谁生的。最后，孩子还是被纳囊妃子抢走了。

赞普赤德祖赞和大臣为了判明孩子到底是哪个妃子生的，便将婴儿放在平坝一头的洞中，让公主和喜登去抱，看谁先抱着，便算是谁的。金城公主拼命先跑到那儿，把儿子抱在怀中。喜登后到，见孩子被金城公主抱去，又急又恨，心想：“孩子死就死了吧，反正不能让你抱去！”便不管死活地向公主怀中去抢。公主见她气势汹汹的样子，生怕把孩子抢伤了，便大声说：“孩子本来是我生的，你这泼妇！别把孩子抢伤了，让你抱去吧。”说完便放了手。喜登把孩子夺到手中，得意扬扬地走了。大臣们看见这种情景，都暗中断定孩子是金城公主生的。但是，因为纳囊妃子权大势大，大家都不敢明说。赞普赤德祖赞一时间也想不出很好的解决办法来。

过了一年，王子已经周岁了，到了该举行“迈步庆祝宴会”的时候，赞普赤德祖赞心想：要趁这个机会，判明王子的亲生母亲。于是就把汉族亲友和纳囊氏亲友都请来参加“迈步庆祝宴会”。在庆祝宴会上，赞普自己坐在中间的黄金宝座上，金城公主和喜登妃子坐在他的左右。纳囊氏的亲友在右首坐成一排，汉族的亲友在左边坐成一排，大臣们也都围坐在四周。等大家都坐好了，赤德祖赞便拿起一只金杯，将杯中盛满美酒，然后交给王子，对他说：

两位母亲所生的王子只一人，
人虽幼小但是聪明无与伦比，
快把这只满注美酒的黄金杯，
献给孩子你的真正的舅家亲，
谁是你的亲生母由此判伪真！

说完，便撒手让王子去认自己的亲舅舅。

这时，坐在右首的纳囊氏亲友们，手里拿着披风、首饰、花衣服等等小孩喜爱的东西逗引着王子说：“快到舅舅怀里来，让舅舅抱抱，这些东西都给你。”但是，王子对他们手中花花绿绿的玩意儿连看也不看一眼，大声说道：“赤松德赞[①]我是汉家的好外甥，纳囊家族怎能当我的亲舅舅！”说完，举着满盛美酒的金杯，迈着刚会走路的蹒跚步子，笑眯眯地走到左边，把酒杯献到汉族亲舅手中，投入汉族亲舅的怀抱里。就这样，连“赤松德赞”这个名字，也是由王子自己取定的。

金城公主见此情景，不由得满心欢喜，跑到王子跟前，把赤松德赞紧紧地抱在怀中亲吻着，连声叫着：“我的好儿子！”流下了激动而满足的热泪。赞普赤德祖赞和大臣们也都非常高兴，在这庆祝王子周年迈步的盛大宴会上，大家都开怀畅饮，载歌载舞，洋溢着无限的欢乐。

①赤松德赞（730—797）：吐蕃王朝第五代藏王。提倡佛教，兴修了桑耶寺。

大昭寺的传说

大昭寺主殿东南角，有一根石头柱子，上半截有半人高，下半截埋在地下，不知道有好长。石柱顶部有一个大拇指粗细的洞，好像是空心的。每个朝佛人经过这里，都要诚惶诚恐地走过去，把耳朵贴在小洞上细细倾听，从脸上表情来看，好像听到了很多神秘的声音。

早先，拉萨并不叫拉萨，叫作吉曲沃塘[①]。坝子有个湖，就是沃措[②]。

当年，文成公主来到吉曲沃塘，打算在沃措湖东北的沙洲上修一座神殿，安放她从长安带来的释迦牟尼十二岁等身像。这件事被尼泊尔公主听到了，心里十分焦急，连忙打发自己的贴身使女，带了一升金粉做礼物，请文成公主替她找个好地方修庙。因为她从尼泊尔也带来了一尊释迦牟尼像，叫明久多吉，到现在还没有安放的场所。

文成公主根据尼泊尔公主的要求，摊开从长安带来的看地形的书，又按照阴阳五行推算了好久，告诉那个使女说："我看西藏的地形，像个仰天睡着的女魔鬼。不把她压住，西藏就得不到安宁。三山[③]是她心上的骨头，沃

---

①吉曲活塘：吉曲河下游的牛奶坝。

②沃措：牛奶湖。

③三山：指红山、药王山、磨盘山。

措湖是她心里的血。回去告诉你们公主，请她把湖神殿盖在沃措湖上，那是最好不过的了。”

尼泊尔公主听到文成公主的主意，心里非常生气，想：哼，你自己的庙盖在地上，叫我的盖在湖上，不是故意坑害我呀？她叫来尼泊尔工匠，让他们召集百姓，到现在的文化宫附近，古时候叫柳邬塘的地方动土修庙。奇怪的是，白天垒起的墙，晚上就垮了，修了几个月，还是一堆泥土和石头。这样，尼泊尔公主更加难过了。

有一天，松赞干布见尼泊尔公主脸色很难看，就问她什么原因。尼泊尔公主把修庙的事前前后后都跟松赞干布讲了。松赞干布笑着说：“我看文成公主讲得有道理，不信，我们到湖边看看去。”

他们来到沃措湖边，看见湖水很深，在冷风里绿森森的一片，好多人都对湖上能不能修庙有点怀疑。松赞干布双手合十，大声祷告说：“如果沃措湖真正能够修庙的话，请从湖心长出一个石塔，作为庙基吧！”说完，他取下自己的戒指扔到湖心。突然，湖心发出巨大的响声，射出太阳一样的光线，一座巨大的石塔慢慢升起。松赞干布高兴地说：“看，这不是填湖的支架吗！”

尼泊尔公主当然更高兴了，也准备了很多酒和牛羊肉，召集了很多工匠来填湖修庙。他们在湖的四边安上大石板，再运来几千根大松柏树，树尖搭在石塔上，树根放在石板上，湖面就跟伞骨一样架满了横梁。接着，工匠们在松柏横梁上铺刺梨树、垫土、垫木板，在木板上铺沙子，打三合土，很快就把大昭寺的地基修好了。

这根空心石柱，就是当年填湖时听湖水涨落用的，到现在已经一千多年了。

大昭寺下面的的确确有个湖，就在大殿的东北角，宗喀巴神座后边，那里有一条地道，一直通到沃措湖边。过去每年的传昭大法会，甘丹寺法台和甘丹赤马都要亲自下去，把一个宝瓶送到湖心。

头上有角的国王

藏族人都爱吹笛子：牧羊人爱吹笛子，流浪的人爱吹笛子，出家的喇嘛也爱吹笛子。为什么人人都爱吹笛子呢？有这样一段故事：

很久很久以前，藏王朗达玛统治着西藏。这时候，离松赞干布的英雄时代已经很远很远了。

朗达玛不是一个正直的人。心肠像冰块一样冷酷；性情像狐狸一样狡猾；手段像豺狼一样凶残；贪欲又像大海一样永远填不满。他做了国王以后，苦差役像石头一样压得人们透不过气来。瘟疫、山洪、风暴，接二连三侵袭着人民。

有一次，朗达玛出来打猎，尘土飞扬，遮蔽了半边天日；人喊马叫，惊动了整个山林。朗达玛牵着猎狗走进一个猎人的帐篷，帐篷里的黑狗从来没见过这么多的人，吓得躲在一个美丽的女子身后，女子紧紧地抱着狗，头也不敢抬。

朗达玛吼道："当家的哪里去了？你这女子怎么见我来了理也不理？来人，把她带回宫去！"

人群像风一样刮走了，帐篷里只留下黑狗在"汪汪"地叫唤，帐篷顶上的小经幡在风中"嗒嗒"地响。

猎人回来了。在老远的山坡上就高兴地喊道："卓玛，卓玛！你看我给你带什么回来啦！”喊了几声，不见人答应，他还以为是她在开玩笑哩。跑进了帐篷，他被吓呆了，茶碗碎成八块，青稞洒了满地，缝了一半的靴子躺在门口，卓玛却不见了。他跑到山上山下到处找，“卓——玛，卓——玛”地喊叫，除了山谷的回声，没有人答应，于是他带上小黑狗出去找妻子去了。

过了一座山，又是一座山，渡了一条河，又是一条河，就像在草原上找一根羊毛那样困难，连信息也没有啊。他哪里知道卓玛正在朗达玛的王宫里受苦受难呢。

在朗达玛的王宫里有洗不完的羊毛，迎着太阳洗，顶着星星洗，天天洗，夜夜洗；有织不完的氆氇，一方方又一方方，一匹匹又一匹匹，梭了像鱼一样穿动，可永远也织不完。这一切还不算最可怕，最可怕的是去侍候朗达玛梳头。早上谁去替他梳头，谁就再也回不来。女伴们一天少一个，到哪里去了谁也不知道。因此，每天轮到谁去梳头的时候，一定得向自己的女伴们挨个儿告别。

这一天，卓玛被喊去侍候朗达玛梳头了。

她告别了女伴，来到国王跟前，惴惴地打开他头上黄麻一样的头发。呀，一切明白了：原来在他的头顶上长着一只又尖又硬的角。难怪梳头的人都回不去了，如果发现了他是个长角的人，他肯定会杀了她，怕她出去走漏风声。卓玛一边替他编着发辫，一边想到自己的悲残命运，不觉眼泪像断了线的珍珠一样滚下面颊，滴到朗达玛的颈项里。朗达玛抬头一看，原来是那次打猎带回来的女子，便问：“喂，你为什么哭？”

“我想你一定要杀掉我了。”

“我怎能不杀掉你呢？你会到处去讲：‘朗达玛头上有角啊！朗达玛头上有角啊！’那还了得，那些老百姓还不杀了我？”

卓玛哀求道：“大王，你不是怕我乱讲吗？我一定不对第二个人讲，我永远替你梳头，那么永远没有第二个人知道你的秘密了！”

“不行，我不相信你的话！”

“我可以起誓，我一定遵守自己的诺言，决不对第二个人讲。”

朗达玛也舍不得杀掉这位美丽的女子，他沉思了一会儿说：“好吧，那你起誓吧！”

卓玛起誓说：“共樵松！”[①]

于是朗达玛没有杀她，她是第一个给他梳了头又回到女伴当中去的女子。

卓玛虽起了誓，但心中实在憋不住，她对这个仇人，这个大魔君恨透了。他的这个秘密让人们都知道就好了，可是自己亲口起了誓，起了誓是不能悔誓的。

一天，当她又去洗羊毛的时候，四周没有一个人。朗达码头上又尖又硬的角又在她脑海里晃，她真想把这件事讲出来。这当儿，她伏在地上对老鼠洞说：“喂，你知道吗？朗达玛头上是有角的呀！”说完以后，心里感到非常舒服、畅快，并且心安理得，自己没有违背自己的誓言。

说也奇怪，从那天以后，在老鼠洞上长出了一根竹子，天天长大，长得好看极了。

这时候猎人带着小黑狗找寻妻子，到处流浪，也漂泊到了这里。他发现了这棵竹子，心想：把它砍下来，弄支笛子来吹吹，解解闷吧。于是砍下了竹子，做成了笛子。这支奇怪的笛子吹不出欢乐的调子，也吹不出悲凉的调子，却从这里头发出他所熟悉声音“喂，你知道吗？朗达玛的头上是有角的呀！”这不正是卓玛的声音吗！他惊异极了，再吹一遍笛子还是发出同样的声音：“喂，你知道吗？朗达玛头上是有角的呀！”他这才悟出卓玛原来是被朗达玛抢走了。

他带着奇怪的笛子，到处跑，到处吹，吹遍了所有的城填，吹遍了所有村庄，吹遍了所有的牧场。人们知道了朗达玛原来是长着角的妖精，纷纷起

①共樵松：藏语音译，意为“三宝”。

来反抗。最后，一位穿白衣骑白马的英雄，终于把朗达玛一箭射死，替百姓除了害，大家才脱离了苦海。

从那以后，猎人带着妻子，吹着笛子到处游逛。这笛子一直吹出欢乐的调子。他把自己的故事编成曲子，到处吹，到处唱，人们喜欢这猎人，也喜欢这奇怪的笛子。

阿尼玛卿雪山的传说

阿尼玛卿雪山①是青海果洛藏族自治州内最雄伟的一座高山，它是怎么出现在青海境内的呢？这里有一个古老的传说：

我们住的这个世界是斯巴老神沃德巩甲和他的八个儿子造成的，人们把他们父子九人合称开天辟地的九位神灵。斯巴老神的八个儿子都是山神，他们是：雅隆的雅拉香波、北方的念青唐古拉、上部的觉娃觉卿、东方的玛卿邦热以及觉沃月甲、西乌卡日、吉雪旬拉曲保、诺吉康娃桑布。其中玛卿邦热排行第四。

有一天，斯巴老神沃德巩甲外出打猎时，遇见了从安多②来的一群百姓，寒暄之中，得知安多地区连年受灾，鬼魅横行，生灵涂炭。斯巴老神沃德巩甲听后甚为忧虑，不觉愁上眉梢。儿子们见他这样茶饭不思，忧心忡忡，都十分担心。便相劝道："阿爸，鹿群羊群汇聚在草原上，因为草原上水草丰美；安多的百姓受灾受难，是因为那里出妖魔鬼怪。只要除掉那里

---

①阿尼玛卿雪山：阿尼玛卿雪山位于青海省果洛藏族自治州东北部，学名大积石山，又叫玛卿邦热，是昆仑山脉的向东延伸部分，呈西北东南走向，绵延400余公里，至玛沁、甘肃两地出果洛州境，进入青海循化撒拉族自治县及甘肃洮河一带，平均海拔4200米。

②安多：青海、甘肃一带的牧区叫"安多"。

的妖孽，百姓自然会安居乐业。有我们弟兄八个前去降妖，你老人家就不必担心了。”老人没等儿子们说完就打断了他们的话，说道：“男子汉老了像老虎一样。虎虽然老了，身上的花纹不变，别看我老了，但我的身体仍然健壮。我要为解救受苦受难的同胞，和你们一起尽心尽力。安多、康巴[①]卫藏[②]，虽然地区不一样，但都是藏族同胞聚居的地方。我们父子不但要帮助安多的百姓解除灾难，还要让各地的黎民都过上安居乐业的日子。孩子们，为了普天下人民的幸福，你们就各奔前程，去帮助那里的百姓除妖斩魅吧。”接着斯巴老神就给儿子们分了工，有的去藏北，有的去康巴，老四玛卿邦热被分去安多。

老四带上阿爸为他准备的酥油、曲拉、糌粑等食物，身穿藏服，头戴毡帽，脚登蒜巴[③]，骑上了他平日喜爱的大白马，准备上路。起程时，老父亲拉住马嚼子反复叮咛道：“儿啊！这次出门远行，一定要记住：对头上有辫子的人要有慈父一般的感情；对背上有装饰品的人要有慈母一般的感情；对与你同龄的年轻人要有兄弟一般的感情。只有具备这三样，你才是世界上最幸福的人。只有得到安多人民对你的信任和帮助，你的事业才能成功。藏历羊马年我们父子在安多相会。去吧，孩子。”

玛卿邦热来到安多后，牢记阿爸的嘱托，尊老爱幼，团结百姓，用非凡的智慧和魄力，很快消灭了兴风作浪的妖魔，降伏了作恶多端的猛兽，惩办了残害百姓的坏人，使安多的老百姓过上了安居乐业的生活，大家便推举他为安多地方的首领。

光阴似箭，不知不觉到了藏历羊马年，父子们约定在安多相会的时间到了。

---

①康巴：指四川的甘孜州、西藏的昌都地区、青海的玉树地区以及云南迪庆地区。

②卫藏：卫，又称前藏。大致为西藏拉萨市、山南地区和林芝地区西部；藏，又称后藏，大致为日喀则地区。

③蒜巴：缝有长筒褐布腰的靴子。

这一天，风和日丽，万里晴空，由一千五百名骑着被降伏的各种猛兽，手执大刀、长矛、弓箭、盾牌，人身兽头的骑士组成的仪仗队和安多众百姓集合到黄河上游首领的宫殿前，列队迎接斯巴老神沃德巩甲。玛卿邦热率领文武大臣对老阿爸行过大礼之后，侍立一旁。老阿爸沃德巩甲举目望去，但见一座九层白玉琼楼屹立在面前，父子俩登上九层宝殿顶端的高台举目远眺，只见滔滔黄河围绕着宫殿自西向东，然后又折向东北流去，在阳光下闪闪发光，就像大地献给他们的一条哈达。草原上鲜花盛开，绿草如茵，骏马在奔驰，牛羊在悠闲地吃草。沃德巩甲依次见过了老四儿子的三百六十名家族成员，然后率众走出大殿，与安多的众百姓相见。百姓欢腾雀跃，拿出新鲜的糌粑、刚打出的酥油、刚出锅的手抓羊肉、热气腾腾的煮蕨麻、香喷喷的青稞酒献给沃德巩甲和玛卿邦热父子们享用。随着鼓声，年轻人们跳起了玛多果卓舞，歌手们唱起了赞美之歌。

忽然间，雷声大作，云雾四起，沃德巩甲和玛卿邦热及其家族随着云雾消失得无影无踪。而白玉琼楼宝殿在云雾中冉冉上升，转眼间，一座冰雕玉琢的雪山拔地而起——这就是现在的阿尼玛卿雪山。

嘉陵湖和鄂陵湖的传说

很早很早以前，有个妇女，一天中午睡觉时做了一个奇怪的梦，梦见有个骑白马的人，手持一把长矛，矛柄的下端用黄铜包着，看上去十分英武。那人对她说："明年的这个时候，你将生下一个男孩，给他起名叫龙钦塔日洼尖参，长到三岁时，他愿到哪里去就让他到哪里去。"她听了回答说："呀。"（藏语即：是）

从此以后，她渐渐觉得身怀有孕。到第二年果然生下一个男孩来，又大又胖，十分惹人喜爱。她就按骑马人的嘱咐，给孩子起名叫龙钦塔日洼尖参。孩子长到三岁时说："这个地方住着没意思，我要寻找一个高而宽广的地方去住。"母亲虽然舍不得让他离开，但因为有骑马人的嘱咐，就只好让他去了。

龙钦塔日洼尖参走了很久很久，来到一个地方，见那里草原广阔，蓝天高而宽广，他感到畅快舒服极了。在草原深处有个高耸入云的山崖，他想：这个地方是我住的好地方。他就在山上选了个山洞住下来，用木料做了个弓箭，每天以打猎为生，一直到十五岁。

在他住的下面，有两个海子，一个叫德措，一个叫勒措（意为魔海、龙海），又叫嘉让措、鄂让措（即今嘉陵湖和鄂陵湖）。每天中午海水发怒，泛起波涛巨浪，咆哮不已。不一会儿就从勒措中心冒出一个骑白马的人，从

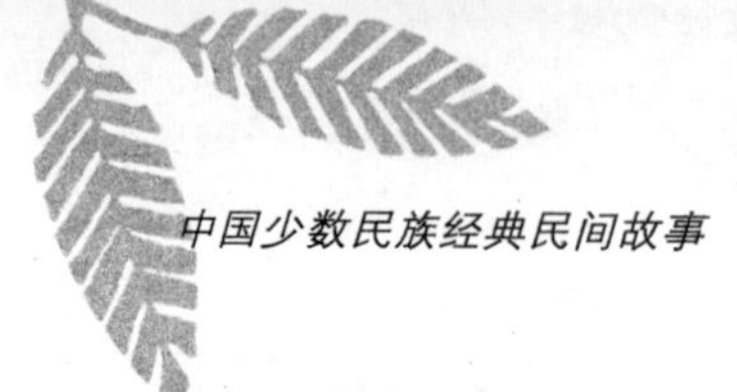

德措中心冒出一个骑黑牦牛的人，天天打仗，争雄不已。

有一天，从勒措中冒出一个骑白马的人来问他：“你箭射得好吗？”龙钦塔日洼尖参说：“我箭射得很好，矛使得不好。”那人说：“我现在很需要你的帮助，你愿意帮助我吗？”他说：“愿意。”那人又说：“现在我们天神正和妖魔打仗，打得不分胜负，很需要你们人类的帮助。如果神的牦牛和妖魔的牦牛打仗时，你用箭射死妖魔的牦牛，我就给你很大的奖赏。”

第二天，龙钦塔日洼尖参在洞口观望，约在午时，果然，从两个海中冒出两头绿色牦牛来。它们跳到岸上的大草滩上用头和犄角狠劲抵仗，你抵过去，它又抵过来，角把角碰得直冒火星。抵了好一会儿，还是不分胜负。

站在洞口的尖参看得直出神，他几次端起弓箭要射，可是怎么也看不清哪头是妖魔的牛，怕射错了，就没敢射。结果两头牛抵罢又跳进海里去了。

下午，那个骑白马的人从海里出来，生气地问他：“给你说得好好的，你为什么不射？”尖参说：“因为我分不清哪个是妖魔的牛，哪个是你的牛，怕错射了，所以没敢射。”那人说：“那好，明天我给神牛打个记号，你看准那个没有记号的牛射就不会射错了。”

到了第二天中午，又从两个海里冒出两头绿色牦牛来，他仔细看时，一头牛的前胛上挂着一个金色的镜子，他想这一定是神的牛。在它们狠劲抵的时候，他一箭射中那头没有记号的牦牛，突然两头牦牛跳入海中不见了。他赶快跑到海边上去听，只听一个在海里说：“拉甲洛，拉甲洛！”（藏语，即神胜利了，神胜利了！）另一个在海中传出悲伤的哭声。

下午，那个骑白马的人从海里走出来，高兴地对他说：“你今天帮得好，帮得实在好，现在我要给你很高的奖赏。明天在你的洞上面出现多么凶猛可怕的东西，你也不要怕。你用手摸一下它，如果不敢用手摸，就用你手上的箭刮一下它，如果用箭也不敢去刮，就用手抓一些土撒在它身上。”尖参说：“我一定照你的话去做。”

第二天中午，尖参洞府上头果然有一只虎朝他走来，他十分害怕，当虎从他身边走过时，他什么动作也没敢做，就赶紧跑进洞里藏起来。过了一会，他出来看时，虎不见了。

下午，骑白马的人又从海里出来，生气地对他说："你为什么不按我的话去做？你不按我的话去做，对你不好。明天你一定要按我说的办法去做，如果你再不去做，就没有办法拿到奖赏了。"

尖参心里仍然很害怕。等到第二天中午，他向洞府上头看时，有一头红角野牛直向他走来，那牛又大又凶猛，把他吓坏了，他又什么动作也没做，赶快跑进洞里藏起来。

下午，骑白马的人从海里冒出来，对他很生气地说："你是个苦命人，你是个没有福气的人，明天是最后一次机会了，如果明天你还不敢摸，就什么奖赏也没有了。明天你无论如何要按我说的去做。你帮了我那么大的忙，如果什么奖赏也拿不到，我心里实在过意不去。"

第二天中午，尖参向洞府上头看时，有三条蛇，白的、花的、黑的，一起向他爬来，张着口要咬他，把他吓坏了。但他硬着头皮抓起一把土撒在白蛇身上，那蛇当下变成一个美女，对他说："我是白龙王的三女儿，因为你帮助我们战胜了恶魔，父王一定要把一个女儿许配给你做妻，前面来的虎和牛是我的大姐和二姐，你都没有要，父王早把我许给人了，因为他实在疼爱你、感激你，才又把我许给你了。"

他听了她的话，"噢"地说了一声，觉得迷迷糊糊，他想不会有这样的事，可能是在梦中吧，就在海边上睡了一觉。过了一会儿，听见有人叫他起来，到家中去吃饭。他醒来一看，在海的下边有个帐房，进去一看，里面放着许多东西，在帐房下边一个小山沟里还有许多花牛。那位美丽的龙女对他说："这帐房和牛是我父王给你的，现在有了这些牛和羊，虽说不多，却也能过日子，我们二人就好好地过吧！"

他们夫妻互相敬爱，一个在家料理家务，一个放牧打猎，日子过得很幸福。一年以后生下一个很可爱的儿子。儿子长到三岁时，妻子对丈夫说：

“我们结为夫妻已有四年了，在这四年中，从没有叫你家里的人到我们家吃过一顿饭，我们娘家的人也没有叫过一次。明年过年的时候，把我们两家的亲戚都请来，好好地招待一下吧！”丈夫说：“我很小离开家，从来没有回去过，不知家在何处。把你家的人请来好好招待一下就行了。”妻子说：“那好，我家的人和一般的人不同，你见了会害怕的。你和儿子天亮以后仍然好好地睡觉，不要起来，免得害怕。”丈夫说：“那好，亲友们就由你一人去招待。”

第二天他和儿子蒙头睡在床上，只听客帐中一直有许多人在吃肉喝酒，唱着酒曲儿，跳着舞，他就悄悄地去看，只见客人中有的头像蛇，有的头像青蛙，有的头像虎，身材却都是人，一个个兽头人身。不看倒好，一看把他给吓坏了，又跑回去睡，心里十分发愁。他心想：这到底都是些什么人啊，怎么都是那样的古怪！想着想着又睡着了。

睡了不知多久，听见妻子叫他起来吃年饭，他准备起来吃年饭。妻子说：“我的阿爸和哥哥们都招待完了，现在你和儿子们好好吃顿年饭。”吃过年饭，他心里发愁，整天待在家里闷闷不乐。

有一天，妻子跑进来说：“来了来了。”丈夫出去一看，原来是那个骑白马的人和一个骑着秃头牦牛的老汉来了，看上去像走，却快得像飞一样，一眨眼工夫就到帐房跟前了。

他们夫妻二人把客人请进屋，按年龄大小依次坐下。骑白马的人对他说：“我再次感谢你帮助过我们，所以我也对你帮助了不少。我头天把大妹子给你，你不要；第二天把二妹子给你，你也不要；第三天把三妹子给你，你才要了。可是，这三妹子已许给别人了，因为你的恩情太重才又许给你了。原来把她许给了战德项秀（一方神明），他的武艺十分高强，他早晚有一天要来夺走她的，我们都没有办法，上面坐的这位是你的岳父大人，你要听岳父的话才能有救。”

那位老人说：“我是你的岳父，我就是阿尼玛庆，我骑的这头秃头白牦牛，你们不要以为它是一头普通的牦牛，它本是雪山白狮子，是雪域最好的骑兽。抢你妻子的战德项秀也是我的儿子，但他不听我的话，很固执，我也拿他没办法。但只要你们听我一句话，也是可以对付他的。我给你这把宝剑，战德项秀来了，你就拿剑不停地在头顶上绕，你看不见他，但你妻子会看见他的。当她说‘来了’，你就拿剑在头上绕，同时抓住妻子的腰带，不停地说：‘我是龙钦塔日洼尖参，我手中有这把锋利的宝剑，谁也不怕，我的妻子谁也不给。’”他二人说罢就走了。

一个月以后的一天，妻子突然看见战德项秀来了，她很胆怯地对丈夫说：“他来了，他来了！”丈夫赶紧出去看，什么人也看不见，只见一股黑旋风刮来，他一手抓住妻子的腰带，一手拿宝剑在头上绕着，说着岳父教给他的几句话。黑旋风却狠劲地刮，把他的儿子刮走了，他疼爱儿子，放开妻子去救儿子，待他刚一放开手，黑旋风就把妻子给刮走了。那风刮得十分激烈，把帐房和牛也给刮走了，连火塘里的灰也给刮得光光的。

妻子被抢走以后，尖参和儿子过着十分穷苦的生活。从此，藏族人就有了这样一句形容穷的俗语：“头上帐房没有，门上牲畜没有，火塘里灰没有。”

他妻子的姐姐见他们父子俩生活过得十分艰难，有一天从海里出来变成一个中年妇女，手拿宝瓶，给他们父子倒了一碗奶子，还给了一顶帐房和几头牛，把他们父子安慰了一番又回去了。他们父子从此就靠这几头牛和一顶小帐房过日子。

儿子在七岁那年，到当年父亲放牧花牛的小山沟里去玩，过了一会儿，跑回来对父亲说：“在那个山沟里有人给我一匹马，他问我叫什么名字，我说我没有名字，他说你就叫‘果德禾’。”他领着父亲赶紧去看，见有一匹白马拴在那里，原来是那位骑白马的人给的。父亲对儿子说：“他是你的阿舅。”儿子说：“噢茸，龙洼。”（意为啊哟，好沟）。从此，这个山沟就叫噢茸龙洼（在今甘德县境内）。

后来儿子娶了个媳妇，叫“吉禾毛”，从此，果德禾的后代无穷。据说如今果洛[1]地方的人全是他的后代，人们把这里的人叫作“果德禾拉毫里吉禾毛果洛禾”，果洛的地名即由此而来。

①果洛：关于果洛地名的来历，另有个说法。相传很早以前，从西藏的额日地方来了个名叫他日德尖参的人，住在果洛阿塔知这个地方。当地有个叫阿塔知吉合毛桑的人不服，经常和他作对，但最后失败了，所以叫果洛合（意为倒了或投降了，也解释为麻烦或无端多事或招致麻烦）。

羊卓雍湖

著名的羊卓雍湖位于喜马拉雅山北麓的山间盆地中。传说很早以前，还没有羊卓雍湖，那里是一个又大又深的泉眼。泉眼四周是一片水草茂盛的大草原。

有一天，泉眼旁边来了一家牧主。牧主家的牛羊都叫牧工达娃放牧，牧主全家成天吃喝玩乐，连水也得达娃去背。

达娃每天都到泉眼来打水，在往水桶里灌水之前，先喝上几口，填一填咕咕叫的肚子。说也奇怪，喝了泉水竟不饿了，精神也好了起来。

有一次，他捧起泉水刚要喝，发现捧着一条发光的小红鱼。他笑着把水撒开，把小鱼放回泉眼里。那小鱼浮在水面上，向他摆了三下头，才游到水下面去了。当时达娃没记下这些，只管背着水走了。

第二天早晨，达娃又去背水，刚放下水桶便有一股泉水向他嘴里飞来，他一慌，张嘴便接，觉得那水比奶还香甜，便不停地喝了个饱。喝后，感到浑身发热，所有的骨节在咔嚓咔嚓的发响，顿时觉得力气倍增，他背起水桶来，好像比拿一团羊毛还轻。他心里正在纳闷，猛地眼前一阵闪亮，见泉边立着一个美丽的姑娘。他揉了揉眼再仔细一瞅，一点不错，真的是个姑娘，用红手帕捂着嘴，还在微笑呢！他怔了一会儿，正要走，只听那姑娘说道：“达娃，你一个人给牧主干活，怪可怜的，不想过自由的生活吗？”

达娃见她说话很和气，便答道：“怎么不想，可是我家欠牧主老爷的债，还不起，只好终身做活顶债。可你是谁？问我这些干什么？”

“我就是那条小红鱼，谢谢你的好心。我一定要报答你，你欠老爷多少债？”

“十只羊。”

“这好办，”姑娘从耳朵上取下一个松耳石的耳环递给他，“拿这个抵债吧，牧主和太太会喜欢的。”

达娃迟疑着不敢去接，那姑娘把耳环放到他手里后，说了一句：“明早我等着你。”便倏忽不见了。

牧主和太太一见那发光的耳环，高兴得不得了，太太把耳环戴上，自觉得漂亮多了。牧主忙问达娃耳环是哪里弄来的，达娃如实说了出来。牧主和太太咬了一阵耳朵后，说：“你的债算顶完了，不过你得领我们去见那个美女。”达娃不知道其中的诡计，便答应了。

夜里，牧主和太太一夜不眠，商量怎么捉住美女的办法，牧主为了要霸占美女，太太为了要抢更多的宝贝。

天不明，牧主和太大就把达娃叫醒，来到泉边等着。果然，一阵闪亮，那姑娘出现在他们面前。牧主的太太见她全身发光，心想她身上宝贝一定多得很。牧主看见她漂亮的面容，眼珠都呆滞了。他俩忙双膝跪下，口称仙女奶奶。但那姑娘并没有理睬他们，独自笑盈盈地迎接达娃，并亲昵地跟达娃说了几句什么。达娃立即理直气壮地说：“老爷，我欠你的债还清了，我们要走了。”

牧主一听像当头挨了一棒，本想翻脸抵赖，但见美女在旁，脑门一皱便皮笑肉不笑地说：“好，不过，你得把水桶给我送回家去。”

达娃很高兴，蹲下去背水桶时，牧主和太太一起动手，把达娃推到泉眼里。然后牧主和太太又向美女跪下，牧主说：“你喜欢这个穷小子干吗？跟我去享福吧！”

太太说：“你全身都是宝贝，就分给我一点吧。我情愿让你当大太太，我做二太太。”

美女擦干泪水，愤怒地说：“哼，你们想得美，就让你们这样哇哇地叫一辈子吧！”说罢，她把手帕一挥，牧主和太太立刻变成了两只黑乌鸦，哇哇地叫着飞走了。据说，从那以后高原上才有了乌鸦。

美女又把手帕一挥，愤怒的泉水咆哮着冲了出来，一直冒了一百天，变成了一个大湖，就是现在的羊卓雍湖。从那以后，每天太阳刚刚出来的时候，人们能看见一男一女在湖面上游玩，那就是达娃和那个可爱的姑娘。

九龙山[①]

古时候，在川藏高原上，住着一个老龙和他的妻子。九年之中，老龙夫妻共生下了九个儿子。九个龙子当中，八位哥哥都生性懦弱，毫无作为，唯有九弟英俊善良，智勇双全，很得老龙夫妇的宠爱。

几年之后，九个龙子都已长大成人。这年春天，大地遇到千载不遇的干旱，百姓们请求老龙降雨，老龙答应了百姓的要求，立即传令他的龙子们到昆仑山中给人民引来雨水。

大龙子第一个被派出去。他正往前赶路时，一个白胡子老人拦路问道："孩子，你到哪里去呀？"大龙子说明来意后，老人摆头劝道："孩子，去不得啊！到昆仑山要经过火焰山，飞鸟也要被化力青烟，你能过得去吗？依我看，你不如趁早回头，找一条生路吧。"说完，隐身不见了。大龙子想：去吧，将要粉身碎骨；不去吧，回去又怎样对父亲交代呢？不如照着白胡子老人说的，自找一条生路为好，便溜走了。

时间一天天过去了，老龙在家里等啊等啊，仍不见大龙子回来，只得又命二龙子前去。谁知过了许多日子也不见回来。接着，老龙又先后派三、

①九龙山：在四川省甘孜藏族自治州南部的九龙县附近。

四、五、六、七、八龙子前去，结果和他们的大哥和二哥一样，都把父母的命令和百姓的痛苦忘得一干二净。老龙气得死去活来，又想到百姓的痛苦，最后忍痛将唯一留在身边的九龙子派出去了。临行前，老龙夫妇再三叮嘱九龙子："不论多么困难，一定要引回雨水，否则就不许回到父母身边来。"

九龙子翻山越岭，来到了冈底斯山脚下。这时，白胡子老人又出现了。老人说："孩子呀，你的八个哥哥都没有勇气去闯火焰山，另寻生路去了，你为什么一定要冒这个险呢？"接着，他又给九龙子详细讲述了一遍到昆仑山去的艰难险阻。不料九龙子说："为了百姓的幸福，我什么都不怕！"说完就要赶路。老人见他这么坚决，便掏出一件闪闪发光的宝贝，对他说："你是一个诚实勇敢的孩子，一定会成功的。这件宝贝你带在身上吧，它会帮助你克服一切困难的。"

九龙子带着老人赠送的宝贝，克服了重重困难，终于闯过了火焰山，来到昆仑山前，引回了雨水。在他引水回家走过的地方，出现了两条波浪滚滚的大河，这就是现在的金沙江和雅砻江，天上也同时下起雨来，大地复苏，庄稼又获得了生机。

百姓们非常感激九龙子的功绩。后来，九龙子年老死去，百姓为了纪念他给人们带来了幸福，便把他埋葬在一座秀丽的山上，给这座山取名为九龙山。直到如今，每逢久晴不雨，只要人们看到九龙山上云雾笼罩，就知道是要下雨了，传说，这就是九龙子引回来的雨水。

石狮眼里掉血泪

很早以前，有一个大王国。国家繁荣昌盛、国力富强。在这个王国里有一名能够预知未来的僧人，国王对他向来非常尊敬和敬仰。

有一天，僧人来到国王跟前请求道："尊敬的国王陛下，请允许我离开此地搬往他乡。"国王说："我向来把你当成我的根本上师[①]，多年来一直尊重你敬仰你，你为何一定要出走？请你说明原因。"僧人说："尊敬的国王陛下，大概我没有继续住在这个地方的福气，将来这里很有可能被洪水淹没。"国王十分恐慌地问道："我的根本大师，这么可怕的洪水什么时候会泛滥？"僧人说："在我们城中街头不是有两座石狮吗，如果从石狮眼里掉出血泪来，那么掉出血泪的七天之后洪水就会泛滥。你们可以随时观察两个石狮的眼睛。"说完之后，国王再也拦不住僧人，只好让他带上简单的行李离开了此地。从此，国王让自己的三个公主每天轮流到街上，以购买商品为借口，观察石狮眼里是否掉出血泪。

石狮附近有五个屠夫在出售鲜肉，他们发现最近国王的三个公主轮流来买肉，他们想：王宫里有那么多的臣仆，为什么不派他们买肉，偏偏要派

①根本上师：藏传佛教僧人学经一般拜多名上师，其中最主要的上师叫根本上师。

三个公主来买肉？有一天，轮到小公主买肉时，五个屠夫好奇地问道：“请问，为什么最近你们三位公主轮流来买肉？”小公主观察了一下石狮的眼睛后，说道：“我们的根本上师说，如果这两座石狮眼里掉出血泪，那这个地方就会洪水泛滥，而且淹没整个城市，不过这件事情你们要保密。”说完之后她就返回了王宫。洪水是否真会泛滥，屠夫五人议论纷纷。其中一个屠夫想：看样子这次不费劲就能弄到一大笔财产，便说道：“我想僧人肯定欺骗了国王，过去从来没有泛滥过洪水，将来也不会有这种事情，再说石狮眼里怎么会掉血泪？国王也太轻信僧人的狂言。如果国王为了摆脱洪水泛滥的危险，放弃王宫逃往他乡，那么王宫和国库不就到了我们五个人手里吗？”为了达到目的，这位屠夫又出谋划策道：“明天我把宰牛的血涂在石狮的眼睛上，这件事你们一定要保密。”

第二天，那个屠夫早早来到石狮跟前，将备好的牛血涂在石狮的双眼上，又若无其事地回到卖肉的摊子上。这时，大公主来到石狮跟前，发现了石狮双眼上的鲜血，她很惊慌，立即回到宫中，把此事禀报了父王。国王立即对自己的臣仆和百姓们发出紧急通知：“七天之内，大家一定要搬出这里，这里将有洪水泛滥，淹没整个城市。”国王让臣仆们简单地收拾一下国库里的价值昂贵的东西，就带上王后和公主及王宫里的所有臣仆，慌慌张张地逃往他乡去了。五个屠夫实现了他们的目的，他们就霸占了王宫，穿上盛装，过上了自以为幸福的生活。

不久，街上石狮眼中确实掉下了血泪。但是五个屠夫完全沉浸在王宫里的幸福生活中，根本没有注意街上的石狮。从那时算起的七天之后，波涛翻腾的洪水把整个城市淹没了，五个屠夫也被洪水吞没了。

文顿巴和美梅错

很早很早以前，在一条河流的两岸，有两个部落，住在东岸的叫辖部落，住在西岸的叫怒部落①。河上架了一条粗粗的长长的溜索桥，人们本来可以自由地交往，可是不知在哪一代土司的时候，两个部落发生了械斗，结下了冤仇。从此，两岸的人们虽然看得见彼此的容颜笑貌，听得清对岸狗咬羊叫、牛马嘶鸣，可是在两家土司的严禁下，再也没人敢互相来往。一条溜索空荡荡的悬在河上，随风摇摆，谁也说不清过了多少年了。

到了这一代，辖部落是一个女土司当权，她有三个儿子，一个女儿，女儿名叫美梅错；怒部落的土司有个儿子，名叫文顿巴。文顿巴从小赶着牛马到河上游西岸的坡坝上放牧，美梅错也是从小赶着羊群在河上游东岸的坡坝上放牧。

坡坝上的草儿从绿变黄，从黄又变绿，时光也一年一年过去，他们俩也都渐渐长大了。他们清早同时从各自的家里出来，傍晚又同时回到各自的家中。隔河相望，天天见面，由见面而相识，由相识而熟悉。他们不但熟悉彼此的脾气和心情，而且也熟悉了对方放牧的牛羊，美梅错指得出文顿巴的牛

①辖部落、怒部落：“辖”是东方（或升起）的意思，辖部落即住在河东岸的部落；“怒”是西方（或没人）的意思，怒部落即住在河西岸的部落。

有几头公的，几头母的，知道哪匹马跑得稳，哪匹马性最烈；文顿巴也叫得出美梅错每只羊的名字，知道哪一只绵羊最驯良，哪一只山羊最爱抵角。文顿巴喜爱美梅错照看羊群是那么细心勤谨；美梅错敬佩文顿巴管理牛马是那么能干豪迈。

就这样，他们慢慢地产生了感情。可是谁也不好意思开口说出自己的心事。又过了好多日子，文顿巴再也忍不住了，他多么想探探姑娘的心意啊。

一天清早，当两人各自赶着牲口又来到大河两岸的时候，文顿巴试探地，慢悠悠地唱道：

河西岸的草儿青又青啊，
你的羊群可想过来吗？
河东岸的草儿嫩又鲜啊，
我的牛马去吃可以不？
清凉的河水流不停啊，
一块儿饮牲口不好吗？

美梅错听了，心里就像揣了只小山羊那么激动，便放开歌喉答道：

河西岸的草儿青又青啊，
羊群吃了肥又壮，太好啦！
河东岸的草儿嫩又鲜啊，
牛马吃了强又壮，太好啦！
清凉的河水流不停啊，
牛羊喝了更兴旺，太好啦！

文顿巴听了美梅错的答话，高兴极了，便又大胆地问道：

两个袋里的糌粑合起来吃好吗？
两个锅里的茶水合起来烧好吗？
金手镯和银戒指可以交换吗？
长腰带和花靴带可以交换吗？[①]

美梅错又应声答道：

一个人吃糌粑没有味儿，
合起来吃时甜又香；
一个人喝茶就像喝凉水，
两个人同喝赛琼浆；
手镯戒指愿意换给心上人，
腰带靴带被人看见就麻烦啦！

文顿巴听了，觉得美梅错又有情义，又聪明细心，就更加喜爱她了。

从此，他们每天清早把牛羊由水浅的地方赶到一块儿，任它们自由自在地吃草，两个人在绿莹莹的草地上追逐嬉戏，累了便互相依傍着休息。直到太阳落山，阴影笼罩着山顶的时候，才恋恋不舍地分手回家。他们过着比蜜还甜的日子。

可是，不幸的事情发生了。

一天，美梅错让女仆给她浇水洗手时，一不留意把文顿巴换给她的手镯露出来了。女仆看见美梅错的手镯换了，知道她有了心上人，觉得是件可喜的事，便告诉了女土司。女土司知道了，就把美梅错找来，问她是和哪一个小伙子交换的，美梅错只得又羞又怕地照实说了。

---

①互相交换手镯、戒指、腰带、靴带等是藏族男女之间订婚的表示。

女土司一听女儿和仇家的儿子换了手镯、戒指，气得肚子都要炸了。可是，她却不表示出来，也没责骂美梅错，又随便问了些别的事情就让女儿休息去了。做女儿的美梅错，还满心以为阿妈已经允许她和文顿巴相爱呢。

谁料想，第二天早晨，美梅错赶上羊群刚离开家，女土司便把大儿子叫到跟前，给了他几支浸了烈性毒药的箭和一张弓，吩咐道："你跟在美梅错后边去看看，若见文顿巴和她在一起，就给我把文顿巴射死！去吧，下午拿血箭来见我！"大儿子把毒箭接在手中，哪里忍心去射死妹妹的情人。他走出门来，也不去看什么文顿巴，只在村外绕了几个圈子，随便射了一只黑老鸦，把血涂满了箭头，拿回来交给了女土司。女土司当即叫人提了一桶鲜牛奶来，把涂血的箭放在奶中一搅，见奶并未立即变成乌黑色，知道不是人血，骂道："畜生，你怎敢哄骗你老娘，给我滚！"

第二天，女土司把二儿子叫来，交给他毒药箭和牛皮弓，吩咐道："去把文顿巴给我射死！拿血箭来见我，不要学你哥哥，我是要查验的啊！"

二儿子拿了弓箭，走到妹妹放羊的地方，见妹妹和文顿巴那么相亲相爱，又见文顿巴那么英俊，怎么也不忍心下毒手，便返回来，射死一只花喜鹊，把血抹在箭上，交给了女土司。女土司照样查验，见仍然不是人血，气得打了二儿子一个耳光，把他赶出去了。

到了第三天早晨，女土司把小儿子叫来，恶狠狠地把弓箭扔在他的面前："今天你去给我把文顿巴射死！你要是敢跟两个哥哥学，我就先让你尝尝毒箭的味道！快去，待会儿拿血箭来见我！"小儿子年纪还轻，见阿妈发这么大的脾气，吓得赶忙捡起弓箭，悄悄地跟在美梅错后边去了。

到了放牧的地方，他躲在一棵大树后面看动静。

这时，对岸文顿巴早已在等着美梅错，见她来了，便吆喝着牛马往河对岸走，边走边唱道：

当我一个人的时候，
觉得坝子和村寨是空空的；

当我看到你苗条的身影时，
才知道坝子和村寨不是空空的，
而是充满了幸福和欢笑。

美梅错赶着羊群和道：

当我独自走在路上的时候，
老觉得羊群走得慢腾腾的；
当我看到你魁梧的身躯时，
才知道羊群不是走得慢腾腾的，
它们也奔驰着急于要吃草。

文顿巴到了河岸上，走拢美梅错，伸手去抓她的肩膀。只听“嗖”的一声，一支毒箭飞来，射在他的大腿上，文顿巴当时便倒在地上，昏了过去。美梅错急忙蹲下，拔出箭来，一看是阿妈藏着的浸有烈性毒药的箭，顿觉得这毒箭好像射在自己心上一样，万分悲痛，不由得扑在文顿巴身上大哭起来。

小儿子趁机从树背后窜出来，捡起毒箭，飞快地跑回去了。

过了一会儿，文顿巴苏醒过来，安慰美梅错说：“不必伤心，幸亏射在腿上，养几天就会好的。”便让美梅错牵过自己的马来，扶着他爬上了马背。美梅错送他过了河，临别时发誓说：“今生不能在一起，来生一定做夫妻！”眼睁睁望着文顿巴往家走去，起先还见他勉强挺直身子坐在马上，后来便完全伏在马身上了。美梅错知道文顿巴的伤势很重，心中说不出的难过。

美梅错回到家里，天天盼望能看到文顿巴或听见关于他的消息，可是什么也没看到，什么也没听到。第七天早晨，美梅错到河边去背水，见对岸一个老人在背水，便急忙问道：

劳驾对岸的老大爷，
姑娘我有事情问你。
土司的儿子文顿巴，
外面的伤势好了吗？
里面的疼痛怎么样？
请你照直对我说！

老大爷答道：

年轻的姑娘你听真，
告诉你实话别伤心，
外面的伤痛倒有起色，
里面的毒痛越来越深。

美梅错听了，心就像刀子在割一样，又恳求老大爷：

对岸善心的老大爷，
听了你的话我真难过，
大爷你年老见识多，
可有什么法子把他救活？
还求你天天清早来河边，
把文顿巴的病情对我说！

老大爷想了一下答道：

年轻的姑娘不必着急，
有一个办法可以教给你，

快到山顶烧起一堆“桑”①，
黑烟白烟会告诉你消息，
白烟多时文顿巴伤势有好转，
黑烟盛时预示着凶兆不吉利！

美梅错含着眼泪背水回去，赶忙到山上去砍了很多柏树枝，烧起很大一堆桑来，向天祈祷，祷告完了便在一旁守着。起先桑堆上还是白烟多，黑烟少，美梅错心中略微松快些。后来，黑烟慢慢多起来，美梅错的心也越来越焦急。又到了第七天，只见黑烟弥漫，遮没了白烟，她心知不好，急急赶回家去，向人打听时，才知道文顿巴果然死了。

等到文顿巴火葬的那天，美梅错拿出自己最好的衣服和首饰，穿戴得整整齐齐，预备了一桶酒、一桶油，叫两个年轻的女仆背着，对她们说：“平时咱们像亲姐妹一样要好，这次你们跟我一起去，帮我个忙吧！”说完，自己也背上预备好的一口袋东西，瞒着女土司，不顾家人的劝阻，直往河对岸文顿巴的火葬场走去。

来到文顿巴的火葬场，见送葬的人在外面围得密密层层，没法进去。美梅错便从背上的袋里取出许多玛瑙、珊瑚等饰品，说道：

请让路啊，请让路，
乡亲们请让一条路，
我要进去看看文顿巴，
这儿有的是玛瑙和珊瑚！

说完，把玛瑙和珊瑚撒在地上。围在外层的人们见了都去抢，美梅错穿

①桑：藏语译音，藏族的一种风俗，把柏树枝堆起来，中间放些糌粑（有的地方放五谷），洒几滴水，点燃了祭天，以祈祷幸福、平安等。

过外面一层，到了中间一层，只见喇嘛们围得严严地在念经，她又从袋里取出一些法铃、法鼓等念经的法器，说道：

请让路啊，请让路，
喇嘛们请让一条路，
我要进去看看文顿巴，
这儿有的是法铃和法鼓！

说完，把法铃和法鼓丢了一地。趁喇嘛们去抢时，美梅错穿过了中间一层，到了最里面，只见土司的家人、家臣等围在那儿守着火葬堆，她又取出袋里的剑和枪说道：

请让一让啊，让一让，
家臣们请往一边让，
我要进去看看文顿巴，
还儿有宝剑和快枪！

说完，把宝剑和快枪丢在地上。家臣们都去争夺枪剑，美梅错赶紧走近烧尸首的柴堆。两个年轻的女仆背着酒和油，紧紧跟在她后面。

火葬的柴堆已经点起来了，泼上油的柴"噼噼啪啪"地正在燃烧。可是奇怪，文顿巴的尸首怎么也不燃。美梅错站在火葬堆前，向文顿巴说道：

亲人文顿巴，你可好？
你恋恋不舍为什么不燃烧？
莫非恋我头上的珍珠和玛瑙？
把它给你吧，我再不需要了！

说完，便把头上的首饰都摘下来，投入火中。可是文顿巴的尸首仍然烧不着。美梅错往前走了一步，又说道：

亲人文顿巴，你可好？
你恋恋不舍为什么不燃烧？
莫非恋我身上的绸衣和皮袄？
把它给你吧，我再不需要了！

说完，又把绸衣和羊羔皮袄脱下来，抛进火中。可是，文顿巴的尸体照旧一丝不燃。这时美梅错回过头来，对背着酒和油紧紧跟在后面的女仆说："现在该你们帮忙啦，我跳进火堆后，人们要是来救我，你们就泼酒，要是叫泼水，你们就倒油！"吩咐完，转过身来对文顿巴唱道：

亲人文顿巴，你可好？
你恋恋不舍为什么不燃烧？
请不必留恋，安心吧，
美梅错我和你一齐来了！

说完，奋身跳入火中。周围的人们，有的喊叫泼水，有的抢上来救，乱乱纷纷。两个女仆急忙往火上倒油泼酒，火熊熊地燃烧起来。

女土司听说女儿到文顿巴的火葬场去了，一句话没说，带着人怒气冲冲就来追赶。可是等她冲开人群，闯到火葬堆跟前时，烈火已把美梅错和文顿巴烧化，只剩一堆骨灰了。

女土司恶狠狠地说："死了也不能让你们在一块儿！"她问文顿巴的家人："文顿巴活着时怕什么？"家人说："怕蛇。"女土司说："那好，我女儿怕青蛙，快给我捉蛇和青蛙来！"手下人立即提了一条蛇和一只青蛙，照女土司的吩咐放在骨灰上。说也稀奇，只见有些骨灰见了蛇便往一边退，有些骨灰见了青蛙便往一旁躲，避开蛇的是文顿巴的骨灰，躲着青蛙的是美梅错的骨灰。两个人的骨灰被女土司分开，埋在河的两岸。

过了不久，埋美梅错的地方长出一株大红花，埋文顿巴的地方长出一株大黄花。两株花迎风招展，好像隔河在互相呼唤似的。人们都说："这就是美梅错和文顿巴的化身。"女土司听了，非常气恼，吩咐："给我折断！"可是到了第二年，就在长花的地方又生出两棵树来，树上各有一只小鸟，啼声婉转，隔河呼应。这事又让女土司知道了，她又叫人把小鸟射死，把大树砍倒了。

美梅错和文顿巴便商量道："咱们到内地和羌塘，变成茶和盐再相会吧！"于是，文顿巴到羌塘变成盐湖里的盐，美梅错到内地变成了茶树上的茶叶。

在藏族人民的生活里，是离不开茶和盐的。他们在煮好的茶水里放上盐，打制成热气腾腾、香气扑鼻的酥油茶。因此，女土司再也无法拆散他们。每当人们端起酥油茶时，便会想念着这一对勇敢而坚贞的青年恋人。

马夫次旦

从前，后藏乌酉地方，有个头人叫康嘎德瓦。他在外面当宗本[①]，到处寻欢作乐，把妻子桑姆珠玛丢在家里，常年不闻不问。桑姆珠玛十分痛苦，暗暗爱上了庄园里的马夫次旦。

有一天，次旦正在井边饮马，桑姆珠玛走来抓住打水的绳子，想跟他开开玩笑。次旦心里发急，唱道：

阿佳桑姆珠玛啦，
请你让开点，让开点！
我不是老爷少爷，而是放马的奴隶，
马不是一匹两匹，而是三千六百匹。

桑姆珠玛赶紧放下桶绳，唱道：

哥哥次旦呵，

①宗本：相当于县长。

请你别生气，别生气！
我不要什么老爷少爷，
我想和你在一起。

谁知道就在这个时候，正赶上康嘎德瓦头人回来了。他听见桑姆珠玛唱的歌，不问青红皂白地对次旦说：“坏小子，老爷我不在的时候，你竟敢调戏我的老婆。看在你哥哥是我的管家，弟弟是我的森本[①]份上，给你三天时间回家，有什么话说一说，有什么事办一办。今天一天，明天两天，后天早晨太阳出山的时候，你到庄园里来见我。

次旦感到非常委屈，但是跟老爷是讲不清楚的，哪怕你有一千张嘴巴。他回到家里，跟阿妈一起待了两天，低着脑袋想了两天，抽着鼻烟闷了两天。到第三天启明星升起的时候，次旦便早早地起来，梳洗得干干净净，从房里对阿妈唱道：

阿妈呵阿妈，
请给我的马饮点水吧，
这辈子我不会再麻烦您啦！

阿妈呵阿妈，
请给我的马喂点料吧，
这辈子我不会再麻烦您啦！

听了他的歌，阿妈心里非常纳闷，她知道儿子脾气倔，也没有多问，便替他饮过马，喂过料。次旦来到院子里，又对阿妈唱道：

①森本：侍寝官。

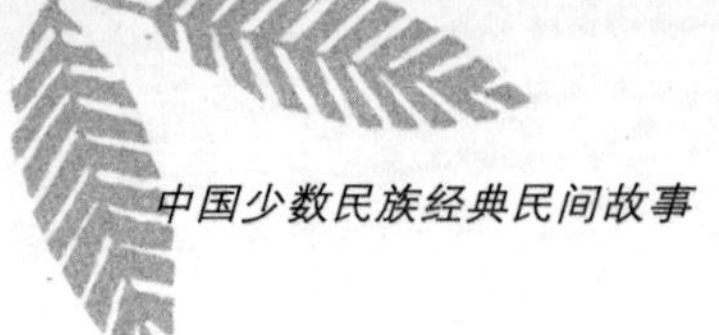

阿妈呀阿妈，
请把我过节的衣服拿出来吧，
过去我没穿过，今天我要穿哪！

阿妈呀阿妈，
请把我订婚的戒指拿出来吧，
过去我没戴过，今天我要戴啊！

次旦把过节的衣服、订婚的戒指，一样一样地装在马褡子里，准备上马动身。谁知他的马在地上打滚，怎么也不肯起来。次旦拍拍马背，唱：

好马罗林交交呵，
别睡，请起来吧，
要不，就赶不上好时辰啦！

马儿从地上爬起来，次旦骑了上去。马还不停地刨着蹄子，眼泪像下雨一样掉落。次旦摸着马鬃，唱道：

好马罗林交交呵，
别哭，请高兴吧，
要不，我的心更难过啦！

这时候，阿妈实在憋不住啦，一把抱住次旦的腿，流着眼泪问：

次旦呀次旦，
你是不是偷了东西？
你是不是说了假话？

有事不跟阿妈说跟谁说呀?
有话不跟阿妈讲跟谁讲呀?

次旦拿着阿妈的手，在自己的额头上碰了三次，痛心地回答道：

阿妈呀阿妈，
你儿子没有偷过东西，
你儿子没有说过假话；
只是阿佳桑姆珠玛，
对我唱了一支歌呀！

阿妈一听，吓得昏倒在地，好久好久没有苏醒过来。

当太阳从雪山升起的时候，次旦骑马来到头人的庄园，老爷康嘎德瓦正在打麦场上等着他，周围四邻的百姓也被叫来围观。康嘎德瓦威风十足地坐在垫子上，命令次旦当管家的哥哥和当随从的弟弟，动手把次旦杀死。

次旦已经预料到有这一天，“呵呵”地笑了。他打开马褡子，拿出过节穿的衣服，唱道：

这件獭皮边的藏袍，
送给同胞的哥哥你；
这条新氆氇的裤子，
留给至亲的弟弟穿。
麻烦你俩来杀我，
这算一点手续钱。

这顶金花的帽子，
送给同胞的哥哥你；

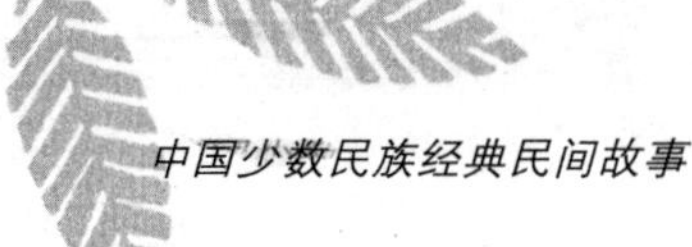

这双绣花的藏靴，
留给至亲的弟弟穿。
麻烦你俩来动手，
这算一点报酬钱。

说完，次旦又从马褡子里，拿出一把短刀，一个戒指，唱道：

这柄锋利的短刀，
送给老爷做自刎刀：
这支宝石的戒指，
送给桑姆珠玛做订婚戒。
感谢老爷安排的好，
次旦我没话再说啦！

次旦的歌刚唱完，康嘎德瓦头人就叫次旦的哥哥和弟弟，动手把他杀死了。血流在庄园前边，尸体丢在雅鲁藏布江里。老百姓都说："马夫次旦，死得冤啦！"

次旦死后，他的灵魂变成了一只小鸟，整天围着庄园飞。有一天，康嘎德瓦老爷正骑马过桥，小鸟从桥下窜出来，惊得他的马胡蹦乱跳。老爷从马上摔下来，腰间别着次旦的短刀，正正插进他的胸膛，把他刺死了。

再说桑姆珠玛知道次旦被杀，又是着急，又是怕，吓得生了一场重病，躺在垫子上起不来。忽然看见一只小鸟，飞落在窗外的树枝上，唱道：

吉呵，吉呵！
我是次旦变的鸟儿，吉呵，
老爷刚死在桥上了，吉呵，
阿佳你在想什么呀？吉呵。

桑姆珠玛一听，疾病好了一大半，伸出两手唱道：

小鸟呵小鸟！
你若真是马夫次旦，小鸟，
请落在我肩膀上面，小鸟，
请落在我膝盖上面，小鸟。

小鸟果然很通人性，一飞飞到桑姆珠玛的肩膀上面，再飞到她的膝盖上面，桑姆珠玛双手捧住小鸟，用脸蛋轻轻地抚摸它。这时，小鸟儿又唱了：

吉呵，吉呵！
你要是真心爱我，吉呵，
请把我装在箱子里，吉呵，
正月十五晚上见，吉呵。

桑姆珠玛按照它的吩咐做了，到正月十五晚上，一轮圆月从雪山升起的时候，她打开箱子一看，马夫次旦正从箱子里笑呵呵地出来，比过去更壮实、更英俊。

国王岭色曲结和妃子梅朵玲孜

从前，察绒顶地方，有个国王名叫岭色曲结。他有一个美丽的妃子，名叫梅朵玲孜。国王的哥哥阿库，十分贪恋妃子梅朵玲孜的美色，时时刻刻想打她的主意。

有一次，王妃离开察绒顶，到自己的家乡探望双亲，没过几天，阿库便瞒着弟弟岭色曲结，来接梅朵玲孜回宫。妃子不知是假，急忙收拾行装，跟着阿库骑马上路。在他们经过的路上，有一座很凶险的高山，山上住了好多凶猛的人熊[①]。阿库笑嘻嘻地说："妃子，天快黑了，只好在这里过夜了。今晚，你是和我一起睡呢，还是和人熊一起睡呢？"

妃子听了，吓得像树叶一样索索发抖，跪在地上哀求道："阿库呵阿库，我不能和你住在一起，也不能和人熊住在一起。我们还是快快地赶路，回到察绒顶地方去吧！国王岭色曲结在等着我们呢！阿爸塔那滚钦在等着我们呢！阿妈白美明多在等着我们呢！"阿库见梅朵玲孜不顺从他的意思，把她推到人熊洞边，骑着一匹马牵着一匹马走了。

梅朵玲孜从地上爬起来的时候，遇到一只像魔鬼一样可怕的大人熊，它

①人熊：藏语叫"者莫"。熊的一种，也叫棕熊、马熊，古称罴。

看见美丽的妃子，便咧开大嘴发出奇怪的笑声，还跳起摇摇摆摆的舞蹈。梅朵玲孜从来没有见过这种情形，当场就昏死过去了。不过，人熊并没有吃掉她，而是把她抱进岩洞里，做了自己的妻子，照顾得格外细心周到。只是人熊每次出外找食的时候，总要搬几块大石头堵住洞门，害怕姑娘逃跑。后来，梅朵玲孜怀了孕，生下两只小人熊。大人熊喜欢得嗷嗷叫，不再用大石头堵门了。

有一回，察绒顶有位商人从这里经过，看见一个全身用长头发缠着的光身女子，像野兽一样趴在河沟里饮水。他刚开始大吃一惊，仔细一看，觉得很像王妃梅朵玲孜。便日夜不停地赶路，把这个不幸的消息报告给国王岭色曲结。

国王听到商人的报告，又惊奇，又悲痛，独自一人骑上快马，带着腰刀、火枪、糌粑和食盐，赶到人熊山搭救自己的妃子。他躲在一棵大树上，看见大人熊从山洞里出来了，小人熊从洞里出来了，过了一阵，妃子梅朵玲孜也从洞里出来了。便从树上跳下来，一边走，一边撒着盐和糌粑，梅朵玲孜就一边跟，一边抓着盐和糌粑吃。他们来到一个僻静的地方，岭色曲结唱道：

请你听一听吧，
王妃梅朵玲孜，
难道你想不起，
我们的察绒顶吗？
难道你想不起，
阿爸塔那滚钦吗？
难道你想不起，
阿妈白美明多吗？
难道你想不起，
我国王岭色曲结吗？

过了好一阵子，梅朵玲孜才摇摇脑袋，唱道：

我们的察绒顶地方，
我实在想不起来了。
阿爸塔那滚钦，
我实在想不起来了。
阿妈白美明多，
我实在想不起来了。
国王岭色曲结，
我实在想不起来了。

唱完，便像野兽一样，回到人熊洞里去了。国王岭色曲结没有泄气，第二天清早他又躲在大树上。他知道梅朵玲孜吃了盐和糌粑，就能想起过去的事情，就能说出人的语言。他又撒下了雪白的盐和喷香的糌粑，把妃子引到僻静的地方，把昨日的歌重新唱了一遍。过了好一阵子，梅朵玲孜脸上有了痛苦的表情，眼里有了泪水在转动，她回答道：

我们的察绒顶地方，
我想起一点点来了。
阿爸塔那滚钦，
我想起一点点来了。
阿妈白美明多，
我想起一点点来了。
国王岭色曲结，
我想起一点点来了。
狠心的哥哥阿库，
把我扔在人熊洞边了。

整整一年两年，

我没有过过人的日子了。

国王听到这些，心里非常难过，抱着可怜的妃子，流下悲伤的眼泪。妃子告诉他，天慢慢黑下来了，人熊就要回洞了。要是遇到人熊，我们的命都完了。你明天早上再上山，带一套衣服两匹马，把我和小人熊接走。妃子还苦苦哀求国王岭色曲结，不要杀害那只大人熊。

第二天，国王带着衣服和两匹马来接妃子，妃子想带着两只小人熊一块走，国王说："你的马脚力不好，骑上先走吧！我的马膘肥体壮，随后把小人熊带来就是。"国王骑马走到河心，趁妃子不注意，就抽出腰刀把小人熊杀了。国王骑马走到对岸，刚好大人熊从山上追下来，它一边跑，一边撕裂路上遇到的树木，用悽惨得可怕的声音吼叫："我的姑娘！我的姑娘！"

国王和妃子梅朵玲孜，回到了察绒顶。老百姓知道了这件事，都说阿库比人熊还狠心，一窝蜂拥到王宫，把他活活打死了。

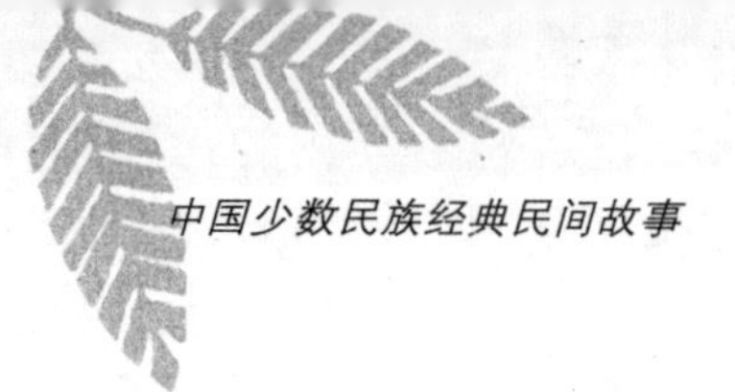

泽林·尼玛贡觉

从前，日喀则城里有位贩运茶叶的商人，他年年跟随多巴[①]商队，赶着成群的骡马，历尽种种艰难险阻，到遥远的康定城去经商，用后藏雪花一样洁白柔软的氆氇，换回汉地黑金子一样的沱茶和砖茶。

年楚河的水，一年一年地流，贩运茶叶的商人，一年一年地老。老得双手搬不动驮子了，老得牙齿啃不动羊肉了，老得出门离不开拐杖了，他再也不能翻过九十九座雪山，到康定城去运茶叶了。

老人有个独生儿子，名叫泽林·尼玛贡觉。老两口把他当成心上的脂肪、眼里的瞳仁，站在太阳下怕他融化，坐在阴凉处怕他结冰。尼玛贡觉长到十六七岁了，还整天跟邻居们的孩子打“波利”[②]、玩“底果”[③]。别的孩子玩不过他，就用指头刮着脸羞他：

哎来，哎来！
尼玛贡觉“波利”是行家，

---

①多巴：康定城藏语为达折多；多巴，即去康定的商队。
②波利：用石头玩的游戏。
③底果：用牛脚玩的游戏。

运茶叶是傻瓜，是傻瓜！
哎来，哎来！
尼玛贡觉玩“底果”是行家，
运茶叶是傻瓜，是傻瓜！

尼玛贡觉非常恼火，回家对父亲说：“阿爸，今年我要到康定城去，给乡亲们运茶叶！”阿爸说：“孩子，我和你阿妈都老了，像风里的酥油灯，说什么时候灭就什么时候灭。还是等我俩死后，你再去吧！”他又去找阿妈，说：“阿妈，今年我要到康定城去，替乡亲们运茶！”阿妈说：“孩子，从这里到康定城，路上有九十九座雪山，你这酥油一样娇嫩的身子，千万去不得呵！”

阿爸不同意，阿妈也不同意，尼玛贡觉便去找自幼相好的情人珍布玲孜商量。珍布玲孜想了想，说：“阿爸阿妈的话，照理应该顺从，我是门槛上的羊粪蛋，还不知是朝里滚还是朝外滚，照理不该多讲。不过，乡亲们喝的茶，总得有人去运呀！”

尼玛贡觉认为她的话有理，下决心跟着多巴商队去康定城。他出发的时候，阿爸不放心，拄着拐杖来送；阿妈不放心，念着经文来送；珍布玲孜更是难分难舍，抓着他的马嚼子，一直送到年楚河边，流着眼泪嘱咐：

请你听一听，
泽林·尼玛贡觉！
翻越石山别停留，
小心山妖捉弄你；
穿越森林别停留，
提防树怪捉弄你；
经过神湖别停留，
别让龙女迷惑你。

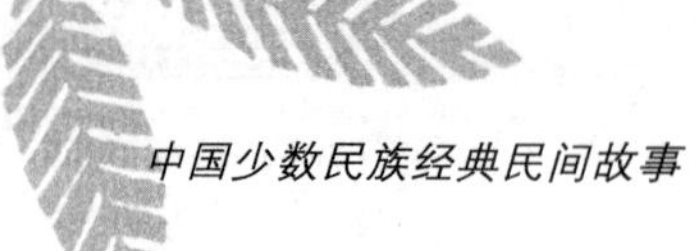

尼玛贡觉见伙伴走远了，心里发急，便唱道：

请你不要啼哭，
情人珍布玲孜！
快整整头上的首饰，
快擦擦眼中的泪水，
应该用歌声和笑脸，
送你远行的阿哥。

就在珍布玲孜用衣袖擦眼泪的时候，尼玛贡觉打着马儿，像飞鸟一样消失了。珍布玲孜晕倒在地，等她苏醒的时候，再也看不到小伙子的影子。

尼玛贡觉跟着商队，日出赶路，日落宿营，走得还算顺当。有一天，商队从陡峭的石头山上走过，路边的悬崖怪石很像魔鬼的宫殿。尼玛贡觉走累了，坐在一块石头上歇息。这时岩洞里的山妖，变成一个长相标致的小尼姑，手里捏着念珠，站在路边唱：

啊啧啧，啊嘛嘛，
多么神气的小伙子，
多么漂亮的男子汉。
前面看呵相貌好，
后面看呵身段好，
侧面看呵气派好。
我和你相爱，行不行？
我和你成亲，好不好？

尼玛贡觉十分害怕，连忙跳到马上，一边走一边回答：

不是我相貌好，阿尼[1]呀！
那是胸前铜镜放光芒；
不是我身段好，阿尼呀！
那是身上腰带在飘荡；
不是我气派好，阿尼呀！
那是“贾尺普秀”[2]系腰上。
我有了情人珍布玲孜，
怎么能再和你相爱呢？
我有了情人珍布玲孜，
怎么能再和你成亲呢？

又过了几天，商队穿过一座很大很大的原始森林，森林里长着磨盘粗的大树，好像是撑天的柱子。尼玛贡觉饿极了，下马想吃一点干粮。古树上的树怪，变成一个长相标致的牧羊女，头上插满野花，扭动着腰肢走来，请尼玛贡觉到她的帐篷里做客。尼玛贡觉吓得要命，连忙跳上马追赶大伙去了。

又过了些日子，商队经过一个蓝幽幽的湖泊。阳光洒在碧波上，好像千万颗钻石在跳动。尼玛贡觉口渴了，停下来想捧几口水喝。湖底的龙女，看见他那比朝霞还鲜艳的倒影，赶快变化成一个高贵的小姐，腰间系着波浪编成的腰带，拦住他的马头唱：

啊啧啧，啊嘛嘛，
多么漂亮的小伙子，
多么威风的男子汉。
前面看呵相貌好，

①阿尼：尼姑。
②贾尺普秀：西藏有钱人挂在腰间的内地小刀和缎子碗套。

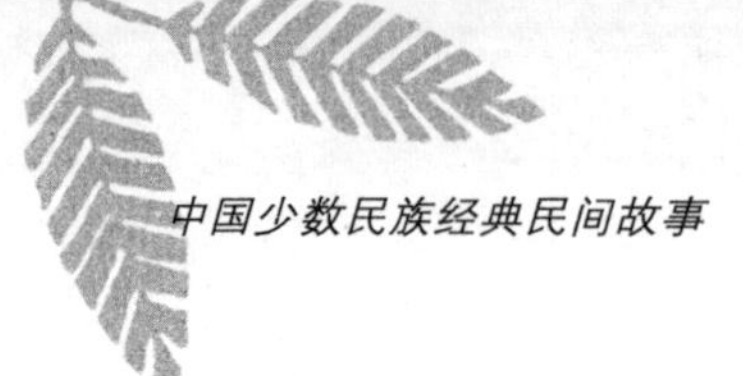

后面看呵身段好，
侧面看呵气派好。
我和你相爱，行不行？
我和你成亲，好不好？

龙女挡住尼玛贡觉，左走走不脱，右走走不掉。他毫无办法，只好对她唱道：

不是我相貌好，小姐呀，
那是胸前铜镜放光芒；
不是我身段好，小姐呀，
那是头上辫穗在飘荡；
不是我气派好，小姐呀，
那是“贾尺普秀”系腰上，
我有了情人珍布玲孜，
怎么能再和你相爱呢？
我有了情人珍布玲孜，
怎么能再和你成亲呢？

龙女气得跺了三次脚，咬了三次嘴唇，发誓说：“好！我在这里等着你，一直到你回来。”

商队翻过无数雪山险峰，渡过无数急流冰河，整整走了好几个月，才来到康定城。尼玛贡觉从没有见过这么热闹的地方，各种各样的货物在这里汇聚，各族各地的人在这里交往。他按照伙伴的指点，卖掉带来的氆氇、皮毛和药材，买进茶砖、丝绸和瓷器。第二年开春，商队又翻过折多山，日夜不停地返回家乡。

他们路过蓝幽幽的神湖，湖上一条金眼小鱼，一会儿朝左边游，一会儿朝右边游，一会儿朝上跳，大家越看越有趣。忽然，金眼小鱼尾巴一摆，溅起雪白的水花变成一匹长长的白氆氇，不前不后，恰恰将尼玛贡觉连人带马卷进了海子。伙伴们又惊慌又焦急，会水的湖里捞，不会水的在岸上找，整整三天三夜过去了，连尸体也没有打捞着。大家没有办法，只好继续赶路。离家乡越近，伙伴的悲痛越深。他们有的摘下帽子，有的取下马笼头，有的低头落泪，表示对尼玛贡觉的哀悼。

再说，自从尼玛贡觉离开家，珍布玲孜便天天来照顾老人。早晨替他们背水，晚上替他们熬“土巴”[①]，就跟亲生女儿一样。

一年的时间过去了，尼玛贡觉回家的日子越来越近了。珍布玲孜没事到楼上看三趟，有事到楼上看九趟，痴痴地望着东边的道路，楼顶都被她踩成坑了。一天，她到底盼来了驮满茶包的商队，心里好高兴呵！她左手端着青稞酒，右手抱着小藏垫，奔到年楚河边，刚好第一批商队过来了。珍布玲孜左找右找，找不着尼玛贡觉，只见商队的骡马，通通卸了笼头，便对大家唱道：

欢迎啊欢迎，
从康定回来的商人！
你们口渴了吧，朋友，
请喝一碗青稞酒。
你们走累了吧，朋友，
请在垫子上坐一坐。
请问骡马解下笼头，
是什么地方的规矩？
请问泽林·尼玛贡觉，
为什么没和你们同路？

①土巴：藏族人用萝卜、麦粒、骨头等熬的稀饭。

商队的人用很轻的声音回答道：

谢谢啊谢谢，
珍布玲孜姑娘！
骡马解下笼头，姑娘啊，
是康定城的规矩；
泽林·尼玛贡觉，姑娘啊，
就在我们的后头。

他们喝了一点青稞酒，说了几句安慰话，匆匆忙忙过去了。

姑娘等呀等呀，好不容易等来了第二批商队。看来看去，还是没有尼玛贡觉的影子。只见他们每个人，都把帽子拿在手上。珍布玲孜失望极了，有气无力地唱道：

欢迎啊欢迎，
从康定回来的商人！
你们口渴了吧，朋友，
请喝一碗青稞酒。
你们走累了吧，朋友，
请在垫子上坐一坐。
请问走路脱下帽子，
是什么地方的风俗？
请问泽林·尼玛贡觉，
为什么没和你们同路？

商队的人十分难过，推说摘掉帽子是康定城的风俗，泽林·尼玛贡觉，有事还在后头。他们喝了几口青稞酒，说了几句安慰话，慌慌张张地过去了。

姑娘又等了好久，才盼来了最后一批商队，她看见还是没有尼玛贡觉，知道凶多吉少。珍布玲孜含着眼泪，伤心地唱道：

欢迎啊欢迎，
从康定回来的商人！
请你告诉我啊，朋友，
什么也不要隐瞒；
请讲实话啊，朋友，
不管有多大的灾祸。
出发的时候成群结队，
回来时单单少他一个。
可怜的泽林·尼玛贡觉，
到底是死还是活？

听了姑娘的歌，商队的人都很悲痛，但是谁也不想把尼玛贡觉的死讯，从自己的嘴巴里讲出来，他们唱道：

请你听一听啊，
珍布玲孜姑娘！
泽林·尼玛贡觉，姑娘啊，
生病留在神湖旁；
千万不要着急，姑娘啊，
神佛会保佑他安康。

唱完，忍痛告别珍布玲孜，默默无声地走了。姑娘呢，一下子晕倒在地，好久好久才醒来。她想：当初，尼玛贡觉要去康定城，阿妈不同意，阿爸不答应，我这个门槛上的羊粪蛋，却偏偏要劝他做个有出息的人。现在，商队的人都喜气洋洋地回来了，只有我的尼玛贡觉生死不明，阿妈能不落泪？阿爸能不伤心？我要沿着商队的脚印，去找寻他的下落。是病了，我要把他的病治好；是死了，我要把他的遗体背回来。

想到这里，珍布玲孜没有回家，径直朝着康定的方向走去。她白天赶路，晚上也赶路。逢人便打听，遇到村子便找寻，甚至见到一块石头，一棵小草，也想问问尼玛贡觉的去向。她走得太疲惫，玉竹般的身子佝偻了；她哭得太多，海子般的眼睛干涸了。她爬上很高很高的雪山，呼喊着尼玛贡觉的名字，山崖听了也流泪；她穿过很密很密的森林，唱着思念亲人的歌儿，古树也发出叹息的声音。

有一天，她终于来到了神湖旁，还是找不到尼玛贡觉的影子。姑娘实在太累了，就躺在湖边歇息。忽然，她听到湖里有人喊："狗来吃食，食在金盆里！狗来吃食，食在金盆里！"珍布玲孜想都不用想，就知道是尼玛贡觉的声音。马上取下自己的戒指，默默对天祷告："菩萨呵！假如我和尼玛贡觉还有一根马尾巴那么细的姻缘牵着，就请把我的戒指，送到他的身边吧！"说完，把戒指丢进了湖里。

泽林·尼玛贡觉那天被龙女用"顿玉夏瓜"[①]魔绳捆到湖底，龙女要和他成亲，他说，一根针不能两头尖，一个人不能有两颗心，怎么也不答应。龙女没有办法，强迫他在龙宫喂狗，等待他回心转意。尼玛贡觉正在喂狗的时候，突然"哧溜"一声，从湖上落下一只戒指，拾起来细看，认得是情人珍布玲孜的命根戒指。他高兴极了，知道连心的情人正在找他，便急忙摘下自己的戒指，对天祷告："菩萨呵，如果我和珍布玲孜还有相逢之日，请把这只戒指送到她的身边。"

珍布玲孜得到了尼玛贡觉的戒指，知道他就在湖底，她高兴得把什么都忘了，双脚一抬就往湖里跑。这时候，从来想不到的事情出现了。珍布玲孜

①顿玉夏瓜：如意套索。

走到湖底，神湖的水干得连影子也不见了，只有尼玛贡觉站在她的面前，像一个勇敢的王子。

就这样，他俩骑着一匹骏马，如同疾风吹动的云彩，高高兴兴地朝自己的家乡奔去。

好消息也长上了翅膀，比他们更快地飞到日喀则。阿爸阿妈从绝望中一下振奋起来，打从心眼里感激珍布玲孜姑娘。乡亲们都闻讯赶来，献上了雪白的哈达，跳起欢快的舞蹈，迎接这对经历了许多苦难，安全归来的情人。紧接着他俩举行隆重的婚礼，新郎新娘用从康定运来的上等茶叶，打了喷香的酥油茶，招待远远近近的客人。

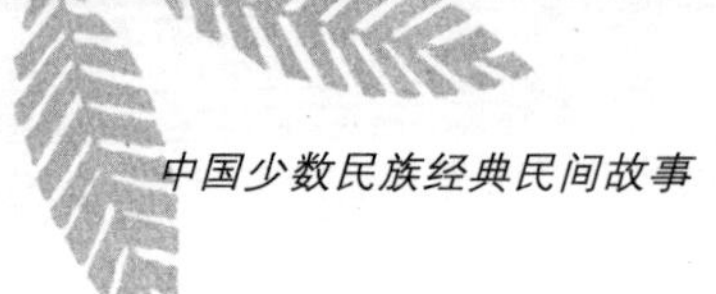

布芝姑娘

相传几百多年前，江孜城出了一位美人，名叫藏姆布芝。布芝姑娘的阿爸死得早，她从小就跟着织氆氇的母亲，过着清贫冷寂的日子。在那个世道里，富人家有了美人是宝贝，穷人家有了美人是祸害，头人长官要来欺负，流氓恶棍要来诈骗。布芝姑娘的阿妈，胆子比麻雀还小，从来不让女儿在节日和集市上露面。自己出门的时候，就把她反锁在家里，叮嘱她像老鼠一样，不要发出一点点声音。

一天，姑娘的阿妈帮人家织氆氇去了，她独自一个人在家里捻毛线，捻呀、捻呀，外面刮起了大风。姑娘想："哎哟，不好！羊毛还晒在屋顶上没有收呢！"赶紧用筐子罩住脸，爬上屋顶收羊毛。没想到一阵狂风，吹掉筐子，露出了她那美丽可爱的脸蛋儿。

也就在这个时候，江孜宗新来的年轻宗本，正从江孜城堡的窗户里向外看，刚开头他看见一个人头戴筐子，觉得十分奇怪，后来看见布芝姑娘的脸，又大吃一惊，好比面前升起一轮光芒四射的红日，照得他睁不开眼睛，但想再仔细看看，姑娘已经抱起一大堆羊毛，把脸儿埋在雪白的羊毛里，慌慌张张地下去了。宗本说："天呀！我敢向西藏的十二位保护女神发誓，再也没有比她更迷人的姑娘了！"

从此，宗本好像得了病，羊毛卡垫坐不住，好酒好肉吃不香，带着用人滚白塔结，大街上找，小巷里寻，整整找了三天，才算找到布芝姑娘住的泥巴小屋。那天在城堡上看，姑娘好比雪里的鲜花；今天在屋里近看，更加光彩夺目、可怜可爱。宗本说："灯要拨才亮，话要讲才明，我是江孜宗的宗本，管辖百姓的头人，我那四柱八梁的城堡里，少一个端茶送酒的女子，缺一位情投意合的美人，你赶紧收拾收拾，跟着我到城堡里过日子吧！"布芝姑娘又羞又怕，用围腰蒙住脸蛋不敢吭声，禁不住头人甜言蜜语地劝说，用人不断地吓唬，再加上她的性情像绵羊一样地柔顺，扭捏了很长时间，还是被他们带进了宗府。

宗本的老家，是江孜西北的重侧庄园，老百姓都叫他重侧得巴先生。他有个很厉害的老婆，性情比野火还暴烈，心肠比蝎子还毒狠，别说差民百姓见了她吓得发抖，就是宗本在她面前也得让三分。如今，重侧得巴先生身边，有这么一个容貌像花朵，脾气似绵羊，说话如唱歌的美人，日子过得像神仙一般。三年宗本的任期，一眨眼就过去了。

重侧得巴先生卸任的时候，硬要把布芝姑娘带回家乡去，母女俩早就听说过他家里的老婆凶狠，连连恳求留在江孜。宗本恼羞成怒，大声吼道："胡说！一个天上只有一个太阳，一个家庭只有一个主人，重侧庄园的事情我说了算，家里那条母狗管不了我的半根指头！"他又指着布芝姑娘说："不用怕，有我呢！她是吃小鸟的鹞子，我是对付鹞子的鹫鹰！她是吃小羊的豺狼，我就是对付豺狼的雪豹！"宗本口里这么说，心里还是十分害怕，只好让布芝姑娘穿上白氇氌的袈裟，背着经文，拿起法鼓，打扮成云游四方的喇嘛，来瞒过她老婆的耳目。

一路上，布芝姑娘伤心极了。抬头看见一只鹞子正在追捕小鸟，便流着眼泪唱道：

> 请你看一看呵，
> 宗本先生看呵！
> 后面追赶的鹞子，

像不像你的太太？
前面逃命的鸟儿，
像不像我布芝姑娘？

他们又走了一阵，遇见一头母狼，口里叼着小羊，布芝姑娘又悲伤地唱道：

请你看一看呵，
宗本先生看呵！
叼着羊羔的母狼，
像不像你的太太？
母狼口里的羊羔，
像不像我布芝姑娘？

来到重侧庄园，宗本的老婆带着男女用人，正在庄园门口等候，她看见穿白氆氇袈裟的布芝姑娘，便指着宗本先生的鼻子问道："呸！这非神非鬼不男不女的妖精，你把他带来有什么用？谁给他吃的？谁给他喝的？谁给他铺的盖的？"宗本赶快上前，赔着笑脸对老婆说："太太，请不要生气！这位上师不但精通佛法，还是一位有名的神医，我在江孜宗多次得病，都是吃他的药起死回生。这回我把他请到庄园，一是让他念经保佑人畜兴旺，二是替我们调制名贵藏药，让你我长生不死！"

他的老婆听了，果然十分高兴，赶紧在三楼收拾了一间小经堂，专门给这个"喇嘛"念经制药用。宗本叫来几个工匠，把经堂的门窗通通堵死，只留一张小门，供自己出入，同时叫滚白塔结给"喇嘛"端茶送饭。他对老婆说："喇嘛做药的时候，最怕看见女人，如果被女人冲撞了，长生不老的宝药便不灵验了。"宗本老婆恨不得马上把药吃到嘴里，也不敢轻易上楼。

宗本老婆手下，有一个比狐狸还狡猾的女用人，名叫索玛然姑。有一天，宗本出门去了，她偷偷溜到房顶，从天窗里向小经堂张望，看见里面根本没有什么调制宝药的喇嘛，而是一个比仙女还美丽动人的女子，坐在白度母像前伤心落泪。她好像捡到羊脑壳大的一块金子，赶快去向女主人表功。她对宗本太太喊道："太太呀！脑壳大没有脑筋的你，乳房大没有心计的你，拇指大不能拉弓的你，真是比毛驴还蠢呀！"接着，又冲着太太尖声尖气地唱：

湖里的水正在漏，
湖底鱼儿还不知；
杨树根子正在枯，
树梢喜鹊还不知；
尊贵的宗本太太你，
表面聪明实愚痴。
我看见楼上经堂里，
住的是一个美人儿。
头上戴的红玛瑙，
哪里是什么喇嘛？
胸前挂着金嘎乌，
哪里是什么喇嘛？
手上挽着白海螺，
哪里是什么喇嘛？

宗本老婆听了，气得肚里冒火，口中吐烟，跟着索玛然姑往上跑，往上跳，上楼比下楼还快，一下子奔到小经堂外边。索玛然姑敲着门，怪声怪气地喊："喇嘛啦，喇嘛啦，太太给你送吃的来啦，太太给你送喝的来啦！"布芝姑娘一听，吓得躲进神坛菩萨宝座里，怎么也不敢开门，宗本老婆等得着了急，从索玛然姑手中接过斧头，上边砍三斧，下边踢三脚，把门打开了。

两个人跑进去，找呀、找呀，别说什么美姑娘，就是穿袈裟的喇嘛也没有了。索玛然姑细眼睛一转，看见神坛上面，是一排美丽的白度母塑像，拿起一把糌粑，向白度母的脸上一个一个撒去，糌粑撒进布芝姑娘的眼里，她不由自主地眨了一下眼睛，被宗本老婆和索玛然姑认出来了。

布芝姑娘没有办法，只好从神坛上下来。对着宗本老婆哀求道：

高贵的宗本太太，
请你原谅我吧！
头上的珊瑚献给你，
胸前的嘎乌献给你，
手上的海螺献给你，
请你放我回家吧！

宗本老婆两手叉腰，脖子粗得像牦牛，两眼瞪得比核桃还大，母狼一样高声吼道：

江孜城里的妖女，
给我好好听着。
你头上的珊瑚，
当然应当归我；
你胸前的嘎乌，
当然应当归我；
你手上的海螺，
当然应当归我；
就是你的狗命，
也得归我来管。

说完，抓住布芝姑娘的头发，上边拳打，下边脚踢，恨不得三拳两脚，就把布芝打死。布芝姑娘忍受不了了，她也不管什么太太不太太了，捋起衣袖，挥动拳头，一点也不客气地向太太头上、身上打去。

布芝姑娘是干活长大的，娇生惯养的宗本老婆，哪里是她的对手，只还了几下手，太太就像挨了刀的母猪一样嚎叫。站在一边的女狗腿子索玛然姑，赶快抓了一把豌豆，丢在布芝姑娘的脚下，姑娘没有提防，“吱溜”一声滑倒了。宗本老婆顺势骑在她身上，用尖刀一边戳她的肉，一边笑嘻嘻地问：“麦，我问你！是和宗本亲亲热热过日子舒服？还是被尖刀一块一块把肉割下来舒服？”布芝站娘听了，把头朝旁边一偏，高声回答说：“过去和宗本在一起，我也不觉得怎么舒服；今天你用尖刀戳我的肉，也不觉得怎么难过！”说完，哈哈大笑，宗本老婆气得浑身发抖，举起尖刀在她身上乱捅，可怜江孜城里数一数二的美人，就这样活活地被杀死了。她们把布芝姑娘的头，留在小经堂里，身子呢，埋在庄园后边的玛尼堆底下。

太阳落山的时候，宗本赶回庄园，刚到年楚河边，马儿怎么也不肯挪步，他的心里起了疑团。走进庄园的院子，看见台阶上有几滴鲜血，更叫他提心吊胆，便问索玛然姑：

请你听一听吧，
好心的索玛然姑，
我出门的时候，
楼下的太太还好吧？
楼上的喇嘛还好吧？
这红丝丝的鲜血，
是从哪里来的呀？

索玛然姑一边吃糌粑，一边乐呵呵地回答：

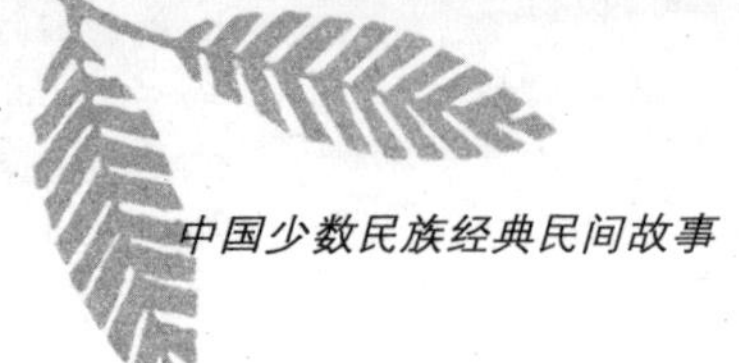

请你听一听吧，
诚实的宗本老爷！
你出门的时候，
楼下的太太很好，
楼上的喇嘛也很好，
这红丝丝的鲜血，
是猫儿吃了只小鸟呀！

宗本连忙上楼，走进小小的经堂，看见布芝姑娘的脑袋滚落在楼板上，眼里还有两颗伤心的泪珠。宗本心里非常难过，半天说不出话来。可是他是个怕老婆的人，不敢在屋里大吵大闹，只好偷偷地抱着布芝姑娘的脑袋，趁夜晚没人看见，丢进了年楚河，让滚滚的波涛冲走了。

公主的珍珠鞋

从前，在西藏一座城镇里，住着一对穷苦的老夫妇，还有他们的儿子顿珠扎西。全家仅有的财产是一把不知用过多少辈的旧斧头。

不管刮风下雨，还是雪花飘飘，老头子每天带着这把斧头，爬上很高很高的山冈，砍回来一大捆木柴，卖给城里的饭馆，换点糌粑和茶叶，供养儿子和老妻。

真是穷人命苦、雪上加霜，顿珠扎西十五岁那年，阿爸砍柴摔死了。老阿妈抱着儿子伤心痛哭道："儿呀，往后咱俩的日子怎么办呀？"顿珠扎西说："阿妈，不要难过。从明天起，我上山砍柴就是了。"

从第二天开始，不管刮风下雨，还是雪花飘飘，儿子拿着阿爸留下的斧头，每天到深山砍柴，背回来卖给饭馆，换点糌粑和茶叶，维持两个人的生活。邻居们都夸奖说："顿珠扎西是个好小伙子。"

有一次，顿珠扎西砍柴砍累了，看见身边有块大石头，圆圆鼓鼓的，像狮子脑袋，便躺在上面歇息。谁知道这块大石头，忽然讲起人的话来了："少年！少年！请从我的头上下来，你要什么宝贝，我都可以给。"

开头，顿珠扎西吓了一跳。过了一会儿，胆子就大了。他想："我是人，他是石头，怕什么呢？"便说："石狮大哥，我什么宝贝都不要，请给我一件砍柴的家什就行了。你瞧我这把斧头，跟老太婆一样，成了缺牙巴了。"

说完，只听得“咣啷”一声，从狮子脑袋似的大石头里，吐出一把金斧头，又明亮，又锋利，小伙子喜欢得蹦起来了。他拾起金斧头，顺手在大松树上砍了一下，磨盘粗的树，跟着就“哗啦啦”地倒下来了。他把斧头藏在怀里，连跑带蹦回到家中，把这件喜事告诉老阿妈。

有了金斧头砍柴，母子俩生活慢慢好了起来。

过了些日子，顿珠扎西砍柴的时候，不知从什么地方，卷过来一股大得可怕的狂风。羊头大的石块，刮得满山乱滚，顿珠扎西刚刚砍下的柴火，更是吹得四分五散。他一边叫骂，一边把柴火捡回来，想不到一根树枝上，绊着一只非常精巧的小鞋子，缎子的鞋帮，绣着七种颜色的花，还嵌满了闪闪发光的珍珠。

小伙子十分惊讶，便带着这只鞋子，去请教一位平日跟他要好的厨师。厨师是见过世面的人，他拿起珍珠鞋翻过来看三次，倒过去看三次，最后说：“啊啧啧，这是只宝贵的鞋子。到底是谁穿的我也弄不清楚。西街那边有座门朝南的茶叶店，店里有个叫强久的商人，你去问问他吧！”

强久是个走南闯北的人，他的骡马队年年到内地运茶叶和绸缎。他看了看鞋子，满脸皱纹里立刻填满笑容，拍着顿珠扎西的肩膀说：“哈哈，朋友！你发财啦！这是内地公主穿的绣花鞋呀。走，我们到京城去，把鞋子卖给皇帝，可以赚很多的银子。”

小伙子想了想，说：“不行呀，我到京城去了，谁养活阿妈呀？”强久说：“美味到了嘴边，别用舌头顶出。你阿妈的吃用，我让店里的伙计接济一点就行了。”

顿珠扎西跟着商人强久，骑马走了好多天，终于来到了皇帝居住的京城。他们看见黑石岩一样高耸的城墙上，贴着白帐篷那么大的一张告示。两个人都认不得汉文，就找一位白胡子老人打听。老人摇晃脑袋，连声叹息道：“哎哟！我们的天子皇帝，只有一位宝贝千金，不久前被妖风刮跑了。找了几个月，还是一点消息也没有。告示上说谁能找到公主，愿意当官的，给他内相的官职；愿意发财的，给他满斗的金银。”

商人听了，更加高兴，赶紧拉着顿珠扎西去见大皇帝。他们走过许多街市，穿过许多门楼，前面出现了许多金顶红墙的大房子，小伙子觉得比雪山彩云还要美丽。强久说："这就是皇宫。"正在他们两人说话的时候，一大群金盔金甲的武士，用长矛拦住去路，高声喊道："不准吵闹！"顿珠扎西吓了一跳，商人连忙上前说道："嘿嘿，我们是从西藏来的。知道一丝丝公主的消息，专门赶来报告的。"

武士禀告了皇帝，皇帝说："快，快！请他们进来！"

顿珠扎西和强久跟着武士，又上了许多许多石阶，穿过许多许多殿堂，最后总算见到皇帝了。皇帝坐在金椅子上，看样子是个和气的老头。他仔仔细细地听了小伙子的讲述，又翻来覆去地看了鞋子，断定这个消息没有错。便派出一位红鼻子大臣，领着一百个兵士，请顿珠扎西带路，用最快的速度去寻找公主。

顿珠扎西想了一下，说："皇帝，不行呀！我天天要上山打柴，供养年老的阿妈。我寻公主去了，她老人家吃什么呀？"

皇帝听了，不但没有发脾气，反而很高兴，夸奖顿珠扎西有孝心。他说："小伙子，用不着担心。"当场吩咐商人强久，从国库支取足够的财物，回去好好照顾顿珠扎西的阿妈。

再说顿珠扎西领着大臣和兵士，骑在马上飞快地赶路。这些马都是皇帝和将军们骑的，跑起来比飞鸟还快。他们白天跑，晚上也跑，总算赶到了顿珠扎西砍柴的地方。他们在一块石头上，看见一滴血，沿着血迹找呀找呀，找到一块抬头才能见顶的大石崖旁边，血迹不见了。崖下有个洞，黑咕隆咚的，像野兽的嘴巴，看不见底。

红鼻子大臣说："看样子，魔鬼就住在这个洞里了，谁下去看看？"兵士们你看着我，我看着你，没有一个人报名。顿珠扎西说："那么，我先走一趟吧！"

兵士们赶快解下自己的腰带，连成一根很长很长的带子。顿珠扎西抓住带子，慢慢往下滑，不知过了多久，双脚才触到地面。

洞里漆黑漆黑，伸手不见五指。顿珠扎西摸索着前进，忽然看见有颗红色的火珠子，在远处一闪一闪。走过去一看，原来是一个老太婆，蹲在那里做饭。老太婆看见小伙子，惊奇地伸出了舌头，说："这是魔鬼住的地方，你进来找死吗？趁魔鬼正在睡觉，你快快地逃命吧！"

顿珠扎西说："我不走，我是专门来找公主的。她只穿了一只鞋子，还受了伤。老阿妈，你见过她吗？"

老太婆说："见过！见过！我是给魔鬼做饭的，哪能没见过呢！公主不愿意给魔鬼当老婆，魔鬼很生气，很快就要吃掉她呢！"顿珠扎西给了老太婆一把炒青稞、一块干牛肉，紧接着又问："老阿妈，快快告诉我，公主关在什么地方？魔鬼又住在什么地方？"老太婆撇着嘴，一边吃着炒青稞，一边指点方向。

小伙子按照老太婆的指点，走进魔鬼住的石屋。他从怀里摸出金斧头，轻轻挥舞了几下，忽然金斧头像燃烧的火把，闪射出千百道灿烂的金光。借着斧头的光芒，顿珠扎西看见满屋子都是人骨头、人脑壳。在一堆人皮上，摊手摊脚地睡着一个魔鬼，蓝脸膛、红胡子，鼾声比闷雷还响。魔鬼的额头两边，蹲着两只癞蛤蟆，肚子一鼓一缩，眼睛又大又圆，那是魔鬼的命根蛙。

刚开始，顿珠扎西吓了一跳，和恶魔打交道，他还是头一遭呢。慢慢地便不那么怕。他想："我是人，他是鬼，怕什么！"顿珠扎西在手心吐了几口唾沫，高高扬起斧头，朝蹲着两只蛤蟆的额头上砍去。魔鬼痛得大叫，翻身跳了起来。小伙子没有退缩，窜到魔鬼后边，在他的后脑勺上，又砍了一家伙。魔鬼倒在地上，一动也不动了，像倒下一根大柱子。

顿珠扎西高兴得快跳起舞来，他趁势推开里边的石门，看见一位明月一般可爱的姑娘正坐在石头上伤心落泪。右脚上没有鞋子，雪白的脚踝上血迹斑斑。

公主不知道他是谁，吓得索索发抖。顿珠扎西行了个藏族礼，恭恭敬敬地说："公主，不要怕，我是皇帝派来救你的。"公主害怕地问："那么，魔鬼……”小伙子哈哈大笑道：“魔鬼吗，给我两斧头砍死了。”

公主太高兴了，一头晕倒在顿珠扎西的怀里，亮晶晶的泪珠，滚落在他的身上。顿珠扎西背着公主，用金斧头照着路，回到刚才用腰带吊下来的地方。这时，公主苏醒了，又害臊，又感激，不知怎样报答小伙子才好，便取下自己手上的钻石戒指，戴在顿珠扎西的手上。

这时候，那个给魔鬼做饭的老太婆，爬过来跪在地上，连连磕头，请求带她出魔洞，小伙子大大方方地答应了。

顿珠扎西打了个信号，洞口上放下了腰带。头一次拉起老太婆，第二次拉起公主。这当儿，红鼻子大臣起了坏心眼，他想：“顿珠扎西出不来，功劳就归我了。美味的食物，冲死也要吃；有利的勾当，缺德也要干。”于是，扔下顿珠扎西，护送着公主，日夜不停地赶回京城请赏去了。

公主回到皇宫，全城像过年过节一样欢庆。皇帝忽然想起了顿珠扎西，便问：“那个拾珍珠鞋的藏族少年，为什么不见呢？”红鼻子大臣长长叹了三声气，说：“皇帝呀，别提那个知恩不报的小子了！他走到半路，就像老鼠一样溜掉了。这回是我豁出老命，杀死魔王，搭救公主的呀！”皇帝相信了红鼻子的话，奖赏了他很多金子，还提升他当了内相。只有可爱的公主，倒常常思念搭救她的藏族少年。但是，她住在深宫后院，不明白红鼻子的阴谋，再说，她毕竟是公主呀，怎么好意思跟皇帝说呢?

那一天，勇敢的顿珠扎西，在洞里左等右等，怎么也不见有人接应他，知道是大臣玩了诡计，心里非常生气。他坐在石头上，想念自己的老阿妈，也有点惦记美丽的小公主。想着想着，不知不觉地流下了眼泪。

忽然，附近传来“扑腾扑腾”的声响，顿珠扎西想：“好家伙，洞里还有魔鬼。”赶紧摸出斧头，朝发出声响的地方跑去。借着斧头闪射的金光，看见一口很大很大的铁箱子。他举起斧头，在铁箱子上砍了一下，只听得“达扎卡”一声，箱盖冲开了，里边蹦出一条小青龙，摇头摆尾、左右翻腾。

小青龙流着眼泪说：“少年呵，我被恶魔关在铁箱子里，不知多少年了，多亏你救了我的命！”顿珠扎西说：“救命的话，现在说来还太早了。要是出不了魔洞，咱俩都活不成了。”小青龙笑嘻嘻地说：“这好办，看我的。”便让顿珠扎西骑在它的背上，大口一张，尾巴一摇，随着一阵山崩地裂的吼声，他们已经升到了地面。

小青龙对顿珠扎西说：“金子不会被扔掉，恩情不会被忘掉。我没有什么送给你，留下一只角做纪念吧！”说完，把自己的脑袋，在黑石崖上一碰，黑石崖碰得左摇右晃，一只龙角蹦落在顿珠扎西跟前。小青龙呢，恋恋不舍地飞回高高的天上去了。

顿珠扎西拾起龙角，回到城里，看望了自己的阿妈，果然在皇帝的关照下过得很好，又找到了商人强久，把自己进魔洞救公主和得到龙角的经过告诉他。强久拍着他的肩膀，祝贺他说：“哈哈，朋友，你又发财了！这只龙角，是世界上最罕见的珍宝，我们拿去献给皇帝，别说能得到很多很多奖赏，还能戳破红鼻子的谎言。”

他们再一次赶到京城，见到了皇帝。顿珠扎西恭恭敬敬地献上龙角。皇帝说：“这不是上回拾到珍珠鞋的藏族小伙子吗？”顿珠扎西说：“正是我。”皇帝不高兴了，说：“上次你当着我的面，发誓要救出公主，怎么走到半路，就像老鼠一样溜掉了呢？”

红鼻子大臣看到顿珠扎西，当时吓出一身冷汗，接着他想：“天大的谎言，牛大的真理，只要我不改口，这小子是没有办法辩清的。”便接过皇帝的话头，把顿珠扎西数落一顿。唾沫像冰雹一般，飞落在少年的脸上。

顿珠扎西上前一步，对皇帝说：“皇帝，我说我救出了公主，他说他救出了公主，这件事跟打破一个鸡蛋一般容易，请公主出来作证就行了。”

公主和老太婆走进大殿，马上高兴地同时说：“啊啧啧！搭救我们的少年来了！”

红鼻子大臣听了，又害怕，又焦急，三步两步迎上去，说：“公主，是不是当时洞里太黑，你的眼睛看花了？救出你的是我呀，怎么会是他呢！”

顿珠扎西对红鼻子大臣说：“很好，你说公主是你救出来的，那么，把你的凭证拿出来看看吧！”

红鼻子回答不上，“这……那……”地结巴了半天。皇帝便问少年：“那么，你又有什么凭证呢？”

顿珠扎西说：“当然有！”很快就把公主给他的钻石戒指，从怀里掏出来。

同时，公主双膝跪在皇帝面前，羞怯地陈述了自己被少年救出的经过。红鼻子做梦也没有想到，公主会把戒指留给顿珠扎西。他看见皇帝满脸怒气，吓得像一团湿牛粪，趴在皇帝的宝座前面，不停地磕头求饶，眼泪鼻涕流满地。因为他非常清楚，欺骗皇帝会有什么下场。

皇帝十分赞赏顿珠扎西的勇敢、诚实，吩咐大臣们用最丰盛的宴席款待他。在摆满一百〇八个菜盘的酒宴上，皇帝问他是想当内相呢，还是要满斗的金银。顿珠扎西真心实意地答道：“皇帝，我不当内相，也不要金银，只求把公主嫁给我做妻子，吉祥欢乐地度过一生。”

皇帝同意了少年的请求，为他们俩举行了盛大的婚礼。结婚后，顿珠扎西领着公主，高高兴兴回藏地探望阿妈去了。那么，商人强久呢，皇帝送了他许多金银财宝，他的商队在西藏和内地之间，往返得更勤了。

措珠丹琼

措珠丹琼是一个天真活泼的姑娘。她美丽得像珞瑜的玉竹，纯洁得像透明的水晶。她住在碧绿碧绿的林卡[①]里，每天编织着雪白雪白的氆氇。

一天，有个魔鬼经过绿色的小林卡，听见屋子里有个老阿妈在喊："女儿措珠丹琼，快下楼吃饭。"他赶紧窜到摆着鲜花的窗口偷看，只见一个穿着金花藏袍的姑娘，一步一步从楼梯上走下来。

魔鬼起了邪念，化作一阵妖风从门缝里钻进来，顺手拾起一块石头变成金块，向措珠丹琼的阿妈求婚。阿妈说："我的女儿还小呢，不打算嫁人。"魔鬼说："你不答应，我就哭。"说罢，瞪起两只木碗大的眼睛，哇哇地哭起来，眼泪流呀流呀，流满了整个屋子。老阿妈没有办法，只好勉强答应了。魔鬼收了眼泪，说："这就对了！今天一天，明天两天，后天太阳升起的时候，我就来接亲。"

过了三天，魔鬼果然来了，老阿妈舍不得自己的女儿，连声恳求道："我只有这么一个骨肉，请你留下她吧！"魔鬼说："你不答应，我就笑。"说罢，张开铁锅大的嘴巴，哈哈大笑起来。笑声震撼房屋，椽子一根

①林卡：藏语译音，意为园林。

根脱落。老阿妈害怕，只得又一次答应，魔鬼停止发笑，说："这就对了，今天一天，明天两天，后天东方发白的时候，我再来接亲。"

又过了三天，魔鬼早早地来了。老阿妈流着眼泪哀告说："请你饶了我的女儿吧，我愿献出全部财产作为抵押。"魔鬼说："你不答应，我就跳舞！"说罢，伸开两条长腿，满屋胡蹦乱跳，墙壁裂了缝，火炉、茶罐四处飞。老阿妈更加害怕了，只好把女儿嫁给他。

措珠丹琼要出嫁了，措珠丹琼要离开家乡了。措珠丹琼是个纯洁、善良的姑娘，她离开的时候，男伴女伴都来相送，乡亲父老都来告别。

来到牛皮船渡口，魔鬼对乡亲父老说："你们快回去吧！措珠丹琼嫁给我，一百个放心好啦！"老人们没有办法，给姑娘留下了几块"麻松"①，难分难舍地走了。

走到大雪山下，魔鬼对少男少女说："你们快回去吧，措珠丹琼嫁给我，一千个放心好啦！"伙伴们没有办法，给姑娘留下许多炒青稞，眼泪巴沙地走了。

小姑娘措珠丹琼跟着魔鬼，翻越从未有人到过的大雪山，一边走，一边伤心地唱：

从小相识的人，
个个返回家乡；
可怜的措珠丹琼，
越走心里越悲伤。

翻过雪山，魔鬼指着两边的景物夸耀道："你看，白的房子、红的道路、金黄的尖塔，比你的家乡美丽多了！"措珠丹琼一看，原来房子是骨头

---

①麻松：由奶渣、酥油、红糖制作的食品。

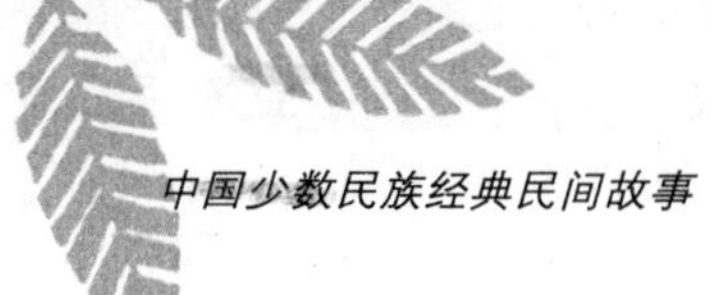

盖的，道路是鲜血铺的，尖塔是人皮裹的！天呀，这不是魔鬼住的地方吗？姑娘害怕极了，但是她不敢哭，因为如果她哭，魔鬼要吃掉她。

他们走进一座很大很大的房子，门口蹲着两头牦牛大的狗，正在抢吃人骨头。姑娘给每只狗喂了一块麻松。

楼梯下，坐着一个烂眼睛的老太婆，腰上挂着很多钥匙，正用人的头发编织毯子。姑娘给她一把炒青稞。

从此，措珠丹琼成了魔鬼的妻子。魔鬼每天早早地出门，晚晚地回来。措珠丹琼成天在屋子里东走走、西看看，有时帮老太婆织织毯子，给她唱一些动听的歌。

可怕的日子一天一天过去了，措珠丹琼在这里待了二十九天。这一天，老太婆正在打瞌睡，姑娘偷偷地取下她腰间的钥匙，打开一扇又一扇紧锁的铁门。她吓坏了，赶紧用双手蒙住自己的眼睛。因为这些屋子里，装的全是人血、人肉和人的骨头。

措珠丹琼打开最后一间房子，里边横七竖八趟着许多不同年龄的女人，她们的脸像枯树叶，身子像干裂的木头。如果不是眼睛还能转动，姑娘还以为是一屋子死尸呢！措珠丹琼壮起胆子问道："老妈妈、大姐姐，你们躺在这里干什么呀？"好久好久，才有一个女人有气无力地口答："姑娘，我们都是魔鬼的妻子。和他同居一个月，就送进这间铁屋子关起来，每天从我们身上抽走一碗血，来滋补他的身子。"姑娘听了，焦急地说道："现在魔鬼不在家，让我们一起逃走吧！"女人们说："好心的姑娘呀，我们是被他吸过血的人，就是逃到世界的那边也会被他抓到。你快裹上一张老太婆的人皮，悄悄离开这可怕的魔窟吧！"

姑娘听从了女人们的劝告，匆忙裹上一张满脸皱纹、满头白发的人皮，罩上一件破烂不堪的衣衫，一溜烟逃出魔鬼的屋子。烂眼睛老太婆没有阻拦她，因为姑娘给她唱过很多歌；牦牛大的狗没有咬她，因为姑娘给它们喂过麻松。

她来到高高的雪山上，正巧碰着魔鬼回来。姑娘赶紧弯下腰，双手紧紧按住衣角。魔鬼说："麦！干什么的？"措珠丹琼连忙回答："老太婆我从峡谷里来，到平川上要饭去。"走了不远，魔鬼又返回来，高声叫道："老太婆，你身上什么东西响？"原来是她的项链碰着人皮，发出叮当的声音。姑娘急中生智，哆哆嗦嗦地说："老太婆我害怕，膝盖发抖碰得响。"

魔鬼刚刚转过背，措珠丹琼就拼命往前跑。白天，太阳给她引路；晚上，月亮给她点灯。跑了三天三夜，来到一座王城。她靠着一堵石墙，想喘口气，谁知就睡着了。

这时正赶上国王的老厨师出门搬柴火，发现墙边躺着一个快死的老太婆，便把她叫醒来，给了她一点糌粑。姑娘恳求老人，收留她当个杂役。老厨师把她打量了一番，叹口气说："老太婆，你瘦得连风都吹得倒，还能干什么活？不过，做好事总比干坏事强，我替你向国王求求情吧！"

老厨师把见到的情况，禀报了国王。国王说："快断气的老太婆对我有什么用处呢？不过看在王子明天出行求婚的份上，替他积一件功德吧！"

于是，姑娘被收留在宫廷里，给伙房背水、烧火。

第二天，正是王子向邻国的公主求婚的吉祥日子。启明星刚刚升起，王子就率领大臣和侍从，前呼后拥向邻国走去。谁知走到半路，王子的马被飞鸟惊扰，摔伤了前蹄，没法再赶路了。他只得让大臣和侍从在路边等候，自己回来换马。

王子走进马厩，正看见老太婆出门背水。王子想："奇怪，我倒要看看，一个东倒西歪的老太婆，怎么能背起满满一大桶水，还要登上这几百级石阶？"于是，他悄悄跟在后边，来到碧玉似的泉水旁边。只见老太婆舀满水后，便走进一处小树林，将发辫系在树枝上，身子轻轻晃动，不一会儿，从老太婆的人皮下，蜕出一个绝顶美丽的姑娘。她娉娉婷婷，来到水泉旁边，掬起一捧清亮的泉水，洗涤着像花朵一样美丽鲜艳的面庞。王子在一旁看呆了，只觉得树林原野，都充盈着姑娘美丽的光辉；她那遍体的馨香，在周围四处飘溢。那到邻国求婚的事情，早已被他忘到九霄云外去了。

晚上，国王把王子叫到身边，斥问他为什么不去邻国求婚？王子既不争

辩，也不解释，只是呆呆地站在那里，脑子里还在想念着那个从老太婆人皮里钻出来的美人。

第三天，求婚的行列再次出发，王子又从中途跑了回来。当姑娘悄悄脱下人皮，走到泉边洗涤的时候，王子突然闯了出来，拾起人皮朝着峡谷深处奔跑。姑娘又着急，又害羞，跟在后面连连央求。他们来到一片鲜花盛开的草地，王子停下来，用和善的语言，眷恋的目光，请求姑娘讲述自己的来历。

当天晚上，国王再次把王子叫来，责骂他为什么两次中途逃跑，断送了这门难得的婚姻。王子突然冒出这样一句话："我不爱什么公主，我要和背水的老太婆结婚！"

国王、王后和大臣听了，都以为自己的耳朵出了问题。当王子重复了几次之后，国王气得满脸通红，"咣啷"一声抽出宝刀，嚷道："我要杀死你这个疯子，我要宰了你这个白痴，让你在阎王星顿曲结面前，和这个半截身子上了天葬场的老太婆结婚去！"

在王后和许多大臣的劝阻之下，国王才收起宝刀。王子也请求父王息怒，并且提议把背水的老太婆叫到殿堂上来。

措珠丹琼走来了，走到灯火辉煌的宫廷之上来了。国王、王后，大臣和侍从们，亲眼看见从一张丑陋的老太婆人皮下，蜕出来一个美丽、鲜艳、晶莹、可爱的妙龄女郎。所有的人都张大眼睛，以为是女神白度姆来到人世。臣仆们不由自主地屏住呼吸，朝着姑娘深深地鞠躬致意。措珠丹琼羞怯地走过人群，依偎在王后的身边，轻声地诉说自己不幸的命运。

于是，国王批准了他们的婚姻，并在王都举行了盛大的典礼。措珠丹琼的遭遇像风一样传遍城乡，百姓们也为此欢庆了七个白天和夜晚。

婚礼之后，他们的感情更加亲密，就像金鱼眷恋蓝色的海子，蝴蝶环绕美丽的鲜花。不久，边境上传来警报，敌国正调兵遣将准备入侵。王子奉国王之命，领兵去防守边境。已经怀孕的措琼丹琼，捧着阿细哈达，带着青稞美酒，将王子送了一程又一程。临别之时，王子在马上千叮万嘱，生下孩子无论是男是女，都要派信使到边境报喜。

离别三个月之后，措珠丹琼果然生下一子一女，脸儿像十五的明月，身子像洁白的海螺。国王高兴，王后更高兴，派出一位信使，骑上快马到王子那儿报喜。

信使经过一座黑石头的峡谷，正遇上四处寻找措珠丹琼的魔鬼。魔鬼说："大哥，你跑得这样快，有什么急事呀？"信使乐滋滋地说："哈哈！天大的喜事，你还不知道吗？我们的王妃措珠丹琼，昨天生下一个小公主和一个小王子！我要赶到边防报喜，怎能不着急？"魔鬼听到这些话，连忙装着向信使道喜，同时请他在路边坐坐，给他倒酒敬肉，信使很快就醉成一块烂木头，倒在地上呼呼入睡了。魔鬼从他的皮口袋里掏出国王的信，信上这样写着："你妻措珠丹琼，昨夜生下一双可爱的儿女，脸像盛开的鲜花，身如晶莹的美玉，特派信使向你道喜！"魔鬼仿照国王的字迹，重新写了一封信，塞在信使的皮口袋里，化作一阵狂风消失了。

信使酒醒之后，慌慌张张赶到边境，向王子献上国王的书信。王子一看，大吃一惊，因为信中是这样写的："你妻措珠丹琼，昨日生下一对妖孽，脸似毛驴，身似毒蛇，是把他们烧死呢，还是把他们杀掉？"他把信翻过来看三遍，倒过去看九遍，越看心中越加疑惑，匆匆写上一封回信，命令信使连夜赶回王都。

魔鬼又在黑石峡谷，摆下好酒好肉，等待信使的到来。俗话说："贪酒是自己的敌人。"两个人在路边又吃又喝，信使很快就醉成牛粪一般。魔鬼拿出王子的信一看，其中有这样一段："我决不相信父王所写是事实，即使如此，也请倍加爱护母子，等我回来后再做商量。"魔鬼又把信重写一遍，化作一股黑风走了。

信使回到宫廷，把复信交给国王，国王打开一看，几乎不相信自己的眼睛。信上说道："我早就料定这个从魔窟来的妖女，不可能给王室带来吉祥。请父王快快将他们母子三人烧死，否则对我镇守边境极为不利。"王子的来信使国王和王后十分为难，烧死他们吧，姑娘没有头发大的一点错处；

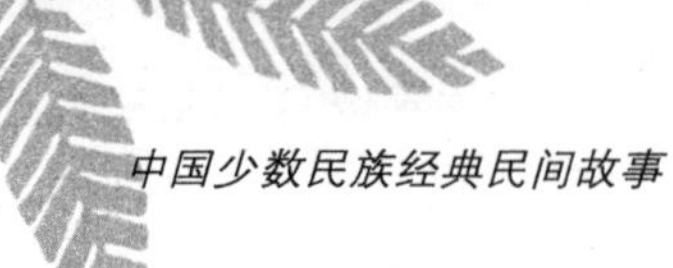

留下他们吧，边境失利危及王国的生存。老夫妇没有办法，只得流着眼泪，命令武士将措珠丹琼母子三人赶出王宫。

措珠丹琼身背着小公主，怀抱着小王子，一边赶路一边哭。她的脚被冰碴割破了，走一步，一滴血。她的衣服被荆棘挂破了，在风雪中冻得发抖。她的干粮全部吃完了，婴儿瘦成皮包骨头。走呀，走呀，她要走到边境上去，向丈夫诉说心中的委屈。

措珠丹琼走过荒原，看见一座小房子，里边飘出牛肉和羊肉的芳香。她走近窗前，伸出干瘦的手，想讨一点吃喝。忽然，窗户里伸出一颗魔鬼的头，张开铁锅似的嘴巴大笑："哈哈！措珠丹琼，你跑不了啦！你跑不了啦！"

姑娘看到魔鬼，吓得拼命奔跑，魔鬼发出可怕的叫啸，紧紧在后边追赶。她跑过坝子，魔鬼伸出长长的爪子，把小公主抓去吞吃了。她翻过高山，魔鬼伸出长长的爪子，把怀里的小王子抢去摔死了。

措珠丹琼再也没法逃跑，三步两步走到悬崖，准备跳下去。忽然，山那边过来一路人马，原来是王子得胜归来了。王子赶忙救起姑娘，和魔鬼在高山顶上展开了一场激烈的战斗。最后，王子从头发里取出一粒白青稞，朝高高的天空一扔，白青稞变成一座雪峰，压住了凶恶的魔鬼。

王子和措珠丹琼一起回到王宫，过着幸福、安宁的生活。

橘子姑娘

要摘天上的星星，
需要彩云的翅膀；
要找橘子姑娘，
需有金子的心肠。

从前，在喷珠吐玉的雅鲁藏布江边，流传着这样一首歌谣。许多人听过，唱过，也就忘了。只有一个叫达瓦的小王子，把这首歌珍藏在他心中最神圣的地方。小王子长呀长呀，长到了该结婚的年纪。远远近近的国王都想把自己的公主许配给他，可达瓦王子总是重复地说："我什么公主都不爱，我只爱美丽、善良的橘子姑娘。"

其实，橘子姑娘到底是什么模样？她究竟住在什么地方？都只是传说，对达瓦王子来讲，这也是一个谜。

在王宫前面，有一口甜水井，全城有一半的居民到这里来打水。达瓦王子想：俗话说老人口里有金子。只要我天天到井边去问，总能问出寻找橘子姑娘的办法来。于是在白石砌成的井台上，天天都出现王子的身影，他比所有打水的人都来得早，也比所有的人都回去得迟。中午呢，也不离开，带着一块很大的酥油和糌粑当点心。他向每一个背水的老人重复着同样的问话：

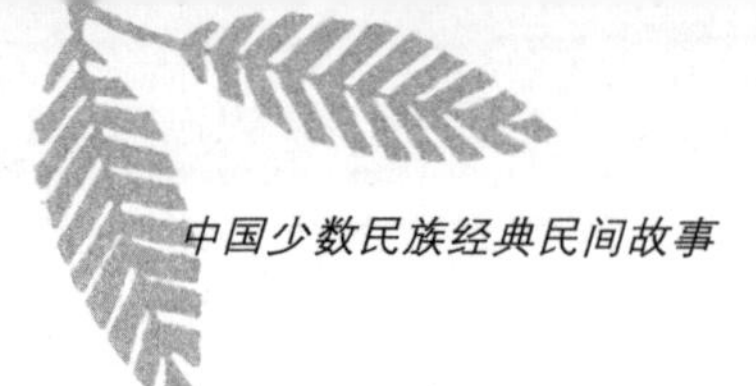

“老人家，请你告诉我，世间有没有橘子姑娘？她住在什么地方？”

达瓦王子等呀，问呀，整整过了七七四十九天，但是，没有一个人能回答他的问题。他真的发火了，拿起一块石头朝天空扔去。谁知石头落下来，砸碎了一位老太婆的水罐。这是一位很老很老的老太婆，头发白得像海螺，嘴里没有一颗牙齿。这水罐是她的一半家产，现在被人打碎了，怎么能不伤心呢？达瓦王子见老太婆痛苦不止，赶紧送上一枚金币作为赔偿，又把自己吃的酥油和糌粑分一半给她。老太婆十分感激，双手合十，喃喃地祷告：“菩萨啊，这位王子的心，真的和橘子姑娘一样善良。”

达瓦王子听到“橘子姑娘”四个字，高兴得不得了，他连忙重新向老太婆施礼致敬，问道：“老妈妈，您刚才提到的橘子姑娘，到底住在什么地方？您能不能给我指点一条路径，让我去见见她？”

老太婆说：“都说雪山狮奶甘甜，能取到的没有一个；都说橘子姑娘美丽，能见到的没有一个。因为她住的地方太难走了。”

王子拍着胸脯说：“老妈妈，请你告诉我吧！她就是住在月亮上，我也要乘坐彩云去找；她就是住在大海里，我也敢下龙宫去寻。”

老太婆见王子的情意像金刚石一样坚贞，就详详细细指点了寻找橘子姑娘的路径。

勇敢的达瓦王子，白天赶路，晚上也赶路。白天，金太阳和他做伴，晚上银月亮为他点灯。他登上紧挨着蓝天的雪峰，征服了勇猛的雪狮，骑着它翻山越岭；他跳进波涛汹涌的江河，打败了凶恶的蛟龙，揪着它渡过急流。他进入茫茫的森林，许多猛兽向他扑来，远的，他用金箭射；近的，他用宝刀砍，走过了七七四十九天的艰难路程，终于看到了一片鲜花盛开的峡谷。这里，长着密密层层的橘树，千万个金晃晃的橘子，闪耀着奇异的光彩，散发着诱人的芳香。

王子跳啊唱啊，一口气跑进了橘树林中。许多橘树都伸出绿色的手掌，牵住他的衣裳。许许多多的橘子，都用甜蜜的声音向他恳求：“王子！王子！带我走吧！”“王子！王子！带我走吧！”

到处是金橘的笑脸，到处是甜蜜的声音，弄得达瓦王子头昏脑晕，不知如何是好。这时他想起老太婆的告诫：“橘子姑娘，就住在最高最高的橘子树上，藏在最大最大的橘子树中。”王子从东到西找了三圈，终于看到了一棵很高很高的橘子树，有一只很大很大的橘子，藏在浓密的树叶里面。王子伸手去摘，橘子从这根树枝跑到那根树枝上，又跳到另一根树枝上，最后升到高高的树顶，躲在几片金色的云彩中间。

这下，真把王子急坏了。他想用箭射，又怕伤了它；他想摇树，又怕碰坏了它，于是，就站在树下唱道：

美丽的橘子姑娘，
住在高高的树梢；
姑娘啊，如果你有意，
请落进我的怀抱。

果然，王子的歌刚刚唱完，橘子就轻轻飘落下来，掉进他的怀里。王子高兴得不得了，用两手按住胸怀，扭头就朝家乡跑。

王子跑呀跑呀，森林一晃眼就穿过了，江河一蹦跳就跨过了，雪山一抬腿就越过了。他来到雪山脚下，坐在月亮似的湖边，靠着达玛花丛歇息。这里，离家乡很近很近了，看得见云雾中王宫的金顶。他从怀里捧出那只金晃晃的橘子，越看越高兴，越摸越喜欢，忘记了老太婆的叮咛，情不自禁地把橘子剥开。忽然，随着奇妙的音乐和耀眼的金光，一个无比俏丽的姑娘，笑盈盈地从橘子里出来了。她头戴着晶莹碧绿的宝石，身穿着金线织成的衣衫，脸蛋白里透红，像橘瓣一样鲜嫩，身段像橘树一样轻柔。她缓缓落在草地上，遍体发出奇妙的芳香。王子惊讶得不得了，连气也不敢出一口，害怕把这仙女般的姑娘，又吹到遥远的地方。他赶紧上前一步，拉住橘子姑娘的飘带，向她讲述自己的爱慕心情。橘子姑娘不回头，也不答话，只是抿着小嘴温柔笑。

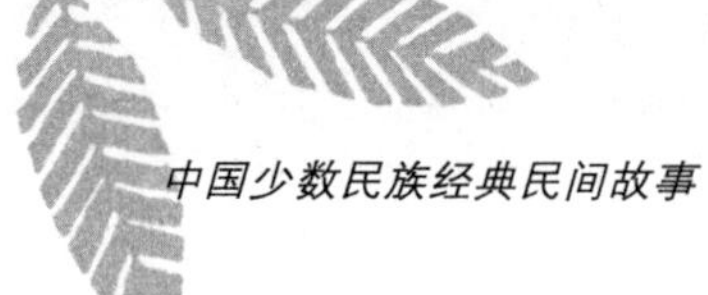

月亮湖边，太阳明明亮亮地照着，湖水高高兴兴地唱着，满头白发的雪山爷爷也笑得满面红光，因为达瓦王子和橘子姑娘，在这里结下了姻缘。他俩采了很多花，唱了很多很多的情歌。最后，王子躺在绒毯一样的芳草上，枕着姑娘的膝头，甜甜蜜蜜地进入了梦乡。

湖边崖洞里，住有一个魔女，看见他俩这样相亲相爱，像水和牛奶一样分不开，便想出一个恶毒的主意来陷害像白度母一样善良的橘子姑娘。她变成一个女子，扭扭捏捏走到橘子姑娘身边，瞪着眼睛看了三次，眯着眼睛看了三次，大惊小怪地说："阿啧啧！人世间最美的橘子姑娘，原来比我难看多了！"橘子姑娘没有回答，只是抿嘴一笑。魔女拉住橘子姑娘要她到湖边照影，比比到底谁好看。橘子姑娘连声说："不！不！这样会把王子弄醒。"魔女说："是啊，我知道你不敢比呀！要不，让王子枕在地上不是一样吗？"橘子姑娘便托起王子的脑袋，移到刚刚采来的鲜花上，再枕上自己鲜艳的围腰。她们来到湖边，湖水里映出两个倒影，橘子姑娘像只金孔雀，魔女呢，跟黑老鸦差不多。

魔女比输了，还不服，说："你有华丽的金衣衫，当然要强一些，要是我穿上你的衣服一定比你漂亮。"可怜的橘子姑娘，中了魔女的诡计，把自己的衣衫换给了魔女，并在照影的时候，被魔女推落在很深很深的湖中。

魔女三步并两步地蹦到王子身边，一把将王子的脑袋搂在自己的怀里。王子觉得刚才像睡在羊毛上一样柔软，现在像睡在牛角堆上一样难受，很快惊醒过来。他睁开眼睛细看，觉得橘子姑娘变了，变丑了，变黑了，不由自主地微微皱起眉头。魔女看出他的心思，连忙说："高贵的王子啊！你在这里睡了三天，我一动不动地陪了三天。雪山的太阳把我晒黑啦，湖上的凉风把我吹坏了。"达瓦王子想，橘子姑娘的心是多么善良啊，她虽然比原来丑了，我不能嫌弃她。

于是，王子和魔女在宫廷里举行了隆重的婚礼。远远近近的国王，送来珍贵的礼物，全城的居民百姓，都来王宫前跳舞狂欢。凡是见过这位王妃的人，没有一个不替达瓦王子惋惜，因为她实在没有一点地方能和英俊的王子比美。

过了七天，月亮湖边的牧马人跑来报告说：“尊贵的王子啊，请允许我报告一桩喜讯，碧波荡漾的月亮湖中，忽然长出一枝金光灿灿的莲花！”王子心中十分诧异，赶紧跟牧马人来到湖边。果然看见一朵可爱的莲花，孤零零地在湖面摇晃，花瓣上露珠滚动，好像流不尽的泪水。王子十分怜爱，便叫牧马人摘回，供在佛堂里。

奇妙的莲花，可爱的莲花，它的香气充满整个王宫，金晃晃的光辉老远就能看见。许许多多的人都赶来观看，称赞个没完。只有黑心肝的魔女，知道莲花的来历，深更半夜摸进佛堂，把它揉得粉碎，撒在后花园中。

又过了七天，看花的老人跑来报告说：“尊贵的王子啊，请允许我报告一个吉兆，后院长出一棵高高的桃树，树上结满甜美的果实。”王子更加诧异，和臣民一起来到后花园，果然看见一棵高大的桃树，结满很多硕大的鲜桃，它们微张着粉红的嘴唇，好像有许多许多话要说。王子默默无言，想着接连出现的怪事。魔女高兴地说：“王子啊王子！请把这些鲜桃赐给臣民和百姓品尝，让他们牢记你的功德吧！”达瓦王子觉得她的话有理，就把它们布施给臣民百姓，大家从四面八方涌来，一人一个，一会儿就吃光了。

在王城对面的小山沟里，住着一位很老的老太婆，她从早到晚在草坡上替国王放羊，她背着小儿子赶来时，桃子早已分光了。她在草丛里找了半天，才找到了一只很小很小的桃子。母子俩就像捡到宝贝一样高兴。阿妈让儿子吃，儿子让阿妈尝，两个人推来推去，谁都舍不得吃，最后还是放进一只羊皮口袋中带到家里。从此，他俩住的小石头房子里出了怪事，每回老阿妈和小男孩放羊回来，都发现屋子收拾得干干净净，酥油茶打得浓浓的，羊肉煮得香香的。有一天，老阿妈让儿子把羊赶到山上，自己躲在石墙外边偷看，只见装桃子的皮口袋里面，走出一个穿金衣衫的美貌姑娘，在房里忙这忙那。老人一阵风似的地跑了进去，口呼仙女，跪在她面前。

姑娘慌忙把老人扶起，说：“老阿妈，我不是仙女，我是大家熟悉的橘子姑娘。”接着，她流着伤心的眼泪，把自己被魔女陷害的经过告诉老人。

老阿妈留她住在小石头房子里，一家三口和和睦睦过着日子。

一天，橘子姑娘在门外洗头，被魔女远远地看见了。她大叫一声，装作昏倒在地。宫廷里请了许许多多名医，吃了许许多多好药，都没有一点效果。有一天，王子去看魔女，魔女装模作样地哭着，握着王子的手说："王子啊！有一个方子能救我的命，不知道你肯不肯办到？"

王子说："什么方子你快说呀。"魔女说："对面山谷里，有一个放羊的老太婆，她的养女是个妖女，我的病是她带来的。只有用她的心肝熬成汤喝，我才能起死回生。"达瓦王子听了这话，心里很不是滋味，觉得橘子姑娘不但模样变丑了，心地也变得不善良了。善良纯洁的女子，怎能想吃别人的心肝呢？

为了不叫妃子怀疑，王子当着她的面派出三个武士，去取牧羊老太婆养女的心肝。紧跟着，他骑上最快的追风马得那嘎，说道："得那嘎，你一定要走到三个武士前面。"

得那嘎很快就超过了三个武士，头一个来到牧羊人的小石头房子旁边，这时听到一只鹦鹉站在树上叫着："姑娘！姑娘！负心的王子来了！狠心的王子来了！"

达瓦王子十分恼火，搭上金箭想射死鹦鹉。忽然，小石头房子里，走出一个人来，说："王子，请不要射死无罪的鸟儿，还是杀死可怜的橘子姑娘吧，魔女正想吃我的心肝呢！"王子回过头来一看，只见一个俏丽的姑娘，站在自己面前，头戴绿宝玉，身穿金线衣，脸蛋像橘瓣一样鲜嫩，身体像橘树一样轻柔。天呀，这不是世间最美的橘子姑娘，又能是谁呢？不过，如果这是真正的橘子姑娘，那王宫里的那一位又是什么人呢？

放羊老阿妈走来，讲述了橘子姑娘被害的经过。达瓦王子好像从噩梦中惊醒，发誓要杀死那个狠毒的魔女。这时，魔女见事已败露，就显出了凶恶的原形，张开母狼般的大口，从王宫直朝橘子姑娘住的地方奔来。王子拉开宝弓，搭上金箭，"嗖！嗖！"一箭连一箭，终于把魔女送进了地狱。

这时，雪山升起七色彩虹，草地上开出绚丽的鲜花。低矮简陋的小石头屋子，忽然变成瑰丽的宫殿，宫墙里长满了碧玉般青翠的橘树，橘树上挂满了玛瑙般艳红的果实，阵阵和风从山谷吹来，橘子碰着橘子，发出悦耳的声音。叶片轻轻舒展，散发着沁人的香气。

达瓦王子和橘子姑娘经过这场苦难，从此再没有分开，恩恩爱爱，直到白头。

铁匠米垂托牙

碧绿的拉萨河上有三只金黄色的水鸟，据说这三只鸟同时飞翔，同时落水，非常亲密。

据长辈们说，这三只鸟中那只雄鸟是年轻的铁匠米垂托牙①的再生②。那只雌鸟是西多小姐的再生，那只小鸟是他俩孩子的再生。这三只黄鸟有一段很悲惨的故事。

很久以前，拉萨河岸住着一个年轻铁匠。这个小伙子身材高大，长得英俊，黑里透红的脸庞，整洁的白牙，眼睛像明亮的星星，看起来非常聪明，充满了青春的朝气。他的手艺更不用说，人们称他为铁匠米垂托牙。他有一个能表演魔术似的好铁锤。他上无父母，下无兄弟姐妹，像一只想飞就飞的小鸟，拿上自己的工具每天在拉萨河两岸做工。

俗话说："天上没有不落地的鸟，地上没有无主人的奴隶。"米垂托牙的主人是朗如老爷，每年春秋两季，他都要去给主人家打铁做工支差役。一年春天，他来到主人家打铁，老爷在庄园前面有个打麦场，场上搭着两顶帐篷：一顶黑色牛毛帐篷，是铁匠打铁的地方；另一顶是白布上绣有图案花纹

---

①米垂托牙：藏语中"米垂"指魔术，"托牙"指好铁锤。意为手艺好得像表演魔术一样。
②再生：在轮回世界中死后再生的说法。

的帐篷，是监督铁匠的人住的。监督铁匠的人是朗如老爷家一位漂亮小姐，每年春秋两季铁匠打铁时，都由她来监工。随着时间的推移，小姐对年轻铁匠有了好感，开始产生了爱恋之情。她想：如果把我的心里话能告诉他该多好！中午送饭的人给小姐送来了酥油糌粑和奶茶，给铁匠送的是一瓢糌粑和清茶。他俩在各自帐篷里吃午饭，小姐对着黑帐篷唱道：

朝着我这儿听吧，
铁匠米垂托牙。
一人单独坐着，
心里更觉孤独。
你该走过来哟，
与我一起坐吧。
单独一人吃饭，
没有什么味道。
你该走过来哟，
与我一起吃吧。

米垂托牙听到小姐的歌声后唱道：

请朝我这儿听吧，
朗如老爷小姐。
两人要坐一起，
我没如此福分。
自己单独坐着，
不会惹出事来。
两人一起吃饭，
我没如此福分。

自己单独吃饭，
不是没有味道。

听了铁匠的歌，小姐心里不是滋味，但她的心已深深地被这个小伙子所吸引，吃喝过后，小姐来到铁匠的黑帐篷，这儿摸摸，那儿碰碰，又唱道：

朝着我这儿听吧，
铁匠米垂托牙。
皮囊风声如雷，
由我帮你吹火。
冰雹似的铁锤，
由我帮你敲打。
闪电般的钳子，
由我帮你抓吧。

小姐唱着歌坐在铁匠沾满污垢的坐垫上，手拉着山羊皮风囊吹火。米垂托牙紧张而焦急地唱道：

请朝我这儿听吧，
朗如老爷小姐。
你的衣服脏了，
我可怎么办好？
嫩皮细肉烫伤，
我可怎么处置？
你要疲劳过度，
我可怎么交代？

过了几天，小姐又来到铁匠米垂托牙身边唱道：

朝着我这儿听吧，
铁匠米垂托牙。
请你认真考虑，
我的心上人哪。
咱俩一起过吧，
你说行与不行？
请你不要犹豫，
咱们交换戒指。

小姐明明白白地道出了自己的心里话，米垂托牙听了万分高兴。平时他见了小姐很开心，但考虑到自己是最低贱的铁匠，与小姐一起过，简直像是上天去采星星，绝不可能实现。他想到这些又唱道：

请朝我这儿听吧，
朗如老爷小姐。
请你细细考虑，
仙女似的美人。
咱们过在一起，
我的头会丢掉。
咱们白头偕老，
我的命会丢掉。
如果交换戒指，
我怕失去双手。

铁匠米垂托牙对小姐说了不少实话。但小姐每天到这顶黑帐篷里来，真

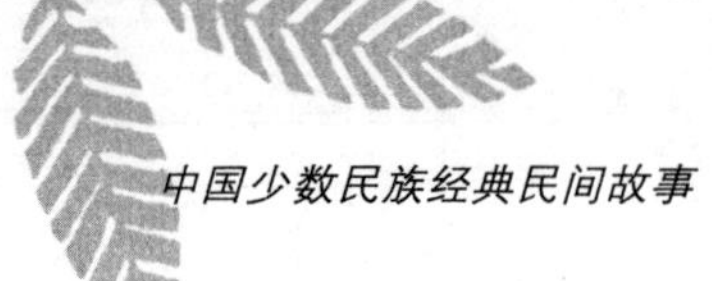

是没事来三次，有事来九次，无话说三句，有话说九句。米垂托牙打铁时，小姐帮他拉皮囊吹火；米垂托牙吃饭时，小姐给他倒茶。时间过得很快，他俩互相亲密，心往一处想，简直一刻也分不开。当米垂托牙服完差役，准备回家时，小姐怀孕了。

他俩分手后，随着时间的推移，小姐的肚子越来越大。小姐得知铁匠在另一村庄的尼玛拉珍大娘家做工的消息，有一天晚上小姐悄悄地跑到铁匠做工的地方。米垂托牙看到小姐来找自己，非常高兴地把她拉到该家主妇跟前唱道：

请朝我这儿听吧，
主妇尼玛拉珍，
朗如老爷小姐，
已经来到这里。
一个干净瓷碗，
一双崭新垫子，
赶紧借给我吧。

小姐听到后唱道：

朝着我这儿听吧，
铁匠米垂托牙。
我不需要新垫，
铺上你的皮褥。
我不需要瓷碗，
就用你的木碗。

他俩在这间简陋破烂的铁匠小屋里结为夫妻，正式生活在一起。

米垂托牙不仅手艺好，而且很勤快，他做的各种铁器质量很好。小姐每天到街头去出售这些铁器。他们过着勤劳而愉快的日子。

有一天，小姐从外面回家时，简陋破烂的小屋完全倒塌，打铁用的小炉子也完全破坏。小姐看着现场发呆，主妇尼玛拉珍跑过来说："朗如老爷派人把米垂托牙抓走了。"小姐听到这个消息，赶紧跑回自己的家，到了家父母不理她，管家仆人不理她。小姐像疯了似的楼上楼下、里里外外到处找丈夫，还是没有找到。小姐找了半天，最后在一间又黑又臭的荆棘小木屋里找到了他。他被人打得奄奄一息，他一看小姐来找自己，悲喜交集地唱道：

请朝我这儿听吧，
朗如老爷小姐。
我的伤口上面，
请你涂点药吧。
我的身体上面，
请你盖床被子。
我的口也渴了，
请给一点水吧。

小姐非常伤心地哭着唱道：

朝着我这儿听吧，
铁匠米垂托牙。
伤口我来涂药，
被子我来盖上，
你渴我去端茶。
再去请求父母，
让你离开监狱，

我去想想办法。

小姐唱完后，悲伤地急忙往外跑去，突然感到产前的疼痛难忍，天黑地暗昏倒在地上。随着一声惨叫声生出了一个小生命。过了一段时间小姐醒过来，她背上刚出生的婴儿爬进关押丈夫的那间木屋。但屋里除了血迹，不见米垂托牙。小姐十分焦急，使尽全力站起来，背好孩子，沿着血迹去寻找丈夫。这时，管家骑马飞驰而来，小姐见到管家赶紧摘下头上的珠冠[①]，送给管家问道：

朝着我这儿听吧，
朗如家的管家。
我的宝石珠冠，
可以送给你哟。
请你说上一句，
对我有用实话。
铁匠米垂托牙，
现在他在何处？

管家把珠冠揣进怀里说：“我不知道，你问仆人吧。”说完扬鞭而去。

小姐继续往前走，仆人骑着骡子过来，小姐从脖上取下自己的项盒[②]，送给仆人唱道：

朝着我这儿听吧，
郎如老爷仆人。

---

①珠冠：用珠宝做的藏族妇女头饰。

②项盒：一般珠宝的项链，中间有一个金质或银质的盒子挂在胸前。

我的珠宝项盒，
可以赠送给你。
请你说上一句，
对我有用实话，
铁匠米垂托牙，
现在他在何处？

仆人说："我不知道，你去问驴倌。"说着把项盒藏进袖子里，威风凛凛地走了。

小姐继续往前走，遇到驴倌。小姐十分悲痛地重复了前面的问话，并把自己的两个戒指送给了驴倌，止不住的泪水不停地流淌下来。驴倌非常同情她，吞吞吐吐地说："小姐，可怜的铁匠米垂托牙，扔到拉萨河里见阎王去了。"说完摇着头走了。

小姐得知自己心爱的人已被扔到河里，极度的悲痛和愤怒折磨着她的心。她步履蹒跚地走到河边，看到河中米垂托牙的遗体浮在浪花上没有下沉，小姐悲痛地唱道：

请朝我这儿听吧，
我的心上人哪。
究竟什么原因，
你要浮在水面？
铁锤钳子皮囊，
使你不让下沉？

唱着把铁匠的工具都一件件扔到河中，米垂托牙的遗体慢慢沉入水中。过了一会儿，波浪又把遗体浮上水面。小姐哭得像个泪人，用尽力量唱道：

请朝我这儿听吧，
我的心上人哪。
究竟什么原因，
使你浮在水面？
是否等着我们，
心爱妻儿两人？

唱完后双手紧抱着怀里的孩子，用自己的面颊贴了三次，用额头贴了三次后，说道："咱们跟爸爸一起去。"说完紧抱孩子跳进河中。米垂托牙的遗体也随之沉入河中。这时在水中响起阵阵的音乐声，水面上金光闪闪，在这闪光中飞出三只金黄色的水鸟，随着阵阵的乐声在水面上盘旋，欢快地飞翔。

才旺绕丹和次仁杰姆

很久以前，有个地方一个小小的溪卡[①]中，住着一户只有母亲及儿子才旺绕丹和用人格烈塔杰的三口人家。儿子才旺绕丹长得十分英俊，而且生性正直，脾气极好。他是个孝敬母亲，勤劳能干的青年。

自从父亲去世后，母亲像爱护眼珠那样爱护着他。当他长到风华正茂之时，想娶早已听说过的后藏那位叫次仁杰姆的姑娘做妻子。虽然母亲的心中一直想让儿子娶邻居家的班宗做儿媳妇，可儿子心中却丝毫没有这位叫班宗的姑娘。有一天母亲把儿子叫到跟前，问："你想娶邻近的班宗做媳妇，还是想娶远方后藏的次仁杰姆？"儿子当即回答他不要邻近的班宗，而要远方的次仁杰姆。母亲虽极不情愿，可由于她太爱儿子的缘故，就答应他带上格列塔杰去后藏迎娶次仁杰姆。他俩在母亲的祝福声中朝后藏出发了。

过了许多日子之后，主仆二人终于来到后藏的地界。他们第一个遇见的是一位牧民，于是才旺绕丹和仆人格烈塔杰一起唱道：

站在此地的这位，

①溪卡：藏语译音，意为庄园。

牧民阿哥您请听，
后藏的次仁杰姆，
家住何处知不知？

牧民回唱道：

请注意听我说吧，
远客主仆二人哟，
次仁杰姆住何方，
我却一点不知晓。

他俩只好继续往前走。又遇见了一位牧羊人，主仆二人又像先前那样唱道：

站在此地的这位，
牧羊阿哥您请听，
后藏的次仁杰姆，
家住何处知不知？

牧羊人回唱道；

请注意听我说吧，
远客主仆二人哟，
次仁杰姆住何方，
我却一点不知晓。

他俩又只好往前赶路了。他们遇上了两位来背水的姑娘，主仆二人立即唱道：

站在此地的人儿，
两位背水的大姐，
望去你俩的脸面，
恰似皎洁的月亮；
再看大姐之长发，
就像麦苗青丝丝；
大姐身后背着的，
好比金杯闪闪亮；
大姐身前拿着的，
雪亮雪亮如银勺。
后藏的次仁杰姆，
家住何处能否讲？

两位背水的姑娘听了对她们的赞美之歌，心中甜滋滋的。她俩马上唱道：

请注意听我俩讲，
远客主仆二人哟，
次仁杰姆之家呀，
若讲实话是这般，
不在后藏的上方，
不在后藏的下方，
正巧在后藏中央，
有织女一百〇八，
她就在那其中坐，

在她右边的上方，
落着群蜂中的金蜂，
在她左边的上方，
落着群蜂中的银蜂。

唱完便去背水去了。主仆二人到后藏中间一带，找到了一百〇八名织女。照着两位背水姑娘的指点，他们找见了次仁杰姆。果然生得不凡。他们就坐在她的身旁。太阳下山了，这主仆二人仍坐着不动。于是次仁杰姆开口唱道：

远方客人若有住处，
该是回住处的时候了，
远方客人若无住处，
该是寻找住处之时。

主仆二人回唱：

远客不是有住处，
远客实在无住处，
今晚要借宿之地，
全靠您帮忙啰。

次仁杰姆听了，马上回唱：

我的父亲之名，
人唤屠夫顿珠；
我的母亲之名，

屠夫副手班宗。
我父所收工钱，
山羊皮绵羊皮，
怎能给您高贵的主仆二人，
当作被褥之用？
我母所收工钱。
豌豆酒糟糌粑，
怎能给您高贵的主仆二人，
当作食品之用？

他俩听了，认定她就是次仁杰姆。于是又回唱道：

今晚借宿之地，
您若能够帮忙，
哪怕山绵羊皮，
我俩能当被褥。
哪怕豌豆糌粑，
哪怕酒糟糌粑，
只要能够住下，
我俩照样能吃。

唱完，一直坚持到人家同意给他俩借宿为止。第二天天刚亮，主仆二人便起身。临走时，才旺绕丹有意将马鞭丢在床边。他俩出发后没多久，次仁杰姆发现了马鞭，便很快追上来喊："您的马鞭掉了！"才旺绕丹弯腰接马鞭的同时，抓住姑娘的手，把她拉上自己的马带走了。他们来到一个大城镇，这里的国王和王妃正在宫殿上坐着。正巧看见他们三人进城，王妃为才旺绕丹的英俊所倾倒。于是她有意将国王推进海里。接着向臣民们发出紧

急命令，说是要举行射箭比赛，凡属臣民不准无故不参加，夺魁者将树为国王。虽然才旺绕丹是小溪卡的领主，但毕竟隶属本地国王管辖范围，因此不得已参加了比赛。那天早上，才旺绕丹心爱的次仁杰姆紧紧按住他马头上的辔缰，落着泪深情地唱道：

射箭不可射准，
东歪西斜即可；
箭不可中靶，
无影无踪即可。

说过许多知心的话后，为了能让姑娘安心，才旺绕丹唱道：

心上人勿挂念，
射箭我会小心，
箭不会射中靶，
定叫无影无踪。

唱完，扬鞭催马，与仆人格烈塔杰朝赛场跑去。

王妃是个心狠手辣的妖魔，臣民百姓没有一个敢违抗她的命令的。比赛开始后，别人都是认真射箭，多数射中了靶。只有才旺绕丹射得歪歪斜斜，一次也没有中靶。可是妖魔王妃却宣布今天的射箭比赛，才旺绕丹获得了第一名。于是封他为国王，盘算着要把他留在身边。可才旺绕丹说什么也不干。她就给他喝毒药水，使他失去知觉。

第二天刚醒过来时，才旺绕丹爬起来朝窗外一探头，被正在外面等候的仆人格烈塔杰瞧见，仆人格烈塔杰唱道：

少爷才旺绕丹，

心中如何思忖？
身上虱子痒痒，
马儿桑珠色巴，
肚皮贴着脊梁。

才旺绕丹听到这首悲歌，速速来到王妃跟前请求她："我的仆人和马儿在门外，请允许他们进来。"于是王妃就让仆人和马儿进了宫殿。仆人自从进来之后，才旺绕丹虽然从内心烦王妃，表面上却装得喜欢的样子。因此，王妃对他的仆人也显得那么友好。仆人格烈塔杰呢，非常聪明机智，性情耿直又善良。他为了让少爷摆脱这个魔妃，就出了主意说，应为国王和王妃修一座漂亮的王宫，外看是柽柳材料的柽柳房，内看是紫胶材料的紫胶房，这样的宫殿无论哪所王宫也无法比拟。于是，王妃答应照他说的修造，并叫奴隶们出力，由格烈塔杰指挥，很快动工修建起来了。从此，新国王才旺绕丹和王妃二人每日在新宫饮酒喝茶，吃着美味佳肴，过着自在的生活。

有一天，仆人格烈塔杰悄悄告诉国王说："今日半夜听到我喊，您就得来哟。"国王答应了。于是到半夜时分，他喊道："才旺绕丹少爷！王宫着火啦！"喊了几遍也不见动静。原来国王和王妃早已进入梦乡。第二天格烈塔杰对才旺绕丹说："昨夜我喊了也不见您来。今夜再不来，我可要真放火啰。"这天夜里，才旺绕丹一直等着仆人的喊声。果然，他听到了，便走出宫殿，这时候王妃已睡熟。不一会儿，宫殿四周燃起了熊熊大火。王妃却还当自己和国王睡在一起，嘴里喊着："好烫啊！"身子慢慢缩成一团，最后烧成了灰。从此以后，才旺绕丹就是本地的国王啦。仆人格烈塔杰速速赶赴后藏，去接次仁杰姆去了。这时候的次仁杰姆，已被痛苦的遭遇所折磨着。她一看见格烈塔杰便昏了过去，喷洒檀香水才醒过来。格烈塔杰把事情的经过讲给她听后，便邀请她一道进宫，去做国王才旺绕丹的王妃。

从此，当地的百姓才迎来了舒适的日子，风调雨顺，庄稼丰收，国王权势显赫，百姓日子美满。

钻石仙女

很早很早以前，在一个名叫巴桑波的地方，有三个父母早亡的弟兄。最小的一个弟弟名叫华丹，他生来相貌丑陋，人们都叫他“丑娃娃”。“丑娃娃”的两个哥哥看不起他，常常把他撵出门外不让他回家。华丹白天沿街乞讨，晚上在草房里铺盖烂草过夜。

有一天，华丹跟着两个哥哥远离家门去深山野林拾柴火。休息的时候，两个哥哥便从干粮袋里取出干粮、肉干、酒瓶，吃喝了起来，但他们却连一口饭一口酒也没有给华丹吃。华丹生气地跟两个哥哥说：“有一天，我要在银制的碟子里，用金制的勺子舀菜吃！”两个哥哥说：“华丹，你是白日做梦！还是啃你的拳头充饥去吧。”那天，华丹一来肚子饿，二来疲乏不堪，便一头倒在一块大石头上睡着了。当他醒来时，天已变得伸手不见五指，这时，一阵狂风吹来，天空乌云密布，雷声隆隆，电光闪闪。华丹在森林中走了又走，总是找不到回家的路。突然，在闪电中他看到从天上掉下一只受伤的小鸟，华丹走过去拾起小鸟，放到自己的胸上，用自己的体温来暖和小鸟。待到天亮时，受伤的小鸟慢慢苏醒了过来，叽叽喳喳叫个不停。华丹便把它放到手掌上说：“可爱的小鸟呀，飞吧，飞吧。飞到自己的家乡去，飞向你的父母身边！我这失去双亲的流浪儿，祝你健康，一路平安！”小鸟一听，便展开翅膀飞起来。绕着华丹，向右飞了三圈，这才依依不舍地离开了华丹。

过了几天，华丹去大街小巷沿门乞讨，他看到有一个女子在他身后紧紧跟着。华丹仔细一瞧，这女子身着金缕绢衣，佩戴珠宝翡翠、珊瑚玛瑙，长得很美丽。华丹一面走一面想："啊呀呀，三宝在上！这位姑娘如不是国王的公主，也一定是位仙女。如果我和她开腔搭话，岂不像'秋天未到，果子落到地上'一样！不如趁早躲开她为好。"华丹就像兔子见了猎人一样避开了她。

从那以后，华丹不论何时上街乞讨，那个美丽的姑娘总是在他身后紧紧相跟不离，总是对他微笑着。华丹一见到那姑娘，好像怕姑娘把他的魂勾去一样，总是躲着她。但是华丹不论躲藏到什么地方，那女子总是跟到什么地方。有一天，华丹只好向姑娘开了腔，他说："像十五明月一样的姑娘，你是来自天界还是来自龙宫？你为啥紧紧跟着我这个丑陋的乞丐不放？"那姑娘说："好心肠的小伙子，你家住在哪里？能不能领我去看看？"华丹说："我住的地方比狗窝还脏，比猪圈还坏，哪有什么好看的呀？"华丹说着便很快转身向自己栖身的茅草房走去了。他正要进门，那女子从茅草房走出来，华丹一见很惊奇。姑娘对华丹说："好心的小伙子，最好让我一辈子住在这儿，要么让我在这儿住上三年也行。"华丹说："三宝在上，我屋里只有一堆草和地上的脚印。像我这样缺衣少吃、相貌丑陋的乞丐，怎么能配得上和你一起生活呢？"那女子说："你的心善良与菩萨一样，眼前你虽贫穷如洗，可是，你和我共同生活时，不必担心吃穿，请你放心好了。"姑娘说着，随手向自己乌黑明亮的头发上用金梳子梳了一下，姑娘的头发里面滚出了许多金刚钻石，"当啷啷"地掉落在地上。姑娘俯身把钻石拾起，包进一块白布，交给华丹说："你先把这些钻石拿去，找个公道的商人换些吃穿吧！"华丹只好听她的话上街了。

华丹找到一个商人，向商人说："掌柜的，这些钻石，替我换一些氆氇和食物吧。"商人接过钻石一看，大为惊奇，半天连一句话也未说出口来。后来商人说："小伙子，你的这些钻石能换下国王的江山，请你不要见怪，我是换不起的呀！"华丹说："我根本不想买什么国王的江山，只要换到一

些吃的穿的就行了。”华丹一再央求，商人想了一下便说：“你进来吧，包括我的那座粮仓和那九间存放货物的库房，以及我那楼上从经幡以下和门背后的扫帚以上的东西都给你好了。可是这些东西远不及这些钻石百分之一的价值哩！怎么办？年轻人，你自己决定好了。”华丹还是决定用这些钻石与商人兑换那些东西。

华丹高高兴兴地回到了家里，他向姑娘讲了和商人做交易的情况，并说：“多亏三宝的恩惠，我这衣食无着的乞丐，如今一下变成了富有的主人了！”姑娘说：“华丹，我们现在搬到别的山庄去住吧！”他们两人盘点了财物后，搬到了离这儿有几十里以外的一个名叫斑玛嘎嚓的城市，他们在那里过着无忧无虑的生活。

有一天，国王的一个内侍得知一个商人在卖金刚钻石的消息后，便向国王禀报了这件事。国王听了，心中暗想：我要把这些金刚钻石全都弄来！兵士们来到商人的住地，捉拿了商人，并抢走了所有的金刚钻石送到了国王面前。

贪财胜命的国王为了弄到更多的金刚钻石，便审问商人说：“你这些钻石是从哪里来的？如不说真话，我要把烧红的铁棍子塞进你的嘴里。”胆小的商人就把华丹的事说了出来。这时，凶恶的国王说：“自今日起，限你三天内把那个卖金刚钻石给你的人给我引来，找不来，定叫你尝尝这些火铁棍的滋味哩！”国王说完后便放了那个商人。商人便去找华丹，找了好多天，连华丹的影子也没有找见。商人只得向国王如实禀报了情况。国王一听怒不可遏，立刻将烧得通红的铁棍子放到了商人的身上，他顿时晕了过去。当商人苏醒过来的时候，国王还是一个劲地怒吼着说：“从现在起，限你在三个月内把那个卖给你金刚钻石的人引来，如找不到，我要让你全身的骨头非变黑不可！”

商人只好又去找华丹，他走遍了附近每个山庄和田园。有一次，他拄着拐杖，蹒跚在斑玛嘎嚓的大街上，被华丹一下认了出来。华丹三步并做两步地跑到商人面前，亲热地向他打起了招呼。商人从头到尾仔细打量着，当认出他就是卖金刚钻石的华丹时，不由心中悲伤不已，便向华丹诉说了国王如何迫害他的情况。华丹听了商人的悲惨遭遇后，伤心的泪水一下也夺眶而出。华丹回到家里，把商人的情况讲给了姑娘，姑娘说："华丹，你赶快和这个可怜的商人一起去国王那里。但不能向国王讲出金刚钻石的真实来历。我现在戴上隐身帽也跟你去，除了你一人之外，谁也看不见我。从今以后，我只得戴隐身帽了。"

这样，华丹和商人来到国王面前，华丹说："国王，是我把金刚钻石卖给了他。"国王说："如此多的宝贝你是怎么得来的？"华丹说："有一天，我到一个很远很远的森林去拾柴火，看见一棵树上有一个鸟窝。我心想：这个鸟窝里一定有鸟蛋，便爬上了大树。一看，连一个鸟蛋也没有，只见有一堆闪闪发光的小宝石。我就把这些宝石拿回去，卖给了这个商人。"残暴的国王说："好吧，巴桑波地方的百姓们，从来是不会对国王说假话的。那你就回家平平安安过日子去吧！"

华丹回家不久，国王便派出了士兵，前去华丹家里搜寻抄家。他们来到华丹住的地方，躲藏在暗处偷听，听到屋子里有一个女人在说话，还伴有爽朗的笑声。于是，他们便一齐拥进了华丹的房门。奇怪的是，除了华丹外，连个女人的影子也没有。狗腿子们马上把这一情况报告给了国王。

国王当即下令把华丹又带进了王宫。华丹说："国王在上，请您大发慈悲之心吧！我连金刚钻石的一点渣子也未留下呀！"国王问道："那么，在你的房子里，和你一起又说又笑，而且又看不见的那个女人是谁？"华丹一听问话，万分惧怕，不知所措，但他装作没听明白国王问话的样子，说："别说有这样奇特的姑娘在我房子里，这事我连听也没听说过呀！"国王喝道："把他给我绑到柱子上教训教训！"手下人马上把华丹结结实实地绑到柱子上，四个人轮换着用棍子拷打他，追问姑娘究竟藏在什么地方。

华丹被拷打得疼痛难忍，叫苦不迭。突然，一个身着金缕绢衣的美丽女子，腾云驾雾般飞到了国王面前，说："国王在上，你是不是需要金刚钻石？现在就请来取吧！"姑娘说完，就用金梳子梳了梳自己乌黑的头发，

一下从头发里掉下了许多璀璨的金刚钻石。国王一看，高兴得忘乎所以，他大喊着："大臣内侍们，快来拾金刚钻石呀，快来拾金刚钻石呀！"他扑到地下，一会儿，大小器皿全都装得满满的了。这时，姑娘停止了梳头，说："国王在上，我是华丹的妻子，我能不能拿这些金刚钻石赎回他呢？"国王一听，仔细打量起这位姑娘来，他看到姑娘很俊美，便说："华丹是一穷乞丐，哪里能和你这样的姑娘配偶成伴呢？你这俊美的女子还不如到我的宫殿里来，做我的王后贵妃吧。"说完，国王大喊道："赶快把宫门给我关上，捉拿姑娘呀！"

当士兵们去捉拿姑娘的时候，那女子笑声朗朗，慢步行走，一会儿走到了东面，一会儿又出现在西边；一会坐在国王的宝座上，一会儿又漫步在过厅的长廊中，士乒们就是无法捉拿到手。国王也上蹿下跳去捉拿姑娘，一下把头撞到了墙上，晕倒在地，不省人事了。当国王苏醒过来时，姑娘和华丹人早已跑得无影无踪了。这时，所有盛满金刚钻石的器皿，一个个都像太阳晒化了的冰蛋蛋一样，刹那间，都变成了清水一盆。国王一看，暴跳如雷，向周围的人下令道："限三天之内，把他们抓来！"

华丹和姑娘两个回到家中，姑娘对华丹说："华丹呀，现在我给你说真话吧！我的名字叫钻石仙女。那天在茫茫林海中失去知觉的小鸟就是我，多亏了你对我的搭救。眼下这里再也不能呆了。我有个姐姐，她会帮助我们的，她的名字叫恩扎牟尼，是杜鹃鸟的化身，她家住在森林中的一个水晶宫里。这个宫殿的大厅里有一个金色宝座，上面放着一个装满宝贝的箱子，箱子里不但会飞出鸟来，而且这些鸟会变成一位姑娘，她有一个用各种鸟的羽毛编织的小风袋，你赶快把它借来。"华丹临行时，姑娘交给他一只戒指，说："在路上若遇到什么东西阻拦你，只要把这只戒指拿出来一晃，就能很快通过。"华丹说："我今天晚上到达，明天早晨太阳未升起前赶回来。"说完，就向森林深处走去。

华丹走着走着就看到了那金碧辉煌的水晶宫殿。当他正要向那宫殿大门口走去时，看见有四只可怕的虎豹守住大门。华丹拿出戒指照着虎豹晃了几晃，那四只恶狠狠的虎豹立刻躲闪到大门两旁去了。华丹大踏步地走进宫殿，一些身穿碧绿服装的姑娘，看见了他，华丹便取出戒指向姑娘们一晃，走上了二楼。又有许多身穿金色绢衣的女子们在那里，华丹又向她们拿出戒指晃了晃，又顺利走上了三楼。华丹来到三楼的一个大厅里，果真像姑娘说的一样，那金色宝座上，放着一只闪烁着五光十色的小箱子。华丹按姑娘的嘱托，面对小箱连连跪拜三下。那小箱里果然飞出一只杜鹃鸟，站在小箱上面“咕咕，咕咕”地叫了起来。不一会儿，杜鹃鸟变成了与钻石天女一样美丽的姑娘。她穿着一身碧光灿烂的服装，全身佩戴着绿色的金刚钻石，她说：“我是恩扎牟尼仙女。小伙子，你对我有什么话要说吗？”华丹便把钻石仙女派他来的事说了一遍。恩扎牟尼仙女一听，立即把那千根羽毛编织的小风袋交给了华丹，让他拿去营救她的妹妹钻石仙女。当华丹拿上小风袋走出水晶宫殿时，眼看就要天亮了，他急得哭了起来。恩扎牟尼仙女飞一样地赶到他面前，给他披上了一件披风，用羽毛风袋轻轻往他身上一打，华丹顿时长了翅膀，就地腾空起飞，很快飞过了林海，越过了大河，翻过了白雪皑皑的大山，来到了家里。

华丹把借来的羽毛小风袋交给钻石仙女时，国王的千军万马正向着他们住的地方喊着冲了过来。钻石仙女走出门外，说道：“兵士们快回去吧！你们若不回去，到时候，后悔就来不及了。”兵士们根本不听，只见姑娘轻轻挥动了一下风袋，刹那间，狂风大作，飞沙走石，一下子把所有的士兵一个不剩地吹卷到四面八方去了。有的被卷进了泥沼，有的被吹得粘在墙壁上，有的把刀矛剑等当拐杖抱头鼠窜，四处逃跑。

华丹一看，高兴得不知说什么好，他脱下帽子扔到半空，说道：“姑娘，快把那个小风袋给我，我要去严惩那个残暴的国王！”当他奔到国王住的地方时，国王正站在王宫顶上望士兵们是不是把姑娘抓回来了。国王看到士兵们个个像秋风扫落叶一样被昏天暗地的狂风吹得七零八落时，便声嘶力竭地喊道：“饭桶，快给我把钻石仙女抓来呀！”华丹手执风袋，来到国王面前说：“我今天要把你这个恶鬼，送往地狱！”说着，甩动了一下风袋，

国王顿时被卷上了高空，又像尿脬一样，从半空中摔了下来。华丹紧接着又甩动一下风袋，国王又被卷上了高空，众人看着，无不拍手称快，齐声喊道：“凶暴残忍的国王，罪有应得！”只见国王像被大鹰从空中扔下的羊羔一样，摔得肝脑涂地，粉身碎骨了。

华丹消灭了凶恶的国王，赢得了百姓们的爱戴，当上了巴桑波的新国王，钻石仙女也就当了王后。国王华丹废除了压在百姓头上的各种苛捐杂税，还下令把库房里的财物分给百姓。分财物时，他看到他的两个哥哥也在人群中。华丹立即派遣专使邀请他的两个哥哥，前来参加国王的宴会。两个哥哥来到国王面前说：“今天我俩前来参加新国王的宴会，真是莫大的福气啊！”这时，国王一边在银制的碟子里用金制的勺子舀菜，一边说：“从前我们去深山老林拾柴火，有一次休息吃饭的时候，我说过的话，你们还记得吗？”两个哥哥抬头仔细看新登位的国王，才知道是被他俩在森林中遗弃的华丹弟弟，他俩羞得无地自容，耷拉着脑袋，悄悄地溜了出去。

宇白扎西和夏嘎曲宗

山谷里有一个青年，名叫宇白扎西；平川上有一个姑娘，叫作夏嘎曲宗。两个人从小就十分要好，好像茶叶离不开盐巴。看样子这桩婚事算定了吧！可是，不行！宇白扎西的阿妈是个嫌贫爱富的老太婆，她觉得自己家是年年跑打箭炉[①]的富商，应当找个有钱有势人家的小姐当媳妇。宇白扎西说："阿妈，儿子的婚事儿子做主，用不着你老人家操心。"

一天，宇白扎西来到平川上，找夏嘎曲宗商量结婚的事情。姑娘为难地说："唉！我俩的婚事，阿爸阿妈都不答应。"宇白扎西问："为什么呢？"夏嘎曲宗回答道："一是你们家里太富，二是我们家里太穷。"宇白扎西安慰她说："姑娘，不要着急，你父母一辈子的衣服我来做，一辈子的吃喝我来供。"同时，还出了一个巧妙的主意，叫夏嘎曲宗装病。

夏嘎曲宗回到家里，就倒在垫子上装病；宇白扎西扮作云游喇嘛，摇着铜铃法鼓进了门。他装神弄鬼地搞了一阵，拍手惊叫道："这个女子的病，是冲撞了雪山的魔神。只有到山谷里科科寺庙转七七四十九天经，才能消灾祛病。"老两口听信了云游喇嘛的话，收拾东西打发她到科科寺转经。就这

①打箭炉：藏话叫达折多，即康定城。

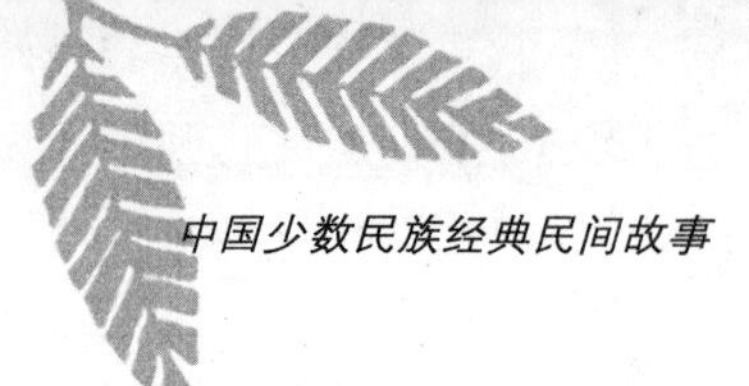

样，夏嘎曲宗来到宇白扎西家，两个人高高兴兴结成了夫妻。

只有宇白扎西的阿妈心里很不高兴。瞧着夏嘎曲宗姑娘，越看越不顺眼，越看越不顺心。老太婆把她当成眼里的沙子、靴底的尖刺，成心不让她过一天好日子。

结婚还没过三天，老太婆就在院子里嚷嚷："儿子宇白扎西！儿子宇白扎西！楼上的沱茶[①]卖光了，该到打箭炉去运茶叶了！"宇白扎西回答说："阿妈！阿妈！楼上的沱茶没有了，楼下的砖茶[②]还多着呢！"老太婆打开茶库，白天用砖茶当柴烧，晚上用砖茶喂牲口，很快就把砖茶糟蹋光了。没过三天，老太婆又在院子里嚷："儿子宇白扎西！儿子宇白扎西！楼下的砖茶卖光了，该到打箭炉去运茶叶了！"

宇白扎西没有办法，只好收拾骡马，动身到打箭炉去。夏嘎曲宗听说丈夫远出，来回差不多要一年，满肚子的忧愁，又不敢当着老太婆的面讲。只好流着伤心的眼泪，抓住宇白扎西的马嚼口不放，跟着他送了一程又一程。老太婆非常生气，在宇白扎西的马屁股上，狠狠地抽了一鞭子，马儿像一支利箭，很快地跑过了前面的山冈。老太婆又拧着夏嘎曲宗嫩脸上的肉，咬牙切齿地骂道："麦[③]！罗刹女[④]！我儿子出门赚钱，你哭哭啼啼干什么？要是我儿子有个三长两短，我就要像宰山羊一样剥掉你的皮！"

从此，老太婆天天想办法折磨自己的媳妇。她用燃烧的木柴，烧焦了夏嘎曲宗缎子一样柔软的黑发；她用羊毛铁刷，抓破了夏嘎曲宗明月一样洁白的脸儿；她用带刺的棍子，打伤了夏嘎曲宗柳树一样苗条的腰肢。还恶狠狠地对她说："麦！罗刹女！别人要问你头发为什么断了，你就说睡觉时毛驴啃的！别人要问你的脸为什么坏的，你就说炒蚕豆时烫伤的，懂吗？！"说

---

①沱茶：藏族人常喝的一种茶叶，形似茶杯。
②砖茶：藏族人常喝的一种茶叶，形似砖块。
③麦：藏语中对女子的卑称。
④罗刹女：妖魔，夜叉。

完，把她赶到山上放驴，每天只给一碗奶渣水，一团酸酒糟。

有一天，夏嘎曲宗站在山顶，看见东边大路上来了一帮商队，她赶紧跑到路边，怀着一肚子希望地唱道：

欢迎啊！欢迎！
从打箭炉来的商人！
你们渴了吧，商人，
请喝一点奶渣水；
你们饿了吧，商人，
请吃一点酸酒糟；
请问宇白扎西，
是不是回来了？回来了？

商人们看见她头上没有头发，以为她是化缘的尼姑，便从马上欠了欠身子，施舍给她一点茶叶，唱道：

谢谢呵！谢谢！
路边化缘的阿尼[①]！
口儿不渴不渴，
刚刚喝了茶酒；
肚子不饿不饿，
刚刚吃过糌粑。
宇白扎西的商队，
就在我们的后边。

---

①阿尼：即尼姑。

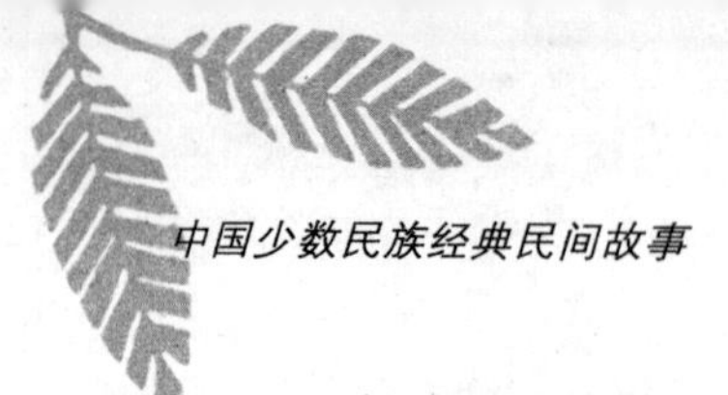

夏嘎曲宗等来了第二批商队，回答跟前面的商人一样。接着，她又等来了第三批商队，宇白扎西就在里边。姑娘高兴极了，赶快跑上去迎接，她拦住宇白扎西的马头，唱道：

欢迎啊，欢迎！
青年宇白扎西，
你口渴了吧，扎西，
快喝一点奶渣水；
你饿了吧，扎西，
快吃一点酸酒糟。
你在路上辛苦了，
快快下马歇一歇，歇一歇！

谁知宇白扎西也跟其他的商人一样，把她当作化缘尼姑，唱道：

谢谢呵，谢谢，
路边化缘的阿尼！
口儿不渴不渴，
刚刚喝过茶酒；
肚子不饿不饿，
刚刚吃过糌粑；
身子不累不累，
我家就在前头。

唱完，施舍给她一点茶叶，急急忙忙地走了。夏嘎曲宗十分难过。因为从小相爱的丈夫，也把她当成了化缘的尼姑。她跑到泉水边，低头照了照自己的影子，水里映出的，是一个头上没有头发，脸上全是伤疤的丑女人，自己也不敢认自己，连忙把毛驴赶回家，一个人关门躲进驴圈，伤心失意地哭起来。

宇白扎西走进门，第一件事就是问妻子夏嘎曲宗在哪里。老太婆半天半天也不吭声，宇白扎西发了急，说：“阿妈！阿妈！你媳妇夏嘎曲宗，到底在哪里？她是病了吗？病人躺在何处？她是死了吗？尸体葬在哪里？”老太婆这时才说：“她没有病，也没有死，她活得很好，正在山上放驴呢！”

宇白扎西飞快地跑到山上，没有找到妻子，又飞快逃跑回驴圈，看见圈门关得紧紧的。便双手槌门，大喊：“夏嘎曲宗，开门呀！夏嘎曲宗，开门呀！”姑娘躲在墙角里一声不吭，哭得十分伤心。宇白扎西从墙上爬过去，看见自己的妻子，原来就是白天路上遇到的尼姑一样的女人。他心里急得像刀子戳，搂住夏嘎曲宗问：“姑娘！姑娘！你，你怎么成了这个模样？！”夏嘎曲宗怎么也不肯说，宇白扎西抽出腰刀，搁在自己胸前，说：“你再不讲，我就不想活了！”姑娘一把夺过腰刀，吞吞吐吐地说：“头发不是阿妈烧掉的，是我自己弄断的呀！脸庞不是阿妈打伤的，是我自己弄坏的呀！”

宇白扎西什么都清楚了，心想：“母亲呵母亲，你的心也太狠了！如果我也把你打一顿，乡亲们就会说我不孝顺，你还是自己吃点苦吧，说不定这样你的心会慈善一些。”便跑到母亲跟前，很客气地说：“阿妈！儿子到打箭炉运茶的时候，妻子被罗刹打得鬼不像鬼，人不像人，现在我要带她出去治病，这群毛驴，就请你老人家放牧吧！”

从此，宇白扎西带着心爱的妻子，住到平川上夏嘎曲宗的家。山谷里，只留着狠心的老太婆，还有一群毛驴。

鸟姑娘

从前，在一个山沟里住着一户人家，家中只有母子俩相依为命。他们开了一点荒地，每年只能打两箩筐青稞，其余还得靠打野菜添补过活。

儿子还小，靠母亲辛勤劳动来养活他。儿子从小喜欢养鸟，一天，他对母亲说："阿妈，你看我们门前树上和山沟里的树林里有多少好看的鸟儿啊，我要编个竹笼子把小鸟捉回来喂养！"阿妈疼爱儿子，说："我可爱的宝贝，对呀，就照你想的去做吧！"

第二天，趁着母亲干活去了，儿子就找了一把弯刀，上山去砍箭竹，想编一个鸟笼子。儿子来到山上，一片茂密的箭竹林挡住了去路，儿子双手分开箭竹，寻找又粗又大的竹子。他一路走，一路鸟儿都在他头上唱歌，他心里非常高兴。有两只小鸟儿唱着歌，在他头上飞来飞去。他被这两只小鸟的歌声迷住了，目不转睛地望着这两只十分漂亮的小鸟。这两只小鸟也像理解他的心一样，做着各种不同的飞翔动作，唱着一曲曲好听的歌。

儿子伸出了小手，说："来吧，我十分喜爱你，跟我回家去吧！"那两只小鸟果然飞到了儿子的左肩和右肩上。他左看右看，高兴地拖着几根竹子跑回家，立即编了个鸟笼，把小鸟装在鸟笼里。

母亲回来了，一进屋便看见一个精巧的鸟笼里喂着两只十分漂亮的小鸟。小鸟看见母亲，不断地点头唱歌，就像在问母亲好一样。母亲说："你看这小鸟多可怜，快去抓点青稞来喂它们吧！”

儿子就去抓青稞，那箩筐里青稞只剩半筐了，儿子也心痛，因为一年到头母子俩的生活就靠这点青稞呀！

由于喂小鸟，他们母子俩的青稞很快就要用完了。母亲对儿子说：“孩子啊，我们那点粮食都快用完了，你看这小鸟儿是不是放它归林，让它也不再受罪，自己去寻找吃的吧！”

儿子说：“我有了小鸟，心里愉快，睡觉也香。如果放了它，我会伤心的。”儿子坚决不肯放。

一天，儿子去背水，母亲就打开了鸟笼，对着小鸟说：“去吧，可怜我家穷，确实无力抚养你们了，你们到了自由的天地，会幸福的！”小鸟流下了两颗眼泪，飞走了。

儿子回来，没有听到往常那清脆的鸟叫声，马上就产生不安的心情，抬头望见空空的鸟笼，背上的水桶滑落地上打破了。母亲知道了，就说：“儿子啊，我为了它们不再跟着我们受苦，才把它们放了。”

儿子离开了母亲，又去寻找那两只鸟儿。

儿子跑了三座山，过了三条沟，没有鸟儿的影子，也不见那片茂密的箭竹林。儿子回来告诉母亲，说没有找到那两只鸟儿。

第二天，儿子又去了三座山，过了三条沟，还是没有找到那两只鸟儿。

第三天，儿子又走了三座山，过了三条沟，来到了一个地方，在花草中看见了一只漂亮的鸟儿，很舒坦地闭着眼睛躺在那儿。儿子走过去，“啊”了一声，原来是他放走的两只鸟儿中的一只，已死在这里了。他十分伤心，他哭着，抚摸着鸟儿，最后挖了个坑，把死鸟埋在花草中间。

儿子回家来，把看到的事情告诉母亲，母亲听了也伤心地哭了。晚上，母亲睡得正香，他梦见一个漂亮的姑娘口口声声“阿妈、阿妈”地喊，母亲问：“你是哪家姑娘？怎么来我这儿呀？”

姑娘说：“我是鸟姑娘呀，我愿做你家儿媳妇呀！”

阿妈说：“呀，那天我把你送出了门，请原谅我吧。”姑娘笑嘻嘻地去

背水、烧火、煮饭，里里外外打扫得干干净净。母子俩坐在火炕边，姑娘陪着母亲，儿子吃着从来没有吃过的香酥的奶饼。母亲笑得合不拢嘴，儿子也笑了。

太阳出来了，母亲醒来，才知道自己做了个梦。

母亲把儿子喊起来，一五一十地把晚上的梦告诉了儿子。儿子说："天呀，我昨天也做了同样的梦！"

母亲说："老天爷呀，如果是真的那该多好！"

六月十五日是祭山的好日子，母亲叫起儿子，说："今天是月半，你就带上好的食品，到山神那儿去，求求山神的保佑，愿那美梦能实现啊！"

儿子到山神那儿去了，他围着神山的嘛呢旗和插箭的地方转了三圈，他每转一圈都呼唤了三声鸟姑娘的名字。

十五的月亮圆了，母子俩正在小屋院内观看圆月。一会儿，从月亮上走下来一个姑娘，母子俩高兴地呼喊："鸟姑娘！鸟姑娘！"可是，下到地上却变成那只没死的小鸟，仍然落在儿子的肩上。

儿子把鸟带进屋，母亲再也不放它。从那以后，母子俩每天下地干活，鸟姑娘就脱掉羽毛，变成姑娘为母子俩煮饭。母子俩回来，饭也做好了。母亲想：我们天天这样下去不行呀！有一天，母亲出去，又悄悄地回来，看见小鸟脱下羽毛，变成了一个姑娘，就是梦中的那个姑娘。她就跑过去把羽毛丢进了火炕。姑娘变不回去啦，和儿子结了婚，他们一家过着幸福的生活。

海　螺

很早以前，昆仑山下有一片水草丰美的大草原，草原上有一个湖泊，湖边住着两户人家。正巧，一家养了一个男孩叫龙珠，一家养了一个女孩叫周毛，两家大人一商量给他们定了娃娃亲。

不幸得很，亲事定了没多久，龙珠的父母得了大病一前一后离开了人世，龙珠成孤儿。周毛的父母一看这情况，就把龙珠领到自己家里一起生活。从此，龙珠和周毛一起放羊，一起干活。

有一年，当草原上的金莲花开出黄黄的花瓣的时候，龙珠赶着羊群到湖边去放牧。他把羊儿赶到草地，拉着自己心爱的枣骝马来到湖边饮水，看见有一条小金鱼被湖水冲到了沙滩上，他捡起来一看，只见小金鱼的两腮一扇一扇的，还没有死，他赶忙把它放进了一个水洼里。过了一会儿，奄奄一息的小金鱼又活过来了。龙珠看到小金鱼得救了，心里十分高兴，就将它放进了湖里。小金鱼被放进水里后，恋恋不舍地在龙珠的面前游了三圈，然后摆动着尾巴潜入了水底。龙珠看到小金鱼游走后，高高兴兴地赶着羊群回家了。

晚上，龙珠做了一个梦，梦见白天放走的那个小金鱼对他说："我的救命恩人龙珠啊，我是西海龙王最小的儿子，昨天我偷偷离开龙宫游到水面来玩，被恶浪冲到沙滩，多亏你救了我。我要送给你一样东西感谢你。等到后

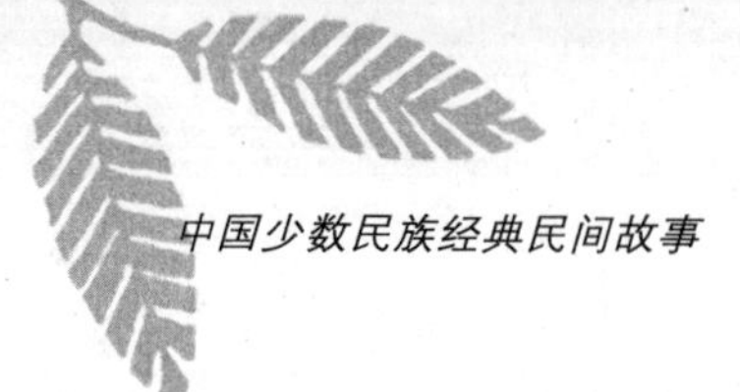

天早上太阳升起来的时候，请你到湖边等着我。”

梦醒后，龙珠感到很奇怪，半信半疑的。第三天早上，龙珠抱着试试看的想法早早地去湖边等待着。当太阳刚刚从东方露出的时候，湖面上“扑通”响了一声，只见小金鱼用嘴叼着一个大海螺跃出水面游到了龙珠的身边，龙珠急忙用手接住了海螺。

这时，小金鱼开口说：“恩人，这是一件龙宫的珍宝，它能禳灾祛邪，当你遇到难事的时候，你就吹海螺，它会帮助你的。”

说完，它又在龙珠的面前游了三圈儿，这才慢慢地潜入了水底。龙珠捧着海螺高兴地回家了，他把这件事告诉了周毛和他的父母，大家听了惊奇地把海螺看了一遍又一遍。

一天，龙珠和周毛赶着羊群到很远的地方去放牧，太阳落山的时候，他俩赶着羊儿回家。半路上，从山沟里钻出了一群恶狼，羊儿吓得四处逃窜，龙珠和周毛东奔西跑，顾了这头顾不了那头，几只狼还盯着他两狂嚎。龙珠突然想到了揣在怀里的海螺，急忙拿出来吹了起来。说来也巧，刚吹了一声，那些恶狼就像昏了头一样满地转圈儿；再吹了一声，只见无数的弓箭射向恶狼。不一会儿，那群恶狼全给射死了。龙珠和周毛收拢了羊群，平平安安地回家了。从这以后，龙珠更喜欢海螺了。

又有一天，龙珠一个人赶着羊群到湖对岸去放牧，晚上，当他回到家里的时候，只见家里的羊圈被毁坏了，房屋被弄塌了，周毛和她的父母都不见了。龙珠急得四处寻找，在一片杂草堆里找到了奄奄一息的老阿妈，他抱着老阿妈的头问道：“阿妈，家里到底发生什么事了？”

老阿妈看见龙珠，有气无力地哭诉道：“孩子你可回来了，周毛被一个妖魔抢走了，你阿爸也被妖魔害死了！”话还没说完就断气了。

龙珠听了老阿妈的话，悲愤交加，他掩埋了阿爸和阿妈的尸体，怀里揣上海螺骑着马去寻救周毛，替老阿爸、老阿妈报仇。

他走啊，走啊，走了整整九天，才打听到在西南方向有一座大黑山，山上住着一个牛头马面、虎身蛇尾的妖怪，它经常腾云驾雾，到处残害百姓。

龙珠催马甩缰朝着大黑山飞奔而去。俗话说：望见山跑死马。他整整骑马跑了九天，这才来到了大黑山下。这大黑山山势高大，悬崖陡峭，山上的土是黑的，石头也是黑的。龙珠攀登上山，当他爬到山顶时看到山顶上有一座用牛大的石头垒起来的石塔，龙珠来到塔下沿着塔中的石阶直奔塔顶，到最后一层了，只听那妖魔在狂叫：“周毛，今天你再不答应我，我就剜你的心，剥你的皮！”

龙珠听了忙朝上喊道：“周毛，别怕，我来救你了！”

妖魔还没弄清是怎么回事，龙珠已跳到他的面前。妖魔看见龙珠，张牙舞爪地直扑过来。这时，龙珠马上掏出海螺吹了起来，刚吹一声，只见整个石塔和妖魔都摇晃起来了，龙珠又吹了一声，听见“轰隆”一声巨响，石塔坍塌了，把妖魔砸了个稀巴烂。随着那声巨响，一片白云把龙珠和周毛轻轻地托上了天空。白云驮着他俩向他们的故乡飘去。转眼之间，他们就远远地看见家乡蓝色的湖泊了，龙珠又掏出怀里的海螺吹了一声，白云慢慢地落了下来，最后稳稳当当地降落在像羊毛一样软软的草滩上。

从此，龙珠和周毛在家乡的土地上过上了幸福的生活。

海王公主卓玛

从前，在宽阔的草原上，有一个部落，部落里住着一户人家，一位老阿妈和他的儿子泽躲。泽躲是个勤劳善良的小伙子。母子俩靠泽躲给牧主放羊得来的一点糌粑过活。泽躲长得身强力壮，成了部落里有名的神箭手。

秋天到了，泽躲赶着羊儿到海子边去放牧。他站在小山坡上，看着海子迷人的景色，不觉太阳偏西了。忽然从天空传来一声叫人害怕的怪叫，泽躲抬头一看，一只巨大的羊雕向海子扑来，泽躲赶忙挽弓搭箭，紧紧盯着羊雕，突然，羊雕翻身扑向海子，海子里一阵阵浪花翻滚，凶恶的羊雕从奔腾的海水里抓出一条小鱼。可怜的小鱼在羊雕的利爪下挣扎。就在这时泽躲举起弓箭，只听得一声尖厉的叫声，羊雕胸脯上中了箭，翅膀无力地扇了几下，掉进了海子。小鱼儿掉到了海子边的草地上。

泽躲赶忙跑过去，捧起张着嘴巴喘气的鱼儿，把它放进海子，他对小鱼儿说："去吧，羊雕再也不会伤害你了！"小鱼儿游进水里，抬起头来，向泽躲点了三下头（向他表示感谢）。游不多远又回过头来，再向他点了三下头。到了海子中间，小鱼儿向泽躲又点了三下头，摇摇尾巴，然后才慢慢钻进水里。

当晚，泽躲做了一个梦，梦见一个美丽温柔的少女，愿做他妻子，三天后就到他家来。早晨起来，泽躲把晚上做的梦对阿妈讲了。阿妈说，昨晚她也做了一个梦，和泽躬的梦一模一样。母子俩都感到奇怪。阿妈叹了口气说："谁家的姑娘愿意到我们穷家小户来？是菩萨可怜我们，让我们在梦中高兴一下罢了！"母子俩也就没把这个梦放在心上。

哪知道，第三天一早，一队打扮得十分漂亮的送亲客，簇拥着坐在高头大马上的新媳妇，闹闹热热来到泽躬家里。母子俩又惊奇，又高兴，新媳妇竟然是梦中的那位姑娘。姑娘下了马，走进屋里，她大大方方地叫了声："阿妈，泽躬哥。"泽躬惊呆了，不知道说什么好。姑娘把一切都告诉了他。

原来，姑娘是海子里龙王的女儿卓玛公主。那天出来玩耍，被羊雕看见，一时躲避不及，被抓住了。幸好羊雕被泽躬射死，她才得了救。为了报答他的救命之恩，她愿意做他的妻子。龙王也知道泽躬是个勤劳勇敢、心地善良、孝敬母亲的小伙子，也同意女儿嫁给他。

从此，泽躬有了一个美丽温柔的妻子，一个幸福的家。他每天给头人放羊，卓玛在家照应老阿妈，料理家务。小两口互敬互爱，日子过得很愉快。

一天，头人带着管家和一群家奴打猎回来，路过泽躬家门口。头人一见鲜花般美丽的卓玛，浑身都酥了。他目不转睛地望着卓玛，憨口水流了几尺长。他想：我羊牛多如草，钱财多如土，还不如泽躬这穷小子有福气，他竟娶了这么美丽的老婆。心里顿时起了邪念，鼠眼一转，便吩咐管家把泽躬叫到官寨来。

泽躬不知道发生了什么事情，提心吊胆地跟着管家去见头人。头人皮笑肉不笑地对他说："恭喜你娶了一个美貌妻子。算你小子走运。不过，老爷我想和你商量一下，如果你把妻子让给我，我也不会亏待你，我的财产分一半给你。如果你小子不识抬举，嘿嘿嘿，那就别怪老爷我不客气了。"

泽躬说："老爷，请你死了这条心吧！我妻子不会同意的。"

"滚，滚回去对你妻子说，难道我老爷还不如你一个穷小子！"

泽躬回到家里，卓玛见他愁眉苦脸的，问他是不是身子不舒服。泽躬摇摇头，闷闷不语。卓玛急了，再三问他："遇到了什么事？你说呀，你说出来，我们一起想办法。"

泽躲只得把头人的话对她说了。卓玛想了想，劝他说：

“这事你不用发愁，你去对头人说，要想得到我，必须这样……”

泽躲一听妻子的主意，顿时眉头舒展开来，他马上到了官寨，找到头人说：“老爷，你如果想娶我妻子卓玛，必须答应两个条件：一把你的牛羊马全部分给部落里的牧民；二要在海子里划船庆贺。如果办不到，她宁死不从。”

头人一听，哈哈哈大笑：“你咋早不说呢，这两个条件太简单了。去，你回去准备，明天就分牛羊马，到海子里划船。”

第二天，太阳刚出来，全部落的百姓，都到头人那里去分到了牛羊马。大家在欢喜中，又都为卓玛和泽躲担心。只听得官寨里莽筒、牛角号响了起来，头人身穿崭新的礼服，后面一群大汉抬着一支大牛皮船。来到海子边，头人叫卓玛先坐上去，然后纵身上了牛皮船，吩咐撑船人说：“好好划、老爷我重重有赏！”然后转过脸，嬉皮笑脸的对卓玛说：“老爷我该让你满意了吧！”

牛皮船慢慢划到了海子中间，突然，海子像开了锅的水一样，沸腾翻滚起来，牛皮船在浪涛中打了几个旋，一下子底儿朝天，岸上的人们看得目瞪口呆。过了一些时候，海面又像镜子样平静，一朵巨大的莲花慢慢伸出海面。莲花中间，站着卓玛，卓玛对大家说：“头人已经上了西天，他再也不会回来了。”莲花像船一样，漂到了海子边。卓玛走下莲花，和大家一起，回部落去了。从此，人们过着幸福的日子。

梅朵洼热

从前，有一个老阿妈，家里要吃的没吃的，要穿的没穿的。她的老伴早早就去世了，只给她留了一只破了沿的小木碗和一个又笨又傻的儿子。别人家的门前拴着奶牛，圈着羊群，老阿妈的家门口连根羊毛都没有；别人家吃着羊肉喝着奶茶，老阿奶和她的傻儿子，每天熬上清清的糌粑汤熬年度日。

老阿妈给人家干零工，每天只能换回一小碗糌粑。老阿妈的心细得很，每顿饭都要从饭碗里撮出一点点糌粑，时间长了，她存下了一小碗糌粑。

有一天，她的傻儿子不知怎么翻出了老阿妈存下的那一碗糌粑，兴冲冲地端上碗，跳到老阿妈跟前，对老阿妈说："阿妈，阿妈，这有一碗喷喷香的糌粑，咱们吃了吧！"

老阿妈叹口气，摇摇头，对他说："好孩子呀，好孩子，这碗糌粑不能吃，这是阿妈专门存下的，等到春天三月里才能吃哩！"

傻儿子听了老阿妈的话，半懂不懂地放下了碗。从此，他盼着老阿妈说的春天三月快点到来，等着吃那碗喷喷香的糌粑。

这一天，老阿妈又到国王家干活去了。傻儿子一个人坐在家里玩，玩着玩着，忽然听到外面传来喊叫声，一声比一声高。傻儿子跑出门外一看，门口来了一个面相和善、穿着破破烂烂的讨饭人。手里拄着半截破木棍，眼睛里闪着泪珠向他乞讨。他心想：他一定是可怜的春天三月，阿妈的糌粑是留

给他的吧！

“阿罗！你是春天三月吗？”

讨饭的忙应和道：“是呀，是呀！”

“那你等一下吧！”傻儿子说着，很快跑回家去，端出那一碗糌粑，放到乞丐手中，“阿妈说，这是留给你的。”

乞丐接过碗，一面向他道谢，一面拄起木棍一步三回头地走了，边走边说道：“谢谢小恩人！以后你有啥难事，请到海子边来找我。”

乞丐走远了，傻儿子倒高兴了起来，他觉得自己做了一件天底下最好的事，他一个人不停地笑了又笑，唱了又唱，像春天里的杜鹃鸟一样。

老阿妈拖着疲倦的身子回来了，还不等她走到门口，傻儿子就一蹦三跳，扑到老阿妈怀里，撒着娇说道：“阿妈，阿妈！今年春天三月来了，可怜的他像根老树干，我把糌粑全送给他了。”老阿妈一听吓一跳，她说道：“傻儿子，阿妈说的是春天三四月困难的日子，不是人呀，糌粑送人了，我们到春天吃什么呀。”

傻儿子不敢吭声了，悄悄地把老阿妈的腰带拽得紧紧的。

娘儿俩的日子过得更苦了，平常吃一顿的口粮，现在要当两顿吃；平常喝一顿的茶现在要当两顿喝。等到春天三四月到来的时候，他们要吃没吃的，要喝没喝的。老阿妈又累又饿，病得站不起来了。傻儿子忙跑出去到处找吃的，到处去借吃的。

穷人家里想借给他，可粮袋里没有多余的，好心的人只好摇摇头；富户人家口袋里有粮，却不愿意借给他。口粮没借上，傻儿子倒受了满肚子的气，有钱人嘲笑他，说他傻。他一个人闷着头，跑到远远的荒野里，攥着拳头大小的石头，准备猎点野物给阿妈吃，哪怕打一只哈拉[1]也行。

等了一个时辰又一个时辰，眼看着太阳快要落山了，他看见一只花狐狸

①哈拉：指旱獭。

从远远的地方跑过来，嘴里衔着个什么东西。

那狐狸跑到离他不远的地方，突然站住了，一低头撂下嘴里衔的东西，嗷嗷叫着扭头跑掉了，像一支射出去的箭一样，转眼就没影了。

他走过去看见了草地上狐狸撂下的是一束美丽的鲜花。当他看第一眼的时候，觉得咕咕叫的肚子不再饿了；当他看第二眼的时候，觉得发冷的身子暖和了起来；他就这样看了又看，觉得身上又有劲了，心情又快活了起来。

他顺手捡起鲜花，心想：这一定是一件了不起的宝贝呢！有了它，往后就再也不用为吃的、喝的、穿的、用的发愁了。他捧着花又快快活活地往家里跑去。

他跑进门，乐呵呵地叫道："阿妈，阿妈，快起来！快起来看一看这狐狸送来的礼物，快看一看这神奇的如意宝贝！"

当老阿妈睁开了眼睛看见了那朵美丽的鲜花，顿时觉得肚子不再饿了，身上的病痛全除了，心里暖烘烘的。她觉得挺奇怪，忙问儿子这是咋回事。

儿子把遇到的事给她讲了。老阿妈说："老人们说过这花是天神的宝贝，名叫梅朵哇热。咱们快把它插在门外的祭神柱上，像供神佛一样供好。"

母子俩恭恭敬敬地把花儿供好，越看花儿心里越高兴。母子俩商量说，这件事千千万万别让坏心肠的人知道，别让凶恶的国王知道，用这花只帮助和老阿妈一样的可怜人。

老阿妈的家里热闹了起来。穷人一个接一个被请来做客，太阳升起来的时候，人们高兴地又说又笑；月亮升起来的时候，人们围成一圈又唱又舞。大家都尝到了宝贝花的甜头。不久，这事偏偏让一个扁嘴老太婆给知道了，她混在人群里把啥都看了个一清二楚，然后去国王面前添枝加叶地说了一通。

国王有个凶险的大臣叫色玛冉古，他听说了这件事，马上凑到国王的耳朵边，对国王说："尊敬的国王，要说珠宝呀，该享用的人应该是你，该夸耀的人还应该是你。现在倒好了，有一件稀奇的宝贝，国王没有叫花子倒有了，国王没见着叫花子倒享用了。”

国王听了很生气，他说：“谁敢和我国王比富，把他抓进宫里来；谁有珠宝不献进宫里，就把宝贝赶快抢过来。”

武官们像疯猪一样，来到老阿妈的破帐篷，把傻儿子押进了宫，把那束神奇的梅朵哇热抢进了宫。

国王看着那朵神奇美丽的花，心里的欲望满足了，他想好好奖赏一下这个拾宝的傻小子，这时大臣色玛冉古又说：“国王，要说这花，真是世间难觅的奇宝。只是我听什巴天神老人说过：‘祭祀要祭三宝，献花要献三束。’要是国王能得到这样三束神花，准会万世如意，永无忧烦呀。”

国王马上下命令，让老阿妈的儿子再去给他弄两束同样神奇的花回来。国王说：“对！后天晚上太阳落山的时候，穷小子，你要是还弄不回来这样的两束花，我就让你的阿妈先去死！”

往哪儿去找这样的花儿呢？他愁得头也抬不起来了。忽然，他想起了自己接济过的“春天三月”老人，便跑到海子边，对着波浪翻滚的海子，拍了三下手，喊了三声：“春天三月阿爸！”

海子慢慢平静了下来，一会儿从水波中走出一个白头发白胡须的老阿爸，他划开水面走到傻儿子跟前，问道：“好心肠的小伙子，你有什么难事，要我给你帮忙吗？”

傻儿子把事情的前前后后说了一番，老阿爸笑呵呵地说：“这海子中间有个小岛，你上去采好了。可是你只能摘两束，摘多了天神会怪罪的。”说着，用手朝水面上一划，傻儿子脚下伸出一条平坦的大道，他向老阿爸道声谢，匆匆忙忙地向岛上走去，采回了两束神花，交到王宫里，就回家了。

谁知，傻儿子进家还没坐稳，国王的武官们又来到了他们的破帐篷里。说：“捡了一件宝，又弄了两件宝，这是世界上少见的怪事，国王命令你，再去给王宫找一件能修九层金殿的宝，要不然，你们别想活命。”

傻儿子只好又跪到海子边，叫出“春天三月”，请求他再帮一次忙。海子里的老阿爸对傻儿子说：“千件事、万件事都不难，只望你这次上岛后留心转一转，再取宝回家吧！”

傻儿子沿着海里显出的平坦大道又走到岛上了。他记住了老阿爸的叮嘱，从岛子东面转到岛子西面，又从岛的北面转到岛子南面。他走着走着，在岛子中间的一块洼地里看见了一座小寺院，他刚刚走到寺院门前，只听见有两个姑娘的说话声。一个说：“拉毛、拉毛，这回轮到你出岛了，阿爸说他引进了一个诚实的小伙子，人品和德行都不错呢！”另一个说：“央金、央金，你说说看，他能给我幸福吗？他能和我真心相爱吗？”“我想会的，快走快走，他来了。”

傻儿子听着听着不由自主地推门走进了寺院里。可是他既没有看见姑娘，更没有看见一个走动的人影。他就跪在一尊神像前祈祷神保佑他和阿妈，从此过上好日子，从此摆脱黑心国王的纠缠。

这时眼前的神像飘飘悠悠变成个姑娘走到了他身旁。仙女见他吓得目瞪口呆的样子，忙从怀中取出个小匣子，双手捧到他眼前说：“诚实、善良的小伙子，这是你寻的宝，小匣子会变出九层金殿，小匣子还是我灵魂的归宿，现在请你把它揣进怀里。”傻儿子双手接过来揣进怀里，对仙女说：“我只有一个穷家，我还有一个阿妈，你要不嫌弃，就跟着我回家吧。”

这时，另一尊神像又变成了小仙女，说：“阿姐拉毛，我送给你们两件上路的礼物。”她说着把一束红花和一束白花举在他们面前。“红花是除恶花，白花是圣洁花，带上它吧，我祝愿你们万事吉祥。”

傻儿子和仙女拉毛走出了海子，回到了老阿妈的身边。

第二天，老阿妈按照仙女的嘱咐拿起那只宝匣子，打开了扣子，只听“轰隆”一声巨响，他们的破帐篷没有了，一幢辉煌富丽的九层金殿拔地而起，金光闪闪的耸立在草原上了。他们正站在九层金殿门口，老阿妈手中的宝匣子变成了一个盛满糌粑的木匣子，傻儿子手中拿着一束耀眼的红花。

一会儿，国王的大臣色玛冉古率领兵马来到了门口。傻儿子忙迎上前，恭恭敬敬地对他们说：“国王要的九层金殿修好了，我还带来了一束最美的红花献给他。”

大臣色玛冉古接过红花，他对兵丁们吩咐道："快请国王入宫殿，就说是我给他找到的。"

国王乐得嘴都合不拢，王后喜得眉毛都往上翘了，公主大臣们一个个都跑上跑下看着宝殿内的陈设"啧啧"地称赞不已。

大臣色玛冉古吩咐家仆摆酒宴，欢庆祝贺。当王宫里正在大吃大喝的时候，那束神奇的红花，突然花瓣飞扬，就同天女散花一样，在每一个人的茶碗里都落进了一瓣，每一个兵士的头发梢里都落上了一瓣。国王见到这样神奇的景致，更是开怀大笑，就这样喝茶的人把红花花瓣喝进了肚里，守卫的兵士把红花花瓣填进了嘴里。

等到太阳再一次从东方升起来的时候，所有的王宫臣僚和国王，都变成了流着眼泪的猴子。他们互相对望着，嘴里咿哩哇啦乱喊叫，急得抓耳挠腮。

这时，傻儿子和他的阿妈，向他们远远近近的人们呼唤着："九层金殿住进了一群野猴子，快来打死它们吧！"

所有来看热闹的人，都举着大棒小棒，拥进九层金殿，痛痛快快地举棒猛打，这些野猴子连一个都没有活下来。很快，所有的人都聚到金殿前，大家一致推选让诚实、善良的傻儿子来当他们的国王。傻儿子只好在百姓们的簇拥下坐上了国王的宝座。

他的阿妈呢，赶紧为仙女和儿子操办起了婚事，金殿里设下丰盛的婚宴，在众百姓的欢呼声中举行了隆重的婚礼。

男孩和三件宝贝

很早以前，有一户人家，家里只有一个母亲和一个年幼的儿子。平时母亲给别人干杂活，靠微薄的收入过日子，家里根本谈不上什么积蓄。但是这儿子每次吃饭时，总是从自己的碗里留出一半饭作为供神品撒向天空。母亲无奈地说：“你不要这样浪费粮食，我是费尽一切力气才养活了你。”但是儿子还是照样要供神。有一次，母亲气愤地说：“叫你别浪费粮食，你又不听我的话，如果你还要供菩萨，那么你就去找菩萨好了，我实在养不起你。”说完，她给儿子做了三块饼子让他离开了家。儿子毫不犹豫地带上饼子找菩萨去了。

男孩走到山脚下时遇见一个陌生人，这人问道：“你上哪儿去？”男孩回答道：“母亲叫我去找菩萨，哪里有菩萨我就到哪里去。”陌生人说：“孩子，菩萨是神，用你的眼睛是看不见的。”男孩回答说：“能见到菩萨也好，不能见到菩萨也好，反正我一定要去找菩萨。”陌生人问：“你带有什么东西？”男孩回答道：“我只有三块饼子。”陌生人说：“我有一根花绳子，换你的一块饼子好吗？”男孩说：“可以，可以。”他用一块饼子换下了花绳子。

男孩走到山腰上时，又遇见了一个陌生人，陌生人问：“你上哪儿去？”男孩同样回答了他的问话。陌生人问：“你带有什么东西？”男孩回答道："现在我只有两块饼子。"陌生人问："我有一根花手杖，与你的一块饼子换好吗？"男孩用一块饼子换下了花手杖。

他又继续往前赶路，来到山顶上。他在山顶上又遇见了一个陌生人。陌生人问："你到哪儿去？"男孩同样回答了他的问话。陌生人问："你带有什么东西？"男孩说："现在我只有一块饼子。"陌生人说："我有一个铜锅，这个铜锅和你的一块饼子换好吗？"他用最后一块饼子换下了铜锅。这时陌生人说："现在你不用去找菩萨，今天你遇见的这三个人是菩萨的化身，平时你自己忍着饥饿一心一意供奉菩萨，你的举动感动了菩萨，今后你和母亲会过上好日子。今天你得到的这三件东西是菩萨给你的，这个铜锅是个万灵锅，只要你把铜锅放在灶石上，用花手杖在铜锅上敲打三下，同时向菩萨祈祷，你会得到需要的一切。记住，铜锅千万不要落到别人手里。"男孩很高兴地用花绳背着铜锅，告别菩萨的化身回到家里。

母亲看到他背着一个铜锅回来，问道："儿子，你背着什么东西？"男孩说："妈妈，这次我去找菩萨时，确实遇见了三个菩萨，他们给了我三件宝，你看这铜锅、花手杖、花绳都是菩萨给的，菩萨说这三件东西都很灵，今后我们缺什么，只要用花手杖在铜锅上敲三下的话，所需的一切都会从铜锅内冒出来的。"说完后他把铜锅放在灶上，用花手杖敲打三下，同时祈祷道："菩萨保佑，愿我母子两人吃上一顿饱餐。"这时从铜锅内冒出很多热气腾腾的肉饭，母子高高兴兴地吃上了一顿美餐。从此，他俩不愁吃，不愁穿，过上了好日子。

自从得到万灵铜锅以来，母亲经常请一些左邻右舍的人到她家吃饭。有一次，母亲对儿子说："现在我想请国王到我们家做客。"男孩说："妈妈，过去我俩生活过得那么艰苦时，国王从来没有给过什么好处，今天我们为何要请他？还是不要请国王好。"母亲虽然没有说什么，但她心里总想请国王。

有一天，母亲背着儿子走进王宫里，要求见国王。国王把她叫到跟前问道："你有何事找我？"母亲说："国王陛下，请您到我家做客。"国王生气地说："你这个没有礼貌的女人，国王怎么能到要饭的人家里去吃饭，你到这里来是要饭的吧？"国王让大臣给她一块砖茶后把她赶出了王宫。母亲回到家里对儿子说："今天我到王宫里请国王去了，虽然他不想到咱们家来，但他给了我一块砖茶。"儿子很吃惊地说："妈妈，您不应该到王宫里去，将来会惹出事来。"母亲还是没有听进儿子的话。

过了一个月后，母亲又背着儿子到王宫里要求拜见国王。国王想：这个老太婆已经来了两次，这里肯定有原因。国王就说道："我们可以到你家去做客，但今天不行，大后天我和王后及五十个随行人员到你家去做客，你要准备好五十来个人的食宿，要备好够五十来匹马吃的饲料。"母亲回到家里和儿子商量请客的事。儿子很为难地说："我叫您别请国王，您根本不听我的话，现在上哪儿去弄那么多人的吃住的地方？但事到如今有什么办法，只好乞求这个铜锅。"

第二天早上，男孩把铜锅放在灶上，用花手杖在铜锅上敲打三次的同时祈祷道："菩萨保佑，愿在这个地方有一座宫殿似的房子，房子内要有五十来个人吃住够用的食物和家具，院子内要有五十来匹马够吃的饲料。"没过多久，他们的破房子变成了一座宫殿似的房子。房子内家具齐全，地上铺有虎豹皮垫子，还摆有各种丰富多样的食品，院子内有堆积如山的饲料。看到这一切后母子俩才放心了。

中午，国王和王后及五十个随行人员来到母子俩人的住处。他们看到母子俩已拥有这么好的房子，这么多的财产都惊呆了。母子俩热情接待了所有的客人，国王和王后及随行人员在他们家里吃饱喝足后返回了王宫。

晚上，这座宫殿似的房子又变成了原来的破房子。国王对一个大臣吩咐道："明天你到母子俩住处去看看她俩究竟在耍什么花招。"大臣奉命来到母子俩住处，只见到原来的破房子。他靠近房子悄悄偷听，母子两人正在商量吃饭的事，男孩问："妈妈，您想吃什么？"母亲说："今天吃一顿便饭吧。"男孩把铜锅放在灶石上用花手杖敲打三次后，在她俩面前冒出了热乎乎的稀饭。这一切大臣看得一清二楚。他马上来到国王面前，如实禀报了情况。国王立即派人夺走了神奇的铜锅。男孩生气地对母亲说："您偏偏要请国王，现在惹出了这么大的事，今后我俩怎么生活下去？"国王虽然得到了铜锅，但他由于没有花手杖，铜锅内什么也变不出来。

几天以后，男孩又来到山顶上，两手合十贴在胸口乞求道："菩萨保佑，请夺回菩萨赐给我的铜锅！"这时从天空的彩云中出现一个仙女说："花手杖和花绳还在你手里吗？"男孩说："这两件东西还在我手里。"菩萨说："今晚你悄悄走进王宫里，乘国王熟睡的机会，用花绳捆紧国王的手脚后你就回到家里去。"那天夜里男孩按菩萨的话用花绳捆紧了国王的手脚，除了男孩外，别人都看不见这根花绳。

第二天，国王的手脚疼得很厉害，更不能走动，到处派人请医拜佛，但始终治不好国王的病，谁也不知道其中的原因。菩萨又对男孩吩咐道："这次你穿上袈裟，带上花手杖，装扮成修行人去要回你的铜锅。首先你要用花手杖痛打国王一顿，然后通过算命的方式解开国王手脚上的花绳。"于是，男孩装扮成修行人，右手带上佛珠，左手拿着铃铛来到王宫门口。这时从王宫内走出几个大臣问道："小僧人，您会不会算命？"男孩说："我会算命，你们想算前程如何吗？"一个大臣说："我们倒不需要算命，请给国王算个命，这两天我们的国王病得很厉害，请过不少名医也拜过神，但始终治不好国王的病，现在国王的手脚动都不能动。"于是男孩闭上眼睛，两手摸着佛珠道："王宫里有个东西在作怪，如果不把东西送到原处，国王的命都保不住。"这些大臣赶紧走进王宫里，拿出很多东西摆在小僧人面前问道："是不是这些东西？"但是小僧人老是摇着头不回答他们的话。最后一个大臣拿出铜锅问道："是不是这个东西？"小僧人说："就是这个东西在害国王。"一个大臣马上把铜锅送到老太婆家里去了，小僧人说："病根已除掉，国王的病会慢慢好转。"说完他就离开了王宫。

这天晚上，男孩悄悄走进王宫里，解开了捆在国王身上的花绳，国王的病也好转了许多。他再也不敢欺负母子俩。有一次，一个陌生人走进母子俩家里说道："现在你俩得到这三件宝，以后不要把这件事传出去，要办一些慈善的事，要吸取这次的教训。"说完后陌生人就消失了。

从此，老母亲老老实实地待在家里享受着三件宝的神力，她再也不敢请外面的人了。

矮人和矮马

很早很早以前，有一户人家，家里只有母女两人，她俩过着比上不足、比下有余的生活。姑娘长得很美丽，她的身体像竹子一样苗条，脸蛋像十五的月亮一样洁白，声音像树林里的画眉鸟一样好听。她每天把家里的羊群赶到很远的地方放牧。

有一天，在她放牧的地方来了一个骑着矮马的矮人。这人虽矮小却长得非常英俊，他对姑娘说："你愿不愿意骑在我身后马背上，跟我一起远走？"姑娘有点不好意思地说："这事我不能做主，还得问我的妈妈。"矮人说："今晚回去后，请你别忘了向妈妈问这件事。"晚上她回到家里没有敢说这件事。

第二天，矮人矮马又来到姑娘放牧的地方，问道："姑娘，昨晚你问妈妈没有？"姑娘说："昨晚家里事多，我搞忘了。"矮人说："今晚一定别忘了问你妈妈。"说完，他就骑上矮马走了。这天晚上姑娘回到家后，鼓起勇气把两天来所遇到的事情都告诉了妈妈。母亲不相信女儿的话，便说："你别说胡话，世上哪儿有矮人和矮马？"

第三天，矮人又来到姑娘放牧的地方问道："昨晚你问妈妈没有？"姑娘说："我问了，但妈妈不相信我的话。"矮人说："今晚你一定要问清楚，我等待你的明确答复。"他的这句话打动了姑娘的心，觉得这人虽矮，但很可敬可爱。她答应向母亲问清楚这件事。晚上她回到家里对母亲说："今天那矮人矮马又来到我放牧的地方，他再三问我跟他一起去不去，我怎么回答他的话？"妈妈随口说道："如果你想跟他一起走的话，明天你就跟他走好了。"

第四天，矮人矮马又来到姑娘放牧的地方，同样问道："昨晚你是否问了？"姑娘回答道："我问了，妈妈说'你想去的话就去好了'。"矮人很高兴地说："现在我实现了我的愿望，你就放心地骑在我的身后马背上，我俩一起回我的家。"于是，他俩便骑在一匹马上走了。走了很长一段路后，来到一块红山、红水、红桥的地方，姑娘很奇怪地问道：

这红山是什么山？
这红水是什么水？
这红桥是什么桥？

矮人回答道：

这红山是珊瑚山。
这红水是珊瑚水。
这红桥是珊瑚桥。
你活人想拿就拿，
我死人无法弄到手。

听到这里，姑娘才知道他是一个死人魂体，心想：跟随一个死人走，我真是一个没有福气的人，但事到如今后悔也无用，只能跟着他走，没有别的办法。想到这里，她就抓上几把红石土装进怀里继续往前赶路。走着走着又来到一处黄山、黄水、黄桥的地方，姑娘问道：

这黄山是什么山？
这黄水是什么水？
这黄桥是什么桥？

矮人回答道：

这黄山是琥珀山。
这黄水是琥珀水。
这黄桥是琥珀桥。
你活人想拿就拿，
我死人无法弄到手。

姑娘抓上几把黄石土装进怀里。往前走着走着，来到一座花山、花水、花桥的地方，姑娘问道：

这花山是什么山？
这花水是什么水？
这花桥是什么桥？

矮人回答道：

这花山是猫眼山。
这花水是猫眼水。
这花桥是猫眼桥。
你活人想拿就拿，
我死人无法弄到手。

姑娘又抓上几把花石土装进怀里。他俩走了一天的路，天已大黑无法继续赶路。这时离他俩不远的地方有一座精美的宫殿，矮人说："你就在那里借宿几天。"说完，矮人和矮马不见了。姑娘很痛苦地来到房子前，敲响了门要求借宿。这天晚上，房东让她睡在牛棚里。夜深人静时，矮人来到姑娘跟前问道：

这屋顶是什么顶？
你垫的是什么垫？
你是否这家媳妇？
家权是否在你手？

姑娘回答道：

这屋顶是牛棚顶，
我垫的是牛皮垫，
我不是这家媳妇，
家权不在我手里。

矮人听到姑娘的回话时，显出很痛苦的样子。原来他是这个王宫的王子，他死后灵魂变成了一个小矮人，这次他本以为娶上媳妇回到自己的家里了。他俩的谈话被一个女仆听到后，女仆听出了王子的声音，便来到国王和王后跟前禀报道："昨晚借宿在牛棚里的姑娘跟前来了一个小矮人，他们谈论了很长时间。那个小矮人的声音和咱们已故王子的声音很像，他还问姑娘'你是不是这个家的媳妇'。"国王和王后说："王子去世已有一年多，他再也不会回到我们的身边。不过这人到底是谁？我们要进一步了解。"

第二天晚上，他们让姑娘睡在凉台上，给她铺了个破垫子，并留了几个男女仆人偷听他们的谈话。这天夜里矮人又来到姑娘跟前问道：

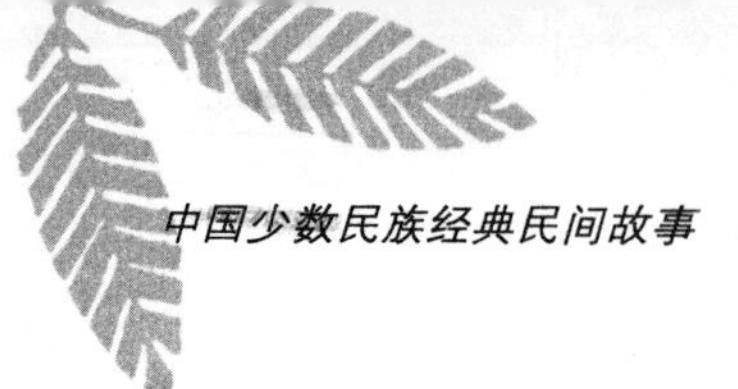

这屋顶是什么顶?
你垫的是什么垫?
你是否这家媳妇?
家权是否在你手?

姑娘回答道:

这屋顶是凉台顶,
我垫的是破烂垫,
我不是这家媳妇,
家权不在我手里。

他们的谈话被仆人听得一清二楚，立即把此事禀报了国王和王后。

第三天晚上，国王和王后让借宿的姑娘睡在王子的卧室里，决定自己也等候在卧室门口，如果王子再次出现的话就要抓住他。他们对姑娘说：“这个矮人是我们已故王子的灵魂，你也是我们家的儿媳妇。今晚他到你身边时，请你一定要抓住他，别让他再离开我们。”这天夜深人静时，矮人来到姑娘跟前问道:

这屋顶是什么顶?
你垫的是什么垫?
你是否这家媳妇?
家权是否在你手?

姑娘回答道:

这屋顶是卧室顶,

我垫的是虎皮垫，
我是这家的媳妇，
家权都在我手里。

说完姑娘紧紧拥抱王子，哭泣着说："你为什么不露出自己的原形？说你存在，白天见不到面；说你不存在，每天晚上出现在我身边。这样下去的话我实在受不了，求你从现在起再也不要离开我。"矮人说："我只是个死人的魂体，因此，我只能晚上出现，白天无法和你在一起。"这时国王和王后及臣仆们走进卧室里恳求王子不要离开。由于他们的再三要求，王子的魂体说："既然你们都希望我留下，那么从这里往南走，越过九山九谷的地方有一座密林大山，山脚下滚着很多像人的心脏一样的黑石头，它们紧追着你说：'把我带走吧，把我带走吧！'你们绝不能理睬这些石头。其中有块白色的石头，从山底往上爬，它会说：'不要带走我，不要带走我。'只要你们能抓住这块白石头带回来，我就能变成人。带回这块白石头，不是一件容易的事，途中会遇到很多难题，首先要路过一座破烂的桥，到了桥上要说：'桥啊，神桥，没有什么比你恩情大。'第二会遇到一扇破门，要说：'门啊！神门，没有什么比你恩情大。'第三会遇到一百匹马，要带一些干草，把干草平分给百匹马后要说：'马啊，神马，没有什么比你恩情大。'第四会遇到一百只狗，要带一筐骨头，把骨头平分给一百只狗，就说：'狗啊！神狗，没有什么比你恩情大。'然后把那块心脏一样的白石头带回我的身边，我就能跟你们生活在一起了。"姑娘说："如果是这样，我就是死也要取回这块白石头。"当天晚上，姑娘朝南走了。路途中正如王子所说遇到了破烂的桥、大门、一百匹马和一百只狗。姑娘按照王子的吩咐，对大桥和大门说了好话，给一百匹马平分了干草，给一百只狗平分了骨头，最后来到一座森林覆盖的大山脚下。从山上滚下来了很多形似人的心脏的黑石头，这些黑石头都在喊："带走我吧！带走我吧！"姑娘没有理睬这些黑石头，却有一块形似人心的白石头拼命地爬着山说："不要带走我！不要带走我！"姑

娘去追它，白石头爬得很快，最后才抓住。她把白石头揣在怀里跑回来，后面形似人心的黑石头都在追赶姑娘，来到一百只饿狗的地方，黑石头在喊："老狗们，你们抓住这个姑娘。"一百只狗说："我们不能抓她，只有这姑娘才赞美我们是神狗，又给我们平分了骨头。"它们给姑娘让开了路。姑娘跑到有一百匹马的地方，人心似的黑石头们说："百匹马，踩死这个姑娘。"一百匹马说："我们不能踩死她，只有这姑娘才赞美我们是神马，又给我们分草吃。"一百匹马轮流背着姑娘跑。人心似的黑石头们追得很快，到了破大门处，黑石头们喊："破大门，快把门关上！不要让这个姑娘过去。"大门说："我不能给她关门，只有这姑娘才赞美我是神门。"姑娘跑到破桥上，黑石头们大喊道："破桥，把姑娘扔进河里去。"大桥说："只有这姑娘才赞美我是神桥，我不能把她扔进河里。"等姑娘过完桥后，破桥掉进河里，这些黑石头无法追赶姑娘。

姑娘越过了所有的艰难险阻，带回形似人心的白石头送给了王子。经过几天的洗礼和祈祷，矮人王子变成了高大、英俊的小伙子。王子的父母对姑娘感激不尽，给他俩举行了隆重的结婚典礼。姑娘从故乡过来时，红山上捡来的红石土立即变成了红珊瑚，从黄山上捡来的黄石土变成了琥珀，从花山上捡来的花石土变成了猫眼石，使这个国家变成了国富民强的圣地。

从此，王子执政，姑娘成了王后，犹如升起幸福的太阳，避开了苦难的乌云。姑娘把母亲接到王宫里，过上了幸福美满的生活。

山神的马夫和牧羊姑娘

从前，有一位很美丽的牧羊姑娘，正值像邦锦花一样漂亮的年华。她和她的母亲，靠养一群绵羊过日子。姑娘每天一大早把羊群赶到山间的草地上，让它们吃上连山上的野兔也未能吃上的露珠花草。她们的羊群年年增多，生活一天天好起来。全部落的人对她赞不绝口。老人们说她的阿妈肯定是前生积了大德，所以佛祖赐给她这么好的女儿；后生们说她的美丽胜过彩虹，歌喉超过布谷鸟。于是提亲的人们踏破了老阿妈的门槛，然而老阿妈总舍不得把自己唯一的女儿许配给别人。

有一天，姑娘在一条大河的西岸放羊，忽见一个身穿白衣、足踏铁鞋、腰系草绳的青年骑一匹雄鹿，牵一只羚羊来到她的身边。唱道：

姑娘啊姑娘，
你骑鹿还是骑羚羊？
备金鞍还是备银鞍？
渡上游还是过下游？

姑娘装作没听见，赶着羊群回家了。自此，青年每天来到她放羊的地方，对她唱同样的歌并急切地等待着她的回答，但姑娘仍不理睬。

有一天，老阿妈知道了，当晚就问女儿："是谁在山上唱歌？唱的什么内容？"姑娘如实地告诉了母亲。老阿妈说："女儿呀，姻缘好比鹰影，来到头上难躲避，明日你就对他说：'不骑鹿，骑羚羊，不备金鞍备银鞍，不渡上游过下游。'"

第二天，骑鹿青年照例来到姑娘身边唱歌，她按母亲的话说了。于是青年备上鞍，让姑娘骑上羚羊，一起往大河的下游走去。

羚羊扬蹄飞驰，很快翻过了九座大山，涉过了九条大江，来到了一个宽阔的草滩上。在这牧草丰茂、水波荡漾的地方，有一个帐篷大到一箭射不到头、畜圈狗吠传不到边的富户人家。青年抱住鹿头指着那大户人家说道："美丽可爱的姑娘呀，我只能接你到这里，请你快些回家去。那帐篷就是你的家。若他们问你是什么人？你就说是他们的儿媳妇。"他说完就向北方一座巍峨的雪山驰去，一眨眼的工夫就不见了。

姑娘只好一个人羞答答低着头向那家走去。来到门前，她照青年的话说了几遍，那家主人冷冷地说："我们唯一的儿子几年前就失踪了，哪里来个儿媳妇，恐怕你是发疯了吧？"姑娘嗫嚅了半天，说："那么，求你们留我做个女佣吧。"从此她每天跟晨星一起起床，和火种同时睡觉，睡的是牛羊圈，吃的是剩饭，喝的是奶渣汤。唯一让她快慰的就是那青年每天夜里前来和她在一起，但每天启明星升到东山时，他就穿好铁鞋，系好草绳腰带，说一句"我该放马了"，就速速离去。

犹如仇敌般冷酷的冬天过去了，好似父母那样温暖的夏天来到了。鲜花漫山遍野，新生的羔犊成群结队，姑娘也生下一个圆月般的小男孩。青年来到她的身边首先就问道："他们是否叫你儿媳？给媳妇做了新衣没有？咱儿子是否被认作了孙子？是否做了小羔皮袍？"姑娘答："没有。"青年暗暗伤心落泪。

由于姑娘未婚生子，引起了主人的极大愤怒，严厉追问，开始她避而不谈真情，只是道：

在那白色的雪山背后，
有一个无瑕的白衣情人，
同我纯净的心灵一样。
在那白白的大山背后，
有一个美如玛瑙的情人，
如同我一双美丽的眼珠。

主人不信，对她进行严刑拷打。姑娘无奈，只好将事情的经过一五一十地告诉了主人。主人突然转愤怒为欢喜，叫姑娘儿媳，认孩子做孙子，给媳妇做了嫁妆，为孙子制了小羔皮袍。原来这青年是这个家的独生子，几年前被山神抓去做了马夫。

当天晚上，主人命全家主仆老少埋伏在畜圈内外。当青年又来到姑娘身边时，他们蜂拥而上，七手八脚地抓住了他。可青年疯狂挣扎着说："我不能留下，因为山神扣下了我的心。"一听这话全家老少倒地哭泣，唯有姑娘打起精神道："为了你我和全家的幸福，我去找山神要回你的心。若是我明天一天，后天两天，大后天三天之内没有回来，就说明我已不在世上，只求你们好生抚养我的孩子。"她毫不犹豫地朝那雪山走去。她走了一天，没有找到丈夫的心，又饥又渴坐在一块石头上闭目祈祷。这时一只美丽的仙鹤在上空低低地盘旋，姑娘抬头对仙鹤唱道：

羽中嘎莫古仁玛，
飞上天的长翅鸟，
落在地的长腿鸟，
你有一身洁白羽毛，
你今早从何方来？
今晚要到何处去？
是否见我丈夫的心？

能否带我把它找？

仙鹤看到这样美丽的姑娘和她那金子般的心，唱道：

姑娘啊，
我嘎莫一生见识多，
曾见大海枯过几次，
也见高山塌过几回，
却没见过你这样的美女。
你有一颗纯净的心，
我愿把实情告诉你。
我今早晨从南方来，
我今晚要到北方去，
要到圣水纳木湖畔，
寻找我的伙伴去。
我未见过你丈夫的心，
我领你前去把它寻找。

仙鹤唱完还对姑娘说了一些话，就飞走了。她追着鸟影急忙向前赶去，在雪山背后的雪洞里看到无数血淋淋的心在跳动。它们都向姑娘涌来说："是我，是我，是我。"唯有一个说："不是我，不是我。"她便抓住说不是我的那颗心装进怀里就往回跑。这时，她后面突然响起人喊、马嘶、狗吠声，"抓住她！快追，不要让她跑掉！"犹如千军万马在追击着她。姑娘按照仙鹤的指点，不管后面响起怎样震撼的声音都不能回头，要一直向前跑去。她的毅力和忠心终于征服了山神，巨大的追声渐渐离她远了，姑娘拿着丈夫的心回到了家，青年得救，全家团圆。从此，这个家庭人畜两旺过着幸福生活。

吹笛人和龙女

在偏远的山村里住有一户农家，这家的老两口生有三个儿子。一家人靠农活糊口。当儿子们长大成人后，老两口把三个儿子叫到跟前说："现在你们该去闯一闯这个世界，每人必须学会一门手艺，这样将来的日子才会好过一些。三年后一定要回到家里来。"说完给每人一两黄金作盘缠。三个儿子带着父母的重托离开了家。

三年很快就过去了，大儿子第一个回到家里，父亲问道："在这三年内你学会了什么手艺？"大儿子回答道："我学会了能写会算的知识。"接着老二回到家里，父亲问道："你学会了什么手艺？"老二说："我学会了木工手艺。"最后老三回到家里，父亲同样问道："你学会了什么手艺？"老三从腰带上取出一根笛子说："这三年里我跟随一个要饭人，从他那里我学会了吹笛子。"父亲十分气愤地骂道："你这个没有出息的人，这么长时间跟一个乞丐，你只学会了乞讨的本领。"于是把他赶出了家门。

老三很悲伤地离开了家，无目的地东窜西跑，以吹笛子混日子。他能吹出一手好笛。

有一天，他来到一座湖边，湖边有一棵大树。他爬上树，面对茫茫大湖，悲伤地吹起了笛子。笛声吹进湖中的龙宫里，龙王听到笛声后，叫来三个龙女吩咐道："你们去请爬上树的吹笛人。"吹笛人发现从远处的湖面上有三个女子往自己方向飘了过来，便很好奇地爬下树走到湖边问道：“你们是什么人？为何飘在水面上？”三个龙女说：“我们是龙宫里的人，龙王听到你的笛声，特派我们来请你到龙宫去，龙王很喜欢你的笛声。”吹笛人说：“我是一个人间凡人，怎么能走到龙宫里？”龙女说：“这没关系，你闭上眼睛，我们会把你送到龙宫里；叫你睁开眼睛时，你就会顺利地到达龙宫。”吹笛人按照龙女的意思闭上眼睛，果然平安地到达龙宫里，并受到了热情招待。龙王问道：“你为什么每天在湖边吹笛子？”吹笛人说起了自己的经历。龙王说：“既然是这样，那么你就住在这里给我吹笛子，我可养活你一辈子。”从此，他住在龙宫里每天给龙王吹笛子，过上了好日子。

几年之后，吹笛人十分想念住在人间的父母，很想回自己的家乡。有一天，他请求龙王道：“恩重如山的龙王陛下，我虽然在这里过得很幸福，但现在我很想念住在人间的父母，也想念我生长的家乡，请龙王让我回人间去吧。”龙王理解吹笛人的心情，同意他回人间。吹笛人即将离开龙宫时，龙王说：“你在龙宫里给我吹了几年的笛子，我是很感激的。今天我虽然可以送给你很多龙宫里的东西，但这些东西在人间没有什么用，只有一件东西对你很有用，那就是龙宫门上挂的那只羊角，只要你对羊角说一声你所需要的东西，它会满足你的要求。”他带上羊角告别了龙王，三个龙女把他送到湖边。

吹笛人首先爬上原来的那棵大树，吹了一会儿笛子，然后爬下树往家乡的方向走。半路上他又渴又饿，可身上没有带一点吃的东西，联想起龙宫里的丰盛食品，他越想越后悔，当初不该带这个无用的羊角。他坐在阴凉的路边，无意地对羊角说：“现在我肚子饿得走不动，怎么办？”这时从羊角内冒出了现成的饭菜。这下他高兴极了，美美地吃了顿饱餐，也知道了羊角的好处，他带上羊角又继续赶路。

有一天晚上，吹笛人投宿在一个山洞里，同样吃到了羊角里冒出的饭菜。那天晚上他想来想去不能入睡，呆呆地注视着羊角。这时从羊角内走出了三个美丽的姑娘给他做饭烧菜，吹笛人马上盖住了羊角问道：“你们是什么人？为什么钻进羊角里？”三个姑娘无处躲身，只好对他实话说道：“我们是龙宫里的人，因为我们有缘分，龙王才把我们嫁给了你，我们可以解决你的难处，不过你别烧掉羊角，不然我们无处藏身，也会遇到麻烦。”说完，姑娘们钻进了羊角里，吹笛人也高兴地入睡了。

第二天，吹笛人醒来对羊角说：“姑娘们出来帮我一件事。”姑娘们钻出羊角说：“你有何贵干？请吩咐。”吹笛人说：“今天我想去见父母和两位哥哥，请你们给我准备一点对他们有用的东西。”姑娘们挥了一下手，这时山洞里冒出了很多粮食、肉和酥油，山洞外也有不少牦牛。姑娘们又钻进了羊角里。吹笛人把东西驮在牦牛背上赶往家乡。

几天以后，他顺利地来到自家门口敲着门说：“阿爸、阿妈，请你们开开门，我是来报答你们的恩情的。”父母俩打开门，发现门口有很多驮有东西的牦牛，很羞愧地把他请进了家，一家人高兴地团聚在一起谈起了往事。老三更是滔滔不绝地叙述起自己所遇的奇迹。老两口决定让老三留在家里一起过日子。

自从老三回到家后，他们一家人的生活也天天在好转，后来他们三个兄弟娶了羊角里的三个龙女，过上了幸福的生活。

幸运的顿珠

门外响起嘻嘻哈哈又尖又脆的笑声，山珠老爷知道这是心爱的女儿们回来了。他伸长脖子，抹抹胡子，嘴笑来歪起了。五彩的光环一闪，三个仙女样好看的女儿已来到了厅堂。她们像三朵盛开的白玛梅朵①，把山珠老爷的眼睛都照花了；她们像三只活泼的金翅小鸟，把山珠老爷的心儿都逗乐了。

山珠老爷干咳了两声问道："宝贝孩子们啦，快告诉阿爸，在热闹的庙会上，你们玩得痛快吗？"

大女儿泽央笑弯了柳条样的眉毛说："阿爸啦，今天是我最喜欢的日子，因为我们身上的丝绸裙子和软缎袍子，把庙会上所有姑娘们的衣服都比得没有颜色了！"

二女儿曲珍笑眯了月亮样的眼睛说："阿爸啦，今天是我最快乐的日子，因为我们头上的松耳石头饰和颈上的珊瑚珠链，把庙会上所有姑娘们的装饰品都比得没有光彩了！"

山珠老爷眉开眼笑地问小女儿："你呢？我眼中的瞳仁，我腔子里的心脏，我最心爱的小宝贝，你今天玩得高兴吗？"

---

①白玛梅朵：莲花，是藏胞心目中最圣洁、最高贵的花。

小女儿旺姆长了一双比海子水还要明净、比星星还要柔和的大眼睛，现在这对好看的眼睛没有了往日的光彩。她忧愁地说："阿爸啦，今天是我最难受的日子啦！"

山珠老爷大吃一惊，"呼"地一下从虎皮垫子上跳了起来，大声问道："快说，有人骂你一句了吗？有人恨你一眼了吗？有人踩着了你的又秀气又漂亮的靴子尖儿了吗？快讲是谁？阿爸叫人去打死他！"

旺姆擦去眼角边的一粒泪珠，连连摆手说："不是，不是，都不是！"她的两个姐姐很不高兴地说："是怎么一回事你就快讲嘛，干吗惹阿爸生气？"旺姆看了看大姐的软缎袍子，又看了看二姐的松耳石头饰，皱着眉头说："从前，我到外边去，人们老爱远远地指点着说：'老鸦窝里出黑羽鸟，财主家里出蠢姑娘！'我不懂这话的意思。今天赶庙会我才懂了，我痛苦是因为我懂了这句话的意思了！"

山珠老爷不耐烦地说："什么黑羽鸟，蠢姑娘？旺姆，你说些什么乱七八糟的话呀？"

泽央说："阿爸，我知道她说的是什么了！庙会上，那些穷姑娘穿着自己织的氆氇衣服，人们夸她们手巧。我们不会织只好穿现成的，没人夸奖我们，旺姆就不喜欢了！"

曲珍说："还有哩！那些穷姑娘又唱歌又跳舞，小伙子们都称赞她们聪明活泼。我们不会唱不会跳，没人称赞我们，旺姆就不快乐了！"

山珠老爷定住了眼珠问道："是吗，旺姆？你就为这些事儿不高兴吗？"旺姆说："是的，阿爸！路与弓弯的好，话与树直的好！我怎样想就怎样说，阿爸不要怪罪我啊！"山珠老爷忍住气说："你说吧，我不怪罪你！"旺姆说："我羡慕那些聪明能干，人人称赞的穷家姑娘，我就问一个白发阿爷，要怎样才能学会唱那些好听的各种各样的歌儿？老阿爷说：'你要学会干各种各样的活儿，你就会唱各种各样的歌儿了！你听，她们一会儿唱打青稞的歌儿，一会儿唱织氆氇的歌儿，这都是在干活儿的时候学会的啊！'"

旺姆话没说完，快嘴的泽央嚷了起来：“对了，也难怪旺姆生气，那些穷小子嘻嘻哈哈地讥笑旺姆，说：‘小姐可以唱唱吃吃歌、坐坐歌和躺躺歌呀，因为你会吃会坐又会躺呀！’”

旺姆哗地流下两行泪水说：“是的，我说我也想学会唱各种各样的歌儿，那些人就这样骂我！阿爸，我们成了人人笑骂的蠢姑娘，就因为错生在富人家吗？”

山珠老爷做梦也想不到女儿会说出这样一番话来，他像一头受伤的老熊咆哮起来：“好啊，我为你，心如白绢，反过来，得到一副黑心肝！好吧，我要把你嫁到最穷最穷的人家去！”

俗话说：有盛水的容器，没有盛话的容器。山珠老爷一发怒说出这样绝情的话来，想收也收不回来了，好比泼出了一碗水。他对大管家说：“你准备三百驮氆氇的嫁妆，把大小姐嫁到头人家里去！”泽央笑了。他对二管家说：“你准备三百驮酥油的嫁妆，把二小姐嫁到山官家里去！”曲珍也笑了。他最后对三管家说：“你去牵匹最瘦的劣马，把旺姆嫁到最穷最穷的人家去！”

三管家牵来一匹小白马，把旺姆送到这一带最穷的砍柴人家——顿珠家的门口，就走了。旺姆轻轻敲起门来，一个穿着破烂毪衫的老阿妈开了门，她惊讶地说：“最大的树才能落最美丽的凤凰，最有钱的人家才能接待最高贵的姑娘，我们穷得连块毛毡子也没有，请你到别处投宿去吧！”旺姆很害羞，忽然一阵嘹亮的歌声传来，原来是顿珠砍柴回来了。

旺姆一见又强壮又英俊的顿珠，脸儿更红了。她把怎样和父亲吵架，又怎样被赶出来的经过对顿珠母子讲了一遍。顿珠说：“哦，你要学会干各种各样的活儿和唱各种各样的歌儿，那还不容易吗？只要你不怕吃苦，我就教你！”旺姆高兴地笑着说：“啊，太好了！我一定做个人人称赞的聪明能干的人！”顿珠的阿妈欢喜得直用破袖头擦眼泪。

第二天旺姆很早就起来，她问：“我今天学什么活儿呀？”顿珠说：“你先学会做馍馍吧，这是每个穷妻子都会的呀！”旺姆就学做起馍馍来，她并不笨，一学就会。

阿妈说："香喷喷的荞面馍馍呀，每天只能做六个！"旺姆说："阿妈，为什么只能做六个呀？"阿妈说："早上我们一人吃一个，顿珠带两个上山，下午我和你又一人吃一个，加起来不就是六个吗？"旺姆说："阿妈吃一个就饱了吗？顿珠吃一个就饱了吗？"阿妈说："要说吃饱吗，阿妈要吃两三个哩；要说吃饱吗，顿珠要吃五六个哩。穷人没有那么多的粮食，就只能哄哄会叫唤的肚皮哩！"旺姆明白了，穷人有会干各种各样活的本领，穷人也有饿肚子的本领哩！

屋后的达玛花开了三次，落了三次。旺姆觉得日子过得快极了，三年像三天一样很快地过去了。

有一天，顿珠砍柴去了，旺姆和阿妈在家织氆氇。旺姆说："阿妈啦，我们织的氆氇数不清有多少方了，为什么自己不能穿一件呢？我们种的粮食堆起来有雪山高了，为什么自己不能吃饱一顿呢？"阿妈说："氆氇织好了，国王全拿去，只有手上的老茧是穷人自己的；粮食收割了，国王全拿去，只有头上的汗珠是穷人自己的！"旺姆听了唱起歌儿来：

美角花鹿有十八种逃跑的本领，
花斑猛虎有二十种跳跃的本领，
天下穷人有干各种活儿的本领，
贪心的国王有抢各种东西的本领！

谁知她的歌声像一缕清香的柏枝烟烟[①]，飞出破土屋，飞到正在山腰打猎的国王耳朵里了。他听了头两句还咧开嘴笑呢，听了后两句可就放声怒骂起来。他带领一群比虎狼还凶的随从，扑进了旺姆家。国王举起长刀，正要

①柏枝烟烟：藏胞爱用柏枝熏烟，认为能祛邪、给人带来吉祥。

砍这个用歌声骂他的女人，可是他的手在空中停住了。他被旺姆花一样娇美的脸蛋迷住了，就吩咐手下人把她带走。旺姆被抢走了，阿妈哭得倒在地上。风儿把旺姆的叫喊声送到阿妈耳边：

顿珠骑上小白马，
赛马的日子来找旺姆，
顿珠骑上小白马，
赛马的日子来找旺姆……

顿珠回家，听说旺姆被抢走，气得马上要去找国王拼命。阿妈拦住他说："石头砸酥油酥油烂，酥油砸石头还是酥油烂。你这是去送死！"顿珠怒吼道："我什么都不怕！"阿妈夺下顿珠手中的斧头说："不用脑筋的勇敢，就是狗的勇敢！旺姆走时留下话，'顿珠骑上小白马，赛马那天来找旺姆！'她总有她的道理，你耐心等等吧！"顿珠只得作罢。

到了赛马那天，王宫前的草坝上人山人海。国王和旺姆坐在观看台上，国王嬉皮笑脸地说："我看你模样比天仙还美丽，脾气却比罗刹还古怪！在你家里你骂得我好狠，到我家里又打我的耳光。今天这样热闹，你还不该笑一笑吗？"旺姆不理他，一双明亮的眼睛在人群中寻找骑小白马的顿珠。

旺姆笑了，她看见了雄赳赳地骑在小白马身上的顿珠。旺姆放声地笑了，她看见顿珠跑在了最前头。国王见旺姆这样快乐，也摸着大肚皮得意地笑了。他忽然发现旺姆很深情的眼光注视着跑在最前头的小伙子，心里酸溜溜的。他想："那小伙子骑在那么出色的白雪马上，所以显得很漂亮。我要是骑上那匹马，一定会更漂亮，这美人儿就会顺从我了！"想到这里，国王急不可耐地命人叫骑白马的小伙子过来。顿珠过来了，他很想一刀砍死国王，但看见旺姆丢过来的眼色，就忍住了没有动手。

小白马又踢又叫，不肯让国王骑。旺姆说："他认生呢，你换上这小伙子的衣服，它就不会踢你了！"国王见旺姆这样温柔地跟自己说话，喜欢得骨头都酥了，马上跟顿珠换了衣服，一屁股坐到小白马背上。旺姆拍着手儿笑着说："老爷，你真威武！你要是骑着它在草坝上飞跑，一定比云中的雄鹰还漂亮哩！"国王听了，一腔的欢乐像坨酥油堵在了喉咙里，话也说不来了。他在马屁股上猛抽一鞭，小白马又惊又怒，驮着国王狂奔起来。国王没骑过这样的烈马，东倒西歪地坐不稳。暴烈的小白马前蹄扬到了空中，叫一声，直上云天，一下子就把国王摔下地来。国王脑袋开了花，像条死狼一样一动也不动了。

快乐的人群齐声欢呼。人们感谢为民除害的顿珠，百口同声、千人同心地要顿珠做他们的首领。国王的随从们想："他既然穿着国王的衣服，他就是新国王啦！"也就战战兢兢地不敢作声了。

顿珠和旺姆打开国王的仓库，把国王抢去的皮毛、氆氇、青稞、酥油及各种各样吃的和穿的，全部还给了百姓们。从这时起，这地方的百姓再也不挨饿了。他们会干各种各样的活儿，会唱各种各样的歌儿，但有一点和别的地方的百姓不一样，那就是，他们还会做各种各样美味的食品来吃，因为他们的劳动果实是属于他们自己的。

鹿　女

古时候，有个年轻的国王，名叫达瓦生更。天下还有比他更富有的人吗？他有满山遍野的牛羊，有数不清的奇禽异兽，光是装满金银珠宝的仓库，就有三百六十座哩！

外貌如天神、勇武像雄狮的达瓦生更，却有一个狡猾似狐狸、凶恶胜豺狼的妻子。达瓦生更很痛苦，他越来越厌恶脸庞比莲花还美、心肠比冰雪还冷的王后仁恩布姆。为了躲开她，达瓦生更国王天天上山打猎。

有一天，达瓦生更追赶一头野猪，跑进了密林中。野猪不见了，林中有一眼碧绿的深潭，潭边开满各种鲜花。花丛中，一只秀美神奇的鹿子和一个温柔俊俏的姑娘依偎着，好像一幅美妙动人的图画。国王惊呆了，好一阵才清醒过来，他对着姑娘，深深施礼，请求她做他的爱人。姑娘还礼，回答国王：

苏吉尼玛是我的名，
慈祥鹿子是我母亲，
我离不开抚养我的鹿子，
我离不开陪伴我的山林。

鹿子双眼落泪，开口说话：

山林不再是你的家，
我也不再做你阿妈，
愿你们相亲相爱，
像并肩怒放的格桑花！

鹿子说完，衔来一串晶光闪烁的宝石珠链，挂在姑娘颈上。它深情地长鸣三声，跃入密林深处，没了踪影。姑娘声声呼唤，泪珠滚滚，一步一回头，一步一回头，跟着国王达瓦生更回到王宫。

苏吉尼玛美丽善良，像云中女神般温和可亲。国王爱她，大臣们夸她，百姓们喜欢她。气得王后仁恩布姆，狂舞皮鞭，乱抽猛打，把花园里各色鲜花任意糟蹋。等她把花园里所有的花朵全都抽打得稀烂，她就想出了害人的办法了。

仁恩布姆打听出，苏吉尼玛的护身宝贝是她颈上那条宝石珠链，就派了自己最机灵的心腹亚玛格得去侍候苏吉尼玛。亚玛格得能歌善舞，爱说爱笑，苏吉尼玛很喜欢她，把她当作妹妹对待。没过多久，亚玛格得害起病来，不唱不跳，不吃不喝。苏吉尼玛很着急，说：

妹妹亚玛格得，
快快告诉我，
怎样能赶走病魔？
怎样能让你快乐？

亚玛格得说：

好阿姐苏吉尼玛，

你就是救命菩萨，
我若戴上你的珠链，
睡上一夜病就好了！

苏吉尼玛好欢喜，连忙取下颈上的珠链，亲手替亚玛格得戴在颈项上。晚上，亚玛格得捧着珠链向仁恩布姆报功。仁恩布姆命人连夜赶制了一串假珠链，跟苏吉尼玛那串一模一样。苏吉尼玛哪里知道这一切呢？她高高兴兴地戴上了假珠链。仁恩布姆狂笑了，她高声诅咒，施行妖术，可怜的苏吉尼玛没有了护身宝贝，一下子昏迷过去了。仁恩布姆杀死国王最喜爱的宝象，把象血涂在苏吉尼玛的脸上嘴边，把象尸放在苏吉尼玛身边。她跑去对国王说：

酒喝多了头痛，
措[①]吃多了牙痛；
苏吉尼玛太受宠，
灾难降临到深宫，
咬死大象喝鲜血，
国王快把妖怪轰！

达瓦生更国王跑去一看，气得发昏，他举刀要杀苏吉尼玛，没想到他的宝贝鹦鹉说了话：

可怜大象被妖女杀，
妖女不是苏吉尼玛，

---

①措：藏语音译，是用糌粑、酥油、奶渣、红糖混合做成的会供品。

妖女是仁恩布姆，
她还糟蹋了满园鲜花！

这时候，苏吉尼玛醒过来，她看见死去的大象，难过得放声大哭。泪水洗净了她脸上嘴边的鲜血，她那温柔俊美的样儿使国王心痛，他不相信仁恩布姆的话了，也不愿意错怪仁恩布姆，只是揪自己的头发，捶自己的胸膛。

仁恩布姆恨死了多嘴的鹦鹉，她把鹦鹉扯成了碎块。她又念咒语，施妖术，苏吉尼玛又昏过去了。狠毒的仁恩布姆杀死国王的弟弟，把鲜血涂在苏吉尼玛脸上嘴边，把尸体放在苏吉尼玛身边。她又跑去对国王说：

山羊肉虽说肥美新鲜，
吃进口旧病复发令人愁烦！
女妖怪虽说美丽可爱，
留在宫中多灾难令人哀叹！

达瓦生更国王看见了弟弟的尸体，差点儿昏倒在地。他不听大臣们的劝阻，也不管百姓们的号哭，命武士们把苏吉尼玛送到天葬场，让群兽活活吞吃她。云气得哭起来，风气得叫起来，山上的走兽，林中的百鸟，都来到苏吉尼玛身边。兽们围着她，挨着她，为她赶走寒冷；鸟们飞起来，连成片，为她遮住雨点。慈爱的鹿子也来了，它依偎着苏吉尼玛，开口说话：

我的孩子苏吉尼玛，
我的宝贝苏吉尼玛，
不要伤心不要哭泣，
穿上僧衣云游天下！

鹿子衔来一件闪闪发光的僧衣，苏吉尼玛穿上了。她告别鹿子，告别群兽，告别百鸟，离开了大森林。

苏吉尼玛来到人群中，她美丽慈祥的面容，她温柔动听的声音，使得人们朝她跪拜，把她当作下凡的仙人。见她一面，久瘫的病人马上就能够奔跑如飞；听听她的声音，聋哑人也会唱出美妙的歌曲；摸摸她的衣服，凶狠如狼的恶人会变得诚实可亲。她的名声传得很快，传得很远，一直传到王宫里。忧愁悲伤的国王达瓦生更把她请进宫，求她驱散宫中的愁云。

苏吉尼玛眼含珠泪，走进她熟悉的王宫。亚玛格得悲呼着扑过来，跪在地上，高声祈求：

仁慈的仙人，
救救我的性命！
我罪孽深重，
害死过一个善良的人！

亚玛格得开始忏悔，原原本本说出了苏吉尼理被害的经过。国王句句听在耳里，痛在心里。他也跪在苏吉尼玛面前，高声祈求道：

仁慈的仙人，
请结束我的性命！
我千悔万悔悔不转啊，
我千声万声唤不回！
苏吉尼玛在哪里？
在哪里苏吉尼玛？
我要离开人世间啊，
去陪伴她孤单单的魂灵！

他的哭声感动了苏吉尼玛，她摘下面巾，脱下僧衣，好像黑暗中升起辉煌的太阳，她还是那样美丽，还是那样慈祥！达瓦生更欣喜若狂，拜谢上苍。他紧紧拉住苏吉尼玛，生怕她一下子飞走了。妖女仁恩布姆逃走了，亚玛格得得到了宽恕。幸福的达瓦生更国王，永远和他心爱的苏吉尼玛相守在一起。

诺桑王子的故乡

在很久很久以前，阿里普兰县一带分为南北两个国家，南方国家名叫日登巴，北方国家名叫额登巴。早先这两个国家的土地疆域、物产人口，都是差不多的，大家都过着幸福安适的生活。后来南国日登巴出了一个新国王，名叫夏巴熏奴，是个贪暴残忍，野心勃勃的暴君，把国内搞得支离破碎，人民纷纷流亡。北国额登巴的国王诺钦和王子诺桑却十分仁慈，深得民心，国富民强，蒸蒸日上。普兰就是当时北国额登巴的所在地。科加寺旁边，一面山坡上的窑洞就是当年北国额登巴国王诺钦和诺桑王子的王宫。

这座王宫十分高大，坐落在孔雀河南岸的山壁上，每座宫殿都是窑洞，外面有木柱和楼阁凉台，虽然都成了残迹，仍然可以想象出当年的巍峨。诺桑王子和引超拉姆就住在左边第一个山洞里。

这整个一座山壁所建造的王宫遗址，当地的人们叫它“空普鲁儿”，意为往天上飞的意思。

为什么叫“空普鲁儿”呢？这里还有一段有趣的故事呢。

引超拉姆与诺桑王子成婚之后，王子把过去的五百嫔妃都忘在脑后。整天陪着引超拉姆，形影不离，并说，一看见引超拉姆可以立刻驱走三世的愁闷。谁知他们的恩爱缠绵引起了五百嫔妃的嫉妒，先是在王子面前挑唆说引超拉姆来路不明，但诺桑王子不理会，这五百嫔妃便用重金买通老国王的巫师黑惹，利用两次给国王解梦的机会，让诺桑王子率兵镇压北方荒原上的野人国，又趁诺桑王子北征之际，提出以半仙之体的心肝作祭物敬神，方可免除国王身遭劫难之由，加害于引超拉姆。

巫师黑惹带领一批军队和五百后妃，把引超拉姆的住处（也就是现在山壁上左边第一个山洞）包围得铁桶一般。

母后是十分同情自己的儿子和引超拉姆的。此时，母后陪同引超拉姆走上平台观看，只听到五百嫔妃和巫师黑惹在下面呐喊：

山头上已经撒下了罗网，
小鹰儿能逃到哪里去？
草坪上已设下陷阱，
小鹿儿能逃到哪里去？
柳林中已布下机关，
百灵鸟能飞到哪里去？
王宫外已围上了人马，
引超拉姆能跑到哪里去？

母后和引超拉姆一听，十分惊讶，母后再三劝说也无济于事，她们声言奉国王之命，前来捉拿引超拉姆并要将她剖腹取心。引超拉姆无可奈何，顿时不知如何是好。母后说："诺桑临走时交我一串珍珠项链，吩咐说只有当你受到生命威胁的时候，才能交给你。"

引超拉姆接过项链，抹下一半珍珠交给母后说："等王子回来时，一定会伤心的。请妈妈把这一半项珠交给他。他见到这珠子，就好像见到了我本人一般。"于是挂上半串珠链，靠着珠链的力量，腾空而起，在屋顶上盘旋，口中说：

山头上撒下罗网，
小鹰儿不愿再住，
要飞到高峰上去，
去剔刷羽毛，瞻望苍穹。
湖底下放下铁钩，
小鱼儿不愿再住，
要游到大海中去，
去喝几口美味的水，
去见识见识世界。
草坪上布下陷阱，
小鹿儿不愿再住，
要奔上雪山去，
去吃几口嫩草，
炫耀自己美丽的鹿角。
柳林中设下了机关，
百灵鸟不愿再住，
要飞到桦林中去，
去会一会朋友，
张起自己嘹亮的歌喉。
告辞了，亲爱的朋友们，
再见吧！我不能让你们如愿，
实在对不起……

她说完以后，在上空盘旋一阵，头也不回，一直往西飞去。

所以这个地方就叫“空普鲁儿”。

再说五百后妃看到引超拉姆飞上了天，都慌作一团．吓得瞪大眼睛，望着天空。因此，这五百后妃所在的地方，后人叫它“同布冈”，意为惊讶发呆。

直到现在，在同布冈的下面，沿着孔雀河，拐个弯，在河沿的小路上，有一块石头，石头上有一个脚印和一个小眼，传说这是诺桑王子的脚印，那个小眼是王子的鞭杆捣了一下留下的痕迹。

关于这块石头，还有一段故事呢。

有一天，老国王做了一个噩梦。梦见一群羊里忽然来了一群狼，狼比羊还多，把羊都一只只咬死了，最后还衔走了几只羊头……老国王要求巫师解梦。巫师说："野人国要起兵造反，必派精兵攻打，否则国破身亡。"

"谁能率领精兵，前往北方荒原远征？"

老国王在众臣面前一连问了三声，众臣面面相觑，谁也不肯吱声。

"您不用烦恼，何不派王子前去镇压，王子威名远震遐迩，定会马到成功！"老国王听了巫师的献计，立刻派王子率兵远征。

诺桑王子接到父命说："一为保卫我们的国家，二为父王的命令，三为英雄的事业，我一定率兵镇压北国。但请父王允许我带引超拉姆随军前往。她既可参赞军务，又可分担儿的忧劳，此乃两全其美也！"

巫师黑惹在一旁着了急，他本来就是让王子出征，好加害引超拉姆，如让引超拉姆随军，岂不一切阴谋落空。他急忙对国王说："大王千万不能让王子带妇女同行，若是引超拉姆随军，必乱军心，于国家和王子不利，且有性命危险！"

国王听信了巫师言语，不准王子带引超拉姆同行。

引超拉姆知道王子远征之事，心中十分惊慌。平时和王子形影不离，一旦分开，又怎能忍受，她是那样爱恋王子。她愿意离开仙国，永远和王子生活在一起。可是，王子为国家出征，这是义不容辞，也是阻拦不了的事情，她只好含着泪为王子送行。下了王宫的山坡，沿着孔雀河往下走，拐了一个弯，王子停住了马说："我该上路了，你要多保重！"

他们旁边有一块大石头，引超拉姆把王子的马拉到石头旁边，让王子蹬石上马。王子用手中的马鞭往石头上一捣，顺势就上了马背，他一扬鞭子便率兵踏上征程。

这样，石头上就留下诺桑王子的脚印和马鞭留下的痕迹。

在普兰的另一处，还有一块石头，上面十分清晰地留有孔雀的爪印，这是引超拉姆在王子出征以后，遇害被迫飞走时留下的。传说她戴上半串项链，变成一只孔雀，飞向家乡。当时，引超拉姆实在留恋诺桑王子，不愿这样不明不白地离开他，她先飞到当初洗澡的镜湖旁格乌日楚山洞，找到那位年尊的隐士，把自己不幸的遭遇告诉了他，并说王子诺桑一定会前来找她，假若来到这里，请把我这只翡翠指环交给他，并且把通往家乡的路径详详细细地转告给他。嘱咐完了，才飞回自己的家乡。这块带有孔雀爪印的石头，就是她当初变成孔雀后歇脚的地方。

当初的格乌日楚山洞，就是现在纳木娜尼峰山上的一个山洞，那是年尊的隐士修行的地方。引超拉姆当初洗澡的镜湖，就是现在普兰县境内的圣湖玛法木错。搭救龙神的猎人邦列金巴就住在这个镜湖旁，他救了龙神之后，龙神为了答谢猎人的救命之恩，就送给他一个如意宝，有了它，可以立即致巨富。猎人得到如意宝后漫步在湖边丛林时，谁知湖中正有七位仙女在沐浴嬉笑。他被仙女的美姿吸引了。啊，多么美丽的仙女啊！在这深深的山谷之夜，像出现了七轮明月。仙女们白皙的皮肤把湖水映得耀眼，湖中水珠飞溅，浪花喷射。她们在忘情地欢笑，打破了湖中的静寂。猎人看见了这种迷人的景象，就问常来这里沐浴的隐士。隐士说："这些姑娘，家住在天上，她们是乾闼婆的女儿，为了沐浴仙湖净水，才飞到人间，为首的那个是引超拉姆，她是姑娘中的女王。"

猎人知道这个情况，又找到龙神，以如意宝换回了捆仙索，得到了引超拉姆。由于隐士说仙女和猎人结婚会引起天神发怒，降祸于人，并说王子诺桑佛尊转世，与引超拉姆有前世之缘，才说服了猎人把仙女送给了诺桑王子，引起了这出千古不朽的剧目。

癞疙宝讨媳妇

很早以前，有两夫妇，都八十多岁了，还没有儿女。有大晚上，夫妻俩做了个相同的梦。梦见龙王对他们说：“你们两口子做了一辈子好事，没有害过一个人，不应该绝后，我要把我的三儿子送给你们当儿子。”醒来以后，老婆子果然怀孕了，后来生下了一个癞疙宝。

老两口很伤心，看到癞疙宝很机灵，生下来就会说话，就把它养起。一天，癞疙宝说：“阿爸，阿妈，我都成人啦，我去接个媳妇回来。”阿爸、阿妈骂他：“你这个娃娃长得那么难看，哪家的姑娘看得起你啊？硬是癞疙宝想吃天鹅肉啊！”

癞疙宝说：“二老不要担心，未必世上就没有好心的姑娘不嫌我长得丑？我一定要娶一个年轻美貌的媳妇回来。”癞疙宝真的出门上路了，朝南方走去。

癞疙宝走到南方一个国家，国王有三个女儿，都长得花一样美貌，三小姐更是聪明伶俐。癞疙宝走到王宫门口对守门的人说：“我是来向你们国王的女儿求亲的，请你进去给我通报一声。”守门的人看他长得那么丑，要赶他走，但是不管咋个赶都赶不走。癞疙宝扭住要看门人去报告，看门人被他缠得没办法，只好去报告国王。国王听了很生气，冷笑着说：“哼！一个癞疙宝想要娶我的公主，他有好大的本事？喊他进来，我倒要亲自看一下。”

守门的人把癞疙宝带到国王面前。

国王说："你有好大的本事，胆敢来向我求亲？"

癞疙宝说："本事倒没得，请你把大小姐嫁给我吧，要是不答应，我就要哭。"

国王哈哈大笑说："样子长得丑，又没得本事，我才不愿意把女儿嫁给你哩。你要哭你就哭吧！"

癞疙宝马上就哭起来，刚刚一哭，山摇地动，狂风暴雨，房子都要垮了。国王见癞疙宝有这么厉害，晓得他有本事，不敢惹了，便赶忙说："别哭，别哭，我把女儿嫁给你就是了。"

癞疙宝听国王答应了，就不哭了。哭声一止，山不摇了，地也不动了，太阳也出来了。国王把女儿嫁给了癞疙宝。小姐虽然不愿意。但不敢违抗，只好跟癞疙宝走了。

出了城，小姐叫癞疙宝在前面给她牵马。小姐想：你一个癞疙宝又小又难看，还要我给你当老婆，妄想！等我把马打得飞一样跑，不把你踩扁才怪。走了一阵，打了两鞭子，马就跑起来。但是，不管跑好快，就是踩不到癞疙宝，他总是不远不近的在前面拉着缰绳。

天黑时，他们走到一个山洞，准备在那里过夜。小姐说："我怕鬼，怕野兽，我歇里头你守洞门。"癞疙宝说："对！"其实是小姐想让鬼或野兽把癞疙宝吃了，她好回去。结果，当天晚上没有出啥子事情。第二天早晨，癞疙宝对小姐说："你的心肠不好，我也不同你成亲了，你回去吧。"

小姐说："当真啊？"

癞疙宝说："当真。"

小姐回去不说癞疙宝不要她，而是说半路上马把癞疙宝踩死了，所以她才回来的。

哪晓得第二天下午，癞疙宝又去向国王要二小姐当老婆。国王说："不是已经把大女儿给你了吗，咋个又来了，不得行，不得行！"癞疙宝说：

"你的大女儿心肠不好，我不要。你要是不答应，我就要笑。"国王想，幸好他没有说哭，哭起来才不得了。就说："不答应就不答应！你要笑就笑吧！"

癞疙宝马上哈哈大笑起来，才一笑出声，便山摇地动，狂风暴雨，国王晓得再不答应，宫殿就要垮了，赶快喊："别笑啦！别笑啦！答应你。"癞疙宝笑声一住，山不摇了，地也不动了。国王只好把二小姐嫁给癞疙宝。

上路后，二小姐也叫癞疙宝在前面牵马。走了一阵．她也把马打得来跑得风快，想把癞疙宝踩死。可是，不管马跑得好快，就是踩不着癞疙宝。晚上他们歇在那个洞里，二小姐还是要癞疙宝守洞口，好让鬼怪和野兽把他吃了。第二天早晨，癞疙宝对二小姐说："你回去吧，你的心肠不好，我不同你成亲了。"二小姐就一个人回去了。

过了一天，癞疙宝又去找国王，要国王把三小姐嫁给他。国王明晓得二小姐已经回来了，他装作不晓得，说："我已经把二女儿嫁给你了，你咋个又回来了？"

癞疙宝说："你二小姐的心肠也不好，我不敢要，叫她回来啦，把三小姐嫁给我吧。"国王说："不行，不行！哪有一而再再而三的要人家姑娘的道理？"癞疙宝说："你不答应的话，我就要又哭又笑哦！"国王晓得他的厉害，一哭一笑不把王宫摇垮才怪，不敢不答应。"好！好！好！别哭，也别笑，答应就是了。"

癞疙宝同三小姐出了城后，对三小姐说："你骑好，我给你牵马。"三小姐说："既然把我许配给你，我就是你的人了，你那样瘦，才那么高点，我骑马，你咋个走得赢？马把你踩着了呢？还是你骑马，我走路。"两个人一路走，一路摆谈，不知不觉，就走拢那个岩洞了。

那晚上，他们也在那个洞里过夜。癞疙宝说："三小姐你到里头去歇，我来烧火做饭。"吃过饭，三小姐说："你又瘦又矮又小，就睡在里头，不然鬼怪和野兽会把你吃了。我个子大，野兽吞不下，我守洞门。"

第二天继续上路，三小姐还是叫癞疙宝骑马，她牵马，不让马跑快了，

怕把癞疙宝摔下来。其实，她不晓得，癞疙宝是龙王的三太子投生的，很有点本事，骑在马背上稳稳当当。挨近看，是个癞疙宝骑在上头，隔远看，却是一个穿绸挂缎的英俊小伙子，雄赳赳地骑在马上。过路的人都说："这个小伙子又漂亮又有精神，不晓得是哪方的神仙下凡啦。"

走拢屋，阿爸、阿妈见癞疙宝硬是带了个年轻漂亮的媳妇回来，非常高兴。三小姐虽见阿爸、阿妈的衣裳穿得不好，但一点不嫌弃，亲亲热热，孝孝顺顺地侍候。

不久，他们那个地方要举行三天的赛马会，地方上所有的男子都要参加。比赛的头一天，癞疙宝对三小姐说："你跟阿爸、阿妈先走一步，我长得丑，跟你们走在一路不好看。我后头来。"从他们家到草坝有两条路：一条平坦，但要远些；一条近，但要翻个山梁。癞疙宝叫他们走平路。三小姐陪同阿爸、阿妈来到赛马场，大家见三小姐又年轻又漂亮，打扮得也好，都围上来看，把她看得不好意思了。有些人看了又赞叹又可惜，可惜这么个漂亮的姑娘嫁给一个癞疙宝。

癞疙宝等阿爸阿妈他们走远后，把皮子脱掉，马上变成一个漂亮的小伙子，骑上龙王给他的宝马，抄近路赶到了赛马场。他一走近草坪，几千双眼睛都看着他。他穿着一件白衣裳，骑着一匹白马，非常气派。那天赛马，他争到第一。赛完后，他赶近路回了家。拢屋就把癞疙宝皮子披上，依旧变成原来的样子。

阿爸、阿妈和三小姐回来，看见癞疙宝不声不响地在家里，还以为他没有去参加比赛哩。他们便给他摆，今天赛马场上来了一个小伙子穿一件白衣，骑一匹白马，人才好得很，骑马的本事又好，赛了第一，好多人都认不得，不晓得是哪里来的。他们不住地赞叹，癞疙宝却不开腔，就像没得那回事一样。

第二天，癞疙宝还是让他们先走，等他们走远了才脱去癞疙宝皮子，抄小路赶去比赛，又得了个第一。可惜在他刚要把马停住的时候，马失前蹄，把他从马背上一跟斗摔了下来，碰落了一颗门牙。赛完后，癞疙宝还是抄小路先回家，变成原来的样子。

阿爸、阿妈和三小姐回家后，又讲起今天赛马场上的事：“昨天争第一那个小伙子，今天又来了，又得了第一。可惜跑都跑完了，从马背上摔下来，掉了一颗门牙，要成缺巴啦。”一句话把癞疙宝逗笑了，他刚刚张开嘴笑了一下又赶紧闭上，可是三小姐还是发现他掉了一颗牙。三小姐想：他咋个也掉了一颗门牙呢？今天没有看到过他呀！她起了疑心，表面上不说，心头悄悄打主意：等明天再说。

第三天，癞疙宝还是等他们先走，他才脱掉癞疙宝皮，抄近路赶去。走到半路上，三小姐故意说要回家取东西，拢屋一看，屋里一个人也没有，床上丢了张癞疙宝皮子，她一下就明白了，那个小伙是自己丈夫。她心里想：我把皮子藏起来．看他还变不变。正要藏又觉得不好，万一他又找到了呢？不如把皮子烧了，他就再也变不回去了。三小姐就把癞疙宝皮子丢进火塘里烧了。

当她正在烧的时候，癞疙宝赶回来了，一看这情形，赶忙从火里把皮子抓出来，可是已经迟了，大部分都烧焦、烧烂不能再穿了。他可惜地说：“唉！你才不该烧啊，要是再等个十天半月也好嘛，那个时候，我们这个地方就会变得更好，所有的人都能过上好日子。这下皮子已经烧成这个样子，不能再穿了，我也没有本事啦。唯一的办法是，你把剩下的这点皮子，拿到大草坝去烧，边烧边说：‘世上从此不要再有高山平地，不分穷富，不要有官兵，大家都一样过好日子。’千万不要说错。”

三小姐因为丈夫不是个难看的癞疙宝了，高兴得不得了。一高兴，把癞疙宝教她的话弄颠倒了。烧的时候说：“世上从此有高山平地，有穷有富，有官有兵，大家都过好日子。”由于她把话说错了，所以现在才有穷有富，有高山和平地，有官兵和不平等现象。

鸟衣王子

古时候，有一户人家有三个姑娘，父母亲早亡故了。姐妹三人养着一头大母水牛，挤了牛奶，打成酥油积蓄起来；把奶汁熬了，做成奶渣储存起来。吃的穿的用的都靠这头牛，母水牛成了她们的如意宝贝了。

有一天，如意宝贝牛突然丢失了。大姑娘出去找宝贝牛，跟踪追到了一个水草丰盛的山沟里，因为走了很远，便在山上一个石洞边休息一下。这时，飞来了一只洁白的小鸟，向她叫道：

叽叽——叽！叽叽——叽！
施给我一些糌粑吃，告诉你一件好事情；
施给我一些酥油吃，告诉你两件好事情；
施给我一些干肉吃，告诉你三件好事情；
若许我做终身伴侣，全部的好事都告诉你。

大姑娘一听就生了气，骂道："谁愿嫁给你这个扁毛畜生。"捡起一块石头向小白鸟打去，白鸟飞走了。她找了一天，没有找到母水牛，便垂头丧气地回去了。

第二天，二姑娘出去找母水牛，和昨天一样，来到了这个地方。当她走到石洞口打算坐下吃东西休息时，那小白鸟又飞了过来，和昨天一样，对着二姑娘叫了一遍。

二姑娘走了很远的路，累得气都喘不上来，又没有找到母水牛，本来就有气，又听到小白鸟的不入耳的叫声，她气极了，捡起一根木棒打去，那鸟摇摇尾巴又飞去了。

第三天，小姑娘出去找母水牛，也和原来一样，经过那条山沟，来到了那个石洞门口，打算休息吃糌粑，那只小白鸟又飞了过来，和上次一样，对着她叫了一遍。

小姑娘看到这只小白鸟既通人性，长得又好看，先给了它一点糌粑，又给了它一些酥油，最后又给了一些肉干，满足了它的要求。

小白鸟说："姑娘！请到洞里来看一看。"

小姑娘跟在它后面，先打开一道红门，进去后里面有一道金门；打开金门，里面是一道海螺门；再打开后，里面是一道松石门；再打开松石门进去，里面有一座既好看又舒适的房子，屋里堆满了黄金、玉石、珊瑚、珍珠等。却连一个人影也没有看到。

小白鸟蹲在宝座上面说："姑娘！你的母水牛早已被魔鬼吃掉了，再也不会找到了，不要再走了，请在这里住下吧！做这个家庭的女主人不好吗？"

小姑娘看到这只小白鸟长得很美，又有这么多金银珠宝，便答应留下来和小白鸟一起生活。

小姑娘每天背水做饭，打扫房子，操劳家务，时间一天一天地过去了。

一天，这个地方有个盛大的集会，会上非常热闹，小姑娘便看热闹去了。

大会上，有赛马的，射箭的，讲故事的，使人眼花缭乱。特别是那个骑青马的青年，好像神仙下凡，赢得了大家的称赞。那青年也不住地用眼睛瞅她，她忐忑不安地想："男人里只有这个青年最英俊；女人里面，身材服饰也只有我最好看了。"

小姑娘高高兴兴地耍了一天，在回家的路上，遇到了一个老太婆。

老太婆问道："今天大会上的男女青年，哪个长得最出色？哪个容貌最漂亮？"

"男的要数骑青马的青年最出色，女的要数我最漂亮。"

老太婆说："那个骑青马的就是你的丈夫。明天你藏在门后瞧着，等他脱下鸟衣，到马棚里牵着青马出去之后，你就将鸟衣投进火里烧掉。这样，那个像天神一样的青年，就成了你的终身丈夫了。"

第二天，她按照老太婆说的，躲在大门后边偷看。只见小白鸟脱去鸟衣，在地上打了一个滚，立刻变成了一个健壮的青年，骑着青马出去了。

她赶紧跑进去，把鸟衣烧掉了。

赛马以后，青年回到家里，惊慌地问道："你怎么回来了？我的鸟衣呢？"

"鸟衣被我烧掉了。"姑娘高高兴兴地回答。

"哎呀！现在糟糕了。烧了鸟衣，我们就再也不能在一起生活了。"

姑娘问道："这是为什么呢？你不穿鸟衣，不是更好看吗？"

他哭着说："哎！我也并不喜欢穿它呀！我是一个王子，被女妖抓住了，穿上这鸟衣，女妖就没有办法伤害我，没有这鸟衣，我还会落到魔鬼的手里的。你把鸟衣烧了，这是个不吉祥的兆头呀！"

小姑娘非常后悔。正当她惊慌失措的时候，突然刮起了一阵黑风，鸟衣王子又被女妖抓走了。

她非常悲恸，惶惶不安地寻遍了所有的荒山野谷，大声地边哭边喊："鸟衣王子！鸟衣王子！"不分昼夜地找呀找呀的，很久也没有找着。

最后，姑娘来到了一条山沟里，听到了鸟衣王子的回声。她顺着声音找去，在一个大佛殿的旁边，找到了精神憔悴，穿着铁鞋，还背着一背铁鞋的鸟衣王子。

他说："现在我要给女妖背水，一直背到把这些铁鞋全磨坏。你要是真心爱我，回去用百种鸟羽为我做一件鸟衣，送来给我，我还可以回去。"

正在说时，妖怪吼叫着又把他抓走了。

她回到家里，到处去寻找，找够了百种鸟羽，不分昼夜地编织了起来，终于织成了一件鸟衣。

小姑娘将鸟衣送去，那青年正汗流浃背地直挺挺地站在那里。他向着鸟衣翻了一个筋斗，马上变成了一只各色羽毛闪闪发光的小鸟。女妖无法再伤害他，他俩又生活在一起了。

奴隶的女儿

庸西的母亲是一个富翁家的女仆；庸西家祖祖代代都是这富翁家的奴隶。她的母亲从小就替富翁做苦活，过着牛马一样的日子。在母亲可怜的心灵上，只有一点安慰，那就是她有一个美丽聪明的小姑娘庸西。

在庸西出生的那天，富翁家的主妇也生了一个女孩。说也奇怪，这女孩和庸西生得非常相像，仿佛一个桃子分开两半似的。主妇看见奴隶的孩子生得和自己的孩子一样，心里很不高兴。她想把庸西弄死。但是为了要想让庸西长大后也做她家的奴隶，只好隐藏着她恶毒的心思。

可怜的庸西生下来不久，她的父亲就去世了。她长到了六岁，主人就叫她去放羊。她赶着百多只羊上山去放，不管天寒地冻，刮风下雨，也要挨到天黑才能回来。她虽然这样受苦，幸而有慈爱的母亲爱护她，在母亲温暖的怀里，她可以忘掉所有的悲哀和不幸。可是她的这点幸福又被恶毒的主人夺去了。

有一天，庸西的母亲在挤牛奶的时候，不小心，奶桶让牛踢倒了。这时凶恶的主妇刚巧从屋里出来，看见牛奶泼了一地，怒冲冲地拿起奶桶往母亲头上就打。沉重的奶桶落在母亲的头上，母亲立刻昏倒在地上了。当她醒来的时候，看见庸西坐在身旁伤心地哭着，她慢慢抬起身子抱住女儿，伤心地说道：“孩子！你阿妈不能好了。我死后要投生为一条牛，我不能叫你孤单单的受苦呵……”话还没有说完，母亲的眼睛就闭上了。

第二天早上，牛圈里的老母牛生下了一头小牛。多可爱的小牛呵！当庸西走进牛圈的时候，小牛就跑过来，仰着头向庸西哞哞地叫。庸西抱着小牛，好像看见母亲一样的喜欢。从此庸西就和小牛晚上在一起睡觉，白天一起出去放羊。过了几个月，小牛长成一头大母牛了。庸西每逢被主人打骂心里委屈的时候，她就抱着母牛的脖子，好像向她母亲说话一样，伤心地哭诉。那母牛也像听懂了她说的话，轻轻地用舌头舔着她的头发，眼睛里掉下了泪水。

主人叫庸西天天去放羊还不满足。有一天，主人向庸西说："死娃子，你每天吃三顿饭，只放这几只羊，明天要你在放羊处纺毛线，每天要纺十团毛线，要不，休想回来吃饭。"

庸西很焦愁地走进牛圈，抱着母牛的脖子，把主人说的话向母牛哭诉。这回，母牛忽然说起话来："孩子，不要哭吧！这点事明天自会有人帮助你的。"母牛安慰她，并且教给她一个办法。

第二天，主人把一大堆羊毛拿给庸西，庸西拿起羊毛，赶着羊来到天天放羊的山上。她照母牛教她的办法，把羊毛都挂在野蔷薇的枝上，对着野蔷薇唱：

美丽的野蔷薇呵！
你是我亲爱的朋友。
你生长在绿绿的山坡上，
牧羊姑娘天天和你做伴。

亲爱的野蔷薇呵！
你可知道我心里的悲伤？
恶毒的主人她坏了心肠，
要我一天纺出毛线十团。

好心的野蔷薇呵！
请你可怜我这孤苦的姑娘，
倘若你能帮助我。
就请把羊毛快快梳松。

庸西唱完歌，只见野蔷薇在微风中沙沙地把羊毛梳起来了。不一会，一大堆羊毛都被梳得松松的了。庸西又把梳松的羊毛挂在松树枝上，对着松树唱道：

高高的青松树呵！
你是我亲爱的朋友。
你生长在洁白的雪山下，
牧羊姑娘天天和你做伴。

亲爱的青松树呵！
你可知道我心里的悲伤？
恶毒的主人她坏了心肠，
要我一天纺完毛线十团。

好心的青松树呵！
请你可怜我这孤苦的姑娘。
倘若你能帮助我，
就请把羊毛快快纺成毛线。

庸西的歌声才落下，只听哗哗地响，松枝在微风中摇动起来了，羊毛变成细细的毛线，一根根直挂下来。庸西把毛线都绕起来，一大堆羊毛一会儿就都纺成十团毛线了。

天晚了，庸西赶着羊回来，把毛线交给主人。主人还是不满足，说：“你每天只纺这点毛线，你身上穿的衣裳哪里来？明天要你把这些毛线都织成毛布，要不！休想回来吃饭。”

庸西又把主人的话向母牛说了。母牛又安慰她并教给她办法。

天亮了，庸西拿着毛线赶着羊上山去。她照着母牛说的话，把毛线都挂在柳树枝上，对着柳树唱道：

青青的杨柳树呵！
你是我亲爱的朋友。
你长在清清的河水旁，
牧羊姑娘天天和你做伴。

亲爱的杨柳树呵！
你可知道我心里的悲伤？
恶毒的主人她坏了心肠，
要我把十团毛线织成毛布。

好心的杨柳树呵！
请你可怜我这孤苦的姑娘。
倘若你能帮助我，
就请把毛线快快织成毛布。

庸西才唱完，只见一丝丝的柳条晃动着，飘飘摇摇地把毛线都拉牵起来。一会儿，一匹长长的毛布从柳树上挂下来了。庸西把毛布卷好。天黑时，庸西赶着羊回家来，把毛布拿给主人。主人很奇怪：她怎么这样能干？要她做什么都能做出来。于是就向庸西盘问起来。庸西把事情原原本本地都说了。

第二天，女主人叫她的女儿巴珍去放羊，并且也带了很多羊毛去纺织。巴珍去了一天，晚上回来时，莫说毛线，就连一丝羊毛也没有带回。原来她也模仿庸西的办法，把羊毛挂在野蔷薇上，对着野蔷薇唱：

野刺蓬，野刺蓬，
小小叶儿满身刺。
长在山坡上，
没人和你做伙伴。

你要我来做你的伴，
你就替我快把羊毛都梳开。
倘若不听我的话，
我就要把你的枝枝都砍光。

巴珍还没唱完，一阵大风吹来，把羊毛都吹到天上去了。

主人见巴珍把羊毛搞丢了，非常生气，说一定是庸西撒谎，便把庸西狠狠地打了一顿，还不准她吃饭。

庸西又到牛圈里向母牛哭诉。母牛说："孩子！不要哭吧！你肚子饿了，我给你吃的吧。你把我的奶挤出来，就会变成很香的酥油和好吃的奶渣。"

庸西把牛奶挤出来，真的！挤出来的牛奶立刻就变成酥油和奶渣了。庸西饱饱的吃了一顿，就在母牛身旁睡着了。从此庸西天天吃酥油奶渣，脸色也逐渐白胖起来。一天，庸西在扫地的时候，她怀里揣的酥油盒掉在地上被主人看见了，主人就向她盘问哪里拿来的。庸西只好把真话实说了。

主人又叫巴珍去放羊，并且也像庸西一样给她一块麦麸皮的粑粑。巴珍放了一天羊，肚子饿了，也想挤牛奶吃酥油和奶渣。可是，一滴牛奶也挤不出来，倒给牛踢了一脚。她饿着肚子哭丧着脸回来了。主人听了巴珍哭诉的话，生气地要把牛杀掉。

那天晚上，母牛流着泪向庸西说："孩子，明天主人要杀我了，我不能和你在一起了。你记住，倘若他们杀了我，你把我的皮藏在墙缝里，把角藏在屋顶上，蹄子埋在地下，肠子挂在树枝上。当你有困难的时候，你就把它们拿出来，它们就会变成你需要的东西。"

母牛被主人杀掉了。庸西悲痛地哭着把母牛的皮和角、蹄子、肠子照母牛的话藏了。从此庸西失去了她亲爱的母牛，再也没有安慰她的人了。而主人对她还是那样残暴，她就这样在痛苦的日子里长到了十六岁。

这一年，国王的王子要选一个最漂亮的姑娘做他的妻子，下令全国的姑娘都去应选。女主人听见这个消息非常高兴，她希望自己的姑娘被选上，但她又怕庸西去了也被选上。到了应选的那天，她把巴珍打扮得非常漂亮，临出门的时候，她把一箩蔓菁种子撒在地上，对庸西说："今天我们要去应选，你把地上的蔓菁种子都拣干净，没有拣完不准出去。如果少一粒，你休想活命。"说罢走了。

庸西很焦愁地坐在地上哭着。呵！这么多的蔓菁子怎能拣干净呢？她正愁闷的时候，忽然飞来了一大群雀鸟，只见那些雀鸟把地上的蔓菁子一粒粒的拣进箩里去。不一会，遍地的蔓菁子都拣完了，一粒也没有剩下。庸西多么高兴呵，她想：蔓菁子已经拣完了，听说王子要结亲，我为什么不去看一看。但是她低头看看自己那身破破烂烂的衣裳，这样子怎么能进王宫呢？忽然她想起母牛对她说的话，便把藏起的牛皮、牛角等拿出来。呵！这一下真把她乐坏了。原来牛皮已经变成一件金丝线绣的闪闪发亮的美丽的衣裳，牛角已经变成鲜红的头巾，牛蹄子也变成一双绣着云头的靴子，挂在树枝上的牛肠子也变成一条五彩的花带。庸西连忙把新衣服换上，打扮好了就到王宫去。当她一走进王宫的时候，所有来应选的人都看呆了，她的美丽赛过所有的姑娘。巴珍和女主人看见她穿着这样漂亮的衣裳，也目瞪口呆地给弄糊涂了。

选美开始了，来应选的姑娘一排排地坐在王宫大院子里，庸西坐在巴珍

和女主人的旁边。国王宣布：王子要向天空射一支箭，看箭落在谁的怀里，谁就当选为王子的媳妇。宣布完毕，只见王子从里面走出来，他向所有的姑娘望了一遍，最后他看见坐在最下面的庸西，高兴极了。于是他拿起弓箭，朝着庸西坐的方向，向天空射了一箭。人们都抬起头望着那支箭，只见那支箭直直的飞上天空，在空中旋了一转便慢慢落下来。人们的眼睛盯着那支箭，望着望着，只见那支箭端端正正地向庸西怀里落下来。女主人看见箭要落在庸西怀里了，急忙把手一伸，接过那支箭，放在巴珍的怀里。旁边看的人都嚷起来了，都说箭是落在庸西怀里的。女主人狡赖着不肯让。国王看看不对，就又重新宣布："现在有一只神鞋，要叫所有应选的姑娘试穿，看谁的脚穿合这只鞋，就选谁为王子的妻子。"说罢让应选的姑娘们一个个地试穿。可是试了很多人都没有穿合，轮到巴珍试穿还是不合。最后轮到庸西了，奇怪，这鞋不大不小，刚刚合庸西的脚，人们都齐声喝彩。于是人们就拥着庸西走进宫里去了。

从此，庸西就在王宫里和王子过着快乐的日子。

木匠宫噶[①]

很早以前，在宫敏这个地方，有个叫宫朗的国王，他死了之后，儿子宫炯为超度亡父广做善事，请长老们来祈祷父王升天。

接着，宫炯继承了王位，当了国王；原先老父王有一个画师宫噶也承袭原位，当了新国王宫炯的内侍臣。

当地有一个人，靠给农民制造各种农具维生，由于他制造的工具非常好使，农民们都很喜欢他，所以大家都叫他木匠宫噶。

画师宫噶听说有个木匠也叫宫噶，心里很不安逸。他想："我是国王的内侍臣，应该叫宫噶，一个木匠怎么可以也叫宫噶？这会玷污我的名誉。"于是，他想出了一个阴谋除掉木匠宫噶的办法。

一天，他造了一封假信，从王宫的房顶上丢了下来，丢在了国王路过的地方，被一个侍从捡到，呈献给了国王，国王打开一看，信中这样写道：

宫炯：

我的儿子！我死后来到了天堂，各种享用齐全，威望很高。想

①宫噶：众人喜爱的意思。

在这里建一座大经堂，只是没有找到木匠，你要赶快把木匠宫噶派来。上天堂的方法可请教画师宫噶。

老父王宫朗

国王宫炯读完书信之后，以为自己的阿爸真的进了天堂。随将木匠宫噶叫到王宫里来说道："我的老父王到了天堂之后，要修建一座大经堂，捎信来命你前去。"说着将书信拿给他看，木匠宫噶起初有点诧异，他想：这里面定有蹊跷。便问道："国王呵，到天堂去，怎么个去法呢？"

国王说："信里写得很清楚，去法由画师宫噶指教。"

国王将画师宫噶喊来询问。

画师宫噶说："啊！到天堂去，可以乘骑'桑堆'[1]马前往。首先建造一座木房，里里外外全用芝麻油涂抹，请木匠带上他的工具坐在木房里，木房上面堆上很多松枝柏叶，点上火，做一次大'桑堆'。同时，鼓乐齐鸣，他便可以骑上'桑堆'马去天宫了。"

木匠宫噶想：这原来是画师宫噶的阴谋呀！该怎么对付呢？他想了一下，说道："谨遵国王之命照办。但是，到天宫去的工具我需要准备一下。因为我是木匠，这座木房当然由我来盖了，这样至少也要七天的时间，到时候，按国王的指示办就是了。"

国王表示同意了。

木匠宫噶回到了家里，和自己的妻子儿女一起，不分昼夜地在自己的屋里挖起地道来，一直挖到房后那块地的中间，并将洞口掩盖了起来。

国王向全国的老百姓派了木料差和芝麻油差，老百姓送来了很多木料和芝麻油，木匠宫噶便在他遮盖的地洞口上盖起了木房来。

七天过去了，国王宫炯和画师宫噶等人来到了这里，木匠宫噶带着工具

①桑堆：敬神时用香柴熏烟，称为"桑堆"。

进了木房。火点燃后，各种乐器齐鸣。

画师宫噶指着那些萦萦缭绕的青烟说道："看哪！看哪！木匠宫噶骑着'桑堆'马到天堂里去了。"以此来欺骗大家。

木匠宫噶在木房子点燃之后，便通过事先挖好的地道回到了家里，在家里藏了起来。

一个月后的一个早上，他沐浴梳洗，穿了一件洁白的衣服，来到了国王的跟前。先讲了老父王在天堂势力多么多么的大，又讲了大经堂怎样怎样的盖法，而后将原来准备好的一封老父王的书信呈给了国王，国王展开信一看，信上是这样写的：

宫炯：

我的儿子！听来人说你身体很好，治国有方，心里非常高兴。派来的木匠宫噶，顺利地盖好了大经堂，你可按功劳给予木匠赏赐。现在要给大经堂绘制壁画，需要一名画师，速将画师宫噶派来，来法照旧。

老父王宫朗

国王读完书信，非常高兴。给了他很多赏赐，叫他回家去了。

木匠宫噶得到了很多绸缎衣物和珍宝赏赐，回到家里之后，生活过得比过去更加富裕。他还和过去一样给当地的农民制造各种工具，当地的人们更加喜欢他了。

画师宫噶看到了这些，心想："这是怎么回事呢？想整死他，他倒得了便宜，这个木匠没有被烧死，他又回来了，还得到了很多珍宝赏赐。难道真的骑上'桑堆'马能上天堂呀！"因此，他更加嫉妒木匠宫噶，但一时又想不出什么办法来。

正在这个时候，国王下令，要画师宫噶到天宫去为新落成的大经堂绘画加彩，他不得不去，而且他也希望得到国王的赏赐，遂决定两天之后前往。

两天之后，老百姓们送来了很多木料、芝麻油等。把木匠喊来修了一个木房，画师宫噶带上画具坐在了里面，火点燃之后，鼓乐齐鸣。画师宫噶在火焰里大喊大叫，但由于鼓乐声音太大，谁也没有听到，不一会儿便烧焦了。

报　恩

很早以前，在一个边远的地方，有一个农民差户，叫章赛俫。他的头人的贪婪之心像火焰一样，租税像流水一样不断，差户们除了自己的影子和脚印而外？再也没有什么东西了。农民章赛俫因为负担不起差税，只好外出流浪。他将家里能换钱的财产全部变卖以后，换了一头毛驴和两块氆氇，丢下恩典最大的阿妈，离开了舍不得的家乡，赶着毛驴翻山越岭地到外地谋生去了。

他越走越远，一天，在路上他看到了很多小孩，捉到了一只小老鼠，在小老鼠脖子上拴了一条绳子，丢进水里拖来拖去。还听到孩子们说："将它来个活剥皮。"那老鼠非常害怕，浑身发抖。

章赛俫想起了头人是怎么折磨他的，觉得一阵心酸，顿起恻隐之心。

他说："喂！孩子们！为什么要这样折磨小老鼠呢？放了吧！"

孩子们说："就是要这样折磨它，才将它抓来的。"孩子们不以为然地说。

他说："那么，我用这块氆氇和你们换，可以吗？"孩子们很高兴，他便用一块氆氇将老鼠换过来放走了。

又走了一会儿，来到一个三岔路口，看到一群小孩子抓到了一只小猴子，他们教小猴子玩耍，因为小猴子不会耍，被“果加”[1]打得吱吱乱叫。他又回想起过去头人也是这样用“果加”打他的，这太可怜了。于是又给了他们一块氆氇换了他们的猴子，将猴子放回森林里去了。

他又往前走，来到了一个十字路口，见到很多猎人抓到了一只小熊，用棍子打着它，教他玩耍，一见到这个他又想起了自己过去受的苦。他问道：“我用这头毛驴换你们的小熊，可以吗？”猎人们很高兴，同意用小熊换毛驴。他将毛驴给了猎人，自己牵着小熊来到树林子里放了，这样一来，他的旅伴白天只剩下一条影子，夜晚睡觉时只有搂着两个膝盖了，他成了真正的乞丐。

有一天，他想讨点吃的，来到了一家官府门口。长官的司库偷了一包绸缎，逃到了大门口，正巧碰上女主人，那司库将包裹往章赛俅的跟前一扔，大喊道：“这人偷了官府里的东西了！”人们围拢过来，将章赛俅抓住，带到了长官跟前。

长官命令道：“这还得了吗？处以‘裹东’刑[2]扔到河里。”命令一下，那农民被丢进了河里。

流水将他冲到了一个很远的地方，河边上有一棵树，把“裹东”堵在了那里。他想：“即便是落水了不死的话，也会饿死的，再不然也要闷死的。”

正当他痛苦难熬的时候，一只小老鼠来到河边觅食，将“裹东”咬了一个小洞，说来也巧，那小洞正好对准了他的眼睛，他向外边一看，是一只小老鼠，那老鼠也立刻认出来了是自己的救命恩人，它来到岸上，“吱吱”地叫了几声，狗熊和猴子也跑来了。原来这三个畜生结成了同生共死的朋友，为了报答救命恩人在到处寻找他哩。这三个畜生聚集在一起，将“裹东”撕破，把恩人从“裹东”里拖了出来，放在一块木板上，又找来了很多野果子给他吃。

①果加：皮制的打耳光的刑具。

②裹东：用牛皮裹着犯人，缝好后丢进河里溺死。

过了一会儿，天黑了，小熊在远处的坝子里发现了一个明光闪闪的东西，猴子过去一看，原来是一个像鸟蛋一样的如意珍宝，他们把珍宝送给了章赛依，章赛依非常高兴。他向宝贝祈祷后，坝子里立刻出现了一座三层楼房，里面有舞厅，周围生长着各种果树，室内要啥有啥，享用齐全，他们四个舒舒服服地住了进去。

一天，章赛依的家里来了一个商人，名字叫热巴金[①]，是过去就认识的熟人。

热巴金看到自己的朋友生活得这样富裕，他想："一个流浪的穷农民，不讨饭就不错了，还能盖这么好的房子，真奇怪。他家里怎么能这么富？"他问询了章赛依富裕的缘故。章赛依便将过去的事情详详细细地告诉了热巴金。

热巴金听了之后，便起了贪婪之心，他说："喂！朋友，你有了这么多财产享受，已经很好了，你没有看到我受这份罪呀？请将你的如意珍宝借给我，让我也享受一点不好吗？"

章赛依是个心地善良的人，从来不会拒绝别人的请求，就将如意珍宝借给了热巴金。热巴金带着如意珍宝，当晚便叩头祈祷道："请让我赶快富裕起来吧！"如意珍宝便将所有的财产、享用统统地搞到了商人的这里来了。

第二天早晨，章赛依觉得原来柔软的绸缎垫子怎么变硬了，觉得浑身发痛。醒来一看，房子用品各种家具全没有了，还是睡在原来的木板子上，他受骗了，又同过去一样的贫穷了。

一天，小熊、猴子和老鼠又看到了它们的恩人在乞讨，便问道："你为什么会变成这个样子呢？"他将情况详细地说明了以后，它三个说："热巴金就不是一个正经的人，能喝人家的酥油茶而给人家还凉水吗？真是个口似牛奶腹似毒刺的家伙！我们去把如意珍宝要回来。"它们去了。

---

①热巴金：留长辫子的人。

由于如意珍宝给了热巴金各种各种的财产，他的院子也分内院和外院，热巴金究竟住在哪间屋里也弄不清楚，别人也进不来。小老鼠钻进去一看，看到热巴金睡在一间粉刷得又光又亮的房间里。如意珍宝被挂在仓库的粮堆上插着的那支彩箭上，旁边还拴着一只猫。

它回到两个朋友跟前一讲，小熊说道："现在没有办法了，回去吧！"

猴子说："我有办法，今晚上小老鼠你到热巴金屋里去，将他的辫子咬断，就可以取到如意珍宝了。"

到了晚上，小老鼠按照猴子说的去做了。正当热巴金酣睡的时候，小老鼠把他的辫子咬掉了。

第二天早晨热巴金醒来以后，看到自己的辫子断落在地上，厌恶地骂道："阿白若（骂人语）！昨晚上被老鼠将辫子咬掉了，如果不小心的话，剩下的这些头发也是保不住的。这是老鼠咬的，今晚上将猫拴在我的跟前。"这样，晚上便把猫拴在了他的枕头边上。

当天晚上，小熊和猴子两个守在门口，老鼠钻了进去，那珍宝仍然吊在彩箭上，老鼠爬不上去，拿不到手。当它又回来向两个朋友说的时候，小熊说："现在没有办法了，回去吧！"

猴子说："有办法，小老鼠你去，将彩箭下面的粮食挖一下，箭就会倒的。"

小老鼠又回到了屋里，将粮食一挖，彩箭倒了下来，珍宝也滚下来了。小老鼠因为个子太小，无论怎么抓也抓不住那宝珠，它又回来告诉了两个朋友。

小熊说："现在办法用完了，还是回去的好。"

猴子说："我还有办法，老鼠你在尾巴上拴条绳子，然后到里面去，四只脚抱住珍宝不要动，我们在外面将你拖出来。"这样，如意珍宝被它们拿到了手。猴子将珍宝衔在嘴里，骑在狗熊背上，小老鼠睡在狗熊的耳朵里，大家高高兴兴地往回走。路上有一条大河，蹚水的时候，狗熊想："猴子、老鼠和宝贝都是我背着的，我的力量确实大呀。"它骄傲地问："我的力气大不大？”

老鼠睡着了没有说话，猴子怕嘴里的宝贝掉出来也没有回答它。狗熊发怒地吓唬它们说：“你们俩要是不理睬我的话，我把你俩都扔到河里。”

猴子说：“别往河里扔！”它一张嘴，宝贝掉在河里了。

过了河以后，猴子埋怨狗熊，狗熊说：“现在没有办法了，走吧！”

老鼠在河岸上急得“吱吱”地叫着，跑来跑去。

水里的动物都来到这里问道：“老鼠您为什么这样着急呀？”

老鼠说：“你们没有听说吗？有一个专门吃水族的怪物过来了。”

水族们说：“那该怎么办呢？”

老鼠说：“没有别的办法。如果能在水边垒个坚固的城堡就好了。”

水族们从河里搬运石头，老鼠帮它们垒，当墙壁垒到一拃高的时候，一个大青蛙将宝贝衔出来了，它说：“再没有比这个石头重的了。”

猴子说：“还是老鼠聪明。”

猴子又将宝贝衔在嘴里，骑在狗熊背上，老鼠钻在狗熊的耳朵里，由狗熊驮着回去了。

它们把珍宝交给了将要饿死的农民差户章赛俅。章赛俅说：“三位朋友辛苦了，谢谢你们。”他随即向宝贝祈祷以后，又和过去一样，坝子上出现了一座比王宫还宽敞的宫殿。各种树木上挂满了水果，小鸟们叫唤得非常好听，常年都有各种庄稼收获，完全没有冬天可言，各种享用齐全，成了一个需要什么便有什么的好地方。

章赛俅又向如意珍宝恳求道：“我没有妻子，请赐给我一个美貌的妻子吧！”顷刻之间，从天宫里下来了一个看也看不够的仙女。

金砖换猫狗的人

从前，在羌塘西边遥远的地平线上，有一顶乌黑的牛毛帐篷，里面睡着一位中年的妇女，她怀里紧紧地搂着一个刚生下的小男孩。一个忙得不可开交的男人，一会儿端来一杯融化好的酥油让她喝，一会儿又拿来一碗香喷喷的油拌人参果。这对恩爱夫妻将儿子当作掌上明珠。当他们看到儿子长得天使般英俊时，从内心深处感到高兴。

慢慢地，儿子长大成人了，父母将一块金砖交给了他，让他以此作为本钱，出去发家致富。儿子拿着金砖离开了父母。路上，碰见了一个卖猫的人，他高兴地向那个人打了招呼并问明由来后，用半块金砖买下了这只可怜的猫。他抱着小猫继续向前走。走了好多天后，又遇见一位卖狗的人，他竟不假思索地用剩下的半块金砖将这瘦弱的老狗买下了。他的钱花完了，便牵着狗、抱着猫回家了。父母看见他们的宝贝儿子用黄灿灿的金砖换回了猫和狗，非常生气，愤怒地叫他带上猫和狗去自谋生路。他悲伤极了，但没有生父母亲的气，也没有埋怨猫和狗，带上猫狗走了。他把老狗放在有人家的地方，把猫放在一个老鼠最多的滩里，祝它们找到丰盛的食物，自己继续往前走去。他走累了，肚子饿得直叫。忽然他发现前面一个清汪汪碧如翠玉的湖边，有一顶洁白的白布帐篷，顶上还冒着青烟，他心里一阵高兴，挪动着疲惫的脚步，踉踉跄跄朝那帐篷走去。

来到门前，不见主人出来，进到里面一看，火盆上的酥油茶香气扑鼻，土灶上面锅里的羊肉热气腾腾，吃的、喝的应有尽有，唯独不见主人。他在里面来回踱着，心里在想：“这么华丽的帐篷，一定有一位高贵的主人，可是他上哪里去了呢？”他待了一阵，饿得实在难以忍受了，就自己动手拿肉倒茶吃喝起来。吃饱喝足后，就替这家人干起活来了。

太阳将要跳入西边的深谷时，仍不见主人回来，他不解地来到帐篷外边瞭望四周。黑暗的幕布降落前，灿烂的晚霞笼罩着整个天空。这时，离帐篷不远处已有成群的牛羊，由一位美丽的少女指挥几个男仆女佣赶着回家来了。他一看到这种情景就知道这位少女就是这家的主人。于是他急忙走向前去，向她行礼说道：“我已贸然在您家等候多时，我是从很远的地方来的，请您留我一宿，明日就走。”姑娘爽快地答应了他的要求，他高兴地帮她拴牛圈羊，拴完牛羊，少女领着他和仆人一起回帐篷共进晚餐。在微弱的酥油灯光下，少女看到自己正在热情招待的这位青年竟然有仙子般的容貌，脸上不禁泛起羞涩的红云；这青年面对着如花似玉的少女，把以前自己被父母赶出家的忧伤忘得一干二净。他们彼此情投意合，结为相亲相爱的伴侣，过着幸福美满的生活。

他们结婚那天，少女把自己手上的一枚美丽的金戒指取下来，戴在他中指上，并再三嘱咐道：“这不是一个普通的戒指，千万不能转让或丢失。”从此以后，姑娘在家料理家务，青年领着仆人们放牧。这一天，他在山上放牧时，遇见大山东边一个富有人家的马夫。马夫对他说：“年复一年天天在这山上放马，真是无聊极了，今天我们来个乌尔朵比赛，输者拿戒指给赢者。”“一言为定！”青年忘记了妻子的叮嘱，欣然答应。于是他把戒指输给了马夫。彷徨归来时，帐篷和妻子全都不见了踪影，连曾经搭过帐篷的痕迹都没有。他痛苦地哭喊着，悔恨自己当初不该不听妻子的嘱咐。然而这一切都无济于事了。几天过去了，饥饿又像饿狼似地向他扑来，失去爱妻的痛苦更使他难以忍受。他绝望了，用藏袍蒙着自己的头，躺在草坝子上，准备等待死神的到来。突然，他听到“簌簌”的响声，他不想看，仍躺在那

里不动。“救命恩人，请您不要自寻短见，先来吃点东西，然后再想办法找到那个戒指，有了它就有了你的一切。”他听到这些话，精神一振，挣扎着抬起头来，原来对他讲话的是他曾经用金子救过的老狗和小猫，它们用嘴衔来肉、酥油和糌粑之类的食物，让他吃。青年怎么也吃不下这些东西，“我失去了妻子，活着还有什么用！”“你那妻子不是凡间女子，她是龙王的公主，那戒指也非凡物，是龙宫之宝，现在因失去了戒指，她被龙王抓回龙宫问罪。只有找到戒指，才能使她重返凡界与你团聚。你在这里耐心地等待，我们去夺回戒指。”老狗说完就领着小猫走了。

它们走了很长时间，远远望见一座大山的东坡有一大户人家，老狗说：“你是受人类喜爱的小猫，你前往那里打探戒指的下落。”小猫愉快地接受了任务。它“喵喵”地叫着，摆动着它那毛茸茸的尾巴走进了那户人家。果然受到了这家主妇的欢迎，将它抱在怀里，拿牛奶给它喝。小猫见那枚非凡的戒指就在主妇的手上，原来这马夫骗来戒指后，为了讨好主人，把戒指送给了女主人。它心里一喜，疯狂地扑上前去要夺戒指，被那女人一脚踢出门外。小猫灰溜溜地回到了老狗的身边。它们失望，难过，突然从背后一个鼠洞里发出笑声说：“你这狡猾的猫还有这般垂头丧气的时候，告诉你，人家把那枚戒指藏到粮仓里了，除非我们老鼠，谁也别想进到仓内。”老狗和小猫听后，灵机一动，计上心来，马上出面与鼠王进行谈判，以小猫从今以后不在这个滩上捉老鼠为条件，请鼠王调兵遣将去进攻那家的粮仓，夺取那枚戒指。鼠王桑吉加布愉快地接受了这个条件，随即浩浩荡荡的鼠兵开往粮仓，夺取了戒指，交给了老狗。为了庆贺和平，桑吉加布在鼠洞深处设宴，邀请猫狗吃酥油拌的上等人参果。它们饱餐一顿后，谢过鼠王，出洞回去。它们兴高采烈地往前奔去，来到一条大河边，小猫骑在老狗的背上，戒指衔在老狗的嘴里。当它们走到河心时，小猫瞧着老狗那油汪汪的嘴，不由地舔了一下，老狗非常生气，它想：刚刚吃得饱饱的，怎么又嘴馋起来？它“汪”地叫了一声，没想到这一张嘴，那戒指落到了河中，被一条大金鱼吞到肚里去了。它们又失去了戒指，伤心地在河边等着。

半天之后，那大金鱼摇头摆尾地逆水而上。老狗、小猫一眼认出大金鱼就是偷戒指的家伙，便不顾一切地扑下水去，一口咬死了金鱼，将其剖腹，取出了戒指。爬到岸上，把戒指放在一块石头上，它们在沙滩里打滚晒毛。这时，一只洁白的雄鹰从蔚蓝的天空直飞下来，把那戒指叼走了。

猫和狗好不容易夺得了戒指，可又被雄鹰叼着飞走了。它们商量来商量去，没有别的办法，只好到一个土坡下，小猫躲在一个土灶眼里，老狗躺在地上装死。一群乌鸦飞下来啄老狗的眼睛，疼得它几乎要叫出声来，可是为了寻回戒指，报答主人救命之恩，它忍耐着。一会儿，那只洁白的鹰飞落在老狗身上也开始啄食起来。这时，小猫使尽全身力气，一下扑在雄鹰的背上，死死咬住了它的脖子。这一突如其来的袭击惊得雄鹰忽地飞向天空，把小猫也带上蓝天，小猫牢牢抓住鹰的羽毛，拼命咬它的脖子，终于咬断了雄鹰的脖颈，连同鹰一起从半空中跌落下来。老狗见它的伙伴小猫将要摔死，忍着剧烈的疼痛，从血泊中爬起来，摇摇晃晃地去追小猫的影子。于是小猫安全地落在了老狗的背上，却把老狗的腰压折了，躺在地上一动也不能动了。

小猫伤心地从死鹰肚里取出戒指，让老狗吃了鹰肉，自己忍着饥饿在老狗的周围徘徊。它不能捕捉这里的老鼠，最后它捉来一只草兔将其腰折伤后放在地上，再去观察它的行踪。这可怜的草兔一直往前爬去，在一个六色的沙土里滚了一下，它的腰伤立刻好了。小猫见状，激动万分，急忙把老狗拖了过来。老狗刚在六色土上躺下，腰伤就痊愈了。于是，它们拿上戒指，高高兴兴地回到恩人身边。青年有了宝戒，又重新与妻子团聚了。从此，那老狗和小猫一直跟随着它们的主人。

石头山

很早以前，折多山下住着一对孤儿，他们是双胞胎，不但模样长得一样，连说话的声音也一样，哥哥叫尼玛，弟弟叫达瓦。

他们没有土地，没有牛羊，靠打鸟雀为生。有一天，他们打到一只金色羽毛的雀子。相传吃了金雀子的人，可以吐出金子来哩！土司知道了，便急忙抢去烤起来。达瓦很气愤，要找土司评理。尼玛想起了阿爸阿妈在世时经常说的一句话："富人说话无理也悦耳，穷人说话有理也难听。"因此拦住了弟弟。他们眼睁睁地望着被土司抢去的金雀子被烤得吱吱发响。突然."砰"的一声响，雀子烤爆了，肚肠一下子飞到兄弟俩的脚边。尼玛忙捡起来，和弟弟分吃了。

土司性急地吃完了金雀子，像被牛毛卡了喉咙一样，在那里大吐起来。他"哇呀哇呀"吐了半天，只吐了些又臭又脏的东西，连豆粒大的金子也没吐出来。看热闹的人们被呕吐的臭气熏得四散跑开，土司气得暴跳如雷。达瓦觉得好笑，土司为了解气，狠狠揍了达瓦一顿。

尼玛把弟弟背回家，穷苦的邻居阿婆关心这对孤儿，给他们送来一碗糌粑。达瓦看见老阿婆，就"哇"的一声哭起来。这一哭，喉咙里痒酥酥的，张嘴一吐，吐出了一颗金子来。尼玛也感到喉咙里痒酥酥的，也吐出了一颗金子来。他们高兴得跳起来。

老阿婆却很忧愁，她说：“孩子们啦，狐狸放不过小鸡，狼放不过小羊，土司要知道你们会吐金子，会害死你们的！快快走吧，只有远走高飞才能躲避灾祸啊！”

尼玛和达瓦把吐出的金子送给了好心的老阿婆，恋恋不舍地离开了故乡。

他们走啊走啊，来到一座村落里，看见一个孩子正在捉弄几只小兔，兔妈妈在一旁急得直抓地。尼玛忙吐出一颗金子给那小孩，请他放掉小兔。孩子欢天喜地，捧着金子跑了。兔妈妈感激得直作揖，说：“救命的恩人，我送你们两只小兔吧！”那两只小兔来到他们面前，高兴得直跳。

他们一人抱着一只小兔，走啊走，来到一条河边，看见一个流浪汉正在折磨几只小猫，猫妈妈痛苦地“喵呜呜”直叫。达瓦忙吐出一颗金子给那流浪汉，请他放了小猫。流浪汉心满意足地走了。猫妈妈说：“好心的人，为了报答你们，我送你们两只小猫吧！”两只小猫马上跑过来抓他们的脚，又爬到他们怀里来。

尼玛和达瓦牵着小猫，抱着小兔，又开始赶路了。他们登上一座山，看见一个猎人抓住了两只小老虎，正要用刀剥它们的皮呢！尼玛和达瓦赶忙送给猎人一颗金子，救了小老虎的命。这时，从树林深处走出一只大老虎来，它流着泪说：“善良的孩子，请你们收下这两只小虎吧！”说完，在小老虎身上舔了一阵，钻进林子里去了。

就这样，他们一路上还救了小狮、小熊、小狼、小狐狸。这些小野兽的母亲，也都分别送了一对儿女给他们。在流浪中，尼玛和达瓦长大了，小兽们也长大了。他们每走到一处，都带着一群野兽，人们都叫他们是带领野兽的人。

有一天，他们来到一条岔路口，看见前方有两条弯弯曲曲伸向远方的大路。他们决定，一人走一条，去寻求幸福。路边有一棵大树，他们把自己的腰刀取下来插在树上。尼玛说：“达瓦弟弟，三年后我们在这儿碰头。那时候，谁的刀锈了，就说明谁遭到了危险，就要赶快去救啊！”达瓦说：“阿

哥，我记住了，但愿我们的刀都不生锈，我们都平安！”

弟兄俩流着泪告别了。野兽们也摇头摆尾，擦肩撞背. 跟自己的兄弟告别。他们在岔路口分道出发了。

尼玛带着野兽，跨过三十条大河，翻过九十座大山，来到一个又遥远又陌生的国度里。他发现这个国家的男人们都哭丧着脸，女人们都红肿着眼，眼前的情景很凄惨。尼玛拉住一个白发阿爷询问，阿爷回答说：

“远方来的青年，你到了一个大灾大难的国家啦！我们这里来了一条九头妖龙，天天要人们送属虎的童男童女去供它吃，今天，轮到公主啦！”

尼玛惊奇地说：“公主今天就要送去给妖龙吃吗？”

老阿爷说：“没办法啊，轮到她啦！”

尼玛气愤地说：“可恶的妖龙！不给它送去不行吗？”

老阿爷说：“青年人，你说得好轻松！滚下山的石头没法叫它滚上去，妖龙吃人的本性没法叫它收回去呀！可怜的小公主，又善良又可爱，谁都心疼她啊！”

老阿爷说着说着痛哭起来，边摇着满是白发的头，边擦着眼泪走了。尼玛决心带着兽群去消灭妖龙，替人们除害。狐狸说：“亲爱的小主人，您是打不赢妖龙的，您的力气太小。我知道在海子的那边，在最高的山巅，有灵芝仙草，吃了能长力气。”

狼自告奋勇地说：“我能游过海子！”

兔子跳了起来：“我能爬上山巅！”

尼玛就吩咐狼和兔子去采灵芝。它们在太阳快落山时出发，月亮还没有升起的时候就采回来了仙草。尼玛吃了灵芝，顿觉力大无穷，他手提大刀，就要去寻妖龙。狐狸说：“小主人，你可知道这句话：‘狮子为了捕水牛，避开牛角却不是因为胆小’？”尼玛说：“那该怎么除妖龙呢？”狐狸说：“我们先躲在妖龙吃人的庙里，等妖龙不防备时，杀死它。”

他们悄悄来到古庙中隐藏起来。月亮升到中天，看见人们把公主送来了。公主像朵莲花，和善得像个观音。她恐惧地走进庙里，用手捂着脸哭泣。送她来的人们无可奈何，流着泪走了，只有一个叫仁青的大臣躲在门后，想看看妖龙是怎样吃人。

忽然，一阵狂风卷来，走石飞沙，天昏地暗，大地刹那间像被一口巨大的黑锅扣了起来，接着哗哗地下起了大雨。一条九头妖龙张牙舞爪地窜进庙里，十八只龙眼射出十八道绿幽幽的凶光，张开血盆大嘴伸向惧怕得发抖的公主。

这时，尼玛大喝一声，冲向妖龙。野兽们也怒吼着扑上去，狮、虎、熊、狼、狐等各咬住一个龙头，猫抓住龙的眼睛，兔子咬住龙尾。妖龙顾了这边顾不了那边，翻过来扭过去都不能脱身，终于被群兽咬死了。

尼玛筋疲力尽，对群兽叮嘱道："我歇一会儿，你们当心，守住庙门。"说完就睡着了。

狮子对虎说："我累了，睡一会儿，你们守住庙门。"狮子也呼噜呼噜地睡着了。虎又对熊说，熊又对狼说，狼又对狐狸说，狐狸又对猫说，猫又对兔说，于是它们都睡了，只剩下兔子没睡。兔子心想："就你们有功劳吗？我采了灵芝，还咬了龙尾巴呢！"它也甜甜地睡着了。

公主呢？她早已惊吓过度，晕倒在神座下。

这一切，都被狡诈的仁青大臣看在眼里。他从门后跑出来，抽刀杀死了熟睡中的尼玛，又把公主推醒说："快回去！回去后，你就对国王说是我杀死了妖龙，不然，我活不成，你也活不成！"他把血淋淋的钢刀举在公主头上晃了又晃。

仁青和公主回到了王宫，向国王冒报了功。国王和王后又惊又喜，马上给仁青加官升级，招为驸马。仁青得意得神魂飘荡，公主却哭哭啼啼，死也不和仁青成亲。

阳光射在狮子眼睛上，狮子醒来了，它看见小主人躺在血泊中，急得暴跳如雷。它推醒了老虎，老虎见这情景，急忙推醒熊，熊推醒狼，狼推醒狐狸，狐狸推醒猫，猫推醒兔子，于是大家都醒了。看见小主人惨死，它们又生气，又伤心。狮子怨虎，虎怨熊，熊怨狼，狼怨狐狸，狐狸怨猫，猫怨兔子，七嘴八舌，嚷成一片，震得庙堂嗡嗡直响。哭得晕头晕脑的狐狸突然大叫起来："不要光顾吵架了，海子对面的高门上有神土，用它熬水喝，死人能复活。"

狼和兔子拔腿就去取神土。狼驮着兔子游过海子，兔子上门取了神土。众兽寻来了枯枝干叶，烧起大火熬神土汤。它们把汤灌进尼玛嘴里，尼玛果然活了过来。他坐起来，可怎么也站不起来，急得直叹气说："糟糕，力气都随着血流光了！"

狐狸说："只有吃了皇宫里的仙丹才能复原。"

大家一听急了："皇宫九道门，怎么进得去？"

猫说："我去，我跟在厨师后面就能进去。"

猫很快盗来了仙丹，尼玛吃了，浑身有了力气。他问："谁杀了我？"兽们一个也答不出。一只山雀飞到他肩上叽叽地叫着："是仁青，是仁青！"尼玛忙问："仁青在哪里？"山雀叫道："在王宫里，在王宫里！"尼玛忙把一个最大的龙头揣在怀里，带领着兽群，向王宫奔去。

王宫里，国王正在强迫公主和仁青成亲。仁青坐在银凳子上，他身边放了一条金凳子，公主不肯坐。国王发怒了，责骂公主："为什么不肯嫁给救命恩人？"公主说："救命恩人不是他，是一个带领兽群的青年。"仁青大叫："国王做主，公主在说梦话！"正闹得不可开交的时候，尼玛带领着兽群，走进宫来了。

公主一见尼玛，高兴得大喊起来："父亲，杀死妖龙的是他！"国王说："有何凭据？"尼玛从怀里取出龙头献给国王。仁青见势不妙，拔刀扑向公主，尼玛一脚踢掉了仁青手上的刀。国王知道真相后大怒，立刻下令把仁青推出去杀了。

尼玛和公主成亲，继承了王位。他吐出大量黄金，分发给穷苦的百姓。百姓们众口称赞这位替他们除害，又解决他们温饱的年轻国王。

达瓦和阿哥分别后，带着兽群，走了九天九夜，来到一座高耸入云的大山上。这座山奇怪极了，没有树，没有草，遍地是光秃秃的石头。

忽然，上面有人说："你这个小伙子，为什么马也不骑一匹，跟着一群野兽跑？你没有亲人吗？"

达瓦抬头一看，原来山上有个老阿婆。

达瓦行了个礼说："阿婆，请您告诉我，为什么这座山上没有草木？为什么只有您一个人？"

老阿婆蜷缩在树丫上，战战兢兢地说："我下来再告诉你，我害怕你那些野兽会吃掉我。"达瓦说："这些野兽不伤人。"但老阿婆连连摇头，她递给达瓦一根黄澄澄的木棒说："你在它们每个野兽的头上都轻轻敲一下，它们就不敢伤我了。"

达瓦接过棒，在每个野兽的头上敲了一下。忽然，老阿婆"嗖"的一声下地，抢过达瓦手中的木棒向他头上一敲！一眨眼工夫，所有的野兽都变成了石头，达瓦变成了一座石像。

尼玛在幸福安乐的生活中想念起弟弟达瓦来。他辞别公主，带着兽群来到和达瓦分手的岔路口。一看，呀，达瓦的刀已经锈了一半了！尼玛深感不妙，飞身跨上雄狮，向着弟弟走的方向奔去。野兽们跟在后面奔驰，心急火燎地赶路。他们从太阳出来跑到月亮东升，从月亮西落又跑到太阳东升，九天九夜，才到了石头山。

尼玛问老妖婆："老阿婆，你可看见我的弟弟从这里走过？他跟我一样，也带着一群野兽。"

老阿婆奸诈地笑着说："我下来再告诉你，你先用这棒在每个野兽的头上敲一下，免得它们伤我。"

尼玛拿过木棒，瞅瞅老妖婆，心里很疑惑，他想试一试这棒到底有什么名堂，就用它在最小的兔子头上敲一下，呀，兔子马上变成了石头。尼玛大怒："啊，原来你是个凶恶的妖婆呀！"妖婆急忙溜下来抢木棒，尼玛眼疾手快，重重地敲了妖婆一棒，妖婆一下变成了一座石像。

尼玛围着树转来转去，才发现树下有一座石像很像弟弟达瓦。石像周围

有一圈大大小小的石头，仔细一看，原来是石狮、石虎、石熊、石狼、石狐、石猫、石兔。尼玛明白了，他抱住弟弟的石像放声大哭。兽们也呜呜地围着石兽转，用舌头去舔，用爪去抓，万分悲痛。

尼玛把棒翻过来翻过去地看，他想："这棒能把活人变成石头，难道它就不能把石头再变成活人吗？"他用棒轻轻地在石头人和石兽们的头上敲起来。奇迹出现了，他每敲一个，就复活一个，不一会儿就全救活了。尼玛和达瓦狂喜地拥抱在一起，幸福的热泪打湿了衣裳。

尼玛说："达瓦，你看这满山的石头、金银，它们的形状多么像人、像牛、像羊……"

不等尼玛说完，达瓦拿过木棒，跃上雄狮，遍驰山野，把所有的石头、金银、玉石块挨个挨个地敲一遍。

石头山顿时热闹起来！所有的石头全变成了人：男的、女的、老的、少的；所有的金块全变成了牛：牦牛、犏牛、黄牛；所有的银块全变成了羊：绵羊、山羊、羚羊：所有的玉石块全变成了树林、草丛、花卉和清波荡漾的海子。人群欢呼跳跃，羊群像天上的白云，牛马像数不尽的星星，松柏满山，鲜花铺地。尼玛、达瓦和野兽们都看呆了，以为自己来到了仙境。

石头山上的人们感谢尼玛兄弟给他们第二次生命，都请求他俩留下。达瓦忽然发现自己身边还有一条长长的石块忘了敲，便敲了两下。啊，长石变成了一个比月亮还要温柔可爱的姑娘。姑娘领头唱歌，感谢达瓦救了自己。

达瓦被她的真情打动，情不自禁握住了她的双手。尼玛见这情景很是欢喜，就把自己和达瓦分别后的经历讲了，达瓦这时才知道阿哥已经是一个受人尊敬的国王。

达瓦当了石头山上的国王，和那位姑娘幸福地成了亲。尼玛也回去和公主团聚。尼玛国的百姓和达瓦国的百姓情谊深长，互相往来，从没发生战争，过着和平的生活。

干山羊尾巴

山谷里，有间很小很小的屋子，屋子里住着一对很老很老的老夫妇。他们头发白得像海螺，嘴里连一颗珍珠大的牙齿也没有。一天，也不知道为了什么，老两口打起架来啦，越打越厉害，还闹着要分家。他们小屋里穷得可以耍棍子，没有什么像样的东西可分，只有一头又老又瘦的山羊。老头说："嫫①！嫫！我抓羊头，你抓羊尾，看羊跟谁走，山羊就归谁，好不好？"老太婆什么也没有弄清楚，就点头答应。两个人一拉，山羊当然跟着老头儿走喽！老太婆知道上了当，死死揪住山羊尾巴不放，最后把山羊尾巴拉断了，自己也摔倒在地上，眼睁睁看着老头儿把山羊牵走了。她一生气，把山羊尾巴扔进牛粪堆里。

冬天，北风在小屋子周围吼叫，雪花敲打着她的门窗。老太婆又冷又饿，在房里东翻翻、西找找，看看有没有能填饱肚皮的东西。最后，在牛粪堆里，又发现了那条山羊尾巴，已经干得硬邦邦的了，老太婆捧着它，就像捧着一件宝贝："哈哈！热秀干波②！热秀干波！"

她小心翼翼地把干山羊尾巴放进石臼，盘算着把它砸得碎碎的，放一点

①嫫：老太婆。

②热秀干波：干山羊尾巴。

干葱，熬一罐热汤，暖和暖和身子。谁想到，石头刚刚砸下去，山羊尾巴“噌”地蹦起来，围着老太婆不停地跳动，还叫唤着：“嫫！嫫！别砸我，别砸我！”

一条山羊尾巴，居然讲出人的语言，老太婆都快吓瘫了。只好扔下石头，长叹一声，流着眼泪说：“哎咔！我的命太苦了，连吃根羊尾巴的福分也没有了！”

“嫫！嫫！不要哭！不要哭！”热秀干波说着，“噌”地跳到老太婆怀里，又蹦起来帮她擦掉眼泪，娇声娇气地说：“你把我当儿子好啦！酥油会有的，牛肉会有的，糌粑也会有的。”

老太婆苦笑了一下，摇着头说：“唉，等你长成人样儿，我的骨头早就生锈喽！”

热秀干波呢，跟老太婆讲了声：“嫫！我走了！”“哧溜”一声，从门缝里钻出去了。半夜，老太婆正在睡觉，听见热秀干波在外边敲门：“嫫！我回来了，快把门开开呀！快把门开开！”

“你还没有一只老鼠大，从门缝里钻进来吧！从天窗里飞进来吧！”老太婆冻得发抖，饿得肚皮贴着背脊，躺在被垫子上不想挪动。

“嫫！我弄来了吃的，弄来了喝的，你快来扛呀！快来背呀！”热秀干波一股劲地喊。

老太婆哼哼唧唧打开门，真的看见外边摆着一条牛腿，一碗酥油，还有一大袋糌粑。她笑得下巴都快掉了，抓住山羊尾巴不停地在脸上亲。

原来，山羊尾巴飞到一座大庄园外面，看见几个小偷在墙上打了一个洞，有的扛出牛肉，有的扛出酥油，有的扛出糌粑，山羊尾巴悄悄地跟在他们后头。小偷们腰儿压得弯弯的，两腿累得直打战，东张西望，胆战心惊，经过老太婆门口时，山羊尾巴就高声大叫：“抓小偷呀！抓小偷呀！”小偷们以为庄园里人追来了，丢下东西，像兔子一样逃跑了。酥油、牛肉和糌粑，乖乖地归了老太婆。

过了不久，住在城堡里的王妃，请老太婆去给她梳洗头发。梳头的时候，妃子说：“嫫！你袍子上的油腻越来越多，脸上的气色越来越好，看样子，和老头儿分了家，交了好运喽！”王妃几句话，讲得老太婆心里甜甜的，舌头痒痒的，扬扬得意地说：“我儿子热秀干波，本事可大咧！不管什么宝贝，他都能弄来！”这几句话，说得王妃的嫉妒心上来了。她坐在宝垫上，一不喝茶，二不喝酒，小嘴巴噘得可以挂个鼻烟壶。这下可把国王吓坏了，左问右问、东劝西劝，王妃才眼泪汪汪地说：“亏你还是一国之王，连个热秀干波也没有！”

国王弄明了情况，打发人把老太婆叫来，骂道：“呸！你这个三根舌头的老太婆，尽在妃子耳边嘟囔些什么鬼话！你儿子热秀干波真有本事，让他今晚来偷我的宝玉好啦！如果偷到了，你要什么我给什么；如果偷不到，我宰了你这乌鸦！”

老太婆吓得要命，也不知道自己的脚是怎么走出王城的。一路上，还自己打了自己三个嘴巴，说：“管不住自己舌头的老太婆呀，如今嘴巴上挂九把锁也来不及了。”她一边咒骂自己，一边快快地赶路。回到家，她没看到山羊尾巴，只好一边哭，一边喊：“快来呀！山羊尾巴！快来呀！热秀干波！”

“什么事？什么事？”山羊尾巴正在牛粪饼子上面睡觉，还伸了一个懒腰。老太婆把王宫里的事情从头到尾讲了一遍，说到国王要杀她的时候，又伤心地哭起来。

“嫫！不要哭，我去把国王的宝玉拿来好了！”山羊尾巴说完，蹦到老太婆身上，撒了一回娇。

再说老太婆走后，国王想：嗨，宝玉要是丢了，可不是闹着玩的。不管她儿子热秀干波有没有本事，我都要好好提防。他派出五百个卫士，在城墙下把守得严严的；准备了五百匹快马，鞍子备得好好的；还搬来五百支火枪，火药装得满满的；又牵出五百条恶狗，在城门口拴得牢牢的。同时，叫女用人手里拿着火把，男用人随身带着锣槌，只要热秀干波一到，马上鸣锣点火，全城出动。他想：热秀干波就是苍蝇，也逃不出我国王的手掌。

半夜的时候，热秀干波“噌”的一声飞进了王宫。看见国王的安排布

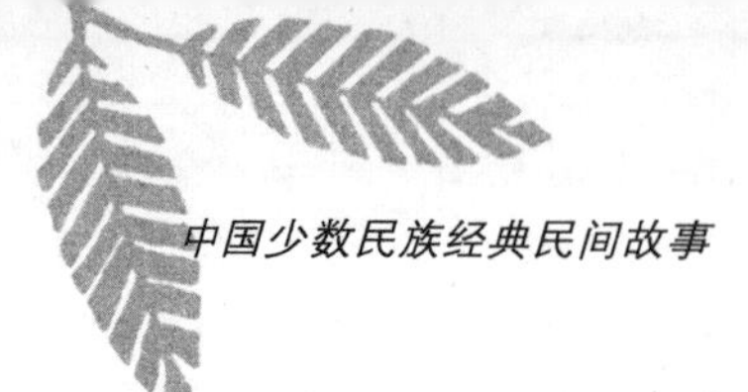

置，“扑哧”一声笑起来。它把五百匹马牵进牛圈，弄来五百头母牛系在拴马的地方。它把五百条狗赶进羊栏，牵五百头绵羊拴在拴狗的地方。它把五百支火枪送进柴屋，搬出五百根柴火棍搁在放枪的地方。趁女用人睡觉，在她的头上缠了一大把麦草；趁男用人不留心，在他的脚下撒一些豌豆。这些事办完了，它偷偷地飞进国王的卧室。看见那块宝玉，开始衔在国王口里。国王困了，递到妃子嘴里；妃子困了，又递到国王嘴里，这样递来递去。热秀干波越看越有意思，便溜到两张嘴巴中间，轻轻巧巧把玉接过来。“哧溜”一声，飞出窗户，“噌”的一声，飞过城墙，一直飞回老太婆家里去了。

国王和妃子不见了命根玉，两个人奔上楼顶，高声大叫：“快抓人呀！快抓人呀！热秀干波来了呀！”女用人一听，连忙点火，没想到把头上的麦草点燃了，烫得哇哇叫；男用人呢，跑着去敲锣，踩着豌豆粒，又一家伙从楼梯上滚下来。

五百卫士听到命令，飞快地骑上马，拿起火枪，放开恶狗，打开城门不要命地追赶。他们大声地喊叫“勾——”“嘀——”，不停地打着马。但是，马怎么也不肯跑，狗怎么也不肯叫；枪呢，怎么也打不响。天亮的时候，卫士们自己也笑了，因为他们骑的是母牛，扛的是柴火棍，后边牵的是老绵羊。

国王毫无办法，只好跟老太婆讲和。他召见了老太婆，连声夸奖：“啊啧啧，你的儿子热秀干波，真是了不起的英雄呀！请他把命根玉还给我吧！你要什么，我给你什么得啦！”

老太婆和躲在她袖筒里的山羊尾巴，都哈哈大笑起来。

雪琼雪玛让古

从前，在羌塘的东部有一个叫陆加秋勃的国王。他公正开明，扶贫济困，所以来投奔他的难民络绎不绝。

有一天，来了一个衣着破烂，满面污垢的女人。她满脸泪痕地祈求国王说："尊贵的国王陛下，求您大发慈悲收养我这个不幸的女人吧，我会为您祈祷的。"国王定睛细看，才知她原来是个大肚子的孕妇。眼看两条大小生命已捏在死神的手里了，如果见死不救，实在于心不忍，因此，国王就答应收养她了。

几天之后，那不知来路的女人生下了个小男孩后，谢世归天了。国王给这男孩取名叫雪琼雪玛让古，待他如同亲生儿子一样。奇怪的是，这孩子还不到一岁就能到坝子里放一大群马。到了三岁时，就能骑马射箭。他骑着高头大马，每天很早背着弓箭，赶着一大群马到王宫背后的湖边去牧马。他每天到了湖边，首先烧起香火，闭目合掌地祈祷："愿我与水族有缘，和龙王结亲。"如此年复一年，他渐渐长到十八岁了。他为人正直，武艺高强，是一个出类拔萃的后生。

有一个天晴日丽的早晨，雪琼雪玛让古又跪在香火边，虔诚地重复着十八年来的祈祷词。这时，忽然湖面香火缭绕，接着一位白衣少女冉冉升到水面。她见这位英俊的青年傻乎乎地愣在那里，不禁两颊绯红了，她用宽大的长袖遮住那桃花般的脸，开口说道："你向我父王整整求了十八年，今天父王把我许配给你了，你还愣着干什么？""你是……"雪琼雪玛让古睁大着眼睛起身想问。"我是龙王东琼嘎布的女儿，叫嘎冉措姆。"龙女答道。"那，你就跟我一起回家吧！"青年如梦初醒，高兴地抓住少女的手。"我是要跟你一起回家，但现在不行。今天你先回家，明日向国王道谢告别，然后，到大山背后的幽谷里来，我在那里等你。"少女说完就回水宫去了。

次日，天边刚发白，雪琼雪玛让古急急跑去求见国王。"怎么，昨夜马群被狼冲散了吗？"国王不解地问他。"没有。"青年低着头回答。"那你这么早跑来见我有什么事？""恩重如山的国王陛下，恕我直言，我昨夜睡梦中见到了我那可怜的阿妈，她要我即刻动身到遥远的地方转经求佛，不然，她的灵魂无法得到解脱。因此，我必须马上走，您对我的大恩大德容我回来再报。"国王信以为真，叹口气说："既然如此，你先到我的宝库里，拿上足够的金银财宝再走。""感谢陛下开恩，但我只要一匹马就行了。"雪琼雪玛让古激动地说。"那，你从我的马群中选一匹最好的骏马骑走。"老国王慷慨地说。"谢国王恩赐。"青年向国王叩了三个响头后，转身走了。

青年骑上骏马加东色邬，扬鞭催马直朝大山背后的央龙幽谷跑去。一个别致的小宫殿已在谷中，牛羊满山坡，仆人成群结队，那位如花似玉的龙女嘎冉措姆带领男仆女佣早已在门前恭候他了。他们当晚就在宫中举行了隆重的婚礼。婚后，嘎冉措姆让丈夫在宫内禅定三年，不要出门，一则养身，二来避难。雪琼雪玛让古不理会妻子的用意，但他勉强接受了妻子的劝导，开始禅定静心养身。

一天，一只猎狗追一群白唇鹿到宫殿背后的山坡上。雪琼雪玛让古看到膘肥茸嫩的六月山鹿，不由两手痒痒起来。于是，他叫仆人速速备马，拿上弓箭跑上山去。群鹿见猎人来了，惊慌失措，散群乱逃。青年追击不舍，越追群鹿越远，最后，他迷了路，夜幕将他围困在群山峻岭之中。一夜饥寒的袭击，使他后悔极了，等到天亮，从怀中拿出纸笔，画一张妻子的像，随身携带，他告诫自己，不要违背妻子的忠告。可他想不到一阵风将刚画好的像刮到河里，被冲走了。他不仅没有获得针尖大的猎物，还处处不顺心，便垂头丧气地回到妻子身边继续禅定修行。

再说，那张龙女画像顺水漂去，被幽谷下方九头大魔的婢女打水时拾到，拿去献给了九头大魔。大魔见此画像，顿时眉飞色舞。“在此世界上，竟会有这么美丽的女人。”他派了一帮爪牙，对他们说：“你们要走遍羌塘各部，细细寻找，若寻得这个女子，我要重金酬谢你们。快去吧！”那帮探子，日夜兼行，不到一日来到央龙幽谷。嘎冉措姆早已知道他们的来意，于是设宴招待，并给每人一块羊头大的黄金，严严实实地堵住了他们的嘴。他们回去对大魔说：“我们翻山越岭，跑遍了上方阿里三部，中方邬仓四部，下方朵康六部，访寻了无数小部，根本就没有这么个女人。”九头大魔心中闷闷不乐，开始打消他那贪婪的念头。正当这时，他的姐姐卡果加玛走来，用手指着她自己的嘴，示意叫大魔打开她嘴上的铁锁。原来，这恶毒的魔女有一张混世的破嘴，一切是非都由她拨弄出来。大魔怕是非之风扇的太多了，会引火烧身，所以给她的嘴上了一把铁锁，平时一般不开。这天大魔开了锁，她也就滔滔不绝地讲：“你只信得过他们而信不过我，可他们对你背信弃义了，是因为接收了人家的重金，重得几乎使他们背不动啦！现在，如若你肯把领地和财产的一半分给我，并保证以后永远不给我的嘴上铁锁，我去把那画上的女人找来。”大魔发誓只要找到那美人儿，不要说领地和财产的一半儿，三分之二都肯给。

在一个北风呼啸，雪花纷飞的冬天里，一个衣服褴褛、头发蓬乱的跛脚要饭婆来到央龙幽谷，向龙女乞讨。嘎冉措姆命仆人放开所有的看家狗，要饭婆被狗咬得全身血淋淋，险些送了命。雪琼雪玛让古对妻子的做法很是不满，赌着一肚子气，喊仆人“牵马来”！翻身骑上从前国王给他的骏马加东色邬朝牧场疾驰而去。刚翻过一座小山坡，忽见那可怜的老婆子在路边伤心哭泣。她见雪琼雪玛让古来了，就跷起两个枯瘦的大拇指说：“你的妻子不但不给我吃的，反而放狗咬我。我本想到你的牧场去，可由于伤势太重，实在走不动，求你在后鞍上带我去行吗？”“行，老阿妈你快上来吧。”青年

说着勒马停住，老太婆趁他不备一下变成一个巨大的怪物，张开山洞般的大嘴，将雪琼雪玛让古连人带马吞了下去。但是，人身刚到她的喉管里，那骏马加东色邬的棕色毛燃起了熊熊烈火，疼得那怪物“啪”的一声，使劲将人马一起吐出很远很远的地方。

不知过了多久，雪琼雪玛让古在模糊中隐约听到“咴咴”的马叫声。他慢慢睁开眼睛，见骏马惊恐地嘶叫，用前蹄在他身边刨地，好像是它看到什么可怕的场面似的，从它的鼻孔里淌着鲜红的血。他骑马跑回去一看，呀！宫殿被火烧毁，还冒着烟。满地都是仆人们的尸体，家犬死的死，伤的伤，嘎冉措姆不知去向。雪琼雪玛让古简直不敢相信自己的眼睛，顿觉双腿发软，两眼发黑，两手掩面瘫坐在地上。这时，骏马发狂地嘶叫，用前蹄打他，他突然想起龙王，于是，他骑马奔到湖边，高声喊道：“龙王东琼嘎布，我家遭了大难，嘎冉措姆不知下落，您快来帮帮我吧！”喊声未落，湖面波涛汹涌，接着，龙王东琼嘎布手捧小巧的铁箱来到青年面前说：“你早该好好听妻子的话，事到如今，也只好动用我的兵箱了。不过，你千万记住，不遇敌手，不能开箱。拿去吧。”这箱子虽小，倒是很重。他背着箱子，朝东走去。不知怎的，这小箱里有许多谈笑声，他好奇地把箱子打开，突然，从箱里冲出成千上万的兵将，各个手持兵器，威风凛凛，异口同声问：“要我们打谁？杀谁？”这突如其来的一切，把青年吓得不知所措，随口说声：“打它们，杀它们。”兵将们蜂拥而上，一眨眼工夫，把青年胡乱指的石山冰峰打得粉碎，然后钻进小箱中去了。龙王的小兵箱已耗尽了，青年无可奈何，又回到湖边叫龙王。这下东琼嘎布发怒了，愤愤说道：“你这人真不知好歹，除了你，在这世界上任何人甭想动用我的兵箱，你已白白耗掉了我的小兵箱，你知道它是唯龙王我才拥有的无价宝吗？好啦，你再把我的中兵箱拿去，用它救回我的女儿，否则，我饶不了你！”龙王愤怒地训斥驸马，把一个稍大一点儿的箱子扔到青年的手上，转身回水宫去了。雪琼雪玛让古再也不敢胡来，小心翼翼地将兵箱抱在怀里，任里面怎样谈笑喊叫，兵器叮当作响，都不敢看，只顾往前奔去。

雪琼雪玛让古终于找到了九头大魔的宫殿，他迅速打开兵箱，无数兵将冲出箱外：“要打谁，杀谁？主人你快下令！”“我要你们杀死九头大魔，活捉卡果加玛！其余不准伤害一个！”这些名字是他从箱内兵将们的谈论知道的。兵将们不费吹灰之力，就杀死了魔头，活捉了重伤的卡果加玛，砸开了牢门，救出了嘎冉措姆。

原来那骏马并非一匹普通的凡马，而是从一枚鹏蛋中孵化出来的神马。那天，魔女卡果加玛变成的跛老太婆将它和它的主人吐出去很远的地方，它见主人昏死过去了，只好自己去追那怪物。追到家，它嘴咬蹄踢，同魔女决一死战，战了几十个回合，渐渐难以招架。魔女杀了仆人，烧了宫殿，抢了龙女，它无奈又转回来找主人。

再说龙女嘎冉措姆，被挟持到魔宫后，九头大魔要立刻娶她为妻。龙女宁死不从，还踢伤了大魔的下部，大魔一怒之下，将龙女打入了死牢。多亏了父王的援助才使她死里逃生，恩爱夫妻重逢。他们将魔域归属于自己统辖，交给当初来过央龙幽谷的那帮人掌管，他们把魔女押往陆加秋勃的王宫，然而卡果加玛因龙宫宝器所伤，在半路呜呼哀哉了。这时，夫妻双双回到老国王宫中。老国王年过八十，重病在身，因膝下无儿无女没人来接替王位。他见雪琼雪玛让古回来了，还领来了一位绝世美女，使他喜出望外，含笑谢世。

国王陆加秋勃归天，雪琼雪玛让古继位，他和智慧的妻子一道治理国家。从此，辽阔的羌塘草原有了安宁祥和的幸福景象。

牧童与小花狗

从前在一座华丽的王宫附近，居住着一家很穷的牧户。母子俩相依为命，靠喂养几只山羊过日子。勤劳憨厚的儿子每天早早地就把山羊赶到水草丰茂的地方放牧，让它们吃得饱饱的，喝得足足的。

有一天，他将羊群赶到黑白两湖之间，忽见距他不远之处，有一只白色的青蛙和一只黑色的青蛙正在殊死搏斗。当他跑过去看时，白青蛙已被黑青蛙打得血肉模糊，奄奄一息。他伸手为它们拉架，并把黑青蛙放进黑湖里，把白青蛙放入白湖中，然后心安理得地赶着山羊，唱着牧歌："慈母好比黄色的金，金一旦坠地无法拾；情人犹如山上的草，草断了一根拾一根。"歌声婉转悠扬，歌词达理动听，儿子未归歌声先回，阿妈听了乐滋滋。

第二天，他又和往常一样拂晓起床，赶山羊到那白湖边，让它们吃上露珠草。当金色的阳光慢慢擦去草尖上的水珠时，突然，一位白衣老者骑一白马来到他身边说："感谢你的大恩大德，今日请你随我走一趟。"牧童面对陌生的老人不解地问："我与你没有恩也没有仇，我为何要跟你走？"老者说："哪，那你在我的马背上吐口痰行吗？"那牧童想："吐口痰这有什么难的？"于是在白马背上吐了口口水，就在他吐出口水的一瞬间，不觉竟然到了龙宫里，见一个年轻英俊的白衣王子正睡在龙床上呻吟。老龙一边说他救了龙子，一边让他上坐吃拙玛麻古①。他正吃得香时，坐在灶边的一位独眼老阿妈说："分给我一口拙玛麻古吃，我就提醒你一件事。"他把所有的拙玛麻古全给她吃了。于是她就说："你救了白龙王的独生子，他还会赐你许多宝，如果他问你要什么？你就要灶边的小花狗，别的什么都不用要。"龙王冬琼嘎布果然问牧童："你想要什么东西？只要是你想要的都答应你。昨天，黑湖龙王杜娃娜布准备杀死我的儿子，幸亏你救了他的命，我要报答你的大恩。"牧童虽然不知道那独眼老阿妈的意思，但还是说："我救你的儿子是在无意之中救的，不必报答。如果你一定要酬谢我，那我只要灶边的小花狗。"白龙王听牧童这么一说，不由吃了一惊，然后说："看来，老阿妈多嘴了。不过我已有言在先，因此只好把小花狗送给你了。"牧童在白龙宫中做客，吃饱喝足后，领着小花狗回来，山羊仍安然无恙地吃着草。

此后，牧童依然牧羊，老阿妈到滩里挖人参果，每当母子回家来时，小花狗卧在灶边，灶上摆满了各种热气腾腾、香喷喷的食物。从此这一家母子俩吃的穿的应有尽有，过着美满的生活。但他们始终不明白这究竟是怎么一回事，心中十分不安。

有一天早晨，牧童佯装出牧，将羊赶到滩里，自己悄悄躲在帐篷外窥探。只见那小花狗在地上打个滚，脱去狗皮，变成一位美丽的姑娘。她首先往灶里加满了干牛粪，然后背上水桶到河边背水去了。牧童心想：我从龙域丰财之地要的狗，原来是龙王公主。此时此刻，从他的心底深处涌上一股无法抑制的热浪，他冲进去将龙女脱下的狗皮扔进火中。等龙女背水回来已没有了藏身的狗皮，她惋惜地对牧童说："此事不能透露给任何外人。"

不久，国王发现在穷人家有个陌生的美女进进出出，就把牧童叫去。憨厚善良的牧童把事情的经过详细告诉了国王，国王皱起眉头沉思片刻后说道："你一个穷得连饭都吃不上的小子，怎么配有龙女呢？她应该属于我。

①拙玛麻古：用人参果、酥油、白糖制成的美味食物。

明日你用绸子裹我的后山吾卡崩巴山。如果你的绸缎裹不了山，你就无权拥有龙女，得把龙女交给我。”牧童垂头丧气地回来将国王的话告诉了龙女。龙女说：“这没什么，你去白湖边大声喊‘龙王冬琼嘎布，我需要用一下你的绸缎箱，大的不要太大了，小的不要太小了，把那中箱借给我。’记住，路上千万别开箱。”于是他跑到湖边，照龙女说的去喊了，果然湖浪把一个精致的中箱推到他面前。

次日，国王把库中所有的绸缎全运到山头往下盖，还没有盖到半山，他的绸缎就用完了。牧童将中箱背上山顶打开，美丽的龙域绸缎飘飘而下，不一会便把国王的后山变成了绸山，国王扫兴而归。

第二天国王提出打仗决胜负，这下把牧童吓得六神无主。可龙女不慌不忙地说：“你去找我父王借兵。”并细语了许久。他去湖边按龙女教的说了，不一会儿一个沉重的箱子送到他跟前。他背箱回家，箱太重一路走不动，坐在地上休息时，无意之中开了箱，里面呐喊着冲出千军万马，异口同声地问：“冲哪里？要杀谁？”吓得牧童支吾地把手指向对面山林。一眨眼工夫山林被砍得精光，连一根小树枝都没剩下。

当夜国王命令各部人马前来攻打牧童，活捉龙女。国王兵将人喊马嘶，满山遍野地向牧童那牛胃大的帐篷压过来。牧童打开了龙王的兵箱，冲出兵马，霎时两军相逢，杀声震天，死尸遍野，国王的兵马在龙军面前不堪一击，被杀得片甲不留，国王也在乱刀乱箭中丧命。次日，牧童迁进王宫，当上了国王，从此跟美丽智慧的龙女一起治理国家，给草原带来了和平和吉祥。

椙塔加玉

很古很古的时候，有一个织氆氇的能人，名叫椙塔加玉[1]。他上无父母，下无妻室子女，孤身一人，以帮人纺织为生。他邻居老阿妈有一个亲生女儿和一个义女。母女三人也很穷，只有一头花奶牛。

在他们那个部落里有一只猛虎，常出来伤害人畜。国王为了保证皇家人畜安全，令老虎每年只准吃一家他所指定的人。那畜生也懂人语，每年出来，都只吃掉国王指定的人家。它每年吃一家，因此，部落里的户数越来越少，再过几年就将被吃完了。

这年，国王下令老虎去吃椙塔加玉的邻居家母女三人。母女三人知道，国王发下的命令，如山上滚下的石头，谁能顶得回去呀？她们只有用眼泪来等待死神的到来。

这一天夜幕降临时，母女三人一边哭哭啼啼，一边往灶火里烤着三个大烧包。烤熟了就一把鼻涕一把泪地吃起来。这时义女发现自己的烧包里装的是土碱，而阿妈和姐姐吃的烧包里包的是羊肉。她伤心地低着头沉思：平时好吃的好穿的都属于姐姐，累活脏活都归我，现在死到临头了，还不能平等

①椙塔加玉：椙塔，藏语意为纺织者。

待我。于是，她讥讽地说："不怕老虎只怕酸，酸透人心的碱烧包！"这时老虎已来到门外，正在从门缝往里窥视偷听。突然听到义女这么一说，它把酸听成狻，认为狻猊来了，吓得屁滚尿流，跑到牛圈里躲藏起来。

这时，榻塔加玉独自在家，自言自语道："可怜邻居家的母女三个人，不是今夜就是明日就要被老虎吃掉了，也许已经……三宝啊，她们都要死去了，还留着那头漂亮的母牦牛干什么用？倒不如我去把它牵过来，占为己有。"想到这里，他就眉飞色舞地走出门，直朝邻居家的牛圈奔去。牛好像比以前大了一些，花纹更好看了。他一下扑过去跨到牛背上，正要抓两只犄角时，只觉得两眼发黑，脑袋嗡嗡作响，还没弄清是怎么回事，就已经被甩到野外的森林中了。

原来，他去偷牛，看不清楚，一下子跨到躲藏在牛圈里的虎背上。而那只猛虎，突然被一个胆大包天的家伙爬到头上还咬住了耳朵，就以为是狻猊向它发起进攻了。它惊慌失措地狂奔乱跳，闪电般跑进高山密林之中。摔掉榻塔加玉后，它愤怒地咆哮着向前冲去，巧遇金钱豹迎面走来，一场惊天动地的恶斗开始了。它们互相撕咬着，不断发出阵阵怒吼声，经过一夜的恶斗，拂晓时，两兽打得精疲力竭，终于同归于尽了。

天亮了，榻塔加玉从一棵大树的背后探出头来，只见一只斑斓猛虎和一只金钱豹双双倒地死了。他唾手而得到了虎豹皮，到处扬言他一夜打死了吃人的虎豹。人们信以为真，奔走相告，一下传遍了全国。国王得知此消息，立刻派宰相拜访打虎豹的英雄。老宰相问他叫什么名字，他说："我叫山后金蜂。"宰相十分高兴，便向国王推荐榻塔加玉做驸马。国王满口答应，选吉日宣驸马进宫与公主成婚。

婚后，公主每天陪他，还让他穿上绫罗绸缎，吃上蜂蜜和红糖，尽情地享受着人间一切快乐和富贵。然而他常常若有所失，心神不定，唉声叹气。公主问他为何不快，他有口难言。有一次他喝得酩酊大醉，公主扶他进房休息，可他捶胸顿足地叫喊："我不是打虎英雄而是偷牛的贼啊！全都是骗人的！"他的喊叫被国王听见了，国王产生了疑心。为了弄清虚实，便派驸马率军打仗。

临出阵时，国王问他骑哪匹马？榻塔加玉随便说了一个马的名字，恰好是国王最好的一匹骏马的名字，国王暗喜，便催他出战。那织夫除了织机外，从没有骑过马，头一次骑在马背上，何况是一匹烈性马，他怎么也无法勒住马头。而曾多次立过战功的骏马一见这种阵势就知道要冲向敌阵，它犹如离了弦的箭，朝着敌阵冲去。织夫无奈，只好两手紧紧抓住马鬃闭眼睛由它去了。

敌军兵将远远望见一个骑白马的当先飞奔而来，不禁打起寒战，有的说：“听说国王招的驸马是个打虎英雄，果然名不虚传。”有的说：“他必定有万夫不当之勇，否则怎能在一夜之间打死两只吃人的猛兽呢？”这时军心大乱，各自逃命去了。战马看见敌军已退，也就站住了。织夫慢慢睁眼一看，已不见了敌军一兵一卒。他莫名其妙，不知怎么回事，糊里糊涂地回到宫中。

国王认为驸马勇猛无比，不费吹灰之力就退了敌，给自已解了围，高兴得简直合不上嘴，便为驸马设宴庆功。在宴席上塌塔加玉说了醉话：“敌军不是我打退的，我没有射一箭，只顾闭目趴在马背上，险些摔死了！”国王听后，又生狐疑。第二天派宰相再次试探。

那宰相手里握着个东西，大摇大摆地走进门来问榻塔加玉：“勇敢的驸马，我们的打虎英雄，你知道我手里拿的是什么东西吧？”这一问，榻塔加玉吓坏了。他心里在想，自己的末日已经来临了，但又不好直截了当地向宰相求饶，因此就说：“山后金蜂捏在你手中，生死全由你来定。”“哈哈哈！”他的话音未落，老宰相敬佩地笑出声来。榻塔加玉说的是他自己，可巧极了，宰相手中拿的恰是一只黄蜂。所以宰相以为驸马是天下第一了不起的人，跑去禀报国王，老国王疑团尽散，让驸马继了王位。

从此榻塔加玉心安理得地做起国王来了。

玛桑亚如卡查

很古很古的时候，在羌塘一个长长的山谷里住着一位很穷的孤老头，他除了唯一的一头母犏牛以外别无他物，只有整天放犏牛喝牛奶，生活过得很清苦。

有一年春天，那母犏牛生下一个牛头人身的怪胎，孤老头见后大怒，抽出腰刀就要砍。这时，那怪胎大声哭喊："阿爸！求你不要杀死我，等我长大后给您养老送终。"老头的心一下软了下来，丢下刀，垂头丧气极了。说来也奇怪，那非人非牛的怪胎只几个月就已经长大成人了。他身体魁梧，力大无比，说起话来嗓音洪亮得像铜钟。他心地善良，非常孝敬孤老头，每天起早睡晚，上山狩猎，很快使老头的生活发生了变化，乐得老头整天心中甜滋滋脸上笑眯眯的。于是，他便给怪儿取名叫玛桑亚如卡查。从此，玛桑亚如卡查更加勤劳了，为了获取更多的猎物，他交了一个乞丐之子和富牧的儿子做朋友。他带上弓箭和帐篷，领着两位朋友到很远的地方狩猎去了。他们来到北方无人的沙漠之中住下。此后，玛桑亚如卡查每天领富牧的儿子上山狩猎，留乞丐的儿子在家烧茶煮肉，过着自在甜蜜的生活。

有一天，乞丐之子正在忙着烧茶煮肉，不知从哪里来了一个身材矮小、衣衫褴褛、骨瘦如柴的老太婆。她背着小小的牛毛袋，扶着根拐杖走到帐篷中说："求你给我点吃的吧。""没有没有！这些食物是给大哥、二哥准备的。”乞丐之子不乐意地说。“那，请你让我闻闻你这些食物的味儿行吗？”老太婆一再要求闻味。“那你闻就闻吧，快闻快走！我的两位哥哥快要回来了。”就在那老太婆抢前一步来闻味的一瞬间，帐篷内所有的食物全不翼而飞，连痕迹都没留下一点。同时那老太婆也无影无踪了。乞丐之子百思不得其解，急得团团乱转，他怕两位哥哥不相信刚才发生的这起怪事，便捡来一只干枯的野马蹄在帐篷周围的沙滩上到处乱戳，印出许多马蹄印，然后呆坐在帐篷中等待他们归来。

当晚，在山上寻猎跑了一天饿得心直发慌的两位哥哥回来了。“快拿肉来，快倒上茶。”乞儿急得挤出一滴泪，撒谎说：“哥哥啊！你们哪里知道，今早你们走后不久，来了一帮强盗把我们的所有的食物全抢走了，你们看看帐篷外沙滩里的马蹄印。”两位哥哥一看，果真到处都是新马蹄印，因此也就相信了，空着肚子睡去了。

次日，玛桑亚如卡查领着乞儿上山狩猎，把富牧之子留在家。不一会，那可怕的老太婆又来了，同时发生了和头一天一样的事件。富牧之子怕大哥说他无能，寻来一只野牛蹄，往沙子里印蹄印，傍晚等大哥和乞儿归来时他撒谎说：“今天来了许多赶牛的强盗，抢走了我做好的食物。”玛桑亚如卡查有些不满地说：“怎么，天天都遭强盗抢，明日你们俩上山打猎，我在家做饭，我要看看是哪方来的强盗！如此胆大。”

这天，玛桑亚如卡查送走两个朋友后，自己在家一边煮肉一边注意观察周围的动静，忽见一个丑陋的老太婆钻进帐篷内说：“这位大哥请你给我点吃的。”“没有没有！你走开！”他毫不客气地让她走。但她还是缠着不走，并要求闻食物味。这下，玛桑亚如卡查灵机一动，将一个吉瓦[①]用针扎了许多个眼，然后说：“你要闻我的食物并不难，不过你得先去泉边背回一袋水，行吧？把你背的小袋先卸在这儿。”那不人不鬼的老太婆一时找不到

①吉瓦：装水的羊皮袋。

别的话，只好先去背水。她到河边怎么也舀不满那吉瓦，耽搁很久。在此期间，玛桑亚如卡查迅速将老太婆的小袋打开一看，见里面装有一根血淋淋的人肠，一把锤子和一把钳子。他赶紧用兽肠及他的钳锤取代了老太婆的东西。老太婆因无法舀满水袋就不耐烦地跑了回来，见她的东西还在，这才放心地说："你那吉瓦没法装水，你还是让我闻闻肉味吧。""不行！你把我的吉瓦扔哪儿去了！快去给我找回来！快去呀！""那，我们先用肠子捆一捆，铁锤打一打，钳子夹一夹吧？如果你赢了我才去拿吉瓦，否则，哼！"老太婆边说边取出那小袋中的兽肠捆他，可是捆不紧，玛桑亚如卡查挣脱兽肠，并拿老太婆的那人肠将老太婆绑得喘不过气了，接着锤打钳夹顿时将她打得昏死过去了。这下他高兴地跑到山上告诉两位朋友。当他们一起赶回家时，躺在血泊中的老太婆已不知去向，细细观察，发现地上有点点滴滴血迹朝北方延伸而去。他们三人沿着血迹找去，在北边大山顶上有个不大的洞口直直向下，看来很深。他们急忙跑回家拿几根长长的拴马绳接上，然后，玛桑亚如卡查说："你们俩待在洞口抓住绳头，我下去看看！"他顺着毛绳摸下去了。这个洞足有千丈深，内大口小，洞底宽如大厅，四周堆满了金银珠宝，简直使人眼花缭乱，那老太婆就住在洞厅的中央。他用绳头捆好金银珠宝让两个朋友往上拉，一次接着一次，一捆又一捆地朝上递，将堆积如山的宝物运出洞外。当他自己准备爬上来时，他的两位朋友竟把毛绳一收，怎么也不肯再放下来。原来他们俩见了巨财变了心，想把玛桑亚如卡查困死在深洞里。可怜忠厚勇敢的玛桑亚如卡查这下在深洞里束手待毙。他气愤后悔想骂，但声音传不出去，他又饥又冷，加之气愤，渐渐地昏了过去。

不知过了多久，当他苏醒过来时，见洞厅正中长出一棵巨大的无名之树，根粗枝茂，直直向上，树梢一直伸出洞外。他欣喜若狂，饥饿、疲劳乃至气愤全忘了，站起身来顺着树身攀上去，一会儿工夫就到了洞外，强烈的阳光刺得他眼睛睁不开，只好闭眼站在洞口。"走吧，可怜的孩子，到我家去吧。他们贪财害你，连帐篷也拔走了。"一位白须老者过来说。就这样玛桑亚如卡查被带到圣界，原来那棵无名大树是圣王的拐杖变的。他到了圣界，得到了圣王无微不至的关怀，他的体力很快就恢复起来了。这时，圣王认真地对他说道："玛桑亚如卡查，我知道你是人间最正直、善良、勇敢的孩子，你已经除掉了可恶的岩妖，不然她对人类的危害极大。不过，对人类来讲现在还有一个更凶恶的敌人，就是北方的野魔牦牛。如若不能除掉它，黑头藏人必将死于它的铁蹄之下。我曾几次想除它，但由于那魔牛太凶狠，所以我没有办法，现在只有你我联合起来同心协力才能杀死它。你先去埋伏在它的附近，寻机杀死它。"玛桑亚如卡查在圣王那里接受了为民除大害的重任，并按照圣王的吩咐，单身一人前往北部寻找魔牛。

一天，玛桑亚如卡查在一座陌生的大山脚下、辽阔的草滩之中找到了魔牛。那头魔野牦牛身子大如山，毛色黑似炭，犄角粗得像两根巨大的铁柱，一双盆口大的眼睛直直盯着前方，犹如一棵松树般的毛尾不时左右摆动几下，鼻孔里放出浓烟似的粗气，真使人望而生畏。虽然玛桑亚如卡查潜伏在深坑，但那野牛毕竟是魔牛，早已经发现了他，而且翻江倒海般地扑了过来。玛桑亚如卡查牢记着圣王的嘱咐，冷静地等待信号，一步，两步，三步，魔牛渐渐近了。这时，他实在无法沉住气，"嗖"地一箭射出，"轰隆"一声巨响，魔牛倒下了。但它又马上起来把玛桑亚如卡查顶了三次踩了三下，玛桑亚如卡查倒地而死。由于他射箭过早，所以召来了杀身大祸，和魔牛同归于尽了。圣王惋惜地超度他到天上，任命他为魁星。今天人们每当看到那高高挂在北方上空的魁星，就想起诚实、勇敢的玛桑亚如卡查。

三个魔鬼

从前，有三个魔鬼，它们都没有娶媳妇。在这个地方，住着一户人家，这家有个能干又漂亮的姑娘。三个魔鬼知道了，就跑去向这家求亲，他们扯着嗓子吼道：

在这座大山那边的山腰上，
有一块不大不小的草坪，
住着我们能干的三兄弟，
个个都赛过天神。
我们的财宝压折了楼板，
我们的牛羊挤翻了山坡，
我们的田庄一个挨着一个，
我们的粮食像一座山岭。
把你的女儿嫁给我们吧！
她会生活得像在王宫里一样。
这也是前世的姻缘，
谁叫我们是你的近邻。

这家的主人老太太说：

美丽的女儿我们有一个，
善良的女儿我们有一个；
这是金子换不走的姑娘。
老人年老了，要靠她服侍，
家里人少了，要靠她主持；
可爱的女儿舍不得嫁出去，
美丽的孔雀舍不得撵出去。
既然你们来求亲，
也是我们的光彩，
假若能说出女儿的名字，
才能说你与她有姻缘！

这三个魔鬼平素是最刁钻的，可是没防到这一着，他们面面相觑，谁也说不出姑娘叫什么名字，只好回去。

走在路上，碰见一只兔子。他们对兔子说："兔子老伯，兔子老伯，你到哪儿去？"

"我去找点果子吃！"

"别去了！你帮我们做件事；我们果子有的是，管你往饱里吃！"

"什么事？你们说吧，看我能不能帮上忙？"

"上边那户人家有个女儿，你去打听打听她叫什么名字，打听到了，告诉我们。"

"这容易！我就去。"

兔子到了那户人家窗户底下蹲着，听见老太太对女儿说："拉萨花儿，拉萨花儿，天要下雨了，你到屋顶去把曲拉收下来！"

兔子听了，知道她叫"拉萨花儿"，记在心里，一直往魔鬼的家里走去。走着走着，一个山楂果子从树上掉下来，吓了它一跳，一看是个山楂果子，心里很想尝一尝，又怕耽误了魔鬼的事，只得放弃了它。可是这一转念之间，竟把那家女儿的名字忘了一半，只记得什么“花儿”，想了半天想不起，就叫作“山楂花儿”吧，跑去对魔鬼们说：“那家女儿的名字叫‘山楂花儿’。”魔鬼们又来求亲了：

地底下是石头，
石头下面是水；
你女儿的名字，
我们已经知道。
把她嫁给我们吧，
好日子就在眼前！

老太太问：

雪山上耀眼的光芒，
真耀眼的只有水晶；
我们女儿的名字，
究竟叫什么？

魔鬼们说：“她叫‘山楂花儿’！”

“不对！不对！她不叫这个名字。你们没有缘分，走开吧！”魔鬼们只好又回去。

走在路上迎面碰见一只狐狸，他们对狐狸说：“狐狸大姐，狐狸大姐，请你帮我们办个事，我们家的肉尽你吃个够！”

“帮你们办什么事啊？”

“你去打听一下，上边那户人家的女儿叫什么名字，打听好了来告诉我们！”

狐狸去了，它躲在进门的楼梯底下等着。一会儿，老太太对女儿说：“拉萨花儿！天黑了，去给大花奶牛添点草料吧！”

狐狸知道姑娘名叫“拉萨花儿”，嘴里一路念着拉萨花儿，一路奔向魔鬼家里来。路上经过一条小河，在河边它见到一条大鱼在河里游，心里一动，就想去抓鱼，可是又怕误了魔鬼们的事，就掉头往前走，可是这么一转念着，也把姑娘的名忘了一半，只记得“拉萨”二字，“拉萨”什么，想了半天也没想起来，就叫“拉萨鱼”吧。它跑到魔鬼家里，对魔鬼们说：“那一家的女儿名字叫‘拉萨鱼’。”

魔鬼们又来求亲了：

路越走越熟，
星星越出越多；
把女儿嫁给我们吧，
她的名字我们知道了。

老太太回答：

满天云彩不下雨，
满地石头不长庄稼；
你们的话说了不少，
我的女儿叫什么名字？

魔鬼们说：“你的女儿名字叫‘拉萨鱼’。”

“不对，不对，她不叫拉萨鱼！”魔鬼们又未如愿，只好回去。走在路上碰一只乌鸦，对乌鸦说：“乌鸦叔叔，乌鸦叔叔，请你到上边那户人家那里去打听一下，他家的女儿叫什么名字，回来告诉我们，我们将重重酬谢你。”

乌鸦听了，一直飞到那家旗杆上停着，听见老太太对女儿说："拉萨花儿，天不早了，把松明熄了吧，别再织氆氇了，来念一遍经睡觉吧！"

乌鸦听了记在心里："啊！拉萨花儿，是在拉萨长出来的花儿吗？"它一路念叨，一直飞到魔鬼家里，告诉了他们："那一家女儿的名字叫'拉萨花儿'。"魔鬼们听了一想："唔！不错，一个说山楂花儿，不对；一个说叫拉萨鱼，又不对；这一回叫拉萨花儿，该对了吧。"他们又去求亲了。不用说，老太太没有话讲，自己说出来的话就像放出去的箭，收不回来，人家既然把女儿名字说对了，只好答应这门亲事。

女儿嫁给了魔鬼们做妻子，临来时，只带着家里那匹白马做嫁妆。到了魔鬼家里，要受苦了，一天到晚忙不停，动不动还挨他们打骂，连门也不许出，活像一个奴隶。

一天，魔鬼们出去了，临走时对她说："家里的事好好照应，不许乱跑、乱动。后面墙上那扇门不许打开。"魔鬼们走后，她真的不敢动，后来，心里实在想看看墙上那扇门里究竟有什么秘密，就轻轻地撬开一看，啊呀！里面尽是些死人骨头，白生生的一堆，在人骨堆里还有一个老太婆瘦得皮包骨头，对姑娘说："好姑娘！快逃走吧！这三个魔鬼会把你吃掉的，我把我的皮给你披上跑吧！"

姑娘真的就披了老太婆的皮，骑上自己带来的白马逃走了。

她逃到一处地方，靠帮人家背水过日子，每天早晨她第一个到水井旁边对着水井梳辫子，这时候，她脱下了皮，显出自己美丽的面貌，可是谁也没看见；人一来时，她已披好老太婆的皮，又变成了老太婆了。她心里始终害怕魔鬼们来追赶她回去。

一天早上，她正要梳辫子，恰好被王宫里的马夫看得清清楚楚，连忙报告国王说下面水井旁有一位如何美貌，如何难得的美女；国王跑来看时，却只见一个老太婆，他把马夫打了顿，怪他不该说谎。马夫挨了打，心中也很纳闷：明明看见是一位美女，怎么一转眼就变成了老太婆了。他不服气，第二天，偷偷地躲在大树后面瞅着，当她脱下皮来梳头时，马夫把那张皮一把抢过来，扔下井去，同时，把她领进王宫，献给了国王，做了国王的王妃。

不久，国王到山里去静坐修禅一年。临走时，王妃已经怀孕快生产了。但是国王为了消灾忏罪，不走不行。他走了不久，王妃就生下了一个王子。王妃写了一封信告诉国王，让马夫去送信。这马夫带着信上路，走到一座桥边，见到有三个人有那儿喝酒。他本来就是酒鬼，见酒就不要命了，也就凑上去喝酒；喝着谈着，就把自己的国王如何娶这位王妃，这王妃如何披着老太婆的皮，如何被他识破，现在生了王子，自己被派去送信等等都说出来了。

这三个人不是别人，正是那三个魔鬼，他们的妻子不见了，一直没有找到，听到马夫的一番话，知道了她的去向，心中愤恨，就把马夫灌醉，从他身上取出信来看。上面写道："生了一个继承王位的男孩子，等着你回来。"魔鬼们把信换了，改写成："生了一个牛头人身的妖怪，你看怎么办？"马夫酒醒来，匆匆忙忙上路，到了国王那里，呈上书信，国王打开一瞧："生了一个牛头人身的妖怪，你看怎么办？"心中纳闷怎么回事？就写了封回信："不管怎样，不要难过，等我回来再说。"马夫拿了回信，又来到桥边，那三个人早在等候着了，酒鬼见酒鬼二话不说，大喝起来。等他喝醉，三个魔鬼又搜出回信来看，又把回信改成："没有良心的东西！孩子扔掉！你也滚开！"等马夫酒醒，带着这封信回到王宫。

王妃打开一看，心里很悲伤，不晓得是什么原因，使国王这样恨自己，只好带着孩子走开。她骑上原来带出来的白马走了，走到一处人烟稀少的荒原里，白马对她说："主人！主人！你把我杀掉，把马皮摊开，马蹄放在四角上，骨头堆在当中，马鬃撒在四周，心、肺、眼睛放在一起，自然有好处。"

她怎么也不肯，可是白马倒下来死了。她没法，就照白马说的那样办了。一夜工夫，这里出现了一所高大的城堡：四周有树木，四角有碉楼，当中有一座耸立的塔，还有一眼清澈的泉水，城堡中的库房里要什么有什么。她就带着孩子在那里住了下来。

过了些日子，那国王巡边到这里，看见了这座自己从来没见过的城堡，就进去细看，到里面却见到自己的妻子，心中又喜欢又难过，二人说了一夜的话，才知道闹了一个误会。他们又幸福地生活在一起。

三个魔鬼还不死心，他们化装着三个商人来到这里，说是带来一大批绸缎来卖，可是王妃从小魔鬼缺少右耳朵的标记上认出了他们，偷偷地告诉了国王。国王派人在大厅下面挖了个深坑，邀请他们到大厅吃饭。一进房门，三个魔鬼都掉进了深坑。国王连忙命人填土，还在上面盖了一个夹着黑色、白色和青色的九层高塔。

老虎报恩

从前，有娘儿两个，儿子每天打柴换钱来供养阿妈。一天，儿子上山打柴，走着走着，到了一个石崖底下，他忽然看见前面不远处一棵树的枝丫中间夹着一只老虎。他看了好久，想把它救下来，又怕反被它吃了。思来想去，最后还是下决心救下那只老虎。他攀上树，砍断树枝，“嘭”的一声，老虎掉到了地上，只是趴在那里静静地一动不动。他看了一会儿，见老虎不会伤害他，这才下树砍柴去了。

他打了柴，收拾停当，准备往回走。这时平地刮起一阵风，把满地的树叶枯枝吹得“沙沙”作响。他一回头，见是那只他救下的老虎。不好！他心里一惊，吓得魂都掉了，真后悔救它。他背上柴紧走几步，老虎也从后面远远地尾随着。他走快老虎也走快，他走慢老虎也慢。就这样一直到了他家门前，他一跨进门就大声喊：“阿妈，阿妈，我后面跟来了一只老虎。”阿妈出门一看，不要说老虎连个影儿也不见。阿妈责怪他看花了眼，仔细一问才知道儿子救虎的事情。

有一个晚上，娘儿俩听到有个东西在推门。儿子壮着胆子到了门上，开门一瞧：老虎嘴里衔着一只羊。老虎见了他放下羊，点点头消失在黑夜里。娘俩不管三七二十一把羊肉煮着吃了。又隔了几天，老虎又衔来了一头牛。阿妈感到很奇怪，对儿子说：“儿啊，这只老虎怎么只会给我们家衔牛羊？

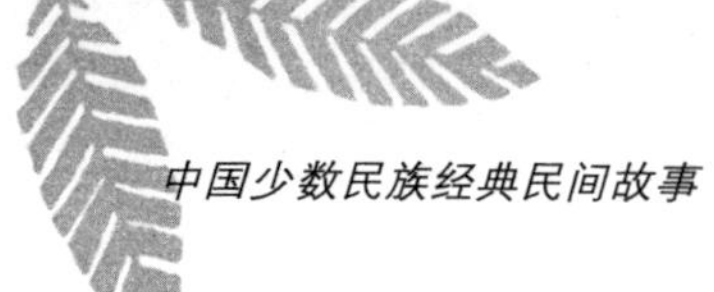

你年纪也不小了，要是它能给你衔个媳妇多好啊！”没过几天，老虎真的衔来了一个美貌的姑娘。这次，老虎还开口说话了：“往后你们有啥事情要我帮忙，就到山上喊三声‘虎大哥’，我就会出来。”说完就消失了。

娘俩哪里知道，老虎衔来的原来是一位公主。王宫里发现公主失踪，四处张贴布告，挨家挨户搜查，找来找去，最后找到了他家。这下可闯下大祸了，拐骗公主有杀身之罪啊！国王手下的人不问青红皂白，把小伙子捆走了。

阿妈见儿子被抓走，急昏了头，不知该怎么办？她猛地记起老虎说过的话，急忙磕磕绊绊地爬来山顶，连喊三声“虎大哥”！一阵风刮过，老虎随风跃出，阿妈痛哭流涕地把发生的事情给老虎说了一遍。老虎听了朝大山深处大吼三声，震得山摇地动，不一会儿，千万只老虎从大山深处汇聚在一起，洪水般涌向京城，把整个京城围得水泄不通。这下，国王和大臣们都慌了手脚，整个京城混乱一片。

再说那个小伙子，抓去后立即下到了死牢里。一天，守牢的人们在小伙子牢房旁谈论老虎困城的事情，小伙子听了个一清二楚。他急忙把狱中守监的人叫到跟前说：“你去禀告国王，要是放了我，我自有退虎的办法。”

国王听说那个小伙能退虎群，亲自来到死牢里对他说：“你要是在三天之内退了虎，我封你为驸马，若是退不了，那只有死路一条。”小伙子满口应承。他谢过国王，出了死牢，登上城墙，从城头上往下一看，啊！数不清的老虎。再细眼一看，在数不清的老虎群中正对城门当中站着一只斑斓大虎，正龇牙咧嘴地大声吼着。他认出那就是自己救过的那只老虎，赶紧下了城墙，出了城门，来到这只虎的跟前。老虎见到救命恩人，眼睛里流出了泪水。他不知对老虎说些什么，可老虎好像懂了他的意思，只见那只大虎回转身大吼了三声，甩了一下尾巴，带头向后撤去。其余的老虎都跟着它纷纷退去了。

国王看得惊呆了，没想到这个小伙子竟有这么大的本事，连老虎也听他调遣，就高高兴兴地把小伙子召进宫里，叫公主和小伙子结了婚。从此，娘儿俩过上了幸福的生活。

奔波利卡许的故事

有一个穷苦的年轻人，在一户人家做工，做了三年，工钱是一只烂木碗。从此，别人就叫他“奔波利卡许”，就是烂木碗的意思。

奔波利卡许带着他唯一的财产——烂木碗动身到远方去求幸福。他走呵走呵，遇见一个老阿爷，手拿着根木棒，奄奄一息地倒在路边。奔波利卡许上前关切地问道：“老阿爷，你怎么了，生病了吗？”老阿爷说：“穷人的病就是‘饿’啊！”

奔波利卡许明白了，他掏出自己很少的一点糌粑，又舀来清凉的泉水，揉好喷香的糌粑团，双手送到老阿爷嘴边。

有气无力的老阿爷吃了糌粑团，顿时有了精神，他把手中的木棒送给奔波利卡许，说：“好心的青年人，收下这根木棒，只要你念‘骑马的武将们，出来！’就有七名骑着骏马的武将出现在你的面前，听从你指挥。”奔波利卡许收下宝棒，告别老阿爷，又上路了。

他走了很久很久，到了一块草坝子上，见格桑花[①]开得很美丽，香气诱人。奔波利卡许饿极了，他在破皮口袋里掏啊找的，取出最后一块奶饼子，

①格桑花：藏族人民认为这种花象征幸福，栽房前屋后，每年八月开放，有红、黄、蓝、白、绿、赭等颜色。

正要吃，忽然看见一个壮年男子背着一个口袋，东倒西歪地走过来，奔波利卡许忙上前扶住他说：“阿叔，你要上哪里去呵？”那男人说：“野马纵然死在南方，头也要朝着羌塘[①]，我长久在外流浪，渴望回到故乡，怎奈饥饿难熬，怕要死在他乡。”

奔波利卡许同情地问道：“不知阿叔的家乡还有多远？”壮年人说：“翻过前面那道山冈就是，可惜我怕走不到了！”奔波利卡许忙把奶饼子送到他手上说：“东西虽少，阿叔吃了总可以增加一点力气！”壮年人说：“我看你也饿得脸发白，我吃了，你又吃什么呢？”奔波利卡许硬把奶饼子塞到他手里，说：“阿叔怎么这样说？常言说，穷人是一根枝上的鸟，一个窝里的鹰呀！”壮年人很感动地吃了奶饼子，取下背上的口袋，双手递给奔波利卡许，说：“这是一袋木桩，钉到哪里，哪里就会出现三层铁房，我已经快到故乡，帐篷虽破，还可以遮风挡雨，你把这个带上，遇见野兽、风暴都不怕！”

奔波利卡许推脱不掉，只好收下。他告别了壮年人，到河边喝了几捧水，打起精神又上路了。走到一座滑溜溜的山坡上，四处见不到一棵树、一丛草，爬一步泥沙哗哗地直往下垮。奔波利卡许正艰难地爬着坡，忽听一阵呼救声。顺着声音找去，发现一个白发老阿婆睡在坡底，她求奔波利卡许把她救上来。奔波利卡许很为难，心想，自己又累又饿，浑身发抖，去救老阿婆，只怕两人都要摔死。他又想，见死不救，比野兽还不如，今天就是摔死也不怕！他放下褡裢，一步一步梭下岩去。说也奇怪，竟没有摔倒。等他把老阿婆背到背上时，就更感到惊讶了，不但脚上不滑，肚里也不饿了，觉得浑身都是力气。到了坡上，老阿婆慈爱地笑了：“有三个人从这里走过去，我喊破了喉咙，也没人理我，活活在坡底躺了三天三夜。”奔波利卡许用袖子替老阿婆擦干净身上的泥土，说：“让我背您回家吧，您的家在哪里

①羌塘：藏区一个地名，该地盛产野马。

呢？”老阿婆说：“不用了，我自己能回去，善良的年轻人，我要送你一样东西，看在我满头白发的份上，你一定要收下。”说完从怀里拿出一个又大又红的桃子来，放到奔波利卡许手中说：“这是仙桃，吃了把核丢掉又能长出桃子来。”

老阿婆说完话，不见了。奔波利卡许知道遇见了仙人，向天空虔诚地拜了一拜说：“慈善的神仙，我明白您的意思。放心吧，奔波利卡许一定要做一个好人。”

他来到一个宽广的草原上，遇见一个流浪汉对他说：“看你面容，你是个善良的人，可愿和我结成弟兄，一同赶路？”奔波利卡许笑了，说：“一人行遇歹人，同伴多得安宁！我怎么会不愿意呢？不知你叫什么名字？”流浪汉说：“通其布①。”于是二人结为兄弟，一同赶路。

他们来到大森林中，遇见一个满脸胡须的人正在采野果子吃，那人看见他们就上前说：“远方的朋友，可愿同我纳其布②一同生活？”奔波利卡许还未答话；通其布大声说：“我们才不愿过猴子一样的生活！”纳其布又说：“那就让我跟着你们一同走吧！”通其布说：“别跟着我们，人多惹麻烦。”奔波利卡许说：“有一百个朋友也嫌少，有一个敌人也嫌多。”三人又一齐向前走去。

在一块岩石上，坐着一个皮肤黑黝黝、身体很健壮的人，看见他们就说：“你们真幸福呀，又热闹，又和睦。”奔波利卡许说：“是呀，莫非你愿意和我们结伴？”那人还没说话，通其布又抢着说：“人不是羊子，要那么大一群干什么？”奔波利卡许说：“如果他愿意和我们在一起，从今以后，我们就是弟兄了，但还是要起一个誓好。”那人高兴地说：“我叫渣其布③，我愿意起誓。”于是四个人在云雾缭绕的山岩上，同声发誓：“我们

①通其布：平坝上的人。
②纳其布：森林中的人。
③渣其布：山岩上的人。

四人，今生今世，永远不分离，有一方布同穿，有一口糌粑同吃。”

他们来到一座泉水淙淙响、果树满山冈、野花放清香、野兽四处藏的大山上，四个人都认为这是个富饶美丽的好地方，决定在这里安家。他们分工：奔波利卡许和通其布负责取水、拾柴、做饭，纳其布和渣其布体格强壮，手脚灵活，负责打猎。纳其布会打森林里的野兽，渣其布会打山岩上的野兽。

有一天，奔波利卡许出去拾柴去了，纳其布和渣其布打猎去了。通其布在家做饭，他烧了一锅茶，又煮好了半只獐子。忽然，来了一个面目凶恶的老阿婆，要通其布给她茶喝，给她肉吃。通其布说：“嗨，说得多么容易。对你说吧，要喝茶，山溪里有的是；要吃肉，兽洞里有的是。”说完就不理她了。老阿婆说：“你给不给”？通其布说：“不给，你快走吧。”

老阿婆把头一摆，又把脚一顿。呀，原来是一个头上长角、脸上长毛的妖婆，她气狠狠地拿出一条绳子，一副铁夹，说要把通其布夹起来捆起，扔到悬崖底下去。通其布吓坏了，忙把半只獐子全给了她，她这才走了。

下午，拾柴和打猎的人都回来吃饭，看见锅里空空的。通其布哭着讲了经过。纳其布说：“你太没有出息了，一个老婆子也奈不何，明天我来做饭，看谁敢再来。”

第二天，大家都出去了，留纳其布在家煮羊肉。等他们下午回来时，见纳其布垂头丧气地捧着头坐在那里，才知道他今天也被那老阿婆收拾了，羊肉抢得一丝不剩。

渣其布饿着肚子，很不高兴地说：“你们两人都是笨蛋，明天我来守家吧。”

结果，渣其布也遭到了同样的倒霉事情。

这天一清早，奔波利卡许决定自己留在家中，叫他们三人全出外去。他升起旺旺的火，煮了一大块又肥又嫩的鹿腿和一只香气扑鼻的马鸡。果然老妖来了，一脸威不可挡的神气。

奔波利卡许一见她，就满脸是笑地迎上去说：“阿妈，您来啦，您老人家走累了吧，快坐下。”他把老妖婆扶到早已准备好的毡子上坐下，恭恭敬敬地端上一碗滚烫喷香的茶。老妖婆想：“是这人认错了妈？还是我忘记了儿子？管他呢，吃了再说。”她接过茶，两个眼珠盯住锅里的鹿肉和鸡肉。奔波利卡许说：“阿妈啦，您年纪大了，要吃煮得很烂的肉才行呀。您看，肉还没熟，汤倒快干了，您老人家去取点水来，我这里要烧火呀。”他暗中把取水的牛肚子用针扎了好些洞，就交给老阿婆。

老妖婆为了吃熟的肉，就来到山溪边取水。哪知扎了洞的牛肚子装满了水，一提起来就漏光了。她只好扯了一根头发来捆漏洞。捆了一个又一个，捆了好久，才勉强提了半牛肚子水回去。她走时放在锅边的绳子和铁夹，已经被奔波利卡许换成了烂牛绳和木夹。她把牛肚子一扔，恶狠狠地骂起来：“你这个没孝心的坏儿子，故意拿烂牛肚子让我去取水，你是想累死你的妈呀？”奔波利卡许哈哈大笑起来，说：“你这老妖婆，谁稀罕你当我的妈呀。”妖婆大怒，想去取她的绳子，哪知一取都成了一截一截的烂牛绳。她又取铁夹，也成了一块一块的烂木夹。妖婆慌了，想逃跑。奔波利卡许取出阿爷给他的木棒，念道：“骑马的武士们，快来。”顿时，七名骑马的彪形大汉出现在面前。奔波利卡许命令他们将妖婆绑在一棵大树上，仍旧收回了七武士，自己边喝茶边等通其布他们回来看看妖婆的狼狈相。等了一阵，他心急，就到山口去接他们。

等他们四人回到家时，妖婆早已不知去向，她连大树一起背走了，留下一个大土坑。通其布见奔波利卡许这样大的本事，心里很嫉妒，又害怕妖婆转来报仇，就怂恿着说：“奔波利卡许阿哥，你有这样大的本领，能杀掉那个妖婆吗？”奔波利卡许说：“当然可以。”说着，就手执大刀，顺着树根掉下的泥土，追赶妖婆去了。

妖婆跑回洞里，急想钻进去，无奈捆在背上的大树怎么也进不去。正在她急得暴跳如雷的时候，奔波利卡许赶来了，一刀杀死了她。这时，通其布他们赶来了，看见尖嘴獠牙的妖婆背着大树，倒在血泊中，吓得倒抽冷气。

他们打算换一个地方安家，就收拾起行囊，离开了这里。走呵走呵，走了九天九夜，发现路边有一个碧波粼粼的海子①，海子清澈见底，海子底下现出许多金银珠宝。通其布高兴得跳了起来，忙叫人拿绳子捆在自己腰上，他要下水去取宝。可是绳子才放一丈，他就连呼救命，被拖上来了。纳其布又来，绳子放了两丈，他又受不住了，叫人拖了上来。渣其布又说："我来试试。"绳子放了三丈，大家以为渣其布到底了，没想他也叫起来，大家只得拉他上岸。最后奔波利卡许把绳子系在腰上，下水去了。不到喝完三碗茶的工夫，奔波利卡许到了海底。他把一块块金银拴在绳子上，一次一次叫人拉上去。从早晨到太阳落山，通其布见有好大一堆金银财宝了，就说："我有个想法，不知你们愿意不愿意？"纳其布忙问："啥想法？"通其布说："你们说，奔波利卡许这个人好不好呀？"纳其布和渣其布说："好，又能干，又勇敢。"通其布大吼着说："好什么，他能干，又勇敢，正是个大祸根，将来会把我们杀死的，就像杀妖婆一样。"纳其布说："不会吧，他待人就像亲兄弟一样。"通其布说："你真是愚蠢，俗话说，有钱是叔叔的侄子，没钱是叔叔的奴仆。他没钱时，待我们当然好，现在他取了这么多财宝上来，还会拿我们当人看吗？"纳其布和渣其布被他说动了心。通其布又接着说："好了，你们两人都赞成我的主意了。"说着，一撒手就把绳子扔到海子里去了，三人大包小包地就把金银财宝驮着走了。

奔波利卡许见绳子被扔了下来，他知道通其布等人起了坏心，心里又悲伤又气愤。他忽然想起神仙阿婆给他的仙桃，忙从怀里掏出来，吃了桃肉，扔下桃核。奇迹出现了，扔桃核的地方长出一棵小树苗来，一眨眼长一节，不一会儿，这棵树长得比水面还高。奔波利卡许顺着树干爬到岸上，收了桃子，放在怀中。

他东打听西打听，打听到了通其布等三人正在一个城里过着大财主的生活，过得比国王还阔气，牛羊数不清，仆人一大群。奔波利卡许急急忙忙奔

---

①海子：高原上的湖泊。

到那个城市去找他们。

通其布、纳其布、渣其布三人，这天正在他们宫殿一样的房子外面晒太阳，忽见奔波利卡许走来，三人大吃一惊。纳其布和渣其布羞得拿袖子遮住脸。老人们讲得好：朋友骗人笑盈盈，骗子骗人泪淋淋。通其布笑眯眯迎上去说："阿哥啦，可把你盼回来了。"他拉住奔波利卡许的双手，号叫一声大哭起来，说："阿哥啦，你可别怪我们呀，那天正要拉你上来，忽然来了一只猛虎……"奔波利卡许甩开他的手，说："不要哭吧，哭坏了身子怎么享福呢？"通其布听到话里有音，就恼羞成怒地说："明对你说吧，你这个穷鬼，找到我们也无益。你要是想不挨雨淋不被风吹，那就进屋子里去吧。不过每天要给我打一百捆柴，背一百桶水，我这儿的长工都是这样的。"奔波利卡许哈哈大笑起来，好一阵才说："让我这邦古[①]一样的人进你的屋子去，你也太善良了吧。"

通其布两手一摊苦笑着脸说："有啥法呢？总不能让你叫豺狗拖去呀，好歹大家兄弟一场嘛！"

奔波利卡许不再理他，从口袋里倒出木桩，在地上钉起来。"轰隆"一声巨响，平地升起一座光灿灿的三层铁房。奔波利卡许站在最上一层，俯身望着通其布说："你要是想到我家里来做客，我是不会叫你去打柴背水的！"通其布又惊又喜又眼红，他叫人背来许多干牛粪，堆在铁房子周围，又点起火来，把铁房烧得通红。通其布正在狂笑，忽见铁房子上长出一棵高大的桃树，奔波利卡许从树上跳下来，手里挥舞着一根木棒。霎时出现七名骑马武士，手持绳索把通其布、纳其布、渣其布全部捆住，请奔波利卡许发落。通其布直磕头，乞求饶命；纳其布吧嗒吧嗒掉着眼泪；渣其布却望着奔波利卡许，眼里流露出又悔又痛的神色。奔波利卡许觉得心里不忍，但又不敢放开他们。正在为难的时候，忽然面前出现送他仙桃的老阿婆，对奔

①邦古：藏语，即乞丐。

波利卡许说："饶了恶人，就害了好人。让我来发落他们！"她指着通其布说："你这比畜生还不如的东西，就变作一条狗吧！"又指着纳其布和渣其布说："你们和恶人相亲相爱，对亲人却冷如冰霜，虽然脖子没长肉峰，也只能算两头大黄牛，往后，你们就做奔波利卡许的仆人，要好好地痛改前非。"

老阿婆说完，化作一缕白云飘走了。奔波利卡许对狗和纳其布、渣其布说："事情既然到此地步。我也无法可想，我们是同过患难的弟兄，怎么能让你们侍候我呢，还是让我远走吧。"说着背上皮褡裢就要走。

纳其布、渣其布慌忙"扑通"一声跪倒在奔波利卡许面前，说："好阿哥啦，请你千万别走，你就做我们的主人吧！"那条狗也跑过来叼住奔波利卡许的衣角，不让他走。

奔波利卡许不禁流下泪来，答应不走了。从此，他和纳其布、渣其布相处得比亲兄弟还亲。他们给狗造了一座暖和舒适的木房子，天天拿油汪汪的肉和喷喷香的糌粑喂它。狗每天忠实地守住大门，一看见奔波利卡许就泪汪汪的。有人说那是他在怜悯自己，也有人说他是在向奔波利卡许忏悔，也不知哪种说法对。

他们四人的经历感动了远远近近的乡亲们，他们都教训自己的子孙说："种下青稞就会有好收成，做一个好人总会有好结果！"

做梦成真的孩子

从前，在一个村庄里，住着一个生活很贫困的妇女，她的家产全部加起来只有两床破烂的被子和一个空箱子。她有一个十分聪明的儿子，母亲每天到外面去要饭，儿子每天拿着弓箭去打猎。有一天，母亲照常去要饭，儿子带上弓箭朝东面的山上走去。这时天上飞来了一群鹤，他朝鹤群射出一箭，一只鹤从空中掉下来了。他朝着鹤掉下的方向跑去，国王的公主带着一群女仆在散步，中箭的鹤正好落在公主面前，公主惊讶地叫女仆拔出鹤身上的箭说："这是谁的箭？你们查清之后向我报告。"公主的话还没说完，这孩子满头大汗，气喘吁吁地跑到公主跟前，跪在地上说："中箭的鹤是我的，请您还给我。"公主想：这可怜的孩子箭法不错，就问道："你是哪里人？父亲叫什么名字？你叫什么名字？为什么要射死鹤？"他把自己的名字和家庭情况及生活所迫不得不打猎的事说了一遍。公主立即派几个女仆从王宫里取来粮食、肉、酥油和零食等，让他带回家。他拿着公主给他的东西，带上射死的鹤回到家里。他发现母亲还没有回来，就先放下东西，拔掉鹤毛煮起来，然后把公主给的粮食、肉、酥油装进箱子里，靠着箱子睡着了。

母亲走近屋里时看到儿子睡得很香，就叫醒了儿子。他揉了揉眼睛，打了个哈欠，笑着说："这梦太好了，如果这些都是现实，那该多好啊！"

母亲问道："做了什么好梦？"他说："我梦见的空箱子里有粮食、肉、酥油、零食等，如果这是真的该多好啊！"母亲走近箱子时，发现箱子与平时不一样，盖子没有盖好，母亲打开一看，里边确实有粮食、肉、酥油、零食。母亲不由自主地喊了一声："哎呀，你做的梦这么准，以后你不要去打猎，在家里好好做梦吧！"他没有给母亲言明真相，从那天开始，他每天躺在家里不干活。母亲问他："最近做了什么好梦？"他只是回答："最近没有做梦。"母亲把儿子做梦成真的事告诉了村里的人。有些人感到很惊讶，有些人说："梦就是梦，不可能成真。"

有一天，这个地方的大街小巷都贴满了布告，上面写道："国王的马跑出王宫不见了，谁能找到它，国王有大奖。"过了很长时间也没有一人寻见过国王的马。国王又请来占卜、算命、跳神的，但还是没有找到；又请来喇嘛、尼姑念经，上供菩萨，下布施穷人，仍然没有马的下落。这时有个大臣禀报道："听说咱们管辖内有个做梦成真男孩，他做的梦很准，叫他过来做个梦行不行？"国王说："只要能找到我的骏马，采取什么措施都行。赶快把做梦的男孩叫过来吧。"大臣走到男孩家门口，对男孩说："国王的骏马丢失已很长时间，至今找不到它，因此，国王叫你到王宫里去做梦。"男孩有点担心，但不得不随大臣去见国王。他跪在国王面前问需要做什么梦？国王说："最近我骑用的骏马丢失，想了很多办法还是找不到。你做个梦帮我寻找它，如果找到了马，我一定重谢你。"男孩回答道："国王请来的那些人都没有找到骏马，我也没有什么更好的办法，如果一定要叫我等着做梦，那么做梦需要七天的时间，这期间要给我提供很好的饮食。"国王答应了他的要求，每天让人给他送了很好的饮食。

男孩每天白天吃好、喝好、睡好，装作等待梦，一到晚上，他趁人们熟睡便去找国王的马。过了四天，仍然没有找到马，他非常着急。第五天，他白天照常吃喝，那天夜里他翻过几道山沟时，在一块草地上发现了国王的骏马和一匹小马驹，他高兴地走近马，轻轻地摸了一下说："谢谢你，我费了五天的时间找你，今天才算找到了，如果再有两天找不到你，我的假话要暴露了。”第六天早晨他去找国王说：“昨天夜里我梦见了马。”国王高兴地问：“我的马在哪儿？”他说：“现在马上把大臣们叫到大厅里，准备去牵回您的马。”国王焦急地问道：“骏马究竟在哪里？”他说：“这次我等了六天梦，第六天黎明我的眼前出现了一道彩虹，我看见骏马在往东走，要翻越三座山，山脚下的草坡上长满鲜花，骏马安然无恙地生活在草坡上。它还生了一匹小马驹。它像一匹野生的动物，非常机灵，你们立即派人去牵回骏马和小马驹吧。”国王非常高兴地说：“你们立即去牵回我的马。”大臣们很不高兴地说：“我们找了二十几天，翻越了很多山川都没有找到，国王怎能轻易相信一个小孩的梦？国王受了骗，我们也要受罪。”国王大声说：“你们别再啰嗦，赶快去找回我的马。”他又转身对孩子说道：“你要好好休息，只要骏马一找到，我一定要重赏你，让你们母子俩过上幸福的生活。”中午，臣仆们果然牵来了骏马，而且马的膘情也很好，小驹也跟在后面。人们也不得不承认这个孩子做的梦很准。国王高兴地给了他很多奖赏。从此，国王到处宣扬：“我的国家里有一个做梦很准的孩子，这是国家的骄傲，也是我的骄傲。”母子俩也靠孩子做梦过上了好日子。

不久，附近一个国家的金印丢失，找了很长时间，始终没有找到，后来他们写信给这位国王说：“我们的金印丢失，很长时间没有找到，听说贵国有一个做梦成真的孩子，望派他来做梦寻印，如果找到金印，将拿一半财产赠送给你们。”国王马上派人叫来那个孩子，对他说道：“你真是活菩萨，你的名声不仅在国内传开，在其他国家里也传开了。今天我收到了一封信，信上说他们的国印丢失，叫你去做梦寻找。过几天有人派马来接你，等你寻到金印后，给你发很多财物。”那男孩说：“哎呀，国王陛下，我不能到其他国家去做梦。我在这个国家，才能从梦里寻到了东西，如果到了他乡，我的梦就成不了真。”国王道：“没问题，到哪儿都能睡得着，也能做梦，这次不去不行，一定要去，以后你可以不去。”孩子不得不服从国王的命令。他回到家里把情况都告诉了母亲，并认真考虑了一番。他想：偷国王金印的

人究竟是谁？王宫的大门左右有层层的卫兵在守卫，外面的小偷怎么能进得去？即使进去也不知道金印在哪里？这个小偷肯定是国王身边的某个大臣。想到这里，他自言道："除了这些还有谁？"母亲问道："是谁？你还没有睡就做梦了？"他说："这次我去做梦成真的话，以后再也不用去做梦了。"

几天以后，邻国的大臣一行十几人骑着马来到他家门口接他，并问起他做的梦是否真能发现什么？孩子道："我做的梦没有一个不成真的，我想这次的梦一定能成真。"大臣道："那么你到我们国家去做梦吧。"他们出发前，他把母亲叫到一边说："妈妈，为了我们母子生活得更好，今晚半夜里你把我们家的所有房子都烧掉！不这么做，我就没法回来。"母亲十分惊讶地叫道："什么？你疯了吗？或是糊涂了？一座好好的房子怎么能烧掉？我可不敢。"孩子道："妈妈，今晚一定要烧掉，只有烧了房子，才能得到更好、更舒适的房子。这次您一定要照我说的去做。"说完他骑上马出发了。第二天，孩子一行来到目的地，他们把孩子和一个大臣安排在王宫附近的房子里，那天夜里他俩睡在一间屋子里，半夜时，孩子突然大喊道："出事了，糟糕！"大臣醒来后问道："出了什么事？"孩子道："我做了个噩梦，家里的房子都被火烧着了，我要马上回家一趟。"大臣说："你做梦的事不会是真的，咱们过来时你家的房子都好好的，再说周围也没有任何着火的危险，不会是真的，你不必着急。"孩子道："我做的梦可准了，从来没有不准的，如果你不信，咱们一起去看看。"大臣为了看个究竟，立刻带上几个人返回孩子的家。他们快马加鞭，第二天，太阳刚升起，隐约看到孩子的家时，就发现房顶上冒烟，等他们走近时，果然是烈火燃烧了他家的房子。大臣们看到这一情景，感到十分惊讶，也不知该说什么才好。那孩子抱着母亲说："妈妈您真好。我回家之前，您暂时借一间房子住吧。"说完，他又骑上马跟大臣们一起走到自己的国王跟前。他跪在地上说："现在我的家被火烧了，母亲没有地方住，我又不得不奉国王您的命令去他乡，请国王给我的母亲安排一个住处。"国王答应了他的要求，随即解决了他妈妈的住处和生活问题。

那个孩子又随大臣前往邻国时，赶路途中人们议论纷纷：这孩子做的梦这么准的话，偷国王金印的人肯定逃脱不了；有的说：这个孩子真是一个活菩萨。当天晚上有一个大臣要求跟孩子睡在一屋子里。那孩子快要睡着时，大臣跪在孩子面前承认自己偷了国王的金印，请求孩子不要把自己这事告诉任何人。孩子问："那么金印藏在哪里？"大臣说："我把它藏在王宫第三楼道的屋檐下，只要能替我保密，我的家产一半分给你。"孩子道："此事你幸亏告诉了我，如果你继续装傻不泄露，我在梦中也会发现的，到那时你哭都来不及，别说你当大臣，连你的命都难保，包括你的妻子、小孩都会受牵连。"那个孩子继续对大臣说："如果你说了谎话，将会受到更严厉的惩处。"大臣说："前面讲的都是实话，人家说你是一个会说话的活菩萨，我怎么敢对你说谎！我对你确信无疑，望你多体谅我。"那孩子答应了大臣的请求。

第二天，国王得知他们已到达，派人把孩子叫到跟前问："听说你做的梦很准，因此我专门派人去接你，我的金印丢失已很长时间，到现在还没有找到，今晚给我做个梦，帮我找着金印，只要找到金印，我将把我的一半财产送给你。"那孩子说道："只要你相信我，耐心地等待我的梦，金印一定会找到，不过等梦期间我要吃好，睡好。"国王为了让孩子做好准确的梦，专门给他准备了一间小屋，里面摆设齐全，给他垫的和盖的都用华贵的，还有七八个年轻的男女仆人伺候他。晚上他对仆人们说："你们累了一天，现在可以去歇息了，以免打扰我。"仆人们走后不久，他悄悄地来到王宫的第三层楼道的屋檐下，按照大臣说的位置果然找到了用黄缎子包的金印，他把金印放回原处，回到自己的住处睡觉。

第二天，那个偷金印的大臣进屋来对孩子说："请多关照！"说着拿出一百两银子放在他面前，又接着说："以后我还要逐步报答你的恩情。"孩子道："我不要你的钱，但我要强调一点，你再不能动那金印，否则灾祸会降到你的头上。"大臣说："我再也不敢动它了，现在我连王宫的第三道走廊都不敢进，哪里敢动金印！"孩子放心地让他回了家。

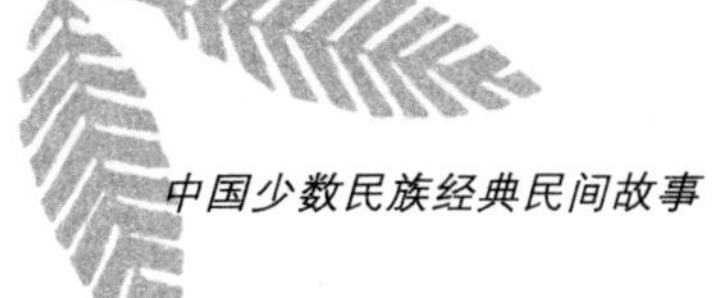

第三天，天一亮国王来到孩子跟前问：“昨晚做了什么梦？”孩子说：“现在只是梦见金印，却不见偷金印的人和金印的下落。”国王很高兴地热情招待了他。第四天夜深人静时，那孩子又去查看，见金印依然在原处，这才放心地回到自己住的小房里睡觉。这时他听到有人在叫自己，睁开眼睛一看，发现国王站在自己面前，他马上站起身说：“国王陛下，我在梦里清楚地看到了金印，请国王把百姓都叫来。”国王问：“是谁偷了我的金印？现在又放在何处？”那孩子道：“请你首先召集老百姓，再去取金印。”国王高兴地叫臣仆们敲锣打鼓、吹喇叭，过了一会儿，老百姓都集中到王宫大门口。王宫院里搭有两个宝座，一个宝座上坐着国王，另一个宝座上坐着那个孩子。这时王宫里外的人都在议论纷纷：“今天召集这么多人干什么？可能偷金印的人被抓到了……”

国王站起来说道：“今天，先让大家知道谁是偷我金印的人，然后再去取金印。现在，让孩子说他做的梦，大家认真听好。”那个孩子站起来，首先向国王敬了个礼，然后向百姓敬了个礼，并说：“在座的各位，我是从别国来做梦的孩子，奉贵国国王的命令，到这里来寻找国王的金印。大家都知道，无论是哪个国家的国王，只要丢失金印，就会失去国王的权力。”他看了一下国王，国王赞同地点了一下头。整个会场上成千上万的人聚精会神地在听他讲话。国王旁边的偷印大臣额头上流着汗水，全身轻微抖动。那个孩子接着说：“国王的金印被盗，但是，金印没有拿出王宫。我在梦中看到拿金印的人从王宫的第一檐下过道走到第三檐下过道，我正在跟踪他的脚印时，突然一只猫爬到我的被子上，惊醒了我，就打乱了我的梦，所以，具体偷金印的人是谁没有认出来。”这时那个大臣才松了口气。国王说：“只要找到金印，偷金印的人以后慢慢查找。咱们先去取金印，你给我带路。”国王和臣仆们跟随那孩子走到第三檐下过道里，然后他用手指着屋檐说：“金印在这里，请您伸手取吧！”国王把袖子卷起来，笑眯眯地从屋檐下取出一块土砖坯，里边确实放有用黄缎子包的金印。国王取出金印，高兴地拉着孩子的手说：“成功了，咱们回宫去，我要好好感谢你。”跟在后面的人都感到很惊奇，说这孩子不是一般人，真是会说话的活菩萨。

第二天，国王决定在大厅里召集主要的臣仆和群众，一方面为寻找到金印举行庆祝会；另一方面为做梦成真的孩子发奖。王宫的宝幢和华盖都换成新的。门窗上垂帷焕然一新；路口打扫后用白土洒上吉祥的图像，到处香烟袅袅。王宫前的广场上支起了一顶大帐篷，帐篷中间设有三个宝座。锣鼓齐鸣，喇叭声声，参加庆祝的人陆续集中，中间的宝座坐着那孩子，左右两边的宝座上坐着国王和王后，这时国王当着大家的面宣布道："我要把半个王庄和国库里的一半财产送给这位孩子，并组织人马把他送到他家门口。"宣布结束后，国王一拍手，人们开始唱歌跳舞，接着赛马、射箭、赛跑，整个场面十分热闹。国王给孩子敬了很多青稞酒和藏白酒。那个孩子想：我这支歌应该停在最好的时候，否则，假梦做得太多，总有一天会暴露。想到这里，他站起来对国王说道："今天国王为找到金印开了如此隆重的庆祝会，又给我奖赏了这么多的贵重东西。为了表示感谢，请允许我跳个舞。"国王说道："可以，可以，只要你高兴，我就喝个三口一杯。"那个孩子跳了个热闹的踢踏舞，转了很多圈，大家瞪着眼睛看着他的表演。突然，孩子装作摔倒在地上，人们赶紧把他扶起，他用手捂住鼻子叫："哎哟、哎哟，这一下全完了，全完了。"走到国王跟前，国王问怎么啦？他说："我那做梦成真的嗅觉彻底损坏了，怎么办？"说着就哭起来。国王说道："没有问题，有我给你们母子俩半个王庄，足够过日子。"根据孩子的要求，国王宣布："从今天起，这个孩子没有做梦成真的嗅觉，谁也不准给他提出'做梦成真'的难题。"孩子装作很可惜的样子，擦着眼泪说："谢谢国王的好意，虽然我为国王摔坏了做梦成真的本领，但国王给了我这么多的财产，我一生不会忘记国王的恩情。"说完他就带上东西告别了国王。

从此，他再也不去给别人做"梦"了。

多吉占堆和尕瑟曲珍

相传很早以前，在美丽的藏北草原上，有一个部落首领，他已年过花甲，膝下还没有儿子，有一个女儿早已出嫁了。因此，他忧心忡忡地对藏医们讲："我老了，至今还没有一个儿子。我真担心死后没人继承和管理我的部落。"藏医说："首领，我们可以给您配制一种药丸，若是佛爷愿意保佑，会有成效的。"名医们许下诺言，并诚惶诚恐地忙着配制药丸。

首领服了药丸不久，妻子果然怀孕了，妊娠期满，生下一个像天使般活泼可爱的儿子，取名多吉占堆。首领老年得子，爱如掌上明珠，苦心孤诣地抚养教育。多吉占堆终于年满十八岁了。他不仅知书达理，骑马射箭、刀术拳技也样样精通。

这一年，首领年老体弱归西天了。儿子却因伤心过度，无心当家继业，决心把家业交给姐姐，自己周游四方。姐姐一再苦劝毫无效果，只好求他骑马走。他答应了，并请姐姐把马群赶到河边，让白马喝白水，青马喝青水，红马喝红水，黑马喝黑水，自己唱着优美的山歌在一旁观看，把一匹始终听歌声而不肯喝水的马牵来。姐姐按照他的话去做了，她多么希望那匹最好的马不饮水，可事情却恰恰相反，有一匹又小又瘦的枣红马只顾听歌而不肯喝水，其余的马都痛痛快快地喝个不停。姐姐非常不愿意让心爱的弟弟骑马孤零零地离开家乡，然而她又不好违背弟弟的心愿，只好含着眼泪，把那匹瘦马给了弟弟。多吉占堆牵马备鞍，带上祖传宝刀，忍着悲痛，辞别姐姐，向太阳升起的方向去了。

他翻过一座高山，看见一个五颜六色的土坑。那瘦马见了这土坑，突然从主人的手里挣脱缰绳，跳到坑里打了几个滚，然后又跳出坑外，抖掉身上的泥土，一眨眼工夫，竟变成了肥壮的高头骏马。它来到主人身边，昂着头望着主人已经惊呆了的脸。多吉占堆又惊又喜，立即欢快地跃上马。骏马驮上主人飞奔起来，简直快如疾风闪电，一会儿便来到一个四面高山环绕、湖泊星罗棋布的大草甸上。这里水草丰美，仙鹤飞翔，野花争吐芬芳，真是人间仙境。“这么美好的地方怎么没有人烟？”多吉占堆自言自语着，勒马远眺，隐约望见有一座红黄色的房子坐落在一条大河的西岸。他策马扬鞭来到房前，这是一座石头砌成的楼房，门窗敞着，不见有人进出。他拴马上楼，虽然屋里摆设十分讲究，但却空无一人。多吉占堆来到院中，仔细打量四周。他突然发现大河的东岸有一间小木屋，房顶上正在冒着烟。“那里肯定有人！”他顿时高兴起来，牵马来到河边，只见河面宽广，水深浪急。他正踌躇河畔，忽见一根木棍横放在河面，他拾起那木棍无意识地在水上击了几下，河水立刻断了，在他的面前现出一条路来。他急忙策马跑了过去，到了对岸回首一望，河水又恢复了原样。他继续向小屋走去，到门前刚一下马，就听到“吱”的一声响，门开了，走出一位姑娘。多吉占堆的视线落在她的身上，不由惊呆了，这姑娘身材苗条，美丽非凡，如同白度母一般。姑娘吃惊地问道：“你是哪个部落的人？请你赶快离开这里，不然会有危险的。”“请你允许我在这里休息片刻可以吗？我又饿又累，实在走不动了。”姑娘不安地领他进屋，并备了些茶饭给他，催他快些吃喝，赶快离开这里。“为什么？”多吉占堆不解地问，姑娘边倒茶边讲：“这个地方有一个恶魔，每天有很多人要被他吃掉，西岸那座楼房就是恶魔的宫殿。”多吉占堆漫不经心地说：“什么饿馍饱馍的，我先要吃饱喝足，烦你再打壶茶来吧。”姑娘见他脸上没有丝毫惧怕的神色，感到了一种从未有过的安慰和快乐，于是殷勤地招待了这位客人。他边吃边问：“这么美丽宽广的草原，怎么除了你以外，再没有别的人呢？”他的问话，触动了姑娘的伤心处，于是姑娘向他哭诉了不幸的遭遇。

原来在这块富饶美丽的土地上居住着一个小部落。几年前，来了一个作恶多端的恶魔，全部落的人畜都被他吃掉了，只剩下尕瑟曲珍姑娘，因为她太美太善良了，山神精灵都在暗暗地保护她，所以那恶魔不敢加害于她。

“这恶魔现在在哪里？”多吉占堆急切地问。

“不好啦！恶魔来了，请你上马快跑吧！”姑娘忽然惊叫起来。多吉占堆毫不惧怕，毅然说道：“我要为民除害。”恶魔来到了河岸，拼命向这边冲来，嘴里还在不停地唠叨着：“今日上午遇见一个老头，顺着山坡追上去，可惜没有捉住；下午碰到一个老太婆，沿着坎子撵下去，可惜又叫她跑掉了；刚刚闻到一个青年人的气味，我一定要喝干他的血，吃尽他的肉，嚼碎他的骨头！”那恶魔边跑边嚷，渐渐来到小屋前。他张着血盆大口，露出半尺长的黄牙向多吉占堆扑来。

姑娘吓得目瞪口呆，连忙用自己的身子护住青年。多吉占堆仍泰然自若，轻轻推开姑娘，向恶魔走去。离恶魔只有几步远了，多吉占堆愤怒的目光直射对方，并怒吼道：“你这个罪恶累累的魔鬼，今日气数已尽，我送你下地狱！”说罢，他喝道：“宝刀啊！宝刀，请你快快出鞘，斩下这罪恶的魔头，祭奠全部落的难民吧！”话音未落，只见宝刀闪闪发光，自动出鞘，“咔嚓”一声斩掉了魔头。多吉占堆把宝刀收回鞘内，一手提着血淋淋的魔头，一手拖着魔身，扔到大河之中。

姑娘目睹了刚才发生的一切，惊喜若狂，跑到河边，跪在多吉占堆的膝下，含着激动的热泪说：“感谢恩人替我报了仇，雪了恨，实现了我多年的愿望。这大恩大德，我一生一世也报答不尽，请你再到我家，让我敬你几杯酥油茶吧！”说罢，拉着青年的手回到了小屋，请他坐下，拿出最香美的酥油茶敬他。这时，她那颗无比爱慕这位英俊少年的心，像脱了缰绳的野马，在胸中狂奔起来。多吉占堆望着尕瑟曲珍那美丽的笑脸，也掉进了爱情的海洋。于是他们结为夫妻相亲相爱，过上无比幸福的生活。

有一天，多吉占堆对妻子说：“我想把咱们两人的美名和所有的财产都写在纸上，让后人们知道，你看如何？”尕瑟曲珍笑眯眯地答道：“我们只不过有两匹骏马，你骑来的枣红马和我原有的白螺驹，还有一些简单的衣食用具，并没有记不住的东西。至于你我的名字，我看，还不是不写在纸上就记在心里好了。”她说完就背水去了。多吉占堆取出纸笔写道：“在美丽的玉山草原上，有一个英俊的少年，他的名字叫多吉占堆；有一位胜过白度母的美女，她的名字叫尕瑟曲珍；还有日行千里的枣红马和白螺千里驹。”写完收起来装在怀里出门放马去了。可是，他在山上不小心把那张纸失落在地上，被风刮走了。

几天之后，不知从哪个部落来了一个衣衫褴褛、披头散发、满面污垢的老太婆，她央求道：“我是从遥远的部落里讨饭到这里来的，求你们可怜可怜我，留我做个女佣，给口饭吃吧！”尕瑟曲珍拿些牛肉、糌粑给她，说：“阿婆，请你拿着这些东西，到别处寻个家大业厚的人家去吧。我们无法留你，因我家小财少，况且我们两口子都年轻力壮，可以自己照顾自己，用不着人手。”说完转身欲走。那老太婆哭得更加伤心了，一把鼻涕一把泪地喊道：“你们不肯留我，我只有死路一条了！”多吉占堆产生了怜悯之心，答应留她在家里给口饭吃。尕瑟曲珍对这位老太婆的到来，虽然觉得很突然，但她不愿意与丈夫争执，只好随他去了。

这位老太婆勤劳朴实，对年轻的男主人女主人都很尊敬。时间长了，姑娘也渐渐消除了对她的戒心。有一天，那老太婆嬉皮笑脸地问尕瑟曲珍：“美丽善良的姑娘啊，你那天使般英俊的丈夫，他那伟大的生命的根子究竟在哪里？”姑娘说了一些答非所问的话便回家去了。正坐在家里喝茶的多吉占堆听到了老太婆的问话，他告诉妻子：“我的生命根子就在那把宝刀上，如果宝刀断了，我就会死去。”老太婆偷听到了多吉占堆的话。

次日早晨，多吉占堆还没起床，老太婆就来到他的床前说：“您的腰带已经脏了，拿来让我洗洗吧！”多吉占堆伸手把挂着宝刀的带子连同宝刀一起递给了她。老太婆拿上带子，快步走出门去。当尕瑟曲珍喂过马回到屋里

时，简直似晴天霹雳，她的丈夫有气无力地躺在床上，已经不能说话了。她悲痛欲绝，扑倒在丈夫的身上，抚摸着他那苍白的脸颊。这时那老太婆过来了，她蹿到姑娘身边，捉住姑娘，挟起就跑。

当天下午，那两匹马自己归来，在门口等了许久也不见主人出来喂它们。枣红马起了疑心，用蹄子踹开了房门。它发现男主人昏迷在床上，女主人去向不明，心里明白了一切。枣红马开口对白螺驹说："那可恶的妖婆果真下了毒手，男主人昏迷在床上，女主人不知下落，我们必须设法救他们。你速去东土请一位高明的铁匠，我奔西域请一位名医。"这两匹非凡的骏马，一个向东一个往西，飞也似的跑去了。

第二天中午，他们各自完成请医邀匠任务。于是铁匠开始生炉炼铁修理那把被妖婆折断了的宝刀，医生诊脉熬药治病。不一会儿，宝刀修打复原，多吉占堆苏醒了过来，他拿出仅有的金银珠宝，酬谢了两位救命恩人。

第二天，多吉占堆骑上枣红马，牵了白螺驹起程寻妻。他日夜跋涉，来到一个草坝上，这坝子大得望不着边，有一个双腿上各挂一个大磨盘的人正在那坝里狂奔乱跑。多吉占堆感到奇怪，便问他叫什么名字，为什么腿上挂磨盘？那人答道："我叫磨盘腿飞跑人，我每天在这里练跑，当我把磨盘挂在两腿上，快跑起来的时候，连那草原上的羚羊也别想追上我！你是干什么的？"他反问多吉占堆。"我叫多吉占堆，妻子被妖婆挟去了，你看见过我的妻子吗？"磨盘飞跑人答道："哦，前几天我正在同一只羚羊赛跑时，好像听到一个女人的哭声，莫非是你的妻子的哭声？"多吉占堆又问："你愿不愿意做我的异族兄长？"磨盘飞跑人说："我愿意帮你寻妻，报仇雪耻。"多吉占堆高兴地请他骑上白骡驹，并肩前行。

他们在一个狭长的深谷里碰见一个奇特的人，这人身高体壮，力大无比，站在谷中把这边的大山抱到那边去，又把那边的高山搬到这边来，反复来回搬山不止。多吉占堆走向前去恭敬地问："你叫什么名字，为何如此搬山？"那人还礼答道："我叫搬山大力士，每天在这里搬山练力气，谁也无法超过我的力气。你叫什么名字，到哪里去？""我叫多吉占堆，妻子被恶人所挟，因此前去寻妻。你愿意做我的异族兄长吗？”“我愿意做你的异族兄长，同去助你一臂之力。”多吉占堆从枣红马的尾巴中拔下一根毛来，打上九个结吹口气，立刻变成了一匹高头大马。

次日，他们来到碧绿的湖边，见一个巨人坐在水边，把湖水全吸进肚中，然后又吐出来，让湖水复原。他们近前打听，才知那人叫“大肚子吸湖水”，他的肚子大得惊人，一口气就能把湖水全部吸到肚里，又能一口气吐出。他们向他介绍了姓名和来意后，他说：“我也愿做你的兄长，和你们一同去铲除恶人。”多吉占堆又拔了一根马尾毛并将其变成了一匹马，给“大肚子吸湖水”骑。

没走多远，他们又看见一个古怪的人，那人长有两张毯子大的耳朵，一张铺在地上，另一张盖在身上，睡在那里大笑不止。他们下马问候，大耳朵收敛笑容说：“我叫地听大耳朵，我就像现在这样睡下，能清晰地听到方圆千里之内的谈话和一切声音。你们前面的谈话我已经听到了。你们当中哪一个的妻子被挟？”多吉占堆急切地说：“是我的妻子被挟，你知道我妻子的下落吗？”“在前面的幽谷里有一个部落，一个妖婆自称为王，欺害百姓。她想给儿子娶个天下第一流的美女为妻，可是一直未能如愿。上个月我听他们说，有一张写有什么美名的纸飞落在她的院中。妖婆准备去抢，但又不敢正面较量，就装扮成一个要饭婆前去，把一个叫什么尕瑟曲珍的女子强挟而来。哎呀，我听到那女子伤心的哭声真叫人可怜。哦，对了，刚才我听到那妖婆强行要女子跟她的儿子结婚，那女子不肯屈服，妖婆动怒把女子押在牢里，女子骂妖婆是‘母蝎，豺狼’！骂得真是大快人心，哈哈。”说罢，他又大笑起来。多吉占堆知道了妻子的下落，激动得热泪盈眶，忙向大耳朵深深地鞠躬表示感谢。大耳朵说：“请你不要行此大礼，我要做你的异族兄长，尽全力帮你救出那可怜的女子。”多吉占堆高兴极了，依旧拔马尾毛变马给他骑。他们一行五人形成小骑队，威风凛凛地向前进发。

在大耳朵的指引下，他们在妖婆大院的对面安营扎寨。请大耳朵细听对方的动静，其他的人烧茶煮饭。正喝茶时，大耳朵说：“妖婆已经知道我们的来意了，她不敢硬战，准备软战，她的第一招就是明天和我们赛跑。”

次日早晨，妖婆来到他们的帐篷前，对多吉占堆说：“啊！你这有勇无谋的人，是怎么活过来的？当初我就是为了得到尕瑟曲珍才骗你、杀你的，既然你已经来了，我也不想与你硬争，只想跟你赛跑，谁跑得快尕瑟曲珍就归谁，怎么样？”“一言为定。”磨盘腿飞跑人很有把握地说着，挺身走了出来。他同妖婆进行激烈的长跑比赛，一连跑了十几趟都不分胜败。在第二十次赛跑时，妖婆渐渐感到力不从心，落到了后面。多吉占堆等人欢欣鼓舞，妖婆扫兴而归。

不多时，大耳朵报告了他听到的重要情报。第二天，果然像大耳朵说的，有三个大汉前来挑战，说：“昨天算你们胜了，可是那不算数。今天我们摔跤，你们哪个有种的，快站出来吧！”大力士走出帐篷应战，三条大汉一起上，一个抓住大力士的一只手，另一个抓住大力士的一条腿，大力士把手一甩，脚一踢，那三个人躺在地上就不能动了。“起来，起来，男子摔跤九次才分上下，怎么你们才摔一次就不动了！”原来大力士用力过猛，将那三个人的心肝都摔碎了。

消息传到妖婆耳朵里，她恼羞成怒，于是决定明日起兵攻战，下令：“把他们斩尽杀绝，剁成肉酱为我儿子的婚礼下酒！”这些话被大耳朵听去，如实告诉了大家。当晚，他们搬到大河的对岸住下。天亮后，妖婆率领大队人马蜂拥而来，气势汹汹。老妖婆见多吉占堆等人的帐篷已移到河东，大河干枯无水，得意地下令冲锋，人马刚下河床，突然河水汹涌而下，千丈浪涛如虎似豹咆哮着猛冲过来，一眨眼工夫，大部分人马被卷入河中，葬身鱼腹。妖婆在岸上望见这种惨景，急得直跺脚，但也无济于事了。她只好领着残兵败将撤回宅中商量新的对策。大耳朵听到妖婆欲使更毒的诡计，报告了多吉占堆。

多吉占堆胸有成竹地对大家说完自己的打算后，就动手把各种颜色的纸剪成山鸡鸟雀之类飞禽的样子装入怀中，准备对付妖婆新的阴谋。

第二天，太阳从东边的高山上升起来的时候，妖婆派奴仆来到了多吉占堆的面前说：“我是奉主上命令来的。主上说，我们这样下去，对双方都不利，我们向佛爷起誓，真诚地求和，今日请你们前往宅中喝酒，将尕瑟曲珍当面交给你们。”“既然你们的主人如此盛情，我们理当前去，请吧！”多吉占堆等人欣然前往。

那奴仆把他们领到宅中的一个厅里，老妖婆已率众等候在那里。他们分主宾坐定，多吉占堆时刻注意观察厅内的动静，以便见机行事。老妖婆开口说道：“贵宾们已到，为了庆贺我们双方和好，请你们开怀畅饮，现在开始敬酒。”多吉占堆看清楚哪些酒桶是特意给客人准备的，他突然打开了自己的衣襟，只听吧嗒吧嗒的响声，无数只美丽的小鸟儿从他的怀中飞了出来，这突如其来的鸟儿把人们的注意力全吸引住了。多吉占堆等人趁机将主宾的青稞酒桶调换了位置，然后吹口哨收回鸟儿，若无其事地坐在宾席上。妖婆莫名其妙，急忙下令敬酒，主人们刚喝一碗酒，便都横七竖八地倒在地上不动了。原来妖婆给宾客的酒里放了烈性毒药，给自己的酒里放的是鹿茸、人参、红花、麝香等名贵药材。真是“羊毛做的乌尔朵最终打在羊的身上。”

多吉占堆终于战胜了作恶多端的妖婆，砸开牢门，救出了尕瑟曲珍以及许多被老妖婆关进牢狱的贫苦百姓。人们得知妖婆被除，无不欢欣鼓舞。全部落的人们从四面八方奔向大宅，拥戴多吉占堆为部落首领。在多吉占堆等人的治理下，整个部落过上了和平、美好的生活。

花牦牛救青年

很早以前，有一个头人，他的马、牛、羊三牲比天上的星星还多。他骑的三匹马，分白、黑、红三种颜色，它们饮水的地方，是一条专门的山沟。在饮水的时候，必须给白马饮白水，给黑马饮黑水，红马饮黄水。山沟里有一个女妖精，由一块扁石镇压着，上面贴着符咒，谁也不敢到这条山沟里来。

头人的奴隶里有两兄妹，专门放牧这三匹马。他们很早就失去了父母，因此，两兄妹相依为命，感情很深。

一天，头人家里派哥哥上山砍柴，妹妹将一匹好马备上好鞍准备给哥哥，被头人看见，骂了一顿，只好将一匹坏马备上坏鞍给了哥哥。

临走前，妹妹又给哥哥拿来了弓箭，又被头人骂了一顿，说道："树林里带上弓箭有什么用？带上一把砍刀就行了。"

因为哥哥要上山，放养那三匹黑、白、红马的苦差事，自然就落在妹妹的身上。临行前，哥哥对妹妹说：

一母同胞的妹妹你呵！
没有父母请听哥哥说，
今天叫你去给马饮水，

给马饮水颜色不能错，
河边的扁石不能动，
源头的刺树不能摸。

妹妹回答道：

一母同胞的哥哥您哟，
没有父母哟由您代替，
说过的话儿记在心里，
吃过的糌粑留在肚里。

兄妹俩互相嘱咐之后，哥哥骑上坏马，带上一把砍柴刀进山砍柴去了。

妹妹牵着三匹马进山沟饮水，那姑娘贪玩，心不在焉地给马喝错了黑、白、黄三种水，马吃了水源头的青草，在地上打滚的时候，将大扁石头掀了起来。顷刻间扁石头下面钻出来了一个可怕的妖魔，红头发像钢丝，獠牙上下交错，浑身长着长毛，两个乳房甩在肩上，她将姑娘抓住，说道：

这水是我的眼泪被你搅，
这草是我的绒毛被你薅，
这地是我的背脊被你的马打滚，
我的大门也被你打开了。
今天我一定要把你吃掉。

姑娘被吓得晕倒在地，连滚带爬地大喊："救命！"这时候，哥哥正在山上砍柴，听到求救声之后，立刻骑上那匹坏马，举起那把砍柴刀跑了过来。女妖丢开姑娘跑了过来，连人带马像老鹰抓小鸡一样地将哥哥抓走了。她越过了很多山川，来到了一个岩洞里，将哥哥放在地上，把马咬死，说：

我没吃马肉已三年，
今天要将你的马肉吃，
我没饮马血已三年，
今天要将你的马血喝，
吃完马肉喝完了马血，
再吃人肉喝人血；
你往上飞不到天上去，
你往下不会钻进地穴。
没杀死你以前等着吧，
要吃你时带你到洁净地，
今天你给我拣柴去。

说完之后，那妖怪钻进了山洞，吃马肉喝马血去了。哥哥想：“我落入了这个妖怪手里，实在太不幸了。”

哥哥心情沉重地砍着柴，这时候，走来了一只香獐。小青年见到香獐，笑了一笑，又哭了一哭。

香獐问道：“孩子！你为什么又笑又哭呢？”

青年回答道：“我笑的是你香獐多幸福，哭的是明天妖怪要吃我。”

香獐说：“不要哭，明天我来救你。”

第二天香獐来到这里，将要走的时候，妖怪将“达马乌鲁”①抛了出来，杀死了香獐。妖怪说道：

今天吃上热獐肉，
没吃獐肉已三年，

①达马乌鲁：织氆氇用的杼（zhù），状如刀，质为木。

今天喝上热獐血，

没喝獐血已三年，

明天再吃人肉喝人血。

没吃你以前等着吧！

今天你给我背水去。

说完以后，那妖怪钻进了山洞，吃香獐肉喝香獐血去了。哥哥背水去了，遇到了一头像玛瑙一样的花牦牛。他哭了一哭，又笑了一笑。

花牦牛问道："你为什么又哭又笑呢？"

哥哥说："我笑的是花牦牛你好幸福呵，哭的是明天我便要被妖怪吃掉了。"

花牦牛说："明天我来救你。你骑在我身上，便可以逃脱魔掌了。"

哥哥说："昨天一只香獐也是这样说的，他好心好意地来救我，妖怪用'达马乌鲁'把它杀死了，你不要来了。"

花牦牛说："不必害怕，我有办法，明天妖怪来的时候，你把她的'达马乌鲁'砸断，将她头上的'定魂簪'偷来，骑在我的背上便可以逃脱了。"

第二天，哥哥按照花牦牛说的，全部做完之后，等到花牦牛一到，便骑在花牦牛的背上逃脱了。

跑着跑着，听到后面传来了"呜儿——呜儿——"的响声，哥哥骑在牛背上，扭头向后面一看，妖怪从后面赶了上来，花牦牛对哥哥说道："要小心谨慎，快把那妖怪的'定魂簪'折断。"哥哥将妖怪的定魂簪拿在手中，折成两段扔了。妖怪晕倒在地，再也不追了。哥哥骑着花牦牛逃跑了。

跑着跑着，来到了一个大平坝子上，花牦牛对哥哥说："你赶快将我杀了。皮子摊在地上，心脏放在中间，四蹄放在四个角上，肠子围在边上，黑毛撒在山阴，白毛撒在山阳，花毛撒在山沟中间，两条后脚下面放两个肾脏。按照这样做完以后，你就睡觉去吧！需要什么便会有什么的。"

哥哥说："你对我恩德很大，救了我的命，我怎么能杀你呢？"

花牦牛说："听我的话，赶快这样做，晚了后悔也来不及了。那时，妖怪会将你吃掉的，我也会被妖怪咬死的。"

哥哥只好按照花牦牛的吩咐，照样做了以后，便睡觉了。等到他一觉醒来一看，呵呀呀！牛皮变成了一顶大帐篷，白毛变成了绵羊，黑毛变成了牦牛，花毛变成了马，两个肾脏变成了两条狗，心脏变成了一个美丽苗条的姑娘，可惜的是：原先在破肚子的时候，匆忙之中，刀尖在心脏上碰了一下，那姑娘的鼻子尖上留下了一点伤痕。

神奇的牛粪

从前，在一个叫夏萨孜的地方，有一位年富力强的国王名叫曲桑欧珠，他是一位心胸开阔、德高望重、慈爱的仁君。他用佛教教规来治理国家，国法严格，关心百姓疾苦。因此，这里的所有人都十分尊敬和爱戴国王。

离王宫不远的地方，住着一个老太婆，她只有一个儿子，却傻乎乎的。有一天，傻瓜带上两块饼子来到城里，在一条小路上遇到了一只嘴上叼有一个小布包的小狗，小狗把小布包放在傻瓜面前，朝着他不停地甩着尾巴。傻瓜拿出一块饼子给小狗吃，小狗吃完了饼子，但还是摇着尾巴向傻瓜打招呼，似乎还要一点。傻瓜更是觉得小狗可爱，把剩下的一块饼子也给了它。小狗吃完饼子，把布包放在傻瓜的面前走了。傻瓜感到奇怪，捡起布包回到家里打开一看，发现里面装有不少首饰，他把布包交给了老母亲。

第二天，傻瓜又来到城里，他发现到处都在抓人打人，说是有人偷走了王后的首饰。傻瓜来到国王跟前说道："尊敬的国王陛下，您是个德高望重、心地善良的好人。但您派去的那些人太不像话，他们毫无根据地到处抓人打人，说是有人偷走了王后的首饰。昨天我从一只小狗嘴里得到了一个布包，里面装有不少首饰。我把它交给了我的母亲。"国王半信半疑，便带人来到傻瓜家里，命令马上交出那个布包。老太婆跪在国王跟前说道："国王陛下，我的儿子是个傻乎乎的人，您怎么能听信他的话，根本没有这样的

事，请国王饶了我们吧。”国王只好带着臣仆回宫。

有一天，傻瓜又进城，遇到了一个跟自己同岁的小伙子。这人说道：“你是个傻瓜，这一辈子别说娶到女人，对女人连玩笑都开不了。”他很痛苦地回到家里，问老母亲道：“妈妈，对女人怎么去开玩笑？”母亲笑着说：“跟女人开玩笑很简单，往姑娘身上扔去一块小石子，捏捏姑娘的手，或者互相说一些心里话，这些都是开玩笑。”他牢记了母亲的话。

有一次，傻瓜进城走到王宫门口，看到公主在门口玩耍，他就死死盯着公主，并往公主身边丢去了一块小石子。公主看到他那傻乎乎的样子，朝着傻瓜微微笑了一下。傻瓜想，扔去一块小石子，她就笑了一会儿。如果扔去一块大石头，她肯定笑的时间更长。于是傻瓜往公主头上扔去了一块大石头。这时公主动都不能动，当场死了。傻瓜走近公主身边轻轻地捏了一下她的手，还是没有动静。他以为姑娘已熟睡，就将其装进袋子里，背到自己的家中，对母亲说道：“妈妈，我按照你的意思，往公主身上扔去了一块小石头，公主朝我微微笑了一次。我扔去了一块大石头时她不仅没有说一句话，反而睡得很香，你看我把她背到家里来了。现在怎么办才好？”母亲知道事情不妙，就说道：“现在快要下冰糖雨，你就坐在屋里别出来。”老太婆又走到窗口下面，往屋内扔去了不少碎块冰糖。傻瓜以为确实下起了冰糖雨，只顾捡冰糖，拖了很长时间。在这期间，老太婆把公主的尸体埋在离家较远的地方，回到家里后，又把山羊装进袋子内，叫出傻瓜道：“你杀死了公主，不得了，现在你闭着眼睛去把袋子扔进附近的井里。”他就按照母亲的意思，闭着眼睛把袋子扔进了井里。

又有一天，傻瓜进城时，发现到处都在抓人搜查，弄得人心惶惶，说是寻找公主。傻瓜走到国王跟前说道：“你们这样乱抓人太不像话，我给公主开玩笑，扔去了一块石头，可公主睡着了。我把公主背回家里去了，母亲知道后，叫我把装有公主的袋子扔进井里，我就把装有公主的袋子扔进井里去了。”国王听了傻瓜的话后，十分气愤，派人把傻瓜母亲叫到王宫里问道：“你的儿子把公主带到你家里，你却让他害死我的公主，我要你杀人偿命。”他让人把母子俩毒打了一顿。老太婆说道："我的儿子傻得要命，你们千万不要听信他的话。"国王实在没有办法，只好把傻瓜拉到井边说道："是你害死了公主，又是你把她扔进井里，现在只好你自己下去捞回公主的遗体来。"傻瓜下到井内，没过多久就喊道："国王，国王，公主身上是否长有毛？"国王以为傻瓜抓到了公主的头发，就回答道："是，是长有毛。"过了一会儿，傻瓜又喊道："国王，国王，公主的头上是否长有角？"国王想这人怎么这么傻，人的头上怎么会长角？但为了打捞公主的遗体，国王随便回答道："是长有角，快捞上来。"傻瓜打捞出了一具山羊尸，就说道："我以为是公主，原来是我们家的山羊。"国王问道："你什么时候扔下去的？"傻瓜回答道："就上次下冰糖雨的那天扔下去的。"国王摇着头自言道："这人确实是个十足的傻瓜，我一直听信他的话，使这个老太婆受了不少委屈。"国王感到十分内疚，说道："我确实不知道你的儿子这么傻，不分青红皂白地毒打了你，为了弥补我的过失，决定给你办一件好事。你需要办什么事，三天之内一定想好。"说完国王带上臣仆回宫去了。

国王走后，傻瓜对母亲说道："我们只提出一个要求，这就是希望国王把我们母子俩的住房盖在靠王宫北墙边。"

第三天，傻瓜母亲来到王宫里，跪在国王跟前，磕着头求道："尊敬的国王陛下，我只求一件事，希望给我们母子俩盖一间房子，这房子一定要靠王宫的北墙。"大厅里的大臣们骂道："这个要求太荒唐无理，有损于国王的威望。"国王说道："你想盖一间房子，而且这间房子要靠王宫北面的墙，这虽然不太合适，但我已经答应给你办一件事，就把房子盖在王宫的北面吧。"这样，母子俩的房子盖在紧贴王宫的北墙边。

王宫里的国库位于王宫的西北侧，里面放有各种丰富的食品和昂贵的东西，逢年过节才打开一次。傻瓜在国库的后墙上打了一个洞，几年内，母子俩不仅享用了国库里的东西，还拿国王的东西发给城里的老百姓，把国库用得一干二净。

有一次，国王决定给王子娶妻，这件事被傻瓜听到了，他告诉母亲：

“妈妈，这么长时间咱俩用了国库里的东西和食品，日子过得也不错。现在我听说国王最近要打开国库，我俩不会有好下场，你也该去西天了。”傻瓜刚说完话，老太婆便入睡似地离开了人间。

不久，国王决定给王子娶一位南方国家的公主，并占卜、算命定好了娶亲的日子。

有一天，国王召集王宫里的有关大臣和管家，让他们去打开国库，看看还需要准备什么。他们一走进库房，发现国库里的东西被盗得一文不剩，而且在北面墙上还打有一个洞，这很明显地说明是傻瓜母子俩干的“好事”。国王十分气愤地把傻瓜关进了监狱，只好推迟娶亲的日子，并召集国王管辖的老百姓，宣布道：“忘恩负义的傻瓜，盗走了我多年为王子娶亲备用的食品和财产，今天我要当着大家的面，判处傻瓜死刑。”傻瓜却说道：“国王陛下，你杀死了我，也不会填满国库。你不是派人去做生意吗？准备派几个人？请你别杀死我，为了报答你的恩情，我要去做生意，我要填满国库。”国王想：杀死一个傻瓜，也没什么意思，还不如让他干一点有意义的事。国王不仅没有杀死他，还按他的要求，同意让傻瓜去做生意。

一个月之后，国王派人去做生意，包括傻瓜在内，让他们各自挑选作为本钱的商品。他们有的要了羊毛和皮张，有的要了盐巴和青稞，有的要了绸缎，还有的向国王请示需要采购什么货，所有商人都提出了要几名能干的助手。这时傻瓜说：“我不带任何金银珠宝和绸缎，也不带羊毛、皮张和食盐，我只要一点路粮和驮运用的六十头牦牛，并且请给我配一名听话的管家，两个放牧员，还要一个既会下雪又会守雪的炊事员。”国王答应了他的要求。他周围的商人们哈哈大笑着说：“这个傻瓜，过去盗光了国库里的财产，今天他还想吃牦牛。他不是傻瓜，是骗子，真正的傻瓜才是国王。”他们如此污蔑了傻瓜，讽刺了国王，但国王回答道：“去做生意的人有权提货，回来后我有权数货，你们都有权提自己的货。”临行时，国王给他们举行了隆重的欢送宴会，预祝他们生意成功。国王有个规定，每次去做生意，要在王宫前面有个叫“纳纳”的平原上住一夜，回来时，也要在那里住一夜，而且必须同时出发同时到齐。在送行的宴会上各说其词，有的夸夸其谈地说道："国王陛下，请您放心吧，由我们来填满国库。"当时，傻瓜只顾喝酒，没说一句话。

三天之后，商人们都聚集在"纳纳"平原上。傻瓜也不例外，赶上六十头牛和路粮来到这里。商人们来到傻瓜跟前说道："喂！傻瓜贼，你的本钱分给我们吧，我们会帮你做生意。要是你不答应，那么，你哪里也不许去。"傻瓜回答道："我的本钱是国王给的，怎么能分给你们？"商人吓唬他道："要是你去东，我们要砸断你的腿；要是你去西，就别想活下去……"

第二天，商人们往各自的方向出发了，傻瓜只好往山沟里走去。山沟里有一座雄伟的雪山，雪山下面有一座奇丽的大湖，湖的周围是个水草丰盛的地方。傻瓜就在那里住下了。之后在这水草丰盛之地的周围下起了大雪，任何人走不进这个地方。

几天以后，傻瓜的一个助手说道："喂！傻瓜，我们该去做生意，要不然路粮都快吃完了。"傻瓜笑着说："我们除了待在这里外，没有别的路可走。我也整天考虑做生意，你们不要为此担心，不过有一件最重要的事，别忘了回'纳纳'平原的日期，每隔五天你们给我提醒一次，除此之外，你们没有别的任务。"

有一天，助手们提醒道："现在离回'纳纳'平原只有十五天。"傻瓜说道："那么，从今天起你们给我去捡牛粪，而且把牛粪捆成茶箱似的货物，总共要捆一百一十六箱，其中的一百〇八箱上要留一个洞，其余的八箱上不必留洞，在无洞的牛粪箱上做个记号。于是傻瓜的助手们忙着捡牛粪，做牛粪"茶箱"，并很快做出了一百〇八个有洞的"茶箱"和八个没有洞的箱子后，对傻瓜说道："现在离回'纳纳'平原只有八天的时间。"傻瓜说道："现在我要做正式的生意，在这期间你们不管看到仙女在歌舞或鬼怪在作怪，绝不允许走出这顶帐篷。"

第三天早上，助手们听到山顶上锣鼓喧天，喇叭、唢呐、长号吹得大地

震动，看到仙女们载歌载舞，飞向天空。大湖正中冒出一座美丽壮观的楼房，彩虹映照着雪山草地，使这个地方变成了一座非常美丽的城市。太阳快要落山时，从湖中放出一道白光，光线直射到雪山上，傻瓜背着一个大铜罐，也出现在那座雪山顶上，周围还有很多神女顺着光芒来到他跟前，帮他抬铜罐。

第二天，傻瓜在助手面前打开铜罐，里面装有很多钻石、翡翠、红珊瑚、绿松石，以及大量的金银珠宝，有的像拳头那么大。他把宝石都分开塞进牛粪“茶箱”洞内，对助手每人给了一辈子够用的珠宝，并让他们保证不泄露这个秘密。出发前傻瓜对他们嘱咐道：“四方的商人聚集在‘纳纳’平原时，你们不要以为我们有了这么多贵重的商品而傲气。我们到平原的那天夜里，会下一场大雪。”助手们牢记傻瓜的话出发了。

当所有的商人带上自己的货品来到“纳纳”平原上时，傻瓜也聚在他们中间。商人们看到傻瓜只驮有牛粪时，围着他骂道：“不要脸的傻瓜，过去你吃光了国库里的财宝，这次你又吃光了做生意的本钱，今天你带的这些东西算是商品吗？”傻瓜只是笑着，没有吭声。这天晚上，“纳纳”平原上真的下起了一场大雪。第二天早上，商人们没有柴火烧，看到傻瓜帐篷前面垒有那么多的牛粪，都来到傻瓜跟前说道：“我们没有柴火烧，给我们每人借一驮牛粪吧！”傻瓜说；“可以借给你们，但是这些牛粪是国王的商品，到时候你们还得起吗？我们现在订个协议。”商人们讥笑着说：“几袋牛粪有什么大惊小怪的。”轻易地决定道：“借多少牛粪，就还多少牛粪。”于是傻瓜把没有洞的牛粪箱都借给他们。

第三天早上，傻瓜对助手们说道：“今天国王数货时，我们要尽量站在他们前面。”四方的商人带上各自的商品，赶上驮畜走进王宫大院内，傻瓜也同样赶上驮牦牛走进大院，并对一个主管内务的大臣说道：“请把我的货物收进库房里。”大臣十分气愤地说：“一堆臭气熏天的牛粪，怎么能放进国库里？”他们叫人把牛粪拉到王宫外。他们的谈话被国王听到后，国王对大臣说：“那些牛粪傻瓜想放到哪里，就放到哪里，不要太欺负傻瓜。”牛粪堆满国库，在座的大臣、商人们对此十分不满。

当天下午，国王坐在大厅正中，让大臣和商人们坐在两边，国王为商人们满载而归而举行了隆重的宴会。傻瓜和他的助手们坐在最前面。宴会开始以前，商人们陆续地走到国王跟前，献上自己的商品，退下来时都朝傻瓜脸上看了一眼，又很傲慢地坐在各自的座位上。最后傻瓜走到国土跟前，从怀里取出三块圆形牛粪，分别放在国王、王后及王子的桌子上，又取出一块椭圆形牛粪，放在大臣的桌子上，回头坐在自己的位置上。王后和王子及大臣看到桌子上的牛粪时，十分嫌脏地扔下去了。国王感到特别奇怪，便叫人打开牛粪，发现里面装有罕见的各种宝石。国王就没有在意其他商人的礼品，只把傻瓜的宝石收进招财箱内。

第二天，国王在王宫内验收四方的货物。各种商品堆如山，傻瓜更是不例外，他和他的助手们忙于从一百〇八个牛粪洞内，取出各种罕见的珠宝，使国库变得比龙宫还富裕。王宫也显得更威武。这时傻瓜走到国王跟前说道："国王陛下，这次我所带来的商品全是帝王龙王的珍宝，一颗宝珠能值国王的所有王宫，这些就算是我报答您的恩情。另外，国王的商人们从我手里拿走了八颗最珍贵的宝珠，请国王从他们手里收下那些宝石。"国王不仅没收了他们的财产，还让他们去当傻瓜的奴仆。国王把傻瓜当成神仙，还给他分了一半的国土。

从此，藏族人把牛粪当成吉祥的预兆，就连夜里做个牛粪的梦也当作吉祥的预兆。

织女和金匠

很古的时候，雅鲁藏布江这边有个聪明美丽的姑娘，江那边有个诚实英俊的小伙子。姑娘精于纺织，她织的绸缎谁也比不上。小伙子善于敲金打银，他制作的首饰举世无双。有个商人，在江两边做买卖，把江这边的货物卖到江那边去，把江那边的商品运到江这边来。

一天，商人正在江这边集市上做买卖，姑娘也来赶集，她走到商人的摊前，看见有嵌着钻石的首饰匣子，有镶着红宝石的金戒指，有包着银边的松耳石耳环……精致漂亮的首饰，使姑娘一见倾心。她不仅买了许多首饰，还详细询问商人首饰产在何地？是何人所做？商人一五一十地告诉姑娘说，首饰产在江那边，是一个像露水珠儿一般晶莹闪亮的年青金匠所做。姑娘虽然没有亲眼见过年青金匠，但听了商人的话，不由自主地从心底产生一种爱慕之情。她连忙回到家中，拿出几匹自己亲手织的缎子交给商人，请他一定亲手带给江那边的年青金匠，同时，又从怀里摸出一块银子，羞答答地请商人拿去喝酒。商人“拉索，拉索”地连声答应，坐着牛皮船过江去了。

年青的金匠接过商人拿来的缎子，感到十分惊讶，忙向商人打听缎子的来历。商人说：“江那边有位织绸缎的姑娘。她的美貌我这张笨嘴是形容不出来的。你制作的那些首饰，她一见就爱得不得了……”商人把事情原原本本地说了一遍。年青金匠听了，心中无限喜悦，连忙打开一匹缎子，只见上面织着鲜艳夺目的出水莲花，有的正在盛开，有的含苞待放，片片绿叶沾满亮闪闪的水珠儿，招引得一群蜜蜂展翅飞来，抢先的一只已落在花蕊上。看完一匹，他又打开另一匹。缎子上，两只美丽的孔雀，立在邦锦花盛开的绿草坪上，脸挨脸，像一对情人说着悄悄话。一瞬间，年青的金匠双眼模糊了，似乎看到一位仙女，在五色光环中飘然来到自己的跟前，她那清泉般的眼睛，含情脉脉地望着自己，娇嫩柔软的一双小手拉着自己，给自己说着缠绵的知心话儿。他这时脸不由地红到耳根，微笑着露出白牙，心中说不出的兴奋，轻轻地抚摸着缎子。商人见他这副模样，喜不自胜，哈哈地大笑起来。笑声惊醒了遐想中的年青金匠。他急忙问商人："聪本啦！你还去江那边吗？""当然去，我明天就起程。""那好极啦！"年青的金匠边说边往家跑去，没多久，他拿来一个精美的首饰匣子，请求商人无论如何也要把它亲自交给江那边织绸缎的姑娘。同时，又送给商人一把银子，商人笑得合不拢嘴，当然满口答应。

第二天，商人乘坐牛皮船，顺流而下，到了江那边，把首饰匣子交给了姑娘。姑娘心里甜滋滋，脸上笑盈盈，匆匆打开匣子。啊啧！一对用两颗世间罕见的珍珠，镶上金边做成的耳环，精致异常，光彩照人，姑娘看呆了。一刹那，她好像在梦里一般，只见耳环中央显现出一个不是凡夫俗子，而是十分英俊、貌似天神之子的青年。青年出神地望着自己，嘴里好像在说："你是我心中的鲜花，不，你就是我的心。"她似乎看到，青年正伸出双手，要把她揽到怀里。姑娘一惊，幸福的幻景像水面荡起的波纹一样消失了。她看见商人还站在身旁，不由得脸上泛了两朵红云。商人呵呵笑着问她得到了什么宝贝，她一语不发，羞得用双手捂着脸跑掉了。

通过商人传送情物，年青金匠与绸缎姑娘虽然没见过面，感情却一天比一天深，像鱼儿离不开水一样分不开了。他们像焦渴时盼望清泉水，饥饿时盼望香糌粑一样，盼望早日相见。年青金匠愈来愈恋念绸缎姑娘，吃喝毫无滋味，整天坐卧不安。一天，他终于忍受不住长期思念姑娘的折磨，请求商人把他带到江那边与姑娘相见。商人非常同情他，一口答应下来。

牛皮船闯过激流，绕过险滩，如离弦之箭，向下游飞一样驶去。年青金匠恨不得即时飞到姑娘身边，仍嫌船儿慢。到了江那边，商人把他安顿在客店，对他说："我去告诉姑娘，你在客店静心等待，一会儿姑娘会来的。"商人说完走出了客店。

年青金匠等了好久好久，还是不见姑娘美丽的身影。他不习惯艰辛的长徒奔波，实在太累，未等姑娘到来就呼呼地进入了梦乡。原来，姑娘在家准备了香喷喷的酥油茶、醇香的青稞酒和各种可口的食品，才来到客店。她轻手轻脚地走到沉睡中的年青金匠跟前，羞答答地仔细打量着他。看到潇洒英俊的小伙子，姑娘心想："真是我的意中人。要是我能亲亲热热地与他诉说久久埋藏在心里的知心话儿，献上我盛情的茶酒食品，那该有多美呀。"想到此，姑娘情不自禁地拉着年青金匠的手，看到他睡得那样酣，又不忍心叫醒他，姑娘怕时间逗留太长，阿爸阿妈知道会责备她，便把茶酒食品放在年青金匠跟前，恋恋不舍地回家去了。

姑娘走后不久，商人回到客店，叫醒年青金匠问道："姑娘美丽吗？""她没来过。"年青金匠睡眼蒙眬地回答。商人着急地又问道："这些香茶、美酒、佳味是从哪里来的呢？"他看见那些东西，知道自己贪睡误了相会佳期，心中百般懊悔。

姑娘的美名传遍各地，前来求婚者络绎不断，她的阿爸、阿妈选择后把她许配给了一个小邦国王。姑娘知道后，心急如焚，找了商人一块来到年青金匠跟前，泪流满面地向他讲了实情。年青金匠一听，气得两眼直愣愣的，不知该如何办好，两人难分难舍，哭得泪人儿一般。商人非常同情他们的不幸，看他俩只是伤心，急得毫无办法，便对他们说："我看你俩一块逃走吧。"一句话提醒了年青金匠与绸缎姑娘，他们各自带上干活的家什和吃喝用具，趁着伸手不见五指的黑夜逃走了。他们漫无目的地拼命往前逃，最后走到一个荒山空谷，在岩洞里安下了家。

金匠照常用心制作金银首饰，姑娘还是飞梭巧织绸缎。每七天，年青金匠便拿着绸缎和首饰到集市上去卖，得来许多银子。他们的日子倒也过得富足愉快。

姑娘逃走后，那小邦国王派人四处寻访，但谁也不知她逃到哪里去了。狡猾的国王气得暴跳如雷，命令说："哪里有姑娘的漂亮绸缎，姑娘就在那里。笨蛋们，找去吧！"

有一次，年青金匠到集市上去卖绸缎，不幸刚好碰上了国王的探子，探子们看见了他叫卖的漂亮绸缎，立刻借口国王要买，把他骗到了王宫。国王看到了漂亮的绸缎，又看到了这位眉清目秀的青年，一下子什么都明白了，马上叫侍从摆上一桌丰盛的酒席宴请他。国王虚情假意，不断给他斟酒，不一会儿，他便喝得酩酊大醉，说话毫无警觉。国王问他家住哪里，漂亮的绸缎是谁织的，他就毫不隐瞒地照实讲了。国王听了，急不可待地派出人马到山谷中去抢姑娘。

天亮时。年青金匠酒醒过来，一想到昨晚未回家，便慌慌忙忙、一口气不歇地往回跑。家里乱七八糟，姑娘不见了。他一人伤心地哭起来，眼泪像断线的珍珠簌簌落下。他又悔又恨，后悔自己中了国王的奸计，酒醉后泄露了秘密，把自己的妻子白白地送掉了；又恨无耻的国王，竟然活活地拆散了他们恩爱夫妻。年青金匠内心痛苦极了，脸色变得暗淡无光，不停地长吁短叹，摇摇晃晃地朝城里走去。

年青金匠到了城里，乔装打扮成商人模样，带着许多精美的首饰到王宫窗前叫卖。姑娘在宫楼上听见耳熟的叫卖声，知道自己的丈夫来了，一刻不停地带着侍女下楼来买首饰。她借故银子不够，骗侍女去取，趁机悄声告诉金匠说："十五月圆的夜晚，国王要大摆酒宴庆贺他的生日。你买上两匹好马，夜静更深时刻到我窗下来等我。我给你一个暗号，你照样回我一个号，我们就双双逃离此地。"

年青金匠按照姑娘的吩咐，买了两匹高头大马，晚上悄悄来到姑娘的窗下。等着等着，洁白的月亮钻入厚厚的云层，大地一片昏暗，这时，他不知不觉地又睡着了。突然来了两个小偷，鬼鬼祟祟地准备偷盗他的马。偏偏有那么凑巧，姑娘也打算趁月色朦胧之机逃走，她给了窗下一个暗号，一个小

偷学着回了一个暗号，她立刻从窗口扔下一个装了许多金银细软的包袱，被一个小偷接住拴在马上。姑娘抓着绳子溜下来，也没有弄清窗下的人是谁，便慌忙跨上一匹马，两个小偷合骑一匹马，三人慌慌张张地逃跑了。他们慌不择路，快马加鞭，拼着老命往前跑。天亮时，来到了一块荒无人烟的地方。两个小偷一看姑娘是个非常动人的美丽女人，不禁垂涎三尺. 争吵着要占有姑娘。

姑娘装出一副无可奈何的模样，说：“你二人不必争吵，我只能给一人为妻，另一人要金银财宝好吗？”但两个小偷谁也不让谁，姑娘看着两个小偷不和，心里暗暗高兴，打着脱身的主意。她满脸堆笑，对两个小偷说：“你俩赛跑，谁跑在前面，我就嫁给谁。谁跑在后边，他就只能得金银财宝。你们看这么办行不行？”两个小偷鬼迷心窍，都自以为能跑在前边赢得姑娘做老婆，便高高兴兴地同意了。他们脱去长长的氆氇袍子，脱下笨重的靴子，然后走到很远的地方准备赛跑。姑娘见两个小偷已追不上自己，立刻跨上一匹马，手拉另一匹马，策马扬鞭，飞奔而去。两个小偷恍然大悟，不要命地在后边紧紧追赶，在马蹄扬起的尘土中，累得要死也没有追上。两个小偷垂头丧气地互相抱怨，一个气得直跺脚，说：“是你的不是。”另一个气得直暴跳，说：“俗话说，‘香喷喷的东西到口中，红红的舌头往外赶。’现在如何是好呢？”两个小偷商量了半天，决定跟踪追赶姑娘，想法子抓住她。

姑娘从两个小偷手里逃出后，立刻女扮男装，马不停蹄地日夜赶路，来到了一个小国境内。当地国王和王后只有一位心爱的公主，平时娇爱得似眼珠一般。他们为公主挑选驸马，挑来选去没有一个中意的。正为此事愁眉不展。姑娘牵马走到宫门外，准备用银子换些吃的，填饱饥肠再赶路，恰好被国王、王后和公主瞧见了。他们见这刚成年的“小伙子”，眉目间透着一股英气，像一颗闪亮的露珠讨人喜爱。国王、王后喜出望外，立刻吩咐侍从把“小伙子”请到宫中，讲明要“小伙子”与公主结为百年之好。姑娘一听，急得心都快跳出来了，对他们撒谎说：“我阿爸、阿妈刚刚死去，三年里我不能成亲。”国王深表赞同，对姑娘说：“我们不能难为你，你三年后再成亲吧！”姑娘心中暗暗思忖：“我人地生疏，走投无路，不如暂时留下来，想办法打听丈夫的下落。”想到此，她又给国王提出要求；要在三岔路口，开设一家青稞酒店。在酒店里挂上她的画像，过路行人看了画像，不管哭也好，笑也好，就立刻到王宫来向她报告。国王、王后和公主喜滋滋地依从了她。

一天，两个小偷为追赶姑娘来到酒店，喝完酒，看见了姑娘的画像。他们欢喜若狂，手指画像高声大嚷，“正是那女人！正是那女人！”卖酒的老阿妈看见他们高兴得手舞足蹈，急忙跑到王宫报告。姑娘立刻派人把他们抓到宫中，一看是那两个小偷，便下令把他们杀掉了。

过了不久，小邦国王暗访姑娘，孤身来到酒店，他看见姑娘的画像，脸上露出奸笑，说：“这画像真像那女人。”老阿妈见他自说自笑，连忙就去汇报。姑娘马上派人把他抓到宫中，一看是小邦国王，命令把他扔进了江里。

又过了几天，年青金匠无精打采地来到酒店，他喝了一碗又一碗青稞酒，离开时，猛然看见了姑娘娘的像。他走到画像前，如痴如呆地看着，泪珠哑然地从两颊流到地上，老阿妈见他如此悲伤，心里也非常难受，但还是去王宫报告了姑娘。姑娘没听完报告，高兴得急急忙忙就往楼下跑，长楼梯像小鸟飞一样地下，短楼梯似猫儿干脆往下跳，恨不得一下子站在年青金匠面前。她跑进酒店，双手紧紧抱住年青金匠。两人久别重逢悲喜交集，一会儿便晕倒在地，不省人事。

这情况被国王、王后和公主知道了，他们带了许多侍从拥进酒店。国王看到这种情景，非常生气，姑娘一看，慌忙跪在国王面前，把她与年青金匠的悲欢离合，从头到尾，详详细细地哭述了一遍。听了姑娘声泪俱下的陈述，国王、王后和公主一个个忍不住洒下了心酸的泪水。

从此，年青金匠与公主也结为夫妻。三人情投意合，彼此相亲相爱，过着比神仙还美满的幸福生活。

猎人与公主

从前，在一个山沟里住着一个名叫巴桑的猎人。他家里只有一个年迈的母亲。母子俩靠打猎勉强维持生活。

有一天，巴桑翻山越岭走了很长的路去打猎，可他连一只小鸟也没有猎着，为此感到十分发愁。他想，这样下去，恐怕将来的日子就难熬了。他坐在一块岩石上东张西望，突然刮来一阵旋风，差一点把他卷走了，他很气愤地自言自语："今天我没有打到一只猎物，肯定是这阵妖风赶走了动物。"说着就从腰间取出弓箭，往旋风中射了一箭。旋风在空中旋转了几圈，消失在岩石山附近。巴桑猎人准备继续朝前走，发现在岩石上有一只绣有彩虹花纹的单鞋。他捡起鞋想，在这渺无人烟的荒野上怎么会有这么好看的鞋？如果能捡到另外一只，就可以让母亲穿上它，熬过今年的寒冬腊月。他在岩石周围找了一圈，但没有找到另一只鞋，只好带上一只单鞋回到家里，给母亲讲了今天遇到的怪事。

第二天，巴桑带上那只单鞋走到山脚下的鞋匠家里，对鞋匠说："你给我做一只跟这只鞋一样的单鞋吧。"鞋匠看着他手里的鞋，说："这种鞋只有国库里才有，我不会做这么精致的鞋，你找别的鞋匠去吧。"巴桑猎人又来到一个叫扎西孜卡的地方，这里虽然环境优美，来往的人也不少，但人们神色很不寻常。巴桑走遍大街小巷，才打听到一个会做鞋的人，这个人是这里手艺最高明的鞋匠。巴桑走进鞋匠家里，从口袋内拿出那只鞋放在鞋匠面前，详细地讲起了这只鞋的来历。鞋匠看到这只鞋，很惊奇地说："这只鞋是我们公主的鞋。一周前公主在王宫楼上散步，突然一阵狂风卷走了公主，为此国王和王后非常悲痛。这几天国王派人到处打听公主的下落，并贴有布告说：'谁要是找到公主，就能得到半个王庄。'但至今谁也不知道公主的下落。"说完，鞋匠把巴桑带到国王跟前，国王看到公主的鞋，高兴得说不出话来。巴桑给国王禀报了这只鞋的来历。但是，国王却很严厉地对巴桑说："既然在你手里发现了公主的鞋，就说明你知道公主的下落。你要是给我找回公主，就能得到我的半个王庄；如果找不到公主，那么该怎么处置你是知道的。"巴桑奉国王的命令和三个大臣一起日夜兼程来到岩石山下。这时，他们发现岩石上滴有很多鲜血，他们顺着血迹来到一个大山洞跟前。三个大臣对巴桑说："公主肯定在洞内。巴桑你机灵勇敢，你下到洞里救她最合适。"说完在巴桑的腰上拴上绳子，让他下到洞里。

巴桑下到洞内解开拴在腰上的绳子，仔细观察，发现里面有一片很宽敞的地方，中间有一条水渠，水渠旁边还放有一个水瓢。他想，如果我在这等候，肯定会有人来打水，也许能打听到公主的下落。他耐心地坐在水渠旁边的石头上。没过多久，果然从山洞的另一角走出一个漂亮的姑娘。姑娘看到坐在岩石上的人，很害怕地说："你是谁？怎么走进洞里来了？"巴桑叙述了自己的使命，他知道面前的姑娘就是公主。公主对他说："这个洞里有一个很残暴的魔鬼，它不会轻易地让我离开这里，幸亏这几天魔鬼在外面养病，要不然你早就没命了。"巴桑说："在洞外有三个大臣在等候着我们，咱俩赶快离开这里。"他俩一起来到洞口下面，巴桑说："我先上去，等我到了洞外，再把你拉上去。"公主说："既然你是来救我，那么让我先出洞，等我到了上面，我一定叫他们把你拉上去。你要是不相信的话，我把我的戒指留给你。"他只好听从公主的吩咐，让公主先出了洞。三个大臣看到公主已接到洞外，都想得到国王的半个王

庄，便决定带上公主离开岩石山洞。公主一再恳求把巴桑救出，但是，三个大臣不听公主的话。

巴桑在洞内左等右等始终没人给他放下绳子，喊了几次也没人应声，知道自己上了大臣们的当，不知怎么才好。这时，突然洞内云雾弥漫，雷声巨响，吓得巴桑毛骨悚然，嘴里不住地说："菩萨保佑我吧！"说着从腰上取出弓箭准备迎战。出乎意料的是，从云雾中走出一条龙，对他说："你怎么走到洞里来了？"猎人把事情的经过告诉了龙。龙说："幸亏这几天魔鬼在外面养病，要不然你早就被魔鬼吃掉了。你是我的救命恩人，我要报答你的恩情。"巴桑猎人觉得很奇怪，就问它："我什么时候救过你？我从来没有救过龙。"龙说："我本来是生活在天界的龙，有一次我来到人间玩水，不慎被魔鬼抓住不放。从此，它把我当成乘骑的马，到处抓人吃人。有一天魔鬼骑在我的脖子上游逛，从王宫楼上抓走了公主，返回山洞途中被你射了一箭，魔鬼受了重伤。但由于它对公主的贪恋，抓住公主的腿不放，结果掉下了公主的一只单鞋。魔鬼也没来得及管我，我就逃脱了性命，可公主却被带进山洞里来了。今天为了报答你的恩情，我要把你救出山洞。"巴桑猎人这才相信了龙的话，高兴地说："你能把我送到洞外，这是再好不过了。"龙让巴桑猎人骑在自己的脖子上，一声巨响飞到洞外。巴桑谢过龙准备回家，龙说："你不要急着回家，先到我们天界去一趟，我的父母为了报答你的恩情，会送给你所要的东西。如果我的父母问你要什么东西，你就要龙库里的龙角，那是一件罕见的如意珍宝，只要有了它就能解脱你的困境。"巴桑牢记龙的话，骑在龙的脖子上飞到天界的龙宫。龙的父母为猎人举行了隆重的宴会，并让他跟龙一起在天界玩了几天。当巴桑猎人要求离开龙宫时，龙王说："我们想送给你一件礼物，但我们不知道你要什么东西，因此你自己到仓库里去任意选一件吧。"巴桑走进龙宫的库房，取出龙角说："请你们把这个东西送给我吧！"龙王想了半天才回答说："这个龙角是天界少有的宝贝，虽然我有一点舍不得，但不能不送给你。"巴桑得到龙角后离开了天界。

龙把巴桑送到他家门口后告别而去。巴桑走进家门一看，发现屋里的东西七零八落，到处积满灰尘，屋顶上还筑有鸟雀巢。母亲的脸上布满皱纹，已变成眼瞎耳聋的老太婆，独自一人坐在墙角念嘛呢[①]。巴桑看到这种情景心如刀割，十分难过地跪在母亲跟前说："妈妈，我回来了。"但她什么也听不到。巴桑又大声地说："妈妈，你的儿子回来了。"母亲摸着巴桑的头说："你是谁？我的儿子已被魔鬼害死了。"巴桑立即拿出龙角祈祷："请你立即帮我治好母亲的病吧！"这时从龙角内掉出一丸闪闪发光的万灵丹。他让母亲服下这丸万灵丹，母亲恢复了健康，母子俩悲喜交集地拥抱在一起。

第二天，巴桑对龙角祈祷道："愿我母子俩有一座房子！"由于龙角的神灵，一瞬间在他俩面前出现了一座漂亮的房子。母子俩在漂亮的房子里靠龙角的神灵过着安稳的日子。从此，巴桑再也不用到野外去打猎了。

不久，这事一传十、十传百，传到国王的耳朵。国王派人命令巴桑猎人去见他。巴桑骑上骏马来到王宫，他把马拴在王宫的大院，自己走进大厅。这时国王坐在大厅中央的宝座上，左右两边坐着王后和公主，周围站着众大臣。巴桑猎人直接走到国王跟前，从手指上取下公主留给他的戒指，放在国王前面的茶桌上。他还没来得及说话，公主认出了自己留给猎人的戒指，马上走到国王跟前说："父王陛下，从魔鬼嘴里救我的就是这位猎人，没有他我早就被魔鬼害死了。他才是我的救命恩人。为了报答他的恩情，我要嫁给他。三个大臣想害死猎人，而把他撂在洞内，该受惩罚的就是这三个人。"三个大臣在事实面前无法抬头，也受到了应有的惩罚。

偶然的机遇，巴桑猎人不仅得到了人间罕见的如意宝贝，也得到了国王的半个王庄和公主的爱情。从此巴桑猎人不仅拥有自己的土地和房子，还有一位漂亮的妻子，母子三人过上了幸福的生活。

①念嘛呢：念经。

老太婆和老虎

很久很久以前，有一只老虎和一位老太婆分别住在一条河流的两岸。一日，老虎对老太婆说："我俩比赛越河怎么样？你越不过我就吃掉你，我越不过你就吃掉我。"说完，老虎给老太婆的衣角上捆了一堆石子，给自己的尾巴上捆了些干马粪，一跃过了河。老太婆一则年老体弱，二则衣角上捆了石头，没能越过河。

老虎说："现在我可以吃掉你了吧？"老太婆边哭边朝前走去，走着走着碰见一颗白卵石。卵石问她："你遇到了什么为难的事，哭得这样伤心？"老太婆说："我和老虎比赛越河，我输了，它要吃掉我，所以我就哭泣。"卵石劝慰说："你回去后随便做些面食，我会来帮你想办法的。"老太婆哭着朝前走去，碰见一堆牛粪。牛粪问她："老太婆你这是怎么了，哭得这样伤心？"她说："我和老虎比赛越河，我输了，它要吃掉我。"牛粪说道："这你别伤心，你回去后随便做些面食，我会来帮你想办法的。"老太婆又朝前走着，碰见了一颗鸡蛋。鸡蛋问她："你为何这样伤心？"老太婆说："我和老虎比赛越河，我输了，它要吃掉我。"鸡蛋说："你回去后随便做些面食，我会来帮你想办法的。"老太婆继续朝前走去，走着走着碰见了一只兔子。兔子问她："你遇到了什么事情这样伤心？"老太婆说："我和老虎比赛越河，我输了，它要吃掉我。"兔子听了说："这不要紧的，我让你拿圣旨时，你就把准备好的红桦树皮给我拿来就行了。"

老太婆等兔子走后又继续朝前走去，路上遇见了青蛙、蛇、针、锥子等，它们都问老太婆伤心的原因，老太婆把自己跟老虎比赛越河的事一一告诉了它们，它们听后都表示愿意帮老太婆想办法，使她摆脱困境。

到了晚上，卵石、牛粪、鸡蛋、兔子、青蛙、蛇、针和锥子都集中在老太婆家里。兔子开口问道："卵石，你想坐在哪儿？"卵石回道："我就坐在门顶上好了。"兔子问牛粪说："你想坐在哪儿？"牛粪回道："我就坐在门槛上。"兔子又问蛇，蛇说："我就坐在抹布里。"兔子问青蛙坐在什么地方，青蛙说："我就坐在盛水的木槽里好了。"兔子又问针想坐在哪儿，针回答说："我就坐在老太婆的头发里。"兔子问锥子想坐在哪里，锥子说："我就坐在柱子裂缝里。"最后，兔子问鸡蛋坐什么地方，鸡蛋说："我就坐在火塘口的热灰里。"说罢，各自坐到了自己的位置上。

正在这时，老虎进来了，它见老太婆烧着一堆大火，就坐到火塘旁刚要烤烤手时，坐在热灰里的鸡蛋爆了，火星连同滚烫的热灰撒了老虎一脸。老虎叫了声"啊嘎嘎"便跑到木槽旁准备洗脸，不料青蛙跳到了它脸上。老虎又跑去取抹布擦脸，手被蛇咬了。于是它就跑到柱子后面躲藏，身上又被锥子扎伤，老虎说了声"啊啧啧，这儿有锥子呀！"老虎气得猛扑过去刚要抓住老太婆的头狠咬一口时，嘴巴又被老太婆头发里的针给扎破，老虎又说了声："啊啧啧，这儿还有针呀！"这时，只听兔子说道："快拿国王的圣旨来！这老太婆不能就这样随便给吃掉，我们要照国王的圣旨办事。"老太婆把提前备好的红桦树皮递给兔子，兔子接过"圣旨"看着念道："噢，当今国王的库房里还缺一张老虎皮，今日快把老虎给杀死！"老虎一听感到情况不妙，便夺门而逃。结果一脚踩在门口的牛粪里滑倒了，这时门顶上的卵石掉下来正好砸在老虎的脑门上。就这样，因为大家的帮忙，老虎当场被砸死了，老太婆也得救了。

六兄弟

猎人的儿子、医生的儿子、画家的儿子、星算家的儿子、木匠的儿子、铁匠的儿子，他们歃血为盟结拜成六兄弟。这六兄弟各自跟随自己的阿爸学手艺，都似长于飞翔的鹫雏、善于戏水的幼雁一般。有一天，他们聚在一起商议："世间有句谚语说'鲲鹏成年展翅翱翔，哪怕天空辽阔；男儿少壮游历四方，何惧大地宽广。'因此，我们应该用智慧去周游世界，扩大我们的视野。"商议后，这六个既聪明又勇敢的少年说到做到，立即从家出发了。他们靠各自的本领在衣食住行方面都不用发愁，愉快地游历着，见了许多过去从未见着的东西，既开阔了眼界又丰富了知识。一天，他们来到一个岔路口，商量说："过去我们一块行动，已增长了不少的见识。现在我们分散行动，三年后的今天在这个路口相会，畅谈各自的经历。"商议决定后，六个少年都在路口边依次栽了一株生命树，决定相会时谁的生命树枯萎了、谁没有来大家都要去找寻他，然后就各奔东西了。

猎人的儿子是个俊美聪明的青年。他周游了很多地方，最后到了一个长着果树的森林前。附近居住着一户人家。猎人的儿子看见大森林就跟看见自己的家乡一样兴奋。他想这里正是他发挥才能的地方，于是向那户人家走去。他敲开了这家人的房门，请求借宿。房主是两位和蔼可亲的老阿爸、老阿妈。他们对青年的到来十分高兴，告诉青年他们有个女儿，一家三口靠采集药材和打柴为生，欢迎青年在他们家住下。

猎人的儿子住了下来。他每天上山入林打猎，带回来许多飞禽走兽，使老阿爸他们本来穷苦的生活好了许多。老两口非常喜欢猎人的儿子，巴望他做他们的女婿。他们的女儿呢正值青春美好的年华，是位叫人百看不厌的漂亮姑娘。她在林间打柴唱歌，鸟儿们便飞到她身旁静静地聆听；她在河边洗衣服喃喃自语，鱼儿们便会浮出水面为她解闷。她是老两口的掌上明珠。猎人的儿子第一眼就为姑娘的美貌倾倒了，姑娘也被青年的英俊能干所吸引。随着时间的推移，两人越发相爱，发誓永不分离。他们征得了老阿爸、老阿妈的同意后结为夫妻，星星月亮成了两人的证婚人。

婚后，姑娘成了这一家的主妇。这天，她到水溪边洗衣，不小心将戒指掉到了水里，眼睁睁地看着戒指随水而去。正巧，这地方的臣仆们簇拥着国王出来沐浴，镶嵌着各种宝石的戒指被水冲到了国王身边。戒指在清澈的水中闪闪发光，一个扈从从水中捞起戒指献给国王。国王见戒指造型美观、华丽，暗暗猜测戒指的主人肯定是位美丽非凡的姑娘，也只有这样的姑娘才会佩戴这个戒指。他立即召来了众大臣，对他们说："今天拾到的戒指是百里难挑、千里难找的。戴这个戒指的姑娘一定很迷人。三天后的吉时，美丽的姑娘必须来到我身边。不然，你们将遭到制裁。好好记住我下达的霹雳般的指令，到时不要怨我没有同情心。"众大臣面面相觑，不知所措。一个大臣弓腰上前小心翼翼地说："我生命的主人啊，姑娘的姓名、住址不知道，怎样去寻找她呢？"国王勃然大怒，吼叫着："国王我金口玉言，说一不二。怎么找她我不管，三天后一定要把她带到我眼前。"

大臣们一边叹气，一边挖空心思想法子。他们中间一个机灵的大臣终于露出了笑容，说道："有办法了。这个戒指是从水里拾到的。我们逆流而上，查访戒指的主人，不愁找不到这姑娘。"于是他们沿着河岸往上走，见人就问有谁丢失了戒指，最后在森林附近找到了戒指的主人。众人都被姑娘的美貌惊住了。他们派了一个人赶回国王的宫殿报告。国王让送信人带着大队人马来到姑娘的家，不由分说把年轻的夫妻俩抓上了马。老两口哭天喊

地，也找不出解救的办法。

大臣们把姑娘献给国王，国王一看乐得合不拢嘴。我的妃子在这个仙女般姑娘的面前简直像头猪。他欲火中烧，恨不得同姑娘即刻入洞房，于是对姑娘百般诱惑、软硬兼施。而姑娘宁死不屈，对国王说："我已经有了丈夫。我最先遇上的他是我最要好的人。"国王气急败坏，悄悄令人把猎人的儿子带出监狱在一个水塘边杀害了，并将青年的尸体放进附近的洞中用大石头封盖了洞口。姑娘对此一无所知，天天盼望青年有一天能救她出虎口。

三年后六兄弟约定的期限到了。医生的儿子、画家的儿子、星算家的儿子、木匠的儿子和铁匠的儿子，一边聚集在岔路口相互叙述自己的所见所闻，一边等待着猎人的儿子，可等了好长时间，也不见猎人的儿子的踪影。再一看，他栽的生命树也枯死了。五个青年猜想他遭到了不幸。星算家的儿子一算，得出猎人的儿子早已死了，尸体放在一个距水不远的洞里的结论。五个青年立即动身寻找洞口，果真在水塘附近找着了被巨石覆盖住的山洞。铁匠的儿子用铁锤砸碎岩石，众人把猎人的儿子抬了出来。医生的儿子配制了起死回生之药喂到他嘴里，猎人的儿子又复活了。他向五个兄弟哭述了自己的遭遇，大家都十分同情他。青年们商议要把猎人的妻子从国王的宫中救出来。但王宫戒备森严，无法进入。木匠的儿子想了一个办法，用自己的手艺制作了一只能幻化的鸟；铁匠的儿子在木鸟的肚子里安装了一个往上一按就朝下走、往下一按就朝上走、往前一按木鸟就能飞起来的机器；画家的儿子给木鸟涂上各种颜色，把木鸟打扮得比孔雀还漂亮。猎人的儿子坐在木鸟的肚里转动了机器，木鸟在天空盘旋了一番就朝国王的宫殿飞去。

这时，国王正同王后及大臣们坐在皇宫的凉台上吃喝玩乐。而猎人的儿子的妻子却被关在一间黑暗的房里炒青稞。猎人的儿子操动着神奇的木鸟在宫殿的上空盘旋，朝凉台上的人群俯视，却不见爱妻的身影。正着急，忽听一间小房里传出了歌声：

石山上的鹿子，
成双成对地追逐游戏。
不幸失去自由的我，
痛苦的孽债何时了结？
草原上的绵羊，
成双成对地啃吃青草。
不幸失去自由的我。
痛苦的孽债何时了结？
海子里的黄鸭，
成双成对地缓缓游水。
不幸失去自由的我，
痛苦的孽债何时了结？

猎人的儿子听出是妻子在唱，立即驾着木鸟飞到了小房的窗口，对唱道：

黄昏时黑暗慢慢笼罩了大地，
但太阳还会升起；
待东方出现了曙光，
黑夜自然消失。
地冻时天空渐渐刮起了狂风，
但总会有春暖花开的那天；
待草木生长茂盛，
风雪自将退却。
遇难时夫妻俩被迫分离，
但总有相见的日子；

只要内心的情爱不减，
相爱的人儿自会团聚。

姑娘听见这熟悉的声音，透过窗户，看见了自己朝思暮想的丈夫，真是又惊又喜。她一下跳到猎人的儿子的跟前，两人坐在那神奇的木鸟身上，唱着歌儿朝自己的兄弟们等待的地方飞去。

洛追桑布

早先，有个叫东部吉雄的地方十分贫穷。国王尼达吉阔儿是个妒忌之心比火强烈，心肝比木炭还黑的人。百姓能带走的只有自己的影子，留下的只有自己的脚印。

当地住着一户只有老两口的人家。后来老头子先去世了，留下老太太一个人，过着更加贫寒的日子。有一天，在她的房顶上飞来了一只从未见过的鸟儿。与此同时，天空中出现了从未出现过的彩虹。老太太生下了一个男孩。这个男孩一生下来简直就是一个非常英俊迷人的神仙之子。老太太高兴地给他取名——洛追桑布[①]。当国王得知老太太生了一个儿子，便以子继父业为名，把洛追桑布收为自己的奴隶。洛追桑布长大后非常懂事。他尊敬别人，干活儿又肯卖力气，勤劳朴实。当地人都祝福他今后事事如意。可是，尽管洛追桑布早起晚睡地为国王干活儿，还是免不了遭受残酷的虐待。在无法忍受的情况下，他与母亲商量，决定出逃三年。他带上一“唐古”[②]糌粑，告别了慈爱的老母亲。他边走边回头张望，发誓三年后一定要回故乡见母亲。

①洛追桑布：意为智慧又善良的人。

②唐古：揉糌粑用的小皮囊。

洛追桑布离开家乡走了几天，遇到一座大山，他爬到山顶看见有三个年轻人正朝岩石上的秃鹫窝掷石块儿。洛追桑布说：“哈哈，你们好清闲呀，无缘无故朝秃鹫窝掷石块儿。”三个年轻人问他去哪里，于是，他将自己的苦恼说给他们听，得到了三个年轻人的同情。他们说：“与其三年逃往外乡，还不如留下来，咱们一块儿朝秃鹫窝掷石块儿。假如石块儿扔进窝中，就可以拿到一件天下无双的珍宝。”于是，他们一起掷石块儿。直到太阳落山了还没有掷进一块石头。最后大家懊丧地决定，每人再掷一次就回去。三个年轻人掷过了可谁也没有进。轮到洛追桑布时，一掷就进了。紧接着，一只毛茸茸的金秃鹫出来说：“啊，手持金刚的善良人，只有您才有走到天涯海角的缘分。我虽然没有许多珍宝送给你，唯有这一件是您需要的宝物。”说完，便把一只长嘴巴的摩羯鸟送给他。三个年轻人也求洛追桑布带他们一块儿走。他告诉他们：“我是无路可走才成了流浪汉。你们却不同，你们各自都有恩深的父母，还是回到父母身边去。今晚我就睡在这个秃鹫窝下面。”可是三个青年一再恳求他说：“只要您到什么地方，我们也要一块儿去。”无奈，洛追桑布只好答应带他们去天涯海角。

第二天一大早他们出发了。翻过了好几座山后，才到了另一个王国。这里的国王正愁找不到一个称心如意的女婿。三个青年中年龄最大的青年，被国王莲花般漂亮的公主看中，便留下作了女婿。两个青年和洛追桑布继续踏上了行程。他们走啊走啊，来到一条广阔的峡谷地带。这里的国王非常威武强大，可是愁着没有一个称心如意的大臣。于是，第二个青年留下作了国王的大臣。第三个青年和洛追桑布继续赶路。当他们又来到一个新地方时，这里的国王由于年年庄稼收成不好，正愁着没有一个称心如意的农作能手。于是，第三个青年留下当了国王的农作能手。从此，只剩下洛追桑布一个人了。

走了几天之后，在一个丁字路口，他看见有两个孩子正为一顶毡帽争执不休。洛追桑布说：“呀！你们两个何必争夺一顶破帽呢？一个松手，一个拿走，不就得了。”两个孩子说：“你这个傻瓜知道啥？帽子虽破，可这是一顶隐身帽，谁要是戴上这顶帽子，谁也不会看见他的。”洛追桑布思索片刻说：“噢！原来是这样的。那么这样吧，我拿着这顶帽子站在这儿，你们俩从远处朝这儿跑来，看谁先到，我就把帽子交给谁。好吗？”两个孩子同意了。当他俩跑来时，洛追桑布把帽子一戴。结果，他俩什么也没有看见。因此，洛追桑布把这顶隐身的帽子归为己有了。

他又来到一个丁字路口，看见两个孩子正在争抢一条皮鞭。他说：“呀！你们俩何必争抢这么一条很普通的皮鞭呢？一个松手，一个拿走不就得了？”孩子说：“你这个傻瓜知道啥！这条皮鞭就是那个‘桑百顿珠’①。有了它，任何敌人也不可怕，无论走多远的路也不会感到劳累。”洛追桑布听了之后说：“噢！原来如此。那么这样吧，我拿着皮鞭站在这儿，你们俩从远处跑来，看谁先到这儿，我就把皮鞭交给谁。好吗？”两个孩子同意了。当他们赶来时，洛追桑布戴着隐身帽。因此，两个孩子只看见皮鞭“桑百顿珠”远离他们飘扬而去了。洛追桑布继续在赶路。路边，他又看见两个孩子为一个茶袋子而争吵。他说：“呀！你们俩何必为这么一个茶袋而争吵呢？一个松手，一个拿走不就得了？”孩子说：“你这个傻瓜知道啥！这个茶袋就是那叫‘甲休麻休’②的，你喊声‘甲休’你要的茶就会出来。你喊声‘麻休’你要的酥油就会出来。”他听后想了想便说：“这样吧，我拿着茶袋，站在这儿，你俩从远处跑来，看谁先到，我就把茶袋交给谁。”两个孩子点点头表示同意这个办法。当两个孩子从远处跑来时，洛追桑布又戴上隐身帽。于是，茶袋“甲休麻休”又归了他。

洛追桑布翻山越岭，走了一程又一程。有一天在路边上看见两个孩子正在争抢一根棍儿。他又说：“呀！你们两个孩子何必争抢一根棍儿。不如一个松手，一个拿走省事。”孩子说：“你这个傻瓜知道啥！有了这根棍儿，什么都能抢到手。”他十分好奇地问：“噢！能给我看看吗？”刚拿到手，

①桑百顿珠：想到的都能实现。

②甲休麻休：茶来酥油来的意思。

他就戴上那顶隐身帽。于是，这根棍儿又归了他。后来，在他继续赶路时，在一条小道旁有两个孩子正在争抢一根彩色细绳。他说："呀！你们两个孩子为何争抢这么一根细绳呢？不如一个松手，一个拿走省事。"孩子说："你这个傻瓜知道啥！这根细绳是珍贵无比之宝。"于是他让他们拿给他看。刚拿到手中，又把隐身帽一戴，溜得远远的。

翻过一座高山之后，洛追桑布来到一片宽阔的地方。他去找国王说："国王陛下，今夜我在这里借个宿。"国王问他去哪里，他说："我要去天涯海角。"国王哈哈大笑说："去天涯海角谈何容易。过去，有许多王公贵族也曾经途经这里去过天涯海角。可是，没有一个活着回来的。今夜我可以让你借宿。假如你有本事真能走到天涯海角，那么，天上鸟类、地上的虫类都会夸奖你，赞美你。我还要把三个公主中最漂亮的嫁给你做妻子。"

第二天一大早，洛追桑布就起来赶路。走过一片荒野地之后，来到一个强盛的大国。他在这个国家借了一宿。第二天继续赶路。走了很久很久又来到了一个虽然地域十分辽阔但是百姓极其贫困的国家。他向国王借宿。国王问他要去哪里，他告诉国王，他是下了决心非走到天涯海角不可的。国王说："这件事可不是一件简单的事。以前，有许多王公贵族带着许许多多金银财宝去了，也不见一个回来的。何况你呢。哎，我有三个孩子，可惜都是女儿。如果有一个是男孩，我也会让他去的。假如你真的走到天涯海角，那么，我这三个女儿中任你挑一个。"

他又走啊走啊，来到一片空旷的无人区。他见一只秃鹫因为上腭不小心刺进骨头正奄奄一息。洛追桑布对此产生了极大的怜悯之心。他一边抓住秃鹫嘴中腭上的骨头，一边苦苦祈祷——如果我是幸运者，那么就一定能拔掉这根骨头。否则，秃鹫将死去，罪过，罪过呀！不多一会儿，骨头拔出来了。秃鹫恢复了活力。它对洛追桑布说："好汉，多谢救命之恩，我会报答你的。本来到大海边你还需走十二年。不过，我会让你六天之内就到达。"说罢便背上洛追桑布朝天涯海角飞去了。六天之后，他们果然来到了大海边。秃鹫说："我不能再往前送你了，只有你的皮鞭'桑百顿珠'才能送你过海。到了大海彼岸，你会遇见一个小妖。到时候，你会发现你附近有两块大石头，一块是黑色的，一块是白色的，你就捡黑色的那块朝小妖砸去。等它昏过去了，你就赶快跑，你会走运的！”秃鹫讲完了，便辞别高飞了。这时候，洛追桑布才想起来，原来这只秃鹫就是鼓励他走到天涯海角，并送给一只长嘴巴的摩羯鸟的那只金秃鹫。他望着金秃鹫的背影，双手合十，深深鞠了一躬。

送走了秃鹫后，他提了提精神，对皮鞭“桑百顿珠”说：“朋友，这下看你的啦！天涯海角就在眼前了。现在，我们先到大海彼岸去找那小妖去。”话音刚落，皮鞭已腾空而起，不一会儿就到了。此时此刻，距洛追桑布离开家乡已经整整一年了。

刚到对岸，一个可怕的小妖大大咧咧地冲来：“哈哈！今日又有美味食品送上门来啦！”这时，洛追桑布沉住气去捡起黑色大石块用力朝小妖砸过去，果然，小妖被砸昏了过去。当洛追桑布乘机要打死小妖时，小妖突然醒来苦苦求情道：“劳驾！劳驾！放我一条生路吧！留下我，也许对你有用。”于是，他紧接着问：“那么我问你，到天涯海角的真正道路在哪儿？”小妖回答：“要知道这条路也不难。我们的魔王现正处在九年睡眠中。他库中深藏着一斗虱子皮和一斗虮子，那就是他的命根子，要想彻底灭了他，非拿到那斗虱子皮和一斗虮子不可。当然，那些东西也不是轻而易举就能拿到手的。从前有人也去拿过，可是，没有一个能活着出来的。”洛追桑布听了沉思片刻，对他的皮鞭“桑百顿珠”说：“走！咱们去闯魔王的库房！”话音刚落，他已来到魔王的宫殿门口了。门紧锁着，他用摩羯鸟的长嘴巴把门打开后，闯了进去。魔王正在睡眠中。在他的身边摆着七个高脚盘子，每盘都盛着一种肉。当洛追桑布到了跟前，这七个高脚盘子全变成了七个壮汉。魔王醒了，爬起来就要吃了洛追桑布。皮鞭“桑百顿珠”一看这情景，立刻把洛追桑布带到高高的太阳旁。可是，魔王紧跟不放。皮鞭又将他带到深深的海底，魔王也穷追不舍。于是，洛追桑布对彩色细绳说：“去，把魔王捆成毛线团！”可是，魔王用粗壮的手把细绳一节节地拉断了。洛追

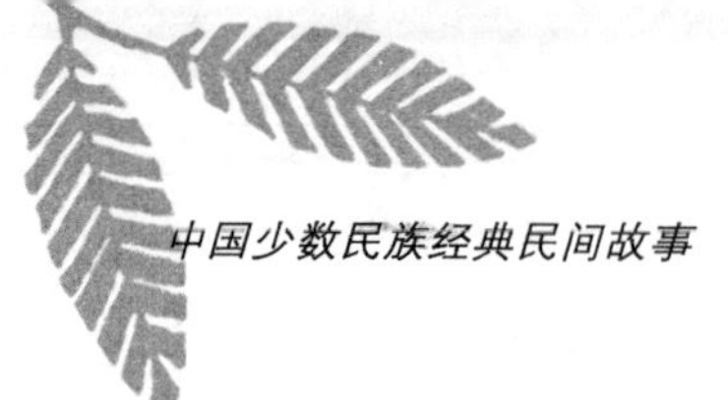

桑布又对木棍说："快去揍死他！"棍子冲上去狠狠一棍子下去，正好打中魔王的脑袋，魔王随即倒下，一命呜呼了。洛追桑布把魔王的尸体埋进九层洞底后便在上面修了一座黑塔。然后，他匆忙来到库房，拿去了那一斗虱子皮和一斗虮子，就离开了这个鬼地方。这时候，距他离开家乡已过去整整两年了。

回去的路上，他首先来到了那个地域辽阔然而却非常贫穷的国家。国王见洛追桑布真的回来了，非常高兴，并且对他赞不绝口。洛追桑布在一夜之间，为这个穷国修建了一座威武壮观的宫殿。国王惊喜万分。他一再恳求洛追桑布留下作他的女婿。洛追桑布实在没有办法，只好戴上那顶隐身帽溜了。

又走了一段，他来到当初他的三个青年朋友中最小的那个朋友留下的地方。他听到他的朋友正在自言自语着："哎！洛追桑布大哥至今还不见回来，但愿别在路途中遇到什么不测啊！"洛追桑布戴上隐身帽来到朋友身边说："年轻的朋友，你好！"这位年轻的朋友急忙看看四周，可是，连个影子也没有看见。于是，他又流着泪自言自语道："啊！看来是我朋友的幽魂呀！"便祈祷不止。这时候，洛追桑布脱掉隐身帽，双方见了面抱作一团。洛追桑布说："你有何难处，我会帮忙的。"年轻人说："我什么困难也没有。请你告诉我的双亲，我已成了农作能手，非常幸福，不用为我担心。"

接着洛追桑布先后来到了他的另外两个朋友那儿。他俩也同样让他转告父母，他们生活很好，父母请放心这类的话。

洛追桑布又走啊走啊。终于，整整三年一天不差地回到了他的故乡和母亲跟前。

母亲见到儿子回来，心中的喜悦之情难以表达。同时，又产生了无限的忧虑，使她伤心流泪。她想：国王尼达吉阔儿不知又会怎样来折磨我的儿子啊！果然，第二天一早，国王来到洛追桑布的家。他恶狠狠地说："喂！你这个流浪的乞丐，听说这三年中你去了天涯海角。如果是真的，你要拿出凭证。否则，三年的差税要马上还清。"洛追桑布恳求说："国王大人，我没有什么凭证。只是有一个请求。我们母子俩只有这么间破旧的房子，请允许我们盖一间新房子吧！”国王心想，他没有指头长的木料，他没有饼子大的石料，怎么能盖得起房子呢？因此满口答应：“好吧，我让你如愿一次。”这天夜里，洛追桑布将摩羯鸟的长嘴巴捆得紧紧的。结果，他得到了一座比国王尼达吉阔儿的宫殿还漂亮的房屋。清晨，国王尼达吉阔儿见了大惊失色。他对洛追桑布说：“嗯，这个凭证嘛，还算可以。你还学会了什么？”洛追桑布告诉他，还带了一条叫“桑百顿珠”的马鞭。国王说：“你穷得连马和驴的一只蹄子都没有，拿马鞭有什么用？”洛追桑布听了很生气，对马鞭说：“好朋友，你去把国王带到高高的太阳那儿，再把他带到沉沉的海底去！”话音刚落，国王身不由己惨叫一声便像是被狂风卷去了似的被马鞭带走了，回来后国王心惊胆战半天说不出话来。可是，国王还不服气，又对洛追桑布说：“既然你有那么大本事，敢不敢把著名的金鬃马儿带到这里来了！”洛追桑布毫不迟疑地对马鞭说：“走！咱们到远方海岛上有七户不生不灭的人家，找他们去！”不一会儿工夫，他们就到了。这七户人家见了洛桑追桑布十分惊讶地说：“我们在此地呆了七千年，从来也没有见过一个人到此地来过，你真了不起。”洛追桑布问：“请问，著名的金鬃马儿在何处？”他们答：“在天涯海角的一个地方，有个很大的马厩，那就是金鬃马儿的马厩。白天，金鬃马儿在左山右山水草丰盛的地方吃草。回来时随一声雷鸣般吼声，便腾云驾雾，飞落在一棵大树下的清泉边。”于是，洛追桑布又让马鞭出发了。马鞭即刻把他先送到了水草丰盛的左山右山上，然后又送到大树下的清泉边。可是，连金鬃马儿的蹄印也没有见到。他困倦极了，就倒在那棵树下打起盹儿来。突然，远处传来“呼！呼！”的声音。他醒来一看，原来是金鬃马儿回来啦！他急忙爬上树去往下看——金鬃马儿的背像鸡头那么圆，实在太难骑上去，可是，事到如今也别无他法了。洛追桑布闭上双眼一跳，正好骑到马背上去了。可金鬃马儿东奔西窜地把他带到了很远很远的地方。这时候，洛追桑布扬起马鞭“桑百顿珠”抽了三下。金鬃马儿仿佛认出了马鞭。于是，它温顺地飞翔着。洛追桑布这才放下心来，他对金鬃

马儿说："金鬃马儿，一会儿请您降在人间尼达吉阔儿国王的马厩中央。"说完，洛追桑布已经飞降在国王跟前。洛追桑布说："国王大人，您不是要看金鬃马儿吗？瞧，它在此！"国王一看心中又一次燃烧起了贪婪、嫉妒和仇恨的怒火。他气急败坏地说："你这乞丐听着，在我尼达吉阔儿国王的土地上，从天上的飞鸟，到地下的小虫，都是我的。金鬃马儿和马鞭'桑百顿珠'，当然也归我所有。你这个乞丐要命，还是要财？好好想想吧！"洛追桑布也不示弱，他说："国王大人，我只想要财，不想要命！"国王听了更是咬牙切齿。他带了一百名士兵和一百名奴仆，声称非要杀死洛追桑布不可。这一次，真正惹火了洛追桑布。他指着国王怒斥道："我来到这个世界上，至今没有造过什么孽。今日，我非杀了你这个心比木炭黑，野心比山还大的恶魔！"说罢，他先让马鞭"桑百顿珠"收回了士兵手上的武器，再让彩绳把国王捆成了毛线团，最后让木棍冲上去，朝国王身上凡是凸起的地方狠抽猛揍。国王忍受不了痛苦，在惨叫声中断了气，终于去了另一个世界。

洛追桑布为民除害，大得人心。百姓们不约而同推举他为国王，从此这里国泰民安，五谷丰登，百姓过上了幸福美满的日子。

扎西巴登

提起猎人扎西巴登，没有人不赞美他像天神一样勇敢；提起勇士扎西巴登，没有人不赞美他像菩萨一样慈善。

国王对此很生气，他想：举国上下，除了我像天神，谁还敢像天神？高山平坝，除了我像菩萨，谁还敢像菩萨？国王三四一十二天喝酒不香，七七四十九天睡觉不甜。

他的心腹大臣看透了他的心思，说："大王，智者[①]曾经说过，'雄狮一旦饥饿，能够杀伤大象！'扎西巴登本领极大，又极贫穷，这样的人。好比枯草引上火种，可怕得很！"

国王说："我和你想的一样。但扎西巴登从不犯法，如果无故杀了他，奴隶们会不答应的！"

心腹大臣说："大王说得对，凶猛的雄狮可怕，发狂的蜂群同样可怕啊！"

国王突然大吼一声说："也不是没有办法！智者还说过，'鹏鸟的本领虽大，却成了黄衣仙人的坐骑！'扎西巴登再有本领，也只是我的一名服服

①智者：指萨迦教派的第四代祖师萨班，贡嘎坚赞，他曾著有《萨迦格言》。

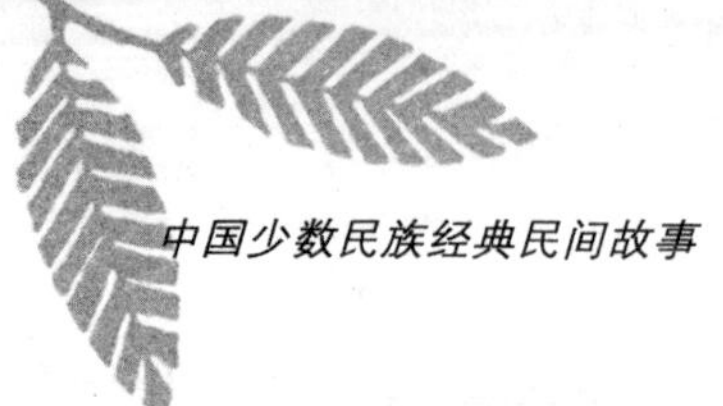

帖帖的奴隶！”

心腹大臣无话可说了，只好撅着屁股弯着腰，连连说：“大王比仙人还聪明，大王比仙人还聪明！”

扎西巴登被叫到王宫里来了，国王笑眯眯地对他说：“勇士来了！英雄来了！扎西巴登，既然你杀老虎就像杀兔子一样容易，那你杀人一定能像杀耗子一样轻巧啰？”扎西巴登双眼闪闪发光，响亮地答道：

我杀过狐狸杀过狼，
杀过雪山狮子王，
杀过林中花斑虎，
杀过岩上野黄羊，
唯独没有杀过人！

国王气得双手发抖，但却笑着说道：“好，好，真有本事！我封你做我的大臣，专门杀那些不听话的奴隶，杀得越多越有赏！”扎西巴登急了，正要开口，国王却大声道：“我现在就赏你一箱黄金，九个婆娘！”话刚说完，只见九个妖娆的女人，风吹柳枝般地走到了扎西巴登面前。又见武士们抬来了黄金，金光闪闪照得人眼睛发花。

扎西巴登冷笑道：“大王看错人了！大王听到过这样的话吗？‘尽管火把朝下低垂，火舌仍然向上燃烧！’奴隶虽穷，品德却高尚！我决不会用别人的生命去换取美人和黄金！”说完就大步向宫外走去。

国王大声喊道：“站住！我还有话讲！”

扎西巴登转过身来：“快说吧！”

国王说：“我最心爱的王妃病得快死了，只有你能救她的命！”

扎西巴登说：“难道大王要取我的心给王妃治病？”

国王连连摆手说：“不不不，要人的心肝治病，是那些昏王干的事情！我只是命你去办一件事。不过，你不一定敢去！”

“你怎么知道我不敢去？快吩咐吧！”扎西巴登说。

“南边的高山上有妖婆，只要有两根她的头发，就能把我爱妃的病治好！你敢去扯妖婆的头发吗？”国王说。

“我敢！”扎西巴登说。

“如果你弄不回妖婆的头发，我就杀死你！”国王最后说。

扎西巴登带上一罐美酒，来到南边的高山上。

妖婆正在岩洞里打瞌睡呢，一闻见酒香，口水流得快冲垮了一方石岩。

扎西巴登把酒放在洞口旁边，一纵身跃上一棵大树，在枝叶丛中藏了起来。

妖婆看到酒罐，马上捧起咕嘟咕嘟喝得好痛快。她把酒喝光了，又舔酒罐，舔着舔着不耐烦，又嚼碎了酒罐吞下肚去了。妖婆喝醉了，昏头昏脑站不稳，脚一软就靠着岩壁睡着了。扎西巴登跳下树，捡起一块小石头，“啪”的一声扔在妖婆的身上，见她动也不动。扎西巴登又捡起一块大石头，“砰”的一声扔在妖婆的脑门上，妖婆还是没动。妖婆的鼾声像巨雷一样在洞内滚动，扎西巴登这才捂着耳朵进了洞。他使出了打老虎的力气，才拔下了妖婆的两根头发。好粗好长的头发呀，两根就绕成了一大捆，扎西巴登好不容易背下了山。

国王见了这一大捆粗牛毛绳一样的头发，吓得好一阵说不出话来。还是心腹大臣脑子灵，说：“王妃不要妖婆的头发了，她想见见魔王的女儿！”国王连忙点头说：“啊呀啊呀！北边的高山上住着魔王，听说他的女儿聪明又漂亮，王妃见她一面病就会好的！”心腹大臣说：“这个魔王比一百个妖婆还厉害呢，扎西巴登你敢去吗？”扎西巴登说：“我敢去！”国王说：“你要接不来魔王的女儿，我就杀死你！”

扎西巴登腰佩长刀，登上了北边的高山。

魔宫前，白骨遍地，一个妖怪守卫着宫门。妖怪对扎西巴登说：“你看见这些死人骨头没有？你会和他们一样的！”说着还用树棍在牙缝里一掏，“啪”的一声，吐出一只人耳朵来。妖怪想赶走扎西巴登，便和扎西巴登打

了起来。他们先摔跤，扎西巴登一连三次把妖怪摔倒在地。他们又拼拳头，扎西巴登又一连三次把妖怪打倒在地。他们再拼长刀，几个回合，扎西巴登一脚踢掉了妖怪的刀，正要举刀砍死它，妖怪却磕头求饶说：

从来没有遇到过的事，
今天被我遇到了！
从来没有遇到过的人，
今天被我遇到了！
请勇士留下我的性命，
我愿忠实地为你效劳！

扎西巴登饶了它，把刀插进了刀鞘。守门妖怪取下手指上的金戒指说："你戴上这个进宫，谁也不会拦你！"

扎西巴登戴上金戒指，大摇大摆进了宫门，妖仆们见了他，都恭恭敬敬地弯腰施礼道："尊贵的亲戚来了，戴着闪亮的金戒指来了！快快报告大王和公主！"

魔王和公主盛情地接待扎西巴登。魔王请他喝血一样鲜红的美酒，公主为他跳起活泼动人的舞蹈，还高声地唱着歌：

尊贵的亲戚从远方来了，
海子水涌起欢乐的波浪，
不是海子水涌起波浪，
是我的心里涌起了波浪！
英俊的青年从远方来了，
大松林唱起热情的颂歌，
不是大松林唱起了颂歌，
是我的心唱起了颂歌！

老魔王哈哈大笑了，公主羞得脸儿绯红。魔王对扎西巴登说：“我的宝贝女儿爱上你了，做她的丈夫，你肯不肯呀？”扎西巴登望着公主，公主正大胆又深情地望着他。扎西巴登的心像小鹿一样欢跳。他点头说：“我愿意娶她！”魔王很欢喜，命令他们举行婚礼。魔宫里热闹非凡，众妖欢天喜地，唱的唱，跳的跳，庆贺远来的客人和骄傲的公主结成了美满的婚姻。

过了三天，扎西巴登对魔王说：“父王，我很思念故乡，想带着妻子回去。”魔王答应了。公主对扎西巴登说：“如果阿爸问你要什么，你就说要玉匣里的金珠，别的什么也不要！”

果然，魔王说：“女婿，宫里奇珍异宝多得很，你任意挑选，多带点儿宝贝回故乡去吧！”扎西巴登说：“父王，我什么也不要，只要玉匣里的金珠。”魔王有点儿舍不得，不明白扎西巴登为什么会选中外表最平凡、实际上最值价的小小金珠。说过的话不好收回来，他只得把金珠给了扎西巴登。扎西巴登和妻子一同离开了魔宫。

他们走到碧绿的海子边，看见一个白衣姑娘和一个青衣姑娘在打架。两个姑娘你抓我，我踢你，大哭大叫，又蹦又跳，谁也不让谁。扎西巴登和妻子劝了又劝，拉了又拉，可她们谁也不听，打得难解难分。扎西巴登冒火了，大声说：“再不住手，我杀掉你们！”她们这才停止拉扯。扎西巴登又温和地说：“拉拉手和好吧！羊羔儿还有咬羊羔儿的时候呢！”两个姑娘不好意思了，一个用手理乱发，一个揩去嘴边的血迹，但都不好意思拉手和好。

扎西巴登和妻子也笑着，一人推一个，把两个姑娘推得面对面站着。两个姑娘你瞅我，我瞅你，突然抱成一团放声大哭了。她们边哭边给对方整理衣裙，擦去泪珠。哭着哭着又笑了，后来才手拉手给扎西巴登夫妇施了礼。两个姑娘忽地变成了两条小蛇，一条青色的，一条白色的，一前一后潜入海子中去了。

扎西巴登和妻子在海子边休息了一会儿，正要起身，忽见海子水翻腾起来，浪花上出现两条龙，一条白色的，一条青色的，一会儿，又见一团五彩

的烟雾漫涌开来，转眼不见了两条龙，却见水面上站着两个慈祥的老妇人，一个白衣姑娘，和一个青衣姑娘分站在她们身旁。

一个老妇人向扎西巴登施礼道：“不相识的客人，我们的女儿打架，亏你们二位相劝，她们才免于受伤。请接受我们的谢意吧！”另一个老妇人也施礼道：“我们没有别的报答，请恩人收下两件小礼物！”说完就吩咐两个姑娘上岸来。白衣姑娘和青衣姑娘笑盈盈地上了岸，一个手中捧着一个金丝银线绣的烟包儿，一个手中捧着一只银光闪烁的牛角儿，一同献给扎西巴登。扎西巴登连忙还礼道：“好意我们收下，礼物万万不能收！”两个老妇人坚持要扎西巴登收下礼物，一个说：“这是宝贝啊，你遇危难时，它们会帮助你哩！”另一个老妇人说：“恩人啊，俗话讲，春天三冷三暖，人生三苦三乐！收下吧，总会有用得着的时候！”扎西巴登和妻子连连推辞，不肯收下。

两个姑娘看此情景，双双跪在地上，给两个老妇人磕头道：“受了别人的大恩，不报答是不行的！恩人既然不要宝贝，就请阿妈让我们随恩人去吧，当两名侍女以报相救之恩！”扎西巴登慌了，连连摆手大声说：“礼物我们收下！礼物我们收下！你们可不能离开自己的阿妈，阿妈是多么疼爱你们啊！”于是，扎西巴登收下了烟包和牛角，两个姑娘笑了，两个老妇人也笑了，她们招招手就沉入海子中去了。

扎西巴登带着妻子进了王宫。国王见了又美丽又骄傲的魔王的女儿，又害怕又吃惊，差点从宝座上滚到地毡上了。

扎西巴登说：“魔王的女儿我带来了，她现在是我的妻子！你带她去给王妃治病吧！”

国王故作镇静，说：“王妃好啦。扎西巴登，你本领真大，现在我命令你，把王宫对面的高山变成金山，你若违抗我，我就杀死你！”

魔王的女儿笑了，取出金珠说：“这也算难事？那连掐朵野花儿也成难事了！”她把金珠往对面高山上一抛，只见金光四射，好像升起了九个太阳！高山立刻变成了一座金山啦！国王好半天才清醒过来，喊道：“我，我要……要金山上开满各色的鲜花！你们若办不到，我就杀死你们！杀死！”

这时，扎西巴登怀中的烟包飞了出来，一直飞到金山上，撒下无数的花种，弥漫起一片五颜六色的光海。光海消失后，啊嗬嗬，金山上怒放着各色娇美艳丽的鲜花儿！

国王发了狂，满头大汗地跳着吼着：“我热，快把金山打个大洞，我要进去乘凉！你们若办不到，我就杀死你们！杀死！杀死！”

“嗖”的一声，牛角又从扎西巴登怀中飞了出去，一直飞到金山上。只听得一阵惊天动地的巨响，金山壁上出现一个大门，隐隐约约看得见里面有金碧辉煌的宫殿，宫殿里有成群的美女在翩翩起舞。国王乐得合不拢嘴，狂叫着：“感谢菩萨！感谢菩萨！”这时，就像有鬼在推他一样，他脚不沾地向金子大门跑去，那个心腹大臣也跟着跑了进去。这时，金子大门轰隆轰隆地关上了，国王和他的心腹大臣再也出不来啦！

从此，这个国家的人民过着自由幸福的生活，再也没有人来欺压他们，再也没有人来屠杀他们了。

卓玛与南瓜

很早以前，在一个古老的山村里住着两姐妹，姐姐叫央宗，妹妹叫卓玛。姐姐贪财、懒惰，妹妹卓玛却是勤劳、善良的人。父母去世不久，姐姐就与一个跟她一样爱财如命的男人成婚。他俩常常虐待小卓玛，只管叫她放牧、砍柴、背水……却不让她吃饱穿暖。

有一天，卓玛上山放羊，在回家的路上丢失了一只小羊羔，找了半天也没找到。回到家里，卓玛跪在姐姐和姐夫面前，老老实实讲了丢羊的事，恳求宽恕，可是姐姐却把卓玛赶出了家门。

卓玛的不幸，使村上的人们感到痛心，父老乡亲帮助她盖房子，开垦了一块荒地，种下了菜。卓玛心灵手巧，地里的菜长得一天比一天好。她把菜背到街上卖，买回糌粑和油盐，日子渐渐好过了。每天早晨，她来到菜地浇水，浇完就坐到地边纺线、缝补衣服。一天，她正在补衣裳，两只小鸟飞来她面前，相互啄着，一只小鸟被另一只小鸟啄断了腿，落在她的衣服上。卓玛轻轻地把它托在手上说："可怜的小鸟，我给你好好包扎，你的腿一定会好的。"说着撕下一块布给鸟儿包扎，小鸟在她手心里滴了一滴泪，就依依不舍地飞走了。

过一些日子，那只小鸟飞回来了，它的腿好了，嘴里衔着一颗南瓜子飞来飞去，把南瓜子丢在卓玛的衣服上，又飞走了。

卓玛把南瓜子种在菜园里。过了三五天，瓜种发芽了，一天长一节，不久便结出了瓜。

一天早晨，卓玛刚到菜地，就发现南瓜长得像巨石一样大，挪也挪不动。她用砍刀把瓜划成两半，哟，瓜内一半是金子，一半是银子，闪闪耀眼，她高兴地把金银带回家去。从那以后，卓玛的生活富裕起来了。

妹妹突然的变化，使央宗两口子大为吃惊，央宗对丈夫说："卓玛一定是得了宝贝，我们明天去请她做客，把宝贝骗到手！"

第二天，央宗来到卓玛家里，一进门便大声叫起来："我的好妹妹呀，我两姐妹分家不久，我可把你想坏了，当时是姐夫不好，他现在感到后悔了，今天姐姐特意来请你吃饭，你姐夫一早在家里杀牛宰羊啰！"

卓玛说："谢谢你们的好意，我今天还有好多事要做，以后有空一定来看望姐姐和姐夫。"

央宗说："父母去世后就剩下我们姐妹俩，你怎么一点也不明白我的心意呀！"卓玛想，不管姐姐以前怎样对我不好，但她总是自己的亲姐姐呀。于是，也就同意到姐姐家去做客。

吃饭时，姐姐边假情假意献殷勤，边对她说："妹妹呀，你怎么在这么短的日子里就盖起那么大的楼房，是不是得到什么宝贝了？把它拿给我开开眼好吧？"

卓玛把种瓜得到金银的经过一五一十地讲给姐姐。央宗听了，也想得到妹妹那样的金子银子，心里暗暗打下了主意。

第二天，央宗在自家地里种起菜来。每天浇完水也坐在地边纺线、缝补衣服。过了一段时间，果然飞来了两只小鸟，它们在她的头顶上相互啄着。央宗高兴极了，她等着一只小鸟腿断落下，可是老半天不见掉下一只。她等得不耐烦了，随手捡起一块石头打去，正好打在一只小鸟的腿上。那小鸟落在她面前，她就像卓玛说的那样，轻轻地捉住小鸟，说："可怜的小鸟，我给你包扎一下，你的腿很快就会好的。"说着，撕下一块布给它扎好，托在手上对小鸟说："快飞吧，飞到遥远的地方去找你妈妈去。"

小鸟在她手心里滴下一滴眼泪，飞走了。

几天后，小鸟真的回来了，嘴里衔着一颗南瓜子，丢在央宗面前。央宗飞快地把瓜子捡起来，种在地里，每天早晨给南瓜浇水。南瓜发芽了，又很快结出了瓜，这瓜每天都在长大。一天，央宗和丈夫来到地里，南瓜已经长得像巨石一样，而且成熟了。她非常高兴，用砍刀把瓜轻轻地划开，满心想着瓜里堆满了金子银子。可是瓜一裂开，里面却站着一个白发老人，他身穿白衣裳，手里拿着一本账簿，对他俩说："好哇，你们欠我的债，今天该还清了……"

央宗两口子一见这情景，以为遇着鬼了，一下子吓死了。

格桑洛顶和东鲁祝玛

很久以前，有四个古老的毗邻王国。其中一个国王膝下有三个美丽、聪明、能干的公主。老大叫桑鲁祝玛，老二叫恩鲁祝玛，老三叫东鲁祝玛。

有一天，她们三姐妹去背水，老大走在前面，老二走在中间，老三走在后面。她们走到半路，见一个身穿破羊皮袄，蓬头垢面，满身爬着虱子的汉子，横躺在路上，挡住她们的去路。

老大桑鲁祝玛走到那人身边，说："啊！你这叫花子，不要挡住我的路，快起来！让我过去！"那个汉子翻了个身，躺在原地不动，面带哀求的神色说："好姑娘，你要是可怜我，我请你绕着走，你要是没有怜悯的心意，那就跨过去吧！"

桑鲁祝玛说："呸！谁愿意可怜你这叫花子，我没有工夫绕着走。"说着，就从那汉子身上跨过去了。

恩鲁祝玛走近那汉子身边，说："啊！你这流浪汉，不要挡住我的路，快起来，让我过去！"

那汉子翻了个身，仍旧躺着不动，带着不卑不亢的口气说："好姑娘，你要是愿意，就请你绕着我走，你若不愿，那就跨过去吧！"

恩鲁祝玛说："呸！你这流浪汉真不知趣，谁愿意绕着你走，我要跨过去。"说着从那汉子身上跨过去了。

东鲁祝玛走近那汉子身边，说：“啊，可怜的大哥，你怎么躺在路上？请不要挡住我，让我过去吧。”

那汉子翻了个身，依然躺着不动，用满含深情的眼睛，望着姑娘的脸说：“好姑娘，你要是对我有情意，就请你绕着走，要是看不起我这穷苦人，那就跨过去吧！”

东鲁祝玛望着他亲切地说：“尊敬的大哥，我从来没有从别人身上跨着走过，我还是绕道而行吧！”说着就从那汉子旁边绕着走了。

三姐妹来到河边，她们各自舀起一瓢水，向河水祷告道：“河水啊，河水！您是我父亲的烧茶水，是我母亲的煮酒水，是我自己的洗头水，祝愿我父母像河水一样长寿，愿我的爱情像河水一样纯洁！”

两位姐姐背着水走了。东鲁祝玛刚把水桶舀满，河边的树影投在她的桶里，她看见倒映在桶里的树枝上，挂着一个金戒指。她惊奇地抬头望望树上，那金戒指高高地挂在树上闪着耀眼的光。她正要背上水桶走了，没想到水桶突然裂开一条缝，桶里的水全都流光了。她看看无法背水回家，伤心地哭了起来。

这时候，那汉子来到她眼前，对她说：“姑娘，你别哭了，如果你能答应嫁给我，我有办法替你把它修好。”

东鲁祝玛犹豫着仔细打量面前的汉子，他虽然穿着破烂的羊皮袄，一身肮脏的样子，但他那英俊的面庞和那深情的眼神，使她动了爱慕的心，她羞怯地点头答应了他的要求。那汉子就从树枝上取下那金戒指，放进桶里。说也奇怪，那木桶的裂缝合拢了，就像原来一样完好。

后来，有两个毗邻王国的国王来向三位公主求婚。在一个吉祥的日子里，王宫里举行了盛大的订婚宴会。在订婚仪式上，三位公主要把自己认为最珍贵的东西作为礼物，放在一个自己喜欢的国王怀里，表明自己愿意嫁给他，和他永远生活在一起。

大公主桑鲁祝玛走过去，看着客位上的两位国王说：“汉地国王和印度国王都来了。只有格桑洛顶国王没来。”就把礼品放在汉地国王怀里。

二公主恩鲁祝玛走过去，看着客位上的两位国王说："汉地国王和印度国王都来了，只有格桑洛顶国王还没有来。"说着就把礼品放在印度国王的怀里。

东鲁祝玛走过去，看着客位上的两个国王，心想："汉地国王和印度国王都来了，两位姐姐已经把礼品赠送给他们，和他们订了婚。可格桑洛顶国王还没有来，我要把礼品送给谁好呢？"她拿着礼品心慌意乱的退后着。谁知不小心，绊在什么东西上跌了一跤，手里的礼品掉进一个坐在下首客位上穿着破羊皮袄的汉子怀里。她仔细一看，这汉子正是前几天倒在路上，曾经为她修好水桶，送过她一枚金戒指的那个汉子，她心里暗暗高兴，满意地走回到自己的座位上。

两位姐姐见这情景，都笑了起来，说她要嫁给这样的个穷汉，太没福气了。

订婚宴会散后，父亲和母亲问三个女儿各自把礼物送给了哪位国王。桑鲁祝玛说："我把礼物送给了汉地国王，我要嫁给他。"恩鲁祝玛说："我把礼物送给了印度国王，我要嫁给他。"

东鲁祝玛不声不响地低着头，当父亲和母亲一再追问她把礼物送给谁时，她这才答道："我把礼物送给一个流浪汉子，我愿意嫁给他。"

父母亲一听她的回答，气得浑身发抖，骂她没出息，是个傻子，说她没福气，活该一辈子过苦日子。他们把宴会后丢在地上的骨头都收起来，装进一个口袋里，拿给她做嫁妆，让她跟着那汉子离开家门。

那汉子对她说："姑娘，假如你真心实意爱我，毫不后悔的话，那么你就得不怕吃苦，不论要走多少的路，你也要沿着我用棍子画的路线，一直走到画线尽头，那你就会到我家，和我见面的。"说罢他就径直先走了。

东鲁祝玛背着一袋骨头，顺着他画的路线走了不知多少天。路上遇见一位放牛人，她问："放牛的阿爸，请向您打听一下，您可曾看见一个穿破羊皮袄的汉子，从这里走过？"

放牧人说："我天天都在这里放牛，没有看见穿破羊皮袄的人走过，只

看见国王格桑洛顶刚从这里走过呢！”

她只好又顺着地上的画线继续赶路了。她走啊，走啊，又走了不知多少天，来到一片青草地上，遇见一个放羊人，她问：“放羊的姐姐，请向您问一下，您可曾看见一个穿破羊皮袄的汉子，从这里走过？”

放羊人说：“我从早到晚就在这里放羊，没有见穿着破羊皮袄的人走过，可我看见国王格桑洛顶骑马刚从这里走过。”

她又顺着画线继续赶路，又不知走了几天几夜，来到一个山坡上，遇见一个放马的人。她问：“放马的大哥，请问您一下，可曾看见一个穿破羊皮袄的人从这里走过？”

放马人说：“我整天在这里放马，从来没有见穿破羊皮袄的人走过，只见国王格桑洛顶骑马从这里走过去了。”

她依旧顺着地上画的线继续赶路，筋疲力尽地来到一个湖边，遇见一个放猪的人。她问：“放猪的老阿妈，请问您老人家，可曾看见一个穿破羊皮袄的人从这里走过？”

放猪人说：“我天天在这里放猪，没有看见穿破羊皮袄的人走过，我只看见国王格桑洛顶，骑着马从这里走过去了。”

东鲁祝玛不知走了多少天，一路上风餐露宿，跋山涉水，受尽了饥寒劳累，终于来到了一个地方。只见不远处有一座城堡，城里有许多高大的楼房，一片繁荣昌盛的景象，这就是格桑洛顶王国的都城。

东鲁祝玛走到王宫门外，看见很多狗守着一件破羊皮袄蹲着。她认出那皮袄正是她未婚夫的，以为他被这些狗咬死了，只剩下皮袄丢在那里，便伤心地抱着皮袄放声大哭起来。这时从宫门里走出一个人来，她看见那人正是她心爱的那个穿破羊皮袄的流浪汉，现在却变成了身穿华丽的衣服，头戴王冠，仪表堂堂的国王。她不相信这是真的，以为是自己在做梦，忽听那人说道：“东鲁祝玛，你不要再哭了，现在你已经到了家了，你快把那些骨头丢给狗吃吧！”

东鲁祝玛被格桑洛顶国王扶着走进宫门。她看着金碧辉煌的殿堂和许多金银珠宝的陈设，不时停下脚步站着。格桑洛顶说："进去吧，你不要害怕，现在你已经是这宫殿的主人了。"

当天晚上，东鲁祝玛和格桑洛顶国王举行了隆重的婚礼。

过了两天，东鲁祝玛要回娘家去看望父母，格桑洛顶国王为她准备了行装和许多礼物，还派了一些随从，跟着她回娘家去了。

到家那天，两个姐姐也正好都回娘家来了。大姐拿出一块松明子，拜见父母亲说："阿爸阿妈，我这次回家来，没有带来什么礼物给你们，就带来点松明子，表表我的心意，报答阿爸阿妈的养育之恩。"

二姐上前拜见父母亲，她也拿出一块松明子说："阿爸阿妈，我这次回有来，没有给你们带来什么礼物，就带来一些松明子，表表我的心意，报答阿爸阿妈的养育之恩。"

东鲁祝玛上前拜见父母亲，她说："阿爸妈妈，自从我离开你们，无时无刻不在想念你们，为了报答你们生我养我的恩情，我给阿爸阿妈带来一些礼物，请阿妈借给我一个簸箕。"

阿妈生气地说："你这个没出息的孩子，跟着一个流浪汉到处要饭，你能有什么东西用簸箕来装呀？"

东鲁祝玛说："阿妈，您老人家不要生气，请把簸箕借给我，您就会知道我带来什么礼物。"阿妈不耐烦地拿了个簸箕给她。只见她拿出一袋东西，倒在簸箕里。阿爸阿妈和两个姐姐都惊呆了，他们看见倒满一簸箕的都是黄澄澄的金子。两个姐姐想：自己嫁的是国王，带回来给父母的是一些松明子，可妹妹嫁给一个流浪汉，却带回来给父母那么多的金子，这叫我们还有什么脸面见人啊？她们想着，羞得抬不起头来。

弟兄情

在纳归山的半山腰，有个藏族村子。其中有户人家有三口人，母亲和同父异母的两个弟兄。哥哥名叫江楚云丹，弟弟名叫江楚顿珠，他们俩总是形影不离。

他们的父亲在江楚云丹十七岁那年患病死去。父亲死后，母亲便成为家主。这母亲日夜筹划着让自己的亲生儿子独占家产。但她也不明目张胆赶江楚云丹出门，怕乡邻们笑话她。

这天，母亲假装生病卧床不起。江楚云丹前去问候："阿妈，你哪儿不舒服？我该去找什么药来治好你的病呀！"

"你明天到山上寺庙里去为我卜个卦，去的时候从南坡上去，回来时从北坡下来。"第二天一早，江楚云丹便从南坡上山去了，南坡沙石多，上去三步，滑下两步，登了半天，才来到山上寺庙里。

谁知江楚云丹刚离开家门。他的后母便翻身起床顺北坡石阶登上山去，她在江楚云丹的前面到达了寺庙里。她在头上罩了个熟咱[1]，化装成菩萨的样子坐在神龛里。

---

①熟咱：滤奶渣用的竹篓。

江楚云丹念祷完后，“菩萨”讲话了：“你家那个属猴的儿子——江楚云丹与你母亲的命相克，只要把他赶出家门，你妈的病就会好的。”

江楚云丹谢过菩萨便从北坡踩着石阶下山去了。

他的后娘待他离开庙门后，便立即随着南坡的沙土飞滑而下，等江楚云丹到家时，她已蒙头睡好。

后妈问江楚云丹：“孩子，菩萨的意思是什么？”江楚云丹毫不犹豫地将自己听到的全部话向后娘学说了一遍，最后他说：“阿妈，孩儿祝你长寿，我走了。”说完，就走出门去，连头也没有向后转一次。

江楚顿珠放牧归来，不见哥哥在家，便问阿妈：“哥哥到哪里去了？”面带喜色的阿妈便把刚才江楚云丹出走的事说了一遍。但聪明的弟弟已猜到是阿妈设计逼哥哥出走，便说了声：“阿妈请保重，我也跟哥哥走了。”一溜烟也出门去了。

江楚顿珠翻山越岭，四处寻找哥哥。这天在一座高山上看见了哥哥的尸体。哥哥的嘴吮在一片杜鹃树叶上，连树枝都曲下来，像一柄变曲的弓体。他想哥哥是渴死的。于是他便去找水，但走遍附近的山岭，却连一滴水都没有找到。

做弟弟的十分同情哥哥的遭遇。江楚顿珠花了三年时光，从雪山上用杜鹃树叶做成水槽，引来一股清泉，并一直引到哥哥嘴里。然后他向老天祈祷：“愿今年八月十五那天，哥哥又返回人间。”祷告完以后，江楚顿珠才转回山下。

当时，他的家乡一带正遭受敌人的袭击，偷袭成功的敌人正抢劫他的村子。只见满山是逃难的人，房屋被烧毁，牛羊被赶走。江楚顿珠也不敢下山，在一块大石头后面张望。正在这时，当地杰布的卫士骑着马向他跑来，卫士大声喊道：“小伙子，你是哪里人？想到哪里去？”

江楚顿珠向卫士讲了自己的遭遇。卫士听完后开导他说：“你的做法值得尊敬。但当最凶残的敌人在我们眼前逞凶时，每个真正正直的人都应该参加这场战争，帮助被欺凌的人们。”

江楚顿珠答应参加他们的队伍，协助他们击退侵犯他们的敌人，卫士便邀约他前去见杰布。杰布叫江楚顿珠带上三百骑兵去攻打敌人的第一道防线。敌人守在山头上，江楚顿珠的队伍刚上到半山腰，就遭到敌人的弓箭和乱石块的阻击。江楚顿珠高举杰布赠送的宝剑，纵马向山头冲去，口中大呼："让践踏别人故乡的敌人也尝尝流血的滋味！"他的三百骑兵也紧紧跟在后面冲上山去，敌人的第一道防线被轻易攻破。

江楚顿珠不给敌人有喘息的机会，纵马挥剑又向敌人指挥部冲去，三百骑士争相效仿，策马跟上，敌军便在顷刻间全面溃败。江楚顿珠组织人马四处围追堵截敌军，最后歼灭了敌人，收回了失地。

从此这一带成为最安乐的地方，谁也不敢偷袭，不敢眼红当地百姓的富足。纳归山的村村寨寨又响起了歌声，又跳起了锅庄。这里的杰布请江楚顿珠继承他的位置当新杰布，江楚顿珠见无法推托，就应承了下来。

但是，江楚顿珠未曾忘记倒在山上的哥哥。八月十五以前他就派了好几批人去找回他的哥哥——江楚云丹。但一个月过去了，他派去的人一批又一批都回来了，都无功而返。所有回来的人都说连江楚云丹的尸体也未能见到。

江楚顿珠听了这些消息后，心中十分难受，就病倒躺下了。后来他连续三天三夜不吃东西，把老杰布和部落里的人都急坏了。第四天，当太阳刚升起的时候，有个猎人来到江楚顿珠住的杰布府，说："江楚云丹找到了。"

江楚顿珠闻讯急忙迎出："他在哪里？快叫他进来！"

猎人说："尊敬的杰布，请允许我把话说完。昨天我在山上行猎时，路过一道山冈，却隐约听到有人说话的声音，便悄悄去到林子里，只见一群猴子朝着一棵树上的人喊着：'江楚云丹给我一颗，江楚云丹给我一颗。'我向树上望去，江楚云丹正摘下树上的果子往猴群里扔。我怕吓跑了他们无处寻找，便悄悄溜出来向你报信来了。"

江楚顿珠立即组织人马，包围了猎人说的那一带大山。然后他领着人们向大山高喊："江楚云丹，哥哥！我是江楚顿珠，你快下山到我们这里，我想你快想疯了。”

猴群见到遍山的人群，慌乱地四处乱窜，江楚云丹也混在其中乱跑。江楚顿珠只得下令将所有的猴子都逮起来。结果逮住了八十多只猴子，江楚云丹也抓回来了。江楚顿珠叫人放了猴子，他带上江楚云丹回去了。

江楚云丹的性情发生了很大变化，仿佛人的生活离他很远很远，什么都不习惯，江楚顿珠却一定要将他感化过来。每天，江楚顿珠都亲自送吃的给江楚云丹，毫不感到厌烦。还叫人在江楚云丹面前唱歌跳舞，骑马射箭。经过一段日子的精心调理，江楚云丹才又有了对过去生活的回忆。

这天，他对弟弟说：“我离开阿妈来到这座山里，实在饥渴难挨。在这里疯了一样跑遍群山，还是没找到一滴水，就渴死过去了。不知过去多少日子后，我又慢慢醒了过来。醒来才见到一道清泉正顺着杜鹃树叶做成的水槽流进我的口中。过了一会儿后，被一群猴子抬进一座山洞，又给我吃各种果子，后来还教会了我爬树的本领。”

江楚顿珠也将自己寻找哥哥的经过讲给江楚云丹听。

老杰布知道了这两弟兄的故事，很是感动。又见这两弟兄都相貌堂堂，谈吐诚实，很是喜爱，就把大女儿嫁给哥哥，二女儿嫁给弟弟。

从此江楚兄弟俩天天在一起，过上了美满的日子。

卓瓦力士

从前，有一户人家，上无老，下无少，只有夫妻俩，生活十分贫苦，饱一顿，饥一餐，勉强打发日子。

有一年，妻子生下一个孩子，夫妻欢喜无比。高兴之余有点奇怪，这孩子头大，体胖，比一般孩子要大得多。不管怎样，夫妻俩得了小宝贝，冷落的家庭便增添了欢乐，贫寒的生活也有了生机。

他们给儿子取了个吉祥的名儿，叫达瓦。达瓦四岁时，就能牵牛赶羊，当起父母的助手。又过了九个春秋，达瓦长成大人一般高了，上山砍柴，下地种田，样样都能做。随着个子的长高，饭量也增大，原来一家人吃的一顿饭仅够他一人吃了。父母俩常抖碗刮锅充饥，半饥半饱，生活无力维持。母亲成天在灶前饭后唉声叹气，怨达瓦饭量大，常常不唤达瓦的名字而叫他卓瓦[①]，时间一长，卓瓦这绰号就成了他的名。

卓瓦十五岁时，长得膀宽腰粗，脚大腿壮，个头有丈把高，力大如牛。几个人扛的东西他能一手搂起，一头大黄牛也可以被他轻轻举着走。然而，力大无处使，家里一直无法改变贫穷的生活，加上他食量实在惊

①卓瓦：藏语译音，一种以牛、马皮缝制的口袋。

人，一顿要吃六大碗饭和一锅汤，一年辛苦获得的收成，不到几个月就剩无多少。

卓瓦惊人的力量，造成地方喇嘛的不安和恐惧，他们一心想除掉他，因此造谣言说：卓瓦身上附了饭魂，将来会变成哈直[①]吃人肉的，留着他，必将招致大祸的，趁早设法除掉。此后人们对他和他的父母开始疏远。对此父母很伤心，也就听信了谣言，以为儿子真的是鬼胎，不然世间俗人，怎么会有人长出这般长相，食量如此大。他们开始害怕、憎恨、厌恶起儿子来，以致完全消失了血肉情感，视他为灾难的祸根，并开始策划除掉卓瓦的办法。

一天，父亲对儿子说："房子已经陈旧，该修修了，今天咱父子俩去大山沟里撬些石头。"于是，父子俩扛着锄头铁锤来到大山沟下。

父亲说："儿子，你力大如牛在这儿挡住石头，我到上面去滚石头。"

卓瓦回答说："阿爸你放心，你滚几个我就在这儿接几个。"

父亲来到山头，找了个石头集中的地方，拼命将石头往下滚，如牛大的石头像潮水一般向卓瓦冲去。父亲想：这下他一定被乱石砸死了，因而没有到下面去看就回到家里了。还未喝完一碗茶就听到门外儿子的叫声："阿爸，这柱墩石放在哪儿？"

"随便扔在一处。"父亲没想到儿子竟然没被砸死，有些心虚了。第二天，父亲又领儿子上山伐木。到了山上，在一棵大松树底下，父亲对他说："这山陡，树会直往下梭，你力大，在下面接着，我来砍。"于是父亲在上面砍，儿子在下面等着。没有过多久，大树砍倒了，发出雷震般的响声，粗大的树干像一条青龙直冲下山。

这一回，父亲认定儿子不被树砸死也要被碾死了，便放心地回到家中，对妻子说："这小子今天必死无疑了。"话才说完，儿子扛着那棵大树回

---

①哈直：德钦藏族语方言，指妖魔鬼怪。

来了，喊道："阿爸，这中柱放在哪儿？"父亲被儿子的声音吓了一跳，心想：这孩子难道还没死？卓瓦放好中柱走进来，对阿妈说："阿妈，有根刺戳在我的背上了，请你给挑一下。"母亲一看，啊，原来是一根树枝插在卓瓦的背上，就让丈夫拿凿子硬挖了出来。

父亲的两次毒计都未成功，卓瓦度过了一段平静的日子，然而父母却在思忖着除掉卓瓦的万全之策。一天晚上，父亲把卓瓦叫到身边，对他说："生活难以维持下去，我想，咱父子俩上山几天，想法弄一点野味，补充一下食物。"

卓瓦当即非常高兴："好的，狩到猎物也让阿妈好好尝尝野味，补补身子。"

第二天一大早，父子俩带上弓箭、刀、斧，备上炊具食物，进山了。他们翻过几座大山，渡过几条河流，来到原始森林中。父亲对儿子说："咱俩分路去，晚上回到这里，别迷了方向，更莫胡乱走离。"于是，他们一个往东，一个往南，穿进了密林。其实，父亲只在森林中转了几步就从原路溜回了家中。

傍晚，卓瓦提着兔子、野鸡高兴地回到和父亲分手的地方，可左等右等仍不见父亲回来，渐渐的天空闪出了星星，卓瓦心中产生了一种不祥之兆。然而，森林里一片漆黑，到哪里去寻找父亲呢？卓瓦在痛苦悲凉中度过了不眠的一夜。时间一天又一天过去了，卓瓦根本找不到父亲的踪影，就连回家的路也迷了，他只好在密林中过上艰苦的猎人生活。

父亲回到家中，认为这回卓瓦必死无疑了，精神上消除了恐惧，心里没有了魔鬼害人的困扰。但是，由于夫妻俩年迈体弱，家中失去了唯一的劳动力，天长日久，心中不免思念起自己的儿子来。这天家里又断炊了，他只好强打精神，挎起弓箭，来到山中。他翻过几座山梁，远远望见山中有座草棚，里面飘出淡淡的青烟。他强忍饥饿与劳累来到草棚前，才发现这里原来是去年和儿子分手的地方，这棚子修得牢靠扎实，屋顶盖的全是兽皮。他惊奇万分，连忙钻到里面，啊！四周挂满了一串串肉，枕垫全是虎皮豹皮。火塘边大石板上，摞一大堆碎肉，他连忙抓起碎肉，一把把往嘴里塞。正在这时，一个满脸毛胡，高大魁梧的野人站在门口一动不动，随后猛扑过来，把他吓昏了。等他慢慢苏醒过来，才发现这野人竟是自己的儿子，顿时悲喜交加，落下了串串泪水。

从此，达瓦重新得到了父母的疼爱和乡亲们的爱戴，人们再也不信他是魔鬼的附体，那“卓瓦”的称呼也渐渐被人们遗忘了。

梦　卜

有一家夫妇两人，男的叫咱斯顶汝，女的叫者格拉姆。有一天，者格拉姆做了七个馍馍，自言自语地说：“他三个，我三个，剩下一个我吃掉。”

丈夫睡在旁边，她以为丈夫睡着了，所以这么说。但她说的却被丈夫听到了，咱斯顶汝起来对她说：“我今天做了一个梦！”

“什么梦？”老婆问。

“你做了七个馍馍，你三个，我三个，剩下一个被你吃掉！”

者格拉姆听了，大为惊奇，说：“你做的梦真怪，确实是这样！”她以为自己的丈夫能占卜，便将这件事传了出去，大家都知道了。

一天，有一家丢了一头母猪，找了三天也未找到，就来请咱斯顶汝做梦打卦，他勉强答应了，回来时埋怨老婆多嘴。没有办法，他就详细询问丢失猪的时间地点，每天晚上不觉睡，都去找猪，结果找到了，母猪生了八口小猪。

第二天，他将失猪的人找来，告诉他说：“我梦见了你家的母猪在某处，还生了八口小猪。”失主一找果然找到了，就送他一半为礼物。

这件事很快传开了。

又有一天，一家丢了匹马，找了三天三夜也找不到，又来请他。这下他可着急了，也只好硬着头皮，问清失马的地点和情由，每晚上又去找马，结果在大山上找到了，原来马夹在两棵树中间动不得。第二天，他又对失主说：“你的马我昨晚上梦见了，在大山上，夹在两棵树中间，所以出不来。”

失主照他说的去找，也找到了。

从此，咱斯顶汝会梦卜的事到处传开了。刚好，这时皇帝的算命先生丢失了，听说咱斯顶汝很会梦卜，就派大臣来接他进宫。

来接他的人说：“如果梦着了，皇帝的江山分一半给你。”这下子他更着急了，这可不比一般的玩笑，就只好照直说了：“我不会梦卜，过去猪丢失、马丢失都是我亲自去找回来的。”接的人哪管这些，用滑竿抬他去了皇宫。他急得哭了，埋怨他老婆：“这都是你多嘴，这一去，我们永远见不着了，我的命也完了！”

他被官家抬走，心里想着如何逃走，到半路上就说：“我尿急了。”他下来后，到树林边解小便。接的人跟着他，他逃不成，便伤心地说：“树的根根是一个，只见叶子不见根。”接的人听了，暗吃惊，想到这个家伙了不得，他知道皇帝的算命先生是我藏的；根根一个是指皇帝，叶子就是指我，如果他对皇帝说了，我岂不难保性命啊？于是对咱斯顶汝说：“你刚才做的梦，不要传出去，有什么事咱们好好商量。”又将算命先生的一切告诉他，请他先别对皇帝说，二人又商量了具体的办法。

到了皇帝面前，他照接他的大臣的话，请准他用七天时间睡觉做梦。七天后，他对皇帝说：“陛下的算命先生藏在第三道宫门的门槛地下。”派人去果然找到。

皇帝以为咱斯顶汝真是个会梦卜的神人，便将江山给了他一半。

“株本”的来由

在很久很久以前，有一个国王，在他的统治下有六万个村镇和部落，有六千座宝库。宝库里堆的青稞、燕麦、豌豆永远吃不完，氆氇、绸缎永远穿不完，金银珠宝永远用不完，牛、羊、骆驼永远数不完，真正是富过天上的诺拉神[1]，赛过海底的老龙王。可他有一点不如意的事，就是这个国王年纪已经五十多岁了，没有一个儿子，只有那么一位公主。法子想尽了，东求神，西拜佛，南行好事，北放布施，可怎么也不顶事儿，还没有生一个儿子。国王，当然是没有马骑驴，没有油吃盐，没有儿子有女儿也是好的了。这位掌上明珠似的公主多么招人喜爱：脸像十五的月亮，圆圆白白的，一双水汪汪的眼睛像两颗夜明星。这还不算，她的脾气也非常好：见到老人像见到自己的父母一样恭敬，见到青年像见到自己的兄弟一样亲热，见到讨饭的也像见到病人一样怜悯。全国上下老老少少，没有谁不喜欢她，没有谁不敬重她，没有谁不为她祝福。

公主一天天长大了，国王到处打听，在四邻的国家里，有哪位王子可以当自己的女婿。可是东打探，西打听，王子们不是性情乖张，就是脾气骄横；不

---

①诺拉神：最富有的神。

是淫逸放荡，就是不学无术。找了大半年也没找出个头绪来。那邻国的、本国的公子王孙，豪富儿郎听到有这么一头好亲事，谁不想来巴结？求亲的人跑进跑出，连门槛都被踩矮了二寸。有的是国王同意了，公主不同意；有的连国王都不同意。因此，一晃三年，竟没有找到一个称心如意的女婿。

后来，国王、王后和公主在一起合计了一下，出个金色榜文，选定日期在王宫前由公主抛打花环，花环落在谁头上，就招谁为女婿，同时由他继承王位。

这个消息像荒山着了火一样，大小部落，都在传着这一消息。人们有的跃跃欲试，想碰碰运气，有的想看看热闹，多数人在想："咳！不晓得哪个小伙子有福呢？"

再说，国王家里有一个小牧童，年纪不过十六七岁，却做了十来年的放羊娃。放羊娃人穷志不穷，身穷心不穷，整天乐呵呵地逗人笑，哪怕自己饿了一天没吃饭，还是帮这个人拴马，帮那个人挡羊。在这些长工的嘴里，小牧童是个好心人儿，将来有福享呢！

到了公主抛花环的这一天，王宫门前的广场上挤满了人。王宫的屋顶上插着五彩的旗子，乐队从房顶上向四面八方吹起法螺。那些王孙公子，富家儿郎一个个穿起最华丽的衣服，佩着长刀短剑，在人群里摇来摆去，就像是拿准了要当国王的女婿似的。

公主在屋顶的晒台上出现了，庭下广场上的人们像潮水一样向前涌去，都想在自己的头上套上那幸福的花环。

公主把花环举过头顶，少不得要祷告一番："上师三宝，把这花环送到它应该去的地方，您可要保佑我这一生的幸福……"花环从她的手中滑了下去。说来也是奇怪，这花环并没有一直落下去，却轻飘飘地飞了起来，一波一荡，几万双眼睛朝它看着，几万颗头颅跟着它转动。它飘飘荡荡地飞着，直飞到广场边缘上，落在羊栏旁边那小牧童的头上。这一桩天上飞来的好事可让小伙子怔住了，广场上的人们和国王也都怔住了。长工们却乐得欢呼起来。

长工们把小牧童抬了起来，一直抬到王宫里面，国王的眼里哪里看得起小牧童啊！可是当着众人的面，怎么能一口否认自己的呢话？他沉吟一会儿说：

“咳，我忘了，谁被套中了花环，还要能取来三根太阳的头发，我才能把公主许配他呢。”众人听他这么一说，都面面相觑，晓得他有心赖婚，都为小牧童担心。小牧童没有办法，只好去碰碰运气。

小牧童顺着大河往西走，人们都说太阳的家在西方，所以每天才落到西方去的。大河走到了尽头，看见一堆人围着一口枯井叹气。小牧童走上前去，询问到太阳家去的道路。有位老年人告诉他顺着雪山往西走。小牧童看见这些人愁闷的样子就问：“老大爷，你们怎么这样不开心。有什么烦恼的事啊？”

老年人说：“咳，早先我们这一口井每天涌出甜丝丝的井水，这井水可以医治百病，可是打前天起就干得一滴也不剩了，不晓得怎么搞的，恐怕我们这一伙人都要遭灾了，因此大家都在烦恼啊！”

小牧童说：“老大爷，您放心，让我到太阳那里去问问他，他一定会知道是怎么一回事的。”说完又顺着雪山向西走去了。走到了雪山的尽头，小牧童看见一群人围着一棵大树直叹气，小牧童向他们询问到太阳家去的道路以后，又问他们为什么叹气，他们告诉他说：

“早先，我们这儿有一棵果树，月月都结果子，果子又大又香又甜，吃了一个可以使你一年精神饱满，身体健康。可是不晓得怎么搞的，从前天起这棵树忽然枯死了，恐怕我们这伙人要遭劫了，因此大家都在担心害怕。”

小牧童说：“你们不用担心，让我到太阳家去问问太阳，他一定能知道是怎么回事的。”说完又沿着大森林向西走去。走着走着，有一条小河拦住了他的去路，幸亏有一位老船夫，摇着渡船的来渡他。在船上，老船夫问他到哪儿去，他告诉老船夫说是到太阳家去，老船夫请他问问太阳，怎么他摇了一辈子船，还没有一个人来接班儿。小牧童答应他一定去问太阳。

过了河，再走不远，就到了太阳的家。小牧童在家里见到了太阳的母亲，就把自己的来历一一告诉了她，老太太说：

“好孩子！没问题，让我替你来办，不过你要躲好，不能让他看见，不然，连你的性命都很危险，我家的太阳可是个性情暴烈的家伙啊！”

一会儿，外面“呼呼”地响了起来，老太太连忙把小牧童藏在衣柜柜里，叫他不要出声。

太阳吃完了饭，就头枕在妈妈怀里呼噜呼噜地睡着了。妈妈一边替他梳弄头发，一边慢慢地拔下了一根，太阳一痛醒了，妈妈问他：

“儿啊！我昨天做了一个梦，梦见一口甜水井干了，那是怎么一回事啊？”

太阳含含糊糊地说：

“那井底下有一只大青蛙，它把水给喝了，把它拖了出来，井水就再也不干了！”说完一翻身又睡着了。

老太太又轻轻地拔了一根头发，太阳又惊醒了，老太太又问：

“儿呀，我在昨天还梦见一棵果树，月月结果子，忽然枯死了，不晓得是什么原因？”

太阳睡眼惺忪地说：

“那是因为果树底下有一条大蛇，是它咬住树根，把它拖出来打死，果树就活了。”说完又睡着了。

老太太又慢慢拔下一根头发，这一下把太阳惊得跳了起来，老太太急忙问：

“儿呀！我还梦见一位老船夫在摆渡，怎么老没有人接他的班儿呀？”

太阳不耐烦地说：“他如果能够遇见一个国王，那国王就是他的接班人！”说完就起身出门走了。

老太太把小牧童放了出来，把太阳的三根头发交给了他，又把那三件事的解决办法一一告诉了他，小牧童千恩万谢地走了。

小牧童首先遇见了老船夫，就把太阳的话告诉了他。接着来到了果树旁，他指使人们在树底下挖，果然挖出一条大蛇来，果树立刻复活了，人们摘下三只果子给他带回去。之后，小牧童又走到井的旁边，把太阳的话告诉

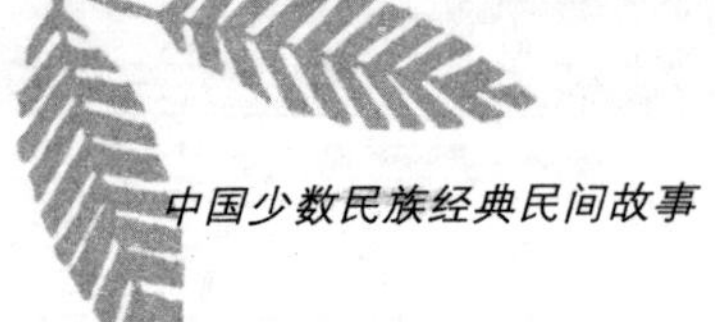

了他们，人们果然打井底下拖出一个大青蛙来，井里立刻涌出了甜水，人们让小牧童背一皮口袋水回去。

当小牧童回到王宫，把太阳的头发交给国王的时候，国王非常惊奇，还不大相信。小牧童就把一路经过情形告诉了他，还拿出果子和甜水来证明，国王这才相信，于是让他和公主结了婚。

国王自己想到太阳那里问问为什么没有儿子，他顺着牧童走过的路，一直走，走过甜水井，走过果子树，当他走到大河渡口时，老船夫看见他来了，把桨朝他一扔就走了。从此，国王一直在那儿作船夫，再也没能回到王宫去。那小牧童呢，不用说，做了国王。

因此，直到现在人们还称呼摆渡船的工人叫作“株本”意思就是“弄船的头人”。

鹦鹉的故事

从前，有一个商人，他的妻子长得非常漂亮。商人常做些大买卖，一出门便三四年不回家。国王对商人妻子非常倾心，每当商人出远门时，他就跟商人妻子姘居寻乐。对此商人一点不知。

商人家房子背后有座大山，他一直想从山底下打个洞把山穿通，这样走路省时方便。他还想把原本的旧房拆除后重修一幢新房，再把堆在地里的石头全部搬掉，在房前那条河上修建一座宽敞的新桥。除此之外，他还想到本村一家有两个才智超人的弟兄，将来会成为自己的敌手，趁现在就把他俩给除掉。于是，商人就在自己出门远行的前一天晚上把自己的这些想法都告诉了妻子，叫她想办法在自己回来前，把这些事情给办好。

商人家有一只鹦鹉，他把鹦鹉喂养在楼上的一间小屋里，让它常陪伴着自己度日。商人出门的前一天晚上和鹦鹉同住在楼上的小屋里，国王与商人妻子的事鹦鹉知道得一清二楚。鹦鹉对商人说："你明日就要走了，请你在走之前给我画个像贴在房间的墙壁上。"商人照鹦鹉的请求给鹦鹉画了一张像贴在房间里。商人走后，国王又开始同商人妻子约会。国王常带着几位大臣爬到屋顶，坐在筐子里叫大臣们用绳把他从天窗放入商人家里。每当落地后国王"哼"一声，大臣们便各自回府，等次日天还不亮时，国王就坐到筐子里，又让大臣们用绳把他从天窗口拉出，然后回到王宫若无其事地坐在宝

座上。这次，鹦鹉决心治治国王。一天晚上，鹦鹉偷偷藏在天窗板中间，天黑之后国王带着大臣们爬到商人家的屋顶，然后自己坐到筐子里，叫大臣们用绳往下放。正当大臣们把筐子放到半空中时，鹦鹉学着国王的声音“哼”了一声，大臣们以为国王已经着地，就放掉了手里的绳。这下，国王从半空中摔下来，正好撞到商人家房中央支锅用的三脚架上碰死了。

第二天，王宫里的人都说国王失踪了，宫里人都忙着找人算命卜卦。卜卦者说：“国王的尸体就在商人家屋里。”不一会儿，宫里人到了商人家门口说：“国王的尸体在你家屋里，快交出来。”鹦鹉开口说：“如果国王的尸体在我们家里，我宁愿全家砍头绝根；要是不在我们家里，我要你们把房子翻新重修。”宫里人听后答应了这个条件。鹦鹉对商人妻子说：“你赶快把国王的尸体埋到咱家房背后的那座大山脚下。”商人妻子照鹦鹉的吩咐把国王的尸体埋在山根下。结果宫里人没有找着，只好给商人家重修了一幢新房。宫里人又去找人算命卜卦。卜卦者说：“国王的尸体埋在商人房背后的大山根里。”宫里人来到商人家门口说：“国王的尸体埋在你家背后的山根里。”鹦鹉说：“如果国王的尸体埋在我家屋后的山根里，我宁愿我们全家任你们随便处置。要是不在那里，你们能否在山底打洞把山穿通？”宫里人说：“能把山打通。”宫里人走后，鹦鹉又对商人妻子说：“你赶快把国王的尸体背到咱家地里埋在那石堆底下。”商人妻子照鹦鹉的话把国王的尸体埋在地里的石堆底下。宫里人又开始在商人家屋后的大山根里挖了起来，结果没挖着国王的尸体，只好从山底下打洞把山给穿通了。宫里人又去找人算命卜卦，卜卦者说：“国王的尸体埋在商人家地里的石堆下面。”他们又来到商人家门口说：“国王的尸体埋在你们家地里的石堆下面。”鹦鹉说：“如果国王的尸体埋在我们家地里的石堆下，我宁愿全家斩尽杀绝。如果没有，你们能否把石堆给我搬掉？”他们说：“能搬掉。”他们走后鹦鹉又对商人妻子说：“你赶快把国王的尸体背到咱家房前的那座桥底下藏着。”宫里人又开始在商人家地里的石堆旁挖着国王的尸体，结果没找着，只好把石堆全给搬掉。宫里人又去找人算命卜卦，卜卦者说：“国王的尸体藏在商人家房前的那座桥下。”他们来到商人家门口说：“国王的尸体藏在你家房前的那座桥下。”鹦鹉说：“如果国王的尸体藏在我家房前的那座桥下，我宁愿全家杀头，而且所有家产全归你们。要是不在桥下，你们能否把旧桥拆掉，重修一座和以前不同的新桥？”他们说：“如果不在桥下我们就修座新桥。”等他们走后，鹦鹉再一次对商人妻子说：“你赶快把国王的尸体背去埋在村里那两个兄弟家的门槛下。”宫里人又在商人家房前的那座桥下找国王的尸体，结果别说找到国王的尸体，就连麻雀的尸体都没找到一个，就只好把旧桥给拆除，重建了一座宽敞的新桥。他们回去后又找人算命卜卦，卜卦者发誓说：“国王的尸体埋在村里一户有两个兄弟的那家门槛底下，这次一定没有错。”宫里人来到那兄弟俩的门前说：“国王的尸体埋在你们家门槛下。”这兄弟俩就像庙宇的佛，肚子里只有茶和糌粑没有鬼，就理直气壮地对他们说：“国王的尸体怎么会在我们家的门槛下呢？如果有，你们可以同时砍掉我们兄弟俩的脑袋；如果没有，我们要什么你们就要给我们什么。”宫里人说：“如果没有，你们要什么我们给好了。”说着就在门槛下挖了起来，国王的尸体果然在他们家的门槛下。这下，那兄弟俩被当成谋害国王的凶手，双双砍去了脑袋。

由于鹦鹉的智慧和巧妙的计策，办完了商人临走时吩咐妻子要办的全部事情。这时，商人妻子想：“自己同国王有奸情，国王又从自己家天窗里掉下来给摔死了，尸体曾几次转移嫁祸于他人，虽说办完了丈夫临走时吩咐要办的事情，可这都是那鹦鹉给策划着想的办法啊。”商人妻子想着想着，她认为留着鹦鹉是个祸根，对自己不利，便产生了杀鹦鹉灭口的念头。从此，她对鹦鹉少食虐待，处处找岔子刁难。鹦鹉知道她的心思，说：“我在这个家里还多少有点用吧，你不能这样害死我。如果非这样不可，你就在屋里墙壁上掏个洞，把我关到里头用石板盖住。”商人妻子掏好洞把鹦鹉朝里放时，鹦鹉又说：“你不能这样把我关下，我多少为这家里出了些力，应在洞里放上一碗米和一碗水给我，我吃完了这些不死，还能到哪里去呢？”商人妻子认为这样也无妨，就按鹦鹉说的在墙壁上挖了个洞，然后放了一碗米和

一碗水，就把鹦鹉关到里头，用石板盖住，上泥封住了洞口。

商人回来后，见自己临走时吩咐妻子要办的事全都办成了，加上自己出去生意兴旺发了财，就怀着喜悦的心情回到楼上小屋里歇息，他把鹦鹉给遗忘了。当他在屋里左右环视时，无意中看见了贴在墙上的鹦鹉画像，这时他才想起了那只可爱的鹦鹉，便问妻子："鹦鹉到哪儿去了？"妻子回道："鹦鹉就在你走了三四天后不知去哪儿了，到现在还没回家。"这时，鹦鹉在洞里用嘴巴敲击石板。商人听到后揭开洞口问鹦鹉是怎么回事，鹦鹉说："你走后国王常从天窗里下来和你妻子姘居，我设计把国王给弄死了，然后把国王尸体上下转移，就这样办完了你要办的全部事情。"商人听鹦鹉这样一讲，气得把妻子给杀了。

从此以后，鹦鹉同商人一起幸福平安地度过了一生。

聪明的小白兔

在一座森林里，住着一个妈妈和一个小孩。他们家茅屋的旁边，有绿莹莹的草地和又高又大的树木，还有清澈的小河和各式各样的小鸟。每天早晨，树上的小鸟唱着好听的歌，到了傍晚，森林里的小白兔也会到这里来跳舞。那狡猾的狐狸，总想悄悄地跑来捉小白兔，可是小白兔比狐狸还聪明，一听见狐狸的脚步声就躲起来了。

住在茅屋里的小孩天天和小白兔玩耍，学小鸟儿唱歌。他和妈妈都生活得非常快乐。

有一天，妈妈对小孩说："小宝宝，听妈说，妈妈要磨面去了，你好好在家看门，不是妈妈回来，不论谁来了都不要开门。"

孩子回答道："好妈妈，我知道了，你要快些回来啊！"

妈妈背起口袋出去了。孩子关上门，在屋里玩耍。孩子的妈妈沿着小河朝磨坊走去，有一个妖精在路上看见了她，就想趁此机会来捉孩子。它等孩子的妈妈走远了，便很快地跑到茅屋外面，用力推了推门，门推不动，它想了一个办法，就学着小孩妈妈的声音低声喊道："小宝宝，快来开门，妈妈回来了啊！"

孩子听见妈妈回来了，就赶忙去开门。跑到了门边，忽然想起了妈妈临走时叮嘱的话，于是便站住了，只听得门外又喊道：

“小宝宝，快来开门，妈妈回来了。”

小孩说道：“不是妈妈回来，谁来了也不开门。你要是我的妈妈，把手伸进门来看看。”

妖精把手伸进门缝。孩子看见伸进来的是一只可怕的又黑又大的毛手，吓得他往回一跳，赶快说道：“你不是我的妈妈，我妈妈的手不是黑的，也没有生毛，我不能给你开门，请你赶快走开吧！”

妖精听见孩子的话，赶忙就去把手上的毛烧掉，到河里用水洗白了手，又跑到门口喊道：

“小宝宝，快来开门，妈妈回来了。”

小孩听见有人喊门，说道：

“不是妈妈回来，谁来也不开门，你要是我的妈妈，把手伸进门来瞧瞧。”

妖精第二次把手伸进门缝里去。小孩朝那伸进来的手一看，手指上没戴戒指，他忙说：“你不是我的妈妈，我妈妈的手上戴着戒指。我不能给你开门，请你快快走开。”

妖精听了孩子的话，又去用麦秆编了一个戒指戴在手上，来到门口喊道：

“小宝宝，快来开门，妈妈回来了。”

“不是妈妈回来，谁来也不开门。你要是我的妈妈，把手伸进门来瞧瞧。”

妖精又把手伸进门缝里。孩子见那只手上没有银手镯，忙说道：“你不是我的妈妈，我妈妈的手上戴着银手镯，不能给你开门，请你快快走开。”

妖精听了孩子的话，又赶快跑去用草编了一个手镯，戴在手上，跑到门前喊道：

“小宝宝，快来开门，妈妈回来了！”

“不是妈妈回来，谁来也不开门。你要是我的妈妈，把手伸进门来瞧瞧。”

妖精把手伸进了门缝。小孩见那只伸进来的手上没有毛，戴着戒指、银手镯，真像妈妈的手了。他想：这回真是妈妈回来了。就忙去把门打开。妖精猛一下扑进门来，把孩子抓住，扛在肩膀上，哈哈大笑着说道："这回可给我抓住了啊！"说完，就朝自己的茅屋大踏步走回去。

孩子的妈妈回来了，看见门大开着，走进屋里不见了孩子。她到处找也找不着，叫也叫不应；她急了，哭了起来，妈妈万分悲伤地走出门去，要去找自己心爱的孩子。她走到一个地方，遇见一只乌鸦。乌鸦问她道：

"可怜的老太太，你为什么这样伤心呀？你要到哪里去啊？"

"好心的乌鸦大姐，我的孩子不见了，我要去找我的孩子。你能帮助我去找孩子吗？"

"老太太，你不要伤心，我可以帮助你去找你的孩子。"

于是乌鸦和孩子的妈妈一路找去。不一会儿，来到一片草地上，一只兔子正在那里快乐地跳舞。它看见孩子的妈妈哭得非常伤心，便问道：

"可怜的老太太，你为什么这样伤心啊？你和乌鸦大姐要到哪里去？"

孩子的妈妈就把要去找孩子的话说了一遍。兔子说："老太太，你不要伤心，我可以帮助你去找你的孩子。"

他们又一路找去，来到一棵很大的松树旁边，一只老鹰歇在松树上，看见孩子的妈妈哭得很伤心，就问道：

"可怜的老太太，你为什么这样悲伤呀？你和小白兔、乌鸦要到哪儿去啊？"

孩子的妈妈又把要去找孩子的话说了一遍。老鹰说："老太太，你不要伤心，我可以帮助你去找你的孩子。"

于是他们四个又一路找去。他们来到一个山坡上，遇见一蓬野蔷薇。野蔷薇看见孩子的妈妈哭得十分可怜，就问道：

"可怜的老太太，你为什么这样悲伤呀？你们要到哪里去？"

孩子的妈妈又把要去找孩子的话重说了一遍。野蔷薇就："老太太，你不要伤心，我可以帮助你去找你的孩子。"

他们走到一条小河旁，河里的冰块看见孩子的妈妈哭得这样伤心，就问道："老太太，你为什么这样伤心？你们要到哪里去呢？"

孩子的妈妈又把找孩子的事说了一遍。冰块说："老太太，你不要伤心，我可以帮助你去找你的孩子。"

他们一起找孩子去了。老鹰和乌鸦飞在天空找。老鹰的眼睛尖，气力大，在天空盘旋飞翔，从高山悬岩飞到深山河谷，又从河谷飞到了森林的上空。它忽然看见树林深处有一间小屋，它飞下去仔细地瞧了一下：啊，找到妖精的住所了！小孩就躺在屋顶棚上的箩筐里，妖精正在磨它的牙齿，准备吃小孩的肉。老鹰看得十分仔细，它牢牢记住了那所房子，就赶快飞回去，找到了孩子的妈妈和白兔他们。老鹰焦急地对大家说道："妖精已经找到了，孩子装在箩筐里，我自己没法把他救出来！你们大家看怎么办呀？"

小白兔说道："老鹰大哥，我有办法啊！只要你们照我说的去做，一定能把小孩救出来。"

大家忙问道："聪明的小白兔，你有什么办法，说给大家听听！"

小白兔把它的办法告诉了大家。于是老鹰在天空飞，小白兔和孩子的妈妈在路上走，乌鸦衔着冰块，野蔷薇则被老鹰衔在嘴里。过了一会儿，他们一齐来到妖精住的树林子里。小白兔叫妈妈躲起来，叫老鹰和乌鸦飞到妖精的屋顶上，它自己跑到妖精门口，敲敲门喊道："妖精婆婆，快来开门！"

妖精在屋里听见有人喊门，打开门一看，原来是小白兔站在门外，就问："你这小家伙来这里干什么？"

"我听说你今天捉到了一个小孩子，所以特地来给你贺喜！如果你高兴的话，我还可以给你跳舞庆贺啊！"

妖精听了高兴地说："好哇！小白兔真乖！就请你给我跳个舞吧！"

"我要在很大的草地上才能跳舞啊！到你屋子后面的那块草地上去跳吧？"

"好！好！你这个聪明的小白兔，我们就到那儿去跳吧！"

妖精和小白兔来到屋后的草地上，小白兔跳起舞来。它跳得真好！它一边跳舞，一边还唱道：

天上的白云啊你莫要骄傲，
老鹰飞起来比你还要高。
飞在天空的老鹰啊，你真是灵巧！
请你快飞下来看我的舞蹈。

老鹰在天空听见小白兔的歌声，就飞下来，从窗户飞进老妖精的茅屋去，停在箩筐边。这时小孩看见飞来了一只大鸟，吓得大叫起来。

老鹰说："小孩，你不要害怕，我们是来救你的，快起来骑在我的背上，我带你回家去啊！"

小孩听了老鹰的话，高兴地从箩筐里爬了出来，骑在老鹰的背上。老鹰驮着他从窗户飞出去，飞上天空去了。

这时小白兔的舞跳得更好了，妖精也看得入迷了。

乌鸦看见老鹰飞走了，就赶快飞下来，把衔在嘴里的冰块放在箩筐里，再把野蔷薇盖在上面，就飞出屋来对小白兔叫了两声，然后也飞走了。小白兔听见乌鸦的叫声，知道孩子已经救出来了，便停止了跳舞，对妖精说道："妖精婆婆，我要回去了，乌鸦请我到它家喝米酒去哩！"

"小白兔，你的舞跳得好极了，你不要去吧！我请你吃小孩的肉，那孩子的肉是多么的肥美香甜啊！"

小白兔赶快说道："谢谢你！我不吃人肉，我要走了！"说着就一跳一跳地走进林子里去了。

老妖精回到屋子里，肚子很饿，就赶快在挂着的箩筐下面烧起火来。它自言自语道："这样肥美的孩子肉，生吃不如熟吃，烧一下不是更好吗？"

火烧得旺旺的，箩筐里的冰块融化了，一滴一滴地往下掉。那妖精仰着头望着箩筐，认为已经熟了，就把手伸进箩筐。野蔷薇在箩筐里狠狠地扎了它一下，刺得妖精怪叫了一声，用力把箩筐一拉，那冰块掉下来，正好打在

妖精的脸上，箩筐掉在地上，里面空空的，什么东西也没有。

“这是怎么搞的，孩子到哪里去了？”妖精猛想起小白兔跳舞的事来，就说道：“一定是小白兔把我骗到屋后的草地上，那老鹰把孩子偷走了。这大胆的兔子，我非要把它捉来吃掉不行。”妖精一生气，就找小白兔去了。

老妖精走过一个又一个山坡，它来到一个不知名的地方，看见一只小白兔坐在一棵树根上，就赶快跑过去，一把抓住小白兔，恶狠狠地说道：

“你这个坏家伙，原来躲在这里。你把我骗了，现在我要把你吃掉。”

小白兔假装不知发生了什么，无辜地说：“我怎么骗了你？你好没来由！我天天在这里替国王念经敲鼓，什么时候骗过你啊？”

“怎么不是你？刚才你说给我贺喜，诱我到了屋后，老鹰就把我抓来的孩子给偷走了。”

“不是，不是，这山上住着一百只兔子，山下住着一百只兔子。我刚才看见一只兔子打这里跑过去了，你如果帮我在这里敲鼓，我倒可以帮你把它抓来。”

“使得！”妖精望着小白兔指给它看的那个蜂巢，接过了小白兔的木棍，信以为真地说道：“只要你肯帮我找那兔子回来，我可以帮你敲鼓。”

小白兔说道：“可是你得给我好好地敲，我这是奉了国王的命令，在这里敲鼓的，如果你不好好敲，国王要把我追回，你的兔子也就抓不到了！”

“好了，我知道了，”妖精不耐烦地说，“你快去吧！我会好好替你敲鼓。”

小白兔跑上山顶，大声吼叫妖精敲鼓，妖精听了兔子的吼声，就猛力朝蜂巢上一敲，蜂巢里的黄蜂受惊了，马上飞了出来，把妖精团团围住，刺得它满地乱滚乱叫。它又疼又气，爬起来就去追刚才骗它的那只兔子。

妖精追过一个又一个山坡，来到另一个山头上。山下面是一条大河，一只兔子坐在一个大岩顶上，正在那里用竹篾编筐。

“你这个坏蛋，原来躲在这里。你把我骗了啊，现在非吃了你不行！”

“你说什么？谁骗了你？为什么你要把我吃掉？”

“你还装不知道，刚才不是你叫我敲鼓吗？你看蜂子把我叮成这个样！”

小白兔瞪着两只小眼睛，严厉地说道：“你可不能乱赖人，山上有一百只兔子，山下有一百只兔子，难道就只有我一只兔子吗？我在这里给国王编筐子，刚才倒是有一只兔子打这里跑过去了，我不知道它的住所，如果你能帮助我编这筐子，编完了，我们一起去找那只兔子，你说好吗？”

妖精想：这次可不能再上它的当了，只要它不跑，我随时都可以把它一把抓住吃掉，于是说道：

“好吧！我可以帮你编筐子，不过你可不能像那个小坏蛋一样骗我，否则一下子我就会把你吞吃掉！”

“你放心吧！我是不骗人的。”

妖精和小白兔一道编筐子。小白兔叫妖精坐在筐子里面，它自己坐在筐子外面。编着编着，筐子越编越高，而筐子的口子却渐渐缩小了，妖精还坐在里面编，忽然，小白兔把口子收拢了，把妖精关在里面。小白兔笑着对妖精说道：

“你这个吃人的恶魔，世上多少好人都被你吃了！你还想吃我们！今天你可活不成了。”说着就把筐子推下了岩子。从此，这一带没有了妖精，那小孩又天天和小白兔玩耍，和小鸟歌唱，生活得非常幸福快乐。

成有和成没的故事

很早以前，在一个长满茂密树木的山沟里，住着母子二人，儿子叫成有，在沟口住着另一个叫成没的青年，成没因为父母双亡，家中再无人，常来成有家玩耍。

有一天成没来到成有家，对成有说："我们两家合为一家，把你的母亲作为我们二人的母亲，你当哥哥，我当弟弟你愿意么？"成有答应了。

成有的母亲对成有说："你不要和他做兄弟，他是个不守信义的人，以后会害你的。"成有对阿妈说："阿妈，我们怎么能说人家以后会害我们呢，他从小失去了双亲，一个人在家过日子，很困难，我们就和他合成一家过吧。再说我已经答应了人家，现在又说不合，倒会伤了和气。"

母亲见儿子执意要合，就说："既然这样，那你就小心些。"随后成有帮助成没把家中需要的东西都搬了过来，两家合成一家过日子。从此，兄弟二人每天上山打柴，把柴背到市上卖了，再买来米面度日，母亲在家看门做饭，料理家务，虽说日子过得不富足，却也过得随心顺意。

成没自从合家以来三年有余，每次把卖了柴的钱一文不少地交给母亲支配。成有对阿妈说："成没到咱家三年来，每天的柴钱一分不少全交给你，我看他是一个很诚实的人。"阿妈听了儿子的话说："我们还是小心些好。"

有一天，突然刮来一阵旋风，刮得天昏地暗，吼声雷动，那旋风像一株参天大树，呼啸而过，成有向旋风砍了一斧，从旋风中掉下一只绣鞋来，成有感到惊奇，便把绣鞋拾起来揣在怀里，跑回家去把绣鞋交给母亲，并将山上所见情形对母亲说了一遍，母亲对儿子说："这鞋来历不凡，我暗中收藏，你千万不要告诉成没。我儿，你的这把斧是宝斧，天下无敌，砍无不开，要牢牢带在身边。"

不久，有几个官府的公差来说："国王的公主突然失踪了，你们若有见到的，快快报告，国王重重有赏。"公差还将公主的长相和身上穿戴都说了一遍。成有听了很惊奇，他想：公主是什么模样我根本未见，可自己拾到一只绣鞋和他们说的完全一样，他想说出拾到绣鞋的事，但又怕说了招来是非，就说："根本没见。"那几个寻找的差人听说没见，就又到别处去了。

公差走后，成有对成没说："人没见到，绣鞋确实拾到一只。"成没问："绣鞋放在何处？拿来让兄弟看一看。"成有说："绣鞋交给了阿妈，她不让看。"成没又说："我们赶快到你拾到绣鞋的地方再寻找一下吧？"

二人拿上砍柴斧，一路小跑来到拾绣鞋的地方，细细察看，只见地上留下滴滴血迹，兄弟二人直跟着血迹向深山老林寻去，来到一个洞口，血迹滴进了洞，洞口朝天，犹如一眼枯井，里面黑乎乎的，看不到底。

兄弟二人在洞口察看了一会儿，争先恐后地要下去，成有争不过成没，就用一根背柴绳将成没吊下洞去，才下了一半，成没朝下一看，洞深无底，直冒寒气，吓得浑身发抖，再不敢下去了，就赶紧叫大哥把他吊上去。成有说："还是让我下去看看吧，等我下去把绳子动一动，就说明我下到洞底了，你在洞口等着，我要上来时把绳子摆动一下，你就向上拉。"

成有下到洞底以后，发现洞壁上有一个只能钻进一个人的小洞口，他爬过去一看，却见其中另有天地：林木茂盛，山清水秀，飞禽走兽皆有。再往前走去，迎面走来一位姑娘，泪流满面。姑娘忽见来了洞外客人，急问："大哥你为何来到这个地方？"

成有说："我听说国王的公主失踪了，人们到处寻找，才寻找到这里来的。”姑娘说：“我就是国王的公主，叫赛智卓玛，被一个九头妖怪抢到这里与他做夫妻，如同笼中鸟儿，有翅难飞，受尽了折磨。今日不知道这老妖怪又从何处抢来一个公主，便与她作欢，放我出来，要我自去。可我既不能出洞，又无吃住，能上哪里去呢？”成有说：“你不要怕，等我杀了这个妖怪，救出那位公主，我们一齐出洞吧。”姑娘说：“大哥，那妖怪有九个头，力大无比，凶狠残忍，你这样去，它会把你吃掉的，再说，那妖怪的住所有三道十分牢固的大门，整日上锁，一般人无论如何都进不去。”成有说：“我手中有这把宝斧，为救出二位公主纵是被这妖怪吃掉也无怨。”

姑娘见他很诚心又勇敢，就给他详细说明了妖怪及另一位公主的住所。姑娘说：“通往妖怪的住室，要经过三道门，头道是铁门，二道是银门，三道是金门，过了这三道门便是妖怪的住室，正上方有个精致的小门，另一位公主就锁在那里面，每道门上的锁大如斗，重过千斤，每把锁只有一把钥匙，妖怪经常带在腰间，一刻也不离身。他外出时，从外面锁门，回来以后从里面锁门，即便有了钥匙也没法钻进去把锁打开。那妖怪睡觉时，常说两句话，当他说：‘我睡着了，我睡着了！’正是他没睡着的时候，当他说：‘我醒来了，我醒来了！’那妖怪才真的睡着了，他一睡便是三天不醒。待他睡着以后，你劈开三道门快进去杀了妖怪，救出那位公主。只是这妖怪十分残忍，一旦让他发觉，恐怕你和那位公主的性命都难保。”

成有听了姑娘的话，说道：“这些都不在话下，我手中这把砍柴斧是一把宝斧，无坚不劈，无妖不斩，有它，我什么都不怕！”说完又嘱咐姑娘在此耐心等候，自己便大步向妖怪的住处走去。他走到门口，果然听见妖怪不停地说：“我睡着了，我睡着了。”成有在门口等了好久，才又听见妖怪说：“我醒来了，我醒来了。”他以神速轻妙的动作，抡起宝斧，只轻轻三下就像削萝卜一样削开了三道门。只见一张金床上睡着一个九头妖怪，样子丑恶得惊人，成有举起宝斧用闪电般的动作，一口气砍下了妖怪的八个头，最后一斧把第九个脑袋劈为两半。成有抬头朝上看时，果见一道精致的小门，挂着一把金锁，上去一斧劈开小门，见室内有一女子，睡在床上，哭得像个泪人。成有上前说道："姑娘，妖怪已被我杀死，你可是我们国王的公主？"

公主看见同乡人，喜出望外，向成有说了被妖怪抢劫的经过。原来她叫仁青卓玛，正是国王的公主，成有带着公主出来和赛智卓玛相见。二位公主向成有拜谢救命之恩，哭诉了各自的苦情，成有把他们一手一个扶起，劝说道："人世间苦乐无常，切不可过分伤心流泪，以免损伤了身体。我们虽杀了九头妖怪，但此地不是我们凡人久留之地，还是快快出洞为好。"说罢，便领着二位公主朝洞口走来。

三人来到洞底，成有要二位公主先上，二位公主一定要成有先上。于是，仁青卓玛第一个被吊出洞口，成没把公主吊出洞，仔细看时，只见一个仙女般的姑娘，站在他面前，他把绳子往地上一丢，拉着公主就走，他说："你是国王的掌上明珠，几日不见，他们都快要急死了，等你见了父母再回来把他们吊上来也不晚。"

成没强行领着公主，经过几天的行走，来到王宫见了国王，向国王说："我为救公主，历尽千难万苦，砍死了妖怪，才救出了公主。"国王听了十分欢喜，设宴款待成没，并将公主许配给成没为妻，立刻召集文武大臣及宫廷百官，举行婚礼，将成没招为驸马。公主气得直哭，欲要说出真情，又怕招来杀身之祸，只好违心成婚。

再说被丢在洞底的成有和赛智卓玛，久等不见成没放下绳来吊自己，才知道成没坏了良心，二人只好又转身回到洞里，将就着住下来。

二入住下来以后，就到洞内各处去走走，看看能不能找到出洞去的小路。一天，他们来到一个小院子，见一小孩被钉在一个门扇上，面黄肌瘦，哭得有气无力，看上去十分可怜，成有和赛智卓玛上去拔出钉子，一边给他喂吃喂喝，一边找来草药调治，不久小孩的伤全好了，那个小孩十分感激他们二人的救命之恩。

原来这个小男孩是白龙王的小儿子，有一天他独自出来玩耍，被这妖怪抓进洞里，被妖怪用钉子钉在这门板上。如果他答应给妖怪当儿子，妖怪就

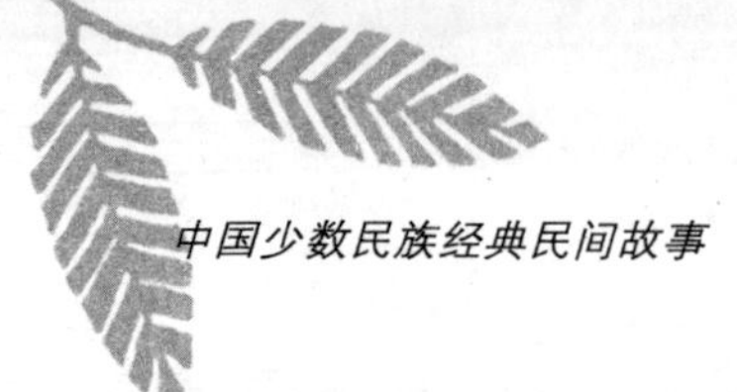

马上放下他来；如不答应，妖怪就吃掉他。他邀他二人到龙宫去玩，他说："要不是你二人杀死妖怪，我早就被他吃掉了，你二人的救命之恩，实在终生难报，现在我的伤已经养好了，身体也恢复了健康，请二位救命恩人到我们龙宫走一趟。见见我的父王龙母，住上几日，我们会尽力款待，表表我们的心意，交个知心朋友，然后我设法送你们回家。"

成有和赛智卓玛觉得老住在洞里出不去，十分寂寞，到他们龙宫去玩玩也好，便欣然答应了他的请求。白龙王的儿子请他们二人爬到自己背上，闭住眼睛，让他们睁眼时再睁开眼。二人爬在小龙王背上，小龙王背着二人顺水飞行。在路上小龙王告诉成有："你在龙宫不可久住，那里有鱼龟海怪，特别是大鲸十分凶恶，弄得不好会伤害你们的。还有些事我实在不便于告诉你，在龙宫附近有个老仆人叫茸毛，她口上蒙着一块黑纱，你去请教她，她一定会告诉你很多办法的。"

他们一边飞行，一边说着，很快就到了白龙王的水晶宫。小龙王把自己的遭遇和得救的经过一一向父王龙母说了一遍。老龙王和龙母听了，对他二人感激不尽。当下设宴款待二位恩人，席间歌舞升平，仙乐不绝于耳，龙王还把二位客人介绍给文武大臣和家人，他们都前来向二位客人行礼致谢。成有和公主在龙宫到各处游玩，有一天他抽空到龙宫外去找那位蒙面的茸毛。到龙宫外面果见有位蒙着口的老妇在闲转，他当下跪在她面前拜了一拜说："老阿妈，我初来此地，不懂这龙宫的规矩，不知该怎样行事，特请你老人家多加指教。"

茸毛说："告诉你吧，这龙宫制度森严，外人一来就受到监视，处处可要小心，现在你用三个石头支起一个锅灶，上面架一口锅，锅里倒满水，再找三只铜管，一只箩儿。"成有很快将她所需要的东西找来，茸毛把一只铜管按在口上，两只按在两个耳朵上，箩儿罩在脸上，说："龙王给你金子银子，你都不能要，因为这些东西你一拿出海就变成黄土和石头，你只向龙王要他的一只小匣子，它对你最有用。"

成有和公主在龙宫住了数日，各自都很想念自己的父母亲人，心中很不安，不想再住下去了，要返回自己的家园。老龙王和小龙王都苦苦挽留他们再住几日，却怎么也留不住，龙王见他二人执意要走，就给他们端来许多金银珠宝，他们都不要，成有单要一个小匣子，龙王很难为情地问："这匣子的秘密外人是不可能知道的，你是怎么知道的？"

成有说："是梦中有位仙人告诉我的。"龙王不相信，就请宫中卦师算了一封，卦师算的结果是海里一个长嘴、金耳朵、箩儿脸的东西告诉他的。

龙王听了觉得十分奇怪，它说："世上会有这样的人？这是不可能的。"就对成有说："这只小匣子是我小女儿，本是不能送人的，可你是我小儿子的救命恩人，也是一个很善良的人，既然你一定要，今天就把她许配给你，让她做你的妻子，以报你救儿之恩。"

龙王及倾宫人为他二人送行，一直送到海边才告别。老龙王派龙宫最有本事的武将，腾云驾雾把他二人送到家乡。

龙宫三天，人间三年，成有领着公主来到自己的家园，只见院子里外到处杂草丛生，母亲去世，田园荒芜，一派凄凉景象。进屋打开母亲的箱子，在一卷旧衣服里找到了那只绣花鞋，把它带在身上，送公主回家。

一天，他们来到一座王宫，公主说："这就是我的家。"要成有和她一道进宫殿参见父王，并求父王招成有当驸马，与他百年相爱。

成有却执意不去，连看都不多看一眼，他说："我的心意已经尽到，请你快回去拜见父母吧。"公主说："即使不愿久住，也到府上休息几日，让我们全家谢谢救命之恩也可，如连门也不登，却叫我怎么过意得去！"

二人说话间，从城中走出几个人来，公主立即叫他们来拉成有进城，成有却拔腿就跑，即使宫人骑马也追他不及。公主见此情景放声哭了一场，才被宫人扶进宫去，她把遇难经过向父母诉说了一遍。父母听说救女儿性命的恩人连门也不登就走了，心里实在过意不去，马上派出一队骑兵前去追赶，可连一个人影儿也没见到。

成有告别赛智卓玛，一心去寻找自己喜爱的那位公主，走得又饿又累，坐下来叹气地说："唉，当初龙王给我金银都不要，给我白龙马我也不要，

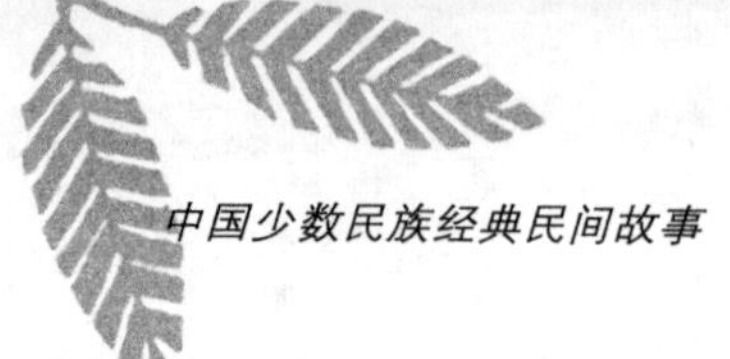

却一定要这个木匣子。现在我需要一座龙宫般的房子住在里面休息，需要吃的喝的……”说着就躺在地上睡着了。

成有在睡梦中梦见自己住在一座富丽堂皇的宫殿里，惊醒来一看，自己果然住在一个水晶宫般的宫殿里，一位十分俊秀的姑娘给他端上茶饭来和他一起吃喝。但是他总是一心想着那位公主，连话也不多说几句。只劝说龙女回龙宫去，自己一心去找那位公主。龙女说：“在你没有找到那位公主之前，我得保护你，不然哥哥会责怪我的。”就这样，他们一连走了好几日，一天，他们来到一座城堡。他请求主人允许他在这城里住一宿。

晚上白龙王的女儿从匣子里走出来，给成有做了许多好吃的，二人边吃喝边说笑着，看上去非常亲热和睦，是天配的一对好夫妻。

这件事被一个大臣给看见了，他立即跑去给国王说：“这个姑娘美得天上人间再找不到第二个，她的美丽无论多么好的语言也没法说明白。”国王说：“世上哪有这样美的人呢！”大臣说：“国王，我所说的绝非戏言，你若不信，我领你去亲眼看看，便知是真是假了。”国王就跟大臣一起去看，果然看见一个天仙般美丽的姑娘和一个小伙子坐在一起饮茶说话。

国王立即指挥手下人马杀死了成有，待他们去抢姑娘时，却不见了，只见地上有个匣子，拿起来看时，匣子里却尽是些锯末。

原来龙女见出了事，立即脱身飞到龙王和哥哥那里，向他们报告成有被害的事。小龙王立即驾云赶来，现出原形，在王宫上空翻腾不已，严厉责令国王立即交出匣子和成有的尸体，不然就发起一场大水，淹没王宫和全城百姓，国王和大臣们吓得直发抖，乖乖地交出了匣子和成有的尸体。

小白龙用极快的速度把成有的尸体背回龙宫，用最好的灵丹妙药百般调治，才使成有重新复活。成有非常感激小龙王对自己的搭救。

待他伤好以后，临别时，小白龙说：“现在我帮助你寻找你心爱的人儿。你心爱的那位公主的父王已重病在身，日重一日，奄奄一息，请了好多名医都没有治好他的病。你去给他治好病，就会有大喜降临。”

成有骑上小白龙王的白龙马，按小龙王教的办法，不紧不慢地朝前走去。有一天碰到国王的大臣，骑着一匹白马去找医生，成有问道：“你们国王的病治得怎么样了？”那位大臣说：“若是今天治不好，明天就无法搭救了！莫非你是医生？”成有说：“我虽不是名医，却也懂得些治病的药方。”大臣当下请他去给国王治病。

成有到了王宫，国王并不和他马上见面，想试试他的医术，就把一根线拴在木头上，另一头拉出来让他试脉。他说这线并没有拴在国王的手上。国王一听，知道他医术高明，就请他到内室看病。只见国王病得骨瘦如柴，呼吸弱得像条小虫子。成有诊了脉以后，拿出一包药，让他用鲜牛奶服，国王服了成有的药，第二天就神智清楚，能坐起来，第三天中午成有又给国王一包药服上，到了第四天，国王就完全恢复了健康。国王对成有感激不尽，大臣们见国王病愈，也无不欢喜。当下国王召集满朝文武大臣，举行最隆重的宴会款待成有，文武大臣们一个个拿着金银财宝前来给国王祝贺脱病之喜，给成有赠送礼物。

第一个前来贺喜的正是驸马成没，成没走进来抬头一看，大吃一惊，他万万没有想到，这成有不但没有死在洞里，反而成了名医。成没当下吓得无地自容，低头就跑，因为跑得太急，在楼梯上摔了一跤，给摔死了。

第二个进来贺喜的正是公主仁青卓玛。他走进来一看是成有，竟高兴得昏倒在地上，断了气。成有赶紧上去扶她起来，将余下的一包药给公主服上，才使她再次得救。她苏醒过来以后，当着文武大臣和父王的面，诉说了以前被害和得救的经过，使父王和大臣们这才明白，原来救了公主的真恩人是这位治好国王重病的名医成有。

但国王有些怀疑，问道：“既然你是我女儿的救命恩人，可有证据吗？”成有便不慌不忙地拿出那只绣鞋给国王看，公主和国王接过那只绣鞋细看，正是几年前被妖怪抢在半路丢掉的那只绣鞋。当下公主见物思情，泪如雨下，跪在成有面前哭泣不已，半天说不出一句话来，国王这才确信无疑。

次日，国王召集文武大臣宣布，从今日起，将所有家产和国王的权力，

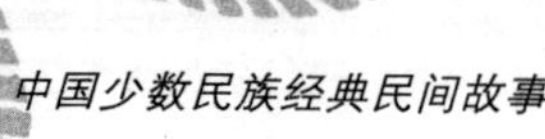

都交给成有，将成有招为驸马，将女儿仁青卓玛改嫁给成有为妻，并宣布，将成没立即斩首！大臣们说："成没昨天就摔死了。"国王说。"既然死了，就将他的尸体丢到河里去，让这个没良心的东西，死无葬身之地。"

从此，成有和公主结下良缘，恩爱无比。夫妻双双共理国家大事，为百姓排忧解难，受到百姓的真心拥护，世代传为佳话。

两个朋友

从前，在一个湖边住着两个朋友，一个叫旺青[①]，另一个叫罗珠[②]。

他俩初交朋友时，曾许下诺言："人间生死难以预料，活在人间互相帮助，相互信任，永远讲义气。"于是，用刀刺破自己的大拇指，互相吸食对方手指的血，结了生死之交的朋友。旺青是个贪婪无度、行为放纵、喜欢赌博的人，当地人们叫他"贪婪的人"。可是，罗珠恰恰相反，他是个正派和气、尊敬长辈、讲究义气、生活俭朴的人。因此，本地人们叫他"纯朴的人"。罗珠不但会干农活、木工活、石匠活、裁缝、捻毛线等，他还会做各种纸花，走户串门推销五颜六色的纸花，收入不断增加，家里经济条件一天天好转。他靠自己的双手过上了幸福的生活。但是，他常为朋友旺青毫无意义的贫困生活而担忧，他想说服朋友，希望他也过有意义的生活。

有一天，罗珠把旺青请到自己的家里，对他说："旺青朋友，今天我请你来吃一顿饭，想给你说几句心里话，不知你愿意不愿意听？"旺青回答说："不听朋友的话，那听谁的话。"这天，罗珠摆上各种饭菜，敬上

①旺青：无法无天，自以为是之意。

②罗珠：即智慧。

美酒希望旺青高兴。但是旺青却低着头装出一副很不高兴的样子。罗珠看到他的表情，直截了当地问他："旺青啦，刚才好好的，怎么突然不高兴呢？"旺青很失望的样子回答说："说实话，在我的耳朵里没有听到过一句好话，连知心朋友也……"说着伤心地哭起来。罗珠想，看他的口气，难道我招待得不够好或是他对我有看法？罗珠赶紧说："朋友，你何必要哭呢？我还可以再添几样菜，拿几壶好酒来让你高兴。"说完罗珠又做了几样菜，拿出了几壶好酒。可旺青还是低着头不说话，这时罗珠有点不高兴了，就大声说："你不要低着头露出这副表情，把头抬起来给我说说你心里的话。"旺青这才抬起头说："罗珠，你经常在街上卖纸花，靠微薄的收入过日子，这多丢脸面。不少人对我说：'旺青，你看你的知心朋友过着多么贫穷的生活，这多不好。'每当听到这些不满的话，我的心如刀割一般难过，你就看在老朋友的面上干一点别的活路，不要这样丢人现眼。"罗珠本想说服旺青的念头，犹如水泡一样消失了。罗珠想了半天才认为根本不是这种情况，但他看在老朋友的面子上，说："旺青朋友，对不起，过去我丢了你的脸，今后绝不干这种事，你叫我干什么我就干什么。今天别谈这些不愉快的事，咱俩好好吃一顿。"说着，他给旺青递了一个勺子，面对面坐着就吃了起来。这时旺青说："你确实是一个听话的好朋友。因此，我可以像过去一样给你讲知心话，你是否想听听？"罗珠说："当然想听。"旺青很狡猾地站起身来看看门外面，似乎生怕有人偷听他们的谈话，又走到罗珠跟前把嘴贴近罗珠的耳边，说："在咱本地的湖里有一朵罕见的牡丹花，谁要是能得到它，就能避免各种灾难，也能获得用不完的财产。我本想尽快弄到那朵仙花，可是你今天叫我吃饭，就耽误了一天，如果我们俩一起去取那朵神仙花，将来不用愁吃愁穿，一辈子可以过上好日子。你也不用做那无意义的纸花，这样咱俩既有名气又有财产，你说这不是更好吗？"罗珠非常相信旺青的话，就说："那当然是好事，咱俩马上就走吧。"旺青说："这个事情只有我俩知道，一定要保守秘密，今晚你不要去任何人的家里，要早一点睡觉，明晨鸡鸣时分，我来叫你，现在我也该回去休息了。”说完他就回家去了。

晚上，罗珠在想，如果旺青说的是真事那该多好，叫他高兴得整夜没有入睡。旺青也在想，明天把罗珠推进湖里淹死，这样我会得到他的全部家产，想来想去整夜没有睡着。天快亮时，旺青听见公鸡“喔，喔”地啼鸣。他赶紧穿上衣服带上绳子直往罗珠家走去。他来到罗珠家门口轻轻地叫道：“罗珠、罗珠。”于是，他俩各怀不同的心思走过弯弯曲曲的小道，天蒙蒙亮的时候就到了湖边。他俩生怕别人发现，静悄悄地待在湖边，太阳出来了，旺青焦急地指着湖中，说：“你看，湖中的那朵牡丹花多奇丽啊。”罗珠往他指的方向望去，湖中确实有一朵与众不同的牡丹花。他想，我的朋友真有本事，不由地大声叫道：“那真是一朵罕见的神仙花。”旺青说：“你别这么嚷嚷，别人会听到的。”同时他解开自己的腰带，说：“我去取花，你要抓紧绳子的另一端。”罗珠说：“这怎么行呢？你的年龄比我大，又有本事，你就抓住绳子给我指点，我去把花取来。”他脱下衣服，把绳子的一端捆在腰上，让旺青抓紧绳子的另一端，就跳进湖中往牡丹花的方向走去。罗珠刚摸到牡丹花，旺青大声地叫着：“糟了，绳子不够长”就放掉了绳子。心想这下罗珠必死无疑，于是放心地往家大步走去。可是，罗珠是个游泳能手，当他游到湖边，发现旺青正往家走。他想了半天才明白旺青是在欺骗自己。心想，现在回家，旺青肯定会不怀好意，陷害自己，还不如先到他乡找个活路。

正在这时，一只小兔子来到湖边喝水，它喝完水朝罗珠看了一眼，又蹦蹦跳跳地走了。罗珠看到兔子的样子，自言自语地说：“兔子聪明无比，它看我一眼也许是在邀请我。”于是，他跟在兔子后面走去，连看都没有看一眼旺青。罗珠整整走了一天，觉得又饿又累全身乏力。这时，他发现前面有一座楼房，他到楼房前去要饭，走到大门口喊：“先生，给我一点糌粑吧！”他连喊了几次，别说没有人应声，就连一只狗的叫声也没有。这么大的房子没有人居住，罗珠觉得很奇怪，想看个究竟，就走了进去。楼里除了各种野兽的足迹，根本不像有人住过的样子。他走进一间大房子，里面放有一整只羊子，他把羊腿作为晚饭吃了一半。这时，太阳快要落山了，罗珠看到很多野兽从远处朝着楼房走来，他吓得赶紧躲进刚才的大房子里，坐在不易被野兽发现的墙角。他想到自己的处境心里十分难过。心想，早上知心朋友欺骗了自己，差一点淹死在湖里，幸亏自己会游泳勉强保住了性命，谁知晚上又遇见这么多野兽，今晚他肯定会被野兽吃掉。这时大小野兽都一个个走进院里，一只老虎扫视一遍众多野兽后问道："我们的大小野兽都到齐了吗？"其中一只狗熊回答说："都到齐了。"老虎又问："狗熊老兄，今天你在山上听到什么好消息？"狗熊回答说："今天没有听到别的消息，只听说饥饿国的国王有一位美丽的公主，可惜她是个哑女，据说在我们对面的'仁青'①大山上，有一块与众不同的能使人陶醉的方宝石，如果哪个直立行走的黑头人得到了这块宝石，就能让哑女说话。"老虎听完狗熊的话，又扫视了一下众野兽，对狼问道："狼老弟，今天你在山下听到了什么消息？"狼笑眯眯地说："今天我在山下听到了一句对黑头人有用的话，据说山谷里有一眼泉水，泉水中有一条半尺长的金鱼，如果哪个黑头人得到那条金鱼，并把它埋在'桑昂'②山下，就能使饥饿国的地方生长五谷杂粮，还会长出各种果树，牛羊会长得膘肥体壮，那里的人们再也不用过饥饿的日子。"这时老虎往窗外看了一看，说："现在已经太晚了，就谈到这儿，大家安静地睡下来，不许嚷嚷。"它们的谈话都被罗珠记在心里。他想，如果确实有这些宝物的话，我一定要弄到它们，让饥饿国的百姓过上幸福的生活。想到这里，他忘记了刚才的恐惧，高兴得一夜没有入睡。

第二天，天蒙蒙亮的时候，野兽都各自出去找食物。罗珠这才松了一口气，走出墙角又拿出羊腿吃了半截，直奔仁青山上去找那块宝石去了。他走到仁青山上，确实找到了一块闪闪发光的宝石。他把宝石揣在怀里又往山谷里去寻找泉水。天快要黑下来时，他就来到泉水边并顺利地抓到了那条金鱼。

---

①仁青：意为珍宝。
②桑昂：意为密乘。

于是，他带上两个宝贝不分昼夜地前往饥饿国。连续走了四天四夜，终于来到饥饿国的王宫附近。他正在休息时，有位美丽的姑娘向他走来，只是姑娘的举止有点傻气。他想，这肯定是饥饿国的“哑巴公主”。罗珠大胆地抓住她的手，取出怀里的方宝石，使劲地在她的嘴上磨了一下。公主十分生气地骂了他，吐词很清楚。骂完，她向王宫飞也似的跑去。公主走到国王跟前说：“恩重如山的父王。”国王第一次听到女儿说话，有点儿不相信自己的耳朵，十分惊讶。公主再次说出“恩重如山的父王”时，国王才高兴地摸了摸公主的头，又抓住她的手问：“今天，你怎么突然会说话了？”公主回答：“今天我在王宫附近玩耍时，遇到了一位年轻的小伙子，他抓住了我的手，把一块硬东西在我嘴上乱磨，当时我很生气地骂了他，我骂出了声音，而且口齿很清楚。所以，我跑来向您报喜。您曾经说过谁能治好我的哑巴，就给他半个王庄。我希望您遵守诺言，言而有信。”父王问她：“你认识那小伙子吗？他现在在哪里？”公主回答说：“我不认识他，但他现在可能还在刚才那个地方。”国王说：“那位小伙子肯定不是一般人物，我们绝不能小看他。为了治好你的病，我们曾经花了很多人力物力，请来了算命人和占卜者，还请过僧人念经驱鬼，想尽了一切办法，但都没能让你开口说话。今天他在瞬间治好了你的哑症，你带几个仆人去把那个小伙子给我找来，我要重重地奖赏他。”

公主遵照父王的吩咐，带上几个仆人来到刚才那个地方，看见小伙子在那里睡大觉。公主完全忘记害羞，抓住他的手喊：“少爷，少爷。”罗珠突然醒来，对站在自己面前的公主磕了三个头，坦白地对她说：“我不是少爷，我是一个穷苦人。”公主对他说明了自己的来历，并请他到王宫去。国王一看到他，很高兴地把他请到王宫的大厅里，专门给他举行了盛大的宴会。国王亲自为他献上美酒，并关切地问他：“你叫什么名字？家住哪里？家里有几口人？”罗珠本来就是一个对人恭敬的老实人。因此，他马上站起身，向国王磕了三次头，跪在地上回答：“我叫罗珠，家住湖边的村子里，现在我只是单身一人。”国王说：“你不要对我这么客

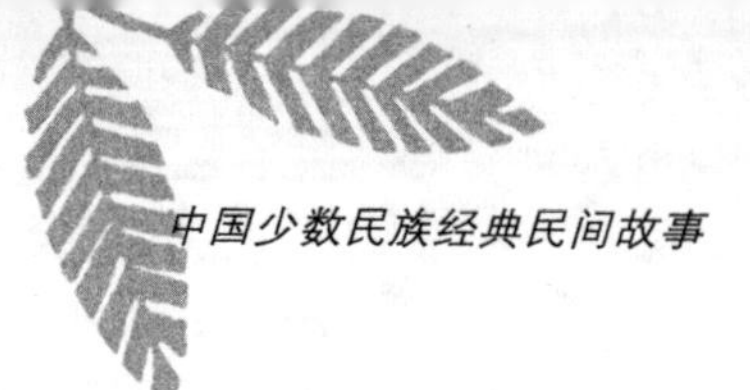

气，你是我女儿的恩人，我要报答你的恩情，你先在这里好好休息一段时间。”罗珠说：“非常感谢国王的关照。”国王接着说：“我曾经许过诺言，谁要是能使美丽的公主开口说话，就送给他半个王庄。这次你治好了我女儿的病，我确实不知怎样感谢你，你一定要接受我的半个王庄，就算是我们父女俩的心意。”罗珠又磕着头说：“我是一个没有本事的人，不敢接受国王的王庄，还不如把我留在王宫里，当国王的随身仆人好了！”国王说：“不行，不行，这样我就失信于民，将来老百姓不会相信我。”国王执意要给，罗珠不得不接受半个王庄。他在王宫休息期间，国王向他介绍了各个王庄的分布、地形及百姓的疾苦。但是罗珠再三请求国王：“我从心底里感谢国王对我的关照，将来我一定报答你的恩情。但我确实不能接受那么多的庄园，只请求国王把‘桑昂’的附属小庄园给我就行了。”国王很吃惊地说：“那怎么行呢？那个附属庄园不仅没有收成，连吃水也很困难。”罗珠说：“这没有关系，我自有办法。”国王只好把“桑昂”附属庄园分给他，并派人把他送到“桑昂”庄园。之后，国王很不放心地回到了自己的寝宫。

罗珠到达“桑昂”附属庄园的当天晚上，在“桑昂”山脚下的一个险要地方，埋下了半尺长的金鱼。一年后，“桑昂”山周围冒出了很多泉水，长出了各种果树，树林中聚集了各种飞禽走兽，能听到各种飞禽的鸣叫声，丰收的麦浪在田野上翻滚，辽阔的草原上牛羊肥壮，处处呈现奇迹，罗珠的威望一天天地在提高。当国王听到这些消息时，他想，我虽然没有一个能继承王位的儿子，但由于命运的安排，菩萨赐给了这么一位既有知识又有能力，并且能治理好国家的能人。国王把这些话一一告诉了公主，并让她经常到罗珠那儿去。公主曾经在暗地里给罗珠写过不少情书，希望他成为自己终身伴侣。罗珠也高兴地接受了她的情意，但他俩怕父王知道而一直没有敢公开。如今得到了父王的同意，他俩立即举行了隆重的结婚典礼，举国上下一片欢庆。

有一天，国王召集了所有的大臣和附近的百姓，宣布：“我已年迈体弱，唯恐失误国家大事，从今天起我把本国的一切权力都交给罗珠，由他来当国王，这样我也可以放心地安度晚年。”罗珠说：“国王信任我，让我当国王，我由衷地感谢国王的好意，但本人确实没有治理国家的能力，我到此地来完全是命运的安排。”在座的所有人都异口同声地说：“自从罗珠来到咱们庄园以后，我们饥饿国完全改变了模样，干枯的‘桑昂’山变成了景色迷人的花果山，王庄变成了欢乐的花园。我们百姓就像园中鸟类，过上了甜蜜的生活。你的本事比梵天神还要大。”罗珠说：“既然你们如此信任我，那么我也没有更多的理由来拒绝国王的命令和百姓的愿望，我一定尽自己最大的力量来治理好这个国家。”

光阴似箭，罗珠生活在这里已过三年。有一天，一位大臣走到罗珠跟前禀服：“国王陛下，王宫门口来了一个像乞丐的人，嘴里喊着您的名字，说是要见您，此人很不讲理。”罗珠听到大臣的话，他想，我又没有熟人，会有谁来找我？便带上几个臣仆走到大门口。出乎意料的是，站在门口的这个人居然是曾经欺骗过自己的朋友旺青。他惊讶地问他：“旺青，你怎么知道我在这儿？”旺青回答说：“忘恩负义的罗珠小朋友，你当了国王，却忘记了自己的亲密朋友。关于你当上国王的事到处传开，我听到这件消息，特地前来看看是否属实。”罗珠国王的臣仆们听到旺青的话，议论：“这人好大口气，把我们的国王说成是忘恩负义的小朋友，他对我们的国王有什么恩德？”这时，罗珠国王对自己身边的臣仆们说：“你们不要见外，他确实是我的知心朋友，名字叫旺青。”臣仆们很不满意地说：“的确是一个名副其实的旺青。”过去的事情罗珠根本没有放在心上，他仍然以朋友的情分，热情接待了旺青。可旺青无理地说出了不少不满的话。罗珠国王根本没有计较这些小事，还希望他住在王宫里。就这样旺青在罗珠国王的王宫里住了半年多，在这期间旺青不管在王宫里，还是在百姓中，目无他人，无法无天，骚扰百姓。老百姓对他的行为感到很不满，总希望让他早一点离开这里。

有一天，旺青问罗珠：“是谁把你带到这里？今天的幸福生活是怎么得来的？”罗珠回答说：“是野兽们的恩情，是它们让我过上了这么美满的生活。”罗珠国王把自己从湖中逃命后，如何出现小兔子，如何来到野兽院，又怎么当上了国王，为百姓做好事的经历都一一讲给他听。旺青的心里早已生起了嫉妒的火焰，自己也想当一个比罗珠更有权有势的国王。他对罗珠说：“朋友，你能不能把我送到野兽院？”罗珠劝他说：“你不能去野兽院，那里非常危险。你完全可以住在我这里，靠自己的双手和一颗真诚的心，与我共同来创造幸福生活，这才算是真正的幸福。”旺青有点生气地说：“我是看在老朋友的面子上，才提出了这个要求，如果你不想帮忙，我马上离开这里。”罗珠说：“我也是看在老朋友的面子，才叫你留在王宫……”话还未说完，旺青又说：“看样子，你是怕我得到比你的庄园大几倍的庄园而不肯帮忙。”罗珠说：“如果你是这么想的话，明天我就把你送到野兽院。”由于旺青的贪心和固执己见，罗珠不得不把他送到野兽院附近。

第二天，旺青走进野兽院，发现里面确实有一块羊肉，他就取下那块羊腿吃掉，再走出院外看天色，发现从四面八方向楼房走来各种大小野兽，他急忙走进屋内躲在梁柱中间。当野兽都走进大厅时，老虎扫视了一下四周，问道：“狼老弟，今天你在山脚下听到了什么消息？”狼很恐惧地低着头说：“我不敢讲。”旺青猜想，看狼不敢讲的样子，肯定会有更大的宝贝，他高兴得合不拢嘴。这时老虎说：“你不用害怕，当着大家的面说出来。”狼说：“我们的院子里可能有黑头人。”老虎问：“怎么能看得出来？”狼回答说：“几年前我说的那条半尺长的金鱼现在已不见了。”这时狗熊也跟着说：“确实这样，我说的那块方宝石也不见了，肯定是黑头人拿走的。”旺青的美梦变成了泡影，绝望地自语：“当初我该听罗珠的话，住在他的庄园里，就不会闯这么大的祸。”绝望的眼泪像断了线的珠子往下淌。老虎说：“这不可能，如果我们中间有黑头人，只要我甩上三次尾巴，不管他躲在何处，都会来到我们中间。”众多野兽异口同声地说：“那你就甩尾巴呀！”老虎第一次甩尾巴时，旺青已魂不附体，第二次甩尾巴时，他从梁中间掉下来落在野兽们中间。本来可以过上美好生活的旺青，最终成了野兽的美餐。

猎人和国王

从前，有一个贤明的国王，很关心自己的百姓。比如收捐税，向有钱人收的多，向穷苦人收的少，实在交不起的也就免了。遇上灾荒年，他还从国仓里拿出粮食赈济百姓。他还制订了严厉的法律，不准大小官员贪赃枉法、欺压百姓。所以百姓都很爱戴他。

国王有一个大臣，名叫官却拉丹，他在国王面前，表面上老装出一副公正无私、谨慎忠实的样子。因此得到国王的信任，任命他掌管国家大事。但他背着国王，却是贪赃枉法，无恶不作，弄得满朝官员、全国百姓都十分痛恨他。有些胆大的百姓，还常常写状子，向国王控告他。因为这些状子都要经过他的手，所以都被他扣下了，告状的人也一个个被他借故关进监牢。百姓们申冤无门，便编了一支歌子到处传唱：

天上的太阳虽明，
却被乌云遮住了；
地下的珠宝虽亮，
却被黄土埋住了。

歌子传到国王耳朵里，他命令自己最信任的大臣官却拉丹去调查，看民间有什么冤屈。官却拉丹知道事情就出在自己身上，也知道国王的秉性：任何事情只要引起国王的注意，非弄个水落石出不可。于是，他一面推说自己正在调查，一面积极策划害死国王的阴谋。

除夕的夜晚，国王为了看看自己百姓的生活，便换了一身平常人所穿的衣服，戴了一顶红宝石顶子的皮帽，悄悄从后门走上大街。在街上，他看到人们都是愁眉苦脸，一个个好像有什么心事似的。他问了几个人，大家说话却都吞吞吐吐的。结果，走遍全城，什么也没问出来。当他穿过一条小巷准备回宫的时候，迎面来了一个人，那人一见到国王扭身就走，国王叫住他："朋友！为什么怕见人呀！"

"你又不是官却拉丹，怕你干什么。"那人返回来，高大的身子站在国王面前。

"难道你怕官却拉丹吗？亲爱的朋友。"国王奇怪地问。

"是有些怕他，最主要的还是恨他！"

"为什么恨他呢，朋友！他不是国王最好的大臣吗？"

"哼！这只奸诈的老狐狸，在国王面前像驯服的绵羊，背着国王却是一只凶恶的豺狼。"那人的话语里包含了愤怒和仇意。

这真出乎国王的意料：这样一个一向被自己信任的大臣，为什么百姓却这样恨他？这时，国王又想起百姓传唱的那支歌子来，他心想："难道问题是在官却拉丹身上吗？"为了证实自己的想法是否正确，国王亲切和善地问："亲爱的朋友，请你告诉我，难道你也受了这只老狐狸的害吗！"

那人说："好吧，听我告诉你，不相识的朋友！我是个猎人，前几天打了一只名贵的银狐，但被官却拉丹知道以后，他硬说是我偷他的，派人抢走了我的银狐，连打猎用的刀箭也被没收了，害得我没法活下去。眼看明天要过年，我家却连一小块酥油、一小撮糌粑都没有。现在我是要到他家去取回我的银狐和刀箭。"

国王听了气得直发抖，但又怀疑那人的话是不是真的。国王想着想着，便打定主意，要弄个清楚。于是假说自己也受过官却拉丹的害，愿意帮助他。他们到了官却拉丹的官府，那人将自己的皮袄交给国王，迅速而巧妙地爬上墙外的大树，跳进里面去了。

国王想："如果他把刀箭和银狐拿出来，就证明他说的话是真的，我明天上朝一定要惩办害苦百姓的官却拉丹；如果他拿出来的是别的财物，那他一定是个骗子、盗贼，我不能放他逃走。"便从靴筒里抽出短刀，蹲在墙根下等候那人。

过了一会儿，那人跳出墙来，什么也没拿，只是急切地低声嚷嚷："完了！完了！一切都完了！"

国王忙问他："你的银狐和刀箭呢？"

"还要那些干什么呀！眼看一切都要完了。"那人几乎要哭了。

"出了什么祸事吗？我亲爱的朋友。"

"是呀！天大的祸事将要在我们国家里发生，明天我们会失掉贤明的国王呀，我的朋友！"

"为什么？"

"那万恶的老狐狸官却拉丹，明天给国王拜年的时候，要用毒药酒害死国王。"

"真的会有这种事吗？"国王惊疑地问。

"这是千真万确的事，我的朋友。我在他的窗外听到他和他老婆这样商量。我从窗缝里亲眼看见他把毒药倒进一个黑色金盖的酒瓶里了。"

国王待了半晌，故意试探那人："你这傻瓜，你没有找见银狐和刀箭，就该拿出些金银财宝，过自己的好日子，国王的死活和我们百姓有什么关系。"

国王的话还没说完，"啪！"一记响亮的耳光落在他的脸上。

"不明善恶的家伙，你还长着人心没有！"那人夺过他的皮袄，转身就走，国王连忙拉住了他。

"亲爱的朋友，你打得对，你爱贤明的国王，我也爱他，方才我是在试探你。来，咱们结个生死弟兄吧。请放心，我会搭救咱们的国王。为了以后见面便于认识，我们交换一下自己所戴的帽子。”于是他俩行了结拜礼，换了帽子，分手走了。

第二天，群臣来向国王磕头拜年。官却拉丹果然举着一只黑色金盖的酒瓶，高呼：“愿国王万寿无疆！”向国王献酒，并恳求国王饮尽这瓶“长寿酒”。国王接过酒瓶，温和地说道：“最忠诚最亲爱的大臣官却拉丹呀！我谢谢你对我的祝贺，为了感激你爱百姓爱国王的厚意，将这瓶‘长寿酒’回敬给你吧，并祝你‘长寿’，请你一饮而尽。”说着把酒瓶送了过去。

给国王拜年的官员们都在想：“糊涂的国王啊！这只狡猾而贪婪的狐狸，背着你做了多少坏事，你还把他当作自己最忠实的臣子，还赐他美酒，祝贺他长寿呢！”可是，官却拉丹，当他接过酒瓶时，脸色变得像一张白纸，颤抖着身体缩成一团，跪在国王脚下。

“喝了吧！我最忠实的大臣官却拉丹，我再一次祝你‘长寿’！”国王在催他喝酒。

官却拉丹伸出颤抖的双手，捧起自己亲手调制的药酒。当他饮完最后一口，便倒在地上死了。

国王止住拥上前来的满朝官员，当着大家宣布了这位黑心大臣的罪恶阴谋，并立刻命命武士去找那个戴着缀有红宝石帽子的猎人。

武士一出宫门，就被面带愁容的百姓围住，一个站在众人最前边的大汉急切地问道：“官人们，国王好吗？”武士和蔼地答道：“国王好着呢，他在接受着官员们的朝拜。”武士一边回答着人们的询问，一面打量着这个站在众人前边的大汉，因为他戴着一顶缀着红宝石的帽子。

“你叫什么名字？”武士恭敬地问道。

“我是猎人尕玛丹增。”

“你昨晚到官却拉丹大臣家去过吗？”

尕玛丹增吓了一跳，但立刻说道：“去过他家，但是……”

没等他说完，武士就说：“好！国王正在找你。”于是，尕玛丹增被请到殿上，跪在国王面前。尕玛丹增心里暗想：“这一下完了，一定是昨晚和我结拜的那个家伙出卖了我，可是只要国王还活着就好了……”

这时国王已离开了宝座，站在猎人的跟前：“亲爱的朋友，抬起头来吧。”

尕玛丹增的头埋得更低了，不安地说：“贤明的国王啊！昨晚我到官却拉丹家是取回我的银狐和刀箭，不是……”

国王笑着说：“昨夜的事我是清楚的，你看我是谁？”

尕玛丹增听着声音很熟，抬头一看，很像昨晚遇到的那个人，但他是国王啊。忙又低下头去，不敢问明到底是怎样一回事。

“亲爱的朋友，不认识我了吗？这顶帽子你该认识吧？”国王将昨晚换来的那顶帽子递给尕玛丹增。尕玛丹增一见帽子，完全明白是怎样一回事了。连忙磕头说：“请国王恕罪，昨晚我实在不知道是您，打了您一巴掌。”

国王笑着扶起他，向官员们说：“万恶的官却拉丹，不是百姓需要的官员，他不爱百姓，不爱国王，应该受到严厉的惩罚。尕玛丹增有一颗忠诚的心，就让他代替那死去的黑心大臣的职务吧。我相信，他会做出让百姓们喜欢的事来。”

从此，尕玛丹增当了大臣，因为他有忠诚的心，了解百姓的疾苦，爱百姓、爱国家、爱那善良而贤明的国王，办了许多好事情，所以受到了国王的信任和百姓的热爱，国家也更加富强了。

神木碗

从前有个名叫罗尔登的头人，他有数不清的牛、羊，大片大片的草山。在成群的娃子当中，有位仁青阿妈，她的丈夫在三年前害病死了，她独自拉扯着两个女儿，没日没夜地为头人搓羊毛线，擀毡子。

一天早晨，官寨门口来了个乞丐，衣衫吊巾挂片的，十分邋遢。他手头捧着个有缺口的木碗，有气无力地在官寨门前要吃的，看样子好像三天没吃过饭一样。

“好心的人，给一点糌粑吧！”乞丐乞求着。

罗尔登的管家听到后气冲冲地开门出来，破口大骂：

“老不死的穷叫花子，你没长眼睛吗？又没婚丧喜事，你在这儿闹什么？老爷说了，叫你滚远点！”

乞丐不断求情，结果被不讲理的管家毒打了一顿。正巧仁青阿妈端着一天的口粮——半升糌粑，从娃子伙房里走出来，看到乞丐可怜的样子，赶忙向管家跪下：

“请大管家发个善心，看他饿得快死了，不赏茶饭就算了，请手下留情。”

管家愤愤地收回鞭子，瞪了仁青阿妈两眼，走进官寨去了。仁青阿妈急忙把升子里的糌粑倒了一半在讨口子的木碗里，又给他提来马茶。老人也不客气，冲起马茶几口就将糌粑吃完了。吃完后，又可怜巴巴地看着仁青阿妈说：

“好心人，再给点吧！”

仁青阿妈为难了，这剩下的一半糌粑，是给两个女儿留的呀。但她转念一想，我们母女三人饿两顿也没啥，这个老人也不是天天找我们要。于是，把升子里剩下的全部给了老人。

老人吃完糌粑，有了精神，也不道声谢，把那个要饭的木碗递给仁青阿妈，转身头也不回地走了。

仁青阿妈回到屋里，两个女儿见妈妈回来，闹着要吃糌粑。仁青阿妈心里十分难过，只好把木碗递给他们，哄他们说：

“先去玩吧，阿妈等会儿就给你们拿糌粑！”两个孩子一看木碗空空的，便呜呜地哭了，一个女儿急得在木碗里乱抓。说也奇怪，她手头居然抓出了一把油浸浸、香喷喷的糌粑来。仁青阿妈和两个孩子都惊喜得睁大了眼睛，发现碗里装满了糌粑。仁青阿妈捏了一坨，吃在嘴里，只觉香如龙肝，甜如蜜糖，正可惜只有一碗时，发现碗里立刻又是满满的了。于是母女三人饱饱地吃了一顿。

从此，仁青阿妈家里不再为糌粑发愁了，她还把糌粑分给娃子们吃。娃子们吃了神木碗里的糌粑，黄皮寡瘦的脸变得红扑扑的，身板子也壮实了，气力也大了。大家十分感谢仁青阿妈，为神木碗编了一支歌：

呵啧！呵啧！神木碗，
糌粑捏不完！
香了五脏六腑，
长了身子腰板！
佛爷开恩，老天睁眼，
不怕头人心肠狠，我们有个神木碗！呵啧！呵啧碛！

这支歌传到罗尔登的耳朵里，这头人本来就是个贪得无厌的家伙，想到娃子们有了神木碗，心头越想越不自在。他眼珠一转，心中有了鬼点子。于是带着管家，来到仁青阿妈的牛粪房门口。

“喂！仁青老婆子，听说你有个神木碗，拿出来叫老爷看看。”管家气势汹汹地吼道。

仁青阿妈吃了一惊，走出来对罗尔登说：

“老爷，你不要听人家乱说！”

罗尔登装出一副笑脸说：

“听说你有个神木碗，老爷我想看一看。”

仁青阿妈听他说只看一看，于是小心翼翼地捧出神木碗来。

“老爷，你看吧！”

罗尔登一把抢过来，嘿嘿笑了几声说：“穷娃子，你也配用神木碗吗？”

说完，拿了神木碗带着管家，扬长而去。

罗尔登回到官寨，用金碗套装起神木碗，恭恭敬敬地将木碗供在经堂的供台上，点上佛灯，燃起香火，把全家人都叫了来，跪地磕着长头。罗尔登口中念道：“神木碗，神木碗，我要又香又甜的糌粑！”果然，神木碗里装满了糌粑，香味飘满整个经堂。罗尔登馋得口水都流起三尺长，赶紧伸手抓了一大把，塞进嘴里。可是一进罗尔登的嘴，香甜的糌粑却变成了稀臭的牛粪。“啊呸！”罗尔登一阵恶心，立马吐了起来，吐得臭气熏天，把一间圣洁的经堂弄得像牛圈一样。罗尔登气得捶胸顿足，大喊大叫：“快把木碗给我砸烂！”

管家吓得团团转，立刻找来一把铁锤。“拿过来！”罗尔登吼道。抢过铁锤，高高举起，狠狠往下一砸，乒——乓一声，木碗跳了起来，端端打在罗尔登额头上。罗尔登顿时鼻青脸肿。管家慌忙扶住头人，讨好地说：

“木头见不得火，用火来烧！”

罗尔登一听有理，连连点头。管家赶忙抱来一抱柴，点燃火，把木碗丢了进去。木碗一进火里，立刻化成一团烈焰，呼呼地直朝罗尔登身上飞去，罗尔登吓得大叫：“赶快给我把火打熄！”

管家拿起扫把就打，火却越打越大，他慌忙提来一桶水，哪知道火焰就像贴骨的肉，水泼上去，就像浇的油，火势反而更凶猛了。不一会儿，大火蹿上房顶，经堂成了火海，整个官寨也被烧燃了。罗尔登一家全被烈火烧成了焦炭。

从此，神木碗的歌儿在娃子们中间越唱越响亮，而且越唱越远了，一直唱到了今天。

懒汉的奇遇

以前有个小伙子，懒得什么事都不想做，干活怕腰痛，放牧怕风吹日晒，整天蹲在家里靠媳妇养活他，家里和地里的活全靠媳妇去做，把媳妇累得直不起腰来，他也不去帮一把。

有一天，媳妇对丈夫说："人们常讲'狗出门得骨头哩，男子汉出门发财哩'，你整天坐在家里，不是过日子的办法。明天你出去转转，看能不能得点东西回来。"丈夫说："那好，明天我到房顶上走走看。"媳妇听说他明天要到房顶上去，夜里就悄悄地把一团酥油放到房顶上。

第二天，懒丈夫上到房顶，发现一团黄黄的酥油，他高兴地把酥油拿回家。等到晚上媳妇劳动回来，他兴奋地对媳妇说："你的话真灵呀，今天我到房顶上去转了转，就得到碗那么大的一团酥油。"媳妇说："要是你到远处走走，那一定会得到更多的东西。"懒汉丈夫说："那好，明天我就到村头去转一转，看能得到什么东西。"

媳妇又悄悄地把一团酥油放到村头的一堆石头旁边。第二天清晨，懒汉丈夫兴冲冲地走到村头大路口东游西转。他发现有一群乌鸦嘎嘎地在石头堆上叫个不停，他觉得很奇怪，就过去看，当他走近石头堆时，乌鸦飞了，他发现石头旁边有一团酥油，他拾起就往家里跑。他对媳妇说："哎呀，你看！我今早一出村，又得到这么大的一团酥油。"媳妇说："要是你再能走得远些，还会得到更好的东西。”

懒丈夫听了妻子的话说：“明天你给我准备一匹马，一支猎枪，一只猎狗，我上山去打红狐狸。”媳妇见丈夫开始勤劳起来，便乐滋滋地对丈夫说：“我一定给你备齐。”

第二天，媳妇把啥都准备好了。懒丈夫就背着猎枪，骑着马，带着猎狗，高高兴兴地上山去打猎。

午后时分，他发现一只红狐狸钻进一个洞里，就赶紧跳下马来。他把枪挂在马鞍上，把猎狗拴在马笼头上，用帽子堵住洞口，趴在洞口大声地吼叫了一阵子，把狐狸吓得窜出洞来。狐狸恰好把帽子套在头上跑了，猎狗见狐狸跑了，急忙拉着马去追狐狸。懒丈夫见狐狸戴着自己的帽子，狗拉着马，马驮着枪跟着狗猛跑，他也拔腿在后面追赶。紧赶慢赶，一会儿就不见它们的踪影了，他跑得满头大汗，上气不接下气，只好跟着蹄印慢慢地去找。

他越过几条沟，翻过几道山梁，精疲力竭地来到了一处山坡，遇见几位姑娘在挖蕨麻。他问姑娘们：“好心肠的姑娘们，你们见到戴帽子的狐狸，拉着马的狗，驮着枪的马跑过来没有？”姑娘们以为这个人是疯子，觉得又好笑又害怕，谁也不理会他，互相递着眼色走了。

他只好又往前走，不一会儿，他又遇见一大群人在那里忙着。便上前问道：“阿罗，神仙一样幸福快乐的人们，你们见到戴帽子的狐狸，拉着马的狗，驮着枪的马从这里经过吗？”那些人气愤地说：“我们村里死了人，大家正在伤心悲痛，你竟敢说我们是幸福快乐的人们，你看我们谁幸福快乐着哩？世上哪有你这样不懂理的人！”大家把他狠揍了一顿，赶出村来。

他懊丧地又往前走去，来到一个村庄。他看见许多人在一家院门前又唱又跳，热闹非凡。他心里想，这么多人忙乎，可能又是死了人，正在悲痛着。于是他改变口气，上前去问道：“阿罗，可怜的人们，鬼一样给死人挖坑挖洞的人们，你们见到戴帽子的狐狸，拉着马的狗，驮着枪的马经过吗？”

那些人听他说出这些不吉利的话，便骂道："你没长眼睛吗？我们今天正在娶媳妇办喜事，在这里迎接岳父大人的到来，你竟敢说出这些不吉祥的话，快滚！"于是又把他的衣服扯得稀巴烂，狠揍了一顿撵出村来。

他被赶出村后，穿着烂衣服，感到寒风刺骨，冷得浑身打哆嗦。就边走边说："冷得很，冷得很，风不要刮，风不要刮！"他又到了一个庄子的打谷场上，他到场边风就停了。人们却听他不停地唠叨"风不要刮，风不要刮"，气得不得了，拿起木锨、钗把狠狠地把他揍了一顿，骂道："你这个吃屎的，没见我们正需要风扬场吗？你胡喊什么风不要刮！"打骂之后又把他撵出村庄来。他边走边想：噢，原来风不要刮这个话说不得，应当说"刮风，刮风"才对。

他被赶出庄子以后，又改口说："刮风，刮风……"他走到一个庄子的晒纸场上时，忽然刮起一阵大风，把晒在场上的纸全给刮得无影无踪了。晒纸的人们听到他还在说"刮风，刮风"，气得又把他连打带骂地赶出庄来。

他被狠揍了几次以后，无精打采地继续往前走。不知又走了多久，他糊里糊涂地钻进一个国王的草房里，一头钻进草堆里，想暖和暖和。当他一头钻进草堆时，突然触到一个硬邦邦的东西，拿起来一看，啊！原来是个煮熟的猪头，他双手捧住狠劲地啃，不一会儿便把整个猪头肉吃得一干二净了。他的肚子吃饱了，精神也上来了。他看见不远处有一座高大的宫殿，金光闪闪，奇光异彩，景致壮丽非凡。正在他看得入迷的时候，有个什么东西从宫殿顶掉到地上的一堆稀牛粪里。他正想走近细看，忽见一个干活的走过来，把那堆牛粪一把一把地抹到墙上去了。又过了一会儿，从宫殿里跑出一群人来，着急地寻找什么东西。一个女奴惊奇地问："你们在找啥呀？"那些人说："不得了啦！国王的绿松宝石丢了，要我们赶紧找回来，若是找不着，就要杀头。"

这话被懒汉丈夫听在耳里，记在心上。他慢慢地走出草房，自信地对那些人说："不要慌，不要忙，只要你们给我一件衣服穿上，我算个卦，就可以把绿松宝石找回来。"那些人说："待我们回去问问国王，再来答复你。”过了一会儿，那些人跑来说：“国王愿意给你一件衣服穿上，让你进宫去算卦。”懒丈夫便穿上那些人送来的衣服，跟随他们进宫去给国王算卦。

进宫后，国王问他几时能找见绿松宝石？他说：“只要让我住在一个安静的房子里，好好地给佛爷念个经，求佛爷帮助，七天之内就可以找到！”国王答应了他的要求，让他住在一个很安静的房子里，并且每天好吃好喝来招待他。

他整天在房子里摇鼓打钹，又念又跳，听起来真像在祈神求佛的样子。到了第七天上午，他拿着那个早已被他吃完肉的猪头骨，走到宫殿门前东转转，西转转，然后在墙上这里敲敲，那里打打，最后在那块干牛粪上指指划划，嘴里念念有词地说：“如果没有算错的话，国王的绿松宝石就在这片干牛粪里面。”他边说边示意人们揭下那片干牛粪。人们掰开干牛粪细看，国王的绿松宝石果然被裹在干牛粪里面。

国王见绿松宝石已经找回来，连连称赞他的卦术很高明。国王为了奖赏这位高明的卦师，便问他要什么，懒汉丈夫心想，自己的枪和马找不见了，就要这些吧，他说：“就给我一支枪和一匹马吧！”国王随即给他一支好枪和一匹好马，还送了好多牛羊，并派大臣把他护送回家。

回家后，他扬扬得意，认为自己很聪明，世上没有他办不成的事。他给自己起了个名字叫“救星”。从此，人们也再不叫他“懒丈夫”了，都叫他“救星”。

不久，国王又被贼盗走了许多财宝，派人四处寻找，都没有找到，就请“救星”算卦。国王说：“只要你给我找回被盗的财宝，你要什么就给什么；如果找不回来，就要砍下你的头。”“救星”很自信地说：“你给我七天时间，再给一个安静的房子，让我好好地算个卦，失去的财物一定能找到。”国王答应了他的要求。

“救星”虽然在国王面前吹牛皮说了大话，可心里一点谱也没有，很害怕被砍头，心里也十分惊恐不安，成天在房子里急得团团转，无可奈何地唉

声叹气、胡言乱语：“阿什加拉加，阿公拉公，哈干木，郭干木。”[①]

不料两个偷财宝的小偷，也害怕被他算卦算出来，每天偷偷摸摸地溜进王宫来探察动静。恰好，在那第七天，他们来到“救星”的住处，听见“救星”在屋里不住地说“阿什加拉加，阿公拉公，哈干木，郭干木”。顿时把两个小偷惊呆了。原来这两个贼娃子的名字，正好一个叫“阿什加拉加”一个叫“阿公拉公”。

他们听到“救星”把他们的名字真的给算出来了，心惊胆战。赶紧进屋向“救星”承认盗窃的实情，向“救星”求情，请他不要向国王说出他们的名字，他们愿意把赃物全部归还。“救星”说：“那你们得赶紧把赃物全拿出来放到国王的房子背后。”

“救星”来到国王跟前说：“国王呀，我已经算出来了，你家的财宝被两个小偷盗走了，他们因为家里很穷，所以偷了你的财宝，度穷日子，现在他们已把全部赃物放在一个地方，你就宽恕他们吧！”国王派人按“救星”指点的地方去找，果然找回被盗的财物。国王见到财宝全部找回，喜笑颜开，也就不去追究小偷了。

国王问“救星”要什么？“救星”说只要一百头犏牛。国王又派大臣选出一百头肥壮的犏牛并将他护送到家。可是“救星”的妻子却埋怨丈夫说：“你就不会要些金银财宝吗！尽要这么多的犏牛，连牛鼻圈都置不起。”“救星”说：“以后我再要些别的好东西！”

不久，国王得病了，四处求医，都不见治愈。于是又派人请“救星”。国王说：“你的卦术很灵验，我的病因，你也一定能算出来，只要你给我治好了病，你要什么就给什么。要是我的病治不好，就要砍下你的头。”“救星”说：“这有何难！只要国王再给我七天时间和一间安静的房子，让我好

---

①“阿什加拉加，阿公拉公，哈干木，郭干木。”：藏语即“啊哟脸又青，啊哟脸又黄，身子干了，脸瘦了，怎么办。”

好祈祷祈祷，佛爷一定会保佑你平安无事。”

国王照旧答应了他的要求，给了他很好的招待。“救星”也仍然整天在房子里击鼓摇铃，可是心里急得坐立不安，他左思右想，总想不出妙计来。为了活命，他决定连夜逃走。

可是，在未逃之前，他很想见王后一面，因为王后长得十分美丽。他几次进宫都经常偷偷瞅她几眼，今天要逃走了，很想再瞅她一眼。就悄悄地爬上楼，从王后住的屋子的门缝里偷偷地瞅了好一会儿，才转身下楼，他刚走到楼下，一头黄牛挡住了去路。他怎么使劲赶，黄牛总是不走开。他在牛鼻子上踢了一脚，牛才让开路。他走到门口，觉得脚有些冻，顺便在门边拔了一把干草装进靴子里取暖，然后回到屋里等待半夜逃走。

到了深更半夜的时候，他便悄悄地往外逃走，刚走了几步，忽然听到有几个人在低声说话，他赶紧躲在一边细听，一个说：“你是王后，卦师怎么也不会算到你的头上。”王后说：“不，可能已被卦师算着了，他一进宫，老是把我瞅住不放。你是黄牛，他绝对算不出你来。”黄牛说：“哎，可能我也被算准了，今天晚上在楼梯跟前，他把我狠狠地踢了一脚，我很害怕。”王后又对另一个说：“你是土地精，整天钻在土里，他肯定把你算不出来的。”土地精也心惊胆战地说：“啊，我也很担心！今天天黑以后，他把我的头发拔去一大撮，装在靴子里面。”王后又说：“明天是第七天了，卦师是不会放过我们的，他一定会念咒语让我们现出原形来。到时候我们谁也不出来，看他怎么办！等国王死了，整个王宫就是我们的了。”“救星”听了这一阵对话，完全明白了国王的病因，原来是这三个妖精合谋害他，他顿时喜出望外，再也不想逃走了，转身回房睡起大觉来。

第二天清早，他进宫对国王说：“国王呀，我念了几天经，算了几天卦，已经知道了你的病因，你给我准备一大堆干柴和几缸油。”国王一一照办。“救星”叫人把柴堆好，把油泼上，把火点燃，再叫人把王后抓来，王后被抓来以后，“救星”随即用那猪头骨在她的头上猛击一下说：“把原形

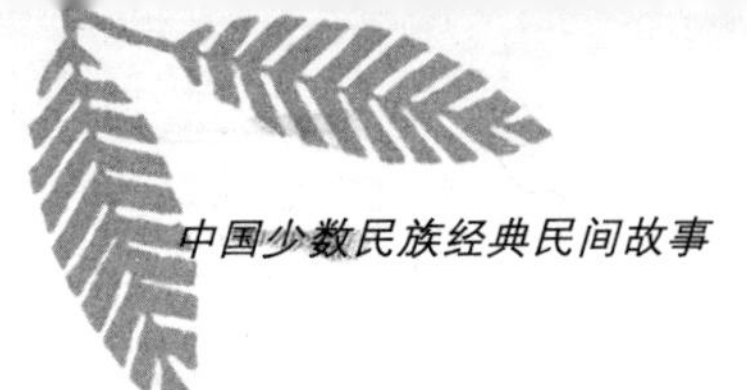

现出来！”当下，王后吐出一根长长的“桑么七乃”[1]，把在场的人们吓得目瞪口呆，原来这王后是一个吸血的妖精。“救星”叫众人把这个妖精扔进熊熊烈火中烧死。接着又叫人把那头黄牛抓来。“救星”又用那猪头骨在牛头上猛敲一下说：“把你的原形现出来！”黄牛便从嘴里露出一对二尺来长的“桑么七乃”来，原来这头黄牛是个牛精。“救星”又叫众人把牛精扔进烈火中烧掉。最后，“救星”拿着猪头骨，带着众人来到昨天他拔草的地方，用猪头骨在地上猛砸一下说：“地下的魔鬼快滚出来！”顷刻，只见一个头发长得乱糟糟的，十指像鹰爪那样吓人的怪物，垂头丧气地从地里钻出来，“救星”又叫众人把它扔到火里去。原来这个怪物是个土地精，它浑身的毛发和手指，在地面上长成草，以迷惑人们的视觉，它与牛精、吸血的铜嘴精勾结一起要谋害国王。

消灭了三个妖精之后，国王的病也就好了。国王很感激“救星”。为实现诺言，他问“救星”要什么？救星说：“上次你给我一百头犏牛，我媳妇说牛太多了，牛鼻圈都置不起，这次就给一百个牛鼻圈吧。”国王就给了他一百个牛鼻圈，并派大臣护送回家。

到家后，大臣对救星的妻子说：“卦师给国王治好了病，国王很感激他，问他要什么，他只说要一百个牛鼻圈。”救星的妻子说：“那是你们没有听懂他的话，他的话是诗的语言，含意很深奥。他的意思是要一百个带鼻圈的牛。”国王答应了她的要求。

后来他才慢慢明白，原来自己是个大笨蛋。侥幸碰到了几件好事，一辈子的难事才开头哩。

---

①桑么七乃：藏语译音，舌头的意思。

猫喇嘛讲经

从前有一只猫，已经年老气衰，走点路就累得腰酸腿疼，再也捉不住老鼠了。

老鼠逐渐胆大起来，对于“猫阎王”不像先前那样战战兢兢了。它们在“猫阎王”面前跑跑跳跳，有时还高声叫嚷起来，显得十分活跃，愉快。

猫看到老鼠们身体肥壮，馋得口水欲滴。于是脑子里转了再转，总想找出一个吃老鼠的办法来。“猫阎王”明白凭武力征服不了老鼠，靠巧语更哄骗不了老鼠。最后终于跟它的主人活佛学了一个最高明的方法。

一天，“猫阎王”披上红色的袈裟，带上了长串的佛珠，装得和大喇嘛一模一样，然后神气十足地迈着方步走进经堂，爬上了高高的讲经的宝座，推开厚厚的经书，口中高声朗诵着，俨然像一个学问高深的大师在传法了。

一群老鼠又来到了经堂，看见过去的“猫阎王”变成了一个道貌岸然的大喇嘛，都又惊又喜。立刻跑到外面在老鼠家族中奔走相告，一传十、十传百，老鼠不分男女老少，都被这新奇的消息吸引住了。结果就成群结队地拥进了经堂。都想知道“猫阎王”修法得道的经过，也想得到一些宝贵的教益。

老鼠们以最虔诚的心情，向猫喇嘛大叩响头；接着又用最恭敬的语言向猫喇嘛请求道：“尊贵的喇嘛，请讲一段最神圣的佛法吧！”

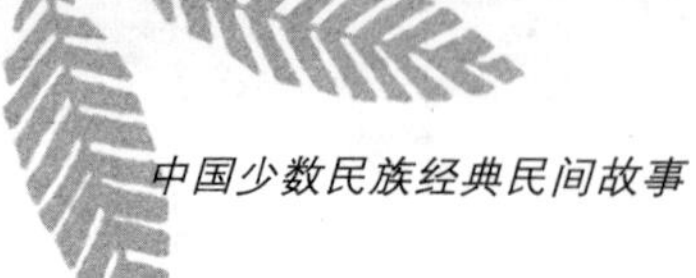

猫喇嘛用含笑的目光环视了一下四周的老鼠，提高了嗓门，一本正经地开讲了：

亲爱的老鼠听我言，
请目不转睛地看我一眼。
我是过去残暴的猫阎王，
陷入了罪恶滔天的深渊。
我吃过无数的小老鼠，
我十分忏悔这种行为太凶残！
我决心离开不洁不净的红尘，
专心一意学经来到了寺院。
诸位不必惊慌和疑虑，
我已改邪归正学经典。
我是一个地地道道的喇嘛，
请你们再仔细地看我一眼，
现在我就开始讲佛法，
诸位要静听记心间。
佛法要义是一切皆‘无我’，
世间万物连佛看来都是很短暂。
世间万物皆‘无常’，
有生有灭这是发展之必然。
大慈大悲乃佛之本性，
众生平等乃佛之真言。
一举一动要从众生利益来做起，
这是至为重要一定要照办。

猫喇嘛像它的主人活佛一样，说了这一套佛法术语，老鼠们只觉着头头是道，有些玄妙。它们十分佩服猫喇嘛的高明，又请求猫喇嘛道：“刚才讲得太深奥了。我们还不能领会佛法的真谛呢！请你再讲一段我们能够听懂的吧！”

猫喇嘛笑了一笑，胡须掀动了一下，又扬扬得意地讲起来：

老鼠老鼠我问你，
人们为什么叫你‘唧唧’[1]？
这个名字里面有道理，
它的来历你们可能还不知。
因为你们善算计，
你们生儿育女算计真严密。
一个月里生一窝小鼠仔，
一年之后小鼠又能生儿子，
又要一月生一窝，
一年一代大繁殖。
‘唧唧’的算法实在好，
越算越多到处叫唧唧。
老鼠布满屋里又屋外，
势力强大又加有福气。
老鼠的身体轻又轻，
从屋顶跳到地上权当做游戏，
老鼠的眼睛亮又亮，
漆黑夜里也能看仔细；
老鼠的牙齿快又快，

①唧唧：藏语里指老鼠，“计算”一词在藏语里也叫“唧”。因为同音，所以猫喇嘛把老鼠和计算联在一起。

木箱竹器立刻能咬碎；
老鼠的软毛暖又暖，
冰天雪地也能住下去；
老鼠的相貌真美丽，
动物当中数第一。
你们有这十全十美的身体，
真是世间无比拟。
今天又来学佛法，
要学一些寻求幸福的大道理。
佛的法力一定大力加于你，
得到解脱绝对没问题。
最后送你们三条听经的纪律，
一定要切实力行记心里。
第一听经要集中注意力，
一字一句全都弄明晰；
第二来时要带真心和诚意，
对喇嘛要尊敬和忠实；
第三回家排队要整齐，
双目前看不要左顾和右视。
以上几点是神的指示，
诸位认真执行一定有出息。

老鼠们都是崇拜猫喇嘛的。听经时鸦雀无声，全都记在心间，整天对喇嘛毕恭毕敬，视若救世主，回家时鱼贯而行，眼睛望着前方。这样，猫喇嘛就悄悄地捉住最后一只老鼠，老鼠一看是猫喇嘛，认为它不会做坏事，因而也没有介意，更没有叫嚷。就这样猫喇嘛每次可以吃到一只老鼠。

猫喇嘛偷偷地关上门，把捉来的老鼠放在供桌上，敲一阵佛鼓，吃掉老鼠的四条腿、尾巴和耳朵；再敲一阵佛鼓，就划开老鼠的肚皮，吃老鼠的肉，喝老鼠的血。外面只听见佛鼓的声音，老鼠凄惨的哀叫早已被淹没了。

老鼠们照例天天排队前往经堂听经，猫喇嘛有时把老鼠赞扬一番，有时随便贬责其他动物一番。老鼠们陶然若醉，越发信仰猫喇嘛，每次听经总带上丰盛的礼物献给猫喇嘛，谁也不知道猫喇嘛是自己的敌人。

猫喇嘛因为每天能吃到一只老鼠，每顿饭又有大批香美的供品，所以慢慢地胖起来了，浑身也有了力气，而且积蓄了许多财物，变成了一个富翁。很快地就成为一个有钱有势的大贵族，它就更加肆无忌惮地干起坏事来了。猫喇嘛以为它是世界上最聪明的，它的智慧是谁也比不了的；猫喇嘛以为它是动物中最幸福的，它的生活是谁也不可能有的，因而狂妄自大、目空一切，真是比烈火还热，比波涛还凶，变成一个没人敢惹的小霸王了。

老鼠对猫喇嘛的信仰越来越深，可是鼠类的数目却一天比一天少了。

于是老鼠的小头目把所有的老鼠召集在一起，研究近几个月来鼠族减少的原因。小头目首先问那个平时最爱唱歌跳舞的小老鼠多吉桑布："你为什么近来不唱歌了？为什么不跳舞了？"多吉桑布噘起小嘴巴说："我的阿妈不给我做饭吃了，不给我熬茶喝了。我不知道她去哪里了。我哪有心绪去唱歌跳舞啊！"

"是什么时候不见妈妈了？"小头目关心地问道，"在什么地方离开妈妈的啊！"

小老鼠摸了摸脑袋说："大概三个月以前的一个晦日的听经会上，她让我先走，我到家之后等了老半天，她也没有回来，从那以后，我们母子俩就分别了。"说完之后眼泪禁不住夺眶而出。

小头目又问母老鼠达瓦："你的宝贝女儿哪里去了呢？怎么也不见她和我的姑娘一起游戏了呢？"

"哦！不用提了。"母老鼠十分伤心地回忆着，"自从十月十五那天，去见猫喇嘛之后小女儿就失踪了，真把我想坏了，你能为我想办法找一下吗？"

小头目没有回答达瓦。接着又问另一只雄鼠勒柔：“你的漂亮的妻子哪里去了呢？怎么不见她出来背水了，不见她上山打柴了呢？”

勒柔跺了跺脚，咬了咬牙，搓了搓手，抖了抖胡子，才回答小头目：“我的妻子在上星期四去寺院听猫喇嘛讲经，她是排在队最后的，去照顾年老的妈妈。可是回来的时她就不见了。”

小头目和众鼠一讨论，事情真相就大白了。许多老鼠失踪，都是在听猫喇嘛讲经的日子。日期虽不是一天，但都发生在寺院里。

小头目决定要去寺院，察看这杀鼠事件是谁干的。

第二天，老鼠们仍然在小头目率领下去听经，小头目特地排在队伍的倒数第二个。他的后面只有一只病得很厉害的老鼠。一面走，小头目一面回头看，果然看见猫喇嘛蹑于蹑脚地来了，猫喇嘛照例迅速地用手捂住了病老鼠的嘴巴，正要拖走的时候，小头目大声喊道：“弟兄们！快来救救我们老伯伯尼玛吧！”老鼠们立刻转回头来，几百只眼睛看着猫喇嘛，有的向猫喇嘛要儿子，有的向猫喇嘛要女儿，有的向猫喇嘛要阿爸，有的向猫喇嘛要阿妈，闹得很厉害，猫喇嘛原形毕露了。

阿叩登巴的故事

鞭打国王

好久好久以前，有一个国王，残暴成性。他把穷苦的老百姓剥削压迫苦了，所有的百姓，不论男女老少，差不多都挨过国王的鞭打。

阿叩登巴[①]为这件事，心里非常气愤。他对周围的乡亲们说："这样的国王，我们应该打死他！"有的人听了这话却害怕起来了，说："天哪，你说的什么话！穷百姓怎么敢打国王？"但是，不少人都愿意照着阿叩登巴的话做。

阿叩登巴说："这事大家不忙声张，让我们慢慢商量吧。"人们说："你就拿出主意来吧，我们愿意跟着你干。"

他们商量了一阵，就让阿叩登巴带着几十个年轻人到雪山深处，找了个石洞。他们把石洞布置成一个经堂，每个人都穿上袈裟，又让一人装成大活佛，高坐在中央。一切都弄妥了，阿叩登巴才装扮成僧人模样，独自去找国王。

①阿叩登巴：藏语译音，"阿叩"是人们对长辈的称呼，通常译作叔叔；"登巴"意为滑稽，如果把"阿叩登巴"直译为汉语，就是"滑稽的叔叔"。这个人物，也有称作"阿叩登巴"的，意为"导师叔叔"。

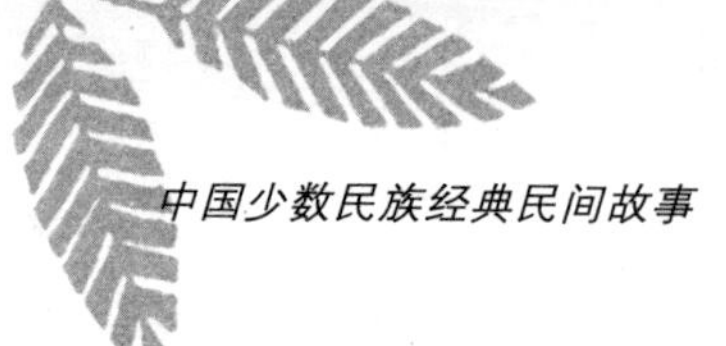

国王问："阿卡[1]，你来干什么呀？"

阿叩登巴说："来给王爷算命！"

国王虽然是个杀人不眨眼的屠夫，但他每天都拜佛求神，想求得长寿。他对算命打卦，一直都很相信。这时，他对阿叩登巴说："好啊！你算算我命中有多大的福气。"

阿叩登巴点头称是，接着盘腿打坐，捻着佛珠，哇哇地念起经来。不多一会儿，他忽然严肃地对国王说道："国王呀！除非你不降罪给我，我才敢说下面的话。"

国王急忙说："什么事使你吞吞吐吐？是国家不平安，还是我王宫有灾？我不降罪给你，你快说吧！"

阿叩登巴故意合掌施了一礼，说："不是国家不平安，不是王宫有灾难，是王爷你的寿限到了。"

"啊！"国王吓得脸色惨白，全身颤抖。

旁边的大臣忙上前问阿叩登巴："僧人啊！你说国王寿限已满，难道没有办法延长？"

阿叩登巴摇摇头，又数数佛珠，说："办法是有，就看国王能不能忍受？"

国王立刻问："只要能延长我的老命，我什么都能忍受，快说！"

"雪山深处有一洞，洞里的喇嘛都成了神，只要挨上他们一仙棍，国王你就能再活一年整。"阿叩登巴念经似地说着，国王的脸上笑开了，他要立刻去求神佛打他一百棍，好再活一百年。

阿叩登巴又说："国王去求神，只能去一人，人多神佛不高兴，还要降灾病。"

国王一听，急忙将国内大事，托大臣管理，自己一人跟着阿叩登巴来到

---

①阿卡：意即僧人。

雪山。

阿叩登巴把国王领到石洞，正在念经的年轻人立刻用绳捆住了国王。

阿叩登巴脱掉袈裟，指着国王问：“你认得我吗？”

国王惊慌地问：“你不是前次从王宫逃跑的阿叩登巴吗？”

“一点也不错！”阿叩登巴说，“你毒打全国无辜百姓，今日让你也尝尝挨打的滋味。”

国王吓成一团，叩头求饶：“放了我吧，登巴叔叔，登巴老爷爷！回去后我赏你金银，赠你牛羊。”

“不！”阿叩登巴提起皮鞭，摇摇头说，“狼放走了还要吃人，放走了你，受苦的是百姓。到天堂里去吧！”他说完，扬起皮鞭，喊声：“打！”

众人立刻用皮鞭、木桩、石头打死了这个作恶多端的国王。

之后，大臣武将见国王长久不回宫，便四处寻找，但谁也不说国王的下落，因为百姓都痛恨国王。

九克税

阿叩登巴种了德庆宗[①]政府九克地，秋收以后，宗政府派人来催阿叩登巴缴税。阿叩登巴想了想，便拿着哈达去见宗本。他把哈达献上，对宗本说：“地刚租一年，天老爷不长眼睛，夏天禾苗正长的时候遇到天旱，秋天结穗的时候下了冰雹。这九克青稞税，今年缴不起，明年再缴吧。”

宗本听了很生气，说：“缴不起税就别再种地！”

阿叩登巴动了几下眼珠，便有了主意，笑着说：“实在没有青稞，倒有不用斗量的卓[②]，不知行不行？”

①宗：相当于县。宗本：相当于县长。

②卓：译音，小麦。

宗本心想：没有青稞缴卓当然可以，不用斗量用秤称也一样。宗本高兴得不住点头说："可以，可以，后天一定得缴上来。"

"拉勒斯！"[①]阿叩登巴恭恭敬敬地退出了宗政府。

三天后，阿叩登巴交卓的时候到了，他背上鼓，敲着跳着来到宗政府。宗里的官吏和宗本以及附近的差民，不知道阿叩登巴为什么这样高兴，都聚集在宗政府门前看他跳卓[②]。阿叩登巴跳了几圈后，问宗本道："我的卓好不好？"

宗本跷起大拇指说："很好，很好！"

阿叩登巴说："请打个收条吧。"

宗本听说要打收条，感到很奇怪，问道："打什么收条？你的卓很好就行啦，大家都看见的，还有什么差错？"

"拉勒斯！"阿叩登巴伸了伸舌头[③]，唱着山歌回家去了。

第二天，宗本派人催税。阿叩登巴说："这事只有见到宗本才能说清楚。"

他又来到宗政府，宗本问他为什么不按时把卓交来。阿叩登巴回答说："我已经按时交过了呀！"

宗本暴跳起来，叫人拿来了刑具，凶狠地对阿叩登巴说："你要耍滑头，就给你上刑！"

阿叩登巴躬了躬腰说："没说三句话之前，请不要掌嘴；没走三步路之前，请不要抽脚筋。昨天我来交卓的时候，大家都在场，宗本老爷还夸奖我的卓很好。原来我说过，我拿不用斗量的卓代替青稞。宗本老爷答应了以后我才交的。为什么说话就不算数了呢？"

宗本呆地瞪着两只眼睛，说不出话来。

---

①拉勒斯：藏族口语，意即好、是的。

②卓：锅庄舞，和上文小麦的"卓"音同义异。

③伸舌头：是过去藏民尊敬对方或害怕的表示。

嘎吾鲁古塔尔

从前，有个名叫嘎吾鲁古塔尔的傻人，他有个聪明的妻子。她想方设法让自己的丈夫变得聪明一些，经常开导他如何做事，总怕他做傻事出丑。

一天，两口子回娘家。走到半路时，妻子对他讲："我先回家告诉家人你来了，你就跟着我后边来吧。"接着，她将那头自己骑用的牦牛留给他，说："你不可以狠打牦牛，打得过分了牛会死的。"他问："死是个什么东西呢？"妻子一时也想不出准确的答案，便说："所谓死，是指身体变得冷冰冰的，再也不会走动。"说完她先走了。他因怕死，便骑上牦牛慢慢赶路，还不时用手摸自己身体、牦牛和牛鞍子等，看看是否变冷了。过了一会儿，牛鞍子变冷了，他认为它死了，便丢弃了牦牛鞍。又过了一会儿，牦牛也变冷了，他想牦牛也死了，又丢弃了牦牛，自己步行赶路。接着身上的皮袄变冷了，他又认为皮袄死了，便脱掉皮袄光着身子赶路。不久自己的身体变冷了，他想他自己也死了，便倒在地上不动了。

妻子在家等了半天也不见他回家，便去寻找他。她找呀找，找到了那副牛鞍子。再找呀找，又找到了那头牦牛。她把牛鞍子搭在牛背上，骑在牛身上，接着找呀找，又找到了那件皮袄。她一边喊嘎吾鲁古塔尔，嘎吾鲁古塔尔，一边寻找。猛然间，她听见有人说了一声："我死在这儿呢。"她前去一看，嘎吾鲁古塔尔正倒在山沟里。她说："你这傻人，这怎么是死呢？"

说着，给他穿上皮袄，牵着牦牛赶路了。快到家时，妻子对他说：“我家的门闩是用青冈木做的，外人都不知道。当你走到门口时，他们会问你‘这是用什么木头做的？’这时你就假装观察一番之后说‘这是青冈木，是红色青冈木’。”同时她还交代说：“因为今天是你第一次到我家做客，吃饭时不要吃得太多，不要丢人现眼。”他俩到达家门口，全家人出来迎接，并问他：“我们家的门闩是用什么木头做的？”他就照着妻子教的说：“是青冈木，是红色青冈木。”全家人一听十分高兴，夸他“真是个聪明的人”。进屋后待了一会儿，岳父伸了伸腿，这时他又装着观察了一番，说：“唔，岳父的腿是青冈木，是红色青冈木。”在场的人哈哈大笑，说他真滑稽幽默。

他记着妻子“吃饭不要吃得太多”这句话，当天连一口饭也没有吃。晚上他俩睡在另一顶帐篷里，嘎吾鲁古塔尔说：“我肚子饿。”妻子问他：“你为什么不吃饭呢？”“你不是不叫我吃饭吗？所以我一口饭都没有吃。”“我让你不要吃得太多，并没有让你不吃一口饭呀。既然饿了，你就光着身子进屋去，使劲打开我妈妈枕边的酸奶缸，然后像马儿喝水般地吃酸奶吧，吃完慢慢盖上缸盖。”他照着妻子教的，光着身子进了屋，找到了那个酸奶缸，并像马儿喝水般地吃个饱，接着使劲盖了缸盖。响声惊醒了全家人，大家大叫“有贼，有贼”。他跑到羊圈里躲了起来。这时，恰巧有两个贼带着绳子跑到羊圈里偷羊。这两个贼东张西望了一会儿，说：“这红色的黑头羊挺肥的，就带它走吧。”于是将绳子套在嘎吾鲁古塔尔的脖子上。过河时，因他是光身子，忍不住叫了一声“太冷了”，贼一听吓得赶紧跑了。他脖子上带着绳子，来到妻子跟前，叙说了这一切。妻子解开绳子并对他说：“明天你就讲，昨天夜里我们家的羊圈里来了两个贼，我就赶紧跑了过去，打算抓贼，可是贼已经跑了，只抢到了这根绳子。”

第二天，嘎吾鲁古塔尔按照妻子教的那样将那根绳子给大家看，人们说：“对对，这个贼昨夜不但进了我们家，还从酸奶缸里偷吃了酸奶。”

不久，这两口子返回了自己的家。妻子让他赶着一百头羊到农区换回一百驮青稞，并要求羊一只都不能少，要如数带回家来。他赶着羊群来到农区，心想自己什么东西也没有带，如何换回青稞呢？想不出办法，便问一位老大爷。老大爷说："你就把羊毛统统剪掉，卖给我，我就给你一百驮青稞。"于是他剪掉了羊毛，换来一百驮青稞，回到家中。妻子高兴极了，不断夸赞他的本事，从此傻人嘎吾鲁古塔尔逐渐变成了一个聪明的人。

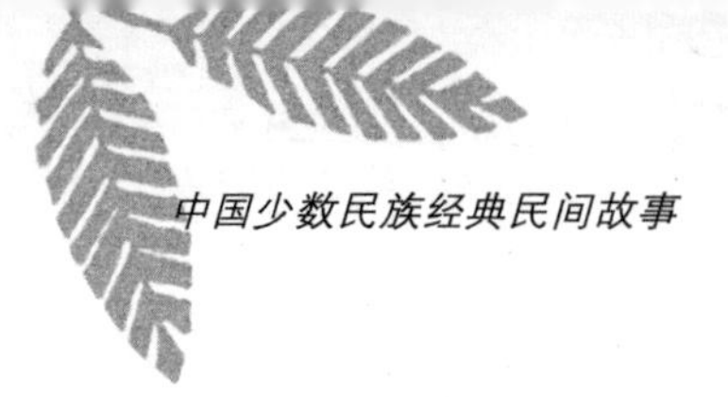

背水妈妈

有一个老阿妈，怕自己的小儿子到处乱走走失了，就把儿子留在家里，自己去背水。每次背水回来，儿子就要对阿妈说："阿妈，我在家里我不走，你放心去背水吧。"老阿妈背第一桶水回来，儿子是这样说；背第二桶水回来，儿子也是这么说；背第三桶水回来时，就没听见儿子对她说话了。她进屋一看，娃娃不见了，也不知道到哪儿去了。她哭了一阵子，没有办法，就把家里的全部油饼化了，做成糌粑，装在一个袋子里，背起袋子，锁好门，找自己的娃娃去了。

她走啊走，走到半路上，碰到一把斧头。斧头问阿妈："阿妈阿妈，你到哪儿去？"阿妈回答说："我的娃娃不见了，我要去找我的娃娃。"斧头又说："阿妈阿妈，我要跟你去。"阿妈给了一坨糌粑给斧头吃，就把斧头带在身上，继续向前赶路。走了不多远，阿妈碰到一根拐棍，拐棍问阿妈："你要到哪儿去？"阿妈回答说："我的娃娃不见了，我要找我娃娃去。"棍就说："阿妈阿妈，我也跟你去。"阿妈给了拐棍一坨糌粑，把它带在身上继续赶路。走了不多远，阿妈碰上一只乌鸦，乌鸦问阿妈："你要到哪儿去？"阿妈回答说："我的娃娃不见了，我要找我的娃娃去。"乌鸦又说："阿妈阿妈，我也要跟着你去。"阿妈给了乌鸦一坨糌粑，乌鸦把糌粑啄完，就跟着阿妈一同向前赶路。刚走了一段路，阿妈又碰上一只喜鹊，喜鹊问阿妈："阿妈阿妈，你要到哪儿去？"阿妈回答说："我的娃娃不见了，我要找我娃娃去。"喜鹊又说："阿妈阿妈，我也要跟你去。"阿妈给了喜鹊一坨糌粑，等它吃完后，阿妈又向前赶路。走了不多远，阿妈碰到一把铡刀，铡刀问阿妈："阿妈阿妈，你要到哪儿去？"阿妈回答说："我的娃娃不见了，我要找我的娃娃去。"阿妈给了铡刀一坨糌粑，把铡刀带起，又向前赶路，找娃娃去了。

阿妈带着这五件东西，边走边唱："我是个耍魔术的，我的拐棍和斧头会跳舞，我的喜鹊和乌鸦会唱歌。"有一个魔鬼听到阿妈在唱，就走过去问阿妈："你叫他们跳个舞给我看看。"阿妈就叫斧头和拐棍跳起舞来，又叫喜鹊唱歌。魔鬼看起瘾了，自己也忍不住跳起舞来。

其实，阿妈的娃娃就是被魔鬼捆走的，套在一个大袋子里，绑在门口的一根桩桩上。阿妈看见了，就在袋子背后烧了一锅水，把娃娃解下来放走了，在袋子里再装满牛屎，用绳子在袋子口扎了九道，每扎一道就要插一根刺进去，再把袋子放回原来的位置上。魔鬼跳完舞转来，就去解那个袋子，每解一道，他的手就要刺进一根刺，他边解边骂："是什么东西，把刺插进袋子里去了。"等他解到第四道，手上进了四根刺，他气上来了，一脚踢过去，正好踢倒了那锅开水，开水烫了他的脚，痛得他到处乱跑。铡刀看见了，就到处追他。他急忙跑到房门口，拐棍又朝他头上打了几下。他吓得就往山上跑，满山都是黄牛的稀屎，魔鬼不小心脚一滑，就滑到山沟里去了。在山沟里，他看到有一座桥可以过河去，他又朝桥走去，等走到桥中间，斧头一下就把桥砍断了，他掉进河里，被水冲走了。

阿妈和娃娃又回到了家里。

绿松耳石羚羊角

王宫里有一个放羊的人，他每天上山放牧的时候，都有一只头上长着绿色松耳石的羚羊很亲热地舔他的肩膀。牧羊人想：奇怪，它为什么要这样呢？

有一天，羚羊突然说话了：“牧羊人，你有一副好心肠，我愿你得到幸福和欢乐，可你在王宫中是永远得不到欢乐的，把我头上的松耳石羊角拿去周游世界吧。”牧羊人听了心想：阿啧，俗话说：“无箭良弓也无用，无弓利箭亦枉然，弓箭配合才能如心愿。”我这人生来命就贱，绿松耳石羊角不配我这种人所有，连想都不敢想。羚羊看出了他的心思，对他说：“去吧，带上松耳石羊角到那大海边，祈求自己心中最美好的愿望，再睡上七天七夜，等你醒来的时候，你的愿望也就实现了。”说完松耳石羊角抖落了下来，一眨眼的工夫，那只羚羊就不见了。

牧羊人带着宝贝绿松耳石羚羊角，来到大海边祈祷：“勤劳的人家牲畜多，善良的人家客人多，让我拥有满山的牛羊，家里有妻子、儿子，有邻居好友。”他祈祷完就睡着了。一觉睡了七天七夜才醒来，他睁眼一看，只见自己所祈祷的一切都有了，漂亮的妻子正在为他熬着茶，天真活泼的儿子们在围着他转，山上牛羊成群，地上庄稼茂盛，屋前房后有邻居，牧羊人的日子过得很幸福。

有一天，有只老鼠在地里吃庄稼。妻子对他说："把那只可恶的老鼠拿木棍打死才好，地里的庄稼都被它吃光了。"牧羊人说："让它吃吧，可怜的小畜生。"

一天，又来了一只青蛙舔奶桶里的牛奶。妻子说："把那个青蛙用石头砸死吧，牛奶都被它舔光了。"牧羊人说："让它舔吧，可怜的小东西。"

一天，又有一只狼咬死了许多只羊。妻子说："用猎枪把那只狼打死了才好。"牧羊人又说："让它咬吧，它本来就是食肉动物。"妻子见他心地善良，暗暗高兴。

有一天，妻子对他说："今天会有很多客商路过这里，也许有无理的举动，你千万不要走出屋子，即使墙角被碰垮了也不要理会。"说完往自己脸上涂了很多锅烟灰。一会儿，果然来了一队赶着牛马的商人，马帮碰着墙角，商人用力打马，弄出"乒乒乓乓"的响声，牧羊人非常生气，手拿一根木棒冲出房屋。商人见了他，喊道："有生意做吗？"牧羊人回答："没有。"商人又喊："哎！我们驮的尽是金子、银子，你有啥子东西卖，快拿出来，我们多给你金银，因为我们只会做蚀本生意。"他听了先是摇了摇头，后来想了想，想起那只松耳石羚羊角。如果羚羊角能换所有的金子、银子，我这辈子都受用不完。这样，他就把绿松耳石羚羊角拿出来，换取了所有的金银。可是一转过身的时候，自己的房子、妻子、儿子都不见了，再看山上和田野里，一切都没有了，金子和银子都变成了黄石头、白石块，他伤心地哭了起来。

狼知道了他的遭遇就去找青蛙和老鼠，狼说："他心肠好，我们帮助他吧。有一次我吃了他家的绵羊他没有打死我，我要报答他。"老鼠说："我也要报答他，有回我把他地里的庄稼吃光了，他也没有说什么，要是遇到别人，一定会拿石块对付我的。"青蛙说："说得对，他对我也同样好，我把他们奶桶里的奶舔光了，他没说什么，我也要报答他的恩，我们把他的宝贝绿松耳石羚羊角找回来。"

狼让老鼠和青蛙钻进自己的耳朵里，就去找宝贝了，它们日夜不停地找。有一天，它们来到一个国家的江边，狼让青蛙过江去探听消息，让老鼠钻进王宫内察看松耳石羚羊角的下落，它自己白天只好躲起来。

青蛙游过江对岸的时候，正好听到王宫里背水的女仆们说："阿啧啧，我们的国王好会做生意，这次买回来的那件宝贝叫绿松耳石羚羊角。它真是一件奇宝，可以变出各种各样的东西。""你真的见到那个宝贝了？""当然看见了，就放在国王的枕头下的木匣里，用金锁锁着呢，钥匙挂在国王的腰带上。"青蛙听到宝贝的消息后，赶忙往回游，告诉狼。老鼠去了半天，一点消息都没有打听到，就回来了。青蛙把消息告诉了老鼠，狼就让老鼠钻进王宫，用牙齿咬穿木匣子，把松耳石羚羊角偷出来。

每天到了晚上，老鼠就钻进国王的卧室里，啃装松耳石羚羊角的木匣子，白天又躲起来。到了第七个夜晚，木匣子终于咬穿了。老鼠就把绿松耳石羚羊角拖出木匣，一直拖到大门口。天亮了，它只好把绿松耳石羚羊角藏在门槛底下，到了晚上又来拖。一连拖了几个晚上，才拖到江边。等在那里的狼就把绿松耳石羚羊角衔在嘴里，让青蛙和老鼠钻进它的耳朵里，游过江去。到江心，青蛙和老鼠争功劳，老鼠说："狼叔叔，如果没有我，绿松耳石羚羊角肯定弄不到手，对吗？"青蛙听了着急起来说："不，不，狼叔叔，要是没有我，肯定打听不到绿松耳石羚羊角的下落。"起先狼还紧紧地将绿松耳石羚羊角衔在口里，不回答它们，但是它们越争越凶了，吵得狼的耳朵受不了，它一张嘴骂它们的时候，绿松耳石羚羊角就掉进江里了，一直漂到了白龙宫。狼只好上山咬死一只羊，把羊血装进羊肚里，洒进江水里，把带血的羊肉一小块一小块抛进江心，然后让青蛙去龙宫威胁龙王交出绿松耳石羚羊角。青蛙一直游到龙宫，对龙王说："龙王啊，不得了啰，江边汇聚着千军万马，听说是要攻打龙宫，原因嘛，你知道的，宝贝绿松耳石羚羊角在你那里。如果不赶快送上岸，就没命了。"龙王听后，让虾兵去观看青蛙说的是不是真话，虾兵还没到水面，就看见漂来的血肉，急忙告诉了龙王。龙王只得把绿松耳石羚羊角交给青蛙，青蛙费了好大的力气才推上了水面。狼又把绿松耳石羚羊角衔在口里，青蛙和老鼠又各自钻进狼耳朵里，它们又忙着赶路。最后终于把绿松耳石羚羊角找了回来，送到了牧羊人的手里。牧羊人又和过去一样，得到了幸福和快乐。

三件宝

从前，有老两口，每天起早睡晚，凭双手过着半饥半饱的日子。有一天，老两口到森林里去拾枯枝，看见一只被老鹰抓伤的山鸡，躺在草丛里呻吟。老两口觉得它可怜，便把山鸡抱回家去，包伤喂食，百般抚养医治。过了几天，山鸡的伤便养好了。山鸡伤好了以后，很感激老两口的照顾，便对老两口说："老伯伯！老妈妈！我不是一只寻常的山鸡，我是那边森林里山鸡国的王子。明日我请老大伯到我们国里去一趟，也许对你们有一些好处。"

第二天，老汉跟着山鸡王子动身了。走呀，走呀，翻过了重重的大山，涉过了条条的河流，最后来到了一座山清水秀、绿树丛生的大森林里。这里百鸟歌唱，鲜艳盛开，真是个美丽的地方！刚到森林边，远远就有成千上万的山鸡来迎接自己的王子平安归来，并举行了盛大的宴会，殷勤招待老汉。住了几天后，老汉怀念家乡，一心想回去。山鸡王子留不住，便送了老汉一匹小马驹，说："这匹小马驹，你老人家骑回家去吧！以后如果需要金银使用，只要向小马驹说：'小马驹，快拉出金银来吧！'它一定不会吝啬的。"

老汉辞别了山鸡王子，骑了小马驹往家里走。路上，住到一家小店里。晚上临睡前，老汉把店主人叫来吩咐说："店家！请你好好看管我的小马驹，但是千万不要在它跟前说：‘小马驹！快拉出金银来吧。’”说罢，老汉就睡了。

店主人睡到半夜，偷偷地走到小马驹跟前，照着老汉告诉他不要说的话说了一遍，果然小马驹拉出许多金银来。店主人见财起意，就拉了另一匹毛色相同的普通小马驹来替换，把能拉金银的宝贝小马驹暗暗地拉走了。第二天，老汉骑上小马驹回到家里，他兴高采烈地把山鸡王子如何厚待自己的经过，向老婆说了一遍。说到小马驹会拉金银的事，老婆不大相信。老汉说："你不信，咱们当面试验吧！山鸡王子是不会欺骗我的。"于是，老汉把小马驹拉到一块干净的布单上，亲切地说："我可爱的小马驹啊！请你拉出金银来吧。"说罢，老两口静静等着。等了半天，还不见小马驹拉东西。老汉看了急，又接连说了几遍，仍不见动静，气得老汉拿起鞭子就打。打着打着，小马驹拉了，但拉出的不是金银，却是马粪。老汉又气又恼，便骑了小马驹去见山鸡王子。山鸡王子笑道："老伯伯！你上了坏人的当了。"接着又说："好吧！我再送你一副小蒸笼，你想吃什么饭菜，只要说一声：‘小蒸笼，请开口吧！’你需要的美味酒菜，就会准备齐全。不过，这次在路上可要小心，不要再受了坏人的欺骗。"

老汉谢过山鸡王子往回走。走得很乏，天也黑了，又住到那家店里。狡猾的店主人，见老汉又带来了一副小巧的蒸笼，心想，这怕又是一件宝，临睡前便跑到老汉的床前，假装殷勤地问："老伯伯！你没有吩咐的话吗？"老汉明白上次的马是店主人偷换的，所以只摇了摇头。店主人等了一阵，又来说："老伯伯，你这副小蒸笼，不知有什么忌讳？得告诉我呀，不然，我对它可能说错了话。"老汉已经疲乏极了，就没防备地答道："只要你不对它说：‘我的小蒸笼，请你开口吧！’就行了。"

夜里，店主人等老汉睡熟了，又悄悄地到小蒸笼跟前说："我的小蒸笼，请开口吧！"小蒸笼开口了，只见里面装满了各种好酒好菜。店主人又把小蒸笼偷偷换了。

第二天清早，老汉带上小蒸笼，回到家里，高高兴兴地把经过对老婆说

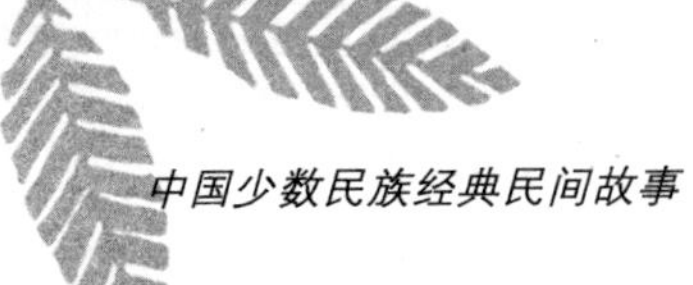

了一遍。老两口这时候正觉饿了，便试验起来。结果又落了一场空！老汉气极了，第三次来见山鸡王子。山鸡王子听了，便对老汉说："老伯伯！那家店主人，是个非常贪婪的家伙，我送你的两次宝物，都叫他偷换了。这一次我送你另一件宝贝，去好好惩罚惩罚他吧！"山鸡王子对着老汉的耳朵，低声说了一些话，老汉便高高兴兴，拿着山鸡王子赠送的一根五尺长的铁棒，径直来到那家店里。果然，晚上店主人又来问老汉："老伯伯！你拿来的这根铁棒有什么用呀？"老汉答道："只要有人对它说：'铁棒，狠狠地打呀！'就会打出许多元宝来。"财迷心窍的店主人半夜里又偷偷到铁棒跟前，说了老汉告诉他的那句话。只见那根铁棒忽地跳了起来，照着店主人没头没脑地乱打，打得他哇哇直叫唤，跪到老汉面前求饶。老汉说："谁叫你存心不良，把我前两次的宝贝都偷换了？该打！该打！"店主人被打得忍受不住，只得向老汉叩头苦苦哀求，情愿送还小马驹和小蒸笼。老汉听了，向铁棒大喝一声："住了！"那铁棒果然不动了。

老汉骑上小马驹，掮上小铁棒，挑起小蒸笼，平安回到了家里。从此以后，他用金银施散穷人，用饭菜款待乡邻。如果有恶人来抢他的宝贝，都被那一根铁棒打散了。就连这里的国王，也不敢来欺负老汉。

人和猫、狗的故事

很早以前，寨子里有老两口，无儿无女，生活清苦。他们喂了一只猫和一只狗，因为没有生儿育女，就把猫和狗当成儿女一样爱护。

就在某一年，年已半百的老伴突然怀孕了，老两口很高兴。说也快，时间一到，孩子就出生了。可是，并不是他们想象的孩子，而是一条小蛇。他们又慌又怕。老汉一声长叹，要拉出去丢了。老伴说什么也不干，最后，还是把这条蛇留下来了。

留下的小蛇放在木盆里，两天就长得碗口粗，一丈多长。木盆里装不下，老两口就把蛇拖进晒青稞的斗筐里。又过了几天，蛇长到磨盘那么粗。几十丈长，磨盘大的斗筐也装不下了。老汉就把蛇拖下楼，放进羊圈里。又过了几天，蛇长得羊圈都装不下了。这时，寨子里风言风语，有的说是妖怪，有的说是蛇精，有的说这是不祥预兆。老两口下了狠心，要除掉这条蛇。

一天，老头咬着牙，手执吊刀要杀蛇。他走到蛇跟前，蛇说话了："阿爸呀，再过几天我就能给穷人做很多事了。可是，寨子上风言风语太多，使阿爸难受，我也难受。杀我吧，从脖子这儿砍下。我的头你用红绸包好，保存起来，如果你们要什么，在我头上敲三下，就会有什么。"老汉杀了蛇，那蛇头立即缩小成鸡蛋一样大了。老头按蛇说的话，把蛇头收藏起来。蛇身

呢，抬出去埋了。

一天，老汉想起了蛇说的话。他揭开糌粑柜，取出蛇头敲了三下，心里想着糌粑。一会儿，老太婆指着柜子说：“有了，有了！”柜子里装满了糌粑。从那以后，老两口要啥有啥，日子一天天好起来。

这年藏历正月十六，寨子里唱藏戏。晚上，老人去看藏戏，留下老太婆守屋。忽然来了一个陌生人，对老婆子说：“老阿爸看戏要钱，叫我来拿蛇头去呢。”老婆子说：“什么蛇头，哪里放有蛇头，我不知道。”陌生人说：“放在装糌粑的柜子里呢！”老婆子心想：蛇头放在哪里他都知道，可能老汉真的叫他来取吧，她就把蛇头交给了陌生人。

老汉看完戏回来，老婆子问起蛇头的事，才知道受了骗。老两口哭天叫地。猫和狗知道主人受了骗，猫说：“阿爸、阿妈，不要伤心，只要狗背上我，我俩去寻蛇头。”狗也摇着尾巴同意。

狗驮着猫，四处寻找。一天来到一个村寨，狗累了，在路旁休息，猫趁此抓到一只老鼠，独自啃吃，也不给狗分一点。狗想：路上全靠我驮你，找到吃的时候，你却忘了我。回去后，我要在主人那里告你的状，找回蛇头的功劳应归我。

休息够了，狗又驮着猫赶路。走啊走，狗走得又累又饿，停下来休息。这时狗看见一只野兔从路边跑过，跑去抓住了兔，独自在猫身边啃吃，也不分给猫。猫想：找蛇头的事主要还是我，找到吃的不分给我，我要回去告诉主人。

狗和猫从此打肚皮官司。狗还是驮着猫去寻找蛇头的下落。走了很久，有一天，来到一间大瓦房前，狗对猫说：“我闻到蛇头的气味了，我身子大，容易被发现，你进去找吧！”猫悄悄钻进去，那个骗了蛇头的人喝醉了酒，睡着不动。一只老鼠跑出来啃箱找吃的，猫抓住老鼠要它帮忙，老鼠不敢违抗。

一会儿，进屋的老鼠出来了，终于在一只木箱里找到了蛇头。猫衔着蛇头出来，骑着狗，回到了主人身边。

盼望很久的主人看见猫衔回蛇头，非常高兴。主人问道："狗呢？"猫说："狗贪玩到处咬，我去骗子那里，狗还大叫，差点让我出不了骗子的门！"

老两口信以为真，就给猫吃好的，还让猫在灶台上吃、床上睡。狗回来了，主人很不高兴，把它拴在门前，每天挨饿受冻。不管狗怎样解释，主人也不理睬它，狗实在无法，见人就喊："冤枉！冤枉！"

智慧的青蛙

从前，在一片小湖泊的中央住着一只智慧的青蛙和一对野鸭夫妇，它们相处得又亲密又和睦。一年，因一场大的干旱到来，湖泊干枯得连一滴水也没有。于是野鸭夫妇对青蛙说："智慧的好青蛙，湖水干旱得连一滴水也没有剩下，我们实在没法再这么生活下去了，我俩有翅膀，可以飞起来去寻找别的湖水，你没有翅膀，所以我们只好分手了。"青蛙听了这些话有些难过，它说："我的好邻居，请你们不要把我扔在这里。"野鸭夫妇说，不是我们俩要随便扔下你，而是因为你没有能飞的翅膀，所以没有办法一起离开这里。"我有办法，"青蛙说着拿来一根树枝，"你们俩用嘴咬住树枝的两头，我用嘴咬住树枝的中间，这样我们不就可以一起飞走了吗？"野鸭夫妇听到这里，齐声赞同道，这个办法好极啦！就这样，野鸭夫妇按照青蛙想出的办法咬着树枝飞向远方。

当它们飞过一座村庄的上空时，地面上几个正在玩耍的儿童看见了，仰着脖子纷纷喊道："瞧天上，这么好的办法是谁想出来的呢？"青蛙听见了这句话，骄傲极了，便脱口而出："我！"话音刚一出口，嘴中的树枝就松开了，随即从空中掉了下来，狠狠地摔在一处密林中，顿时昏了过去。过了一会儿青蛙醒了过来，它看见一条很大的动物正站在自己的跟前盯着自己，于是好奇地问："你是谁呀？"那大动物回答道："我就是名叫白坚的老虎，你是谁？”青蛙一听这“老虎”二字，十分害怕，但是它强装出一副无所畏惧的样子回答道：“我就是吃虎蛙。”老虎不太相信，便说：“那么咱俩比试比试，看看谁从山下能先跳到山上，谁先到就由它吃掉后到的，怎么样？”这时智慧的青蛙已经想出了一个好办法，它点点头爽快地同意了。

当老虎转身准备跳跃时，智慧的青蛙马上抓住老虎尾巴上的三根毛，在老虎使出全身的力气一跃而起跳到山上时，虎尾巴一甩，刚好把青蛙甩在了老虎的前面。于是智慧的青蛙骄傲地对老虎说：“瞧！我已经赶在你前面到达了目的地，现在该由我这个吃虎蛙来吃掉你。”老虎害怕得立刻朝远处逃走了。

兔子逃“喳儿”

从前有一口湖，湖边有一片木瓜林，树林里住着六只兔子。有一次，一个木瓜熟了，从高高的树上落进湖水里，“喳儿”一声。兔子听见了，不知道是什么，吓得连忙就跑。

一只狐狸看见它们跑，就问：

“你们跑什么？”

兔子答道：“‘喳儿’来了！”狐狸听见连忙就跑。

猴子看见狐狸跑，就问：“你们跑什么？”

狐狸答道：“‘喳儿’来了。”猴子听见，也连忙就跑。

这样一个传一个：鹿、猪、水牛、犀牛、大象、狗熊、马熊、豹、老虎、狮子……一个跟着一个，都跑起来了。

大家闷着头拼命跑，越跑越害怕。山脚下有一只长毛狮子，看见狮子们这样跑，就问：“你们有爪子、有牙，力气最大，跑什么？”

“‘喳儿’来了！”跑得气喘吁吁的狮子回答道。

“‘喳儿’是什么？在哪里？”长毛狮子问。

“不知道。”跑的狮子回答。

“别乱跑！要打听明白了！这是谁跟你们说的？”长毛狮子问。

“老虎说的。”跑的狮子回答。

长毛狮子又问老虎，老虎说：“豹说的。”问豹，豹说：“马熊说的。”问马熊，马熊说：“狗熊说的。”于是又问狗熊、大象、犀牛、水牛、猪、鹿，这样一个一个地追问，最后问到狐狸，狐狸回答道：“是兔子说的。”

长毛狮子又问兔子，兔子回答道：“这个可怕的‘喳儿’，是我们六只兔子亲耳听见的。你跟我们来，我们指给你那个地方。”

于是兔子把长毛狮子领着，到了木瓜林旁边，指了一指说：“‘喳儿’在那里。”

恰巧这时候，又有一个木瓜从树上落下来，落进湖水里，“喳儿”的一声。

长毛狮子说道：“你们这些人！现在都看见了，这是木瓜落到水里的声音，有什么可怕的？看把你们的四只脚都要跑掉了！”

大家这才松了一口气，原来是虚惊一场。

小兔子洛珠

从前，在雅鲁藏布江边，有一块绿色的林间草地。草地上，流着叮叮当当的泉水，开着五颜六色的鲜花，长着各式多样的蘑菇。许多小鸟、小野兽在这里唱歌、跳舞、做游戏，真是快乐极了。可是有一天，从高高的雪山那边跑来了三只狼：一只是灰色的大公狼，两只是蓝色的母狼。它们说：“嚯，这地方真不赖，有吃的，有喝的，咱们把家安在这儿得了！”这下子，安静的森林不安静了，舒服的草地不舒服了。今天，母鸡丢了心爱的儿子；明天，小金鹿失去了慈祥的妈妈。长时间居住在这里的小鸟、小兽们，遭到了一场可怕的灾难，只好逃跑的逃跑，搬家的搬家，留在这里的，都是躲在很深很深的地洞里，藏在很高很高的树梢头，整天提心吊胆，不敢轻易出门。

草地上住着一只聪明的小白兔，名叫洛珠[①]，它没有逃跑，也没有躲藏，它在琢磨一些办法，惩治这些横行霸道的恶魔。

---

①洛珠：智慧、聪明的意思。

涂眼膏

一天，小兔子洛珠坐在草堆上，舒舒服服地晒着太阳，一眼瞥见那只大公狼，正神气十足地向它走来。它赶紧抓了一把泥土，在眼皮上抹着，还举着一块冰当镜子，照了又照。

大公狼在它头上敲了一下，奇怪地问："喂！小豁嘴！涂什么呀？"

小兔子这时才回过头来，好像刚刚看见大公狼，慌忙竖起两条后腿，鞠了三个躬，说："狼老爷，我在涂眼膏呀！"

"眼膏！什么眼膏？"公狼更奇怪了，眼睛瞪得老大，眼珠子差一点要跳出来。

小兔子放下冰块做的镜子，有腔有调地说："森林里的霸王狼老爷，请听我小兔子说三句：咱们当兔子真可怜，差不多天天受欺负，树叶掉下以为塌了天，连喊带叫逃命去。洛珠我发明了涂眼膏，它的妙处没法说！涂上眼睛能看几百里，树木岩石挡不住，鹞鹰来了我钻洞，猎狗来了我上树，从此我谁也不害怕，日子过得真舒服。"

大公狼想：嚯，都说森林里的兔子最聪明，看来一点也不错。如果我弄点这玩意儿涂上，那么森林里所有的鸟兽，不管躲在什么地方，我都看得清清楚楚，想吃什么就吃什么，想什么时候吃就什么时候吃，比现在这样东跑西颠，累死累活要好多了。想到这里，它笑着对兔子说："你的眼膏这样神，我真有点不相信。要不，给我涂一点试试？"小兔子赶紧说："不行，不行，老爷！您没有涂眼膏，我的小伙伴还不知被您吃了多少；要是涂上这玩意儿，我们一个也跑不了。"

"麦[①]，丑八怪，行也得行，不行也得行。你再不答应，我就把你当点心。"狼张开大口，露出长牙齿，一步一步逼过去。

①麦：对女人的卑称。在藏族故事中，一般都把小兔子说成女性。

“别，别，狼老爷，别开玩笑！”兔子假装吓昏了，战战兢兢地哀求：“狼老爷啊狼老爷，求您万万别发火。您对咱小兔子很关照，这个我心里都记着。现在眼膏涂完了，回去我给您制一盒。明天太阳当顶时，准时给老爷涂神药！”这么一说，狼才高兴起来。分手时，又在小兔子头上打了三下，提醒它不要忘记。

晚上，小兔子溜进山下一个木匠家，偷了一块牛皮胶。第二天一大早，它就把牛皮胶搁在石头上，让太阳慢慢烤化。

中午，大公狼得意扬扬地来了，说：“喂，眼膏带来了吧？”小兔子赶紧起立，用后腿在草地上跳了三下：“老爷！我在这里等您一会儿了，请把您可爱的脸儿朝着太阳，请把您温柔的眼睛闭上，我来给您涂药膏。”

狼坐在一块石头上，紧紧闭上眼睛。小兔子用一块树皮沾满了牛皮胶汁，在狼的眼睛上糊了一层又糊一层。

狼难受了，叫道：“哎哟！哎哟！该死的小兔子，你在骗我呀？”兔子在狼眼睛上吹着气，委屈地说：“唉，老爷，您也太难伺候了！又要装双千里眼，又要不痒不痛，世界上哪里有这样便宜的事呀！来吧！我来给你唱支兔子歌吧！”

接下来，兔子一边糊着牛皮胶，一边“啧啧啧”“啧啧啧”地唱着歌。狼觉得全身上下格外舒服，跟着歌儿不住地摇头晃脑。过了一会儿，胶汁在眼皮上结了壳，好像窗户钉了木板，狼想睁开眼睛，看看小兔子讲的灵不灵！小兔子忙说：“别！别！等会儿我叫您跳您就跳，叫您睁眼睛您就睁开眼睛，跳到半空中睁开眼睛，几百里内什么都看得清。”

兔子把一切办停当，搀扶着大公狼，走到一座陡峭的悬崖边，便有板有眼地喊：“一呀！二呀！三呀！狼老爷朝上跳呀！”

老狼使出全身力气，用劲往空中一蹦。它还没睁开眼睛，便掉进很深很深的峡谷，摔死了。

骑飞天树

有个小伙子，赶着一群雪白雪白的羊儿，来到这个林间草地放牧。突然，大公狼的老婆——蓝色的母狼跳出来，叼着一只小羊就跑。小伙子扬起手中的“乌儿朵”[①]，石头像冰雹一样，打在母狼的脑袋上、屁股上，母狼抵挡不住，跳进山涧逃命。

母狼游到对岸，慢慢爬上陡坡，左瞧瞧，右看看，想找个背风向阳的地方暖暖身子。忽然，它看见一只兔子，正骑在悬崖边的一棵尤莫树[②]上，左右摇晃、上下摆动，跟荡秋千一样，得意极了。

母狼朝它瞅了三次，越看越像弄死她丈夫的那只兔子。便三蹦两跳来到小兔子身边，用爪子搭在它的肩上，说：“害死我丈夫的坏家伙，你倒活得挺不错！今天碰上我狼奶奶，叫你小命逃不脱。”

小兔子把狼爪子从身上轻轻搬下来，动了动长耳朵，眯了眯红眼睛，不慌不忙地说：“金爪蓝毛的狼太太，请听小兔子我讲三句，你是雪山的母狮子，我是可怜的小动物，身体还没有拳头大，怎能杀死你丈夫？请您不要开玩笑，这样的玩笑我受不住。”说到这里，它蹭地一跳，蹲在尤莫树上。“太太呵，我名叫飞天兔，骑上飞天树到处走，人间的事情我不知道，请你万万别发火！”母狼眼睛瞪得核桃那么大，连忙问：“什么，你小兔子能飞天？”

“嘿嘿！说我没福也有福，全靠这棵飞天树，昨天去月亮上面玩了玩，今天要到神仙乐园去；神仙地方宝贝多，有吃有喝最舒服！太太啊，兔子我马上要飞天，你要捎什么快快说，是带些羊骨头，还是要几块肥牛肉？”

母狼越听越眼红，口水挂在嘴巴边上。它想：神仙住的地方，一定堆满了骨头和鲜肉，可以吃了睡，睡了吃。这样舒服的乐园，我蓝毛母狼怎么能

①乌儿朵：藏语译音，意为放牧时用来驱赶牛羊抛石子的工具。

②尤莫树：山上长的一种杂树。

不去逛逛！便把兔子从树上赶下来，自己神气十足地蹲在上面，说："呸！都说小兔子挺聪明，这点规矩也不懂。既然神仙地方吃喝多，当然该我母狼去！这棵树儿怎么飞，小兔子快快教给我！"

小兔子叹了一口气，装作没有办法的样子，帮助母狼刨开土，用牙齿咬树根。咬呀、咬呀，因为这棵树长在峭壁边上，树干向空中平伸开去。不一会儿，尤莫树"咔嚓"一声，脱落下来，只剩一点树根根，倒挂在石缝里。母狼吊在树中间，左摇右晃好比打秋千。

小兔子放开喉咙喊："狼太太，别害怕，马上就要上天了。一二三，使劲蹬！一二三，使劲蹬！"母狼使劲一蹬，连它带树，一起掉进山涧中，被滚滚的波涛冲走了。

尾巴钓鱼

过了几个月，森林草地上的冬天到了。高山戴上了厚厚的雪帽，流水变成了水晶般的冰块。老虎、豹子和狗獾，冻得像修禅的喇嘛，躲在洞穴里打坐；狼、狐狸和豺狗，饿得东奔西窜，碰到什么就吃什么！

这一天，小兔子洛珠，正在结了冰的江面上玩耍。它用短短的尾巴，不停地拍打冰块，拍呀、拍呀，全身暖烘烘的，舒服极了。

忽然，老公狼的妹妹——小母狼飞快地跑过来，挡住小兔子的去路，恶狠狠地说："麦！丑八怪！我的森林之王大哥，是不是被你弄下悬崖？我美丽善良的嫂嫂，是不是被你推下波涛？人寿该尽魔鬼到，羊命该尽老虎吞，小姐我今天正挨饿，你好给我当点心。"

小母狼说罢，猛扑过来，一爪子把小兔子打倒在冰上。小兔子机灵极了，心想：残忍的家伙，你也逃不过我的手心！它在冰上滚了三滚，翻身爬起来，向小母狼作了三个揖，说："白度母般慈悲的狼小姐，请您不要错怪我。弄瞎您哥哥眼睛的，听说是晒太阳的小兔子；送了您嫂嫂性命的，听说是骑飞天树的小兔子。我名叫钓鱼兔，决不能做出那样的事。”

小母狼说：“是你也好！不是你也好！反正今天我要吃了你！”说完，张开大口，伸出铁钩般的爪子，向小兔子扑来。小兔子连忙说：“小姐啊小姐！你看我全身皮包骨，吃了我不如吃个地老鼠！再说我全身都是刺，弄不好刺伤你的口。要是你肚子真正饿，我来钓鱼给你吃！”

小母狼想：都说小兔子聪明狡猾，说不定又跟我捣什么鬼，便拉着它的耳朵，很生气地说：“比妖精还坏的丑八怪，满肚子装的是坏水，你祖宗不干缺德事，后辈子不会成豁嘴。害死我大哥和大嫂，反正是你们兔子搞的鬼！你有什么办法钓到鱼，快点跟我说一说。”

小兔子把小母狼带到自己尾巴拍冰的地方，告诉它：“小姐呀，只要在冰上打个窟窿，再把尾巴伸进去，河里的鱼饿得没有办法，都会争着咬我们的尾巴，我们把尾巴往外一拉，就能把大鱼小鱼通通钓出来了。”

小母狼一听，笑得眼睛眯成一条线：“哈哈！尾巴钓鱼！太好了！”于是，便和小兔子一起，用尾巴拍打冰块，你打几下，我打几下，冰上打了个小窟窿。

兔子问：“小姐，你爱吃小鱼？还是爱吃大鱼？”小母狼说：“当然爱吃大鱼！”兔子说：“我的尾巴短，只能钓小鱼，小姐的尾巴长，能够钓大鱼。那么，小姐你先钓吧！”

小母狼受到奉承，心里十分舒服，赶忙把长长的尾巴塞进冰洞里。小兔子在旁边，一边给冰窟窿注水，一边念：“黑鱼来，白鱼来，大鱼小鱼快快来。”不到一顿茶的工夫，小母狼的尾巴就被冰死死地冻住了。小母狼以为钓住了许多鱼，还在高兴呢！

这时，小兔子推来了一块冰，自己站在上面，左手叉腰，右手伸出，指着小母狼骂：“狗头黑心的母娘呀，森林里的死敌听我讲：我在草地上晒太阳，你哥哥凭什么欺负我？眼皮上涂点牛皮胶，让它摔死在陡坡；我在树上做游戏，你大嫂凭什么要害我？骗它去骑飞天树，叫它小命见阎罗！刚才我

在冰上玩，你凭什么要吃我？骗你尾巴钓大鱼，这下子你也活到了头。你有话要说赶紧说，你有遗言赶快留。高兴呀，舒服呀！我为森林的朋友报了仇！”

说罢，快快活活跳起舞来。小母狼气得龇牙咧嘴，嗷嗷乱叫，弯了弯腰，弓了弓背，拼命朝小兔子扑击，准备把它连皮带肉吞下去。谁知这下子，把尾巴带胯骨通通拉断，挣扎了几下，再也爬不起来了。

小兔子高高兴兴，唱着胜利的歌。带着这个好消息，找自己的小伙伴去了。

狐狸、猴子和兔子的故事

从前，一只狐狸、一只猴子和一只兔子交上了朋友。但狐狸仍改不掉它那狡诈、小偷小摸的坏习惯，不是今天去东家的羊圈偷羊，就是明天去西家的鸡窝里偷鸡。而猴子生性好动，花园、果林自然成了它恣意享用、调皮玩耍的场所。只有聪明、胆小的兔子最本分，它食青草，饮溪水，动物们从来没告过它的状。

眼看狐狸和猴子在一起，一天一个坏点子，兔子心里很生气，它决定治治狐狸和猴子，好让它俩有所收敛。

一天，狐狸、猴子和兔子一块出去找吃的，来到一个宽阔无边的草原。这里水草肥美，各种鸟儿唱着自己的歌，黑白牛羊就像天上的星星落满了牧场。

兔子“嘿嘿”一笑说：“狐狸大姐，猴子大哥，俗话说，水草好的地方牛羊壮。我看这地方的牧民一定有吃有喝，生活不错。我倒有个主意，你俩若照办的话，肯定可以弄到好多好多吃的东西。”说到这，兔子得意地摸了摸自己的下巴。

一听能弄到吃的，狐狸和猴子围着兔子问：“你有什么好办法？快说给我俩听听。”

兔子朝狐狸和猴子打量了半天，这才慢悠悠地说：“我细细地观察过你俩，发现猴子大哥长得像人，狐狸大姐奔跑起来像骏马。猴子若是骑在狐狸

背上，真像大将军骑着骏马上战场，牧民见到你们这副威风的样子一定会送给二位许多好吃的东西。”

狐狸觉得这个主意不错，但猴子有些不放心。它眨巴着眼，抠着脑袋说：“兔小姐，这个办法好是好，可我从来没骑过马，再说狐狸的背上又光又滑，它跑起来像飞一样快，会把我摔下来的。”

“这好办。”聪明的兔子找来一块石片，跑到一棵又粗又高的松树下，铲来一大坨又湿又粘的松油脂，先在狐狸背上抹了一层，又弄来一坨抹在猴子屁股上，便小心地将猴子搀扶到狐狸背上。出发前，兔子反复叮咛他俩说：“到了牧民那要装得神气些，千万别忘了向他们要‘玛缺’。”①

路上，猴子不停地念叨着：“玛缺、玛缺。”不一会儿就来到了牧人帐篷前。

猴子很有礼貌地对从里面走出来的一位白发老人说：“可怜可怜我们这远道而来的勇士吧，多给我们一些‘玛缺’吧！”

一听这话，老人气得连嘴里仅有的一颗牙都快掉出来了，他转身就放开牧羊狗去咬它俩。狐狸见状，驮着猴子没命地逃。它一边跑一边气喘吁吁地对猴子说：“你，你快下来吧，背着你，我实在跑不动啦。”猴子的屁股早已牢牢地粘在狐狸背上，不管它怎么挣扎也下不来。

狐狸终于逃脱了狗的追赶，来到兔子跟前，瘫倒在地，猴子也摔了下来，但屁股上的一大块皮却留在了狐狸背上，疼得猴子在地上直打滚。

看到狐狸和猴子这副苦相，兔子乐得哈哈大笑。

打这以后，猴子的屁股由于少了块皮，永远都是红红的；狐狸呢，也因背上那块猴皮天长日久，自己身上总是散发出难闻的臭味；兔子也因笑得太开心而成了三瓣嘴。

---

①玛缺：藏族宗教习俗，即将自己的牛羊全部杀掉，用其血肉来敬佛供神。

狐狸称王

一只狐狸饿得没办法，就到附近的村庄里去找东西吃。在回家的路上，不小心掉进了一个染缸里。它挣扎了大半天，好不容易才跳出染缸。狐狸觉得累极了，便躺在一块碱地上休息。不一会儿，它迷迷糊糊睡着了。

狐狸一觉睡到第二天早上。它醒来一看，见自己身上的毛全都变成黄黄的了。它十分伤心，害怕日后没脸见自己的伙伴。恰好在这时，一群狐狸迎面走来，见它身上金光闪闪，便十分惊奇地问："你是谁呀？"

狐狸见大伙没认出它来，便撒谎说："我是帝释天王派来当天下野兽的大王的。"

狐狸们一听是帝释天王派来的兽王，便小心地侍奉它，并派几个伙伴分头去通知所有的野兽，让它们立即来见新兽王。一传十，十传百，不一会儿，野兽们都知道了这件事。就这样，狐狸被大伙尊为兽王。大象自愿做它的坐骑，狮子成了它的卫士，老虎和其他身体高大的野兽簇拥着它。狐狸们只能远远地跟着。

自从这只狐狸做了兽王后，其他的狐狸们经常遭受它的欺凌。狐狸们气得没办法，便一起想办法惩治它。有只爱动脑筋的狐狸说："它明明和我们是同类，却经常欺负我们。如果我们一起叫喊起来，它也肯定会叫唤。这

样，它就会露出马脚，再也当不成兽王了。”狐狸们约定：十五日晚上在各自的窝边同时叫唤起来。

到了十五日晚上，那个自称是帝释天王派来当兽王的狐狸听到自己同类伙伴的叫唤声，就憋不住地叫了几声。这一叫不打紧，大象由此知道了自己背上坐着的竟然是一只狐狸，愤怒之下一抖身，把狐狸摔了下去，摔了个粉身碎骨。

老虎到底是老虎

一个猎人安了一个笼子在山坳里捉老虎，笼子里放了一些牛肉。一只老虎饿极了，走到笼子里去吃牛肉，刚一进去，笼子的门便落了下来，把老虎关在笼子里再也出不来了。

这时候，有一位打柴的老汉上山打柴，走着走着，忽然有声音喊道："老大爷！老大爷！救救命啊！"老汉回头一看，原来是一只老虎被关在笼子里，吓得他连忙要走。老虎又喊："啊呀！老大爷，我被关在笼子里快要憋死了，你难道见死不救吗？你不是佛教徒吗？你不知道佛家普渡众生的道理吗？"

老汉想了一想，再看看老虎那副可怜相，眼泪汪汪的，心中着实不忍，于是走过去说；"老虎，我放你出来，你……你可别伤害我这老年人啊！"

老虎说："是呀！我哪能做出那种'借酥油茶还水'的伤天害理的事来呢？你快点儿放我出来吧！"

老汉哆哆嗦嗦地走到笼子跟前，扯起笼子的门，把老虎放出来。这老虎一出了笼子门，就张牙舞爪直扑过来，老汉急得直嚷嚷："唉！唉！你怎么可以说话不算话呢？我放了你出来，你反过来倒要害我，那怎么行？"

老虎说："不晓得行不行！我只晓得我的肚子饿了，不吃你我得饿死。再说你为什么开门时那样慢慢吞吞地有意跟我开玩笑？"

老汉苦苦地哀求："虎大哥！虎大哥！你可不能吃了我，我家里还有老婆

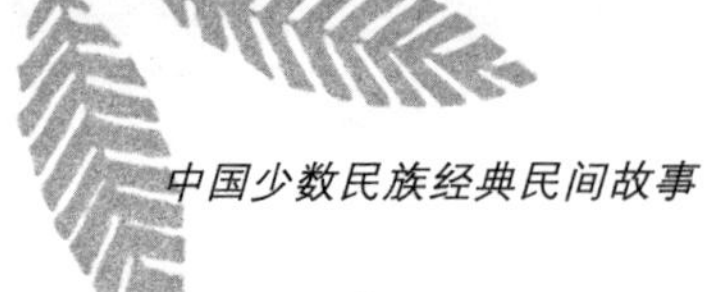

孩子一大堆人，等着我打柴回去养活他们呢！你吃了我岂不害了我们全家。”

老虎摇摇头：“那也不关我的事，反正我的肚子饿了，我就得吃了你才活得下去，不能跟你啰唆了！”说着又扑过来。老汉绕着圈跑着说：“虎大哥！你别着急，反正我也跑不了，咱们去问问三位老人，让他们评评理，他们说我该让你吃，那我就往你嘴里跳，好不好？他们要是说我不该让你吃，你就去吃点别的吧！”老虎答应了，他俩一起去问三老。

走着走着，路旁碰见一棵老桃树，真是老得很了，树干又粗又大，树枝却是光秃秃的，老汉走上前去，说：“老桃树，老桃树，你上了年纪，很有阅历，我有件事请你评评理！”

老桃树眼也不睁地“哼”了一声。

老汉接着说：“这位虎大哥被关在笼子里，眼看活不成了。我好心好意地放它出来，它倒要来吃我，你说该不该？”

老桃树睡眼朦胧地说：“我自小就长在这里，每年结出桃子让人们吃。夏天人们在我旁边乘凉，冬天人们在我身旁避风，人们让小孩儿成天爬在我身上糟蹋我，这还不算，还砍下我的枝条当柴烧。如今我老了，人们又在计议把我伐掉去派用场，这一切哪里还有什么是非黑白啊！我看让老虎吃了你也没有什么不应该的！”

老虎听了笑着说：“怎么样？没有错吧！快让我当点心吧！”

老汉说：“你别着急，这桃树是没有灵魂的东西，让我们再去问问有灵魂的。”

他们又往前走，走着走着，在山脚的草坪上遇见了一只老母牦牛，它牙也掉了，一只眼也瞎了，老汉走上去问道：“老牦牛！老牦牛！我有一件事情问问你！”

老牦牛像一个老喇嘛坐禅似的，动也不动，只是鼻子里“嗯”了一声。

老汉说：“这位虎大哥被关在笼子里，是我把它救出来的，它反而倒过头来要吃我，你说应不应该？”

老牦牛喃喃地说：“你看我，为人干了一辈子活路，人们挤下我的奶来做酥油，剪下我的毛来织帐篷，捡起我的粪来当柴烧，让我驮东西、耕田，风里雪里，高山大河，我从来没有辞过辛苦。眼看着我老了，人们反而议论着要杀掉我来吃我的肉，剥皮制靴子。你想想这一切还有什么是非黑白，我看你让老虎吃掉也没有什么不应该的！”

老虎在一旁蹲着，听了这一段话又舔嘴抹唇，要上来吃老汉，老汉说：“咱们不是约好了问三位老人吗？还有最后一位老人没去问哩！假若他还说你该吃我，那我就死而无怨了！”

他俩又继续往前走，走了不远，遇见了一只老兔子。这下子老虎自己走上去问：“喂！长耳朵的老家伙，咱有件事问问你，你得老老实实地说，说错了当心你的性命！”

兔子听了直发愣，也不晓得怎么回事，只是诺诺地答应说：“啦索！啦索！”

老虎又气呼呼地说：“这老家伙放我出笼子，哦不！当我让他开门的时候，他慢慢吞吞，有意跟我开玩笑，而且，而且——我的肚子又饿了，你说我应不应该吃掉他？”

老兔子听了，看看坐在一旁愁眉苦脸的老汉，心中盘算：这老虎是个凶家伙，今天又来糟害老汉，不想法把它除掉，人们是不得安宁的。于是说：“虎大王，照您的说法看来，真该把老汉吃掉，这老汉对你也实在太不礼貌了，不过，我还不大相信他真有那么大的胆子来戏弄您。”

老虎说：“真的，谁还骗你，你不相信，咱们一道到笼子那儿瞧瞧去，你看他那副慢吞吞、懒洋洋的劲儿！”

兔子说：“好！咱们一道去看看，我才能决断。”

三个一起又回到了笼子旁边，又让老虎进了笼子，落下了门，把老虎照样关好。老虎让老汉开门试试，兔子对老汉说：

“算了吧！还让他关在笼子里吧，咱们各走各的路好了！”

老汉到这时才醒悟过来，感激地看看兔子，又看看老虎，自言自语地说：“老虎到底是老虎啊！可怜不得！”

金锭、银锭、氆氇、藏靴和粮食的争执

金锭、银锭、氆氇、藏靴和粮食结伴到西藏去。一路上它们不分贵贱，非常友好地走着。

但是，到了拉萨以后，金锭、银锭、氆氇和藏靴却想："我们到了目的地了，在这里我们将天天和大活佛、大喇嘛、大堪布[①]和有学问的格西[②]见面，我们怎能和普通的粮食平起平坐呢？这怕会惹人笑话吧！"

粮食说："为什么要这样对待我呢？我们不是一路来，一路走着，都不分高低吗？"

金锭、银锭、氆氇、藏靴说："因为我们都是最高贵的，我们从来只和上等人来往，因此该坐在上面的'喀布'上。至于你，你是最平常、最不值钱的，因此你应该坐在'可把'[③]们坐的下方。"

粮食说："既然你们都这样说，我就坐在下方吧！不过我要告诉你们：你们虽然坐在'喀布'上，却都不见得有我贵重。世间一旦没有我，你们也都不会有了。现在且让你们暂时去'高贵'吧！"

---

①堪布，喇嘛寺院中的高级负责人，类似主教之类。

②格西：研究佛经，经过一定考试的学位称号。

③可把：即奴隶。

说完，它就坐到“可把”的位置上，从自己的口袋里取出馍啊，饼啊……自己吃着，不理它们。吃完后又把剩下的都放进袋子里去，又一碗一碗地喝着马茶，显出吃喝都非常舒服的样子。

这时金锭、银锭、氆氇、藏靴都感到饿了，但它们都没有馍和饼，只在一旁干瞪眼，看着粮食在那儿吃。哪知越看越饿，后来饿得几乎不能支持了。

最后它们一齐请求粮食给它们一点吃的，粮食却转过头去，不理它们。

它们实在饿慌了，才一齐起来，自动走到下方去坐，请粮食坐到“喀布”上去，并请粮食给它们一点吃的。

粮食说：“我不是最平常、最普通、最不值钱的吗？为什么又要去坐在‘喀布’上呢？”

金锭、银锭、氆氇、藏靴一齐鞠躬认错说：“今后我们再不敢把你看轻了，你虽然是最平常、是普通、最不值钱的东西，但是没有你，我们都将没有，都会饿死。”

粮食笑了笑，才拿了一点给它们吃。

锦鸡、兔、猴、象吃果图

在很早很早以前，有一只锦鸡、一只兔、一只猴和一只象，它们结拜为兄弟。

锦鸡因为能飞，有一次飞上了三十三重天，衔来了一颗果树种子。这种子是万年生长，一年四季都结果子的。

它们当中兔最有心机，它知道这种子的贵重，就首先动手把种子种在地上。猴子知道这树会结果，就天天替它上肥。大象也想吃果子，就天天用长鼻子从河里汲水来浇灌。

由于大家的照料，树一天天地长大了，很快就结果了。

锦鸡从树尖飞过，看见果子成熟了，心想："我带来的种子结果了，我的功劳真不小呵！现在该我享受了。"于是，它天天飞上树，在树上慢慢地啄食这果子。

猴子是可以上树的，它想吃就爬上树，不想吃时就爬下来。

象的个子很大，就用它的长鼻子卷着树枝吃果子。

这中间最吃亏的是兔子。它爬不上树，只有在树下扑打纵跳，望着香气扑鼻的果子，翘尾巴，舔嘴唇。

树一天天长得更高了，连有长鼻子的象也吃不到果子了。于是，它们开始了争吵。

象和兔一齐向锦鸡和猴子嚷着：

“这太不公平，树长高了，只有你们两个吃得到果子，要知道我们也曾种过它，浇过水呀！”

兔更不满意地说：

“是的，真太不公平，我一直吃不到一个果子，只吃了几片落下来的树叶。”

但是锦鸡和猴子只顾自己吃，不理它们。它们无奈，就去找了一个聪明人来替它们评理。聪明人说：

“你们四个先不要争。天底下原来没有这种果树，你们先说这树是哪里来的？是怎样生长的？你们告诉了我，我就可以替你们想出调解的法子了。”

于是，锦鸡说：

“聪明人呵，正像你所说的，这树天底下本来没有，是我从三十三重天上衔来的种子生长出来的。我的功劳最大，难道不该吃这果子吗？”

兔子说：

“虽然锦鸡衔来了种子，但它不知道该怎么让种子长成树，结出果，是我想到把它种下地，因此才有了这棵树。可我却一直吃不到果子，只能吃到偶尔落下来的几片叶子。你说这公平吗？”

猴子说：

“虽然有了种子，有人种下地，但我上肥的功劳可也不小啊！这树原来只有一根细草那样大，要不是我天天上肥，它怎么能活呢？”

象说：

“虽然有了种子，有人下种，有人上肥，但是，天旱了这样久，我每天都用鼻子从河里运水来浇它，它才生长起来。凭这一点，我为什么不该吃这果子呢？”

聪明人说：

“照这样看来，你们每人都对这树出过力，每人都该吃到这果子。你们

与其这样争吵，不如想大家都能吃到果子的法子。因为只有这样，才不至于伤害你们兄弟之间的感情，而且又能使这棵树结更多的果子。”

它们觉得这话很有道理，于是就一起商量，终于商量出一个办法，规定大家吃果子时要一道吃，让象站下边，象背上站猴子，猴子背上站兔子，兔背上站锦鸡，然后由锦鸡摘下果子交给兔，兔交给猴，猴交给象，果子摘好了，大家一齐吃。吃了果子，吃叶子也是一样。

自从想出这个吃果子的办法后，它们就不再争吵了，而且使树长得更好，果子也结得更多了。

——这就是那幅时常被画在藏族地区墙壁上的五色彩画。这画名叫“锦鸡、兔、猴、象吃果图”。它教人知道团结和尊重他人劳动的意义。

狮子和犀牛

一座山林里有一只狮子和一头犀牛，它们是多年的邻居。母犀牛临死时向狮子说：

“我要去世了。以后，我的娃娃和你的娃娃在一块的时候，若遇有什么困难，你千万要多多帮助照料它。”

母狮懂得做妈妈的心意，就用前掌揩着眼泪答应了。

不久，母狮又要死了。临死前它给小狮和小犀牛每人修了一座房屋，一座在山这边，一座在山那边，然后向它们说：

“我快要离开你们了！以后，你们必须自己照料自己。你们一个住山这边，一个住山那边。千万记住要永远友好，互相帮助，这样我闭上眼睛也就放心了。”

母狮死了以后，小狮子和小犀牛听它的话，分住在两边。

有一天，来了一只狐狸，它看见小狮一人忙着，问道：

“狮少爷，怎么你一人住着呢？”

“因为阿妈死了，阿妈死以前修了两座房，叫我和犀牛兄弟分住，我们就分开住了。阿妈说分住要亲热些。”

狐狸点点头，急忙又到小犀牛那边去看看，看见它们果然分住了。于是它立刻到小狮那里去打听说：

“狮少爷，你早上起来爱做些什么呢？”

小狮说：

“我早上起来，按照祖传的习惯：先伸伸腰，抖抖尾巴，伸伸腿，东望望，西望望，然后跳几下。”

它又同样去问小犀牛。

小犀牛回答说：

“我早上起来，先在石头上磨角，抖抖尾巴，伸伸腿，然后这边跑几趟，那边跑几趟。”

狐狸打听清楚了这些，第二天就跑去向小狮说：

“狮少爷，不得了呀！那小犀牛真坏透了。它每天早上起来就磨角，又跑来跑去地练腿，八成是正准备着有一天要把你吃掉呢！”

小狮听了，半信半疑。

狐狸又到小犀牛那里去，向它说：

“哎呀，犀牛少爷，你看见没有？狮子每天都在伸腰，抖尾，东张西望，它正在练武，打算吃你啊！”

小犀牛听了，也半信半疑。

它们从此以后都彼此猜忌、怀疑、嫉妒，彼此都用心察看着对方的一举一动。

这样一来，小狮果然看见犀牛每天早上一起来就磨角，又这边跑一趟，那边跑一趟，像要准备厮杀的样子；而小犀牛每天也看见小狮子伸腰，抖尾，伸腿，并且不停地东张西望，像在窥探什么一样。

双方每天这样看着，提防着，越看越愤恨，认为对方真要来杀害自己了。有一天它们终于沉不住气，小狮和小犀牛都用尽气力向对方冲去，结果一齐掉在深谷里跌死了。

现在，只剩下日夜窥探在旁边的狐狸来吃它们的肉了。

鹦鹉学人话

森林里住着一只夸口的鹦鹉，它自以为比谁都聪明、美丽，别的鸟它都瞧不起。每天大家还没有起床的时候，它便在林子里唱歌，叫叫嚷嚷的，害得大家不能休息。一天，喜鹊对它说："鹦鹉呀，大家劳动了一天，睡得正好，你别把大家吵醒好不好？"鹦鹉说："这是什么话？我银铃般的嗓子谁不知道？你叫我别唱，那怎么行！"说罢，它又得意扬扬地唱起来。

这时，北方飞来一群大雁，大雁看见鹦鹉骄傲的样子便说："鹦鹉呀，你是很聪明美丽的，如果你再学会人说话，那就更了不起了。"

鹦鹉说："这有什么了不起的！等着瞧吧，再过三天我就学会人说话！"大雁见鹦鹉很不虚心，也就飞走了。

鹦鹉要想学会人话来显示自己的聪明，便离开了森林，飞了一天一夜，来到了一个村子，在一户人家的房顶上歇下来。

这时，这家一个小孩正在和狗一起玩耍。突然，狗汪汪地叫起来，孩子连忙对妈妈说："妈，狼来了！"

阿妈在屋里说："你可要注意呀！"

这时，在房顶上的鹦鹉听见以后，便记住了"狼来了"和"注意"两句话。

过了一会儿，孩子的爸爸回来了。孩子对阿爸说："你辛苦了。"鹦鹉

又学会“辛苦了”。

鹦鹉已经学会了三句话，觉得自己很了不起了，便高兴地向森林里飞去。

半路上，鹦鹉遇见一个回家的石匠。鹦鹉想：我学了这么多人话，可以和人讲话了，我现在是最了不起的了，于是便飞到路旁的树枝上歇下来。等石匠走到身边时，便向石匠说：

“辛苦了！”

石匠说：“不，不辛苦。”

鹦鹉说：“狼来了！”

石匠急忙向四处一看，没有狼。鹦鹉又说：

“注意！注意！”

石匠惊慌地四周看了又看，这片平原上连个狼的影子也没有。石匠气极了，便说：“你这个撒谎的家伙！”一边骂，一边拾起一块石子向鹦鹉打去，石子正巧打在鹦鹉的嘴上，鹦鹉非常难堪，急急忙忙就飞走了。

这一切，都被树上的喜鹊看见了。喜鹊立刻回去告诉了大家。不一会儿，鹦鹉飞回了森林，很多鸟儿围上来问：“聪明的歌手呀，人话学得怎么样了？”

喜鹊在旁边高声地说：“辛苦了，狼来了！注意！”说着用翅膀“啪”的一声打在自己的脸上，大家“哄”地都笑了起来。

鹦鹉羞得满脸通红，展翅飞到自己家中藏了起来。从此，鹦鹉再也不骄傲了。

乌龟和猴子

乌龟和猴子很要好。它们整天在草原上晒太阳，说笑话。经常一起到猴子住的森林里去玩。猴子还经常爬上树去，摘各种各样美味的果子，给它的朋友吃。

可是，乌龟却有个打算：想吃猴子的心。有一天，乌龟给猴子说："朋友，我常上你这儿来吃、喝、玩，今天你到我家里去好吗？"

猴子说自己很愿意去，可是下不了海。

乌龟说："不要紧，我可以背你去。"

于是，猴子便爬上乌龟的背，由乌龟背着下海去了。进到海里，乌龟却装出可怜而又痛苦的样子说："亲爱的猴子朋友，我有个儿子病得快要死了。医生说，只有猴子的心才可以治好它的病。那么，你是不是能把心割下一点呢？"

猴子听后，知道自己受了骗。但它很灵巧，立即想出个主意，哄乌龟说："是这么回事，可以可以，但是今天太不凑巧，刚才来得太慌忙，我把心忘在家里了，你到我家里去拿来吧。"

乌龟不知道它是说谎，以为猴子中了计，便说："你把心放在哪儿我不知道，还不如咱们俩一块去取哩。"

于是，乌龟仍然把猴子背上海岸，并且一直背到猴子住的树下。猴子

说："我上去拿，你在树下接吧。"乌龟连声说好。不料猴子爬上树后，却坐在树枝上唱起歌来：

我马虎交了个朋友，
它的心眼真恶毒。
要不是我的智慧啊，
早已吃了大苦头！

乌龟在树下听见，知道自己的计策被猴子识破了，可是又不会爬树，抓不到它，只好忍着气走回去。

第二天，乌龟也想出一个办法：到猴子常去睡觉晒太阳的山沟里藏着，想在猴子睡觉的时候杀死它。

猴子来了，可是这回却提高了警惕，它站在山顶大声地唱着：

山洼，山洼，
我猴子在你的怀抱里安家；
如果没有藏着坏蛋乌龟，
请你长长地说声"啊——！"

乌龟听了，为了表示自己不在这儿，就长长地喊了声："啊——！"

猴子笑了笑，说："这儿有乌龟，我到别处去吧！"

爱虚荣的乌鸦

一只狡猾的狐狸，它很想吃乌鸦的肉。一天，它躺在草地上装死，心想，乌鸦看见我死了，一定会飞来吃我的肉，它来吃我的时候，我就把它抓住。哪知乌鸦飞了一圈，见狐狸不像死了的样子，就飞走了，并飞去告诉喜鹊说："你别到狐狸身边去，它在装死，会吃掉你的！"

狐狸见自己这一计落了空，就跑到喜鹊巢下说："老喜鹊，你如不把你的小喜鹊抛下来给我，我就把你们全家吃掉！"

喜鹊很着急，把这事告诉了乌鸦。

乌鸦说："不要紧，它不会爬树，它是吓唬你的！"

狐狸见吓唬也不生效，又想了一想说："乌鸦太太，你走路最漂亮了，如同贵夫人一样，谁也比不上你！"

乌鸦最喜欢听人家夸它漂亮，就飞了下来，在狐狸前面一扭一扭地走。

狐狸又说道："乌鸦太太，你的衣服很薄，冬天是怎么过的？你的头不冷吗？"

乌鸦得意地回答："冬天天冷时，可以把头钻在翅膀底下！"

狐狸又故意问："翅膀底下怎么个钻法啊？"

乌鸦一边做一边说："这样钻。"乌鸦就把头钻到翅膀底下去了。那狐狸趁这机会扑上去，把乌鸦吃掉了。

长江源头的传说

自古以来，在藏民族的语言中，“直曲”[①]是指长江源头的一条河。它发源于唐古拉山北麓海拔6700米处的直西嘎[②]雪山脚下，流经安多县多玛区，犹如一条美丽的银带向着东北奔流而下。

真奇怪，如此汹涌澎湃的长江怎么跟牦牛联系起来了呢？相传很早以前，魔国女将日西·阿达鲁莫的父亲被一头叫麻热卡热杜的野魔牦牛顶死，阿达鲁莫要报杀父之仇，决心把所有的野牦牛斩尽杀绝。她整天追杀野牦牛，将阳山上的野牦牛追杀到阴山上，又把阴山上的野牦牛杀赶到阳山上。如此日复一日地杀，年复一年地追，追得飞沙走石，杀得牛肉堆成山，鲜血流成河，牛皮织做帐，然而她始终没有找到那头犄角上还挂着她阿爸的野魔牦牛。当她更加疯狂地追杀野牦牛的时候，有一天，她见一头失去了母亲的牛犊倒在地上快死了。满面杀气的日西·阿达鲁莫联想起自己失父之苦，不由得产生了怜悯之心，于是收养了那头可怜的孤犊，但她仍继续追杀野牦牛不止。野牦牛几乎被她杀光，但还是不见她的仇敌麻热卡热杜。她正发誓要找遍整个羌塘草原的每一颗沙粒之间，找到杀父之仇敌时，却发现在她收养

---

①直曲：藏语，意为母牦牛河。

②直西嘎：藏语，山名，意为白色尊容。

的孤犊的右犄角上挂着一小块皮袍的碎片，她细细一瞧，竟是她父亲临死前穿的羊皮袍料，再细加端详，那犊牛角上还沾有斑斑点点的血迹。日西·阿达鲁莫勃然大怒，抽出腰刀欲刺。就在她抽出刀的一刹那，牛犊竟变成了一头大山般的巨牛，一副山洞似的鼻孔中发出震天动地的怒吼声，抵着一双钢柱般的犄角向她示威。日西·阿达鲁莫迅速跨上战马，张弓搭箭准备与牦牛决一死战。就在双方的死神同时降临的时候，那魔牛突然调头向北逃去，日西·阿达鲁莫在后面穷追猛击。野魔牛跑着跑着忽被一座巍峨的雪山挡住了去路，日西·阿达鲁莫追上，射出仇恨的一箭，"轰隆隆"的一声巨响，野魔牛终于倒地死了。两个鼻孔中哗哗地往外流着鲜血，两股牛血一股向东一股朝西，越流越远，渐渐成了两条河。

野魔牛被杀死了。日西·阿达鲁莫报了深仇大恨，从此，她再也不追杀野牦牛了。她把剩余的野母牦牛从羌塘的四面八方赶来集中在野魔牛葬身的深谷右面，并取名为直荣谷，就是母牛谷的意思。曾助过她一臂之力的那座美丽的白雪山，取名为直西嘎。那条魔牛鼻血变成的大河，是从直荣谷中流出去的，所以取名叫直曲。

远处望去，横看直西嘎雪山南麓的山脉，确像一头巨大的野牦牛倒在地上。此山北端两侧流出两条河，左"鼻"流出的河汇入向西流的扎加藏布江；右"鼻"流出的河就是长江的源头直曲河。

附　录
本书所选故事的资料来源

1. 天、地、人的起源　讲述者：扎嘎才礼、小石桥、项专；搜集者：谢世廉、周益华、姜志成、周贤中。选自中国民间文艺研究会四川分会、四川大学中文系、平武县文化馆编：《四川白马藏族民间文学资料集》，1982年。

2. 星星的由来　讲述者：觉乃尔；采录者：王彰明。选自《民间文学》1983年第10期。

3. 人类三始祖　讲述者：索朗；采录者：阿强、达戈；采录时间、地点：1987年于若尔盖县向东牧场。选自《中国民间故事集成・四川卷》编辑委员会编：《中国民间故事集成・四川卷》，北京：中国ISBN中心，1998年。

4. 洪水潮天　讲述者：扎西仁青；翻译者：偏初次尔；采录者：刘先进刘尚乐；采录时间、地点：1985年于木里藏族自治县桃坝乡。选自《中国民间故事集成・四川卷》编辑委员会编：《中国民间故事集成・四川卷》，北京：中国ISBN中心，1998年。

5. 青稞种子的来历　讲述者：黑尔呷；采录者：帕金；采录时间、地点：1956年于马尔康卓克基地区。选自《中国民间故事集成・四川卷》编辑委员会编：《中国民间故事集成・四川卷》，北京：中国ISBN中心，1998年。

6. 哈拉射日　讲述者：卓玛措；采录、翻译者：仁青、叶森；采录时间：1982年；搜集者：赵清阳；流传地区：青海黄南。选自青海省黄南州民间文学集成办公室编：《黄南民间故事》，西宁市城西区民族印刷厂，1990年。

7. 人身上为什么没有毛　讲述者：曲嘎；采录者：扎西罗布；翻译者：大丹增；采录时间、地点：1991年于波密县旭木新村。选自《中国民间故事集成・西藏卷》编辑委员会编：《中国民间故事集成・西藏卷》，北京：中国ISBN中心，2001年。

8. 雄狮大王格萨尔 搜集整理者：徐国琼；选自陶阳、钟秀编：《中国神话》，北京：商务印书馆，2008年。

9. 格萨尔王与北方七兄弟星 讲述者：罗桑多吉；采录者：王尧；采录时间、地点：1960年于拉萨市。选自《中国民间故事集成·西藏卷》编辑委员会编：《中国民间故事集成·西藏卷》，北京：中国ISBN中心，2001年。

10. 阿尼·格萨 讲述者：曹姆；翻译者：曹保；采录者：四川大学中文系78级采风队；采录时间、地点：1981于平武县白马乡。选自《中国民间故事集成·四川卷》编辑委员会编：《中国民间故事集成·四川卷》，北京：中国ISBN中心，1998年。

11. 文成公主的故事 讲述者：白玛拉姆、达瓦错姆、伯宗、曲珍；帕古、白玛央宗、格桑、元登嘉错；采录者：陈践践、王文成、祁连休；整理者：耿子方。选自中央民族学院少数民族语言文学系藏语文教研室藏族文学小组编：《藏族民间故事选》，上海：上海文艺出版社，1980年。

12. 金城公主 翻译整理者：佟锦华。选自《中国民间故事集成·西藏卷》编辑委员会编：《中国民间故事集成·西藏卷》，北京：中国ISBN中心，2001年。

13. 大昭寺的传说 讲述者：罗桑曲扎；采录者：廖东凡；采录时间、地点：1982年于拉萨市。选自《中国民间故事集成·西藏卷》编辑委员会编：《中国民间故事集成·西藏卷》，北京：中国ISBN中心，2001年。

14. 头上有角的国王 讲述者：格桑拉姆；翻译整理者：王尧。选自中央民族学院少数民族语言文学系藏语文教研室藏族文学小组编：《藏族民间故事选》，上海：上海文艺出版社，1980年。

15. 阿尼玛卿雪山的传说 讲述者：华贡杰；采录者：董绍宣；采录时间、地点：1987年于果洛藏族自治州大武镇。选自《中国民间故事集成·青海卷》编辑委员会编：《中国民间故事集成·青海卷》，北京：中国ISBN中心，2007年。

16. 嘉陵湖和鄂陵湖的传说 讲述者：三培；采录、翻译、整理者：赵清阳；采录时间：1987年；流传地区：泽库、同德等地。选自青海省黄南州民间文学集成办公室编：《黄南民间故事》，西宁市城西区民族印刷厂，1990年。

17. 羊卓雍湖 搜集整理者：单超。选自刘万庆、吴雅芝编：《中国少数民族风物传说选》，北京：中央民族学院出版社，1986年。

18. 九龙山 搜集整理者：李波。选自刘万庆、吴雅芝编：《中国少数民族风物传说选》，北京：中央民族学院出版社，1986年。

19. 石狮眼里掉血泪 讲述者：普布次仁；采录者：克珠；翻译者：强巴班宗；采录时间、地点：1992年于琼结县。选自《中国民间故事集成·西藏卷》编辑委员会编：《中国民间故事集成·西藏卷》，北京：中国ISBN中心，2001年。

20. 文顿巴和美梅错 讲述者：白桂花；采录翻译者：佟绵华；采录时间、地点：1958年于四川德格县。选自《中国民间故事集成·四川卷》编辑委员会编：《中国民间故事集成·四川卷》，北京：中国ISBN中心，1998年。

21. 马夫次旦 讲述者：尼玛彭多；采录时间：1979年；整理时间：1982年。选自廖东凡、次仁多吉、次仁卓嘎收集翻译，廖东凡整理：《西藏民间故事》第一集，西藏人民出版社，1983年。

22. 国王岭色曲结和妃子梅朵玲孜 讲述者：玉珍；采录时间：1979年；第一次整理时间：1981年；第二次整理时间：1982年。选自廖东凡、次仁多吉、次仁卓嘎收集翻译，廖东凡整理：《西藏民间故事》第一集，西藏人民出版社，1983年。

23. 泽林·尼玛贡觉 讲述者：尼乔；采录、翻译者：廖东凡、次仁多吉次仁卓嘎；采录时间、地点：1979年于日喀则市。选自《中国民间故事集成·西藏卷》编辑委员会编：《中国民间故事集成·西藏卷》，北京：中国ISBN中心，2001年。

24. 布芝姑娘 讲述者：平措布芝；采录时间：1979年；第一次整理时间：1981年；第二次整理时间：1981年；第三次整理时间：1982年。选自廖东凡、次仁多吉、次仁卓嘎收集翻译，廖东凡整理：《西藏民间故事》第一集，西藏人民出版社，1983年。

25. 公主的珍珠鞋 讲述者：旺青；采录时间：1979年；整理时间：1981年。选自廖东凡、次仁多吉、次仁卓嘎收集翻译，廖东凡整理：《西藏民间故事》第一集，西藏人民出版社，1983年。

26. 措珠丹琼 讲述者：玉珍；采录时间：1979年；整理时间：1980年。选自廖东凡、次仁多吉、次仁卓嘎收集翻译，廖东凡整理：《西藏民间故事》第一集，西藏人民出版社，1983年。

27. 橘子姑娘 讲述者：尼玛彭多；采录翻译者：廖东几、次仁多吉、次仁卓嘎；采录时间、地点：1979年于日喀则市城关镇。选自《中国民间故事集成·西藏卷》编辑委员会编：《中国民间故事集成·西藏卷》，北京：中国ISBN中心，2001年。

28. 铁匠米垂托牙 讲述者：尼玛彭多；采录翻译者：次仁多吉、廖东凡、次仁卓嘎。选自《中国民间故事集成·西藏卷》编辑委员会编：《中国民间故事集成·西藏卷》，北京：中国ISBN中心，2001年。

29. 才旺绕丹和次仁杰姆 讲述者：白玛诺杰；采录者：索朗旺堆；采录时间、地点：1988年于隆子、错那、扎囊等地。选自山南地区民间文学三套集成总编委会编：《山南民间故事集成》，西藏新华印刷厂，1991年。

30. 钻石仙女 讲述者：益西丹增；采录者：才仁多吉、王振华；采录时间、地点：1981年于玉树藏族自治州曲麻莱县。选自《中国民间故事集成·青海卷》编辑委员会编：《中国民间故事集成·青海卷》，北京：中国ISBN中心，2007年。

31. 宇白扎西和夏嘎曲宗 讲述者：卓拉、尼巧、尼玛彭多；采录时间、地点：1979年于日喀则城关镇；第一次整理时间：1980年；第二次整理时间：1982年。选自廖东凡、次仁多吉、次仁卓嘎收集翻译，廖东凡整理：《西藏民间故事》第一集，西藏人民出版社，1983年。

32. 鸟姑娘 讲述者：索即拉姆；采录者：阿强、达戈；采录时间、地点：1988年于若尔盖县求吉乡。选自《中国民间故事集成·四川卷》编辑委员会编：《中国民间故事集成·四川卷》，北京：中国ISBN中心，1998年。

33. 海　螺 讲述者：扎西尖措；采录者：冶福龙；采录时间、地点：1982年于海南藏族自治州共和县。选自《中国民间故事集成·青海卷》编辑委员会编：《中国民间故事集成·青海卷》，北京：中国ISBN中心，2007年。

34. 海王公主卓玛 搜集整理者：吴晓。选自四川省理县文化馆、理县文学工作者协会编：《理县羌族藏族民间故事集》，理县文化馆，1983年。

35. 梅朵洼热 讲述者：石泰尔；采录者：郭晋渊；采录时间、地点：1982年于海南藏族自治州贵德县河西乡下排村。选自《中国民间故事集成·青海卷》编辑委员会编：《中国民间故事集成·青海卷》，北京：中国ISBN中心，2007年。

36. 男孩和三件宝贝 讲述者：阿边；采录者：贡嘎；翻译者：强巴班宗；采录时间、地点：1992年于察雅县。选自《中国民间故事集成·西藏卷》编辑委员会编：《中国民间故事集成·西藏卷》，北京：中国ISBN中心，2001年。

37. 矮人和矮马 讲述者：巴桑卓玛；采录者：普多；翻译者：强巴班宗；采录时间、地点：1991年于波密县。选自《中国民间故事集成·西藏卷》编辑委员会编：《中国民间故事集成·西藏卷》，北京：中国ISBN中心，2001年。

38. 山神的马夫和牧羊姑娘 讲述者：土布田；采录翻译者：塔热·次仁玉珍；采录时间、地点：1991年于嘉黎县措拉乡。选自《中国民间故事集成·西藏卷》编辑委员会编：《中国民间故事集成·西藏卷》，北京：中国

ISBN中心，2001年。

39. 吹笛人和龙女 讲述者：旦增；采录者：尼玛云丹；翻译者：强巴班宗；采录地点：拉萨市堆龙德庆县曲桑乡。选自《中国民间故事集成·四川卷》编辑委员会编：《中国民间故事集成·四川卷》，北京：中国ISBN中心，1998年。

40. 幸运的顿珠 讲述者：额汪降措。选自程圣民编：《藏族民间故事精选》，北京：民族出版社，2004年。

41. 鹿　女 讲述者：七尖初。选自程圣民编：《藏族民间故事精选》，北京：民族出版社，2004年。

42. 诺桑王子的故乡 讲述者：诺桑贡布；搜集整理者：阎振中；流传地区：阿里普兰县。选自阎振中等搜集整理：《西藏民间故事》第三集，拉萨：西藏人民出版社，1987年。

43. 癞疙宝讨媳妇 讲述者：安三娘；采录者：谢启丰；翻译者：安德明；采录时间、地点：1984年于小金县木坡乡。选自《中国民间故事集成·四川卷》编辑委员会编：《中国民间故事集成·四川卷》，北京：中国ISBN中心，1998年。

44. 鸟衣王子 选自陶阳、钟秀编：《中国神话》，北京：商务印书馆，2008年。

45. 奴隶的女儿 讲述者：泽汪仁增。选自杨利先主编：《云南各族民间故事》，昆明：云南人民出版社，2009年。

46. 木匠宫噶 翻译整理者：李朝群。选自廖东凡、贾湘云编：《西藏民间故事选》，拉萨：西藏人民出版社，1984年。

47. 报　恩 翻译整理者：李超群。选自廖东凡、贾湘云编：《西藏民间故事选》，拉萨：西藏人民出版社，1984年。

48. 金砖换猫狗的人 讲述者：多布扎；采录翻译者：塔热·次仁玉珍；采录时间、地点：1990年于那曲地区安多县红旗乡。选自《中国民间故事集成・西藏卷》编辑委员会编：《中国民间故事集成・西藏卷》，北京：中国ISBN中心，2001年。

49. 石头山 讲述者：额旺降措；采录者：程圣民；采录时间、地点：1982年于康定县甲根坝。选自《中国民间故事集成・四川卷》编辑委员会编：《中国民间故事集成・四川卷》，北京：中国ISBN中心，1998年。

50. 干山羊尾巴 讲述者：尼玛彭多；采录翻译者：廖东凡；采录时间、地点：1982年于日喀则城关镇。选自《中国民间故事集成・西藏卷》编辑委员会编：《中国民间故事集成・西藏卷》，北京：中国ISBN中心，2001年。

51. 雪琼雪玛让古 讲述者：才旺久美；采录翻译者：塔热・次仁玉珍；采录时间、地点：1990年于巴青县。选自《中国民间故事集成・西藏卷》编辑委员会编：《中国民间故事集成・西藏卷》，北京：中国ISBN中心，2001年。

52. 牧童与小花狗 讲述者：扎西才旺；采录翻译者：塔热・次仁玉珍；采录时间、地点：1989年于聂荣县玉才乡。选自《中国民间故事集成・西藏卷》编辑委员会编：《中国民间故事集成・西藏卷》，北京：中国ISBN中心，2001年。

53. 榻塔加玉 讲述者：次旺久美；采录翻译者：塔热・次仁玉珍；采录时间、地点：1990年于巴青县。选自《中国民间故事集成・西藏卷》编辑委员会编：《中国民间故事集成・西藏卷》，北京：中国ISBN中心，2001年。

54. 玛桑亚如卡查 讲述人：吉布古；采录翻译者：塔热・次仁玉珍；采录时间、地点：1990年于那曲地区。选自《中国民间故事集成・西藏卷》编辑委员会编：《中国民间故事集成・西藏卷》，北京：中国ISBN中心，2001年。

55. 三个魔鬼 选自《中国民间故事集成・青海卷》编辑委员会编：《中国民间故事集成・青海卷》，北京：中国ISBN中心，2007年。

56. 老虎报恩 讲述者：祝家存；采录者：豆改杰；采录时间、地点：

1990年于平安县古城乡。选自《中国民间故事集成·青海卷》编辑委员会编：《中国民间故事集成·青海卷》，北京：中国ISBN中心，2007年。

57. 奔波利卡许的故事 讲述者：昂旺降措；采录者：程圣民、梅俊怀；采录时间、地点：1981年于康定县。选自《中国民间故事集成·四川卷》编辑委员会编：《中国民间故事集成·四川卷》，北京：中国ISBN中心，1998年。

58. 做梦成真的孩子 讲述者：扎西次仁；采录者：米玛次仁；翻译者：强巴班宗；采录时间、地点：1990年于墨竹工卡县。选自《中国民间故事集成·西藏卷》编辑委员会编：《中国民间故事集成·西藏卷》，北京：中国ISBN中心，2001年。

59. 多吉占堆和尕瑟曲珍 讲述者：多布扎；采录翻译者：塔热·次仁玉珍；采录时间、地点：1990年于安多县红旗乡。选自《中国民间故事集成·西藏卷》编辑委员会编：《中国民间故事集成·西藏卷》，北京：中国ISBN中心，2001年。

60. 花牦牛救青年 选自廖东凡、贾湘云编：《西藏民间故事选》，拉萨：西藏人民出版社，1984年。

61. 神奇的牛粪 讲述采录者：其美；翻译：强巴班宗；采录时间、地点：1988年于萨迦县。选自《中国民间故事集成·西藏卷》编辑委员会编：《中国民间故事集成·西藏卷》，北京：中国ISBN中心，2001年。

62. 织女和金匠 讲述者：仓决·格来曲宗；采录时间、地点：1981年于江孜县。选自廖东凡、贾湘云编：《西藏民间故事选》，拉萨：西藏人民出版社，1984年。

63. 猎人与公主 讲述者：尼玛扎西；采录者：格旺；翻译者：强巴班宗；采录时间、地点：1991年于扎囊县。选自《中国民间故事集成·西藏卷》编辑委员会编：《中国民间故事集成·西藏卷》，北京：中国ISBN中心，2001年。

64. 老太婆和老虎 讲述者：班代卡；采录者：杨嘉措、杨虎成、格让九；

采录时间、地点：1988年于迭部县电尕乡才可村。选自《中国民间故事集成·甘肃卷》编辑委员会编：《中国民间故事集成·甘肃卷》，北京：中国ISBN中心，2001年。

65. 六兄弟 翻译整理者：鄢然。选自阎振中等搜集整理：《西藏民间故事》第三集，拉萨：西藏人民出版社，1987年。

66. 洛追桑布 讲述者：次仁群培；集收整理者：伍金次仁；采录时间：1988年；流传地区：山南大部分地方。选自山南地区民间文学三套集成总编委会编：《山南民间故事集成》，西藏新华印刷厂，1991年。

67. 扎西巴登 讲述者：七尖初；流传地区：康定县麦崩地区。选自程圣民编：《康区藏族民间故事》，成都：四川民族出版社，1986年。

68. 卓玛与南瓜 讲述者：尼玛；采录者：赵四九；采录地点：德钦县。选自《中国民间故事集成·云南卷》编辑委员会编：《中国民间故事集成·云南卷》，北京：中国ISBN中心，2003年。

69. 格桑洛顶和东鲁祝玛 采录者：降巴；采录地点：德钦县。选自《中国民间故事集成·云南卷》编辑委员会编：《中国民间故事集成·云南卷》，北京：中国ISBN中心，2003年。

70. 弟兄情 讲述者：阿尼称克；采录者：勒安旺堆；采录地点：香格里拉县格咱乡。选自《中国民间故事集成·云南卷》编辑委员会编：《中国民间故事集成·云南卷》，北京：中国ISBN中心，2003年。

71. 卓瓦力士 采录者：巴桑康主；采录地点：德钦县。选自《中国民间故事集成·云南卷》编辑委员会编：《中国民间故事集成·云南卷》，北京：中国ISBN中心，2003年。

72. 梦　卜 翻译者：李兆吉；采录者：李荣文；采录地点：德钦县。选自《中国民间故事集成·云南卷》编辑委员会编：《中国民间故事集成·云南卷》，北京：中国ISBN中心，2003年。

73. “株本”的来由 整理者：王尧。选自青海人民出版社编辑部编：《民间故事选》，西宁：青海人民出版社，1959年。

74. 鹦鹉的故事 讲述者：小加保；采录者：杨嘉保、杨虎成、格让九；采录时间、地点：1988年于迭部县电尕乡安巴村。选自《中国民间故事集成·甘肃卷》编辑委员会编：《中国民间故事集成·甘肃卷》，北京：中国ISBN中心，2001年。

75. 聪明的小白兔 整理者：泽汪仁增。选自杨利先主编：《云南各族民间故事》，昆明：云南人民出版社，2009年。

76. 成有和成没的故事 讲述者：索南尖措；采录、翻译、整理者：赵清阳；采录时间：1984年；流传地区：同仁等地。选自青海省黄南州民间文学集成办公室编：《黄南民间故事》，西宁市城西区民族印刷厂，1990年。

77. 两个朋友 采录者：查日；翻译者：强巴班宗；采录时间、地点：1991年于琼结县。选自《中国民间故事集成·西藏卷》编辑委员会编：《中国民间故事集成·西藏卷》，北京：中国ISBN中心，2001年。

78. 猎人和国王 翻译者：伊旦才让。选自甘肃人民出版社编辑部编：《甘肃民间故事选》，兰州：甘肃人民出版社，1962年。

79. 神木碗 搜集整理者：小鹰。选自四川省理县文化馆、理县文学工作者协会编：《理县羌族藏族民间故事集》，理县文化馆，1983年。

80. 懒汉的奇遇 讲述者：德拉加；采录、翻译、整理者：赵清阳；采录时间：1983年；流传地区：甘、青等地。选自青海省黄南州民间文学集成办公室编：《黄南民间故事》，西宁市城西区民族印刷厂，1990年。

81. 猫喇嘛讲经 整理翻译者：耿予方。选自中央民族学院少数民族语言文学系藏语文教研室藏族文学小组编：《藏族民间故事选》上海：上海文艺出版社，1980年。

82. 阿叩登巴的故事 **鞭打国王** 搜集整理者：李黎。**九克税** 搜集者：单超、吴光旭；搜集时间：1962年于彭沙当区。选自祁连休主编：《中国少数民间机智人物故事选》，上海：上海文艺出版社，1978年。

83. 嘎吾鲁古塔尔 讲述者：委色巴珠；采录者：旦巴亚尔杰；翻译者：大丹增；采录时间、地点：1989年于那曲地区。选自《中国民间故事集成·西藏卷》编辑委员会编：《中国民间故事集成·西藏卷》，北京：中国ISBN中心，2001年。

84. 背水妈妈 讲述者：杨七斤初；采录者：四川省民协康定采风队；采录时间、地点：1986年于康定县鱼通区。选自《中国民间故事集成·四川卷》编辑委员会编：《中国民间故事集成·四川卷》，北京：中国ISBN中心，1998年。

85. 绿松耳石羚羊角 讲述者：阿谢；采录者：格妮措；采录时间、地点：1986年于甘孜县斯俄乡。选自《中国民间故事集成·四川卷》编辑委员会编：《中国民间故事集成·四川卷》，北京：中国ISBN中心，1998年。

86. 三件宝 整理者：河漫。选自甘肃人民出版社编辑部编：《甘肃民间故事选》，兰州：甘肃人民出版社，1962年。

87. 人和猫、狗的故事 讲述者：袁长清；采录者：蓝寿清；采录时间、地点：1986年于九寨沟县白河区。选自《中国民间故事集成·四川卷》编辑委员会编：《中国民间故事集成·四川卷》，北京：中国ISBN中心，1998年。

88. 智慧的青蛙 采录者：旦巴亚尔杰；翻译者：大丹增；采录时间、地点：1991年于班戈县。选自《中国民间故事集成·西藏卷》编辑委员会编：《中国民间故事集成·西藏卷》，北京：中国ISBN中心，2001年。

89. 兔子逃“喳儿” 采录、翻译者：王沂暖；采录时间、地点：1960年于夏河县拉卜楞。选自《中国民间故事集成·甘肃卷》编辑委员会编：《中国民间故事集成·甘肃卷》，北京：中国ISBN中心，2001年。

90. 小兔子洛珠 讲述者：益西丹增；采录、翻译者：廖东凡　次仁多吉次仁卓嘎；采录时间、地点：1979年于拉萨市城关。选自《中国民间故事集成·西藏卷》编辑委员会编：《中国民间故事集成·西藏卷》，北京：中国ISBN中心，2001年。

91. 狐狸、猴子和兔子的故事 讲述者：贡桑坚赞；采录时间：1988年。选自拉萨市三套集成办公室、拉萨市群众艺术馆编：《拉萨民间故事》，第一册，1988年。

92. 狐狸称王 讲述者：石泰尔；采录者：尼玛太；采录时间、地点：1986年于海南藏族自治州贵德县河西乡。选自《中国民间故事集成·青海卷》编辑委员会编：《中国民间故事集成·青海卷》，北京：中国ISBN中心，2007年。

93. 老虎到底是老虎 讲述者：阿纽；采录者：王尧。选自《中国民间故事集成·西藏卷》编辑委员会编：《中国民间故事集成·西藏卷》，北京：中国ISBN中心，2001年。

94. 金锭、银锭、氆氇、藏靴和粮食的争执 搜集整理者：萧崇素。选自中央民族学院汉语文学系民族文学编写组编：《中国少数民族寓言故事选》，甘肃人民出版社，1982年。

95. 锦鸡、兔、猴、象吃果图 搜集整理者：萧崇素。选自中央民族学院汉语文学系民族文学编写组编：《中国少数民族寓言故事选》，甘肃人民出版社，1982年。

96. 狮子和犀牛 搜集整理者：萧崇素。选自中央民族学院汉语文学系民族文学编写组编：《中国少数民族寓言故事选》，甘肃人民出版社，1982年。

97. 鹦鹉学人话 搜集整理者：黎田。选自中央民族学院汉语文学系民族文学编写组编：《中国少数民族寓言故事选》，甘肃人民出版社，1982年。

98. 乌龟和猴子 采录、翻译者：陈拓。选自中央民族学院汉语文学系民族文学编写组编：《中国少数民族寓言故事选》，甘肃人民出版社，1982年。

99. 爱虚荣的乌鸦 讲述者：贡秋；采录、翻译者：陈践践。选自中央民族学院少数民族语言文学系藏语文教研室藏族文学小组编：《藏族民间故事选》，上海文艺出版社，1980年。

100. 长江源头的传说 讲述者：诺尔桑；采录、翻译者：塔热·次仁玉珍。选自《中国民间故事集成·西藏卷》编辑委员会编：《中国民间故事集成·西藏卷》，北京：中国ISBN中心，2001年。